CLARA LANGENBACH

HOFFNUNG IM HERZEN

DIE SENFBLÜTENSAGA 3

Roman

FISCHER Taschenbuch

Aus Verantwortung für die Umwelt hat sich der S. Fischer Verlag zu einer nachhaltigen Buchproduktion verpflichtet. Der bewusste Umgang mit unseren Ressourcen, der Schutz unseres Klimas und der Natur gehören zu unseren obersten Unternehmenszielen.

Gemeinsam mit unseren Partnern und Lieferanten setzen wir uns für eine klimaneutrale Buchproduktion ein, die den Erwerb von Klimazertifikaten zur Kompensation des CO_2-Ausstoßes einschließt.

Weitere Informationen finden Sie unter: www.klimaneutralerverlag.de

Triggerwarnung:
In diesem Roman wird an einzelnen Stellen sexualisierte Gewalt geschildert. Physische und psychische Gewalt, Tod, Trauerbewältigung und posttraumatische Belastungsstörungen kommen u. a. im Zusammenhang mit dem Ersten Weltkrieg vor. Im historischen Kontext werden zudem Diskriminierung und diskriminierender Sprachgebrauch sichtbar. Dies betrifft die Themen Ableismus, Antisemitismus und Rassismus.

FSC www.fsc.org MIX Papier aus verantwortungsvollen Quellen FSC® C083411

Originalausgabe
Erschienen bei FISCHER Taschenbuch
Frankfurt am Main, Juli 2022

Redaktion: Ulla Mothes

Satz: Pinkuin Satz und Datentechnik, Berlin
Druck und Bindung: CPI books GmbH, Leck
Printed in Germany
ISBN 978-3-596-70085-1

Für meinen Vater,
der mir die Liebe zum Lesen und
Schreiben geschenkt hat.
Ruhe in Frieden.

TEIL EINS

Speyer, 1918

EMMA

Die Arme um die Schultern geschlungen, machte Emma ein paar Schritte auf die ausladende Treppe zu, die zum großen Eingangsportal führte. Sogleich verzog sich ihr Gesicht vor Kälte. Trotz bequemen Schuhwerks hatte sie sich die Zehen und Fersen wund gerieben. Wind und Regen peitschten unaufhörlich auf sie ein, und schon nach wenigen Sekunden war sie vollkommen durchnässt. Dennoch kreiste nur ein Gedanke in ihrem Kopf: Sie hatten es geschafft! Ihre Flucht aus Metz hatte ein Ende gefunden. Ihr Blick strich über die weiße Fassade des Herrenhauses. Das warme Licht hinter den großen Bogenfenstern lockte mit seiner Gemütlichkeit. Nur wenige Stufen trennten sie von trockenen Räumlichkeiten, einem heißen Bad und sauberer Kleidung. Und doch kam es ihr nach den langen Strapazen unwirklich vor.

»Ist alles in Ordnung?« Neben ihr tauchte Louise auf. Regenbäche liefen über ihr Gesicht. Das nasse Haar klebte ihr am Kopf und an den Wangen, die ihre Rundlichkeit verloren hatten. Ihr Kinn bebte, obwohl sie alles daranzusetzen schien, nicht zu sehr mit den Zähnen zu klappern.

»Ja, natürlich«, erklärte Emma rasch. »Es ist nur …« Sie verstummte. Plötzlich fühlte sich ihre Kehle ganz wund an, und jeder Ton schien sie noch mehr aufzureiben. Sie starrte auf die große, mit Ornamenten verzierte Eichentür, und es kam ihr vor, als hätte eine Pranke ihre Brust gepackt und würde die Luft aus ihrer Lunge herauspressen. Was sollte sie sagen? Wie konnte sie nur erklären, dass sie es einfach nicht schaffte, die Stufen emporzusteigen und die Hausglocke zu betätigen?

»Emma?« Louise stupste sie sanft an.

Sie sollte stark sein. Diese Familie brauchte sie!

Stattdessen reichte Louises leichte Berührung aus, um sie zu Fall zu bringen. Ihre Knie gruben sich in den Kies der Einfahrt, sie krümmte sich, während sie mit den Händen ihre Schultern noch fester umarmte. Sie schlotterte, während sie unter dem geißelnden Regen weinte, so sehr weinte, dass sie darin zu ertrinken glaubte.

Schnelle Schritte. Antoine kniete sich neben sie. Sie sah ihn nicht, aber sie fühlte seine Präsenz. Noch immer lauerte etwas Dunkles, Bedrohliches darin, obwohl Emma mit ganzer Kraft versuchte, dieses Gefühl abzustreifen.

»Was ist passiert?« Seine Stimme klang fern und hohl, aber genauso besorgt wie die von Louise. Ehrlich besorgt. Er spielte ihr nichts vor. Und dieser Umstand war am schwersten zu ertragen, denn gegen seine tiefe Aufrichtigkeit war sie nicht gewappnet. Es machte sie nur verletzlicher.

»N-nicht … nicht anfassen …«, wimmerte sie, obwohl sie am liebsten losgebrüllt hätte. Wie sollte sie nur weitermachen? So tun, als wäre nichts passiert? Nach vorn blicken und alles hinter sich lassen?

»Emma«, flehte Louise, zitternd und völlig durcheinander. »Was ist nur los mit dir?«

Immer noch weinend, hob Emma den Kopf und schaute abermals zur Tür. Da wartete eine neue Welt auf sie. Ein neues Leben. Ein Leben ohne Carl.

»W-wie … wie soll er uns finden?« Sie verstand ihre eigenen Worte kaum, so sehr versanken sie im Wind und plätschernden Regen. »Wenn wir hier sind und nicht in Metz?

Was ist, wenn er … wenn er … doch noch zurückkommt?« Alles in ihr zog sich zusammen. Ihr eigener Körper wie ein Gefängnis, das sie im Hier und Jetzt hielt, während Carl … während Carl fort war.

Denn er würde nicht zurückkommen. Er würde niemals zurückkommen.

Carl und Emma. Emma und Carl.

Hier, an dieser Schwelle, war sie nur noch Emma.

»Bleib bei ihr«, murmelte Louise, trat auf die Tür zu und klingelte. Emma zuckte zusammen, richtete sich auf den Knien auf und starrte fassungslos den Eingang an. Schluchzend wischte sie sich über das Gesicht, auch wenn der Regen ihre Tränen längst weggespült hatte. Trotzdem schaffte sie es nicht hochzukommen. Was würde ihr Onkel nur über sie denken? Antoine stellte sich vor sie und schirmte sie ab, als die Tür sich öffnete.

»Sie wünschen?«, tönte eine nasale Frauenstimme, hoch und unangenehm abweisend.

»Emma Seidel«, behauptete Louise unbeeindruckt. »Geborene Bergmann. Mir ist klar, dass es nicht die passende Zeit für einen Besuch ist, aber wir müssen dringend den Hausherrn sprechen.«

Stille dehnte sich aus bis ins Unendliche. Nur der Regen rauschte und verschluckte jedes andere Geräusch.

»Einen Augenblick«, kam es zurück. Tippelnde Schritte entfernten sich.

Emma schnappte nach Luft, um die Ketten zu sprengen, die ihre Brust zusammengezurrt hatten. Sie musste hoch. Irgendwie auf die Beine kommen.

Als hätte Antoine es gespürt, drehte er sich zu ihr um und reichte ihr die Hand. Sie beachtete ihn nicht. Noch immer schien es ihr vollkommen abstrus zu sein, dass er da war. Aus

Fleisch und Blut vor ihr stand. So lebendig! Während die Zeilen seines Briefes vor ihren Augen herumhüpften: *Wenn du das liest, bin ich vermutlich tot.* Aber du bist nicht tot, hätte sie am liebsten losgeschrien. Carl ist es, der tot ist! Carl! Warum … warum … ausgerechnet Carl?

Seufzend ließ Antoine seinen Arm sinken. Enttäuschung flog über seine Züge. Aber auch Verständnis – nichts anderes hatte er erwartet. Es war Louise, die Emma packte und auf die Beine zog. »Hier draußen holen wir uns nur den Tod. Wir müssen die Sache schnell klären und die anderen ins Warme bringen.« Sie deutete zum Laster, der neben einer überdimensionierten Marmorschale mit aus Stein gemeißelten Bonbons parkte. *Bergmanns bunte Mischung* verhieß die eingravierte Inschrift.

Das Dienstmädchen hatte die Tür offen gelassen. Also schleppte Louise Emma einfach über die Schwelle. Ihre ausgelatschten Schuhe hinterließen matschige Abdrücke auf dem polierten Boden, die nassen Kleider tropften regelrechte Pfützen voll.

Emma wusste nicht, wie viel Zeit vergangen war, aber es reichte, um sich wieder zu fassen. In der Luft lag der fruchtig-minzige Duft, der Onkel Johann überallhin begleitete. Der Geruch nach Bonbons und Frische-Pastillen hatte sich tief in diesen Wänden eingenistet. Woran ihr Onkel wohl gerade tüftelte? Unwillkürlich sah sich Emma nach Kristallschalen um, die früher überall gestanden hatten und mit den neuesten Kreationen zum Naschen verführten. Konnte aber keine entdecken.

Auf der Treppe raschelte es. Emmas Blick schnellte hoch. »Tante Mathilde!« Insgeheim hatte sie gehofft, ihren Onkel zu sehen. Mit ihm zu sprechen, fiel ihr tausendmal leichter, als sich vor Mathilde Bergmann zu rechtfertigen, warum sie ohne jegliche Vorwarnung auf ihrer Schwelle aufgetaucht war. Diese Frau hatte nie einen Hehl daraus gemacht, wie wenig sie von der Verwandtschaft ihres Mannes hielt. »Bitte entschuldige den überraschenden Besuch.« Ihre Stimme zitterte immer noch von dem plötzlichen Weinausbruch. Aber mit etwas Glück führte ihre Tante das vielleicht bloß auf das Unwetter da draußen zurück. »Mir ist klar, dass es nicht gerade die passende Zeit ...«

»Ersparen wir uns die Höflichkeitsfloskeln. Was willst du?«

Nur schwer fand Emma die Sprache wieder. Diese Frau hatte schon immer eine furchteinflößende Wirkung auf sie gehabt. Wie so oft fühlte sie sich klein und unerwünscht unter diesem strengen Blick.

»Ist Onkel Johann zu Hause?« Sie merkte selbst, wie fiepend sie klang.

»Dein Onkel ist tot.«

Emma taumelte. Als würde der Boden unter ihren Füßen einbrechen. »Tot? Was ...« Sie schluckte krampfhaft. »Was ist passiert?«

»Die Seuche ist passiert!«, schnitten Mathildes Worte in sie ein. »Vor zwei Wochen ist er gestorben. Kurz nach Kitty und Henny.«

Kitty. Henny. Sie sah ihre Cousinen. Lachend und wild herumtobend zwischen den Bäumen des heimischen Gartens. Früher – da waren sie unzertrennlich gewesen. Und jetzt ...

... jetzt gab es sie nicht mehr.

»Und Betty?« Sie knetete ihre Finger. O mein Gott, Betty, war sie denn wenigstens wohlauf? Egal, wie sehr sie sich im Verlauf der Zeit voneinander entfernt hatten – so einen Schicksalsschlag hatte keine Familie verdient!

»Ihr Mann ist ein Politiker in Berlin. Einer dieser *Sozialisten.*« Mathilde Bergmann kniff den Mund zusammen. Ihre dünne Hand krallte sich in das Geländer wie eine Vogelklaue. »Wir haben keinen Kontakt.«

Emma spürte, wie ihre Beine ganz schwach wurden, wie sehr sie zitterte und wie eine neue Welle der Verzweiflung anrollte, der sie nichts entgegenzubringen vermochte. Ein Glück, dass Louise da war und sie sich an ihrer Schwägerin abstützen konnte. Wie unter Wasser hörte Emma Louises Erklärungen, sachlich und knapp berichtete die junge Frau über ihre Odyssee: Metz, Franzosen, die Flucht im klapprigen Laster, den nur ein Wunder so lange zusammengehalten hätte. Die Bilder rauschten wie eine Lawine durch Emmas Verstand. Unaufhaltsam. Erschütternd. Als würde sie alles von neuem erleben: den Einmarsch der französischen Truppen, die von den alteingesessenen Lothringern mit Jubelrufen und Marseillaise-Gesängen empfangen wurden. Die Angst der Altdeutschen um das eigene Wohl und die Sicherheit ihrer Liebsten. Wie ihr Schwiegervater Ehrhard in der Senffabrik zusammengeschlagen worden war. Das waghalsige Unternehmen, den Laster zu klauen, in dem sie innerhalb von vierundzwanzig Stunden aus der Stadt fliehen mussten.

Jetzt waren sie da.

In der Hoffnung, einen Unterschlupf zu finden.

Als Louise verstummte, wurde es still. So still, dass es Emma erneut die Kehle zuschnürte. Warum sagte ihre Tante nichts?

Entschieden löste sich Emma aus Louises Griff und trat vor. »Wir wissen einfach nicht, wohin. Onkel Johann …«

»Wie du gerade gehört hast, ist Onkel Johann tot«, unterbrach Tante Mathilde sie. Ihre drahtige Gestalt wirkte wie aus Stein gemeißelt. Und diese Augen … Es kam Emma vor, als hätte der Verlust jegliches Gefühl darin ausgehöhlt und nichts Lebendiges mehr hinterlassen. »Dieses Haus hat schwere Zeiten hinter sich. Du hast sicherlich Verständnis dafür, dass wir keine Flüchtlinge aufnehmen können.«

»Bitte!« Das Flehen pulsierte in Emmas Hals. »Wenigstens für einen Tag! Für ein paar Stunden!«

Tante Mathilde schnaubte. »Meinst du wirklich, du kannst hier auftauchen und von mir fordern, dich und …«, sie deutete auf Louise und Antoine, »… und deine Bagage da zu umsorgen?«

Die Worte fühlten sich wie eine Ohrfeige an. Emma taumelte zurück. Es hatte keinen Sinn, an Mathildes gutes Herz zu appellieren, denn dieses Herz war gebrochen. Tief in ihrem Innern konnte sie ihre Tante sogar verstehen. Denn auch in ihrer eigenen Brust war nichts außer Scherben, die sich in ihre Seele bohrten und höllisch weh taten. Sie beide hatten so viel verloren. Die Welt schien nur noch aus Trümmern zu bestehen. Und wenn sie unter der Last zusammenbrachen, die auf ihnen lag, würden sie nie mehr hochkommen. »Ich weiß, wie es ist, vor Trauer wie betäubt zu sein. Keine Kraft mehr aufbringen zu können, um nach vorn zu blicken und weiterzumachen. Ich kenne den Schmerz, den du fühlst!«

»Du kennst meinen Schmerz? Wie kannst du es wagen!«, schnaubte Tante Mathilde bitter. Zorn loderte in ihren Augen auf. Also war sie doch noch zu Gefühlen fähig. Auch wenn diese Gefühle sie zu Asche zu verbrennen schienen.

»Auch ich habe meinen Mann verloren!«, rief Emma aus, und etwas riss in ihrer Seele. Eine Wunde, die nie ausheilen würde. Und der Schmerz, von dem sie gesprochen hatte, fuhr in jede Faser ihres Körpers. Zum ersten Mal wurde ihr bewusst, was sie da gerade gesagt hatte. Laut und aus ihrem tiefsten Innern heraus. Und plötzlich wurde aus Worten Wirklichkeit, die mit der ganzen Unbarmherzigkeit auf sie einstürzte.

Hilfesuchend sah sie zu ihrer Tante. Wie schaffte man es nur, daran nicht zu zerbrechen? Bitte! Sag mir, dass man die Hoffnung nicht verlieren darf. Dass irgendwann ein Tag anbricht, an dem es sich ein wenig leichter anfühlt, es zu ertragen.

Steif und mit kerzengeradem Rücken stieg Mathilde Bergmann ein paar Stufen hinunter.

»So, du hast deinen Mann verloren? Deine zwei Töchter auch? Ich glaube nicht.« Kühl und ohne jegliche Bedeutung hallten die Worte von den hohen Wänden wider. »Also erzähl mir nichts davon, was du da verstehst. Denn du verstehst rein gar nichts! Und jetzt raus hier.« Ruckartig wandte sie sich ab, im Begriff wegzugehen.

»Nein, warte!« Emma rang um Worte, Gefühle, um die letzten Funken ihres Verstandes, die noch nicht vollends in der Verzweiflung versunken waren. »Wilhelmine hat Fieber, sie muss ins Trockene. Und Louises Sohn ist völlig erschöpft. Er ist doch noch ein Kind!«

»Geht!«, warf Tante Mathilde ihr knapp zu, als fürchtete sie, allein mit dem Wort »Fieber« würde sich die Seuche wieder Zutritt zu diesem Haus verschaffen. »Hier gibt es keinen Platz für euch.«

»Aber wo sollen wir hin?« Verzweiflung schlug in ihr hoch und drohte, sie vollkommen zu übermannen. Verzweiflung bis zur Besinnungslosigkeit. Stumm drückte Louise ihre Hand, doch was half das schon, wenn sie gleich zurück in den Regen mussten. Um ohne jegliches Ziel den klapprigen Laster durch die Straßen zu jagen.

Tante Mathilde zuckte die Schultern. »Du hast deine Eltern. Sie sind dazu da, sich um dich zu kümmern.«

Ihre Eltern … Alles, nur nicht das! Hatte sie es laut ausgesprochen?

»Ich lasse dir die Adresse geben«, kam es trocken zurück. Dann stieg Mathilde Bergmann die Stufen hoch.

Eine Weile glaubte Emma, im Nichts zu schweben.

Bis die Stimme des Dienstmädchens sie aus der Trance herausholte. »Die Adresse.« In der Mitte des Tabletts, das sie in der Hand balancierte, lag ein Kärtchen. »Und jetzt verlassen Sie bitte unverzüglich das Haus.«

Emma schaffte es kaum, sich zu rühren. Die Schwermut legte sich über sie wie ein dunkler Mantel, der sie niederdrückte. Nur verschwommen sah sie, wie Antoine seine Hand ausstreckte und das Kärtchen vom Tablett pflückte. *Was machen wir jetzt?*, pochte es in ihren Schläfen. Doch ihr Kopf gab absolut nichts her. Sie stand vollkommen neben sich und beobachtete schon fast unbeteiligt die Situation, zu der sie nicht gehören wollte. Unmöglich konnten sie zu ihren Eltern fahren und die beiden um Gnade anflehen. Nicht nach dem, was passiert war. Niemals würde ihre Mutter die Schmach in der Kirche vergessen, und Emma schaffte es nicht einmal, sich vorzustellen, auf welche Weise Käthe Bergmann es ihnen allen heimzahlen würde, sollte sie die Gelegenheit dazu bekommen.

»Komm jetzt.« Louises Arm legte sich um Emmas Schultern. Aus dem ersten Impuls heraus wollte sie ihn abschütteln, doch Louise ließ es nicht zu. »Hier können wir nicht bleiben.«

Sanft, aber bestimmt wurde Emma über die Schwelle geschoben. Wie ein eisiger Schwall ergoss sich der Regen über sie. »Was sollen wir nur tun?«, stammelte sie vor sich hin, während ihre Lippen zitterten. Ihr Kopf war leer.

»Wir sind die Seidels. Zusammen stehen wir alles durch, Emma.« Der Griff um ihre Schultern wurde eine Spur fester. »Absolut alles, hörst du? Etwas anderes darfst du nicht denken!«

Sie ließ sich weiterführen, verfluchte sich dafür, dass sie es sich erlaubte, so schwach zu sein, und konnte nichts dagegen tun. Alles um sie herum schien zu bröckeln. Rieselte ihr durch die Finger wie Sand. Zerrüttete ihre Seele.

Schon standen sie beim Laster. Antoine drehte das Kärtchen vor ihrer Nase. »Weißt du, wo das ist?«, fragte er sanft, doch die Zeilen zerflossen vor ihren Augen. Vielleicht hatte der Regen das Papier schon zu sehr aufgeweicht. »Du kennst dich hier besser aus als wir. Meinst du, du schaffst es, uns hinzuleiten?«

Louise scheuchte ihn in Richtung Fahrertür, ohne auf die Antwort zu warten. »Sonst fragen wir einfach nach dem Weg. Los jetzt! Ich sehe nach meiner Mutter. Emma? Fahr du vorne.« Sie schob Emma noch ein Stück weiter zum Laster, dann drehte sie sich schwungvoll um und ging nach hinten.

Emma sah ihrer Schwägerin hinterher. Insgeheim fragte sie sich, woher diese Frau die Kraft nahm, weiterzumachen. Trotz allem, was ihr Leben so gewaltig durcheinandergewirbelt hatte. Sogar als der totgeglaubte Antoine vor ihr gestanden hatte, war sie damit umgegangen, als wäre es nur ein Punkt auf ihrer Liste, der eingeordnet und abgehakt werden musste. Unbeirrt tat Louise, was getan werden musste. Traf Entscheidungen für sich und Frederick und beachtete Antoine recht wenig, der die meiste Zeit schweigsam blieb. Ein wenig konfus sogar. Als wüsste er nicht wirklich, wo er seinen Platz suchen sollte und ob es die richtige Entscheidung gewesen war, zurückzukommen.

Emma hatte nichts gefragt – seit er wieder aufgetaucht war, hatten sie kaum eine Handvoll Worte miteinander gewechselt. Sein letzter Brief stand zwischen ihnen, die Zeilen, die sie noch immer aufwühlten, sobald sie daran dachte. Und noch viel mehr. Es fiel ihr so unglaublich schwer, seine Anwesenheit zu ertragen. Aber er war nun einmal da, und sie musste es akzeptieren.

Über die Umstände seiner Rückkehr hatte sie nur nebenbei etwas von Louise mitbekommen. Ihre Schwägerin hatte berichtet, dass Antoine wohl eine schlimme Lungenentzündung durchgemacht hatte. Dass es zeitweise schlecht um ihn stand, wirklich schlecht, dass er geglaubt hatte, die Krankheit nicht zu überstehen. Doch er hatte es geschafft, war als dienstunfähig entlassen worden und genau im richtigen Moment im Seidel'schen Park erschienen, um sie alle auf ihrer überstürzten Flucht zu begleiten.

Unwillkürlich schauderte es Emma bei dem Gedanken, dass er es immer irgendwie schaffte, in ihrem Leben aufzutauchen. Dass ihre Wege sich unweigerlich kreuzten, auch wenn die Welt um sie herum auseinanderbrach. Während Carl und sie sich ständig zueinander hingekämpft hatten, nur damit er doch noch von ihr losgerissen wurde. Wie viel Schicksal verträgt ein Leben?, fragte sie sich im Stillen. Vor allem: ihr Leben. Lohnte es sich überhaupt noch, stark zu sein, weiterzumachen, auf etwas zu hoffen, das ihr sowieso niemals zurückgegeben werden konnte?

Schwerfällig kletterte Emma in die Kabine. Der Sitz machte ein schmatzendes Geräusch, als sie sich in ihrer durchnässten Kleidung darauffallen ließ. Die Feuchtigkeit verstärkte den Geruch der rissigen Polster, den Gestank nach Motoröl und Kraftstoff. Wie sie selbst roch, vermochte sie sich nicht einmal vorzustellen.

Antoine kletterte hinter das Lenkrad und steckte sich eine Zigarette in den Mundwinkel, die er nicht anzündete. Diese neue Gewohnheit hatte Emma schon mehrfach bei ihm beobachtet. Dabei war er früher doch immer bereit gewesen, seine Mitmenschen in Tabakdunst einzuhüllen. Gehörte das zu seinem neuen Ich, das er so offensichtlich zur Schau stellte? Trotzig kramte Emma herum und reichte ihm ein Messingfeuerzeug. Es hatte die Form eines Geschosses. Sie fasste es sehr ungern an, aber jetzt wollte sie einfach nur, dass Antoine mit seinen Spielchen aufhörte. Was auch immer er mit dieser Schau bezweckte.

»Bitte sehr«, murmelte sie und ließ die kleine Flamme auflodern.

Erschrocken starrte er auf ihre Hand. Dann schüttelte er den Kopf. »Ich rauche nicht.«

»Seit wann?«, gab sie trocken zurück. Nein, er brauchte ihr nichts vorzumachen! Sein Verzicht auf Alkohol, seine permanente Fürsorge … Als könnte sie je vergessen, was für ein Mensch er wirklich war. Es ärgerte sie, dass er anscheinend glaubte, die Vergangenheit wie ein gelesenes Buch zuklappen zu können, um eine neue Geschichte zu beginnen.

»Seit meiner Krankheit, die mir quasi nur noch eine halbe Lunge gelassen hat.« Verlegen rieb er die Lippen aufeinander. »Na ja, vielleicht ist es ein wenig übertrieben. Anscheinend habe ich immer noch einen Hang zum Drama. Aber meine Lunge ist zu sehr angegriffen, als dass ich sie mit dem Rauchen noch weiter kaputtmachen kann.«

Sie ließ die Flamme erlöschen und senkte die Hand. »Wozu dann die Zigarette?« Mit einem knappen Kopfnicken deutete Emma auf den Stängel, der zwischen seinen Lippen tanzte.

»Ist etwas Vertrautes. Beruhigt ungemein.«

»Ja, einen Hang zum Drama hast du gewiss.« Langsam wandte sie den Blick ab. Der Regen prasselte gegen die Windschutzscheibe und lief in Bächen hinunter. Dazu mischten sich einige Schneeflocken, die augenblicklich am Glas schmolzen. »Wir sollten fahren. Bald wird es ganz dunkel.«

Sie wusste nicht, warum sie das sagte. Zu welcher Uhrzeit

sie bei ihren Eltern ankommen würden, konnte kaum etwas am rauen Empfang ändern, mit dem sie insgeheim rechnete. Es grauste ihr, ihnen unter die Augen treten zu müssen, sich zu erklären und um ihre Gunst zu betteln. Ein Schritt, der ihr um einiges schwerer fallen würde als bei Tante Mathilde.

Antoine startete den Motor. Trotzdem spürte Emma, dass er sie noch immer aus den Augenwinkeln betrachtete. Und obwohl sie es gern bestritten hätte, fühlte es sich anders an als sonst. Nicht mehr so eindringlich wie früher, als sie das Gefühl hatte, er würde sie mit Haut und Haaren verschlingen wollen. Oder sie am liebsten Stück für Stück ausziehen.

Der Wagen setzte sich in Bewegung. Emma versuchte, sich auf die Straße zu konzentrieren, um sich in der hereinbrechenden Dunkelheit zurechtzufinden. Erklärte den Weg, um von der seltsamen Stimmung in der Kabine abzulenken. Diese Atmosphäre gefiel ihr nicht. Sie zeigte ihr, dass alle um sie herum irgendwie weitergezogen zu sein schienen. Während sie zurückblieb.

»Es tut mir leid.« Antoines Stimme ließ sie zusammenzucken.

Ihre Finger verkrampften sich um das Feuerzeug, das sie noch immer in der Hand hielt. »Was genau?« Ihre eigenen Worte kamen ihr rau und unbeholfen vor. Dabei war er der letzte Mensch, der ihre Verletzlichkeit bemerken sollte.

»Meine Besessenheit von dir. Die Übergriffigkeit. Dieser Brief … Emma, ich kann mir nicht ausmalen, was dieser Brief angerichtet hat … Zugegeben, ich habe mir auch keine Gedanken darüber gemacht. Natürlich könnte ich mich damit herausreden, dass ich zu krank war, um mir über irgendetwas Gedanken zu machen. Aber vielleicht zeigen gerade diese Deliriumsmomente, wer wir wirklich sind. Und als mein Kopf wieder richtig zu funktionieren begann, ist mir klargeworden, dass ich so nicht sein will. Ich kann nicht meiner Vorstellung vom Leben nachlaufen. Ich muss anfangen zu leben. Für mich selbst.«

»Schluss jetzt!« Sie presste sich eine Hand an den Mund. War es zu spät, doch noch mit Louise zu tauschen? Oder einfach so nach hinten auf die Ladefläche des Lasters zu flüchten? Denn seine Worte trafen sie wie ein Schlag in die Magengrube. Auch sie tat nichts anderes, als einer Vorstellung vom Leben nachzulaufen, seit Carl gegangen war.

Sie wollte, dass er aufhörte, all das zu sagen, was so wahr war.

»Menschen ändern sich, Emma. *Ich* habe mich geändert.«

»Und deshalb ist alles vergessen und verziehen?«

»Nein.« Ein Wort wie ein Hauch. So leise hatte sie ihn noch nie sprechen gehört. So bedrückt und … irgendwie von sich selbst beschämt. »Ich kann nicht erwarten, dass alles vergessen und verziehen ist. Ich kann nur um Entschuldigung bitten. Und hoffen, dass die Menschen, denen ich Unrecht angetan habe, diese Entschuldigung irgendwann zumindest akzeptieren. Was geschehen ist, kann man nicht mehr ungeschehen machen, das ist mir bewusst.«

Änderten sich Menschen wirklich? Verbittert presste sie die Lippen zusammen. Vielleicht war es nur ein neuer Trick, endlich das zu bekommen, was er wollte. Jetzt, da Carl ihm nicht mehr im Weg stand.

Zusammen mit den Tränen stieg Übelkeit in ihr hoch. Sie glaubte, ihr Spiegelbild sehen zu können. So verkniffen, wie sie da kauerte und vor sich hin starrte mit einem leeren Blick – wann war sie zu Tante Mathilde geworden, die die Welt von sich abprallen ließ, damit nichts mehr an sie heranreichte, was sie irgendwie berühren und an ihren Verlust erinnern konnte?

»Es ist ein langer Weg«, hörte sie ihn sagen und fragte sich, ob er den Weg zu ihren Eltern meinte. Oder sich selbst und seine Hoffnung darauf, dass sie ihm verzieh. Konnte sie es? Ihm irgendwann verzeihen? Oder war ihr Herz zu gebrochen, und es gab längst keine Hoffnung mehr darin?

Emma schloss die Augen und lehnte den Kopf an die Scheibe. Das Prasseln des Regens beruhigte nach und nach ihr Gemüt. Was dieser Weg ihnen allen auch brachte – sie mussten ihm wohl weiter folgen. Ob sie es wollten oder nicht. Ihre Gedanken wurden träge. Sie spürte die Kälte, die sich immer tiefer in sie fraß. Die Dunkelheit, die sie umschloss. Plötzlich hatte sie das Gefühl, sich mühsam durch eine zähe Masse zu kämpfen, obwohl ihre Bewegungen langsamer und langsamer wurden. Bis sie kaum noch vorankam. *Du kannst nicht verzeihen …* Die Stimme kroch in sie hinein wie unzählige Spinnen, die mit ihren haarigen Beinchen nach ihrer Seele tasteten. *Aber hast du dich je gefragt, ob* ich *dir verzeihen werde?* Ein Gesicht schälte sich aus der Dunkelheit. Aschfahl und mit tot dreinblickenden Augen. Sommersprossen wie Leichenflecken. Schmale, blutleere Lippen, wie beim letzten Atemzug leicht geöffnet.

Sie schrie …

»Emma! Emma, hörst du mich? Wir sind da.«

Emma riss die Augen auf. Verwirrt blinzelte sie umher, am ganzen Leib zitternd. Carl suchte sie heim. Niemals würde er ihr verzeihen, seine Fabrik verloren zu haben. Wie auch? Wenn alles, was er erschaffen hatte, was in dieser Welt an ihn erinnern konnte, buchstäblich ausradiert worden war?

»Emma, geht es dir nicht gut?«, hörte sie Antoines erschrockene Stimme.

Sie riss die Tür auf und stürzte nach draußen. Louise kam bereits um den Laster herum, fing sie auf. Verzweifelt schlang

Emma die Arme um ihre Schwägerin, drückte sie so fest, wie sie nur konnte, an sich.

»Ach du meine Güte, was ist nur passiert?«

»Ich … Es ist nur …« Sie war bloß weggedämmert. Was sie gesehen hatte, war nicht echt! Und doch weigerte sich ihr Verstand, es zu begreifen.

Antoines Schritte tönten.

»Hast du nicht gesagt, du willst nur mit ihr reden?«, zischte Louise wütend. »Was hast du schon wieder angestellt, dass sie so völlig aufgelöst aus dem Wagen stürzt?«

»Er hat nichts gemacht«, murmelte Emma.

»Scht.« Vorsichtig strich Louise ihr über den Rücken. »Ich bin da. Wir alle sind für dich da.«

Emma schmiegte sich noch etwas mehr an die junge Frau. »Lass mich nicht allein«, murmelte sie in ihren Hals.

»Niemals. Was auch immer kommt – wir stehen es zusammen durch, hörst du mich?«

Emma nickte. Sie hatten es so weit geschafft! Irgendwie würden sie den Rest auch schaffen. Sie musste sich endlich zusammenreißen! Diese Menschen zählten auf sie.

Vorsichtig wandte sie sich aus der Umarmung. Jetzt hing alles von ihr ab. Sie musste es schaffen, ihre Mutter davon zu überzeugen, sie alle aufzunehmen. Denn noch länger würde es niemand von ihnen in diesem Laster aushalten. Wilhelmine am allerwenigsten.

Sie schaffte ein paar steife Schritte, um zu sehen, wie Antoine seinen Sohn von der Ladefläche hob und ihn am Bürgersteig hinstellte. Wie immer presste der Junge Gusti an seine Brust und versuchte, sie mit seiner Jacke vom Regen abzuschirmen. Ein bisschen so, wie Émile Perrin es getan hatte, wenn er die Katze in seinen Schal einkuschelte und sich mit ihr auf die Bank vor seinem Buchladen setzte.

Scharf saugte Emma die Luft ein. Zu qualvoll waren die Gedanken an den Mann, der ihr wie ein Vater gewesen war. Nie wieder würde sie seine Stimme mit dem französischen Akzent hören. Oder den Duft nach frischbedruckten Seiten und Kamillentee einatmen, der ihn stets umgeben hatte. Émile, Ehrhard … Carl. Zu viele, die nicht mehr da waren. Ohne dass sie etwas dagegen hätte machen können. Oder doch? Hätte sie ihre Liebsten besser beschützen sollen? Ehrhard nicht erlauben, sie in die Fabrik zu begleiten … Carl und Émile von diesem wahnsinnigen Unternehmen abhalten … War es ihre Schuld? Und wenn nicht – warum fühlte es sich dann so an?

Antoine nahm Wilhelmine in die Arme und drückte behutsam ihren geschwächten Körper an sich. Ihr Kopf mit den wirren grauen Haaren sank vertrauensvoll an seine Schulter. Er neigte sein Gesicht zu ihr und schien ihr etwas zuzuflüstern, während er sie fest in seinen Armen hielt. Es ging ihr deutlich schlechter als noch heute früh. Bange fragte sich Emma, ob ihre Schwiegermutter überhaupt bei Besinnung war, und atmete erleichtert auf, als sie merkte, wie Wilhelmine auf irgendeine Frage Antoines hin nickte.

Sie mussten sofort ins Trockene!

Als hätte diese schwache Geste ihr Antrieb gegeben, marschierte Emma ins Treppenhaus. In der Dunkelheit, die sie empfing, fiel es ihr schwer, das beklemmende Gefühl loszuwerden, das sie befiel. Es roch streng nach Urin und gekochtem Kohl. Dazu mischte sich ein modriger Geruch alter Wände, die bestimmt voller Schimmel waren. Normalerweise würde ihre Mutter nicht einmal in die Nähe solcher Häuser kommen. Aber die schwierigen Zeiten hatten offensichtlich auch sie gezwungen, die Ansprüche den Umständen anzupassen.

Emma stieg die Stufen hoch. Ihre Schritte hallten durch

das ganze Haus. Zum Glück war es nicht weit, ihre Eltern bewohnten das erste Stockwerk. *Appartement Nr. 5*, stand auf dem Kärtchen, auch wenn es Emma absurd vorkam, dass man die Bleiben in diesem Haus als Appartement bezeichnete.

Dumpf trommelte ihr Herz gegen ihre Rippen, als sie an die Tür klopfte.

Auf der anderen Seite ertönte ein Grummeln. Die rostigen Scharniere quietschten, und Emma schaute durch den Türspalt in das Gesicht ihrer Mutter. Dünn, faltig, völlig abgenutzt. Die hervorstechenden Knochen schienen die Haut aufzuspannen. Die dunklen Augen waren wie in Höhlen versunken.

»Ich weiß, ich bin die Letzte, die du sehen möchtest«, begann Emma, und ihre Stimme kippte, doch sie fing sich wieder. »Wir sind in Not. Können wir … können wir drinnen reden?«

In Käthe Bergmanns Gesicht zuckte etwas. Ein Lächeln? Ihre Mutter zu deuten, war Emma noch nie leichtgefallen. Langsam kniff die Frau die Augen zusammen. Der plötzlich so wache Blick durchbohrte Emma förmlich. Mit einem Mal wirkte ihr spitzes, abgemagertes Gesicht füchsisch, als hätte sie unter einer hohen Schneedecke den Herzschlag einer Maus gewittert.

»Natürlich.« Mit dem Kinn wies Käthe Bergmann gebieterisch auf Wilhelmine. »Aber sie soll mich darum bitten.«

»*Ich* bin diejenige, die dich enttäuscht hat. Auf die du wütend bist. Und ich bin diejenige, die dich um Verzeihung bitten muss.« Gerade der letzte Satz hörte sich an wie der von Antoine. Nur dass seiner aufrichtiger geklungen hatte.

Ein Schnauben ertönte durch den Türspalt. »Auf wen ich wütend bin, entscheide immer noch ich. Entweder sie bittet mich darum, oder ihr verschwindet allesamt. Ich will aus ihrem Mund hören, wie sehr es ihr leidtut, mich und meinen Gatten von der Hochzeit unserer Tochter vertrieben zu haben. Und wie sehr sie hofft, dass wir anständige Menschen sind im Gegensatz zu ihrer gesamten Sippe.«

Emma ballte die Hände. Wäre sie allein dem Hohn ausgesetzt gewesen, hätte sie es ertragen können. Aber dass Wilhelmine ins Kreuzfeuer geriet, war einfach zu viel. »Wilhelmine geht es nicht gut …«

»Bitte.« Wilhelmines Lider flatterten. Kaum wahrnehmbar hauchte sie jeden einzelnen Laut – eine Anstrengung, die sie ihre letzte Kraft zu kosten schien. »Verzeih mir, Käthe. Ich hoffe von Herzen … dass du uns … hilfst.«

Die Härte in Käthes Mundwinkeln wurde noch eine Spur fester. »Damit ihr diese fremdländische Seuche in dieses Haus schleppt? Bis jetzt sind wir davon verschont geblieben.«

»Es ist nicht die Seuche!«, widersprach Emma hitzig. Auch wenn sie sich nicht sicher sein konnte. Fieber und Husten waren durchaus die Symptome, die immer mehr Menschen niederstreckten, so viel hatte sie mitbekommen. Aber die Vorstellung verbannte sie schleunigst aus ihrem Kopf. Wilhelmine würde wieder gesund werden. Wie sollte sie es ertragen, noch jemanden zu verlieren, den sie liebte?

»Was tut man nicht alles für die Familie, nicht wahr?«, säuselte Käthe hämisch. »Ich persönlich glaube eh, dass es gar keine Seuche gibt. Es sind immer noch der Krieg und das Elend, die die Menschen töten.« Sie trat beiseite.

Antoine zögerte nicht länger und trug Wilhelmine herein, bevor Käthe es sich anders überlegen konnte. Emma schlüpfte hinter ihm durch die Tür.

Die Wohnung war klein und spärlich eingerichtet. Eine Petroleumlampe auf einem einfach gezimmerten Tisch beleuchtete schwach die Wände, die mit schiefen Regalen bestückt worden waren. Eine Küchennische, eine Tür zu einem weiteren Raum, ein Schrank, der nicht ganz zuging. Als Louise und Frederick ebenfalls eintraten, war es, als könnte man sich zwischen diesen Wänden kaum noch bewegen. Die Katze krallte sich verängstigt in den kleinen Jungen, und am liebsten hätte sich Emma ebenfalls in irgendetwas festgekrallt. Aber jetzt ging es um alles! Und sie durfte weder Schwäche noch Angst zeigen.

Vorsichtig bettete Antoine Wilhelmine auf ein schmales Sofa, das unter dem Fenster stand. Emma eilte zu ihr, sank vor dem Sofa auf die Knie und prüfte Wilhelmines Fieber. Es war gestiegen. Neben einem erholsamen Schlaf brauchte ihre Schwiegermutter dringend einen Arzt. An eine Weiterfahrt war nicht zu denken.

»Nun, meine Teuerste.« Aus dem Augenwinkel sah Emma, wie ihre Mutter die Arme vor der Brust verschränkte und auf Wilhelmine herabsah. Der füchsische Ausdruck wirkte wie eine Karnevalsmaske. »Jetzt bist du drin. Dann lass uns darüber reden, wie weit deine Dankbarkeit geht, sofern du bleiben willst.«

»Mama!«

Ihr lauter Ausruf scheuchte Gusti auf. Das Tier sprang auf den Boden, huschte panisch umher.

»Ich hoffe, du verstehst, dass ich nicht einfach so Flüchtlinge aufnehmen kann«, fuhr Käthe Bergmann fort und trat nach der Katze, die an ihren Füßen vorbeiflitzte. So stark, dass Gusti unter das Sofa geschleudert wurde, wo sie erst einmal blieb, vermutlich völlig verstört in eine Ecke gedrückt. »Sieh dich um. Wir haben selbst kaum etwas. Also: Was ist?«

Wilhelmine hob eine Hand und streifte mit einer langsamen Bewegung einen Ring von ihrem Finger. Den wertvollen Ring mit einem Smaragd, den Ehrhard ihr geschenkt hatte, sobald er sich Gold und Edelsteine für seine Frau leisten konnte. Weil er dachte, der einfache Reif aus Messing würde ihr nicht gerecht werden.

Emma senkte den Blick auf ihre vernarbte Hand. Nun schmiegte sich der Messingring an ihren Finger. Und etwas Wertvolleres als dieses Kleinod, das Carl ihr in Perrins kleiner Buchhandlung auf den Finger gesteckt hatte, konnte sie sich nicht vorstellen.

Wie durch einen Nebel sah sie, wie Wilhelmine Käthe den wertvollen Ring entgegenhielt.

»Ist es weit genug, wie meine Dankbarkeit geht?« Ihre dünne Stimme brach. Länger würde sie kaum noch durchhalten. Emma betete, dass diese Farce bald enden möge, die ihre Mutter da veranstaltete.

Zufrieden betrachtete Käthe Bergmann den Ring von allen Seiten. »In Ordnung. Du kannst bleiben. Meine missratene Tochter auch, irgendjemand muss dich ja pflegen.« Sie trat an Antoine vorbei und griff nach einem Besen in der Ecke. »Aber den Franzosen dulde ich nicht unter meinem Dach.« Mit dem Stiel tippte sie Antoine gegen die Brust. »Genauso wie seinen Balg.« Sie schleuderte den Besen Louise entgegen. Die junge Frau fing ihn völlig verwirrt auf. »Und holt den Flohzirkus unter meinem Sofa hervor. Das Vieh muss weg.«

Emma keuchte. Die Stille, die sich plötzlich ausbreitete, erstickte in ihr jegliches Gefühl. Außer der grenzenlosen Ohnmacht.

»Überlegt es euch gut«, knirschte die Stimme der Mutter in ihren Ohren. »Denn mehr werde ich euch gewiss nicht anbieten.«

Frankreich, 1919

CARL

Er vermisste das Gefühl der Senfkörner zwischen seinen Fingern. So sehr, dass es seine Brust fest zusammenschnürte. Wenn er die Augen schloss, glaubte er, auf der Terrasse seiner Eltern zu stehen und in den dunklen Park zu blicken. Er musste sich nicht umdrehen, um zu wissen, dass Emma da war, direkt neben ihm. Dass sie gleich nach seiner Hand greifen würde, um die winzigen Körnchen auf seine Handfläche rieseln zu lassen. *Warum tust du das? Warum tust du das nur?* Die Worte blieben in seiner Kehle stecken, obwohl alles in ihm sie herausschrie. Doch kein Laut durfte seine Lippen verlassen. Denn wenn er die Augen öffnete und sich umdrehte, sah er die Barackenwände des Gefangenenlagers. Und plötzlich tat jeder Atemzug, jeder Herzschlag so verdammt weh, dass er nicht wusste, wie er das noch weitere Wochen, Monate … Jahre vielleicht? … aushalten sollte.

Die Vorstellung schnürte ihm den Atem ab.

»Ey. Du!«

Carl zuckte zusammen und richtete sich auf der Pritsche auf. Sofort wusste er, dass er mit der Ansprache gemeint war. Nicht gut. Er biss die Zähne zusammen und überlegte fieberhaft, womit er die Aufmerksamkeit auf sich gezogen hatte. Ob er doch etwas gemurmelt hatte? Emmas Namen hervorgeflüstert hatte? Manchmal vermischten sich seine Träume, die Erinnerungen, die Realität, so dass er nicht einmal mehr seinem Verstand traute. Ruhe bewahren!

Mit einer konzentrierten Bewegung wischte er sich die Haarsträhnen zur Seite, die ihm auf der Stirn klebten, und sah in Lutz' verkniffenes Gesicht. Na großartig. Als Feldwebel hatte der Kerl den höchsten militärischen Rang inne, wodurch er schnell zum Sprachrohr der anderen Gefangenen avanciert war. Er gab sich gern wie ein Kumpel, doch die Nettigkeiten verloren sich schnell, wenn man ihm nichts nützte. Er scharte Stiefellecker um sich, zu denen Carl definitiv nicht gehörte.

Jetzt lehnte sich Lutz an einen Pfosten des Doppelstockbetts und sah auf ihn herab.

»Was ist?« Langsam richtete sich Carl auf und überprüfte unauffällig seinen Stand, um sich auf keinen Fall in eine Ecke drängen zu lassen. Auch wenn ihm klar war, dass er in einer offenen Konfrontation körperlich nicht die besten Chancen gegen Männer wie Lutz hatte, der ihn um einen Kopf überragte und keine Verletzung zu beklagen hatte.

»Mir sind da ein paar Gerüchte zu Ohren gekommen.« Lutz sprach leise, als würde er jedes Wort auskosten. »Man munkelt, du bist ein elender Lügner.«

Das stimmte. Verdammt, das stimmte – und trotzdem musste er jetzt die Fassade aufrechterhalten.

»Erwischt.« Ruhig hielt er dem Blick des Mannes stand. Es lag etwas Lauerndes in diesen schmalen Augen, die im ersten Moment harmlos und ein wenig kurzsichtig wirkten. »Ich bin in Wirklichkeit achtundzwanzig. Nein. Neununddreißig? Ach was. Runden wir auf vierzig auf. Schon gut, schon gut, such dir eine Zahl aus, wenn du magst. Aber lass mich einfach in Frieden, ja? Das hat doch bis jetzt auch wunderbar geklappt.«

Lutz verzog die Mundwinkel zu einem spöttischen Feixen und machte einen Schritt auf ihn zu. »Dass du ein richtiger Scherzbold bist, wusste ich noch nicht.« Noch ein wenig, und sie würden sich Brust an Brust berühren, doch Carl wich nicht zurück.

»So nah, wie wir uns gerade gekommen sind, ist es doch mehr als angebracht, einander etwas besser kennenzulernen, oder?«

Lutz schnaubte, und ein warmer, leicht faulig riechender Atem schlug Carl ins Gesicht. »Dann fangen wir doch von vorn an. Was sagst du noch einmal, wie du heißt? Kai?«

»Richtig. Mit C, wenn du mir ein Briefchen schreiben möchtest. Ansonsten kannst du mich weiterhin *Ey-Du* nennen.« Unwillkürlich tastete seine Hand in der löchrigen Tasche seiner Gefangenenkluft. Allein der Gedanke an die Senfkörner spendete ihm Kraft, auch wenn die Finger vergeblich versuchten, nach den Körnchen zu greifen. Es ging ums Überleben. Er musste die Lügenfassade aufrechterhalten. Denn was passieren würde, sollte jemand herausfinden, unter welchen Umständen er von den Franzosen wirklich gefasst worden war, konnte er sich leicht ausmalen. Spionage – so würde die Anklage lauten. Und dann blieben nur noch wenige Schritte bis vor ein Erschießungskommando.

Also hieß er Cai – ein Name, auf den zu reagieren er, Frederick sei Dank, gewöhnt war. »Onkel Caj, Onkel Caj« – der fröhliche Ruf des Jungen hallte jedes Mal in seinen Ohren, wenn er an sein anderes Leben dachte. An das Leben, in das er unbedingt zurückkehren musste.

»Nun gut. *Caaai*«, sagte Lutz gedehnt und rieb sich nachdenklich über das kantige Kinn. Kurz sah er zu den Männern, die hinter ihm standen – er tauchte nie allein auf, sondern stets mit seinem Gefolge. »Ich weiß nicht, wer du bist und was für ein Spielchen du treibst. Mag sein, dass du es geschafft hast, die Franzmänner zu täuschen, aber uns täuschst du nicht. Von wegen, du wurdest von deinem Regiment getrennt, gefasst, dann hast du angeblich einen Fluchtversuch unternommen, nicht wahr? Und dann bist du irgendwie in eine Brikettfabrik gelangt, wo du wieder geschnappt wurdest.« Er schnalzte mit der Zunge. »Eine sehr abenteuerliche Geschichte, scheint mir.«

So ruhig wie möglich zuckte Carl mit den Schultern. »Bin halt ein Pechvogel.«

Es wurde so still, dass er glaubte, jeder in der Baracke hätte die Luft angehalten, um die Konfrontation mitzuverfolgen. Wie ein Rudel Wölfe lauerten sie im Halbdunkel und warteten auf das Zeichen seiner Schwäche oder der kleinsten Unsicherheit. Er ließ seinen Blick schweifen. Mürrisch dreinblickende Gesichter, von Hunger, schwerer Arbeit und Misshandlungen der Aufseher vollkommen ausgezehrt. Und er – ihnen allen allein gegenüber. Wortkarg. Ein Außenseiter. Weil seine verdammte Geschichte Lücken hatte, die zu stopfen er nicht einmal versuchte, um sich nicht in Widersprüchen zu verstricken.

»Denkst du, ich will mit dir spaßen? Sag doch gleich, dass du für die Franzen als Spitzel arbeitest.«

»Deine Phantasie geht mit dir durch.«

»Ach ja? Los, sag schon! Wo kommst du her? Wer bist du?« Lutz stieß ihn hart in die linke Schulter.

Der scharfe Schmerz zog durch seinen ganzen Arm und ließ ihn hörbar nach Luft schnappen.

»Cai Seitner«, stieß er durch die zusammengebissenen Zähne. »Das 27. Reserve-Infanterie-Regiment. Die 3. MG-Kompanie.«

»Was du nicht sagst!«

Wieder stieß Lutz ihn in die Schulter. Mit dem erneuten Schmerz fluteten die Bilder durch seinen Kopf. Die unzähligen Verhöre. Immer wieder die gleichen Fragen. Und die

Antworten, die er unter Schlägen gab und von denen er niemals abwich: Cai Seitner, das 27. Reserve-Infanterie-Regiment. Die 3. MG-Kompanie. Cai Seitner, das 27. Reserve-Infanterie-Regiment. Die 3. MG-Kompanie. Cai Seitner, verdammt nochmal, er war Cai Seitner, und daran würden weder Folter noch die tagelange Isolation in einer engen Zelle und schon gar nicht Lutz etwas ändern.

»Cai Seitner«, rezitierte er wie im Wahn, ohne zu wissen, wie oft er das gerade wiederholt hatte und wie verdächtig das auf andere wirken mochte. Wie durch einen Nebel merkte er, wie sich andere nach und nach zu Lutz gesellten, angelockt vom Gefühl der Ohnmacht, das in ihm aufstieg. Die Ohnmacht war das Einzige, was half, um Verhören zu entkommen. Um zumindest kurzzeitig nichts zu fühlen. Er ballte die Hände, obwohl es ihm kaum gelang, so sehr zitterten seine Finger. Er fixierte einen unerreichbaren Punkt irgendwo in der Ferne. Und alles andere existierte nicht.

Die Ohnmacht.

War das Einzige, was half.

Wenn es zu schlimm wurde.

»Cai Seitner, natürlich!« Lutz spuckte ihm vor die Füße und deutete nach hinten zu einem seiner Kumpane. »Na dann: Ich habe dir einen Freund mitgebracht. Oswald kommt aus der Kompanie, in der du angeblich gedient hast. Aber weißt du, was merkwürdig ist? Er erinnert sich nicht an dich. Also frage ich dich noch einmal: Wer bist du? Was führst du im Schilde?«

Nur mit Mühe gelang es Carl, sich von dem Punkt in der Ferne loszureißen und sich auf besagten Oswald zu fokussieren. Studierte seine Züge, blickte ihm in die Augen. Nichts war in seiner grobschlächtigen Miene zu lesen. Bluffte Lutz? Konnte es einen so großen Zufall geben, in diesem gottverdammten Lager auf einen Mann zu treffen, der sein Kamerad sein sollte?

»Ich war ganz neu«, antwortete Carl – jedes Wort präzise dosiert. »Komisch. Deinen Oswald kenne ich auch nicht.«

Das 27. Reserve-Infanterie-Regiment. Die 3. MG-Kompanie, ratterte es unaufhörlich in seinen Gedanken. Das Stammeln eines Soldaten in Fieberträumen war das Erste, was er wahrgenommen hatte, als er im Lazarett aufgewacht war. Carl wusste, dass gleich die Franzosen kommen würden, um ihn zu befragen. Dass er nicht viel Zeit hatte, um zu erklären, was er in der Brikettfabrik gemacht hatte, als er angeschossen worden war. Ein paar Stunden später war der Soldat neben ihm verstorben, ohne je zur Besinnung gekommen zu sein. Und Cai Seitner war geboren.

»Komisch? Ich sag's doch: Ein richtiger Scherzbold bist du.«

Lutz holte aus und boxte ihm in die Schulter, dass es knackte. Unwillkürlich presste Carl eine Hand gegen die Stelle, die sich schon jetzt anfühlte, als hätte man ihm ein glühendes Messer hineingerammt.

»Tut es weh?«, höhnte Lutz. »Soll ich nachlegen?«

»Nur zu«, zischte Carl und verengte die Augen. Inzwischen waren es nicht nur Oswald und ein paar andere Kerle, die für Lutz' Unterstützung sorgten. Die halbe Belegschaft stand Carl gegenüber und wartete nur darauf, ihn zusammenzuschlagen. Mühsam krümmte er seine Finger zu einer Faust.

Überleben, schoss es ihm wie ein Befehl durch die Gedanken. *Überleben!*

Um zu Emma zurückzukehren. So wie er es ihr versprochen hatte.

Scheppernd flog die Tür der Baracke auf. Die Aufseher stürmten herein, brüllten, zerrten die versammelten Menschen auseinander und stießen sie mit Hieben und Tritten Richtung Ausgang. »*Allez, allez*«, ertönte immerzu. Noch bevor Carl realisieren konnte, was um ihn herum geschah, tauchte ein französischer Soldat neben ihm auf und hob die Peitsche. Carl versuchte, sich wegzudrehen, doch der Hieb erwischte ihn an der Wange. Sogleich spürte er einen Tritt gegen die Wade, der ihn zum Ausgang befördern sollte. Er taumelte den anderen hinterher, stolperte blindlings über die Schwelle nach draußen. Die frische Luft kühlte seine verletzte Wange. Vorsichtig tastete er über die Haut.

»Keine Sorge, ist ganz hübsch geworden«, spottete es neben ihm. Lutz! Das Blitzen in den Augen des Mannes zeigte ihm deutlich, dass die Auseinandersetzung von eben alles andere als vergessen war.

»Neidisch? Beim nächsten Mal lasse ich dir gerne den Vortritt. Anscheinend brauchst du Schönheitskorrekturen mehr als ich.«

»Ach, man muss die Unterhaltungen mit dir einfach lieben! Seltsam, dass du außer mir keine Freunde hier hast. Woran könnte das nur liegen?«

»Sicherlich nicht daran, dass ich ein Spitzel der Franzosen sein soll, die mir dann kaum so etwas zum Dank verpassen würden.«

Lutz zog eine Grimasse. Natürlich. Ein Peitschenhieb bewies rein gar nichts. Und der Ausflug in den Hof, wo die Aufseher die Gefangenen in Reih und Glied aufstellten, bevor es einen Marschbefehl gab, bedeutete bloß eine kurze Schonfrist. Keine Begnadigung.

Als auch der letzte Mann nach draußen getorkelt kam, gaben die Wachleute den Befehl zum Marsch. Die Menge setzte sich in Bewegung, passierte das Tor. Während der ersten Male hatte sich in Carl das Gefühl von Freiheit eingestellt: endlich weg aus der Baracke und vom mit Stacheldraht bewehrten Hof zu sein. Hier draußen schien der Blick weit wegfliegen zu können, hier glaubte man, den Horizont zu spüren. Doch das Gefühl währte nicht lange. Die Monotonie erstickte alles im Keim. Und schon bald wollte der Blick nirgendwo mehr hin, außer auf den Boden.

Carl war froh, sich in der Menge zu verlieren. So zog er nicht noch mehr Aufmerksamkeit auf sich. Viele der Männer um ihn herum hielten sich kaum auf den Beinen. Das karge Essen, bestehend aus Wasserreis und einem trockenen Stück Brot, die Misshandlungen und die harte Arbeit zehrten an den Kräften. So einige waren bereits vor Erschöpfung und wegen der ständigen Unterernährung zusammengebrochen. Und manchmal wunderte sich Carl, dass ausgerechnet er durchhielt. Wie lange noch? Wenn nicht einmal das Ende des Krieges die Rückkehr in die Heimat näher gebracht hatte? Eine Nachricht, die sich beiläufig anfühlte und ihre Bedeutung im kargen Alltag vollkommen verlor. Denn solange Deutschland die Reparationsansprüche der Entente-Mächte nicht getilgt hatte, gab es für keinen von ihnen einen Weg nach Hause.

Seit einer Stunde marschierten sie die unebene Schotterstraße entlang. Die kleinen Steinchen drangen immer wieder durch das löchrige Schuhwerk an die Fußsohlen, scheuerten und verursachten Blasen – aber auf solche Unannehmlichkeiten achtete schon lange niemand mehr. Carl fragte sich, wohin es ging. In den letzten Wochen hatten sie die Telefonmasten versetzt. Davor die Gleise ausgebessert, die von einem Bombenangriff beschädigt worden waren. Doch diesen Weg kannte er nicht. Unwillkürlich versuchte er, sich die Gegend einzuprägen, auch wenn der Gedanke an eine Flucht sich nicht so recht in seiner Vorstellung einnisten konnte. Zu oft waren Flüchtige beim Versuch, zu entkommen, erschossen worden. Was unter Umständen noch ein besseres Schicksal war im Vergleich zu den armen Seelen, die geschnappt und zurückgeschleppt worden waren.

Die Landschaft veränderte sich. Offensichtlich kamen sie in die Gebiete der früheren Kämpfe, von denen auch nach Monaten der Waffenruhe aufgewühlte Erde, riesige Krater und entwurzelte Bäume zeugten. Wie tiefe Wunden gruben sich die verlassenen Schützengräben in den Boden, Stollen und Unterstände wirkten wie Geisterstädte. Hier und da entdeckte man noch Hab und Gut der Soldaten. Von der Witterung ausgefranste Planen wehten im Wind, Militärkarossen rosteten unter freiem Himmel, wie Skelette versanken zurückgelassene Karren im Schlamm. Carl fragte sich, wie lange es wohl dauern würde, bis Gras und Büsche diesen Ort überwuchern und ihm Frieden schenken würden. Bis die Grausamkeit der Menschen vom Angesicht der Erde verschwinden würde.

Es war Oswald, der plötzlich stehen blieb. Mit einem leeren Blick starrte er auf ein Feld, das von unzähligen Kreuzen gesäumt war. Die anderen Gefangenen torkelten in einem steten Strom an ihm vorbei. Carl wollte ihn warnen weiterzugehen, bevor die Wache ungeduldig wurde.

»Die Männer aus meiner Kompanie liegen hier«, murmelte Oswald. »Eine schlimme Schlacht war das.« Dann drehte er sich zu Carl, blinzelte, als wäre ihm bewusst geworden, wer neben ihm stand, und seine kantigen Züge verzogen sich vor Abscheu. »Aber dich scheint es nicht weiter zu berühren, dass unsere Kameraden hier liegen, was?« Seine riesige Pranke krallte sich in Carls Gefängniskluft.

Fest blickte er Oswald ins Gesicht. »Finger weg.«

Er packte die behaarte Hand und riss sie von seiner Kleidung weg. Egal, was passierte, er durfte nicht weichen!

»*Allez! Allez!*«, brüllte es unmittelbar neben ihm.

Zum zweiten Mal an diesem Tag waren es die Franzosen, die ihm die Haut retteten.

Einer stieß seinen Gewehrkolben in Oswalds Seite und brachte ihn ins Taumeln. Ein weiterer Schlag erwischte ihn am Rücken, trieb ihn voran. Carl bekam einen Hieb in die Rippen, keuchte, nutzte aber die Gelegenheit, um Abstand zwischen sich und Oswald zu bringen. Auf dem weiteren Weg beobachtete er den Mann, der Lutz eingeholt hatte und die ganze Zeit auf ihn einredete. Die Blicke, welche die beiden ihm zuwarfen, verhießen nichts Gutes. Was auch immer die zwei ausheckten – irgendwann würden die Franzosen nicht zur Stelle sein, um seine Lage zum Besseren zu wenden. Er musste auf der Hut sein.

Der Befehl zum Halt zerriss die Monotonie der Bewegung.

Die Aufseher ließen sie sich in Reih und Glied aufstellen, erklärten in kurzen Sätzen, was zu tun war. Lutz, der am besten Französisch verstand, übersetzte. Mit finsterer Miene erklärte er, sie würden ab jetzt einer Sprengkolonne angehören, um auf den ehemaligen Schlachtfeldern nach Blindgängern zu suchen. Die Sprengkörper waren zu Sammelstellen zu tragen, wo sie zu einer kontrollierten Detonation gebracht werden sollten. Die knappen Anweisungen der Wachleute deuteten nicht gerade darauf hin, dass sie viel von der Aufgabe verstanden, die sie da gerade zuwiesen. Oder sich große Gedanken über die Sicherheitsvorkehrungen gemacht hätten.

Carls Blick huschte über die aufgewühlte Erde, über die Gräben, unzählige Krater und die entwurzelten Bäume. Hier und da sprossen frisches Frühlingsgras und das eine oder andere Gänseblümchen, die jedem Elend zum Trotz ihre Blüten öffneten. Noch vor wenigen Minuten hatte er geglaubt, Lutz und Oswald wären sein größter Grund zur Sorge. Jetzt fragte er sich, ob schon der nächste Schritt ihm zum Verhängnis werden konnte. Etwas Schweres legte sich um seine Brust, zog sein Herz zusammen, hinderte es daran, frei zu schlagen.

Überleben, pochte es in seinen Schläfen. Überleben, um zu Emma zurückzukehren.

Vor seinem geistigen Auge wimmelten die Kreuze, die er vorhin vom Weg aus gesehen hatte. Überleben? Wie sollte er es schaffen, wenn er schon im nächsten Augenblick in Stücke gerissen werden konnte?

»Umbringen wollen sie uns«, dröhnte Lutz' Stimme über die Köpfe der anderen Gefangenen hinweg. Jeder Laut schlug wie ein Sargnagel in Carls Kopf. Denn der Mann hatte recht. Eine Todesfalle war das hier.

»Allesamt umbringen!«, rief Lutz nachdrücklicher. »Da wir anscheinend nicht willens sind, an Hunger und Not zu verrecken. Das sollten wir uns nicht gefallen lassen!«

Die Aufseher schimpften, schubsten ihn zurück zu den anderen, verpassten ihm Tritte und Hiebe, ohne ihn zum Verstummen bringen zu können. Immer weiter, immer lauter schrie er: »Die Arbeit sollten wir verweigern, jawohl! Männer! Schließt euch mir an!« Er schrie bis zur Heiserkeit. Und seine raue, kräftige Stimme verursachte Carl Gänsehaut.

Ein Gemurmel erhob sich. Die Wachleute brüllten, fuchtelten mit Gewehren.

Was wirst du tun? Carl bis sich auf die Lippe. Hier stehen bleiben? Auch auf die Gefahr hin, von einem Soldaten erschossen zu werden, der die Geduld verlor? Oder sich fügen. Ins Feld gehen. Um von einem Blindgänger in die Luft gejagt zu werden?

Der Gedanke schnürte ihm die Kehle zu. Beides bedeutete, dass er sein Versprechen gegenüber Emma brechen würde. Dass er es nicht schaffte, zu ihr zurückzukommen. Dass er sie im Stich lassen würde.

Noch nie hatte er sich so sehnlich die Senfkörner in der Tasche gewünscht. Denn wenn er die kleinen Kügelchen zwischen den Fingern hielt, flogen ihm die richtigen Entscheidungen zu.

»Uns alle können sie nicht erschießen!«, rief Lutz erneut, presste die Lippen zusammen und drehte sich den Gewehrmündungen entgegen, die auf ihn zielten.

»Aber mit irgendjemandem werden sie anfangen«, murmelte einer neben Carl. Ein drahtiger Mann mit hängenden Schultern, der sich als Erster abwandte und zum Feld trottete. »Das geht schon«, brummte ein anderer. »Müssen wir halt vorsichtig sein.« Nach und nach taten es ihm die anderen gleich. Der Widerstand schmolz wie Spätschnee unter der Frühjahrssonne und floss in Bächen dahin.

Bis nur noch Oswald, Lutz, zwei andere Männer und Carl zurückblieben.

Carl merkte nicht einmal, wie einer der Wachleute neben ihm aufgetaucht war. Ein harter Schlag gegen den Kopf warf ihn zu Boden. Mit einer Wange spürte er, wie er im Matsch landete. Vor seinen Augen tanzten weiße Punkte. »Emma …« Ihr Name gab ihm Kraft. Unwillkürlich schlossen sich seine Finger um ein Gänseblümchen, bevor weitere Tritte in den Bauch und gegen die Brust ihm den Atem raubten und sein Herz schier zum Explodieren brachten.

Speyer, 1919

EMMA

Sie lief. Auf keinen Fall durfte sie stehen bleiben. Auch wenn jeder Schritt sich wie ein Kampf anfühlte, sie immer langsamer wurde und die Füße drohten im matschigen Boden stecken zu bleiben. Weiter. Immer weiter durch die Dunkelheit, die auf sie zu lauern schien. Wie ein Ungeheuer, das nach ihr lechzte.

Weg. Bloß weg von hier. Auch wenn es kein Entkommen gab.

Sie stolperte durch die Schwärze. Ein Schritt. Noch ein Schritt. Beim nächsten rutschte sie aus und fiel in den Matsch. Ihre Arme versanken bis zu den Ellbogen im Morast. Sie zog und zerrte, um ihre Hände frei zu bekommen, kam aber nicht hoch.

Plötzlich verharrte sie. Jemand war da. Direkt über ihr.

Nein, nein, nein, wollte sie rufen. Aber die Worte blieben in ihrer Kehle stecken, als eisige Hände sie klauenartig an den Schultern packten und hochzerrten.

Nein, schrie sie stumm und blickte mit aufgerissenen Augen in das Gesicht ihres Verfolgers.

In Carls totes Gesicht.

Emma. Seine bläulichen Lippen bewegten sich stumm. Der leblose, kalte Blick fuhr wie eine Klinge in ihre Seele. Emma!

Sie schreckte hoch. Einen Augenblick lang wusste sie nicht, wo sie sich befand, während das drückende Gefühl, die Gewissheit, Carl enttäuscht, nein, ihn verraten zu haben, ihre Brust wie ein Schraubstock zusammenpresste.

Kein Wunder, dass er sie heimsuchte.

Sie hatte es nicht geschafft, sein Vermächtnis zu bewahren. Sie hatte alles verloren, was ihm lieb und teuer gewesen war. Noch mehr: Wofür er sein Leben gegeben hatte.

Sie schauderte.

»Emma …«

Wie aus dem Nebel erschien Wilhelmines blasses Gesicht vor ihren Augen. In der Dämmerung der Morgenstunde wirkte es surreal mit seinen hervorstehenden Wangenknochen, angeschwollenen Lidern und trockenen, aufgeplatzten Lippen.

»E-es tut mir leid, ich wollte dich nicht wecken«, stammelte Emma verlegen. Noch immer raste ihr Herz, und sie hatte das Gefühl, kaum Luft zu bekommen. Als würde der tote Carl in den dunklen Ecken auf sie lauern und nur auf eine günstige Gelegenheit warten, um seine Klauen erneut in ihre Schultern zu bohren.

»Hast du nicht. Ich konnte nicht schlafen.« Wilhelmine richtete sich auf. Der muffige Strohsack, auf dem sie kauerte, raschelte bei jeder ihrer Bewegungen. Ganz hochzukommen und sich aufzurichten, schaffte sie nicht. Obwohl die Krankheit längst überwunden war, hatte Wilhelmine noch immer nicht zu alter Kraft zurückgefunden. Der trockene Husten hatten sich tief in ihrer Brust eingenistet und quälte anfallartig ihren geschwächten Körper. Es tat Emma in der Seele weh, diese einst so energische, resolute Frau vollkommen erloschen zu sehen, ohne jeglichen Lebensfunken.

Manchmal fragte sich Emma, ob Wilhelmine aufgegeben hatte. Ob ihre Schwiegermutter nach dem Tod ihres Ehemannes und dem Verlust ihres Sohnes gar nicht mehr ins Leben zurückkehren wollte, sondern nur noch da war, um auf das Ende ihrer Tage zu warten. Wie gern hätte Emma ihr geholfen, wieder Mut zu fassen. Doch an manchen Tagen fühlte sie sich selbst ohne jegliche Hoffnung und ließ sich durch den tristen Alltag treiben, ohne etwas wahrzunehmen. Manchmal war es ein Segen, nichts zu spüren. Abgesehen vom dumpfen Gefühl der Trauer, das sie mehr und mehr aushöhlte.

Meistens legte sich Wilhelmine wieder zurück auf ihr Lager, um vor sich hin zu dämmern. Dieses Mal blieb sie halb aufgerichtet. Ihr Arm zitterte leicht vor Anstrengung, und doch ließ sie sich nicht fallen, sondern schaute Emma mit einem matten, aber eindringlichen Blick an. »Hast du … hast du wieder von *ihm* geträumt?«

Allein beim Gedanken an den Albtraum spürte Emma, wie sich die feinen Härchen auf ihrem Körper aufrichteten und ein kalter Schauer ihren Rücken entlangjagte.

Sie nickte kaum merklich.

Zu mehr war sie nicht imstande. Die Heimsuchungen der Nacht hatten sie vollkommen ausgelaugt. Noch immer spürte sie Carls Gegenwart, als würde er irgendwo da sein und stumm ihren Namen rufen.

»Wen auch immer du in deinem Traum gesehen hast, es war nicht Carl.« Wilhelmines Stimme klang ganz brüchig. Eher ein Keuchen, mehr nicht. »Es war nicht unser Carl, Emma. Carl würde dir niemals etwas Böses wollen.«

»Ich weiß«, flüsterte sie. Mit einem Mal konnte sie sich nicht mehr zurückhalten. Einem Impuls folgend, schloss sie ihre Arme um Wilhelmines dürren Leib und vergrub ihr Gesicht an der Schulter ihrer Schwiegermutter. »Unser Carl würde niemals etwas Böses wollen. Aber unser Carl ist tot.«

Die Worte machten sie schwach mit ihrer Endgültigkeit. Sie rissen ein Loch in ihr Innerstes. Zogen den Boden unter ihr weg, so dass sie glaubte, jeden Moment in den Abgrund zu stürzen und nie wieder hochzukommen. Dabei brauchte sie Kraft! Durfte nicht aufgeben. Sie musste sich um Wilhelmine kümmern und alles dafür tun, die Seidels wieder miteinander zu vereinen.

Doch sie hatte keine Ahnung, woher sie die Zuversicht noch nehmen sollte. Wenn alles, was sie stützte, nicht mehr da war.

Behutsam strich Wilhelmine über ihren gekrümmten Rücken, und ein wenig Wärme schlich sich in ihre Seele. Was ihr guttun sollte, brachte sie endgültig aus der Fassung. In ihrer Nase kribbelte es. »Ich vermisse ihn. Ich vermisse ihn so entsetzlich!«, wisperte sie. Ihre Stimme klang hoch und dünn und unglaublich hilflos in ihren Ohren.

»Nichts kann das Loch füllen, das er in unseren Herzen hinterlassen hat.«

»Es wird jeden Tag größer, dieses Loch«, flüsterte Emma. Ihre Augen brannten. »Irgendwann wird es mich verschlingen. Mit Haut und Haaren. Ich habe eine schreckliche Angst, dass es passiert, bevor ich es schaffe, dich von hier wegzubringen. Zu Louise und deinem Enkel und …«

Antoine.

Sie schluckte seinen Namen hinunter. So schnell, wie sich ihre Wege gekreuzt hatten, so rasch hatten sie sich wieder getrennt. Jetzt stand all das Unausgesprochene zwischen ihnen, was sie im Automobil nicht hatte hören wollen. Sie fühlte sich allein mit dieser Last, mit all ihren Gedanken … Sie fühlte sich verloren in ihrer eigenen Verbitterung.

Es tut mir leid.

Vier Worte, die ihr damals ohne Bedeutung vorkamen. Wie so vieles, was Antoine sagte oder tat. Und die doch mehr in ihr hinterlassen hatten, als sie wahrhaben wollte.

Emma spürte Wilhelmines feuchte Wange, die ihre Schwiegermutter an ihre Schläfe schmiegte. Vorsichtig löste sie die Umarmung. Mit bebenden Fingern strich sie die Tränen weg, die Wilhelmine über das eingefallene Gesicht liefen. Was sollte sie nur machen? Sie war nicht gut im Trösten. Sie konnte nur ihr Bestes tun.

»Nicht weinen. Alles wird gut.« Sie wusste selbst, wie hohl ihre Worte klangen. Ihr Bestes war eben nicht genug. Wieder versuchte sie, Wilhelmines Tränen wegzuwischen. Doch ihre Schwiegermutter hielt ihre Hand auf.

»Schon in Ordnung. Manchmal ist es gut, zu weinen. Denn die Menschen, die wir verloren haben, sind jede dieser Tränen wert. Was können wir denn noch für sie tun, als sie zu beweinen? Ich wünschte mir, du könntest es auch. Um Carl weinen, wenn dir danach ist. Alles herausschreien, wenn du nicht mehr kannst. Und mich wissen lassen, wann du mich brauchst …«

Mich brauchst du mehr, wollte Emma antworten, als der Vorhang, mit dem die Ecke vom Rest der Wohnung abgetrennt worden war, ruckartig beiseitegerissen wurde.

»Hier wird nicht geschrien.« Käthe Bergmann schnaubte. Ihre Nasenflügel bebten. »Raus aus den Federn. Die Arbeit wartet.«

»Käthe«, flüsterte Wilhelmine anklagend, und Emma hatte das Gefühl, dass Wilhelmine sie schützend ganz leicht an sich drückte. »Deine Tochter saß bis spät in die Nacht an der Nähmaschine! Lass ihr doch einen Moment.«

Wilhelmines Widerrede schien ihrer Mutter kurzzeitig die Sprache verschlagen zu haben. Verärgert stieß Käthe die angehaltene Luft aus. »Vielleicht ist es dir nicht aufgefallen, aber nicht alle haben die Möglichkeit, tagein, tagaus Löcher in ihr Nachtlager zu liegen. Meine Tochter hat zu tun. Denn sie muss ihren Beitrag leisten, damit wir ein Dach über dem Kopf behalten und du deinen Bauch mit Essbarem füllen kannst. So war die Abmachung. Schmarotzer dulde ich nicht.«

So oft hatte Emma schon gedacht, dass ein gebrochenes Herz nicht mehr weh tun konnte. Doch ihre Mutter schaffte es jedes Mal, auf den Scherben herumzutrampeln. Manchmal fragte sie sich, ob es nicht besser gewesen wäre, wegzugehen. Einen Unterschlupf in einem dieser Heimkehrerlager zu suchen, die unzählige Flüchtlinge aus Elsass-Lothringen oder Schlesien aufnahmen. Doch von den schrecklichen Bedingungen dort hatte Emma genug gehört – diese Tortur würde ihre Schwiegermutter nicht überstehen. Und Käthe Bergmann wusste es zu gut. Sie hatte sie beide in der Hand und zahlte jede Schmähung hundertfach zurück, die sie von den Seidels und Emma erfahren zu haben glaubte.

»Ruh dich noch ein bisschen aus.« Vorsichtig drückte Emma die erschöpfte Wilhelmine zurück auf den Strohsack. Allein diese kleine Unterhaltung schien sie völlig ermattet zu haben. Ihr Atem ging rasselnd. Als riebe in ihrer Brust Schleifpapier aufeinander.

Wie dünn diese Frau geworden war! Wie zerbrechlich sie aussah, wenn sie so regungslos und mit halb geschlossenen Lidern dalag. Behutsam deckte Emma sie mit einem Laken zu. Das zwar nicht wärmte. Doch vielleicht ein bisschen das Gefühl von Geborgenheit vermittelte.

»Wird's bald?«, drängte ihre Mutter. »Oder brauchst du eine besondere Einladung? Vielleicht mit Goldprägung auf einem dicken, handgeschöpften Seidel-Papier? Von einem persönlichen Boten überreicht?«

»Ich komme!« Mit hastigen Bewegungen band Emma sich einen Haarknoten. Obwohl ihre Strähnen sich nie in eine strenge Frisur fugen wollten und immer wieder herausschlüpften.

Rasch ordnete sie ihr Unterkleid. Ein Nachthemd besaß sie nicht. Oder: nicht mehr. Nach den ersten paar Tagen hatte ihre

Mutter die Habseligkeiten ihrer unfreiwilligen Gäste durchwühlt und alles, was irgendwie von Wert war, für Lebensmittel und Geld eingetauscht. Ein Glück, dass Carls Pläne für die Maschinen davon verschont geblieben waren. Während der Flucht hatte sie darauf wie auf ihren Augapfel aufgepasst. Und allein der Gedanke daran, sie könnte die Zeichnungen verlieren, verursachte ihr Übelkeit. Damit die Papiere bloß nicht in die Hände ihrer Mutter gerieten, hatte sie eine geheime Tasche in ihren Strohsack eingenäht und überprüfte jeden Abend, dass alles an seinem Platz lag. Manchmal hockte sie dabei in der Ecke und fuhr Carls Handschrift nach, stellte sich vor, wie seine langen, schlanken Finger den Stift hielten und die Linien zeichneten.

»Emma!«

Emma zuckte zusammen. Während der tote Carl sie nachts in Albträumen heimsuchte, fühlte sie sich dem lebendigen Carl in ihren Tagträumen am nächsten. Manchmal verlor sie sich komplett in Erinnerungen an ihn. Suchte nach seiner Stimme. Fühlte seine Berührungen. Atmete seinen Duft ein. Manchmal verharrte sie dabei einfach, starrte ins Nichts – und war bei ihm. Mit all ihren Sinnen.

Doch ihre Mutter sollte sie nicht verärgern. Wenn Käthe Bergmann ungehalten wurde, war sie unberechenbar. Es konnte ein Schlag mit dem Besen folgen. Oder Essensentzug mit der Begründung, die Lebensmittel reichten nicht aus. Manchmal schien es Käthe Bergmann eine besondere Genugtuung zu verschaffen, Wilhelmine eine Schüssel mit gekochten Kartoffelschalen vorzusetzen, weil es angeblich nichts anderes mehr gab. Den Lebensmittelschrank kontrollierte sie selbst und sperrte ihn stets sorgfältig ab.

»Ich mache gleich das Frühstück und sehe nach Vater.« Emma zog sich rasch das Überkleid an, tauchte unter dem

Tuch hervor und trat in die Stube. »Er hat eine unruhige Nacht hinter sich.« Traurig schielte sie zur Tür, die meistens geschlossen blieb. Ihr Vater bewohnte den kleinen Raum dahinter, der ursprünglich sicherlich als Vorratskammer gedacht war. Sein Bett fand gerade so Platz darin. Es gab nur ein schmales Fenster, das kaum Licht durchließ, und wenn Emma über die Schwelle trat, schlug ihr jedes Mal abgestandene Luft entgegen. Von Rheumaschüben geplagt, verließ er in den kalten Monaten kaum das Bett. Sie sah ihn dahinwelken, während das Leben an ihm vorüberzog. Wie lange würde er es noch mitmachen, bis er sich endgültig aufgab? Sie wusste es nicht. Hoffte bloß auf die warmen Monate, die ihm vielleicht etwas Linderung verschafften. »Ich glaube, er braucht wieder seine Medizin. Die Tinktur ist fast alle. Spätestens morgen muss ich …«

Es gelang ihr nicht, den Satz zu Ende zu bringen, weil Käthe Bergmann ihr das Hemd ins Gesicht schleuderte, an dem Emma bis spät in die Nacht gesessen hatte. »Wie kannst du es wagen, so eine Schluderei abzuliefern!«

»Aber … das ist doch …« Völlig überrumpelt breitete Emma das Kleidungsstück aus und drehte es nach allen Seiten. In Handarbeiten war sie nie besonders begabt gewesen, und es fiel ihr schwer, auf Anhieb zu sehen, was ihre Mutter meinte. »Was habe ich falsch gemacht?«

»Was du falsch gemacht hast?« Ungläubig hob Käthe die Hände gen Decke. Früher hatte sie selten große Gestik an den Tag gelegt. Jetzt schien sie alles ringsherum zu beherrschen mit ihrer Wut, die viel zu schnell in ihr entflammte. »Schämst du dich gar nicht? Sieh dir diese Schlamperei an. Keine Naht ist gerade!«

»Es … es tut mir leid.« Emma merkte, wie sie zu stottern begann, und biss sich auf die Unterlippe. Rechtfertigungen brachten rein gar nichts. Egal, ob die Nähte gerade waren oder nicht. Sie beeilte sich, sich an die Nähmaschine zu setzen. »Ich mache es gleich neu. Wo soll ich nachbessern?«

»Nachbessern!« Ihre Mutter stürmte auf sie zu und riss ihr das Hemd aus den Händen. »Dafür ist keine Zeit. Frau Vonderbrüggen kommt bestimmt bald …« Sie verstummte. Lauschte. Tatsächlich ertönten draußen Schritte, und jemand klopfte an.

Emma beeilte sich zu öffnen, bevor ihre Mutter erneut zu schimpfen begann. Doch es war nicht Frau Vonderbrüggen. Überrascht stolperte Emma ein paar Schritte zurück, was offensichtlich Einladung genug war – die Vermieterin kam herein. Nur mit Mühe gelang es Emma, das flaue Gefühl im Magen zu unterdrücken. Frau Eilfeldt hatte etwas Einschüchterndes an sich. Als wären ihr die Menschen vollkommen fremd, mied sie es, ihnen ins Gesicht zu schauen. Mit stolz erhobenem Kopf sah sie einfach über einen hinweg. Ihre groß gewachsene Gestalt strotzte vor Kraft und einer nahezu antiken Schönheit. Für eine Athene-Statue könnte sie sofort als Modell posieren, dachte Emma.

»Die Fenster sollten endlich mal geputzt werden«, sagte sie statt einer Begrüßung. »Wie sieht es nur von draußen aus! Ich will mir lieber nicht vorstellen, was die Leute denken, wenn sie am Haus vorbeigehen.«

»Ja, natürlich«, säuselte Käthe Bergmann, »das wollten wir sowieso heute erledigen. Das Fenster wird strahlen, wie noch nie ein Fenster gestrahlt hat!« Dabei warf sie vernichtende Blicke in Emmas Richtung, die sich wie Schläge anfühlten.

»Die ist also immer noch hier.« Eilfeldts Tonfall kühlte die Zimmertemperatur augenblicklich herunter. Die Vermieterin musste sie gar nicht ansehen, damit Emma wusste, dass sie gemeint war. Unwillkürlich rieb sie sich die Schultern und schaute weg. Erst jetzt entdeckte sie in der Tür Eilfeldts Bruder Achim, der sich lässig an den Rahmen lehnte. Er war genauso groß wie seine Schwester, aber breitschultriger und fleischiger, so dass er fast den gesamten Eingang ausfüllte. Niemand kam mehr rein oder raus.

»Ich dachte, das sollte nur ein vorübergehender Umstand gewesen sein«, fuhr die Vermieterin fort.

»Ach, was soll man da machen. Familie ist Familie«, trällerte Käthe, als wollte sie mit den frühlingstollen Vögeln draußen konkurrieren. Nervös schraubte sich ihre Stimme immer mehr in die Höhe.

»Überall diese Flüchtlinge.« Eilfeldt zog die Nase kraus. Dabei blieb ihr Ton kühl und distanziert, als würde sie von einem umgekippten Salzstreuer reden und nicht von Ereignissen, die unzählige Menschen gezwungen hatten, ihr Hab und Gut zurückzulassen und in die Fremde zu ziehen. »Die Stadt ist voll von ihnen. Mich würde es nicht wundern, wenn sie die Seuche angeschleppt haben.« Mit einer kaum wahrnehmbaren Kopfbewegung deutete sie zum Tuch, hinter dem Wilhelmine lag. »Die andere ist doch krank, oder nicht?«

»Es ist nicht die spanische Influenza!«, stieß Emma voller Inbrunst hervor. Zu gut wusste sie, wie nervös die Menschen wurden, wenn man in ihrer Nähe auch nur nieste. Vom Husten ganz zu schweigen. Kaum auszumalen, was passierte, wenn die Eilfeldt sich entschloss, Wilhelmine auf die Straße zu setzen! Verzweifelt sah sie umher, als könnten die Wände um sie herum eine Lösung liefern. Dann kreuzte ihr Blick den von Achim, und Emma verharrte wie ein Reh, das einem Jäger vor die Flinte gelaufen war. Er schien sie die ganze Zeit zu beobachten, und etwas Ungutes blitzte in seinen Augen hervor. Nur schwer gelang es ihr, die Starre abzuschütteln und woanders hinzuschauen. Sie sollte nicht zu viel da hineininterpretieren! Entschlossen strich sie die Gänsehaut von ihren Armen weg. Früher hätte sie sich nicht so leicht verunsichern lassen. Was war nur mit ihr los?

Frau Eilfeldt seufzte, während sie weiterhin nachdenklich aus dem schmutzigen Fenster starrte. »Es tut mir unendlich leid, aber unter den gegebenen Umständen habe ich einfach keine Wahl. Ich muss die Miete erhöhen.«

Emma keuchte. Es fühlte sich an wie ein Schlag ins Zwerchfell. Sie wussten doch schon jetzt kaum, wie sie über die Runden kommen sollten!

»Aber …«, setzte Käthe Bergmann mit einer noch dünneren Stimme an als zuvor, doch die Vermieterin hob gebieterisch eine Hand.

»Verstehen Sie mich nicht falsch, Teuerste. Wenn ich könnte, würde ich es nicht tun. Aber mein Mann sitzt mir im Nacken und murrt die ganze Zeit, dass ich zu nachgiebig bin.« Sie hielt inne. Achim im Türrahmen grunzte dabei etwas Unverständliches, was sie mit leicht zusammengezogenen Augenbrauen kommentierte. Dann glätteten sich ihre Züge, und ihr Antlitz ähnelte wieder einer stolzen Athene-Marmorstatue. »Seit er aus dem Krieg zurück ist, ist er nicht mehr derselbe. Aber in diesem Punkt hat er recht: Es ist durchaus ein Unterschied, ob zwei Personen hier wohnen oder vier. Doppelt so viele Menschen in der Wohnung wie vereinbart – doppelt so viel Miete.« Sie machte eine Pause. Es machte den Eindruck, dass sie die Grabesstille genoss, die sich nach ihren Worten ausbreitete.

Völlig niedergeschlagen ließ sich Käthe Bergmann auf einen Hocker fallen. Regungslos starrte sie zu Boden. Wie gern wäre Emma zu ihrer Mutter gegangen, hätte sie umarmt und getröstet. Manchmal übermannten sie diese Gefühle regelrecht. Vielleicht kauerte irgendwo tief in ihr noch immer ein kleines Kind, das sich nach mütterlicher Zuneigung sehnte, die niemals kommen würde. Sie sollte endlich aufhören, sich Hoffnungen zu machen. Das Band zu ihren Eltern war zerrissen. Und nichts konnte es wieder knüpfen.

Noch nie hatte Emma den Graben zwischen ihnen beiden so stark gespürt.

Bedauernd ließ die Vermieterin ihren Blick über die kargen Wände gleiten. »Ich weiß, in was für einer schwierigen Lage Sie sich befinden. Zwei Wochen kann ich Ihnen einen Aufschub gewähren. Aber dann brauche ich das Geld in voller Höhe.«

»Wie sollen wir das nur schaffen?« Käthe war kaum noch zu hören. Völlig in sich zusammengesunken, kauerte sie da.

Eilfeldt machte eine ausschweifende Geste in Emmas Richtung. »Arbeiten soll sie! Sie haben die beiden lang genug durchgefüttert, meine Liebe. Oder jagen Sie sie davon, dann wird alles beim Alten sein.«

Emma keuchte. Davonjagen? Wo sollten sie hin?

»Arbeit! Wenn das so leicht wäre.« Ihre Mutter schüttelte den Kopf. Die Schultern sackten noch ein Stück weiter nach unten. Drei Finger setzte sie sich an die Stirn, als würde sie angestrengt nachdenken. »Statt etwas Anständiges zu lernen, hat sie ja *studiert*. Wollte etwas Besseres sein. Jetzt haben wir den Salat. Der Kopf ist voller sinnloser Dinge. Und zwei Krüppelhände, die kaum eine Naht gerade setzen können. Zu nichts nutze!«

Unwillkürlich rieb sich Emma über die Arme. Die Brandnarben waren verblasst und sahen wie Eisblumen auf ihrer Haut aus. Die Narben in ihr drin schmerzten umso mehr. Mit diesen Händen hatte sie Carl aus dem Feuer gezogen. Diese Hände hatten ihn das letzte Mal umarmt … und dieselben Hände hatten ihn losgelassen, damit er in den sicheren Tod gehen konnte. Warum hatte sie das nur getan? Statt ihn noch fester zu umarmen, ihn bei sich zu halten?

Heute würde sie beide Hände hergeben, um ihn zurück ins Leben zu bringen. Um ihn zurück zu ihr zu holen.

Frau Eilfeldt seufzte, als wäre es ihr unerträglich, Käthes Leid zu sehen. Langsam kam sie zum Hocker. Ohne hinunterzublicken, tätschelte sie zaghaft Käthes Rücken. Dann zog sie ihre Hand zurück, als hätte sie sich verbrannt. Sie schien Menschen genauso ungern anzufassen wie anzusehen.

»Wenn nichts Anständiges mit ihr anzufangen ist …« Kurz presste sie die Lippen aufeinander und streckte das Kinn vor. »Hübsch ist sie ja. Es gibt genug Zeitgenossen, die für ein paar Gefälligkeiten eines Weibsbildes bezahlen würden.«

Emma keuchte. Allein die Vorstellung … Sie fröstelte. Krampfhaft presste sie die Hände vor dem Bauch zusammen. Die Übelkeit stieg in ihr hoch, legte sich bitter auf ihre Zunge. Nein, das konnte die Vermieterin auf keinen Fall ernst meinen! Sie wollte protestieren, doch nur ein hilfloses Wimmern entfuhr ihren Lippen, weil sie glaubte, sich jeden Augenblick übergeben zu müssen.

Käthe schwieg.

Warum schwieg sie nur?

Überlegte ihre Mutter – ihre eigene Mutter – tatsächlich, sie irgendwelchen Männern zum Vergnügen vorzuführen? Männern, die sie anfassen würden, wo nur Carl sie angefasst hatte? Die all das Schöne, das sie mit ihm gehabt hatte, beschmutzen würden? Um ihr das letzte Stückchen Würde zu nehmen, das ihr geblieben war? Was sollte noch von ihr da sein, wenn … wenn sie erst einmal fertig mit ihr waren?

Panisch klammerte sie sich an den Ring an ihrem Finger.

Als könnte dieses kleine Stück Metall sie vor Schlimmem beschützen.

Stille.

Von überallher drückte diese unheimliche Stille auf sie nieder und verursachte ihr Angst, wie sie sie noch nie gespürt hatte. Und dazu noch … Achim hatte nichts gesagt. Und doch hatte sich etwas an seiner Haltung verändert. Emma schlang die Hände um ihre Schultern. Es kam ihr vor, als würde er abschätzen, wie viel ihr Körper wert war.

»Sie wäre ja nicht die Erste«, meinte die Eilfeldt beinahe wohlwollend. »So viele gute Frauen sehen heutzutage kaum einen anderen Ausweg. Irgendwie müssen sie ja ihre Familien durchbringen. Ihre Tochter sollte sich langsam erkenntlich dafür zeigen, was Sie für sie getan haben. Aber genug der Plauderei. Es ist nicht meine Entscheidung.« Die Vermieterin winkte in Richtung ihres Bruders, der sich vom Türrahmen löste. Er hielt ihr ein in schwarzes Leder gebundenes Büchlein entgegen, das in seiner riesigen Hand nahezu gänzlich verschwand. »Zwei Wochen Aufschub kann ich Ihnen geben, meine Teuerste. Zwei Wochen, danach will ich das Geld sehen.« Sie schlug das Büchlein auf und kritzelte etwas hinein. Vermutlich einen Vermerk über die Erhöhung der Miete. »Das wäre dann alles.«

Schwungvoll drehte sie sich um, und ein Blatt segelte zwischen den Seiten der Kladde hervor. Rasch hob Emma es auf. Ihre Finger zitterten so sehr, dass das Papier wie in einer steifen Brise raschelte. Ein von der französischen Besatzung frisch abgelehnter Passierschein für Theresa Eilfeldt. Anscheinend wegen Fehlern bei der Ausfüllung, stellte Emma rasch fest.

»Danke sehr«, murmelte die Vermieterin, zückte das Blatt aus ihren Fingern und steckte es wieder ins Büchlein. »Auf Wiedersehen.«

Sie drückte das Büchlein ihrem Bruder in die Hände, der sie vorließ und schließlich hinter ihr her durch die Tür nach draußen schlüpfte. Die Treppe knarzte unter seinen schweren Schritten.

Nur langsam wandte sich Emma ab und blickte auf ihre Mutter herab, die noch immer dasaß, völlig in sich zusammengesunken.

»Mama?« Es kostete Emma große Überwindung, auch nur einen Laut von sich zu geben. Ihre Seele fühlte sich wie erfroren an. »Du wirst doch … Du wirst doch nicht wirklich von mir verlangen, dass ich …« Sie schaffte es nicht, den Satz zu Ende zu sprechen.

Käthe Bergmann zuckte zusammen. Nur langsam hob sie den Blick. Ihre Augen wirkten glasig, beinahe seelenlos. »Dass du – was? Dich endlich erkenntlich zeigst für das, was ich für dich getan habe? Vielleicht ist es an der Zeit, dass du von deinem hohen Ross steigst und einsiehst, dass die Welt nicht deinen Träumen entsprungen ist. Dass die Realität nun einmal eine andere ist. Und man sich ihr fügen muss, um zu überleben.«

Emma hätte schwören können, dass ihr Herz aufgehört hatte zu schlagen. »Ich kann nicht.«

Ihre Mutter drehte den Kopf weg und wischte sich verstohlen über die Augen. Sie sah alt aus. So unglaublich alt. Als wären in wenigen Minuten Jahrzehnte an ihr vorbeigeeilt. »Ich kann das alles auch nicht mehr! Es ist zu viel. Es ist einfach zu viel.«

Emma hielt den Atem an. Was sollte sie tun? Was sollte sie nur tun? Der abgelehnte Passierschein tauchte vor ihrem inneren Auge auf. Vielleicht …

Als hätte sich eine Sprungfeder in ihr gelöst, stürmte sie nach draußen.

Die Vermieterin war gerade dabei, in eine Kraftdroschke zu steigen.

»Frau Eilfeldt! Warten Sie!«, rief sie so laut, dass sie kurz fürchtete, das halbe Haus würde sie hören. Schwer atmend blieb sie vor dem Automobil stehen, ignorierte Achim, der sie verwundert – und noch immer abschätzend – beäugte. »Vielleicht kann ich Ihnen bei Ihrer Angelegenheit helfen.«

»Bei welcher Angelegenheit?« Theresa Eilfeldt setzte sich auf die Rückbank, kerzengerade und mit erhobenem Kopf, den Blick nach vorn gerichtet.

»Ihr Passierschein. Ich könnte versuchen, die Genehmigung für Sie zu bekommen.« Sie schluckte schwer. Was sie schon immer gut konnte, war zu verhandeln. Außerdem sprach sie französisch, und das mehr als passabel! Es wäre zumindest eine Chance, die sie sich nicht entgehen lassen durfte!

Frau Eilfeldt schürzte die Lippen und winkte stumm ihren Bruder herbei, damit er ebenfalls in die Kraftdroschke stieg. Natürlich. Wie sollte sie auch glauben, dass ein armes, geflüchtetes Ding aus Lothringen etwas ausrichten würde!

Emma klammerte sich an die geöffnete Tür des Wagens. Wenn das Automobil erst einmal losfuhr, würde sie die Möglichkeit verpassen. Dann würde ihr tatsächlich nichts anderes bleiben als …

»Sie haben nichts zu verlieren!«, stieß sie verzweifelt hervor. »Ich schaue einfach, was ich erreichen kann. Und wenn es nicht klappt … dann … Lassen Sie es mich nur versuchen! Bitte! Geben Sie mir diese Chance!«

Die Frau schien zu überlegen. »Und was wollen Sie als Gegenleistung?«

»Sie erlassen die nächste Miete.«

Die dünnen Augenbrauen schnellten in die Höhe. »Gleich die ganze Miete?«

Emma schloss die Lider. Die Zeilen des Passierscheins sprangen vor ihren Augen hin und her, so schnell, dass ihr schwindelig wurde. »Sie wollen geschäftlich nach Heidelberg. Was versprechen Sie sich von dieser Reise? Wiegt es das einmalige Aussetzen unserer Miete auf?«

Langsam neigte Frau Eilfeldt den Kopf. Zum ersten Mal hatte Emma den Eindruck, als würde diese Frau ihre Meinung überdenken. Emma neu einschätzen. Die Möglichkeiten sehen, die ihr vorher niemals in den Sinn gekommen wären.

»Sie haben Ihre Chance.« Die Vermieterin winkte erneut ihrem Bruder, der ihr das Büchlein reichte. Sie holte den Antrag auf den Passierschein heraus und reichte ihn Emma. »Aber wenn Sie sich hier nur aufspielen und mich zum Narren halten wollen: Dann hat sich der Aufschub um zwei Wochen erledigt, und ich erwarte nächste Woche die volle Summe.«

»Verstanden«, wisperte Emma.

»Nutzen Sie Ihre Chance«, raunte Achim ihr mit einem Zwinkern zu. Sein Atem roch fruchtig nach Bonbons, was sie unwillkürlich an *Bergmanns bunte Mischung* denken ließ. »Meine Schwester eröffnet nicht oft solche Möglichkeiten.« Er schob sich an ihr vorbei. Kurz bevor er einstieg, maß er Emma noch einmal mit seinem abschätzenden Blick von Kopf bis Fuß, schnalzte mit der Zunge und ließ sich auf die Rückbank fallen. Dann zog er mit Wucht die Wagentür hinter sich zu.

Das Automobil fuhr davon.

Wie erstarrt sah Emma dem Wagen hinterher, das Formular fest in der Hand. Alles in ihr schien zu beben. Noch mehr. Regelrecht zu prickeln. War es die Hoffnung, die sich nach so langen, tristen Wochen wieder in ihr Herz schlich? Andererseits … Erst nach und nach wurde ihr bewusst, was sie da gerade getan hatte. Worauf sie sich eingelassen hatte.

Mit den Franzosen verhandeln! Hatte sie den Verstand verloren? Was, wenn ihr Vorhaben nicht klappte? Ihre Mutter würde sie umbringen! Und Wilhelmine, o Gott, was würde nur Wilhelmine davon halten, wenn sie wüsste, dass Emma sich bei den Menschen anbiedern wollte, die ihrem Ehrhard das Leben genommen hatten? Ihr wurde schlecht. Ihr wurde so schlecht, dass sie völlig entkräftet auf dem Bürgersteig zusammensank.

Weder ihre Mutter noch Wilhelmine durften von dieser Abmachung irgendetwas erfahren.

Auf keinen Fall.

Frankreich, 1919

CARL

Sie wartet auf mich. Sie wartet nicht. Sie wartet auf mich. Sie wartet nicht. Sie wartet auf mich … Das letzte Gänseblümchenblatt war längst abgerissen. Doch die kindisch anmutenden Sätze kreisten wie Geier in seinem Kopf und brachten ihn um den Verstand. In der Monotonie der Einzelzelle war er seinen Gedanken schutzlos ausgeliefert. Und es wurde schlimmer, schlimmer und schlimmer. Vielleicht hatte er längst den Verstand verloren, denn sogar die Angst selbst war nur noch ein dumpfes Gefühl, das sich in seinen Gedankenfetzen verfangen hatte.

Anfangs hatte er sich noch eingeredet, so wäre er sicher vor Lutz' und Oswalds Anschuldigungen. Und könnte den Schlachtfeldern fernbleiben, wo er sonst die Blindgänger aus der Erde heben müsste. Doch irgendwann konnte er die Tage nicht mehr voneinander unterscheiden, die Stunden verschmolzen zu einer undefinierbaren Masse, die seinen Verstand zu ersticken drohte. Wie lange war er schon in diesem Verschlag, der den Franzosen als Isolationszelle diente? In dem er sich weder ausstrecken noch sich in voller Größe aufrichten konnte?

Keine Fenster. Nicht einmal eine winzige Lichtquelle.

Weder Tag noch Nacht.

Nur Dunkelheit, die sich bis zu den entferntesten Winkeln seiner Seele ausbreitete.

Sie wartet auf mich. Sie wartet nicht …

Wie lange würde er das aushalten können, bis die Dunkelheit es schaffte, ihn völlig zu verschlingen? Verzweifelt versuchte er, sich an Erinnerungen zu klammern, die ihm sonst kleine Lichtmomente zu spenden vermochten. Aber die Erinnerungen verblassten in der Schwärze, die ihn umgab. Wie sich Emmas Berührungen anfühlten. Wie seine Mutter roch. Wie das gutmütige Brummen seines Vaters klang, wenn er aus einer Zeitung vorlas.

Würde von ihm selbst noch etwas übrig bleiben, wenn er all das irgendwann wirklich vergaß?

Wie von Sinnen tastete er umher. Kratzte über die blanke Erde, eisig und hart unter ihm. Ringsherum Holzwände, in die er mit den Nägeln zu ritzen versuchte, wie oft er die Gänseblümchenlitanei bereits aufgesagt hatte. Wenn die Nägel abbrachen, war er froh, überhaupt irgendetwas zu spüren. Außer der Kälte, die seinen Körper ganz steif machte, sich in seiner kaputten Schulter einnistete und den Arm taub werden ließ. Ab und zu versuchte er, die Dehnübungen zu machen, die ihm die Krankenschwester im Lazarett beigebracht hatte. Nur ihretwegen konnte er den Arm überhaupt noch bewegen. Der erste Schuss hatte seine Knochen zertrümmert und die Sehnen aufgerissen, die in einer mühsamen chirurgischen Arbeit zusammengeflickt werden konnten. Die Ärzte hatten alles getan, um sein Leben zu retten, obwohl er in ihren Augen der Feind war. Manchmal fand man auch im Krieg Barmherzigkeit.

Am liebsten hätte er geschrien.

Damit ihn jemand hörte. Damit er sich selbst hörte.

Damit er wusste, dass er noch da war.

Sie wartet auf mich. Sie wartet nicht …

Nicht.

Er hatte keine Ahnung, wie viel Zeit vergangen war, als die Tür aufgerissen, er gepackt und nach draußen gezerrt wurde.

Irritiert blinzelte er umher. Französische Rede bellte in seinem Kopf, zerrte an seinen Sinnen. Am liebsten hätte er sich die Ohren zugehalten, doch seine Arme wurden grob nach hinten gebogen, während man ihn vorwärtsstieß. Wo schleifte man ihn hin? Sein Herz jagte panisch davon, wie ein aufgescheuchter Hase, dem ein Rudel Hunde auf den Fersen war. Hatte er in seiner Verzweiflung während der Isolation etwas gesagt, was niemand hätte erfahren dürfen?

Was, wenn die Franzosen wussten, dass seine Geschichte erstunken und erlogen war?

Erschießen werden sie dich. Auf der Stelle. Er wusste nicht, woher die Stimme kam. Und warum sie sich nach Lutz anhörte. Seine Brust fühlte sich ganz eng an.

Es regnete.

Nur vage nahm er den Hof des Gefangenenlagers wahr, durch den man ihn schleifte. Irgendwo klackte ein Gewehr. Erneut spülte die blanke Angst über ihn hinweg. Er versuchte, sich loszureißen, vollkommen verstört von der Wucht der Panik, die ihn überkam. Da wurde er in die Baracke gestoßen. Unbeholfen machte er ein paar Schritte vorwärts, stolperte und fiel bäuchlings auf den Boden, ohne sich auffangen zu können.

Einen Augenblick blieb er einfach nur liegen. Kaum imstande zu begreifen, was passiert war. Bis ihm klarwurde, dass die Wache sich entfernt hatte.

Sie wartet auf mich. Sie wartet nicht. Sie wartet … Nur langsam kam er zur Besinnung.

Seine Brust schmerzte. Es kam ihm vor, als wäre ein Laster darübergefahren.

Aber er hatte es überstanden. Er war in …

Nein. Er war nicht in Sicherheit. Aber zumindest noch am Leben.

Mühsam richtete er sich auf. Seine Beine wollten nicht gehorchen. Der Boden unter seinen Füßen schien zu schwanken. Carl taumelte zu seiner Pritsche und ließ sich darauffallen. Noch nie hatte er sein Lager in der Gefangenschaft als Bett bezeichnet. Doch jetzt wurde ihm bewusst, wie kostbar die Möglichkeit war, sich hinlegen und ausstrecken zu können. Vielleicht sollte er lernen, solche Kleinigkeiten mehr zu schätzen. Denn wie schnell man auch die letzten Annehmlichkeiten verlieren konnte, wurde ihm eindrucksvoll beigebracht.

In der Nacht störten ihn weder das Stöhnen und Schnarchen seiner Mitgefangenen noch das Knarzen der Betten und die häufigen Gänge der Blasenschwachen zur Latrine. Er war froh, Menschen um sich herum zu wissen. Ihre Geräusche wiegten ihn in einen ruhigen, traumlosen Schlaf. Und als morgens die Tür aufflog und sie alle von den Aufsehern in den Hof gejagt wurden, fühlte er sich lebendig. Er hob sein Gesicht und starrte in den dunklen Himmel, der sich über ihm in die Unendlichkeit auszustrecken schien. Weit weg. Über alle Grenzen und Zäune hinweg.

Unwillkürlich tauchte er seine Finger in die Tasche seiner Kluft, tastete herum. Irgendwo unter diesem Himmel war auch Emma. Und sie wartete auf ihn. Etwas anderes durfte er einfach nicht denken.

Nach der morgendlichen Zählung gab es das Essen, das nie wirklich sättigte. Aber immerhin mehr als das, was er während der Isolation bekommen hatte. Mit seiner halb gefüllten Schüssel zog sich Carl zurück. Nicht zu viel Aufmerksamkeit zu erregen, wurde wieder zu seinem höchsten Gebot. Jetzt vielleicht mehr denn je.

Er musste nachdenken.

Auch wenn alles in seinem Kopf wie in Watte gepackt zu

sein schien. So schwer greifbar, so diffus. Emma … Immer wieder blickte Carl gen Himmel.

Er hatte versprochen, zu ihr zurückzukommen.

Wie lange sollte sie noch darauf warten?

Wie sollte er sein Versprechen halten, wenn er nichts dafür tat?

Eine Bewegung unterbrach seine Überlegungen.

Schwerfällig ließ sich Lutz auf die Bank ihm gegenüber plumpsen. »Na, auch wieder da, Caaaaai?«, sagte er gedehnt. Seine Stimme klang heiser und kratzig. Aber genauso überheblich wie zuvor.

»Was ist?« Stumpf starrte Carl in seine Schüssel. Sicherlich war Oswald nicht weit weg. Fing alles von vorn an? Die beiden wollten offensichtlich nicht von ihm ablassen. »Hast du mich so sehr vermisst?«

»Hab in zwei Wochen Isolation nichts anderes gemacht, als an dich zu denken.«

»Awww«, machte Carl.

Lutz krächzte, vielleicht wollte er lachen oder etwas erwidern, doch stattdessen musste er husten. Es war ein tiefsitzender, schleimiger Husten. Die kalte Einzelzelle hatte seiner Lunge nicht gutgetan.

Schweigend schob Carl sich den nächsten Löffel Wasserreis in den Mund und würgte die klebrige Pampe hinunter. Das Zeug schmeckte nach nichts. Manchmal überlegte er, ob er noch in der Lage war, überhaupt irgendetwas zu schmecken. Was, wenn alles an ihm bereits zu abgestumpft war?

Konnte er sich noch daran erinnern, wie Senf schmeckte?

Würde er die Paste genauso intensiv wie früher wahrnehmen, sollte er je zurück nach Metz kommen? Oder blieb in seinem Mund für immer das Gefühl, an einer faden, schwer definierbaren Masse zu kauen? Die Vorstellung davon, was er seit Monaten in sich hineinstopfte, um zu überleben, ließ Übelkeit in ihm aufsteigen.

»Du heckst doch was aus!« Mit der Schuhspitze stieß Lutz gegen sein Bein.

»Lass es.« Carl schob sein Bein ein Stück zur Seite.

»Komm schon! Ein Pfennig für deine Gedanken.«

»Dafür kann ich mir auch nichts kaufen«, murrte Carl und hoffte inständig, Lutz würde endlich von ihm ablassen. Was führte dieser Mann bloß im Schilde? Noch blieben die weiteren Verdächtigungen aus.

Aus den Tiefen seiner Kluft zückte Lutz ein Stück Zwieback und hielt es Carl vor die Nase.

Unwillkürlich wich Carl zurück, bis er realisiert hatte, was es war.

Lutz grinste. »Von meiner Liebsten in der Heimat eigenhändig gebacken. Na, was sagst du? Besser als der Klumpen da.« Er deutete auf das kartoffelgroße Stück Brot, das es zum Wasserreis gab. »Greif zu!«

Fest biss Carl die Zähne aufeinander. »Ich habe gesagt: Lass das.«

Er wusste nicht, woher diese Wut in ihm plötzlich rührte. Lutz hatte schon immer viel und gern über seine Martha erzählt, die zu Hause auf ihn wartete und liebevoll Päckchen für ihn packte. Auch wenn die Franzosen alles Wertvolle bei den Durchsuchungen einzogen, blieb die eine oder andere Leckerei zurück. Aber jetzt konnte Carl den Anblick von Zwieback kaum ertragen. Je länger er daraufstarrte, desto mehr kochte alles in ihm hoch.

»Ach komm schon. Was ist nur los mit dir?« Wenn Lutz lachte, hörte es sich an wie ein Huhn, das man würgte. Dann musste er wieder husten, bemühte sich aber dennoch, weiterzureden. »Es ist ein Friedensangebot.«

Carl ballte die Hände. Nur schwer zügelte er sich. Am liebsten hätte er dieses Stück Zwieback Lutz in den Hals gestopft. »Ich hab ein besseres«, zischte er. »Du lässt mich in Ruhe. Und ich gehe dir aus dem Weg.«

Er packte seine Schüssel und stapfte davon, bevor er tatsächlich etwas Unbedachtes tat. Erst nach einer Weile begriff er, dass Lutz' Worte ungewollt einen wunden Punkt in ihm getroffen hatten.

Immer wieder hatte er an Emma gedacht. In der Isolation. Gestern beim Einschlafen. Auch heute früh galt der erste Gedanke ihr, sobald er die Augen aufgemacht hatte.

Wie glücklich wäre er gewesen, einen Gruß aus der Heimat zu bekommen. Wenigstens ein paar Zeilen. Damit er sich sicher sein konnte, dass es allen gut ging.

Doch er durfte kein Lebenszeichen nach Metz schicken.

Sollte er je schwach werden, würde seine Tarnung auffliegen. Denn Cai Seitner hatte keine Verwandten, keine Familie, niemanden, der sich um ihn Sorgen machte.

Aber wie lange würde er das noch aushalten können?

Plötzlich wurden seine Gedanken ganz klar. Vielleicht waren sie schon lange da gewesen und hatten sich bloß zu einer Gewissheit kristallisiert. Er musste hier endlich weg.

Auch wenn so viele bei dem Versuch zu entkommen, erschossen worden waren. Oder man wurde eingefangen und in ein Straflager verschleppt, wogegen eine Einzelhaft der reinste Kuraufenthalt war. Andererseits hatte es genug Waghalsige gegeben, die es geschafft hatten.

Er musste sich nur gut vorbereiten: Proviant zurücklegen, sich die Umgebung um das Lager gut einprägen, die Zeiten für die Rundgänge der Wachen kennenlernen.

Er würde es schaffen.

Unauffällig steckte Carl das kleine Stück Brot in die Tiefen seiner Kluft. Später würde er ein geeignetes Versteck dafür suchen – nur nicht in der Baracke, die hin und wieder durchsucht wurde. Kurz rechnete er nach, wie viel Brot er brauchte, um wenigstens in den ersten paar Tagen der Flucht bei Kräften zu bleiben. Sein Entschluss manifestierte sich.

Durch die Luft donnerte der Befehl zum Abmarsch. Um das Versteck würde er sich später kümmern müssen. Er reihte sich in die Kolonne der Gefangenen ein, die unter der bewaffneten Aufsicht der Franzosen den Hof verließ. Noch immer das Sprengkommando – aber mit den Fluchtgedanken fiel es Carl leichter, die Gefahr der ehemaligen Schlachtfelder auszublenden. Aufmerksam beobachtete er die Umgebung, studierte das Verhalten der Wachen. Als sie am Massenfriedhof der Gefallenen ankamen, sah er allerdings bewusst weg, wandte sich von den Kreuzen ab, die trostlos aus der Erde ragten.

Er wollte nicht an den Tod denken. Sondern an das Leben.

Das Leben, welches ihn erwartete, wenn er es schaffte, von hier wegzukommen.

Kurz danach ging es an die Arbeit – mit knappen Anweisungen teilten die Aufseher die Gefangenen ein und schickten sie in die Felder. Niemand redete, während sie arbeiteten, so dass sich eine drückende Stille über die Landschaft erstreckte. Und sogar die Sonne, die sich ab und zu zwischen den Wolken zeigte, vermochte nicht, das Trauerspiel irgendwie aufzuhellen. Die ganze Konzentration galt der Aufgabe, die sie zu verrichten hatten. Behutsam schleppten sie die tödlichen Blindgänger durch die Gegend, darauf bedacht, keinen unvorsichtigen Schritt zu tun. Schon die kleinste Erschütterung der Erde könnte die sensibel eingestellten Mechanismen auslösen. Ein unachtsames Stolpern – bestraft mit einer Fahrt ins Jenseits.

Die Zeit floss dahin wie zäher Honig. Sie tasteten sich durch die Gräben, tauchten in die engen Stollen und wühlten oft mit bloßen Händen in der Erde. Carls Partner war ein kleiner, schmächtiger Mann, der wie ausgedörrt wirkte. Die dünne, trockene Haut überzog seinen Schädel. Das schüttere Haar hing ihm in fettigen Strähnen ins Gesicht. Besonders in den unterirdischen Gängen schien er sich mehr als unwohl zu fühlen und zitterte so sehr, dass Carl befürchtete, die Sprengkörper würden seinen knorpeligen Händen entgleiten.

Dann passierte es.

Eine Explosion, ganz in der Nähe.

Das Dröhnen ließ Carl hochfahren, fast hätte er sich im Stollen den Kopf gestoßen. Die Detonation erschütterte den Boden und hallte in seinen Knochen nach. Erdbrocken rieselten auf ihn herab. Schweiß brach ihm aus allen Poren. Was, wenn der Eingang verschüttet worden war? Kurz hatte er das Gefühl, der Stollen wäre tatsächlich über ihm zusammengebrochen und die Erde drückte auf seine Brust, hinderte ihn am Atmen.

Er blinzelte.

Der Gang hielt.

Dafür wimmerte sein Arbeitspartner auf wie ein Kind, das aus einem Albtraum erwacht war und nicht wusste, wo es sich befand. Hektisch taumelte der Mann zur Seite. Fast rutschte Carl der Sprengsatz aus den Händen, den er gerade aus dem Stollen wegtragen wollte.

»Ruhig«, redete er auf seinen Partner ein und verlagerte das Gewicht auf den gesunden Arm, um die Granate besser packen zu können. »Oder willst du uns in die Luft sprengen?«

»Meinst du, es hat gerade einen von den Unseren erwischt?« Der Mann fiepte vor Angst.

»Entspann dich«, murmelte Carl. Gern hätte er etwas Aufmunterndes gesagt, aber ihm fiel überhaupt nichts ein. Er wusste nicht einmal den Namen des Mannes, mit dem er schon den halben Tag arbeitete. »Es war vermutlich die vorgesehene Sprengung. Machen wir weiter.« Am besten nicht zu viel nachdenken. Bloß funktionieren. »Raus hier. Ganz langsam. Lass dich nicht ablenken.«

Der Mann schob sich rückwärts aus dem Stollen. Carl hinterher. Kaum waren sie ins Freie gelangt, legte der Kerl die Granate ab. Kurz trat er von einem Bein aufs andere.

»Ich … ich bin gleich wieder da. Muss pinkeln.« Mit fahrigen Händen holte er ein Zigarettenpäckchen heraus, steckte sich einen Stängel ein und schlenderte zu den Büschen, die ein Stück weiter wuchsen. Dort lehnte er sich an einen schiefen Baum und zündete als Allererstes seine Zigarette an, von der er ein paar gierige Züge nahm.

Das konnte Carl ihm kaum verübeln. Die Arbeit ging an die Substanz. Die ständige Gefahr legte die Nerven blank. Kurz ließ er seinen Blick über die zerfurchte Erde gleiten. Wie war es wohl gewesen, in diesen Gräben zu liegen? Ständig unter Beschuss zu sein? Ein Glück, dass er keine Ahnung davon hatte. Ein großes Glück, wofür er dankbar sein sollte. Egal, wie sehr die Gefangenschaft ihm zusetzte.

Er hob sein Gesicht dem Himmel entgegen und atmete tief ein. Erst jetzt bemerkte er, dass auch seine Hände unkontrolliert zitterten. Reiß dich zusammen, befahl er sich stumm. An diesem Ort war kein Platz für Angst. Oder Unachtsamkeit. Er musste auf der Hut sein.

»Ey, du«, raunte es heiser hinter ihm.

Er stöhnte. Lutz! Nicht schon wieder. Warum ließ dieser Kerl ihn nicht in Ruhe? Konzentration. An diesem Ort ist kein Platz für Angst, rief sich Carl in Erinnerung, bevor er sich umdrehte. Trotzdem hoffte er insgeheim, sich verhört zu haben. Mit etwas Glück kam das markante »Ey, du« doch von einem anderen.

Nein, so viel Glück hatte er nicht. Vor ihm stand das Traumpärchen schlechthin: Oswald, mürrisch dreinblickend – sein Gesicht schien keinen anderen Ausdruck zu kennen. Und Lutz, auf dessen Lippen ein schiefes Halblächeln spielte.

»Schon gut, schon gut«, murrte Carl, bevor der Mann etwas sagen konnte. »Dann gib mir deinen Zwieback.«

Lutz grinste noch eine Spur breiter. »Ich habe was Besseres.«

»Ach ja? Ich muss also noch weitere Backkünste deiner Liebsten kennenlernen?« Unbemerkt verlagerte er das Gewicht, um einen besseren Stand zu erhalten. Auch wenn er nicht gerade damit rechnete, in einer Auseinandersetzung wirklich gegen Oswald bestehen zu können.

Lutz schaute rasch umher. Carl tat es ihm nach. Keine Zeugen. Sein Partner war hinter den Büschen verschwunden, um seine Notdurft zu verrichten. Aber selbst wenn er direkt danebengestanden hätte – Hilfe wäre von ihm bestimmt nicht zu erwarten. Die Situation behagte Carl immer weniger.

Noch ein prüfender Blick ringsherum, dann holte Lutz ein Bündel hervor und schnalzte herausfordernd mit der Zunge. »Na? Was denkst du, was das ist?«

Carl hob die Augenbrauen. Proviant für unterwegs? Er bemühte sich, seine Gesichtszüge unter Kontrolle zu halten, um seine Überraschung nicht zu verraten. »Scheint deine volle Unterhose zu sein.«

Lutz legte den Kopf in den Nacken, lachte theatralisch auf, was sofort mit einem Hustenanfall bestraft wurde. Kurz japste er nach Luft, dann kriegte er sich wieder ein und tat so, als wäre nichts gewesen. Kumpelhaft stieß er Oswald mit dem Ellbogen in die Seite. »Hab ich nicht gesagt, er muss mit? Er ist witzig!«

Oswald brummte etwas Unverständliches in seinen Bart. Nach Zustimmung klang es nicht gerade. Aber Lutz ließ sich nicht aufhalten. Mit dem erhobenen Beutel trat er einen Schritt auf Carl zu, senkte die Stimme. »Oswald und ich hauen ab. Du kannst mit, zu dritt ist es sicherer. Also, pass auf: Am Ende des Arbeitstages wirst du eine Explosion hören. Es ist eine Ablenkung für die Franzosen. So wie jetzt gerade als Test. Sobald du die Detonation hörst, läufst du weg. So schnell du kannst. Erinnerst du dich an den Friedhof? Dahinter treffen wir uns und gehen zusammen weiter zur Grenze. Sei bereit.«

Carl verengte die Augen. »Wieso erzählst du mir das?«

Lutz schnaubte genervt. »Hab ich doch gesagt: Wir hauen ab. Du kannst mit, wenn du willst.«

Abhauen. Heute noch. Nichts lieber als das! Doch Misstrauen bohrte sich immer tiefer in seine Brust und erstickte im Keim jedes Aufbäumen der Freude, die sich darin regte. »Aha. Die ganze Zeit hast du gedacht, ich wäre ein Spitzel. Und jetzt erzählst du mir von deinen Plänen und willst mich zur Grenze mitnehmen?«

Behutsam steckte Lutz seinen Beutel wieder ein. »Ich wollte dir auf den Zahn fühlen. Hab dich beobachtet. Ein Spitzel bist du nicht. Aber irgendwas verbirgst du auf jeden Fall. Nur: Es ist nicht mein Bier. Bei dem Aufstand hast du gezeigt, dass man sich auf dich verlassen kann. Das reicht mir.«

»Tatsächlich?«

»Wie gesagt, es ist sicherer, wenn wir zu dritt sind und einer Wache halten kann, wenn die anderen schlafen.« Er machte eine ausschweifende Geste. »Ich sag es mal so: Von all den Gestalten hier kommst du mir am vertrauenswürdigsten vor.«

»Du mir aber nicht.«

Lutz zögerte. Dann zuckte er die Schultern. »Deine Entscheidung. Bis zum Friedhof brauchen wir zwanzig Minuten.

Fünf Minuten lang warten wir dort auf dich. Entweder du bist da oder eben nicht.« Er machte auf dem Absatz kehrt, winkte Oswald zu und stiefelte davon. Sein mürrischer Kumpel folgte ihm, ohne auch nur einen Ton von sich zu geben. Wie ein überdimensionierter, unheimlicher Schatten.

Eine Weile starrte Carl ihnen hinterher.

Was sollte er tun? Es riskieren? Den beiden vertrauen? Nach all dem, was zwischen ihnen passiert war?

Carl rieb sich die Lider. *Deine Entscheidung* … Entweder er wagte die Flucht mit den beiden oder er kehrte in die Baracke zurück und führte mühsam die eigenen Vorbereitungen durch. Wie lange würde das dauern? Während er jeden Tag damit rechnen musste, durch einen Sprengkörper in Stücke gerissen zu werden. Sein Bauchgefühl rebellierte. Nur wusste er nicht, ob als Warnung, Lutz könnte ihn in eine Falle locken. Oder wegen der Vorstellung, noch wochenlang auf diesen Feldern sein Leben zu riskieren, bis er alles beisammenhatte, um durchzubrennen.

Neben ihm raschelte es. Die Pinkelpause war vorbei. Unschlüssig stand sein Partner neben dem abgelegten Sprengkörper.

»Machen wir weiter«, beschloss Carl. Zusammen packten sie die Granate und tappten in kleinen Schritten zur Sammelstelle. »Sag mal, was hältst du eigentlich von Lutz?« Viel zu direkt, aber er hatte keine Zeit zu verlieren.

Die kleinen braunen Augen seines Partners leuchteten auf. »Ein guter Mann! Ein Glück, ihn zu haben. Er kümmert sich. Ihm ist niemand egal. Wenn du ein Problem hast – geh zu Lutz. Er hilft. Darauf kannst du dich verlassen!«

»Meinst du nicht, dass er etwas im Schilde führt?«

Ein heftiges Kopfschütteln. »Er würde sich für uns ein Bein ausreißen! Er lässt niemanden im Stich.«

»Soso.« Carls Bauch rebellierte erneut. Vielleicht war Lutz kein schlechter Mensch. Aber sicherlich auf seinen eigenen Vorteil bedacht. Wie alle hier – die Kameradschaft endete schnell, wenn es ums blanke Überleben ging. In einem hatte Lutz aber recht: Zu dritt war es sicherer als vollkommen allein.

Sie setzten den Sprengkörper an der Sammelstelle ab. Verdammt. Carl merkte, wie sich seine Gedanken im Kreis drehten. Gehen? Oder bleiben? Aus dem Augenwinkel bemerkte er einen winzigen weißen Fleck auf dem Boden – ein Gänseblümchen. Unwillkürlich musste er lächeln. Ein Zufall?

Einer der Aufseher war sofort bei ihm, rammte ihm den Kolben des Gewehrs in die Seite, trieb ihn zurück auf das Feld, um nach weiteren Sprengsätzen zu suchen. Eine Verschnaufpause gab es nicht. Trotzdem schaffte es Carl, das Gänseblümchen zu pflücken. *Sie wartet auf mich. Sie wartet nicht …*

Sie wartet.

Fest umklammerte er die kahle Blume in der Faust, achtete darauf, aus dem Sichtfeld der Wachen zu kommen. Langsam legte sich die Dämmerung auf die Landschaft.

Als die Explosion ertönte, war es wie ein Startschuss für ihn. Er rannte. Rannte, so schnell er konnte.

Speyer, 1919

EMMA

Vorsichtig zupfte Emma am Festkragen, mit dem sie versuchte, ihr schlichtes Leinenkleid etwas aufzubessern. Mit wenigen Handgriffen machte sie sich einen ordentlichen Haarknoten und klopfte mit den Fingerspitzen an ihre Wangen, um ihrem blassen Gesicht mehr Farbe zu geben. Ob sie mit ihrer Aufmachung die Franzosen beeindrucken konnte? Sie rümpfte die Nase, dann streckte sie ihrem Spiegelbild die Zunge heraus. Wie das sprühende Leben sah sie nicht gerade aus. Aber vielleicht reichte ihr Engagement, um Frau Eilfeldts Passierschein bewilligt zu bekommen. An einen Misserfolg durfte sie nicht einmal denken!

Egal, wie sie gerade aussah oder sich fühlte.

Noch einmal drehte sie den Kopf, dann zog sie aus der Frisur ein paar Strähnen heraus. Dies sollte die Züge weicher wirken lassen, hatte sie gehört. Gleichzeitig ärgerte es sie, dass ihr äußeres Erscheinungsbild mehr wert zu sein schien als Spitzfindigkeit oder Kompetenz. Sofort wollte sie die Strähnen zurückstecken, zerwühlte damit den Knoten aber umso mehr. Bis sie frustriert aufgab – ihr Haar machte sowieso meistens das, was es wollte. Zu lange sollte sie sich damit nicht aufhalten. Vor allem wenn sie zurück sein wollte, bevor ihre Mutter nach Hause kam, um nicht erklären zu müssen, warum sie den Festkragen und eine Handtasche von ihr ausgeliehen hatte.

Zum Schluss stützte sich Emma mit beiden Händen an der Kommode ab und beugte sich zum Spiegel. »Du wirst das hinbekommen!«, stieß sie hervor, während sie sich selbst fest in die Augen schaute. »Es wird ein Erfolg sein, hörst du?«

»Was wird ein Erfolg sein?«, erklang eine dünne, leicht heisere Stimme hinter ihr.

Emma fuhr herum. Für einen Moment hatte sie ganz vergessen, dass Wilhelmine da war. Und ihr Vater in seiner Kammer. Niemand durfte erfahren, was sie vorhatte! Fest presste sie die Hände vor dem Bauch zusammen, während sie irritiert ihre Schwiegermutter anstarrte. Auf den Beinen noch sichtlich unsicher, hielt sie sich an der Wand fest.

Wie schrecklich ausgemergelt sie aussah!

Emma stürzte zu ihr. »Ach du meine Güte, was machst du nur? Komm, ich helfe dir. Leg dich wieder hin.«

»Nein, nein.« Die Worte klangen ganz schwach, doch die Bestimmtheit darin ließ Emma verharren. »Ich kann doch nicht den Rest meines Lebens nur herumliegen.«

»Aber … aber …« Kurz schlug die Verzweiflung in ihr hoch, so dass sie kaum noch sprechen konnte. Was, wenn Wilhelmine sich überschätzte? Wenn dieser Augenblick der Stärke trügerisch war? »Du musst doch zu Kräften kommen. Du darfst dich nicht überanstrengen …«

Ein Lächeln flog über die blassen, dünnen Lippen. »Wie soll ich zu Kräften kommen, wenn ich nur daliege?« Langsam trat sie auf den Hocker zu, der vor dem Tisch stand, und ließ sich nieder. Ihr Atem ging schwer, die kurze Strecke schien ihr zugesetzt zu haben, doch als Emma dies anmerken wollte, unterbrach Wilhelmine sie mit einer entschiedenen Geste. »Einigen wir uns darauf, dass du dir für heute genug Sorgen um mich gemacht hast. Was ist mit dir? Was hast du vor?« Noch bevor die Worte ausgesprochen waren, stieg Kummer in Wilhelmines Blick auf. Was Emma noch mehr traf als die sanften Worte. Sie wusste zu gut, wie sehr es ihrer Schwiegermutter zusetzte, nicht helfen zu können. Stattdessen als Zielscheibe für Käthes Gehässigkeiten zu dienen.

Diese Frau sollte keinen Kummer haben. Sich nicht um die Zukunft sorgen müssen.

Und genau dafür musste Emma sorgen! Egal, was es ihr abverlangte.

Mit festem Griff packte sie die geblümte Tasche ihrer Mutter. »Ich will versuchen, irgendwo eine Arbeit zu bekommen. Natürlich ist mir klar, wie schwer das wird. Und wie viele auf das Gleiche hoffen. Aber es wird klappen. Es gibt immer einen Weg.« Sie plapperte und plapperte, bis ihr Mund sich ganz trocken anfühlte. Die Worte sprudelten buchstäblich aus ihr heraus. Hauptsache: Ihre Schwiegermutter merkte nicht, was sie wirklich vorhatte. Geschäfte mit Franzosen zu machen … Emma konnte sich ausrechnen, wie Wilhelmine reagieren würde, sollte sie je davon erfahren.

Für ihre eigene Mutter war sie eine einzige Enttäuschung. Aber Wilhelmine vor den Kopf zu stoßen, irgendwann nichts als dieselbe kühle Distanz zu ihr wie zu Käthe zu fühlen, würde sie nicht ertragen.

Kurz wünschte sich Emma, sie hätte eine andere Idee gehabt, wie sie die Erhöhung der Miete, wenn nicht abwenden, dann wenigstens aufschieben könnte. Aber die hohe Arbeitslosigkeit machte es allen schwer, eine Anstellung zu finden. Besonders Frauen. Viele hatten tatsächlich keine andere Wahl, als ihren Körper zu verkaufen, um zu überleben. Emma schauderte unwillkürlich.

»Ich muss dann mal.« Entschlossen packte sie die Tasche.

Wilhelmine lächelte wieder, manchmal tat diese Frau es nur mit den Augen, aber die Wärme darin spülte sofort auch über Emmas Seele hinweg. Alles wird gut, versprach sie sich in Gedanken. Alles wird gut.

»Sei vorsichtig da draußen«, verabschiedete Wilhelmine sie. Ein banger Blick zum Fenster. »Diese Franzosen kennen weder Ehre noch Schamgefühl. Eine deutsche Frau ist in ihren Augen nichts wert.«

Auch Emma wurde ganz bange, als sie an die Straßen von Metz dachte, die von Franzosen geflutet worden waren. Aber sie durfte der Angst nicht erlauben, die Oberhand zu gewinnen. »Ich passe auf mich auf.«

Sie richtete noch einmal ihr Kleid, schlug sich ein Tuch um die Schultern und schlüpfte ins Treppenhaus. Die Dielen quietschten unter ihren Füßen, auch wenn sie sich bemühte, so wenig Lärm wie möglich zu verursachen. Draußen empfing sie das milde Frühlingswetter und hellte ihr Gemüt auf. Sie eilte durch die stillen Straßen und kleinen Gassen, froh darum, nur wenigen Menschen zu begegnen. Vor allem keiner französischen Patrouille, die Ausweise kontrollierte oder die Einheimischen schikanierte. Stattdessen nahm sie den Frühling mit allen Sinnen wahr. Er schien ohne jegliche Vorwarnung in die Stadt hineingeplatzt zu sein. Noch vor wenigen Tagen hatte ein eisiger Wind die Passanten von den Straßen gejagt. Heute lugte neckisch die Sonne hinter den weißen Schäfchenwölkchen hervor und lockte die Menschen nach draußen.

Wie gerne wäre Emma jetzt durch den Domgarten flaniert, um diese Kraft der Erneuerung in sich aufzusaugen, die Ruhe und Stille der Parkanlage zu genießen. Wenn die Natur erwachte, mochte sie es ganz besonders, zwischen den knospenschwangeren Bäumen spazieren zu gehen und zu beobachten, wie sich auf kahlen Zweigen das erste frische Grün zeigte. Es erinnerte sie daran, dass auch nach einer kargen, kalten Zeit sich neues Leben in voller Blüte entfalten konnte. Aber für solche Vergnügungen hatte sie keine Zeit.

Je weiter sie gen Zentrum ging, desto mehr füllten sich die Straßen mit Passanten. Dass sie ihrem Ziel näher kam, merkte sie daran, dass ihr immer häufiger französische Uniformen auffielen. Beim Verlassen der Wohnung, fern von der Präsenz der Besatzungsmacht, hatte sie gedacht, sie wäre innerlich gewappnet, von feindlichen Soldaten umgeben zu sein. Doch angesichts der blauen Uniformen, von denen immer mehr vor ihren Augen zu wimmeln schienen, drohten die Erinnerungen an Metz ihren Verstand zu fluten. So viele Menschen um sie herum! Sie hatte das Gefühl, keinen Halt in dieser Menge zu finden. Fest knetete sie die Henkel der Handtasche. Ein Anflug von Panik stieg in ihr auf, als sie die Behörde auf der anderen Straßenseite erblickte.

Sie musste es schaffen! Sie hatte keine Wahl.

Entschlossen machte sie einen Schritt auf die Straße zu, da polterte ein Militärfahrzeug der Franzosen an ihr vorbei. Rasch sprang sie zurück und zog einen zehnjährigen Jungen mit sich, der auf die Straße gerannt war. Fest krallte sie ihre Finger in den Stoff seines Hemdes.

»Sie denken, ihnen gehört die Stadt!«, schimpfte ein Mann in Richtung des verschwundenen Automobils. »Und wem haben wir die Schmach zu verdanken?« Er blieb stehen und sah verächtlich zurück zu einem deutschen Veteranen in einer abgetragenen, mehrfach geflickten Uniform, an dem er gerade vorbeigekommen war. Krücken, an die Wand gelehnt. Ein ramponierter Hut. Ein paar Münzen da drin. Den Kopf tief gesenkt, kauerte er dort, schien er alle Blicke zu meiden, während unzählige Menschen an ihm vorbeieilten.

»Mein Vater sagt, das waren die Juden«, schnaubte der Junge. »Sie sind dem deutschen Heer in den Rücken gefallen!«

»Ja, die auch. Allesamt Verräter. Wahrscheinlich ist dieser hier auch ein Jude. Halt dich fern von diesem Pack, Junge.

Dein Vater weiß, wovon er redet.« Der Mann steckte die Hände in die Taschen seines Mantels, um weiterzugehen.

Doch Emma stellte sich ihm in den Weg. »Sie scheinen über den Vater des Jungen und seine Erfahrungen mit der jüdischen Bevölkerung gut informiert zu sein.« Kurz blickte sie zum Veteranen, und ihre Brust zog sich zusammen bei der Vorstellung, wie es ihm wohl dabei ging. Auch wenn sein vernarbtes Gesicht keine Regung zeigte.

Der Mann sah sie befremdet an, machte einen Bogen um sie und stiefelte eilig davon.

So viel Hass! Plötzlich dachte sie an Aaron, den jüdischen Zeitungsburschen, den sie in Metz gekannt hatte. Deutlich sah sie vor sich, wie er mit einer blutenden Nase auf der Straße kauerte und sich vor weiteren Schlägen zu schützen versuchte. Wenn es schon vor dem Krieg zu den Überfällen auf jüdische Bürger gekommen war, wie sollte es ihnen jetzt gehen?

»Jetzt lassen Sie mich los!« Der Junge ruckte mit der Schulter. Erst jetzt fiel Emma auf, dass sie noch immer sein Hemd gepackt hielt.

»Entschuldige.« Nur mühsam lockerte Emma ihre Finger. »Lass dich nicht von haltlosen Beschuldigungen zu Hass gegen deine Mitmenschen verleiten«, begann sie so sanft wie möglich.

»Mein Vater …«

»Hat dein Vater es selbst gesehen? Weiß er von den konkreten Vorfällen? Hast du ihn gefragt, wer genau diesen Verrat begangen haben soll?«

Der Junge kräuselte verständnislos die Stirn. »Das sagen doch alle!« Verächtlich blickte er auf den Veteranen, in dem er sicherlich bereits einen Juden sah. Den man noch einfacher für alles verantwortlich machen konnte.

Emma legte eine Hand auf die Schulter des Kindes. »Dann solltest du nicht alles glauben, was man dir sagt.«

»Lass mich doch in Ruhe.« Der Junge fuhr herum und stürmte davon.

Hilflos sah Emma ihm hinterher. Nicht zum ersten Mal hatte sie mitbekommen, wie die Männer, die von der Front zurückgekommen waren, zuerst mit Jubel empfangen und dann beschimpft und bespuckt wurden. Zu tief saß der Frust über den verlorenen Krieg. Zu schnell wurden die Schuldigen gefunden, die sich nicht gegen den Hass der Mehrheit wehren konnten.

Rasch wühlte sie in der Tasche, in der Hoffnung, etwas Geld zu finden, um es dem Soldaten zu geben. Dann verharrte sie mitten in der Bewegung. Ihre Mutter ließ niemals auch nur einen Pfennig zurück. Und selbst wenn doch – welches Geld konnte schon das Leid eines Menschen aufwiegen?

Zögernd kam sie näher. »Es tut mir ehrlich leid.« Auch Worte änderten wenig, das war ihr klar. Jedes davon klang falsch und unnötig. Auch wenn es von Herzen kam. Sie wünschte sich, sie könnte etwas tun. Statt sich so schuldig zu fühlen.

Er antwortete nichts. Seine dürren Finger rieben monoton über den Beinstumpf, den er in einen Lumpen gewickelt hatte. Die Bewegung, so konzentriert, verursachte Emma Gänsehaut. Doch sie blieb noch einen Moment da. Bis sie sich verabschiedete, ihren Mut zusammennahm und über die Straße ging.

Fest haftete ihr Blick auf dem Eingang, dem sie mit jedem Schritt näher kam. Überall die feindlichen Uniformen – sie hatte das Gefühl, sie würde sich durch tosende Wellen kämpfen, die sie jeden Moment verschlucken und in die Tiefe ziehen wollten. Auf unsicheren Beinen erklomm sie die wenigen

Stufen, die zum Eingang ins Gebäude führten. Es kam ihr vor, als würde sie auf einen Berg steigen, wo die Luft immer dünner wurde und jeder Schritt umso schwerer. Konnte sie es wirklich tun? Diese Behörde betreten, mit den Menschen sprechen, die …

Plötzlich schwang die Tür auf, und ein Soldat stürmte auf sie zu. Einen Augenblick lang dachte sie, er würde sie gleich packen, er wäre nur da, um sie zu verhaften. Oder sonst was mit ihr anzustellen. Emma stolperte rückwärts die Stufen hinunter. Der Soldat war längst an ihr vorbeigeeilt, doch die Panik schnürte ihr die Kehle zu, so dass sie kaum einen Atemzug machen konnte. Beinahe ohne ihr Zutun taumelte sie noch einige Schritte weg vom Gebäude, dann flüchtete sie zurück auf die andere Straßenseite. Hektisch schnappte sie nach Luft. An die Hausfassade gelehnt, bemühte sie sich, wieder zur Besinnung zu kommen. Erst nach einigen quälend langen Minuten beruhigte sich ihr Atem einigermaßen. Vorsichtig wischte sie sich über die Stirn.

Was machte sie nur hier? Sie hatte keine Ahnung gehabt, wie schwer es sein würde, sich in die Höhle des Löwen zu begeben. Allein unter all diesen Uniformen zu sein. Der Willkür der fremdländischen Macht vollkommen ausgeliefert. An der Wand entlang rutschte sie auf den Bürgersteig und presste die Tasche ihrer Mutter an die Brust. Noch nie hatte sie sich so schwach gefühlt. So verärgert über die eigene Unzulänglichkeit, ohne etwas dagegen unternehmen zu können.

»Wie schnell man doch am Boden ist«, krächzte es neben ihr.

Emma zuckte zusammen. Dann drehte sie ganz langsam den Kopf und schaute überrascht den Veteranen an, der noch immer an derselben Stelle kauerte, seinen Stumpf rieb und vor sich hin starrte.

»Ähm … ja. Ja«, stammelte sie. Etwas in ihr drängte sie, einfach loszureden. Vor diesem fremden Menschen ihre Seele auszuwringen. Stattdessen biss sie sich fest auf die Lippe und drückte die Tasche noch fester an sich. »Aber ich schaffe das schon. Irgendwie.« Ihre Gedanken verselbständigten sich. Sie musste die Zähne zusammenbeißen und es durchziehen.

»Sie gehen also wieder hin?«

»Das werde ich!« Sie wollte kämpferisch klingen. Aber sich selbst Mut zuzusprechen und etwaige Zweifel zu besiegen, klappte nicht besonders gut. *Der Kopf ist voller sinnloser Dinge. Zwei Krüppelhände. Zu nichts nutze!* Die Stimme ihrer Mutter war längst wieder da, um sie kleinzuhalten und sie daran zu erinnern, dass aus ihr nichts Gescheites werden konnte.

»Mh«, machte der Soldat, hob seine Hand vom Beinstumpf und streckte sie einem Passanten entgegen, der die Geste mit einem abweisenden Knurren quittierte und seine Schritte beschleunigte. Die Hand senkte sich zurück und begann erneut, über das Bein zu reiben. Vor und zurück, vor und zurück. »An Ihrer Stelle würde ich nach Benni fragen, wenn Sie hingehen.«

Emma runzelte die Stirn.

»Nach wem?«, fragte sie völlig verunsichert. »Ich fürchte, ich verstehe nicht ganz.«

Erst jetzt drehte der Veteran seinen Kopf zu ihr. Sein Blick wirkte wässrig. Aber etwas flimmerte darin wie ein kleiner Funke, der tief in seinem Innern schelmisch aufzuflackern schien. Und den nicht einmal das Elend ringsherum auszulöschen vermochte. »Wissen Sie«, begann er langsam und ganz bedacht. »Ich sitze jeden Tag hier und sehe Menschen, die mich nicht sehen. Dabei zeigen sie mir oft ihre wahre Natur. Glauben Sie mir, ich bekomme so einiges mit. Jedenfalls gibt es da einen Offizier. Ich glaube, gehört zu haben, dass man ihn Benni oder Ben nennt. Wenn Sie mich fragen ...« Der Mann räusperte sich, als müsste er einen Frosch im Hals loswerden. Dann krallte er die Finger fest in den Beinstumpf. »Für einen Franzosen scheint er ganz in Ordnung zu sein.«

»Benni«, wiederholte sie und wandte zweifelnd den Blick zum Gebäude. Sollte sie da einfach hineinmarschieren und nach einem Benni verlangen? »Und der Nachname?«

»Irgendwas Französisches. Ach, Sie finden ihn bestimmt. Er ist um die eins neunzig groß, kaum zu übersehen. Dunkle, lockige Haare. Scheint viel und gern zu lachen. Ach ja!« Der Soldat hob seine andere Hand, an der nur zwei Finger geblieben waren, und zeigte zu seinem Mund. »Er hat eine kleine Lücke zwischen den Schneidezähnen.«

Nachdenklich kaute Emma auf der Lippe. Sollte sie wirklich auf gut Glück nach diesem Benni mit der Zahnlücke fragen? Auch wenn er vielleicht gar nicht zuständig für ihr Anliegen war?

Der Soldat beugte sich noch ein Stück weiter zu ihr. »Gehen Sie als Erstes zu ihm. Vertrauen Sie mir«, flüsterte er und deutete mit einem Kopfnicken auf die Behörde. »Ich kann Menschen gut einschätzen. Sie zum Beispiel – Sie scheinen mir ein sehr netter Mensch zu sein, und netten Menschen helfe ich gerne. Fragen Sie nach Benni. Er wird sie zumindest anhören.« Einen Moment lang schaute er Emma ins Gesicht, dann wandte er sich ab und starrte wieder ins Leere, als hätte es das Gespräch nie gegeben.

»Danke«, murmelte Emma, noch etwas verunsichert und doch dankbar für den Tipp. Zu gern hätte sie ihm eine Kleinigkeit gegeben. Doch sie hatte nichts. Nicht einmal ein Stück Brot, das sie mit ihm teilen konnte. »Das ist wirklich sehr freundlich von Ihnen.«

Er reagierte nicht. Ihre Worte konnten weder sein Leid lindern noch den Hunger stillen.

Vorsichtig stemmte sie sich an der Wand hoch, den Blick auf die Behörde gerichtet. Geh rein und frag nach Benni, pochten die Gedanken in ihrem Kopf. Benni mit der Zahnlücke, Benni mit der Zahnlücke …

Sie musste hin. Sie hatte keine Wahl.

Wie von selbst trugen die Beine sie auf den Eingang zu. Emma stieg die Stufen hoch und schlüpfte durch die Tür. Im Flur wimmelte es nur so von französischen Uniformen. Benni mit der Zahnlücke – der Gedanke war wie ein Leitfaden, der sie immer weiter in die Tiefen des Gebäudes schob und ihr zumindest etwas von der Angst nahm, die erneut aufflackerte. Nur – wie sollte sie den Mann hier finden? Wie ein Schild hielt sie die Tasche vor ihren Bauch und ging auf einen Franzosen zu, der gerade einen Aushang am Schwarzen Brett befestigte. *Mit sofortiger Wirkung ist das Singen des Deutschlandliedes und ähnlicher patriotischer Lieder UNTERSAGT!*, prangte es auf Deutsch und Französisch darauf. Weitere Zettel in seiner Hand deuteten darauf hin, dass die Ankündigung auch woanders angeschlagen werden sollte.

Ihr wurde mulmig zumute. Nur mit Mühe löste Emma den Blick vom Aushang.

»Excusez-moi, où puis-je trouver Benni?« Sie merkte selbst, wie zaghaft und hoch ihre Stimme klang. Wie angespannt sie war, jeden Moment zur Flucht bereit. Ein Wunder, dass sie nicht schon wieder davonrannte, sondern wie angewachsen an Ort und Stelle blieb.

Der Offizier drehte sich um und schaute sie mit gerunzelter Stirn an. Sie zwang sich weiterzusprechen. Stotternd gab sie die Beschreibung wieder, die sie vor wenigen Minuten bekommen hatte. Eins neunzig, dunkle Locken … Ob sie die

Zahnlücke erwähnen sollte? Doch so viel brauchte der Franzose anscheinend nicht. Er nickte knapp, sagte, er würde sich erkundigen, und ging weg.

Emma erlaubte sich, die verkrampften Hände etwas zu lösen. Das lief doch ganz gut bis jetzt. Immerhin war sie weitergekommen als beim ersten Mal. Ihr Blick huschte über die Aushänge. Noch mehr Bestimmungen, Einschränkungen, eine Ankündigung über neue Zölle für den Handel mit dem rechtsrheinischen Gebiet …

»*Mademoiselle? En quoi puis-je vous être utile?*«, erklang es neben ihr. Eine tiefe Stimme mit einem kehligen Ton, was der Aussprache etwas Bodenständiges verlieh und gleichzeitig eine ganz besondere Weite, die sie zu umarmen schien.

»*Madame*«, korrigierte sie eilig und fuhr herum. »*Madame* Seidel.« Sie wollte sich für die Störung entschuldigen und schon einmal bedanken, dass er sich die Zeit für sie genommen hatte, doch die Worte stockten in ihrem Hals.

Vor ihr stand ein großer Mann mit schwarzen Locken und Augen wie die tiefste Nacht. Das Licht aus dem Fenster ließ seine braune Haut bronzefarben schimmern. Und obwohl Emma sich nach Kräften dagegen wehrte, kroch das Unbehagen durch ihr Innerstes wie eine fette Spinne. Natürlich wusste sie, dass in Speyer viele Soldaten aus französischen Kolonien stationiert waren. Ganze Regimenter aus Marokko, Madagaskar und Senegal. Aber sie war bisher keinem von ihnen von Angesicht zu Angesicht begegnet.

Jetzt stand einer von ihnen ihr direkt gegenüber, und durch ihren Verstand flimmerten all die Karikaturen und Flugblätter, die heimlich in der Bevölkerung herumgereicht wurden. In regelrechten Hasstiraden wurde über die schwarze Schande hergezogen, die mit der Besatzungsmacht über das Rheinland und Ruhrgebiet gekommen war. Die Deutschen wurden aufgerufen, sich gegen die Übergriffe auf Frauen und Kinder zu wehren, die überall massenhaft stattfinden sollten.

»*Vous vouliez me parler?*« Seine Stimme klang tief und auffallend weich, als sei er es gewohnt, zuerst mit Skepsis und Angst bedacht zu werden. Ihr wurde bewusst, wie sie ihn anstarrte, beinahe schon angaffte. Wie der Schreck ihre Seele nicht loslassen wollte. Obwohl überhaupt nichts passiert war. Jeder andere hätte vermutlich schon längst die Geduld mit ihr verloren. Er dagegen schien es gewohnt zu sein, diese Reaktionen aushalten zu müssen – worauf er mit einer antrainierten Freundlichkeit reagierte.

»Ähm«, machte sie und versuchte, ihre Französischkenntnisse zusammenzuklauben, was alles andere als leicht war. Es gab nicht viele Männer, neben denen Emma sich winzig vorkam und die sie so kleinlaut machten. Gleichzeitig schämte sie sich für ihr Verhalten, für die Zerrissenheit, die sie kaum einordnen konnte und für die es überhaupt keinen Grund gab.

»*Azzeddine Ben Ajarrar.*«

Fieberhaft überlegte sie, was er ihr damit sagen wollte, während sich die deutschen und französischen Worte in ihrem Kopf endgültig zu einem verworrenen Knäuel verhedderten.

»Mein Name«, half er freundlich. Seine Mundwinkel zuckten vergnügt, und da entdeckte sie auch schon die schmale Zahnlücke zwischen seinen Schneidezähnen. »Vielleicht fällt es Ihnen jetzt etwas leichter, mir Ihr Anliegen zu verraten.«

»Oh«, murmelte sie. Sein Name und diese niedliche Zahnlücke nahmen ihr tatsächlich etwas von der Furcht, die ihr die Sprache verschlagen hatte. Und erst dann fiel ihr auf, dass er gerade Deutsch gesprochen hatte. »Oh!«, stieß sie überrascht hervor, vor allem wegen seiner klaren Aussprache. »Emma. Emma Seidel«, schob sie schnell hinterher. »Ich bin im Namen von Theresa Eilfeldt hier, die dringend einen Passierschein benötigt.« Wie von selbst tauchte ihre Hand in die Tasche ihrer Mutter und holte die neu ausgefüllten Formulare hervor. Die Blätter zitterten leicht in ihren Fingern. Doch die Gedanken an ihre Aufgabe halfen ihr, die Angst endgültig zu verdrängen. Sie musste hier durch. Jetzt umso dringlicher als zuvor, um sich selbst zu beweisen, dass sie zumindest nicht gänzlich ihren Mut verloren hatte.

Er hob die Augenbrauen. »Wieso kommt Frau Eilfeldt nicht selbst hierher?«

Wenn sie ihm ganz aufmerksam lauschte, merkte Emma, dass er die Ch-Laute etwas schärfer aussprach und das R ganz leicht rollte. Was seiner einfühlsamen Stimme noch mehr Kraft schenkte.

Sie musste sich buchstäblich auf ihre eigenen Worte konzentrieren, um nicht endgültig zu verstummen, um einfach nur ihm zu lauschen. »Ihr sind beim ersten Mal ein paar bedauerliche Fehler unterlaufen, weswegen sie sich an mich gewandt hat. Da ich gut französisch spreche und gern bei Konflikten vermittle, habe ich mich ihrer Sache angenommen und hoffe sehr, die Gründe, die zur Ablehnung ihres Anliegens geführt haben, aus dem Weg räumen zu können.« Sofort spürte sie, wie die Hitze in ihre Wangen stieg. Hatte sie zu dick aufgetragen? Mit ihrem Französisch hatte sie ihn nicht gerade überzeugt, so dass er auf Deutsch wechseln musste. Doch er schien ihr ernst und aufmerksam zuzuhören, also fuhr sie fort: »Im Angesicht der angespannten Situation zwischen der französischen Militärbehörde und der deutschen Bevölkerung lohnt sich meiner Meinung nach jeder Versuch, um die Wogen zu glätten und für ein entspanntes, fruchtbares Miteinander zu sorgen.« Kurz überlegte sie, die Worte von General Gérard zu zitieren, der in seinem Aufruf an die Deutschen davon gesprochen hatte, wie Frankreich die Herzen und Sinne der Menschen zu erobern plante. *Pénétration pacifique* hieß es. Freundliche Durchdringung. Der die massive Begrenzung der Bewegungsfreiheit der Bevölkerung kaum dienlich sein konnte. Dazu kamen Schikanen und Willkür, barbarische Strafen, jede unbedachte Äußerung konnte mit einer Geldstrafe oder Gefängnis belegt werden. Eine Unterdrückung, die die meisten zu deutlich spürten. Oder zu spüren glaubten.

Frust kam in ihr hoch. Dabei hatte sie selbst wenig davon erlebt. Zumindest nicht hier in Speyer. Nur die Bilder, wie die Franzosen in die Fabrik gestürmt und Ehrhard zu Tode getreten hatten, blitzten immer wieder auf und ließen sie erschauern.

Nein. Sie durfte das alles nicht an sich heranlassen. Der Offizier, der ihr gegenüberstand, hatte ihr nichts getan.

»Frau Eilfeldt hat durchaus einen gewissen Einfluss«, fuhr Emma fort. »Weswegen ein Entgegenkommen das Verhältnis zu einigen Menschen in der Stadt nachhaltig verbessern könnte.«

Langsam fuhr er sich mit einem Zeigefinger über das Kinn. »Ich denke, wir sollten uns darüber nicht mitten auf dem Flur unterhalten. Bitte folgen Sie mir.« Er machte eine einladende Geste den Korridor entlang, dann ging er voran.

Wieder stieg Unbehagen in ihr auf. Schließlich kursierten genügend Geschichten davon, wie Frauen in Hinterzimmer gelockt wurden, damit man über sie herfallen konnte. Die Flugblätter warnten vor dem Sittenverfall, beschworen die Verseuchung der deutschen Rasse, die aufgehalten werden musste.

Rasch schüttelte sie die Gedanken ab. Schauderte, wie tief sich die Slogans in ihr festgesetzt hatten, obwohl sie doch nie bewusst hingehört oder hingesehen hatte. Dabei war es doch die Eilfeldt gewesen, die vorgeschlagen hatte, Emma sollte ihren Körper verkaufen, um die gestiegene Miete einzutreiben. Und die Antwort ihrer eigenen Mutter auf diesen Vorschlag war kein Aufschrei über den Sittenverfall, sondern Schweigen gewesen.

Emma biss die Zähne zusammen und eilte dem Offizier hinterher. Bald betraten sie ein kleines Büro, das viel zu ordentlich wirkte, als dass hier auch nur ein Hauch auf den Sittenverfall hindeuten würde. Die einfache, zweckmäßige Einrichtung imponierte ihr sehr. Auf dem Fensterbrett standen Geranientöpfe und eine große Kupferkanne zum Gießen. Das Grün gab dem Raum etwas Frische, ließ sie an Wilhelmine denken, die sich so gern mit Pflanzen umgab, wodurch Emma sich noch ein Stück wohler fühlte. Neben den Töpfen stand ein Büchlein mit einer verschnörkelten goldenen Schrift an der Seite, die Emma noch nie gesehen hatte. Kurz darauf blieb ihr Blick an einem kleinen, zusammengerollten Teppich hängen, der unscheinbar in der Ecke des Raums an der Wand lehnte.

»Bitte setzen Sie sich«, lenkte seine Stimme sie von der weiteren Betrachtung ab. Er deutete auf einen Stuhl vor einem schmalen Schreibtisch.

»*Merci.*« Vorsichtig ließ sie sich auf der Kante nieder.

Er schmunzelte, und ihre Wangen glühten erneut auf. Hatte sie wirklich gedacht, ihn mit einem »Merci« von ihren hervorragenden Französischkenntnissen überzeugen zu können? Wenn sie ehrlich war, sprach er besser deutsch als sie französisch.

Er ging um den Tisch herum, nahm ihr gegenüber Platz und streckte seine Hand aus. »Darf ich einen Blick auf die Formulare werfen?«

»Selbstverständlich, Monsieur …« Sie stockte. Eigentlich musste sie ihn mit seinem militärischen Dienstgrad anreden.

Mit Abzeichen kannte sie sich wenig aus, aber wenn sie seine Uniform richtig deutete, war er Sergeant.

Ihr Stocken interpretierte er anders. »Azzeddine Ben Ajarrar«, half er, dabei sprach er jede Silbe einzeln aus und so deutlich wie möglich.

Obwohl Emma bezweifelte, die Laute richtig wiedergeben zu können, versuchte sie es, zu wiederholen. Langsam und bedacht, um sich nicht zu verhaspeln: »Azzeddine Ben Ajarrar.« Sie reichte ihm die Papiere. »Danke, dass Sie sich die Zeit dafür nehmen.«

»Keine Ursache.« Eine Weile studierte er die Einträge, während Emma sich bemühte, an seinem Gesichtsausdruck abzulesen, was er gerade dachte. War es ein gutes Zeichen, dass er so lange nichts sagte? Seine Züge wirkten offen und gelassen. Aber auch wohlwollend?

»Wie lange arbeiten Sie denn schon für Ihre Landsleute als Vermittlerin in behördlichen Fragen?«, fragte er nebenbei. Nur um eine ungezwungene Konversation zu führen? Hatte er gemerkt, wie angespannt sie ihn beobachtete?

Unwillkürlich begann sie, die Henkel der Tasche zu kneten. »Ich habe erst vor kurzem damit angefangen, als mir aufgefallen ist, wie schwer sich meine Mitmenschen damit tun, die Behörden aufzusuchen. Und was für große Missverständnisse dabei entstehen.«

»Wer hat Sie zu mir geschickt?« Noch immer hob er den Blick nicht von den Papieren. So lange konnte er unmöglich die Einträge lesen. Worüber dachte er dann nach?

»Das war eher ein Zufall. Ich habe ein kleines Gespräch mit einem ehemaligen Soldaten gehabt, der oft auf der anderen Straßenseite sitzt und um ein paar Groschen bettelt. Ein Schicksal, das leider viel zu viele ereilt hat.«

»Ah. Siegfried.«

Sie stutzte. Dass er den Namen des Bettlers kannte, überraschte sie wirklich. Oder doch nicht? Zwar hatte der Invalide behauptet, die Menschen würden ihn nicht sehen. Aber etwas sagte ihr, dass Azzeddine Ben Ajarrar selten etwas entging.

»Jedenfalls hat er mir geraten, mich an Sie zu wenden. Leider kannte er nur Ihren zweiten Vornamen.«

»Es ist kein Vorname.« Erst jetzt schaute er auf, und sein dunkler Blick traf den ihren. Wieder überkam Emma das Gefühl, in eine Nacht einzutauchen. In eine Sommernacht. Die einen zart mit ihrer Wärme empfing. »Diese Silbe bedeutet so viel wie *Sohn von*.«

»Oh!« Endlich ließ sie die Henkel ihrer Tasche los. »Verzeihung. Siegfried muss das wohl falsch verstanden haben.«

Der Offizier lächelte wieder. Zumindest in diesem Punkt hatte sich Siegfried nicht getäuscht, der Mann schien wirklich gern zu lächeln. »Man kann es ihm kaum verübeln. Nicht alle haben so viel Geduld wie Sie, um die richtige Aussprache meines Namens zu üben.«

»Sie sollten viel häufiger darauf bestehen. Was ist schon *Benni* im Vergleich zu …«, auch wenn sie sich Mühe gab, klappte es nicht im ersten Anlauf, aber deutlich sicherer als beim ersten Mal: »… im Vergleich zu Azzeddine Ben Ajarrar.«

Er schmunzelte, sagte darauf nichts und richtete den Blick erneut auf die Papiere. Nervös beobachtete Emma ihn. Was genau gedachte er herauszulesen, was er nicht schon mindestens fünfmal gesehen hatte? Irgendetwas ging hinter seiner hohen Stirn vor, in die keck ein paar schwarze Locken fielen.

»Wenn noch irgendwelche Angaben fehlen, kann ich diese natürlich jederzeit nachreichen«, fügte sie hinzu, als die Stille zu lange dauerte.

»Das wird nicht nötig sein, es sieht gut aus.«

»Dann …« Sie schluckte. »Dann können Sie den Passierschein für Frau Eilfeldt bewilligen?«

»Grundsätzlich schon.« Er legte die Papiere auf den Tisch.

Emmas Herz setzte einen Schlag aus. Grundsätzlich schon – er würde es aber nicht tun? Waren ihre Bemühungen umsonst gewesen? Wozu dann das ganze Theater, er hätte es ihr doch gleich sagen können!

»Ich habe darüber nachgedacht, was Sie gesagt haben. Über die Vermittlung zwischen der französischen Seite und der deutschen Bevölkerung.« Er lehnte sich leicht zurück. Seine Finger trommelten auf den Papieren. In Anbetracht seiner Körpergröße hatte er erstaunlich schlanke Hände mit wohlgeformten Fingern und gutgepflegten Fingernägeln. »Ich glaube, es gibt da etwas, was für uns alle von Vorteil sein könnte.«

Unwillkürlich rutschte Emma auf ihrem Stuhl ein Stück zurück und schaute rasch zur Tür. Schon wieder läuteten in ihr Alarmglöckchen. Sie schämte sich für ihre Gefühle. War sie wirklich so leicht vom Gemunkel der Leute und irgendwelchen Hetzblättern beeinflussbar? Früher hätten sie solche Vorurteile keinen Deut gekümmert. Und heute … heute ließ sie sich von ihrer Angst bestimmen. Trotzig straffte sie die Schultern und reckte das Kinn. »Und was bedeutet das genau?«

»Das bedeutet, dass ich meinen Vorgesetzten sprechen muss. Wenn alles gut geht, wird er Sie sehen wollen. Hätten Sie einen Augenblick Zeit, hier zu warten?«

Sie blinzelte. Ergab das überhaupt noch irgendeinen Sinn? Aus welchem Grund würde sein Vorgesetzter sie sehen wollen, vor allem, wenn alles gut war? Emma merkte selbst, wie steif ihr Nicken war und wie schwer die Silben über ihre Lippen kamen. »Natürlich.«

»Wunderbar.« Er stand auf. »Ich bin so schnell wie möglich zurück. Darf ich Ihnen etwas bringen lassen, während Sie warten? Einen Tee vielleicht?«

Stumm schüttelte sie den Kopf. Die undurchschaubare Situation, gepaart mit seiner Freundlichkeit und Zuvorkommenheit, verunsicherte sie komplett.

»In Ordnung. Ich hoffe, es dauert nicht lange.«

Schon ging er hinaus und schloss sorgfältig die Tür hinter sich. Erst als seine Schritte verklungen waren, erlaubte Emma sich, tief durchzuatmen. Fest rieb sie sich über das Gesicht. Was ging hier vor? Vor allem, da er die ausgefüllten Formulare auf dem Tisch gelassen hatte. Was darauf hindeutete, dass sich das Gespräch mit dem Vorgesetzten um etwas anderes drehen würde.

Sie stand auf, machte einige Schritte durch das Büro, trat ans Fenster. Auf der anderen Straßenseite entdeckte sie Siegfried. Kurz überlegte sie, ihm zuzuwinken, aber er würde sie kaum sehen können. Also blieb sie stehen, knetete ihre Hände und drehte unsicher an Carls Ring, der sich um ihren Finger schmiegte.

Azzeddine Ben Ajarrar blieb eine ganze Weile weg. Langsam fragte sie sich, ob sie seine Geranien gießen sollte, wenn er gänzlich verschollen bleiben würde. Als die Tür sich öffnete, zuckte sie zusammen und fuhr herum.

Da stand er, freundlich lächelnd. »Capitaine Millet erwartet Sie.«

Vier Worte, und sie erstarrte zu Eis. Obwohl sie sich einredete, dass es wohl ein gutes Zeichen war. Zumindest hatte Azzeddine Ben Ajarrar es vorhin behauptet. Trotzdem konnte sie sich kaum rühren.

»Keine Sorge«, versicherte er – ihre Reaktion entging ihm nicht. »Ich komme mit und kann gern übersetzen.«

Nur Mut, nur Mut, wiederholte sie wie ein stummes Gebet und hoffte, dass ihre Stimme nicht zu sehr zitterte. »Das ist nicht nötig. Ich spreche wirklich gut französisch.«

»Wunderbar.« Galant öffnete er ihr die Tür und machte eine einladende Geste zum Flur. »Bitte sehr.«

Sie gab sich innerlich einen Ruck und trat über die Schwelle.

Die geblümte Tasche ihrer Mutter baumelte an ihrem Ellbogen, während Emma wie besessen an Carls Ring drehte.

Capitaine Millet war ein kleiner und fülliger Mann, der deutlich in die Jahre gekommen war, wovon sein silberfarbenes Haar und Geheimratsecken zeugten. Irgendetwas an ihm erinnerte sie an Ehrhard Seidel: eine militärische Fassade, hinter der ganz viel Gemütlichkeit steckte, was die Wärme in seinen kleinen grauen Augen vermittelte.

»*Bonjour, Madame*«, begrüßte er sie etwas reserviert, dann legte er die Hände hinter seinem Rücken zusammen und streckte die Brust heraus. Mit einem Mal füllte die Wichtigkeit seiner Person den gesamten Raum. Seine Stimme klang übertrieben laut, als er ohne Umschweife seine Rede begann. Stutzig fragte sich Emma, ob er die Ansprache heimlich geübt hatte.

Er schwadronierte darüber, wie wichtig ihm ein gutes Verhältnis zur deutschen Bevölkerung sei und dass es an der Zeit wäre, eine Annäherung zu versuchen. Es gäbe schließlich keinerlei Grund mehr, Franzosen als Feinde anzusehen, predigte er. Die wunderbare Stadt Speyer sollte endlich die Güte der Besatzung kennenlernen und der französischen Kultur näherkommen. Schwungvoll drehte er sich zum Fenster, als würde er seine Ansprache vor der ganzen Stadt halten.

Fragend blickte Emma zu Azzeddine Ben Ajarrar, der ihr nur aufmunternd zunickte und ganz leicht die Augen verdrehte. Sie schmunzelte. Irgendwie mochte sie seine zugängliche, unkomplizierte Art. Was hätte sie nur ohne Siegfrieds Rat getan!

Währenddessen redete sich Capitaine Millet zu einem wahren Crescendo des Loblieds auf die französischen Militärkräfte, die endlich Frieden in die Welt gebracht hätten und nun dabei wären, der deutschen Bevölkerung unter die Arme zu greifen. Er erzählte von den Bemühungen, die er unternahm, um die Stadtbewohner zu unterstützen. So hätte er unter anderem höchstpersönlich – betonte er – die Einrichtung von Suppenausgaben an Obdachlose vorangetrieben.

Emma fragte sich, worauf er eigentlich hinauswollte. Da drehte sich der Mann schwungvoll zu ihr um und erklärte feierlich, dass für die deutsche Bevölkerung ein Platzkonzert geplant war.

Erwartungsvolle Stille breitete sich im Raum aus.

Irritiert blinzelte Emma umher. Ein Platzkonzert?

Der Mann schien eine Antwort von ihr zu erwarten. Offensichtlich in Form von Beifall und grenzenloser Begeisterung.

»*N'est-ce pas un peu trop tôt pour de telles manifestations?*«, äußerte sie vorsichtig ihre Bedenken. Der Krieg, der Hunger und die Armut, die spanische Seuche – zu sehr steckten die Entbehrungen den Menschen in den Knochen. Sie konnte sich kaum vorstellen, dass die Stadtbewohner schon jetzt für Konzerte zu begeistern waren. Dazu noch von der französischen Besatzungsmacht interveniert.

Mit einer ungeduldigen Handbewegung wischte Capitaine Millet ihre Bedenken beiseite. Zu früh für solche Veranstaltungen? Genau richtig! Um die Freundschaftsbande stärker zu knüpfen, betonte er mit großer Gestik. »*Assurez vous que le public soit nombreux pour le concert! J'ai beaucoup d'attente en ce qui concerne notre collaboration.*«

Emma öffnete den Mund. Hatte sie ihn richtig verstanden? Er wollte, dass sie für ein zahlreiches Kommen der Zuschauer sorgte? Oder waren ihre Französischkenntnisse doch nicht so gut, wie sie geglaubt hatte? Hilfesuchend blickte sie zu Azzeddine Ben Ajarrar. Er trat vor. Seine ruhige Art setzte ein Gegengewicht zu Millets aufgeplustertem Auftritt und seiner Lautstärke.

»Wir erhoffen uns von diesem Platzkonzert eine vorsichtige Annäherung an die Bevölkerung. Die Menschen könnten eine Ablenkung gut gebrauchen, finden Sie nicht auch? Ich trage die Verantwortung für die Organisation und einen reibungslosen Ablauf und würde mich sehr über Ihre Unterstützung freuen. Wir betrachten diese Veranstaltung als eine Art Probelauf der geplanten Feierlichkeiten am 14. Juli.«

»Ach«, entfuhr es ihr, und sie spürte, wie sich der Widerstand in ihr regte. »Es wird geplant, in Speyer den französischen Nationalfeiertag zu zelebrieren?« Eine Antwort brauchte sie nicht. Natürlich wurde das geplant, was hatte sie auch anderes erwartet? Während deutsche Festlichkeiten wie der Karneval verboten blieben.

Aus dem Augenwinkel bemerkte sie, dass Capitaine Millet langsam ungeduldig wurde. Erneut begann er, vor dem Fenster hin und her zu schreiten und erklärte Emma gönnerhaft, dass die französischen Behörden bereit wären, ihre Bemühungen gut zu entlohnen. Und das nicht nur mit notwendigen Unterschriften auf dem Passierschein von Frau Eilfeldt, sondern mit einer großzügigen Summe. Um seine Aussage zu betonen, wackelte er dabei mit den Augenbrauen, als bezweifelte er, dass eine Frau das Prinzip von Geld und Entlohnung begriff.

Emma öffnete den Mund, um die Einzelheiten anzufragen, doch bevor sie etwas erwidern konnte, lächelte der Mann süffisant und nannte ihr die Aufwandsentschädigung, die er ihr für die Hilfe bei der Organisation des Platzkonzertes in Aussicht zu stellen gedachte.

Bei der Summe verschluckte sich Emma beinahe an ihren eigenen Worten.

So viel Geld!

Für ihre aktuellen Verhältnisse war es so viel, dass sie es sich kaum vorstellen konnte. Für die Franzosen handelte es sich dabei vermutlich nur um Almosen, die nicht weiter von Belang waren. Capitaine Millet schien jedenfalls sehr zufrieden mit der Wirkung seines Vorschlags zu sein.

Mist. Sie hätte ihre Überraschung nicht so offen zeigen dürfen. Jetzt hatte sie sich jeglichen Raum für weitere Verhandlungen genommen.

Unschlüssig rieb sie an ihrem Finger. Was sollte sie nur tun? Zusagen? Sie brauchte das Geld!

Nur … es war eine Sache, Theresa Eilfeldt bei Behördengängen zu helfen. Eine andere, tatsächlich für die Franzosen zu arbeiten, gemeinsame Sache mit den Besatzern machen.

Was sich wie Verrat anfühlte.

Vorsichtig hob sie den Blick. Während Capitaine Millet völlig zufrieden mit sich aussah, beobachtete Azzeddine Ben Ajarrar sie ganz aufmerksam. Ja, er war definitiv ein Mensch, dem nichts entging. Der genau spürte, wie sehr sie mit sich rang.

»Ich soll also die deutsche Bevölkerung davon überzeugen, das Platzkonzert zu besuchen«, es war keine Frage, auch wenn sie fragend in Azzeddine Ben Ajarrars Gesicht forschte. Aber die Entscheidung konnte er ihr nicht abnehmen.

»Sie haben mir erzählt, dass Sie für Ihre Landsleute als Vermittlerin arbeiten. Genau das ist es, was wir brauchen. Jemanden, der einen guten Draht zur Bevölkerung hat und sie von unseren friedlichen Absichten überzeugen kann.«

»Je suis sûr que vous allez réussir!«, verkündete Capitaine Millet überschwänglich.

Emma presste die Lippen zusammen. Gut, wenn der Mann sich so sicher war, dass sie es hinbekommen würde. Nur waren die Speyerer nicht besonders gut auf die Besatzer zu sprechen. Daran würde auch ein Konzert nichts ändern.

»Ich bin mir sicher, dass diese Übereinkunft für alle Seiten von Vorteil ist«, setzte Azzeddine Ben Ajarrar nach.

Wie von selbst umklammerten Emmas Finger den Messingring. Während der Flucht und der Zeit in Speyer hatte sie so viel abgenommen, dass der Ring ziemlich lose an ihrer Hand saß. Als gehörte er nicht mehr dorthin. Sie lauschte in sich hinein. Das ungute Gefühl festigte sich immer mehr in ihrer Seele. Sie musste das Angebot ablehnen. Alles in ihr drängte sie dazu. Alles, außer der Frage: Konnte sie es sich leisten, nein zu sagen? Es war so verdammt viel Geld!

Was soll ich nur tun? Mit einer bebenden Hand nahm sie den Ring ab und starrte auf die eng verschlungenen Zweige. *Was soll ich nur tun?* Stumm bewegten sich ihre Lippen. Als hoffte sie wirklich, gleich Carls Rat zu hören. Eine Antwort aus dem Jenseits.

Würde er es verstehen, wenn sie zusagte? Wenn sie Wilhelmine belog und ihr vormachte, irgendwo eine ordentliche Anstellung gefunden zu haben? Wenn sie ihre Landsleute dazu verführte, ihre Herzen dem Feind zu öffnen?

Früher wusste sie immer, was richtig war und was falsch. Jetzt stand sie da und flehte einen Ring um ein Zeichen an. Obwohl ihre Entscheidung bereits gefallen war. Schwer wie ein Stein. Der alles unter sich zermalmte.

Emma und Carl. Carl und Emma.

Es war so still. Um sie herum, in ihr drin.

»Ça va être un succès total!«, donnerte Capitaine Millets

Stimme durch den Raum. Sie schreckte hoch, als er einen Schritt auf sie zutrat. Ihre Hand zuckte. Und der Ring … der Ring fiel ihr aus den Fingern.

Mit einem leisen Klonk fiel der kleine Metallgegenstand auf den Boden, kullerte über die Dielen und verschwand in einem Spalt. Etwas in ihr riss entzwei. Wie der letzte dünne Faden, der sie noch mit Carl verband. Jetzt war nichts mehr da.

»Nein!«, entfuhr es ihr. Sie fiel auf die Knie, kratzte am Spalt, versuchte, die Diele anzuheben, doch das Holz bewegte sich keinen Millimeter. Stattdessen brach sie sich einen Fingernagel ab.

Ein Zeichen.

Sie hatte um ein Zeichen gebeten.

Jetzt hatte sie eins bekommen.

Frankreich, 1919

CARL

MIT ETWAS ABSTAND GING CARL hinter Lutz her, darauf bedacht, den Mann nicht aus den Augen zu lassen. Neben ihm pflügte der stämmige Oswald durch das Dickicht. Bei dem Lärm, den der Kerl dabei verursachte, könnte man glauben, seine Aufgabe wäre es, eine Bresche in den Wald zu schlagen. Ein Wunder, dass die Franzosen sie nicht längst geschnappt hatten, bei all den Spuren, die sie hinterließen. Aber nach drei Tagen erlaubte Carl sich zu glauben, dass die größte Gefahr tatsächlich gebannt war und niemand ihnen auf den Fersen war. In der ersten Nacht hatten sie den Wirkungskreis des Lagers verlassen. In der zweiten den Abstand noch weiter ausgebaut. Und heute stand ihnen die schwierigste Etappe bevor: den Fluss überqueren. Nach Lutz' Recherchen gab es dafür nur eine geeignete Stelle, wenn sie die Brücken der nahe gelegenen Stadt meiden wollten, in die über die entflohenen Gefangenen sicherlich bereits telegraphiert worden war.

Diese eine Stelle – wussten die Franzosen davon? Warteten dort Gewehrmündungen auf sie?

Lutz stolperte gegen einen Baum und lehnte sich an den Stamm. Seine Kurzatmigkeit machte ihm in dieser Nacht besonders zu schaffen. Manchmal musste er anhalten, weil sein quälender Husten ihn zu zerreißen schien.

»Weiter«, brummte Oswald, packte Lutz am Oberarm und zog ihn weiter. Dieser röchelte immer mehr, um den aufkommenden Hustenanfall zu unterdrücken. Nach ein paar

Schritten blieb er erneut stehen und beugte sich vornüber. Die Geräusche hörten sich an, als würde er seine Lunge herauswürgen. Hilflos stand Carl daneben, während Oswald eine Karte herausholte und mit einem selbstgemachten Kompass die Richtung prüfte. »Noch ein Kilometer. Höchstens anderthalb. Dann haben wir die Stelle erreicht.« Er stecke alles wieder ein und stapfte voran.

Lutz kniete im Moos. Der Husten war verebbt, doch der Mann schien keine Kraft zu haben, aufzustehen. Carl trat auf ihn zu. »Alles gut?«

Statt einer Antwort kam ein zweiter Hustenanfall.

»Geh«, krächzte Lutz, als er es schaffte, zu Atem zu kommen. »Ich hol schon auf.«

»Na klar.« Carl blieb. Der Mann kauerte wie ein verletzter Vogel zu seinen Füßen, der in einem Schwarm alles tat, um seine Schwäche so lange wie möglich zu verbergen. Zaghaft regte sich Mitgefühl in seiner Brust, obwohl er alles versuchte, um es zu ersticken. Zu viel Gefühlsduselei konnte verheerend sein in der feindlichen Umgebung, unter den Menschen, denen er nicht einmal wirklich trauen konnte. Zynisch dachte er: Würden die beiden einfach weitergehen, sollte er hier kauern und nicht Lutz? Noch zynischer kam ihm seine eigene Antwort vor: Zweifelsohne.

Trotzdem schaffte er es nicht, einfach weiterzugehen. »Stütz dich auf mich, ich helfe dir.«

»Lass das«, brummte Lutz. Doch Carl achtete nicht auf den Protest, sondern packte den Mann und zog sich einen Arm um den Nacken.

»Hey!«, rief er Oswald hinterher, von dem in der Dunkelheit weder etwas zu sehen noch etwas zu hören war. »Nicht so schnell!«

Keine Antwort. Nur Lutz' Schnaufen an seiner Seite. Dann

raschelte es, Äste knackten, und Oswald tauchte aus der Nacht auf. »Fürs Herumtrödeln haben wir keine Zeit! Wir müssen den Fluss überqueren.«

»Vielleicht sollten wir hier eine Rast machen und in der nächsten Nacht weitergehen.«

»Vielleicht sollten wir uns gleich ergeben«, äffte Oswald seinen Tonfall nach.

Ärger übermannte Carl. Er ließ Lutz los, stürmte auf Oswald zu und stieß den Mann in die Schulter. »Du siehst doch, dass es deinem Kumpel nicht gut geht, oder?«

Oswald schubste ihn von sich. Mit so viel Wucht, dass Carl mit dem Rücken gegen einen Baum prallte und ihm kurz die Luft ausblieb. »Er ist zäher, als du denkst. Weiter geht's!« Schon drängte sich der Mann durch die Büsche.

Schwankend kam Lutz hoch, ächzte und stolperte seinem Freund hinterher. »Sieh zu, dass du mithalten kannst«, warf er Carl über die Schulter zu, bevor die Dunkelheit seine Silhouette verschluckte.

Carl knurrte leise. Wie satt er es hatte, geschubst zu werden! Er wünschte sich … Einen Augenblick hielt er inne und überlegte, was er sich gerade wirklich wünschte. Genug Kraft zu haben, um zurückzuschlagen? Oswalds selbstgefällige Miene zu Brei zu prügeln?

Nur mühsam lockerte er seine Fäuste, erschrocken über sich selbst. Über diese Wut, die den Verstand vollkommen umnebelte. Was hatte die Gefangenschaft wirklich mit ihm gemacht? Wurde man unweigerlich zum Tier, wenn man wie ein Tier behandelt wurde? Was würde diese Flucht mit ihm anstellen? Und konnte er wirklich von einem erfüllten Versprechen reden, wenn es nicht mehr er selbst war, der da zu Emma zurückkehrte?

Scharf saugte er die kalte Nachtluft ein. Dann stieß er sich vom Baum ab und bahnte sich den Weg voran, in die Richtung, wo er noch gerade so Oswald und Lutz hören konnte. Erst nach ein paar Minuten holte er die beiden ein. Eine Weile gingen sie nebeneinanderher. Dann räusperte sich Oswald und tätschelte ihm mit seiner Pranke den Rücken. »Nichts für ungut, Mann. Aber wir halten uns an den Plan. Jede Abweichung ist eine Möglichkeit, Fehler zu machen. Und Fehler können wir uns nicht leisten.«

»Ja. Recht hast du«, murmelte Carl.

Trotzdem brodelte es in ihm weiter. Er ballte seine Hände zu Fäusten, spürte, wie seine Sehnen hervortraten und sich die Muskeln anspannten. Kurz davor, zuzuschlagen. Er wollte es nicht, konnte aber nichts dagegen tun. War diese Wut wirklich stärker als das, was Emma an ihm liebte? Würde sie ihn noch erkennen, stünde er jetzt vor ihr? Oder …

Er schüttelte den Kopf.

Sie wartet auf mich. Wie ein Ertrinkender klammerte er sich an den Gedanken. *Sie wartet auf mich.*

Und wenn das alles vorbei ist, werde ich wieder ich sein können.

Carl wusste nicht, wie viel Zeit vergangen war, als sie den Schutz des Waldes verließen. Felder lagen vor ihnen – eine freie Fläche, die Oswald sichtlich nervös machte.

»Anderthalb Kilometer haben wir geschafft. Wo bleibt der Fluss?« Mit aller Macht versuchte Carl, den Unmut zu unterdrücken.

»Vielleicht sind es zwei«, warf Oswald ihm gepresst hin.

»Plan hin oder her: Wenn wir die Stelle nicht finden, sind wir auf der freien Fläche wie auf einem Präsentierteller. Bald dämmert es.« Carl deutete zum Wald. »Lasst uns dort ein Lager aufschlagen und in der nächsten Nacht den Fluss suchen.«

Oswald fuhr herum, baute sich vor ihm auf wie ein tollwütiger Bär. »Mir dämmert's, dass du es einfach nicht kapieren willst: Wir halten uns an den Plan!« Dann wandte er sich ab und beschleunigte den Schritt, ohne zurückzublicken. Lutz keuchte, eilte ihm hinterher und versuchte nach Kräften mitzuhalten. Leise redete er auf seinen Kumpel ein, doch was genau, konnte Carl nicht verstehen. Irgendetwas führten die zwei doch im Schilde. Vielleicht sollte er sie ziehen lassen. Von den Vorräten war sowieso nicht mehr viel geblieben.

Nach einem kurzen Zögern setzte sich Carl dennoch in Bewegung, blieb aber in einiger Entfernung von den beiden. Sie marschierten sicherlich noch weitere zwei Kilometer querfeldein, bis sie endlich den Fluss erreichten. Zumindest glaubte Carl, in der Nähe zu sein, denn er hörte das Plätschern von Wasser. Dann entdeckte er Oswald und Lutz an einem kleinen Hügel. Wie zwei Monolithe standen die beiden da, ohne sich zu regen. Im ersten Moment dachte Carl, die zwei hätten auf ihn gewartet.

Doch in Wirklichkeit standen sie da, weil es nicht weiterging.

Der Fluss war über die Ufer getreten.

Unüberwindbar.

Na wunderbar. Carl rieb sich übers Gesicht. »Was ist jetzt mit dem Plan?«, fragte er beiläufig und spürte, wie Genugtuung sich in ihm rührte.

»Halt bloß die Fresse!« Oswald ruckte auf ihn zu. Frust sprach aus jeder Pore seines Wesens.

Na, komm schon, feuerte Carl ihn stumm an, die Augen zusammengekniffen. *Zeig mir, was wirklich in dir steckt.*

Doch Lutz stellte sich dazwischen. »Schluss jetzt. In der Scheiße stecken wir alle drei. Also überlegen wir uns lieber, was wir jetzt machen.« Seine Stimme klang ganz schwach, sogar in der Stille der Nacht kaum zu verstehen. Jeder Atemzug – eine Anstrengung.

Oswald knurrte, dann trat er zurück. Einige Male ging er einfach hin und her, rieb sich den Nacken und brummte etwas vor sich hin. Carl wartete, ohne den Mann aus den Augen zu lassen.

Nach einigen Minuten breitete Oswald die Karte auf dem Boden aus. Sie war stümperhaft hingekritzelt nach den Erzählungen einiger Gefangener, die in der Gegend während der Kriegshandlungen stationiert gewesen waren. Seine wulstigen Finger rieben über die Linien und Markierungen. »Die einzige Möglichkeit, die uns bleibt: durch die Stadt und dort über eine der Brücken. Einen anderen Weg über den Fluss finden wir nicht.«

»Das im Hellen zu versuchen, wäre Wahnsinn.« Carl deutete nach Osten, wo der Morgen bereits graute. Eine Zeit, die nahezu gespenstisch wirkte: Noch sah man die ersten Sonnenstrahlen nicht, aber man spürte, dass sie sich bereits vorantasteten und das dunkle Firmament erkundeten, um es Stück für Stück zu übernehmen. Keine Versteckmöglichkeiten in der Nähe, dazu noch eine Straße, die nicht weit vom Fluss verlief und von der aus das Ufer perfekt einsehbar war.

»Ach«, spottete Oswald. »Was für ein Glück, dass wir einen Schlaumeier unter uns haben.«

»Es ist zu spät, um zum Wald zurückzukehren«, fuhr Carl fort, ohne den Mann zu beachten. Stattdessen wandte er sich direkt an Lutz, der mit geschlossenen Augen auf dem Boden hockte. »Wir gehen am Fluss entlang. Vielleicht finden wir einen Unterschlupf.«

Er packte Lutz und hievte ihn hoch. Der Mann schwankte, kaum noch bei Kräften. Seine Haut fühlte sich heiß an. Fiebrig. In der letzten Stunde hatte sich sein Zustand rapide verschlechtert. Wie sollte Lutz die Strapazen der Flucht nur durchstehen? Eine weitere Nacht auf dem kalten, mit einer

Schicht Zweigen und Laub notdürftig gedämmten Boden verbringen? Carl zwang sich, die Gedanken abzuschütteln. Was auch immer kommen mochte – darauf hatte er keinen Einfluss. Er sollte sich auf die Dinge konzentrieren, die zu ändern in seiner Macht lag. Zum Beispiel einen Unterschlupf finden.

Oswald hielt demonstrativ Abstand. Die Umstände behagten ihm sichtlich nicht. Vor allem, da nirgends ein Versteck zu sehen war. Wie viel Zeit blieb ihnen, bis die ersten Fahrzeuge die Straße entlangkämen? Bis man sie entdeckte? Nur langsam kamen sie über Wiesen und Felder voran.

Bis sie auf einen Bauernhof stießen.

Still ragten Scheunen und Ställe vor ihnen auf, schäbige Bauten, bei denen man glauben konnte, nur Spucke und ein paar Nägel hielten sie noch zusammen. Etwas weiter hinten erstreckte sich das Bauernhaus. Wer auch immer den Hof bewirtschaftete – die Menschen kamen sicherlich gerade so über die Runden. Der lange Krieg hatte von jedem Tribut gefordert, ob in der Stadt oder auf dem Land. Zerstörte Felder, beschlagnahmtes Vieh, das Elend hatte sich überall breitgemacht.

»Umkehren«, befahl Oswald. »Versuchen wir es woanders.«

»Für Versuche haben wir keine Zeit!« Carl deutete zum Himmel. Bald würde alles erwachen, dann wären sie geliefert. In ihrer Gefangenenkluft würde man sie sofort als Flüchtige erkennen und der Polizei übergeben. »Außerdem: Lutz schafft es nicht mehr weit, ohne Rast zu machen.« Er ließ den Mann auf den Boden sinken. Lutz protestierte nicht einmal. Kurz fragte sich Carl, ob er überhaupt noch etwas um sich herum wahrnahm. »Wir versuchen es in einer der Scheunen.«

»Spinnst du? Direkt vor ihren Nasen?«, zischte Oswald.

»Ein Bauernhof bietet viele Möglichkeiten, unentdeckt zu bleiben.« Carl merkte, wie er sich selbst zu überzeugen versuchte. Aber die Lage erlaubte kein Zögern. Nicht mehr lange, dann würde es hier nur so von Menschen wimmeln. Tiere mussten versorgt, die Arbeiten erledigt werden. Entweder sie riskierten es oder zogen weiter. Wobei dann Lutz vermutlich getragen werden musste. Die Entscheidung war längst gefallen. »Ich erkunde die Lage. Wenn alles sicher ist, hole ich euch. Wenn ich entdeckt werde – seht zu, dass ihr verschwindet.«

Carl warf einen letzten Blick auf Lutz, dann schlich er davon. Sein Bauch grummelte, je näher er dem Hof kam. Aber vielleicht war es einfach der Hunger. Seinen Empfindungen sollte man nicht trauen, wenn die Realität einen an seine Grenzen und weit darüber hinaus brachte.

Kaum hatte er ein paar Meter zurückgelegt, da hörte er ein Rascheln hinter sich. Ein Geräusch, das wie ein Stromschlag durch seinen Körper fuhr. Rasch fuhr er herum, bereit zuzuschlagen – wenn nötig mit blanken Fäusten.

Oswald.

Carl senkte leicht die Hände, blieb innerlich dennoch in Alarmbereitschaft. »Was willst du?«

»Reden.«

»Im Ernst? Wir müssen …«

»Hör mir einfach zu!« Der Mann steckte die Hände in die Taschen, als wollte er zeigen, dass von ihm nichts zu befürchten war. Kurz sah er umher. Vor allem nach hinten, wo er Lutz zurückgelassen hatte. »Es geht ihm gar nicht gut.«

»Ich weiß. Deshalb sollten wir schnell ein Versteck finden, wo er sich ausruhen kann!«

Oswald trat von einem Bein aufs andere. Schaute wieder zurück. Es lag etwas Hektisches in seiner Gestik. Dann senkte er den Kopf, beugte sich etwas vor. »Das, oder wir gehen einfach weiter. Er hält uns nur auf. Zu zweit schaffen wir es heute noch über den Fluss durch die Stadt, da bin ich mir sicher.«

Carl spürte, wie seine Zähne mahlten. »Ich werde jetzt so tun, als hätte ich das nicht gehört.«

»Denk doch darüber nach! Warum sollten wir uns dem Risiko aussetzen, hier entdeckt zu werden?«

»Geh zurück und pass auf Lutz auf.« Schon wieder war die Wut da. Dachte Oswald wirklich, er würde auf so einen billigen Loyalitätstest reinfallen? »Ich hole euch, wenn die Luft rein ist.«

»Klar.« Ganz langsam, als wartete er noch immer auf eine andere Antwort, wandte sich Oswald ab und stapfte fort.

Carl wartete einen Augenblick lang. Ließ die Szene in seinen Gedanken Revue passieren. Was sein mieses Bauchgefühl nur noch verstärkte. *Bleib auf der Hut*, schärfte er sich ein, bevor er seine Aufmerksamkeit wieder dem Hof schenkte. War es richtig, hier einen Unterschlupf zu suchen? Direkt vor den Nasen der Bewohner? Andererseits dachte er an Burgstein, seinen Saatlieferanten aus dem Rheinland, und wie dieser seinen fahnenflüchtigen Bruder sogar vor den eigenen Arbeitern auf dem Hof versteckt hatte. Nur die engste Familie hatte Bescheid gewusst.

Und jetzt ging es bloß um einen Tag. Am Abend, im Schutz der Dunkelheit, würden sie diesen Ort wieder verlassen.

»Ein bisschen Glück wird schon auf unserer Seite sein«, redete er auf sich ein, während er die Gegend erforschte. Schnell hatte er eine Scheune entdeckt, in der Heu lagerte.

Nur ein bisschen Glück.

Mehr wollte er nicht. Er machte kehrt.

»Ich hab was.« Er wartete Oswalds Reaktion nicht ab, sondern packte Lutz und schleppte ihn zur Scheune. Dieser protestierte nicht. Im Schutz der Dämmerung schlichen sie über den Hof. Ein Hund bellte. Carl beschleunigte die Schritte – zu spät zum Umdenken. Er dirigierte Lutz zum Heuboden, eine wackelige Leiter hochzuklettern, verlangte Lutz den kläglichen Rest seiner Kräfte ab. Unter Oswalds Gewicht bogen sich die Sprossen und knarzten.

Zusammen kämpften sie sich ganz nach hinten. Lutz stolperte über eine vergessene Heugabel, schaffte noch ein paar Schritte, dann sackte er in der Ecke zusammen. Carl bereitete ihnen im Heu eine Mulde zum Schlafen. Mit der Heugabel schichtete er einen zusätzlichen Berg als Sichtschutz davor. Nur wenige Bewegungen, die ihm bereits Schweiß auf die Stirn trieben. Er sehnte sich danach, fünfe gerade sein zu lassen und sich etwas auszuruhen. Erst jetzt wurde ihm bewusst, wie sehr die letzten Stunden an seinen Nerven gezerrt hatten.

Skeptisch beäugte Oswald die Umgebung. »Und was, wenn jemand kommt, um das Zeug für die Tiere zu holen?«

»Dann klettert er dafür sicherlich nicht nach hinten. Wir müssen eben leise sein.«

Von draußen war bereits das Klappern von Gerätschaften zu hören, Stimmen ertönten. Der Bauernhof erwachte zum Leben. Durch einen Spalt zwischen den Brettern der Wand konnte Carl einen Teil des Hofes überblicken. Die Menschen gingen ihren Tätigkeiten nach – jetzt nur nicht die Nerven verlieren, sollte einer tatsächlich etwas aus der Scheune brauchen. Er warf einen prüfenden Blick auf Lutz, der bereits zu dämmern schien. Hoffentlich ohne Hustenanfälle, die ihnen allen zum Verhängnis werden würden.

»Ich übernehme die erste Hälfte der Wache, dann bist du dran.« Aus dem Augenwinkel bemerkte er, dass es Oswald überhaupt nicht schmeckte, kommandiert zu werden. Aber es war nichts gegen den Vorschlag einzuwenden. »Lutz lassen wir Kraft schöpfen, er wird sie brauchen.«

Carl machte es sich neben dem Spalt gemütlich, um den Hof weiter im Blick zu behalten. Oswald knurrte etwas Unverständliches, dann legte er sich hin. Offensichtlich mit so viel Abstand wie möglich zu Carl. Nach einer Weile ertönte ein leises Schnarchen. Im angebrochenen Tag wirkte sein breites Gesicht friedlich, die stets mürrische Miene hatte sich geglättet, und nur noch die Entbehrungen der Flucht zeichneten seine Züge. Carl fragte sich, ob ihr Verhältnis unter anderen Umständen ein besseres gewesen wäre. Ob sie sich gut verstehen würden, hätten sie sich woanders getroffen.

Aber was brachte es schon, darüber nachzudenken? An den Umständen konnte er nichts ändern.

Lutz stöhnte leise, ähnlich dem Jammern eines Säuglings. Das Heu raschelte unter ihm, als er sich mit dem Ellbogen abstützte und den Kopf hob.

»Schlaf weiter«, sagte Carl und beobachtete einen Arbeiter, der einen knarzenden Karren an der Scheune vorbeischob. Ansonsten blieb alles ruhig. »Ein Dach über dem Kopf, ein weiches Lager, trocken und warm – genieß den Luxus.« Erst nach ein paar Minuten merkte er, dass Lutz ihn noch immer beobachtete. »Was ist?«

»Ich weiß, dass Oswald ohne mich weitergehen wollte.«

Carl spürte, wie sich seine Muskeln anspannten. »Ach. Was du nicht sagst.«

»Danke, dass du mich nicht zurückgelassen hast.«

Sie schwiegen einander an. Was bezweckte Lutz damit? Natürlich hatte er von dem Test gewusst.

»Danke«, murmelte Lutz noch einmal, dann ließ er sich ins Heu zurücksinken.

Wie auch immer. Carl lehnte die Schläfe an die Holzwand.

Vom Hof hallten die Stimmen der Landarbeiter zu ihm herüber. Manchmal bellte der Hund, ließ aber die Scheune in Ruhe. Die ersten Sonnenstrahlen brachen durch die Ritze in der Bretterwand und versprachen einen wundervollen Tag.

Einen Tag, den Carl nicht genießen konnte. Obwohl er es sich nach seinem Zusammenbruch in Düsseldorf vor fast fünfzehn Jahren versprochen hatte: jeden Tag, jede Stunde, jede Minute als etwas unendlich Kostbares anzunehmen und mit allen Sinnen auszuleben.

Wie viele Minuten, Stunden und Tage hatte er in der Gefangenschaft verloren?

Wie viele blieben ihm noch?

Wie lange würde sein Herz noch weiterschlagen wollen?

Er schloss die Augen. Als er die Lider wieder öffnete, nahm er Staubpartikel wahr, die fröhlich im Licht tanzten. Und mit ihrer Leichtigkeit auch sein Gemüt ein Stück erhellten.

Am Nachmittag weckte Carl Oswald, um endlich selbst eine Mütze Schlaf zu bekommen. Auch wenn er sich dabei höchstens erlaubte, ein wenig zu dösen, um bei jedem verdächtigen Geräusch aufzuhorchen. Solange er sich auf seine Mitstreiter nicht absolut verlassen konnte, durfte er sich nicht völlig fallenlassen. Innerlich wartete er buchstäblich auf eine Falle, in die die beiden ihn schicken würden, um die eigene Haut zu retten.

Aber auch der Dämmerschlaf tat ihm gut, um etwas Ruhe zu finden. Carl ließ zu, dass diffuse Bilder seinen Verstand füllten und die Realität ein wenig verdrängten. Gedanken, schwer greifbar, zogen an ihm vorbei, so dass er bald kaum unterscheiden konnte, ob er noch wach war oder schon träumte. Er wähnte sich auf hoher See. In einem kleinen Boot ohne Ruder, das von Wellen hin und her geworfen wurde. Im Wind glaubte er Emmas Stimme zu hören. Sie rief ihm etwas zu, doch ihre Worte erreichten ihn nicht. Dann kam ihr Schrei. Hoch und stechend schnitt er durch sein Inneres. Carl keuchte, klammerte sich an den Rand des Bootes, starrte ins tosende Meer …

Doch er träumte nicht mehr. Die Scheune. Der Geruch von Heu erfüllte seine Sinne. Lutz' rasselnder Atem. In der einsetzenden Dämmerung sah er Oswalds Gestalt, die an einen versteinerten Troll erinnerte.

»Was ist passiert?« Carl brauchte einen Moment, um seine Stimme in den Griff zu bekommen. Alarmiert sah er durch den Spalt zwischen den Brettern nach draußen.

»Falscher Alarm«, flüsterte der Mann tonlos. »Ein dummes Gör hat Milch verschüttet. Und die Bäuerin – ich nehme an, es ist die Bäuerin – schimpft es aus. Hat nichts mit uns zu tun.«

Erst jetzt bemerkte Carl die zwei Gestalten in der Nähe der Scheune. Das Zetern der Frau bebte durch die Luft. Dazu mischte sich das Wimmern des Mädchens. Der Statur nach zu urteilen, war sie kaum zehn Jahre alt. Wobei die Kinder gegenwärtig alle so schmächtig waren, dass es schwer zu bestimmen war.

Vermutlich war es die Kleine gewesen, die geschrien und die Carl in seinem Traum für Emma gehalten hatte.

Die Bäuerin redete sich immer mehr in Rage. Dann erscholl eine Ohrfeige, die das Mädchen von den Beinen riss. Carls Herz setzte kurz aus.

Nicht hinsehen, befahl er sich, *das geht dich nichts an*. Und sah trotzdem hin.

Jetzt schlug sein Herz so heftig, dass er glaubte, sein ganzer Körper bebte.

Du kannst nichts tun!

Die Worte rumpelten durch seinen Verstand, legten sich wie Steine auf seine Seele.

Du kannst nichts tun. Vier einfache Worte. Die er so oft von seiner Mutter gehört hatte, wenn er ihr von Antoine erzählt hatte, den sein Vater mal wieder grün und blau geprügelt hatte.

Nichts tun.

Die Bäuerin hob ihren Stock und ließ ihn auf den gekrümmten Rücken des Mädchens hinuntersausen. Das krampfartige Weinen der Kleinen zerriss Carls Seele in Stücke. Zum Glück wurde die Züchtigung unterbrochen. Jemand rief nach der Bäuerin, die davonwackelte wie eine überdimensionierte Ente. Das Mädchen nutzte die Gelegenheit, um aufzuspringen und zur Scheune zu huschen.

Die Tür quietschte.

Verdammt! Die Kleine suchte ausgerechnet hier nach einem Versteck vor dem Zorn der Frau. Die Leiter knarzte, schon war das Kind oben und bahnte sich einen Weg durch den Heuvorrat.

Aus einem Impuls heraus packte Carl Oswalds Arm.

Nichts tun. Nichts tun, beschwor er ihn stumm.

Doch der Mann schüttelte seine Hand weg. Geschmeidig wie ein Tiger richtete er sich auf, bereit, seine Beute zu erlegen. Kurz wurde es still. Als spürte das Kind die Gefahr, die auf diesem Heuboden lauerte. Dann setzte sich die Kleine wieder in Bewegung.

Gleich würde sie die ungebetenen Gäste entdecken!

Oder blieb sie hinter dem aufgeschichteten Berg? Carl wagte kaum zu atmen.

Doch dann tauchte die schmale Gestalt des Kindes hinter dem Heu auf.

Er sah, wie sich die Augen der Kleinen weiteten. Wie sie den Mund öffnete, um zu einem Schrei anzusetzen. Doch Oswald war schneller. Noch bevor das Mädchen auch nur einen Mucks von sich geben konnte, riss er es herum und presste ihr seine riesige Pranke auf den Mund.

So verharrten sie alle einen Moment.

Carls Gedanken überschlugen sich. Wie von Sinnen zerrte

er an Lutz, hob ihn hoch, schüttelte ihn. »Du sprichst doch ganz passabel französisch. Sag der Keinen, dass sie leise sein soll«, beschwor er den Mann, der nur mühsam aus dem Schlaf fand. »Dass ihr nichts geschieht, wenn sie uns gehen lässt!«

Oswald schnaubte. Sein Gesicht verzog sich. »Ich habe eine bessere Idee.«

Fest schaute er Carl in die Augen, dann schob sich seine Hand ein Stück höher und drückte dem Mädchen die Nase zu. Panik stieg in den weit aufgerissenen dunklen Augen auf. Blanke Panik. Und Todesangst.

Carl sprang auf die Beine. »Was tust du da?«

»Wonach sieht es denn aus? Sie zum Schweigen bringen!«

Das Mädchen zappelte in seinen Armen. Mit allen Kräften versuchte es, sich aus dem Griff herauszuwinden, zu treten, die kleinen Finger kratzten verzweifelt und doch immer schwächer an Oswalds Arm.

»Lass sie los!« Carl wollte sich auf den Mann werfen, doch dieser drehte sich zur Seite und trat ihm in den Bauch, so dass Carl die Luft wegblieb. Japsend sackte er zu Boden.

»Damit sie den ganzen Bauernhof herbeirufen kann? So schaffen wir es, zu entkommen. So werden wir genug Zeit haben, um hier weg zu sein, bis man sie findet!«

»Nein«, presste Carl durch die zusammengebissenen Zähne. Seine Finger gruben sich ins Heu, stießen gegen den Holzstiel der Heugabel. »So nicht.«

»Dann bleib doch hier«, zischte Oswald. »Ich kann es gern für dich arrangieren, sobald ich mit der Göre fertig bin.«

Carl packte die Heugabel und richtete sich auf. Die Wut war wieder da. So viel Wut, dass es ihm vorkam, als würde sein Körper ohne sein Zutun agieren. Krampfartig umklammerten seine Hände den Stiel. Die Arme hoben sich.

Dann stieß er Oswald die Gabel mit ganzer Wucht in den Oberschenkel.

Der Mann brüllte auf.

Wie im Nebel registrierte Carl, wie Oswald das Mädchen losließ. Japsend fiel es zu Boden und robbte ein Stück von ihm weg. Blut, beinahe schwarz, tränkte das Hosenbein. So viel Blut. Verzweifelt mühte sich Oswald, die Wunde zuzudrücken. Doch die Flüssigkeit quoll zwischen seinen Fingern hervor.

»Verschwinden wir von hier«, krächzte eine Stimme hinter Carl.

Wie in Trance drehte er sich um. Lutz. Blass – nein, vollkommen grau im Gesicht starrte er seinen Kumpel an, der auf die Seite gesunken war und mit zusammengebissenen Zähnen gegen die Schmerzen ankämpfte.

Noch immer hatte Carl das Gefühl, nicht ganz Herr über die eigenen Sinne zu sein. Doch zumindest so weit, dass er Lutz packte und ihn zur Leiter schleifte. Irgendwie kamen sie hinunter und stolperten aus der Scheune.

Weg. Bloß weg hier.

Die Dämmerung ringsherum schien immer dichter zu werden, verdrängte träge das Tageslicht.

Beinahe wie Blut.

Nach einigen Metern blieb Carl stehen und blickte zurück. Keine Spur von Oswald. Dafür sah er, wie das Mädchen aus der Scheune getaumelt kam. Noch hatte niemand etwas bemerkt. Aber das würde nicht mehr lange dauern. Trotzdem schaffte Carl es kaum, auch nur einen weiteren Schritt zu machen.

»Los«, keuchte Lutz ihm ins Ohr. »Verschwinden wir von hier.«

Carl setzte sich in Bewegung.

Speyer, 1919

EMMA

In den letzten Tagen war es ihrem Vater deutlich besser gegangen als in den kalten Wintermonaten. Mit leiser Freude sah Emma ihn ab und zu aufstehen und die Kammer verlassen, auch wenn er oft orientierungslos wirkte, sobald er das Wohnzimmer betrat. Aber es war ein Anfang, und ein paar Lichtblicke konnte ihrer aller Leben gut gebrauchen. Vor allem, da sie ihre Mutter so oft sagen gehört hatte, er würde diesen Sommer nicht mehr erleben. Doch sein gebeutelter Körper zeigte, dass er nicht aufgeben wollte. Also half die Medizin doch. Und Emmas Bemühungen, mit ein paar Dehnübungen seine Gelenke geschmeidig zu halten.

Vorsichtig setzte sie sich an sein Bett. Das Metallgestell war so wackelig, dass Emma jedes Mal befürchtete, es würde unter ihrem Gewicht zusammenbrechen. Umso bewusster wurde ihr, wie schrecklich dünn ihr Vater geworden war. Wenn er sich bewegte, quietschte keine einzige Schraube. Wie ein Geist, ging ihr durch den Kopf, und sie verscheuchte mit aller Macht diesen Gedanken. Es ging ihm besser! Und nichts anderes zählte in diesem Augenblick.

»Morgen, Papa«, grüßte Emma. Sie fragte nicht, wie es ihm ging. Oder wie er geschlafen hatte. Floskeln, die gesunde Menschen so gern miteinander austauschten, waren in seiner Gegenwart fehl am Platz.

Nachdem sie seinen Nachttopf geleert hatte, holte sie warmes Wasser und half ihm, sich zu erfrischen. Wie immer versäumte sie es nicht, seine Gelenke zu dehnen, damit sie beweglich blieben. Sie massierte seine verkrampften Hände, rieb jeden einzelnen Finger, um seinen Gliedern vielleicht doch noch ein bisschen Leben einzuhauchen. Dabei erzählte sie die Neuigkeiten aus der Stadt. Beinahe so, als würde sie ihm eine Zeitung vorlesen – denn früher wollte er sich stets auf dem Laufenden halten. Jetzt schien ihn nicht mehr viel zu interessieren von dem, was draußen vor sich ging.

Trotzdem stimmte es sie traurig, wenn sich die Morgenroutine dem Ende zuneigte. Ihre Brust fühlte sich ganz schwer an, sobald sie aufstand und ihm einen letzten Blick zuwarf, bevor sie sich den anderen Aufgaben widmen musste.

»Ich sehe später nach dir. Aber du weißt ja, du kannst mich jederzeit rufen, wenn du etwas brauchst«, flüsterte sie ihm zum Abschied zu und sah in sein eingefallenes Gesicht.

Plötzlich schlossen sich seine kalten, knorrigen Finger um ihr Handgelenk. Emma keuchte. Seit sie wieder da war, hatte er kein einziges Mal auf ihre Anwesenheit reagiert. Als würde seine Tochter für ihn nicht mehr existieren. Und jetzt … berührte er sie?

»Papa?« Sie ließ sich zurück zu ihm auf das Bett gleiten. »Kann ich noch etwas für dich tun?«

Seine Lider flackerten. Zuerst hörte sie nichts außer seinem schwachen Atem. Manchmal schien sogar das Luftholen eine Anstrengung für ihn zu sein, die er gern vermeiden würde.

»Mein Mädchen …«, kam es zwischen seinen halb geöffneten Lippen hervor. Krächzend, als wären es keine Menschenlaute.

»Ja?« Emma verharrte. *Mein Mädchen …* Seit Else verstorben war, hatte er sie so nicht mehr genannt. Ihr Herz setzte einen Schlag aus. Ganz so, wie das Herz ihrer Säuglingsschwester in der Wiege urplötzlich verstummt war.

»Was … heckst du da sch-schon wieder aus, meine Kleine?«, fragte er.

Wie von selbst kamen die Worte aus ihrem Mund: »Ich verstehe nicht, was du meinst.«

Die Worte, die eine Lüge waren. Sie hatte diese Frage erwartet, tief im Innern zählte sie die Minuten, Stunden, bis die Worte fallen würden: Was heckst du aus? Was hast du dir dabei gedacht? Wie kannst du Emma, wie kannst du nur?

Sie wünschte sich, er würde sie noch fester packen und die Wahrheit aus ihr herauspressen, doch stattdessen erschlafften seine Finger und ließen sie los, zusammen mit der Lüge, die sie in sich trug. Ihr Vater wandte bloß sein Gesicht von ihr weg. Enttäuscht, wie es ihr vorkam. Oder einfach nur gleichgültig. Weil seine Tochter schon lange aufgehört hatte, für ihn zu existieren.

Emma musste sich sammeln, bevor sie Kraft fand, aufzustehen und seine Kammer zu verlassen. Leise zog sie die Tür hinter sich zu.

»Alles gut?«, empfing Wilhelmines zarte Stimme sie.

»Nein.« Sie hatte das Wort nicht nur gesagt, sondern es gespürt. Auf den Lippen. In ihrer Kehle. Tief in ihrem Innern.

Nein. Nichts war gut. Konnte es einfach nicht sein, denn trotz aller Zeichen, trotz ihrer Gewissheit, etwas entsetzlich Falsches zu machen, hatte sie …

»Ach Liebes.« Wilhelmine zog sie an sich. »Es tut mir so leid!«

»Es … es tut dir leid?« Emma blinzelte irritiert. Plötzlich der Gegenwart wieder gewiss. Sie – in Wilhelmines Umarmung. Und noch immer mit der Lüge, die zu offenbaren sie schon so oft gewollt hatte.

»Dass es deinem Vater so schlecht geht. Auch wenn ihr

euch mit der Zeit entfremdet habt, wird er immer dein Vater bleiben. Und ich weiß, wie schwer es dir fällt, ihn in diesem Zustand zu sehen. Aber wir dürfen die Hoffnung nicht aufgeben. Denn er … Trotz Schmerzen hat er sich auch nicht aufgegeben.«

»Er ist ein Kämpfer«, murmelte Emma. Obwohl das Leben ihm oft übel mitgespielt hatte, zeigte er gerade jetzt, wie stark er wirklich war.

»So ist es. Und das darfst du keine Minute vergessen.« Ihre Umarmung wurde eine Spur fester.

Diese wunderbare Frau umarmte sie, schenkte ihr Trost, stand ihr in den dunkelsten Stunden bei. Emma biss sich auf die Lippe und drückte ihr Gesicht an Wilhelmines Schulter. Sie schaffte es nicht, offen und ehrlich zu dieser Frau zu sein. Nein, sie schaffte es einfach nicht.

Die Eingangstür öffnete sich schwungvoll. »Jetzt weiß ich, womit du dir die Zeit vertreibst, wenn ich versuche, ein paar Groschen für diese Familie herzuschaffen!«, plärrte Käthes kräftige Stimme los. »Du solltest doch den Boden wischen, bevor du zu deiner Arbeit gehst!«

Emma zuckte zusammen und wandte sich rasch aus Wilhelmines Umarmung. »Ich mache das jetzt gleich! Das kriege ich hin!«

»Nichts kriegst du hin. Es muss ordentlich gemacht werden.«

Wilhelmine trat vor. »Lass sie gehen, sie muss sich wirklich beeilen. Ich erledige das.«

»Du sollst dich doch nicht überanstrengen!«, protestierte Emma. Ihr wurde heiß und kalt zugleich. Vor allem bei diesem Gespräch über ihre *Arbeit*.

Wilhelmine winkte bloß ab. »Auch ich bin stärker, als du vielleicht glaubst.« Sie kam einen Schritt näher und beugte sich zu Emmas Ohr. »Du musst nicht die ganze Welt auf deinen Schultern tragen. Gib ein bisschen von deiner Last ab. Kannst du es?«

Kannst du es denn? Mir deine Last abgeben? Carls Worte. Sie spürte, wie brüchig alles in ihr war. Wie unglaublich schwer es ihr fiel, es zu hören. Auch wenn es aus dem Mund seiner Mutter kam und sie so dankbar war, dass Wilhelmine sie daran erinnerte. Dass sie Carl – wenn auch unbewusst – ein Stück lebendig hielt.

»Ich werde es versuchen«, versprach Emma. Auch wenn ihr klar war, dass sie etwas ganz anderes sagen sollte. Die Wahrheit. Aber gleichzeitig lauerte diese fürchterliche Angst in ihr, dadurch alles zu verlieren. Auch wenn ihr klar war, dass sie nicht ewig jeden Blick aus Wilhelmines Augen meiden konnte.

»Nun geh schon.« Carls Mutter drückte ihre Hand. Und bevor Emma wirklich gehen konnte: »Es ist so ein Segen, dich zu haben!«

Ein Segen? Wenn sie nur wüsste!

Aber Wilhelmine wusste nichts.

Emma lief los. Als könnte sie vor sich selbst weglaufen.

Sie musste sich wirklich sputen. Denn Azzeddine Ben Ajarrar wartete bereits auf sie, und sie durfte seine Geduld nicht allzu sehr strapazieren.

»Danke«, hauchte sie, nahm ein Tuch, das sie sich um die Schultern schlang, und schlüpfte hinaus. Je weiter sie ging, desto mehr ließ die bedrückende Stimmung nach. Ja, sie arbeitete mit den Franzosen zusammen, und hätte sie eine andere Möglichkeit, würde sie das auf keinen Fall tun! Aber diese andere Möglichkeit hatte sie nicht. Es ging um viel Geld. Nur daran konnte sie denken. An das ganze Geld, das Capitaine Millet für ihre Hilfe bei der Organisation des Platzkonzertes angeboten hatte. Damit wären einige Mieten sicher, sie könnte sich die Medizin für ihren Vater leisten und sogar noch ein bisschen was beiseitelegen, um irgendwann mit Wilhelmine von Käthe Bergmann wegzuziehen.

Wie hätte sie das Angebot ausschlagen können!

Nicht zu vergessen andere Speyerer, denen sie dann mit ihren Beziehungen in der Militärbehörde beim Beantragen aller möglichen Dinge helfen würde. Durch ihren Erfolg mit Eilfeldts Passierschein hatte sie bereits eine Anfrage eines Weinhändlers bekommen, ob sie mit den Franzosen über die Erleichterung der Zölle ins rechtsrheinische Gebiet sprechen könnte. Kaum auszudenken, was sie alles erreichen würde!

Um irgendwann ganz allein für Wilhelmine sorgen zu können.

Der Gedanke beflügelte sie.

Auch wenn Emma wusste, dass es nicht von langer Dauer war. Denn sobald sie Carls Mutter gegenüberstehen würde, sobald sie ihr in die Augen sehen müsste, wäre die Last der Schuld wieder da.

Niemals könnte Wilhelmine diese Machenschaften gutheißen! Egal, wie edel die Absichten dahinter waren.

Das war ihr klar.

Und trotzdem machte sie weiter.

Ihr Weg führte sie zur Alten Münze, einem imposanten Gebäude im Barockstil, vor dem sich ein Marktplatz erstreckte. Je näher sie kam, desto mehr fragte sie sich, warum Azzeddine Ben Ajarrar sie ausgerechnet hier treffen wollte, statt sie für eine Unterredung in sein Büro zu zitieren. Auch wenn sie zugeben musste, dass ihre innerliche Anspannung sich unter dem freien Himmel etwas löste. Zu gut konnte sie sich ausmalen, worum es bei dem bevorstehenden Gespräch gehen sollte. Eine Woche war seit ihrer Begegnung mit Capitaine

Millet vergangen. Sicherlich wollten die Franzosen wissen, was ihre Bemühungen, die Stadtbewohner für das Platzkonzert zu begeistern, gebracht hatten.

Ihr wurde mulmig zumute. War es genug, was sie vorzuweisen hatte? Durch Theresa Eilfeldt hatte sie es geschafft, mit einigen wohlhabenden Speyerern zu sprechen. Wobei sie dabei eher aufmerksam zugehört hatte, um aufzuschnappen, was die Menschen beschäftigte und wo vielleicht ein Entgegenkommen möglich war. So hatte ein Weinhändler angedeutet, in seinem Umkreis für das Konzert werben zu wollen, sofern Emma etwas in Bezug auf die Zollsätze tun konnte. Unter dem Joch der Franzosen, echauffierte er sich, trieben die Geschäftsbeziehungen zum rechtsrheinischen Gebiet ihn langsam in den Ruin. Ein gewisser Erich Fischer, dem eine Schusterei gehörte, beklagte dagegen das Karnevalsverbot. Ob Emma ein gutes Wort bei den Franzosen einlegen würde, damit sie es wieder aufhoben? Dafür wollte er seiner Kundschaft vom Platzkonzert vorschwärmen.

Emma knetete ihre Hände. Sicherlich gute Ansätze. Aber reichte die Zeit aus, um das alles in die Wege zu leiten? Würden die Franzosen den Wünschen aus der Bevölkerung entgegenkommen? Nun. Um das zu erfahren, ging sie zum Treffen – und mit etwas Fingerspitzengefühl schaffte sie es mit Sicherheit, die Anliegen hervorzubringen.

Der Markt war wie immer gut besucht. Stände und Holzwagen reihten sich aneinander, überdacht mit Planen, die Verkäufer und Ware vor Regen und Sonne schützten. Ein Stimmengewirr empfing sie, das Feilschen und Anpreisen der Ware surrte in der Luft, gemischt mit freundlichen Gesprächen – hier traf man sich gern, hielt einen Plausch und erfuhr so die eine oder andere Neuigkeit.

Bereitwillig tauchte Emma in das Gewusel. Sie mochte es,

das geschäftige Treiben zu beobachten, zwischen den Ständen zu schlendern und ein bisschen Normalität zu genießen. Das Leben pulsierte um sie herum, als hätte es den Krieg und die Not nicht gegeben. Zumindest wenn man die Augen schloss. Aber allzu lange konnte Emma auch hier nicht der Realität entfliehen. Etwas abseits entdeckte sie eine Schlange von ausgemergelten Gestalten, die sich dicht an dicht aneinanderdrängten. Frauen und Kinder, Kriegsveteranen, Heimkehrer, die alles verloren hatten. Sie reckten die Köpfe, tuschelten aufgeregt miteinander, hier und da gab es Streit, der zum Glück schnell erstickte.

Was diese Versammlung zu bedeuten hatte?

»Letztes Mal hat es nicht für alle gereicht«, schnappte Emma auf. Die Marktleute beäugten missbilligend die Menge, an den Ständen in der Nähe mäkelte eine Frau, ob das denn ausgerechnet hier sein müsse. Es kam Emma vor, als würde ein Graben klaffen – zwischen dem wuseligen Markt und dem Elend, das sich daneben offenbarte.

»Bin schon vor zwei Stunden hierhergekommen«, erklärte ein Greis einem einarmigen Invaliden, der stumm vor sich hin nickte – ob zu seinen eigenen Gedanken oder den Worten des alten Mannes, war nicht klar. »Hoffentlich bekommen wir alle etwas ab.«

Ein kleiner Junge, kaum vier Jahre alt, weinte und klammerte sich an den Rock seiner Mutter, die ihn nur halbherzig tröstete und immer wieder nach vorn sah. »Gleich geht es los, gleich geht es los«, sagte sie wie in Trance.

Es roch deftig nach einer Kartoffelsuppe, und Emma konnte nicht verhindern, dass auch ihr Bauch verräterisch knurrte. Doch wenn sie in die Gesichter der Herumstehenden schaute, dachte sie daran, dass es ihr vergleichsweise gut ging. Sie hatte ein Dach über dem Kopf. Und auch wenn der Magen oft leer blieb, kam sie einigermaßen über die Runden. Wovon diese Menschen vermutlich nur träumten.

Ein Stück weiter entdeckte Emma den Grund für die Versammlung und die verführerischen Düfte: Zwei französische Soldaten richteten eine Suppenküche her. Azzeddine Ben Ajarrar schien das Ganze nicht nur zu beaufsichtigen, sondern legte trotz seines Ranges selbst Hand an, wo eine benötigt wurde.

Emma blieb stehen. Einen Moment lang beobachtete sie das Treiben, erfreut darüber, dass die Menschen, die es so sehr brauchten, etwas Unterstützung bekamen. »Wie tief kann man nur fallen«, hörte sie plötzlich irgendwo in der Nähe, »um Almosen von dieser Franzosenbrut anzunehmen!«

Emma fuhr herum, doch wer gesprochen hatte, erkannte sie nicht. So finster, wie einige Passanten dreinblickten, die sich an der Schlange vorbeidrückten, konnte es jeder von ihnen gewesen sein.

Sie wehrte sich dagegen. Doch die Worte hatten sie getroffen. War es nur der schöne Schein, den die fremdländische Macht aufrechterhalten wollte? Wie grausam diese Menschen in Uniformen vorgehen konnten, hatte sie doch am eigenen Leib erlebt. Wie giftige Schlangen wanden sich die Gefühle in ihrer Seele. Eilig trat sie hinter einen Stand, wo sie ihre Gedanken und ihre Gefühle zu ordnen hoffte.

Natürlich brauchten Menschen Hilfe. Eine warme Mahlzeit für ihr Kind war vielleicht alles, worum diese Frau mit dem Jungen Tag für Tag betete. Und doch fragte sich Emma, wie fadenscheinig diese Zuwendungen waren, wenn auf der anderen Seite die Bewegungsfreiheit eingeschränkt war, wenn für das Singen deutscher Lieder Gefängnis drohte, wenn nach dem Einmarsch der französischen Truppen sogar der Postverkehr zu den rechtsrheinischen Gebieten unterbrochen worden war, so dass Emma nicht wusste, ob Louise und Frederick in Sicherheit waren und ob Antoine …

Nun ärgerte es sie, dass sie im gleichen Zug auch an Antoine dachte.

Sollte ihr nicht egal sein, was er machte und ob es ihm gut ging?

Sie konnte nicht verhindern, dass sie sich an seine Worte im Laster erinnerte, die mehr in ihr hinterlassen hatten, als sie wahrhaben wollte. *Menschen ändern sich, Emma. Ich habe mich geändert.* Waren es wirklich nur Worte? Oder eine Möglichkeit, die Vergangenheit hinter sich zu lassen und ihm eine neue Chance zu geben? Ja, ihm. Der sie bedrängt und ihr nachgestellt hatte, der für den Brand in der Fabrik verantwortlich war, der … Sie hielt inne. Wie unglaublich weit weg das alles doch lag. Nichts davon war unbedeutend, würde es niemals sein! Aber so vieles hatte sich verändert. Die Umstände um sie herum. Und ja, auch die Menschen.

Emma zog das Tuch enger um ihre Schultern. Genug getrödelt. Sie sollte das Treffen hinter sich bringen.

Sie war noch einige Meter entfernt, als Azzeddine Ben Ajarrar den Kopf hob und sie entdeckte. »Madame Seidel! Freut mich, dass Sie Zeit gefunden haben.« Er klang so ehrlich. Vielleicht war es auch diese Zahnlücke, die Emma darüber hinwegtröstete, dass es keine Möglichkeit gab, das Treffen abzulehnen.

Sie musste ihre Gedanken sammeln, um sich nicht weiter von seiner Zahnlücke und seiner warmen Stimme ablenken zu lassen. Oder von den Essensgerüchen, die so verführerisch die Luft schwängerten. Sie konnte nur hoffen, dass ihr Bauch nicht auch noch in seiner Gegenwart knurrte. »*Bonjour … Monsieur Ben Ajarrar.*«

Die Anrede klang schrecklich falsch. Aber er hatte ihr noch

immer nicht seinen Rang genannt, und sie hatte keine Ahnung, bei wem sie sich über die Abzeichen auf seiner Uniform erkundigen sollte.

Er lächelte ihr zu, so dass Emma das Gefühl hatte, seine Zahnlücke würde sie buchstäblich anstrahlen. Was schon eine gewisse Leistung für eine gewöhnliche Zahnlücke war. Und vielleicht sollte sie diese Lücke nicht so anstarren.

Er beugte sich leicht zu ihr. »Amsel.«

»Was?«, hauchte sie verwirrt.

»Hören Sie das nicht?« Er grinste und hob einen Finger. »Da.«

Emma lauschte.

»Der Gesang einer Amsel«, fuhr er fort. »Ich wette, ich kann jeden Vogel an seinem Gesang erkennen. Was ist mit Ihnen?«

Jetzt musste sie einfach lachen. »Ich wette, ich kann es nicht.«

Er hob sein Gesicht zur Dachkante des Hauses, vor dem er stand. Dort saß tatsächlich eine Amsel und zwitscherte verzagt, was im Gewusel des Marktes beinahe unterging. »Vögel an ihren Stimmen erkennen – als Kind habe ich es oft mit meinem Vater gespielt.«

»Es hört sich sehr schön an.« Sie wünschte, sie könnte sich an etwas erinnern, was sie mit ihrem Vater einst gespielt hatte. Aber da war nichts. Nur diese unüberwindbare Stille in ihr, die sich nach dem Tod ihrer kleinen Schwester zwischen sie alle gedrängt hatte. Nein, sie sollte nicht traurig sein. Dafür war es nicht der passende Augenblick. »Ich nehme an, Sie wollen über den Fortschritt der Vorbereitungen für das Platzkonzert informiert werden. Ich bin dabei, einige Menschen für das Anliegen zu gewinnen, die durchaus in der Lage wären, viele für das Konzert zu begeistern.« Die Worte sprudelten nur so aus ihr heraus. Sie erzählte vom Anliegen des Weinhändlers und von den Hoffnungen des Schusters. Hauptsache: etwas sagen. Um die Enttäuschung hinauszuzögern, die sich nach ihrem Report bestimmt einstellen würde. Aber irgendwann gab es nichts mehr zu berichten.

Eine Weile dachte Azzeddine Ben Ajarrar nach oder musste ihren hektischen Monolog noch einmal Revue passieren lassen.

»Wegen der Zollbestimmungen sollten Sie mit Capitaine Millet sprechen. Es gibt durchaus Möglichkeiten, da etwas zu machen«, sagte er endlich, und Emma atmete hörbar durch. »Aber in Sachen Karneval möchte ich Ihnen keine großen Hoffnungen machen. Daraus wird nichts.«

»Aber warum nicht?«, protestierte Emma. »Hat Capitaine Millet nicht selbst gesagt, es wäre an der Zeit für kulturelle Veranstaltungen? Und wäre dies nicht eine wunderbare Gelegenheit, die Freundschaftsbande zu knüpfen?« Sie versuchte, sich zu erinnern, was Capitaine Millet noch alles gesagt hatte, doch Azzeddine Ben Ajarrar hob rasch eine Hand.

»Hören Sie auf. Einen Karneval wird es nicht geben.«

»Ich verstehe nicht, wo der Unterschied liegt!« Emma wusste nicht einmal, warum sie bei dieser Frage so emotional reagierte. Hatte sie sich je für Karneval interessiert? Aber es ging nicht um sie. »Die Menschen in dieser Stadt sehnen sich nach etwas Vertrautem. Nach einem Stück Tradition. Der Karneval gehört hierher! Gerade Sie sollten doch wissen, wie wichtig es ist, die eigene Identität zu bewahren.«

»Gerade ich?« Sein Blick war so durchdringend, dass sie dachte, die Schwärze seiner Augen würde sie verschlucken.

»Ich dachte …« Sie stockte. »Was ich sagen wollte … Ich meine …«

»Sie meinen, dass das Karnevalsverbot im Rheinland mit

der Kolonialgeschichte Marokkos zu vergleichen ist?«, fragte er so leise, dass nur sie es hören konnte. Womöglich nicht einmal hören, sondern jede Silbe spüren wie die Gänsehaut, die sich über ihren Körper ausbreitete.

»Nein!«, entfuhr es ihr aus einem Impuls heraus. Sie wollte sich verteidigen. Ihm erklären, dass er es ganz falsch verstanden hatte. Als würde der Fehler bei ihm liegen.

Ein paar Herzschläge lang standen sie da und sahen einander an. Ihr Gemüt wurde ganz schwer. War sie tatsächlich drauf und dran, ihren Vergleich vor ihm zu rechtfertigen?

Dann schüttelte sie den Kopf, aber die Schuldgefühle, die sich in ihre Seele fraßen, konnte sie nicht so leicht verscheuchen. Wie viel Leid die Menschen in den Kolonien erfahren hatten, konnte sie sich nicht einmal vorstellen, so dass der Gedanke an den Karneval umso lächerlicher wirkte. »Vielleicht doch. Ich habe es so gemeint. Und es tut mir wirklich leid, dass mir die Tragweite dessen nicht bewusst war.«

Er hob die Augenbrauen. »Ich muss gestehen, das kommt überraschend.«

»Was denn?«

»Ihre Erkenntnis.«

»Ähm … danke?«

»Gerne.« Seine Gesichtszüge wurden eine Spur weicher. Also schien sein »Gerne« tatsächlich von Herzen zu kommen.

Unsicher strich Emma sich über die Hände, zuckte zusammen, als ihre Fingerkuppen über die leere Stelle strichen, wo sich früher der Messingring befunden hatte. »Also … wegen des Platzkonzerts …«

Sie wusste nicht, ob es richtig war, plötzlich ein anderes Thema anzusprechen. Doch Azzeddine Ben Ajarrar nahm den Faden auf: »Als Teil der Vorbereitungen für das Platzkonzert erwartet Capitaine Millet das Aufhängen der Plakate und die Verbreitung von Handzetteln.«

»Oh ja, natürlich!«, rief sie eine Spur zu euphorisch aus, froh darüber, dass es wieder um das Geschäftliche ging. Auch wenn das Gespräch von eben in ihr nachhing. Und vielleicht auch nachhängen sollte. Schuldgefühle waren schließlich kein benutztes Kleidungsstück, das sie ablegen und vergessen konnte.

»Ich werde zwei Soldaten zu Ihrer Unterstützung zur Verfügung stellen.«

»Das ist sehr freundlich von Ihnen!«, stieß sie atemlos hervor.

Er nickte langsam. »Ja. Wie auch immer: Zeigen Sie ihnen doch bitte, wo die besten Plätze für die Plakate sind. Sicherlich hier auf dem Markt. Aber vielleicht kennen Sie noch einige Stellen, die von der Bevölkerung gut gesehen werden.«

»Selbstverständlich. Das mache ich sehr gern!«

»Wunderbar.« Er senkte die Stimme. »Aber Sie müssen nicht mit mir reden, als stünden Sie permanent unter Strom.«

»Oh. Ja, klar. Tut mir leid.«

»Und ständig entschuldigen brauchen Sie sich auch nicht.« Da war sie wieder. Seine Zahnlücke.

Emma nickte. »Verstanden.«

Erst jetzt spürte sie einen Anflug von Erleichterung, dass er ihr ihren Fehltritt wohl wirklich nicht krummgenommen hatte.

Sie straffte die Schultern. Plakate!

Das würde sie definitiv hinbekommen und zumindest da zeigen, dass sie das Geld wert war, das man ihr zahlte. Voller Tatendrang schnappte sie sich die Handzettel, um die Blätter auf dem Markt zu verteilen. Zufrieden stellte sie fest, dass die Zettel sehr gern von ihr entgegengenommen wurden und die

Menschen durchaus an der Konzertankündigung interessiert wirkten. Nachdem das letzte Flugblatt verteilt war, kümmerte sie sich um die Plakate – auch wenn die wirkliche Arbeit dabei die zwei Soldaten verrichteten, die ihr zur Seite gestellt worden waren. Ein wenig hatte sie gehofft, zum Schluss noch einmal Azzeddine Ben Ajarrar zu sprechen, aber er war gegangen. Natürlich hatte er als Offizier anderes zu tun, als sich mit ihr abzugeben. Am Ende boten die Männer an, sie nach Hause zu begleiten, doch Emma lehnte ab. Allein die Vorstellung, was passieren würde, sollten ihre Mutter oder Wilhelmine sie in Begleitung französischer Soldaten sehen, trieb ihr Schweiß auf die Stirn.

So schnell wie möglich lief sie durch die Straßen. Das Aufhängen der Plakate hatte viel mehr Zeit beansprucht, als sie gedacht hatte. Ihre Mutter würde die Verspätung sicherlich nicht unkommentiert lassen.

In den kleinen Gassen kreuzten nur wenige Passanten ihren Weg. Die Häuser ringsherum machten einen beinahe verträumten Eindruck und verleiteten sie dazu, die Schritte doch etwas zu verlangsamen, um die Umgebung zu genießen. Oder der Stimme einer Amsel irgendwo auf den Dächern zuzuhören.

Enttäuscht stellte sie fest, dass sie vor der heimischen Haustür stand. Eine Schwere legte sich über ihre Seele, wie immer, wenn sie dorthin zurückkehrte, wo sie sich so unerwünscht fühlte. Manchmal musste sie sich überwinden, um die Schwelle zu überschreiten und die Stufen zur Wohnung zu erklimmen. Mit jedem Tag schienen die Wände weiter zusammenzurücken, so dass sie es kaum noch darin aushielt.

Sie trat ein. Das Halbdunkel des Treppenhauses erstickte sie schier. Da löste sich eine Gestalt von der Treppe und trat auf sie zu. Emma blinzelte. Noch bevor sie die Silhouette wirklich in Augenschein nehmen konnte, roch sie den fruchtigen, bonbonschweren Atem, der ihr ins Gesicht wehte.

Achim. Theresa Eilfeldts Bruder.

Was machte er hier? Vor allem ohne seine Schwester?

Unwillkürlich machte sie einen Schritt beiseite, um ihn vorbeigehen zu lassen. Doch offensichtlich wollte er nicht vorbei. Lässig bewegte er sich weiter auf sie zu und schien mehr und mehr den Raum auszufüllen. Alles an ihm wirkte überdimensioniert. Seine Statur, die breiten Schultern, die muskelbepackten Arme und fleischigen Hände. Sein volles Haar und das Glitzern in den Augen ließen ihn jünger aussehen, als er war.

Emma wich noch ein bisschen zurück und merkte erst jetzt, dass sie sich in eine Ecke manövriert hatte. Ihr Mund wurde trocken, während ihre Hände sich ganz verschwitzt anfühlten.

»Bitte lassen Sie mich durch«, sagte sie, und ihre hohe, dünne Stimme klang bange durch das Treppenhaus. Ein Fehler. Denn das Unbehagen, das er bei ihr verursachte, schien ihm zu gefallen. »Guten Tag, meine Liebste.« Sein Blick glitt über ihr Gesicht, blieb kurz an ihren Lippen hängen, wanderte ihren Hals entlang und verharrte auf ihrer Brust.

Emma schlang das Tuch enger um sich, drückte sich noch mehr in den Schatten, als könnte die Dunkelheit des Treppenhauses sie vor ihm verbergen. Sie hasste es, sich so hilflos zu fühlen.

»Ich bin nicht Ihre Liebste«, presste sie mühsam hervor. Ihre Stimme klang noch immer sehr dünn.

Er schnalzte mit der Zunge. Ein Geräusch, das ihr einen Schauer über den Rücken wandern ließ.

»Noch nicht«, sagte er gedehnt.

»Ich muss los. Ich habe es eilig.«

»Eilig. Soso.« Mit einer Hand stemmte er sich gegen die Wand und schnitt ihr endgültig jede Möglichkeit ab, an ihm vorbeizuhuschen. »Na, ich weiß nicht, ob es mir gefallen würde. Ich bin eher ein Genießer.« Sein Lächeln wurde breiter und jagte ihr eine Heidenangst ein. Ein Lächeln, das sich wie ein Messer an ihrer Kehle anfühlte.

Wilhelmine hatte sie vor den Franzosen gewarnt. Aber die Gefahr lauerte überall.

»Ich …« Nur schwer unterdrückte sie ein Zittern in der Stimme. »Ich werde schreien, wenn Sie mich nicht vorbeilassen.«

Er lachte künstlich auf. »Schreien? Nur zu.« Mit rauen Fingern strich er ihr eine Haarsträhne hinter ein Ohr. »Als würde das jemanden in diesem Loch interessieren.«

Sie musste all ihre Beherrschung anwenden, um unter der Berührung nicht zusammenzuzucken. So gefasst wie möglich packte sie seine Hand und drückte den Arm hinunter. »Was wollen Sie?«

Dass es die falsche Frage war, die ihn noch mehr anstachelte, begriff sie in dem Moment, in dem die Worte ihre Lippen verlassen hatten. Er rückte noch näher an sie heran. Fast konnte sie seinen Körper an ihrem spüren.

»Mir ist zu Ohren gekommen, wie du mit den Franzosenschweinen anbändelst. Man munkelt, dass du dich sogar von dieser schwarzen Pest besteigen lässt, die über unser stolzes Land hergefallen ist.«

Ihre Kehle wurde immer enger. Als würde sich eine unsichtbare Schlinge um ihren Hals legen. Fest sah sie in das Gesicht, das verschwommen vor ihr zu schweben schien. »Azzeddine Ben Ajarrar ist …«

Seine Pranke packte ihr Kinn, die wulstigen Finger verschlossen ihren Mund. Hart schlug er ihren Kopf gegen die

Wand hinter hier. »Halt dein Maul. Mir egal, wie der Schwanz heißt, von dem du es dir besorgen lässt.«

Übelkeit stieg in ihr hoch. Von seinen Worten, dem blanken Hass, der aus ihm quoll, vom Geruch nach Bonbons und seinem Schweiß.

»Du willst wissen, was ich will?«, zischte er selbstgefällig und drückte seinen Unterleib an sie. »Dir helfen, die deutschen Werte wieder zu schätzen. Dich das deutsche Denken, Handeln und Fühlen lehren.«

Sie wimmerte.

Er presste seine Wange an die ihre. »Ich versuche, ganz sanft zu sein, versprochen. Wie du es verdienst.«

Seine Hand rutschte ein Stück weg von ihrem Mund. Emma nutzte die Gelegenheit, um hineinzubeißen. Er schrie auf. Taumelte ein wenig zurück. Zu wenig, um an ihm vorbeizukönnen. Mit aller Kraft stieß sie ihn in die Brust und kam doch nicht gegen sein Gewicht an.

»Du kleine Franzosenhure!« Er holte aus.

Plötzlich ertönten Schritte. »Was geht hier vor?«

Emma fuhr zusammen.

Ihre Mutter!

Langsam drehte sich der Mann um, wollte etwas erwidern, doch Käthe Bergmann schnitt ihm das Wort ab: »Sie wird jetzt gehen. Oder wollen Sie sich gleich hier mit ihr vergnügen? Vor den Augen ihrer Mutter? Ist es das, was Sie besonders reizt?«

Sie reichte ihm gerade so bis zur Schulter, doch ihre Haltung schien ihn einzuschüchtern. Unsicher hob er die Schultern, wie ein Junge, der bei einem Unfug ertappt worden war.

»War doch nur ein bisschen Spaß«, murmelte er.

»Oh, weiß Ihre Schwester Bescheid, wie viel Spaß es Ihnen macht, Frauen in dunklen Ecken zu bedrängen?«

»Ist gut, ist gut«, murrte er. Mit zusammengekniffenen

Augen warf er einen letzten Blick auf Emma. »Ich kann nur hoffen, dass du deinen Nationalstolz noch findest. Andere werden nicht so nachsichtig mit dir sein wie ich.«

Käthe Bergmann machte nicht einmal Platz, als er sich an ihr vorbeidrückte und nach draußen schlich. Die Tür fiel schwer hinter ihm zu. Dann wurde es ganz still.

In Emmas Ohren rauschte das Blut. »D-danke. Ich …« Die Laute schmeckten bitter. Wie die Galle, die sie krampfhaft hinunterschluckte.

»Komm jetzt«, herrschte die Mutter sie an.

Ihre Beine gehorchten ihr kaum, während sie die Stufen emporstieg. Sie ekelte sich vor sich selbst. Vor den Stellen, die er angefasst hatte. Vor dem Schmutz, den sie nicht nur an sich, sondern in ihrer Seele fühlte. Irgendwie schaffte sie es trotzdem, einen Fuß vor den anderen zu setzen. Über die Schwelle der Wohnung zu treten. Der Boden schien unter ihr zu schwanken. Die Wände drückten ihr den Atem ab.

Schwungvoll drehte sich Käthe Bergmann gleich im Flur zu ihr um. »Ist das wahr, was er gesagt hat?« Die Stimme – kalt. Schneidend. Jeder Laut riss ihre Seele in Fetzen.

Erst jetzt merkte Emma, wie sehr sie zitterte. So sehr, dass sie es nicht schaffte, auch nur einen Ton von sich zu geben. Was ihrer Mutter Antwort genug war.

»Ich hätte es wissen müssen. Eine Schande bist du. Und wirst es immer bleiben.«

Nur aus dem Augenwinkel bemerkte Emma, wie Wilhelmine aus dem Wohnraum trat. »Was ist los? Was ist passiert? Oh, Emma …«

Käthe schnaubte nur. »Ich hätte nicht einschreiten sollen. Wer sich mit der Fremdherrschaft einlässt, hat es nicht anders verdient. Eine Franzosenhure haben wir unter unserem Dach beherbergt. Eine verdammte Franzosenhure!«

Wilhelmine zuckte zusammen. Das bisschen Farbe, das in den letzten Tagen in ihre Wangen zurückgekehrt war, wich aus ihrem Gesicht. »Emma? Stimmt es? Was … was hast du getan?«

Emma spürte nur, wie die Beine unter ihr nachgaben. Hart schlugen ihre Knie gegen den Boden. Ihr Körper krampfte. Sie krümmte sich und übergab sich auf die Dielen. Direkt vor die Füße ihrer Mutter.

Frankreich, 1919

CARL

ER KNIETE SICH VOR LUTZ, der sich gegen einen Baum lehnte, keuchte und hustete. So sehr, dass Carl glaubte, der arme Mann würde gleich die Besinnung verlieren. Dieser Husten schien ihn innerlich aufzureißen. Als würde in der schmächtigen Brust ein Fremdwesen lauern, das alles versuchte, um nach draußen zu gelangen. Von dem selbstbewussten Kerl, der durch das Gefangenenlager stolzierte und alle mit »Ey, du!« ansprach, war nichts mehr übrig geblieben. Das dünne Haar klebte am Kopf, der Nieselregen spülte den Schweiß von seiner Haut. Schon vor Stunden hatte Carl gemerkt, wie gräulich Lutz' Gesicht wirkte. Nur Müdigkeit, redete er sich ein. Auch wenn er es tief im Innern besser wusste. Der anhaltende Husten und das Fieber rührten sicherlich nicht von der Müdigkeit her. Und je mehr Zeit verstrich, desto schlechter stand es um diesen Mann.

Nach einigen quälend langen Minuten verebbte der Anfall.

»Geht's wieder?«, fragte Carl. Er hörte selbst, wie hilflos er klang. Dabei hatte er sich vorgenommen, auf keinen Fall zu zeigen, dass sogar ihm klar war, wie schnell es zu Ende ging.

Nur schwach schüttelte Lutz den Kopf. Seine Lider hielt er halb geschlossen. Schon lange fragte sich Carl, ob der Mann noch etwas um sich herum realisierte.

Carl hätte gern Mitleid mit ihm empfunden. Doch die Gefühle schienen ihm abhandengekommen zu sein. Er spürte nichts. Dafür sah er umso mehr. Wie Lutz' Kräfte schwanden. Wie das Leuchten seiner Augen nach und nach erlosch.

Er kam sich selbst absolut gnadenlos vor, als er sich aufrichtete und sagte: »Hier, zieh es dir an. Dann gehen wir weiter. Länger dürfen wir nicht bleiben.«

Er warf Lutz ein Knäuel Kleidung hin. Vor einer halben Stunde hatte Carl es von einer Wäscheleine genommen. Zwei Hemden, zwei Hosen, und er konnte nur hoffen, dass beides halbwegs passte. Mehr gab es nicht zu holen. Schon diese Aktion, bei der er sich so nah an die Häuser heranwagen musste, war mehr als riskant. Ein Hund hatte angeschlagen. Zum Glück konnte er mit der Beute verschwinden, bevor die Besitzer der Sachen aufgetaucht waren.

Lutz reagierte nicht. Im anhaltenden Nieselregen war es sicherlich kein angenehmer Tausch gegen die Gefängniskluft, die immerhin etwas wärmte. Aber es gab keine andere Möglichkeit, von hier wegzukommen. Oswald war sicherlich längst ergriffen worden, und das Mädchen hatte von zwei weiteren Flüchtigen berichtet. Carl hätte seinen gesunden Arm darauf verwettet, dass man mit Hochdruck nach ihnen suchte. Die Stadt war gewarnt, die Gendarmerie in Bereitschaft, und wenn er mit Lutz auftauchte, durften sie beide nicht nach entflohenen Gefangenen aussehen.

In der zivilen Kleidung würde man sie mit etwas Glück für Landstreicher halten. Wobei … Verbittert verzog Carl das Gesicht. Um aus der Scheiße herauszukommen, in der sie saßen, brauchten sie eher das gesamte Glück, welches das Universum parat hatte.

»Los, zieh dich um.« Carl rüttelte an Lutz' Schulter. Sein schlaffer Körper kippte vornüber, dann fing er sich wieder, zuckte hoch. Wie jemand, der kurz eingenickt war.

Carl seufzte. »Dann helfe ich dir, in Ordnung?«

Wieder ein lautloses Nicken, was Carl als Zustimmung deutete. Er packte Lutz wie eine Stoffpuppe und begann, ihn umzuziehen. Schon nach wenigen Bewegungen trat Schweiß auf seine Stirn, auch wenn er manchmal nur etwas kräftiger an den Lumpen zu reißen brauchte, damit sich diese vom Leib lösten. Bald war Lutz entblößt bis auf die Unterwäsche, die nur spärlich seinen ausgehungerten Leib bedeckte. Bisse von Ungeziefer übersäten seine teigige Haut. Kein überraschendes Bild. In den stinkenden Etagenbetten des Gefangenenlagers war Carl schon froh, wenn er nicht von Ratten angenagt wurde. Bei dem Gedanken fühlte sich sein Innerstes genauso taub an wie sein verletzter Arm. War er überhaupt noch fähig, etwas zu fühlen?

Emma und Carl. Carl und Emma.

War er noch in der Lage zu lieben? Oder waren die Gefühle nichts als Erinnerungen an das glückliche Leben, das er einmal hatte?

Emma und Carl. Carl und Emma.

Ein schmerzhaftes Ziehen strömte durch seine Brust. Die Sehnsucht nach ihr.

Sein Herz schlug, es schlug für sie – und zwang ihn zu fühlen: jeden Buchstaben ihres Namens, ihre Berührungen, die auf seiner Haut prickelten, ihre Stimme, die durch seinen Geist strich, ihre Gegenwart, die ihm half, alles zu überstehen.

Also würde er es überstehen!

Er gab sich einen Ruck, packte Lutz erneut, um ihm die neue Kleidung überzuziehen. Immerhin roch der Stoff frisch und sauber, ein fast vergessener Luxus. Carl hielt inne. Vor seinen Augen begannen unzählige weiße Punkte zu tanzen. Vielleicht von der Anstrengung, vielleicht von der Wucht der Erkenntnis, die ihm kam.

Der Stoff … roch.

Tief saugte er die Luft ein, konzentrierte sich nur auf diesen einen Duft.

Kehrten seine Sinne zurück? Würde er bald die einzelnen Nuancen der Düfte wahrnehmen, die um ihn herumschwirrten? Konnte er irgendwann wieder das Leben schmecken? Es genießen?

In seine Augen traten Tränen. Heiß brannten sie unter seinen Lidern, während er sein Gesicht dem Regen entgegenstreckte.

»Ma...ta« Lutz stöhnte. Nein, er wimmerte beinahe, ohne seine rissigen Lippen zu bewegen.

Carl wurde sich der Gegenwart schlagartig wieder bewusst. Bevor er das Leben wieder schmecken durfte, musste er sich und Lutz in Sicherheit bringen. Er musste es schaffen, zu entkommen. Das war alles, was zählte.

»Ma...ta«, krächzte Lutz wieder.

Carl runzelte die Stirn.

Martha!

Die Verlobte in der Heimat. Aus irgendeinem Grund wusste Carl sofort, was Lutz von ihm wollte. Mit fahrigen Bewegungen und dem tauben Arm, der ihm nicht mehr gehorchen wollte, durchsuchte er die abgelegten Lumpen, bis er ein zerknicktes Foto einer jungen Frau fand. In einem sommerlichen Kleid saß sie vor einer gemalten Gartenkulisse eines Fotografenstudios. Helle Locken kräuselten sich um ihr rundes Gesicht. Dunkle, traurige Augen schauten in die Kamera.

»Martha.« Carl reichte die Fotografie herüber. »Hier ist sie, deine Martha. Ich pass schon auf, dass sie immer bei dir bleibt.« Er schob die Fotografie in die Tasche des Hemdes, das schon jetzt völlig durchnässt war und an Lutz' Körper wie eine zweite Haut klebte, und tätschelte dem Mann die Schulter. Eine verzweifelte Geste der Aufmunterung. Dann schlüpfte er ebenfalls in die neue Kleidung, half Lutz hoch und schleppte ihn den Weg entlang. Direkt in die Stadt. Direkt in die Arme des Feindes.

Bald schlichen sie an Vorgärten und Zäunen vorbei. Das Licht der Straßenlaternen tauchte die Umgebung in einen unwirklichen Schein. Jedes Geräusch ließ Carl aufhorchen. Quietschte irgendwo eine Tür? Scharrten Schritte über den Boden?

Nein. Alles ruhig.

Zum Regen mischte sich ein kalter Wind, der eisig durch die nasse Kleidung fuhr. Carl merkte, wie er zu zittern begann. So sehr, dass sein Zähneklappern kilometerweit zu hören sein musste. Trotzdem ging er weiter und zog Lutz mit sich, der mit jedem zurückgelegten Meter mehr zu schwanken schien. Noch ein wenig, und sein gesunder Arm würde genauso taub am Körper herabhängen wie der kaputte.

Dann hörte er etwas.

Ein Schlüsselklappern.

Carl kniff die Augen zusammen. Angestrengt starrte er in die Dunkelheit. Seine Sinne registrierten ein Schildhäuschen – und einen Nachtwächter. Wachsam drehte er seine Runde, auch wenn seine klapprige Gestalt übermüdet wirkte und er am liebsten wohl zurück ins Trockene flüchten würde.

Nun würde sich also zeigen, ob das Klauen der Wäsche sich gelohnt hatte. Daran, was er tun würde, sollte seine Tarnung auffliegen, wollte Carl lieber nicht denken. Wie lange war es her, dass er mitansehen musste, wie Émile Perrin zwei junge Soldaten erschossen hatte? Unzählige Male hatte er sich gefragt, was er getan hätte, wenn er an seiner Stelle gewesen wäre. Heute erkannte er die Antwort: Er würde dasselbe tun. Ohne zu zögern.

Er packte Lutz etwas fester. »Sag etwas auf Französisch, wenn er uns anspricht. Hörst du?«

Lutz' Kopf fiel kraftlos gegen seine Brust. War das ein Ja? Egal.

Zusammen torkelten sie direkt auf den Nachtwächter zu.

Zwei Betrunkene. Mehr nicht.

»*Hé!*«, rief der Nachtwächter, und Carls Herz rutschte ihm in die Magengegend.

Würde Lutz es packen? Schaffte dieser Mann, etwas halbwegs Verständliches von sich zu geben? Denn dass er selbst lieber den Mund halten sollte, war ihm klar.

Lutz lallte etwas. Weiter, dröhnte es in Carls Kopf.

An dem Wächter vorbei.

Und immer geradeaus. Carl starrte zu Boden, setzte einen Fuß vor den anderen und passte auf, dass Lutz nicht aus seinem Griff rutschte. Weiter, gut so, spornte er sich selbst an.

Schon bald tönte das Scheppern der Schlüssel nur noch leise hinter ihnen in der Dunkelheit. Der Nachtwächter ließ sie passieren. Nach einigen Metern, die ihm unsäglich lang vorkamen, sah Carl zu seiner Linken eine Brücke über den Fluss. Lutz krächzte, verlagerte sein Gewicht, um hinzugelangen. Doch Carl hielt dagegen. »Nein. Nicht über den Fluss. Ich habe einen anderen Plan.«

»W-was … fürn …«

»Wir suchen einen Bahnhof. Dort verstecken wir uns in einem Zug, der uns nach Metz bringt. Oder zumindest in die Nähe.«

»M-metz?«

Carl hielt nicht an. Wenn es notwendig war, würde er Lutz auch tragen. Denn für seinen Plan brauchte er den Mann, falls sie angesprochen werden sollten. »Vertrau mir. In Metz finden wir Hilfe.«

»Zu … gefahrlich. Der Zug.«

»Es gibt keine andere Option. Auf den Beinen hältst du

nicht lange durch.« Doch die Wahrheit nagte an ihm: Er wollte in den Zug, um schneller bei seiner Familie zu sein. Um Emma endlich umarmen zu können. Nicht weil er sich um Lutz sorgte. Er wollte bloß nach Metz, alles andere zählte nicht.

»G-gut.« Lutz keuchte. »Dann Zug.«

Deutlich spürte Carl den Regen, der auf ihn einprasselte. Jeden einzelnen Tropfen. Was für ein Mensch war nur aus ihm geworden, wenn er seine eigenen Bedürfnisse über alles andere stellte? Würde man ihn zu Hause noch wiedererkennen, oder hatte die Gefangenschaft den Carl, der er früher gewesen war, vollständig ausgelöscht?

Er biss die Zähne zusammen. Es brachte nichts, jetzt darüber zu sinnieren. Sie mussten weiter.

»Du wirst mir helfen müssen, herauszufinden, welcher Zug uns in die richtige Richtung bringt. Verstanden?«

Keine Reaktion.

Hoffentlich hielt Lutz noch eine Weile durch!

Es dämmerte bereits, als sie den Bahnhof erreichten. Glücklicherweise gab es zu dieser frühen Stunde kaum Verkehr, und die wenigen Bahnhofsmitarbeiter, die ihnen begegneten, nahmen keine Notiz von zwei heruntergekommenen Trunkenbolden. Lutz eng umschlungen, torkelte Carl mit ihm zu den Abstellgleisen. Sie schauten in die Zettelkästen der Güterwagen, und das Schicksal war ihnen gnädig. Gegen Mittag würde ein Zug in die richtige Richtung fahren. Mit letzten Kräften hievte Carl Lutz in einen leeren Waggon.

Geschafft.

Noch konnte Carl es nicht glauben, als er Lutz hinlegte, so bequem wie möglich, die Tür schloss und sich an die Wand lehnte. Ein bisschen Glück, dann würde er endlich zu Hause sein. In Sicherheit.

Irgendwann setzte sich der Zug in Bewegung. Das regelmäßige Schaukeln und das Rattern der Räder wiegten ihn in den Schlaf. Seine Lider fühlten sich bleiern an. Und tief in seinem Innern war er dankbar für die Möglichkeit, die Realität endlich loszulassen.

Er sah Emma.

Verwaschen, unwirklich, diffus. Ein Boot schaukelte sanft auf den Wellen. Emma und Carl, Carl und Emma – endlich vereint. Für immer zusammen.

Friedlich wiegten die Wellen das Boot hin und her. Er lag darin, Emma hatte sich zu ihm gebeugt und strich ihm sanft durch das Haar. Er spürte jede ihrer Fingerbewegungen, fühlte ihren Atem auf seinem Gesicht, war umgeben von ihrem Duft. Und doch wusste er, dass dieser Mann, den Emma da gerade liebkoste, nicht er war.

Sondern ein Fremder, der einfach seinen Platz eingenommen hatte.

Und plötzlich war er nicht mehr im Boot, sondern unter Wasser. Er bekam keine Luft. Panik stieg in ihm auf. Emma, schrie er, doch kein Laut wollte seiner Kehle entschlüpfen. Emma! Kaltes, dunkles Wasser. Es drückte auf seine Brust, ließ ihn ersticken. Dann sah er sich selbst, wie er langsam auf den Grund hinabsank.

Mit einem halb erstickten Keuchen fuhr er hoch und rüttelte an Lutz. »Hey. Weißt du, wo wir sind? Wie lange sind wir schon gefahren?«

Keine Antwort.

»Lutz! Wach auf, Lutz!«

Stille.

Zum ersten Mal begriff er, warum Emma die Stille manchmal so fürchtete. Weil sie einem zu unbarmherzig zeigte, dass man allein war. Mutterseelenallein.

Denn Lutz war tot, während der Zug fuhr und fuhr und fuhr.

Zitternd am ganzen Leib, lehnte sich Carl zurück. Schweiß bedeckte seine Haut. Ihm war kalt und heiß zugleich. Die Realität verschwamm. Je länger er in diesem Waggon saß, desto mehr fühlte sich die Umgebung an wie in Watte gepackt. Absolut surreal.

Er wusste nicht, wann er den Zug verlassen hatte. Wie er es geschafft hatte weiterzugehen. Irgendwann setzte der Husten ein. Der gleiche Husten wie bei Lutz. Bald würde das Fieber kommen.

Er realisierte kaum, wie er nach Metz gelangt war. Irgendwann bemerkte er, dass er durch die Straßen stolperte, die ihm bekannt vorkamen. Und von Häusern umgeben war, die er seit seiner Kindheit kannte.

Und doch kam ihm die Stadt vollkommen fremd vor.

Er wusste nicht, wie viel Zeit vergangen war. Minuten oder Stunden, bis er endlich vor dem Anwesen seiner Eltern stand.

Er stand da … und sein Gefühl sagte ihm, dass er hier falsch war. Es zerrte an ihm, es schrie ihn buchstäblich an: Etwas Schreckliches musste hier passiert sein. Etwas Unbegreifliches.

Niemand war hier. Weder seine Eltern noch Emma.

Und er sollte keinen Fuß über diese Schwelle setzen.

Eine Weile kam es ihm vor, als würde der Boden unter seinen Füßen weggleiten. Als würde sich die Realität vor seinen Augen endgültig auflösen. Vielleicht träumte er nur ganz merkwürdige Fieberträume – in einem französischen Lazarett. Noch immer in der Gefangenschaft, aus der es kein Entkommen gab.

Er musste nur warten, bis er aufwachte. Falls er aufwachte.

Um ihn herum eilten die Menschen vorbei. Ein Automobil

fuhr klappernd über die Straße. Er taumelte, stieß mit jemandem zusammen. Das klärte seinen Kopf.

Wo sollte er hin? Er musste doch irgendwohin!

Hagen von Rothhausen.

Natürlich!

Wenn jemand ihm helfen konnte, dann sicherlich der Mann, der schon immer wie ein Onkel für ihn gewesen war.

Wie von allein trugen ihn seine Beine davon.

Er ging und ging und ging.

Bis er das Haus der von Rothhausens erblickte.

Eine grenzenlose Erleichterung spülte über seine Seele. Hier schien noch alles in Ordnung zu sein. So wie er es kannte. Eine unscheinbare Pforte. Große Büsche, die einen schmalen Weg zum Haus säumten.

Sicherheit.

Und Frieden.

Mit letzter Kraft betätigte Carl die Hausglocke, und ihr Läuten vibrierte am Rande seines Bewusstseins.

Die Tür öffnete sich.

»Hagen!«, rief Gertrud aus Leibeskräften, und Carls Gedanken entglitten ihm endgültig.

Er bemerkte nur, wie Hagen von Rothhausen in den Flur gestürzt kam.

»Hilf ihm! Gertrud, hol ihn rein!« Die Stimme des Bankiers klirrte.

Carls Herz machte einen Satz – dann gab es nichts außer Dunkelheit.

Speyer, 1919

EMMA

»Tu es nicht.«

Der Griff ihres Vaters fühlte sich fester an als sonst. Er hatte sich mühsam hochgestützt, hielt ihre Hand und wandte seinen heute so wachen Blick nicht von ihr ab. Unter anderen Umständen hätte Emma es als ein gutes Zeichen gewertet. Wenn sie nur wüsste, was er meinte!

Vorsichtig beugte sie sich zu ihm und lockerte seine Finger um ihr Handgelenk. Mechanisch begann sie mit dem Massieren seiner Knöchel. »Was soll ich nicht tun?«

Seine Gesichtszüge wirkten friedlich. Er sah sie an, er sah sie wirklich an! Und wann … wann hatte sie ihn so richtig angeschaut? Meistens sprach sie mit ihm, erledigte ihre Pflichten, tat alles, um sein Dasein zu erleichtern. Aber nahm sie ihn wirklich wahr? Schuldgefühle regten sich in ihrer Brust. Sie war so sehr mit sich selbst beschäftigt, dass sie gar nicht daran gedacht hatte, was er brauchen könnte. Andererseits: War sie es ihm wirklich schuldig? Sie wusste es nicht. Nur dass sie gern eine bessere Tochter für ihn gewesen wäre. Ein Wunsch, den sie seit ihren Kindertagen hegte.

Seine Lippen bewegten sich.

»Was meinst du, Papa?«, fragte sie sanft.

»Deine Mutter und ich machen uns so große Sorgen um dich, meine Kleine.« Ihre Brust schmerzte beim Anblick, wie er um jeden Laut kämpfte. »Ach Else, wie groß du geworden bist … *mein Mädchen …*«

»Emma.« Sie erstarrte innerlich. »Ich heiße Emma.«

Sein Blick erlosch. »Emma«, wiederholte er gedehnt und schien damit nichts anfangen zu können. Alles in ihm sackte innerlich zusammen.

»Emma«, bestätigte sie und fühlte sich so hilflos! Ihre Stimme kippte. »Ich bin es, Emma. Ich bin für dich da. Brauchst du etwas? Kann ich dir etwas Gutes tun?«

Stumm wanderte sein Blick gen Decke. Seine Augen wirkten glasig.

Hatte er wirklich gedacht, sie wäre Else? Ihre kleine Schwester? Dachte er, *sein Mädchen* wäre nicht in der Wiege verstorben, sondern zu einer jungen Frau herangewachsen, die sich jetzt voller Liebe um ihn kümmerte?

War der Grund dafür, dass er sich in diese Kammer zurückgezogen hatte, womöglich gar nicht sein Rheuma, sondern etwas anderes? Etwas, was seinen Geist verwirrte und in den Nebel des Vergessens zog?

Emma sprang auf.

Verzweifelt rang sie die Hände, während sich in ihr eine schreckliche Gewissheit ausbreitete. Wusste die Mutter davon? Ach, sie hätte es schon viel früher merken müssen! Warum war es ihr nicht aufgefallen? Die Gedanken drehten sich wie ein Karussell in ihrem Kopf zu einer metallischen, leiernden Musik, die falsch und schneidend wirkte.

Was war sie nur für eine Tochter?

»Papa?«, rief sie nach ihm, doch er war nicht mehr da.

Emma drehte sich um, stolperte über die Schwelle und fand sich im Wohnzimmer wieder. Wie hatte sie nur die Zeichen übersehen können?

Aus dem Augenwinkel bemerkte sie eine Bewegung am Tisch.

Wilhelmine.

Noch vor wenigen Tagen wäre ihre Schwiegermutter zu ihr geeilt. Hätte sie in eine Umarmung geschlossen. Gefragt, was los war und wie sie helfen könnte. Sie hätte zugehört und getröstet. Vielleicht sogar einen Rat gehabt.

Jetzt saß die Frau stocksteif da, und das Sonnenlicht hinter dem Fenster ließ ihr silbergraues Haar wie einen Heiligenschein schimmern. Man hätte sie für eine Porzellanfigur halten können, die kunstvoll zur Dekoration des Raums drapiert worden war.

Keine Erklärungsversuche und Entschuldigungen hatten etwas gebracht – Wilhelmine wollte nichts hören. Und hatte seit dem verhängnisvollen Tag Emma nicht einmal mit einem Blick gewürdigt. Die Enttäuschung saß zu tief. Während die Erinnerungen an Erhards Tod und ihre Vertreibung aus Metz noch zu frisch waren.

»Sie haben Ehrhard umgebracht. Sie haben meinen Mann zu Tode getreten. Und Carl haben sie vielleicht auch auf dem Gewissen«, war das Letzte, was Emma aus Wilhelmines Mund gehört hatte, bevor ihre Schwiegermutter sich von ihr abgewandt hatte.

Emma senkte den Blick. Es tat einfach zu sehr weh, diese sonst so liebevolle Frau anzusehen, mit ihr in einem Raum zu sein – und sich ihr so fern zu fühlen.

Wir sind die Seidels. Zusammen stehen wir alles durch, Emma, hatte Louise einst gesagt. Doch das Schicksal hatte sie auseinandergerissen, und nun hatte sie auch noch Wilhelmine verloren. Wie sollte sie das alles nur durchstehen?

Statt einer Antwort tauchte Käthe Bergmann vor ihr auf. Böse funkelten ihre dunklen Augen, als sie eine Hand mit einem Zettel hob. »Das wurde uns gerade durch den Türspalt geschoben!«

Unwillkürlich taumelte Emma zurück. Einen Moment

musste sie sich sammeln, einen klaren Kopf bekommen. Zu sehr lastete die Schuld auf ihrer Seele, während sie sich innerlich völlig zerrissen fühlte. »Papa erkennt mich nicht.« Erst als der Satz ausgesprochen war, begriff sie, was er bedeutete. Wie fatal er klang. Seit sie weggegangen war, wusste Emma, dass sie ihn verloren hatte. Und doch – tief in ihrem Innern hatte sie gehofft, einen Weg zu finden, sich mit ihm zu versöhnen. Diesen Weg gab es nicht mehr.

»Er erkennt schon lange nichts mehr! Der Glückliche.« Käthe trat einen Schritt vor und hielt Emma ein Flugblatt vor die Nase, einen dieser Sonderdrucke, die heimlich verbreitet wurden. »Sag mir lieber, wie wir aus dem Mist herauskommen sollen, den du uns eingebrockt hast!«

Emma versuchte, ihren Blick auf den Zettel zu fokussieren, doch die Buchstaben sprangen wie Flöhe vor ihren Augen umher. »Was … was ist das?«

Käthe kniff die Augen zusammen. »Ach, nur eine kleine Erinnerung daran, was einen erwartet, wenn man sich zu sehr für die fremdländische Kultur begeistert.« Sie blickte auf den Zettel. »*Ganz besonders sei die elende Dirne Emma Seidel gewarnt, die sich bei dem schwarzen Mann anbiedert*«, las ihre Mutter genüsslich vor. »*Wer den deutschen Geist vergiftet, soll sich vorsehen. Die Rache wird fürchterlich sein!*«

»Ich habe nicht …« Die Worte stockten in ihrer trockenen Kehle. Sie hatte keine Intimitäten mit Franzosen gehabt. Aber war das noch wichtig? Der Boden schwankte unter ihren Füßen.

»Unsere Adresse steht dadrauf!«, rief Käthe Bergmann aus. Und neben all der Bösartigkeit, die in ihrer Stimme mitschwang, klang auch Verzweiflung mit. »Die Leute wissen, wo du wohnst, was du getan hast – und damit sind wir alle in Gefahr! Sie werden kommen … Sie werden kommen und uns alle totschlagen! Und das würde ich ihnen nicht einmal verübeln – wer sich mit dem Feind einlässt, hat nichts anderes verdient!«

Emma wurde schwindelig. Kurz glaubte sie, gleich wieder auf die Knie fallen und sich übergeben zu müssen. Krampfhaft schluckte sie die aufsteigende Galle hinunter. Keine Zeit für Schwäche. Ihre Mutter hatte recht. Sie hatte Unheil über sie alle gebracht. Sie musste sehen, wie sie es auch wieder abwenden konnte.

Solange es noch nicht zu spät war.

»Ich werde mit Azzeddine Ben Ajarrar reden. Bestimmt kann er uns beschützen!«

»Nenne diesen dreckigen Namen nicht in meiner Gegenwart. Wilde Tiere sind es, allesamt, die über unser schönes Rheinland hergefallen sind. Sie verdienen keine Namen!«

»Achim«, presste Emma erstickt hervor. »Achim war es, der mir aufgelauert hat. Er hat mich bedrängt und … angefasst. Und wärst du nicht gekommen, hätte er noch Schlimmeres mit mir angestellt als das.« Ihre Stimme bebte. Vor Zorn. Und einer grenzenlosen Enttäuschung, dass niemand in diesem Raum ihr zu glauben schien. »Wer ist denn ein wildes Tier? Achim – oder Azzeddine Ben Ajarrar, der mich die ganze Zeit mit Respekt behandelt hat? Der mir geholfen hat, obwohl er es nicht musste? Der …«

Ihre Mutter holte aus. Emma wusste, was kommen würde. Und doch duckte sie sich nicht einmal, als eine heftige Ohrfeige ihr Gesicht traf.

»Verschwinde aus meiner Wohnung«, zischte Käthe. »Lauf doch zu deinem Marokkaner. Soll er dir weiterhelfen, wenn er es doch so gut kann! Ich bin fertig mit dir!«

»Aber …« Was sollte sie nur tun? Verzweifelt sah sie zu Wilhelmine. »Mama … ich kann doch nirgendwohin …«

Wilhelmine saß am Tisch, das Gesicht in den Händen vergraben, und rührte sich nicht. Nein, von ihrer Schwiegermutter hatte sie keine Hilfe zu erwarten. Sie war ganz allein. Verloren.

»Raus hier!«, holte Käthes kühle Stimme sie ein. »Noch einmal werde ich das nicht wiederholen.«

»Euch in Gefahr zu bringen, war nie meine Absicht. Ich wollte nur helfen! Ich wollte ...«

»Verschwinde! Oder ich prügele dich eigenhändig auf die Straße.«

Emma wandte sich ab. Sie wusste gar nicht, wie sie nach draußen gelangt war. Ihr unruhiges Gemüt trieb sie voran. Völlig losgerissen von jeglichem Dasein. Sie fühlte sich wie ein Geist, der körperlos durch die Stadt glitt. Unbeachtet von anderen Passanten. Praktisch nicht existent. Würde ihre Mutter sich um ihren Vater kümmern? Würde es Wilhelmine gut gehen? Waren sie in Sicherheit, jetzt, wo die *elende Dirne* endlich weg war? Ihre Augen brannten. Doch die Tränen kamen nicht. Noch nie hatte sie sich so erbärmlich gefühlt.

Sollte sie kämpfen? Allen beweisen, dass die Beschimpfungen ihr Unrecht taten? Dass sie nichts Verwerfliches gemacht hatte?

Als würde es etwas bringen! Wenn nicht einmal Wilhelmine noch etwas mit ihr zu tun haben wollte.

Es tat so weh. Wie kann ein gebrochenes Herz nur so verdammt weh tun? Wenn sie könnte, würde sie es sich eigenhändig aus der Brust reißen, um endlich nichts mehr zu fühlen.

Eine Weile irrte sie ziellos durch die Straßen, bis sie auf den Markt gelangt war. Das geschäftige Treiben um sie herum riss sie aus dem Teufelskreis der Gedanken. Unzählige Stimmen schwirrten in der Luft und füllten ihren Kopf. Essensgerüche kitzelten ihre Nase, auch wenn keine Suppe ausgegeben wurde. Dafür lockten die Stände mit frischem Gemüse, ein Fischhändler pries geräucherten Aal an. Emmas Blick schweifte herum, bis er an einem Pfeiler hängenblieb, wo eines der Plakate mit der Ankündigung des Platzkonzertes hing. Ein Flugblatt klebte dadrüber.

DEUTSCHES VOLK!, las sie die riesige Überschrift, die vom Zettel prangte. Und darunter: *Sagt NEIN zur fremdländischen Musik! WEHRT EUCH gegen die kulturellen Überfremdungsversuche! Wer schweigt, trägt MITSCHULD. Wer unsere Kultur mit Füßen tritt, wird den deutschen ZORN am eigenen Leib zu spüren kriegen!*

Emma hatte das Gefühl, als hätte Käthes Ohrfeige sie noch einmal getroffen. Gleichzeitig spürte sie Achims Körper, die Berührungen seiner Finger, seinen Geruch, der ihr Übelkeit verursachte. Voller Panik sah sie sich um. Doch die Marktbesucher zogen an ihr vorbei, ohne sie oder das Blatt zu beachten. Nicht alle Speyerer waren wie Achim und sprühten nur so vor Hass und Groll. Die meisten waren gute Menschen, die mit dieser Hetze nichts zu tun hatten!

Noch einmal hob Emma den Blick zum Plakat und versuchte, sich nur auf die Ankündigung des Platzkonzertes zu konzentrieren. Es war heute. Und wenn alles klappte und die Franzosen sie bezahlten, würde sie mit dem Geld zumindest die erste Zeit überstehen, bis sie klarsehen und entscheiden konnte, wie sie sich über Wasser halten könnte.

Der Gedanke vermittelte ihr Zuversicht. Zumindest ein wenig.

Eine Weile schlenderte sie durch die Stadt, spazierte durch den Dompark und tankte Kraft in der Natur. Der sonnige Tag und das Zwitschern der Vögel erhellten ihr Gemüt. Noch war nicht alles verloren. Nur das zählte.

Endlich machte sie sich auf den Weg. Ihr Ziel lag an der

ehemaligen Zeppelinschule, in der sich jetzt das *Infirmerie Hôpital* befand. Es war ein dreistöckiges Gebäude mit mehreren Dachgauben und einem Türmchen, womit der Architekt seinem Bau wohl einen besonderen Stempel aufdrücken wollte. Ansonsten versuchte die Fassade, vor allem mit ihrer Schlichtheit, klaren Formen und Linien zu überzeugen.

Das Konzert fand im Hof der Schule statt, wo die frisch angelegten Beete und Bäume mit neuem Blattgrün für eine behagliche Atmosphäre sorgten. Schon von weitem hörte Emma die Klänge der Instrumente, welche die Musiker wohl gerade stimmten. Als sie um die Ecke bog, blieb sie abrupt stehen. Sie brauchte einen Moment, um zu realisieren, dass die Soldaten, die heute das geneigte Publikum zu unterhalten gedachten, allesamt aus den Kolonien stammen mussten.

Unruhe stieg in ihr auf.

Manchmal schaffte die Musik es, die Menschen zu vereinen.

Aber was, wenn der Hass, den sie in der letzten Zeit gespürt hatte, sich heute nicht nur gegen die französische Kunst wenden würde, sondern gegen diese Musikanten?

Mit aller Macht kämpfte Emma gegen die Bilder, die ihren Kopf fluteten. Sie sah das wütende Publikum vor sich, das Beleidigungen schrie und sich mit patriotischen Parolen noch mehr aufwiegelte. Und was, wenn die Wut die Köpfe der Menschen vollkommen vernebelte, wenn im Affekt jemand verletzt werden würde? Ohne dass sie irgendetwas dagegen tun konnte?

Denn wie hilflos eine einzelne Stimme gegen einen Sturm aus Verleumdung und Hetze war, hatte sie am eigenen Leib erfahren. Nicht einmal ihre Mutter konnte sie dazu bringen, ihre Hasstiraden zurückzunehmen.

»Madame Seidel.« Azzeddine Ben Ajarrars Stimme ließ

sie aufmerken. Sie sollte nicht vom Schlimmsten ausgehen. Außerdem … Würden die Deutschen es wirklich versuchen, offen Soldaten anzugreifen?

Sie wusste es nicht. Die Sorge lag ihr wie ein Stein im Magen.

»Madame Seidel? Sie sehen so besorgt aus. Ich dachte, Sie würden sich freuen, heute endlich das Ergebnis unserer Bemühungen zu genießen.«

»Ja, natürlich.« Immer wieder schaute sie um sich, darauf gefasst, Achim zu erblicken. Was sollte sie tun, wenn er wirklich herkommen würde, um mit seinem Hass die Stimmung zu vergiften und die Menschen gegen die Soldaten aufzuwiegeln? Würde sie überhaupt etwas ausrichten können? Oder sich wie im Treppenhaus zu einem Häufchen Elend zusammenkauern, ohne Gegenwehr zu leisten? Krampfhaft faltete sie die Hände vor ihrem Bauch und sah bange zu den Musikanten.

»Ein Buchfink.«

Laut stieß Emma die angehaltene Luft aus. »Was?«

Vollkommen unverfroren grinste Azzeddine Ben Ajarrar sie an. Seine Zahnlücke linste frech zwischen seinen Lippen hervor. »Wenn Sie genau hinhören und nicht auf die aktuell etwas missglückten Instrumententöne achten, können Sie dem Gesang eines Buchfinken lauschen.«

Sie lächelte. Seine warme Stimme und seine Art, ihre innere Anspannung mit wenigen Worten zu lösen, erinnerten sie daran, dass es sich manchmal lohnte, einfach nur den Moment zu genießen.

»Ein Buchfink? Ganz sicher keine Amsel?«, neckte sie ihn.

Beleidigt verzog er das Gesicht. »Ich bitte Sie!«

Sie gluckste, sicherlich ziemlich unmanierlich. Erstaunlich, wie wohl sie sich in seiner Gegenwart fühlte. Vielleicht sollte sie ihrem Gefühl nachgeben und … ein wenig mehr über die Stimmen der heimischen Vogelarten erfahren. Bei einem Spaziergang durch den Domgarten?

Jetzt bemerkte sie, wie lange sie in sein Gesicht starrte, und wandte verlegen den Blick ab. »Oh, da kommen die ersten Zuhörer!«, zwitscherte sie los, beinahe wie der erwähnte Buchfink, der sich die größte Mühe gab, gegen die Instrumente anzukommen.

Drei Männer kamen um die Ecke und blieben mit einem gehörigen Abstand zu den Musikanten stehen. Der Weinhändler kam mit Frau und Tochter. Und dann erschienen nach und nach noch ein paar mehr Leute. In den Fenstern der Zeppelinschule, wo sich ein Lazarett befand, entdeckte Emma weitere neugierige Gesichter, was sie für ein gutes Zeichen zu halten beschloss.

Es musste sich nur herumsprechen! Dann dürften weitere Veranstaltungen sicherlich ein größeres Publikum anziehen.

»Na, das ist doch schon einmal was. Ah! Da kommt Capitaine Millet. Bitte entschuldigen Sie mich einen Moment.« Traurig registrierte Emma, wie er eine kleine Verbeugung andeutete und davoneilte. Dieses Konzert war nicht für sie gedacht, damit sie Azzeddines Gesellschaft genießen konnte, rief sie sich in Erinnerung. Auch wenn sie nichts dagegen eingewendet hätte. Sie fühlte sich leicht in seiner Gegenwart. Als würde das Leben etwas weniger auf ihren Schultern lasten. Sogar jetzt, da sie noch nicht wusste, wie es mit ihr weitergehen sollte.

Capitaine Millet, der mit seiner Gattin erschien, zeigte sich trotz des spärlichen Publikums in bester Laune. Er lobte die Musiker, lobte das Wetter, lobte sogar das *Infirmerie Hôpital* und vor allem das kleine Grüppchen Zuschauer, die miteinander tuschelten, statt auf ihn zu achten. Hätte Azzeddine ihm vom Buchfinken erzählt, würde dieser Mann vermutlich sogar den Vogel loben und ihm für sein Erscheinen danken. Bei der Vorstellung musste Emma sich ein Grinsen verkneifen. Und doch erhellte diese Lässigkeit auch ihr Gemüt. Natürlich hätte sie sich gewünscht, ihre Bemühungen hätten mehr gebracht. Aber es war ein Anfang, wiederholte sie immer wieder. Und jeder Anfang war gut.

Außerdem bog gerade noch ein Pärchen um die Ecke. Und dahinter noch eine einsame Gestalt.

Wilhelmine!

Wilhelmine war hier.

Ungläubig starrte Emma ihre Schwiegermutter an, die auf halbem Weg eine kleine Pause einlegen musste, offensichtlich, um wieder zu Atem zu kommen.

Emma stürzte ihr entgegen, um sie zu stützen. Dankbar lehnte sich Wilhelmine gegen sie. »Es war doch weiter, als ich gedacht habe.« Die Worte klangen rasselnd, als würde Sandpapier aufeinanderschleifen, begleitet von einem hörbaren Keuchen. Ihr Gesicht hatte schon lange seine rundliche Form verloren, die faltige Haut wirkte schlaff und fahl. Wie abgemagert Wilhelmine war! Ein Wunder, dass sie sich überhaupt noch auf den Beinen hielt.

»Was machst du hier?«, stammelte Emma, vollkommen durcheinander von diesem unverhofften Wiedersehen.

»Ich musste herkommen.« Die Augen ihrer Schwiegermutter schimmerten feucht. So viel Schmerz und so viel Liebe lagen darin, dass Emmas Brust sich zusammenzog. Sie brauchte keine Worte. Denn die Worte konnten unmöglich all das zum Ausdruck bringen, was sie gerade im Blick ihrer Schwiegermutter las.

Plötzlich spürte Emma, wie sich Wilhelmines Körper versteifte. Mit einem durchdringenden Blick fixierte die Frau einen Punkt irgendwo hinter Emma. Und als Emma sich umblickte, bemerkte sie Azzeddine Ben Ajarrar, der auf sie zukam.

»Ist er es? Dieser Offizier, mit dem du …«

»Mit dem ich absolut nichts hatte!«, fiel Emma ihr vehement ins Wort und hatte das Gefühl, etwas würde ihr die Kehle zudrücken. *Franzosenhure.* Das Wort pulsierte in ihrem Kopf, sickerte wie Gift in ihre Seele. Jede Silbe schien wie Achims Berührungen an ihrer Haut kleben zu bleiben und sie zu brandmarken.

Rechtfertigungen brachten nichts. Wenn nicht einmal Wilhelmine ihr glaubte!

»… mit dem du dieses Platzkonzert organisiert hast?«, beendete ihre Schwiegermutter den Satz, nachdem sie wieder Luft geholt hatte. Nach so einem langen Spaziergang schien sie noch Schwierigkeiten mit dem Reden zu haben.

»Azzeddine Ben Ajarrar«, stellte sich der Offizier vor. Seine Stimme trug etwas Beruhigendes und Heilendes in sich.

Emma wollte ihre Schwiegermutter mit ihm bekannt machen, doch diese ergriff selbst das Wort.

»Wilhelmine Seidel.« Sie schluckte hörbar. Sicherlich um ihre Befangenheit zu überspielen, fuhr sie eifrig fort: »Sie … Sie sprechen aber gut deutsch …«

Er schmunzelte. »Ja, meinen Namen kann ich perfekt aufsagen. Ansonsten beherrsche ich fünf Sprachen und sechs Dialekte, wobei ich im Rheinischen durchaus noch etwas Nachhilfe bräuchte.«

Wilhelmine wurde rot, während er einen der Soldaten in die Zeppelinschule schickte, um einen Stuhl zu organisieren. Zu seinen Talenten der Sprachgewandtheit und Vogelkunde gesellte sich auch eine hervorragende Beobachtungsgabe. Offensichtlich entging ihm nicht, dass Wilhelmine kaum imstande sein würde, das Konzert auf den Beinen zu überstehen.

Nach einigen Minuten kehrte der Soldat mit einem Stuhl zurück. Dankbar ließ sich Wilhelmine auf die Sitzfläche nieder. Neben Wangenröte kehrte auch sonst Farbe in ihr Gesicht zurück. Die frische Luft tat ihr wohl gut.

»Dann können wir anfangen«, sagte Azzeddine, »genießen Sie die Vorstellung.«

»Danke.« Emma fiel auf, dass sie noch immer Wilhelmines Hand hielt. Sie drückte leicht ihre Finger, während Capitaine Millet vor die Musikanten trat und eine kurze Rede über die freundschaftlichen Beziehungen zwischen den Franzosen und der deutschen Bevölkerung hielt. Eine Rede, die so sehr seinem Auftritt im Büro ähnelte, dass Emma unwillkürlich schmunzelte.

Und als er endete, spürte Emma, wie Wilhelmine leicht ihren Händedruck erwiderte. In ihrem Bauch flatterte es, als würden Hunderte Schmetterlinge darin tollen. Bedeutete es … bedeutete es, dass ihre Schwiegermutter ihr verzieh? Dass wirklich, wirklich alles gut werden würde?

Wie sonst sollte sie die Anwesenheit dieser Frau bei einem französischen Konzert interpretieren? Dass ihre Hand so vertraut in Emmas lag, nahm sie als Zuspruch.

Das Konzert begann.

Doch Emma lauschte kaum den Melodien, sondern ihrem Herzen, das zufrieden und ruhig vor sich hin pochte, Wilhelmines Atem, der noch immer etwas schwer ging, und dem Gezwitscher des Buchfinken, der mit seiner Darbietung die Musiker nach Kräften zu unterstützen versuchte. Sie hob ihr Gesicht dem Himmel entgegen und genoss die Wärme der Sonnenstrahlen auf ihrer Haut. Sie verflocht ihre Finger noch fester mit denen Wilhelmines.

Wir sind die Seidels. Zusammen stehen wir alles durch. Sie hätte Louises Worten mehr Vertrauen schenken sollen. Sie war nicht allein.

Irgendwann verstummte die Musik. Nur der Buchfink strengte sich weiterhin an.

Capitaine Millet und seine Gattin schenkten den Soldaten einen euphorischen Applaus. Die anderen Gäste klatschten verhalten. Nur die drei Männer schlenderten davon, ohne den Musikanten weitere Beachtung zu schenken. Nach und nach klappten die Fenster der Schule zu, auch da zog sich das Publikum zurück.

Capitaine Millet wirkte so fröhlich, als hätte man ihm ein Geburtstagsständchen gespielt. Von dem barschen Militär, als der er sich im Büro gegeben hatte, war nichts zu sehen. Er bedankte sich wortreich bei Emma für ihre Unterstützung, wechselte ein paar Floskeln mit Wilhelmine und verließ an der Seite seiner Gattin den Hof. Etwas überrumpelt blieb Emma zurück. War er wirklich zufrieden, oder spielte er ihr nur etwas vor?

Hilfesuchend schaute sie sich nach Azzeddine um, der es bemerkt haben musste, da er sogleich zu ihr trat, sich bei Wilhelmine nach ihrem Befinden erkundigte und vorschlug, eine Fahrgelegenheit zu organisieren, welche die Damen nach Hause bringen sollte.

»Oh, vielen Dank.« Wilhelmine wirkte ehrlich gerührt von seiner Sorge, in der nichts Aufgesetztes mitschwang. »Aber ein Spaziergang würde mir gut tun.«

»Natürlich.« Azzeddine ließ den Blick zu Emma schweifen. Wenn er sie anschaute, hatte sie das Gefühl, als ob ein sommerwarmer Nachthimmel sich über ihr ausbreiten würde. »Sehen wir uns morgen? Dann erhalten Sie die versprochene Entlohnung für Ihre Bemühungen.«

Sie lächelte schüchtern. »Die leider nicht wirklich viel gebracht haben.«

»Wir müssen Geduld haben. Capitaine Millet sieht das sicherlich ähnlich, so dass unser Arrangement von Dauer sein könnte.« Er machte eine kurze Pause und senkte leicht die Stimme. Das Gezwitscher des Buchfinken ergoss sich umso beschwingter über sie. Als wollte der Vogel sich in eine Ekstase singen. »Sofern Sie Interesse an der weiteren Zusammenarbeit haben.«

Ihr fiel auf, wie nah sie ihm stand. Wie lange sie schon in seine dunklen Augen gestarrt hatte. Völlig gebannt von dem freundlichen Ausdruck darin.

Beschämt sah sie weg und wünschte sich, unter ihren Füßen würde sich ein tiefes Loch auftun. Was sollte er nur denken? Hitze flammte in ihren Wangen auf. Und Wilhelmine … oh nein, Wilhelmine!

»Aber das können wir alles morgen besprechen«, rettete er die verlegene Situation, und Emma seufzte dankbar auf.

»Ja. Natürlich.«

Azzeddine nickte zufrieden und verabschiedete sich. Während Emma sich daran erinnern musste, weiterzuatmen. Sie sollte etwas sagen. Verständlich machen, dass da wirklich nichts war, außer dass sie diesen Mann unglaublich zuvorkommend und nett fand. Und sie sich … auf die Zusammenarbeit mit ihm tatsächlich freute.

»Ich … ich muss …«, stotterte sie. Das Gefühl, alles falsch zu machen, keine Erklärungen zu finden, nagte an ihr.

Plötzlich ergriff Wilhelmine Emmas Hände. »Ich muss mich bei dir entschuldigen.«

Emma verschlug es endgültig die Sprache. »Aber wofür?«

»Dass ich mich von dir abgewandt hatte. Dass ich zugelassen habe, dass böse Zungen uns auseinandergebracht haben.

Emma!« Ihr Händedruck wurde fester. »Ich habe kurz vergessen, dass du meine Familie bist – und das steht über allem. Es tut mir unendlich leid, dass ich dich im Stich gelassen habe!«

Tränen traten Emma in die Augen. Sie musste blinzeln, um Wilhelmines Gesicht klarer sehen zu können. »Ich … ich habe geglaubt, ich hätte dich verloren.« Ihre Stimme leierte verräterisch. Sie fühlte so viel! Und wie meistens fehlten ihr die Worte, um all das auszudrücken, was ihr ganzes Wesen ausfüllte. Sie kam sich vor, als würde sie auf einem Hochseil in schwindelerregender Höhe balancieren und doch sicher sein, nicht abzustürzen, nie wieder abzustürzen. Weil Wilhelmine ihre Hände festhielt.

»Ich weiß. Ich wünschte, ich könnte die Zeit zurückdrehen, damit du es nicht empfinden müsstest. Emma, als du gegangen warst, habe ich ein paar Minuten gebraucht, um alles zu realisieren. Um wirklich zu verstehen, worum es ging. Dann bin ich dir hinterhergestürzt – aber es war zu spät. Ich konnte nur hoffen, ich würde dich hier bei dem Platzkonzert finden.«

»Du hast mich gefunden.«

»Ja. Habe ich. Ich habe dich gefunden, um dir zu sagen: Es ist egal, was passiert ist. Denn ich weiß – was auch immer du tun musstest, du hast es für mich getan. Und für deine Eltern. Du hast dir Sorgen gemacht, dass wir nicht mehr in der Wohnung bleiben können. So wie du eben bist, hast du alles versucht, um die Situation zum Guten zu wenden. Ich fühle mich schrecklich, weil ich das nicht gesehen habe.«

»Musst du nicht. Ich verstehe absolut, dass es dich verletzt hat. Die Franzosen …«

»Der Krieg ist vorbei«, unterbrach Wilhelmine sie energisch. »Wir müssen nach vorn blicken. Das ist das einzig Richtige. Und wohl etwas, was ich noch lernen muss.«

»Nicht der Krieg hat uns Ehrhard genommen«, murmelte

Emma. Die Bilder blitzten in ihrem Geist auf. Rissen ihre Seele auf. Wie Pfeile stachen sie in ihre Brust. Erhards Tod, ihre Vertreibung aus Metz … Wie sollten sie all das hinter sich lassen und nach vorn blicken?

»Nein«, erwiderte Wilhelmine ernst. »Aber Azz …«, sie stockte, »Azzeddine Ben Ajarrar war es auch nicht.«

Mühsam hob Emma den Kopf. »Was diese Flugblätter behaupten, ist nicht wahr. Ich habe mich nie … intimen Freuden mit ihm hingegeben. Ich … ich weiß nur nicht, wie ich das beweisen kann …« Ihr blieb die Luft weg.

»Nichts musst du beweisen. Zumindest mir nicht. Ich wünschte … ich wünschte, Frauen würden mehr einander glauben, mehr füreinander einstehen und sich weniger gegenseitig verurteilen. Bitte verzeih mir. Dass ich das nicht sofort getan habe.« Wilhelmine unterdrückte ein Schluchzen. »Dass ich so lange gebraucht habe, um das zu erkennen.«

Auch Emma konnte sich kaum noch zurückhalten. Tränen liefen über ihre Wangen. »Nur wenn du es mir auch verzeihst. Ich hätte dich nicht belügen sollen. Ich hätte dir sofort sagen müssen, was ich mache und warum.« Sie konnte nicht mehr gegen ihre Gefühle ankämpfen und schloss Wilhelmine in eine feste Umarmung.

»Alles wird gut«, flüsterte Emma immer wieder. »Alles wird gut.«

»Ja, jetzt wird alles gut.« Vorsichtig strich Wilhelmine ihr über den Rücken. Eine hauchzarte Berührung. Und doch vermittelte sie so viel! Es fühlte sich an, als wäre die Flucht endlich vorbei. Hier, in diesem Moment. Sie war angekommen. Sie war dort, wo sie sein sollte. Es würde keine Geheimnisse mehr geben, keine Zweifel, keine einsamen Entscheidungen, deren Konsequenzen auf ihren Schultern lasteten.

»Aber wo sollen wir jetzt hin?«

»Zuerst einmal zu deinen Eltern. Du hast einiges zur Miete beigetragen, wir machen Käthe klar, dass sie dich nicht einfach auf die Straße setzen kann. Und dann packen wir unsere Sachen. Auch wenn wir in eines dieser Heimkehrerlager gehen müssen, wir kriegen das hin. Wir werden es überstehen.«

Emma nickte schwach. Das Nass rann ihr übers Gesicht, ohne dass sie etwas dagegen tun konnte.

»Komm.« Vorsichtig wischte Wilhelmine ihr über die Wangen. »Lass uns gehen.«

Sie hakte sich bei Emma unter und machte ein paar vorsichtige Schritte. Ihre Kraft reichte nicht aus, um Emma wirklich fortzuziehen, doch Emma wehrte sich nicht. Langsam verließen sie den Hof und schlenderten die Straßen entlang. Immer wieder musste Wilhelmine Pausen einlegen, um zu verschnaufen. Ihre Kurzatmigkeit machte Emma Sorgen. Vielleicht hätten sie das Angebot von Azzeddine nicht so leichtfertig ausschlagen dürfen? Spätestens jetzt wäre eine Mitfahrgelegenheit keine schlechte Idee gewesen, denn Wilhelmine musste sich immer stärker auf sie stützen.

Deshalb bemerkte Emma nicht sofort, dass ihnen zwei Männer den Weg versperrten. Unruhe ergriff sie. Die selbstsichere Haltung und der breitbeinige Stand der beiden versprachen nichts Gutes. Seit ihrer Begegnung mit Achim war sie stets auf der Hut, wenn sie Männern begegnete. Penibel achtete sie dabei auf ihre Umgebung, um sich nicht noch einmal in eine Ecke drängen zu lassen. Versuchte, die Stimmung einzuschätzen und die kleinste Regung in der Gestik oder Mimik wahrzunehmen, um die Alarmzeichen früh genug mitzubekommen.

Die kleine, verträumte Gasse ließ keine Möglichkeit, um auszuweichen. Noch taten die zwei nichts, doch so, wie sie dastanden und auf sie zu warten schienen, klingelten ihr die Alarmglöckchen in den Ohren. Vor allem, da etwas ihr sagte, diese Typen auf dem Platzkonzert gesehen zu haben. Sicherlich wollten sie mit ihr nicht über die Musik plaudern.

So unauffällig wie möglich beugte sie sich zu Wilhelmines Ohr. »Lass uns lieber zurückgehen.« Auch wenn ein Umweg ihrer Schwiegermutter noch mehr zusetzen würde.

Sie drehte sich um und erstarrte. Zwei weitere Männer versperrten den Rückweg. Der eine trat vor – mit Schreck erkannte Emma Achim.

»So sieht man sich wieder, nicht wahr?« Seine Stimme klang gelassen, beinahe schon freundlich, was Emmas Unbehagen umso mehr verstärkte, während sie wie ein Reh erstarrte. Schon wieder. Schon wieder schaffte sie es nicht, sich gegen ihn zu behaupten, Ruhe zu bewahren und die Situation zu beherrschen. Eingeschüchtert und wehrlos sah sie zu, wie er näher kam, und glaubte, schon jetzt den Geruch seines Schweißes und süßer Bonbons zu riechen. Ihre Beine drohten jeden Moment nachzugeben. Gleich würde sie vor ihm auf alle viere stürzen, um sich zu übergeben. Dabei musste sie stark sein!

»Was erlauben Sie sich?« Wilhelmines Stimme klang leise, aber bestimmt. Unglaublich, wie viel Autorität sie in wenige Worte legen konnte.

Achim zuckte die Schultern und blickte zu seinen Männern. »Was denn? Wir tun doch nichts. Wir gehen hier nur spazieren.«

»Dann lassen Sie uns vorbei und spazieren Sie weiter.«

»Oh nein.« Achim verzog die Lippen zu einem hämischen Grinsen, das schief und erzwungen wirkte. »Wie soll die kleine Franzosenhure denn sonst lernen, was es bedeutet, das Vaterland zu verraten?«

»Hier hat niemand irgendetwas verraten«, erwiderte Wilhelmine ruhig. »Komm, Emma. Wir gehen.«

Auf unsicheren Beinen folgte sie ihrer Schwiegermutter. Ein Schritt. Noch ein Schritt. Ließ er sie wirklich vorbei?

»Ich glaube, die alte Schachtel will auch eingebläut bekommen, wie ungesund das Interesse an der fremdländischen Kultur sein kann, oder?«, zischte es plötzlich. Achim packte Wilhelmine am Arm und riss sie von Emma weg. Sie taumelte und fiel auf die Knie, während seine Finger sich immer noch in ihren Arm gruben.

Wut brandete in Emma auf. Sie registrierte es selbst kaum, wie sie auf Achim losging, wie sich ihre Finger in seinen Hals krallten und ihre Nägel tiefe Striemen in seine Haut ritzten. Er keuchte vor Überraschung, ließ Wilhelmine los.

Doch ihr Triumph währte nicht lange.

Fremde Hände packten sie von hinten und zerrten sie von Achim weg. Natürlich. Er war nicht allein. Schmerzhaft wurden ihre Arme ihr auf den Rücken gebogen. Sie bemerkte, wie Achim Wilhelmine in den Bauch und gegen die Brust trat, mehrfach. Emma schrie. Schrie um Hilfe, wand sich im Griff, der sie festhielt – doch es gab kein Entkommen.

Nach einigen weiteren Tritten regte sich Wilhelmine nicht mehr. Atmete sie noch? In Emmas Kopf drehte sich alles. Ihre Furcht um Wilhelmine raubte ihr den Atem. Die Panik benebelte ihre Sinne. Obwohl sie alles versuchte, um ihr nicht nachzugeben.

Nur verschwommen nahm sie Achim wahr, der auf sie zukam.

»Na, hast du Angst?« Seine Hand krallte sich in ihr Haar und bog ihren Kopf zur Seite. »Solltest du auch.«

Sie spürte, wie ein Stick sich um ihre Gelenke legte, wie mit raschen Griffen ihre Hände festgebunden wurden. Ein weiterer Strick legte sich um ihren Hals. Erst jetzt wurde ihr so richtig bewusst, was hier passierte. Was diese Männer wirklich vorhatten.

Sie bäumte sich auf, versuchte zu schreien, als die Schlinge sich noch fester um ihre Kehle zog. Verzweifelt versuchte sie, Luft zu holen, hörte ihr eigenes Röcheln. Immer gieriger kämpfte sie um Sauerstoff – vergebens. Ein Schleier legte sich um ihre Sinne.

»Schon schlappmachen? Wo bleibt denn der Spaß?«

Das Seil lockerte sich, und sie schnappte nach Luft. Dumpf pochte es in ihren Schläfen, während sie um Atem rang. Dann spürte sie einen festen Griff an ihrem Hinterkopf. An den Haaren und dem Strick wurde sie weggeschleift, während sie versuchte, wild um sich zu treten, in der Hoffnung, einen ihrer Angreifer zu erwischen. Nur Lachen ertönte über ihr. »Gleich wirst du zur Genüge zappeln können, keine Sorge.«

Sie wollte schreien, doch durch ihre wunde Kehle kam bloß ein Krächzen. Hörte sie wirklich keiner? Sah niemand, was hier passierte, mitten auf der Straße am helllichten Tag? Warum kam niemand zu Hilfe?

Vor ihren Augen verschwamm alles. Wie im Nebel sah sie die Männer, die sich um sie herum aufgebaut hatten. Grob wurde sie auf die Beine gezogen. Als der Strick sich stramm zog und ihr die Kehle abermals zuschnürte, legte sich die Schwere einer Gleichgültigkeit über ihre Sinne. Sie würde nicht entkommen. Es war vorbei.

»Macht nicht so schnell«, zischte Achim an ihrem Ohr. »Sie soll unsere Gesellschaft so lange genießen, wie sie kann.«

Sie riss den Mund auf, als der Strick endgültig die Sauerstoffzufuhr unterbrach. Ihr Körper zuckte. Ihre Füße scharrten unkontrolliert über den Boden, während ihre Lunge zu platzen drohte.

Nur am Rande nahm sie einen Tumult wahr. Rufe. Plötzlich gab das Seil nach, und sie fiel.

Fiel jemandem in die Arme.

Sie hörte ihren Namen, doch ihr Verstand weigerte sich, noch irgendetwas wahrzunehmen.

Sie hatte das Gefühl, zu schweben. Zwischen Himmel und Erde, getragen von nebeligen Schwaden, die sie mehr und mehr verschlangen. Sie sah über sich kleine Schäfchenwölkchen, die seltsam diffus wirkten, und ein verschwommenes Gesicht.

Carl, rief sie stumm und schloss die Augen.

Er war hier, um sie mitzunehmen. Dahin, wo es keine Schmerzen, keine Sorgen und keine Zweifel mehr gab. Und sie ging mit ihm. Denn auf dieser Welt gab es keinen Platz mehr für sie.

Speyer, 1919

CARL

Was wäre gewesen, wenn er zu spät gekommen wäre? Wenn er es nicht geschafft hätte, dem Gefangenenlager zu entkommen? Wenn die Krankheit ihn noch länger ans Bett gefesselt hätte, nachdem er auf der Schwelle der von Rothhausens zusammengebrochen war?

Die Wenns sprangen in seinem Kopf herum wie unzählige Senfkörner, die er auf eine Tischoberfläche geworfen hatte. Ohne dass er die Gedanken greifen oder irgendwie auffangen konnte.

Wie lange saß er schon hier und starrte auf die Tür, hinter der die Krankenschwester verschwunden war? Bangend, dass seine Hoffnung vergebens war. Es roch nach Medikamenten, menschlichen Qualen und Tod. In diesem Teil des Krankenhauses gab es einzelne Zimmer, in denen Ruhe und Frieden herrschten. Während die Betten unten in den großen Räumen nur notdürftig – wenn überhaupt – mit Laken voneinander getrennt waren. Manche Kranke mussten sogar in Fluren versorgt werden. Die Luft war erfüllt vom Stöhnen, Husten und Röcheln der Sterbenden. Er fragte nicht, wem dafür zu danken war, dass Emma hier ausruhen konnte, statt sich unten mit Dutzend anderen armen Seelen zu quälen. Seine Gedanken drehten sich nur darum, wie es ihr ging.

Was, wenn die Krankenschwester mit schlimmen Nachrichten herauskommen würde?

Ein weiteres Wenn. Er wusste, wie es sich anfühlte, wenn

das eigene Herz versagte. Aber jetzt lernte er kennen, was es hieß, wenn das Herz vor Angst in tausend Stücke zersprang.

Behutsam legte seine Mutter eine Hand auf seine Schulter. Eine hauchzarte Berührung. Dennoch zuckte er zusammen, als hätte die Peitsche eines Aufsehers ihn getroffen.

Sofort zog Wilhelmine ihre Hand weg. »Entschuldige.«

Er brauchte einen Moment. Ohne wirklich zu realisieren, wofür. Liebe und Fürsorge gehörten schon lange nicht mehr ins Leben, das er kannte.

»Wie konnte das nur passieren?«, hörte er sich fragen. Etwas Anklagendes lag in seinem Ton. Wie konnte es passieren, dass du nicht auf Emma aufgepasst hast? Unsinnig, der Vorwurf. Absolut ungerecht. Und doch schrie alles in ihm danach, einen Schuldigen zu finden. Auch wenn niemand da war, abgesehen von seiner Mutter.

Sie sah betreten zu Boden. Gebrochen, wie es ihm vorkam. Am liebsten hätte er sie in die Arme geschlossen, und doch konnte er sich nicht dazu überwinden. Auf der Flucht hatte er gefürchtet, er würde nichts mehr empfinden. Und jetzt war es zu viel, als dass er es ertragen konnte. Die verlorene Fabrik.

Erste Lothringische Senffabrik C. Seidel.
Gegründet 1909

Die Spuren der Buchstaben noch an der Fassade. Seine Familie, die aus Metz hatte flüchten müssen. Der Tod seines Vaters. Die Suche nach Emma und die arrogante Tante, die ihm kalt erzählte, sie hätte keinen Platz für Flüchtlinge und wisse nicht, wo die Seidels seien. Zum Glück hatte ein Dienstmädchen Erbarmen mit ihm und berichtete, dass Emma wohl bei ihren Eltern war. Käthe Bergmann, diese unausstehliche Frau, die Gift und Galle gespritzt hatte … Das Platzkonzert …

Er hatte sie gefunden, er hatte Emma gefunden – um sie fast zu verlieren? Was wäre gewesen, wenn er zu spät gekommen wäre? Hätten diese Männer ihr abscheuliches Werk tatsächlich zu Ende gebracht?

»Ich wünschte, ich hätte die Zeichen früher erkannt.« Aus dem Augenwinkel sah er, wie sehr die Hände seiner Mutter zitterten, als sie sich eine graue Strähne hinter das Ohr schob. »Wie konnte ich es nur nicht merken? Dabei wusste ich doch, was für eine bösartige Frau sie ist …«

Sein Kopf ruckte herum. »Was redest du da?«

»Käthe Bergmann.« Sie presste sich eine Hand an die Brust. »Es war Käthe Bergmanns Werk. Zumindest hat sie dazu beigetragen. Bewusst oder unbewusst.«

Er sagte nichts. Sah sie nur an. Damit sie redete, damit sie bloß redete. Und er jemandem die Schuld für alles geben konnte. Denn die Männer, die Emma überfallen hatten, blieben unauffindbar. Wilhelmine hatte nur einen von ihnen erkannt, doch dieser war untergetaucht.

»Ich wollte unsere Sachen holen, das Wenige, was wir besitzen. Deine Pläne für die Maschinen in Sicherheit bringen. Emma hat so viel riskiert, um sie mitzunehmen!«

Er unterbrach sie mit einer Geste. Die Pläne waren nicht wichtig. Auch nicht die Fabrik. In all der Zeit hatte er keinen einzigen Gedanken daran verschwendet. Wichtig war nur, dass Emma wieder gesund wurde.

»Eins führte zum anderen. Vorwürfe und Beschimpfungen folgten, und irgendwann hat Käthe gestanden, dass sie überall schlecht über Emma geredet und die Sache immer weiter aufgebauscht hat. Sie hat diesen Achim praktisch angestachelt.«

Und er war nicht da gewesen, um sie zu beschützen. Carl beugte sich vor und grub sich die Finger in die Haare.

»Ich weiß nicht, was in ihr vorgeht. Wie so viel Hass und Missgunst den Weg in ihre Seele gefunden haben. Als wäre sie besessen davon, Emma am Boden zu sehen. Absolut unbegreiflich. Und ich … ich habe nichts bemerkt. Obwohl mir hätte klar sein müssen, dass sie alles tun würde, um es Emma heimzuzahlen, um ihre eigene Tochter zu zerstören.«

»Du hättest nichts machen können.« Seine Worte klangen dumpf. Er wusste selbst nicht, ob er sie ehrlich meinte oder nur so dahinsagte.

Wilhelmine öffnete ihre Tasche und holte einen dünnen Stapel Briefe hervor. »Das habe ich erst jetzt in die Finger bekommen. Beziehungsweise hat sie mir die Umschläge voller Wut entgegengeschleudert, als ich gedroht habe, ihr die französischen Behörden auf den Hals zu hetzen. Diese Frau hat doch tatsächlich Louises Briefe abgefangen, damit Emma sich allein fühlt.«

»Louise hat geschrieben?«

»Zuerst dachte ich, ihre Briefe wären verloren gegangen, als die Postverbindung unterbrochen war. Und dass sie irgendwann aufgehört hätte zu schreiben. Aber sie hat mir jede Woche einen Brief geschickt, und die letzten sind durchgekommen. Aber nie in meine Hände gelangt, weil Käthe sie abgefangen hat. Louise schreibt, dass es ihnen gut geht. Sie sind in Düsseldorf untergekommen. Antoine hält sich mit Reparaturen von Automobilen über Wasser. Und wenn wir wollen, können wir bei ihnen unterkommen.«

»Düsseldorf …« Etwas Ungutes regte sich in seiner Brust. Wie eine böse Vorahnung. Düsseldorf war die Stadt, die ihn fast das Leben gekostet hatte. Er dachte nicht gern daran. Eigentlich dachte er gar nicht daran. Überall auf der Welt, sogar im Gefangenenlager und bei der Räumung der Blindgänger, fühlte er sich nahezu unsterblich. Alles schien möglich. Während der Name der Stadt wie ein unausgesprochenes Todesurteil für ihn klang und ihn daran erinnerte, dass seine Tage gezählt waren. Dass es irgendwann vorbei sein würde – viel früher, als ihm lieb war.

»Natürlich nur, wenn Emma bereit ist mitzukommen.« Unruhig zwirbelte Wilhelmine an einer Haarsträhne.

Carl zögerte. Dann griff er nach ihrer Hand, damit ihre Finger etwas Ruhe fanden. »Wir lassen sie nie wieder allein.«

Wohin auch immer sein Weg ihn führen würde – er hatte so vieles überlebt. Er würde auch Düsseldorf überleben. Es war nur eine Stadt.

Den Flur entlang näherte sich jemand. Carl bemerkte eine französische Uniform und musste mit sich ringen, um nicht das Weite zu suchen. Seine Finger verhakten sich in die seiner Mutter, so angespannt, dass die Sehnen hervortraten. Er musste seine ganze Beherrschung aufwenden, um dazubleiben und die Bilder, die in seinem Kopf aufstiegen, zurückzudrängen. Was, wenn jemand herausfinden würde, dass er ein geflohener Kriegsgefangener war? Hagen von Rothhausen hatte zwar Himmel und Hölle in Bewegung gesetzt, um ihm zu helfen. Hier war er wieder Carl Seidel, der während der Flucht aus Metz von seiner Familie getrennt worden war. In seiner Brusttasche steckten Dokumente, die alles bestätigten. Dennoch spürte er *Cai*, der sich wie ein bedrohlicher Schatten unsichtbar hinter ihm aufbaute, um alles zu vernichten, was er wiederzuhaben glaubte.

Wilhelmine sprang auf und stellte sich schützend vor ihn, während sie noch nervöser an ihren Haaren zu zwirbeln begann. Er beobachtete sie von der Seite und überlegte, was in ihr vorging. Wie kam sie mit allem klar? Wie schaffte sie es, so ruhig zu bleiben? Über seinen Vater redete sie nicht. Als wäre er in Metz geblieben und würde ihnen bald nachreisen, als wäre es nur eine Frage der Zeit, dass sie ihn wiedersah.

»Wurden die Männer endlich gefasst?« Im leeren Flur wirkte ihre Stimme ganz hohl. Verloren schwebten die Töne unter der Decke und verhallten.

Der Ankömmling schüttelte den Kopf.

»Was wird denn konkret gemacht, damit die Angreifer ihre gerechte Strafe bekommen?«

»Es fällt nicht in meinen Zuständigkeitsbereich«, sagte der Mann leise.

»Das heißt: nichts?«

»Das heißt: Ich weiß es nicht.«

Wilhelmine nickte. Mit einem Mal wirkte sie ganz erschöpft. Carl wäre gern an ihre Seite getreten, hätte ihr Beistand geleistet, sie gestützt. Doch er saß da wie gelähmt. Es kostete ihn seine ganze Kraft, weiterhin ruhig zu bleiben und sich nichts anmerken zu lassen.

Zum Glück öffnete sich jetzt die Tür des Krankenzimmers, und die Schwester trat heraus. Carl sprang so schnell hoch, dass ihm schwindelig wurde. Vielleicht schaffte er es deswegen nicht, auch nur einen Ton von sich zu geben. Sein Mund fühlte sich ganz ausgetrocknet an, und die Zunge hatte wohl vergessen, wie sie vernünftig artikulierte.

»Wie geht es ihr?«, fragte der fremde Offizier an seiner statt, als die Sekunden verstrichen und die Krankenschwester drauf und dran war zu gehen.

»Sie ist wach, aber noch sehr schwach. Bitte nur eine Person.« Mit einem Kopfnicken deutete die Schwester zum Zimmer. Jedes Wort klang gut gewählt. Ihr Erscheinungsbild passte zu ihrer Redensart: streng und akkurat, so dass nichts an ihr auch nur einen Gedanken an eine Widerrede erlaubte. »Höchstens ein paar Minuten. Später wird ein Arzt nach ihr sehen.« Mit schnellen Schritten entfernte sie sich und bog kurz darauf am Ende des Korridors ab. Carl sah ihr nach, bis sich Wilhelmine in sein Blickfeld schob.

Krampfhaft hatte seine Mutter ihre Hände vor den Bauch gepresst. »Sie soll …« Ihre Stimme versagte. Kurz musste sie sich sammeln, um neu anzufangen. »Ich glaube, ihr ist noch nicht wirklich bewusst, dass du wieder da bist. Es ging alles so schnell. Ich werde sie, so gut ich kann, darauf vorbereiten. Sie darf sich nicht zu sehr aufregen.«

Er nickte nur.

Nur eine Person … Höchstens ein paar Minuten … Das bedeutete, dass er Emma nicht sehen durfte. Noch immer nicht sehen durfte. Aber seine Mutter hatte recht. Er musste Geduld üben, so viel eben nötig war, denn es ging hier nicht um ihn.

Mit einem leisen Klacken schloss sich die Tür hinter seiner Mutter. Der Offizier trat auf ihn zu. Carl spürte, wie sich seine Muskeln anspannten. Unwillkürlich stand er auf. Er erinnerte sich an die Grußpflicht der Zivilbevölkerung gegenüber den französischen Offizieren, die Hagen von Rothhausen erwähnt hatte und von der er nicht genau wusste, ob sie aufgehoben worden war oder nicht.

Er grüßte gezwungen, was die Reserviertheit zwischen ihnen noch verstärkte, und wünschte sich, er könnte in einer gesichtslosen Menschenmasse verschwinden, wie sie ihn im Gefangenenlager stets umgeben hatte. Aber abgesehen von ihnen beiden lag der Flur absolut leer da, und das Gefühl, ausgeliefert zu sein, griff umso heftiger nach ihm. Er konnte die Stille spüren, die sich als kalter Schweißfilm über seine Haut legte.

»Habe ich es richtig mitbekommen, dass Sie Carl Seidel sind? Emma Seidels Ehemann?« Im Gegensatz zur imposanten Erscheinung des Offiziers klang seine Stimme warm und einladend, als suchte er tatsächlich eine freundliche Konversation. Kein Vergleich zum bellenden »*Allez! Allez!*« der Wachen.

»Ja«, presste er einsilbig hervor. Am liebsten hätte er gar nichts gesagt. Denn eine gehässige Stimme in ihm fragte ihn beständig, ob er sich wirklich als Emmas Ehemann bezeichnen konnte. Denn für sie – für seine ganze Familie! – war er tot gewesen. Und um von Toten wirklich aufzuerstehen, brauchte es mehr, als einfach nur aufzutauchen.

Seine Mutter hatte wie von Sinnen geschrien, als sie ihn gesehen hatte. Er dachte, sie würde ihn nie wieder loslassen, so sehr umklammerten ihn ihre Hände, tasteten ihn ab, als müsste sie sich vergewissern, dass er wirklich aus Fleisch und Blut vor ihr stand.

Sie war eben seine Mutter. Zu ihr konnte er aus dem Totenreich zurückkehren, in Gewissheit, dass alles so sein würde wie früher. Aber sollte er das auch für seine Ehe annehmen? Für Emmas Gefühle? Schlug ihr Herz noch für ihn? Würde sie ihn mit dem gleichen Blick ansehen wie bei ihrem letzten Treffen?

Er schaute zur Tür, die ihn von Emma trennte. Nur ein bisschen Holz – und doch eine unüberwindbare Barriere. Er konnte nichts anderes tun, als abwarten, dass seine Mutter das Krankenzimmer verließ und mit ihm sprach.

Der Offizier holte etwas aus seiner Tasche. »Dann sollte ich Ihnen das hier geben.«

Verwirrt sah Carl auf. Sein Blick fiel auf die Hand des Mannes, die dieser ihm entgegenstreckte. Der Messingring! Ungläubig starrte er auf das Kleinod. Der Messingring, der zu Emma gehörte! Was bedeutete das? Seine Gedanken überschlugen sich.

Aus dem Augenwinkel sah er, wie der Franzose grinste, was

schief und etwas erzwungen wirkte. »Jetzt wird die Situation etwas merkwürdig. Ich sollte das erklären: Frau Seidel hat den Ring im Büro meines Vorgesetzten verloren. Der Reif war ihr vom Finger gerutscht und zwischen den Dielen verschwunden.«

»Zwischen den Dielen?« Carls Hand zitterte leicht, als er den Ring entgegennahm. Sein Verstand weigerte sich, die Teile richtig zusammenzufügen.

»Ich möchte nicht prahlen, aber es war nicht einfach, ihn da wieder herauszubekommen. Sagen wir mal so: Mein Vorgesetzter hat jetzt ein paar neue Dielen.« Er schwieg. Eine ganze Weile sogar. Doch dieses Mal fühlte sich die Stille zwischen ihnen nicht mehr so unangenehm an. »Ich dachte, es wäre gut, wenn Sie es sind, der ihr den Ring zurückgibt.«

»Danke.« Erst jetzt betrachtete er den Mann genauer, ließ sich nicht mehr von der Uniform und den Abzeichen verschrecken. Hinter jeder Fassade steckte ein Mensch. Und manchmal lohnte es sich, auf die Nuancen zu warten, die sich einem offenbarten, wenn man Geduld dafür aufbrachte.

»Gern geschehen.« Der Blick des Mannes ruhte noch immer auf dem Ring. »Wirklich. Emma Seidel ist eine ganz besondere Frau. Die mehr sieht und versteht als die meisten Menschen unserer Zeit.«

»Weil sie einfach mehr will, als diese Welt zu geben bereit ist. Und deshalb oft in Gefahr gerät. Und noch ist diese Gefahr nicht gebannt! Was ist, wenn die Angreifer zurückkehren, um das zu Ende zu bringen, was sie angefangen haben?« Ausgesprochen wurde seine Angst umso greifbarer.

Ein Weilchen verstrich, ohne dass der Offizier etwas sagte.

Resigniert wandte Carl den Kopf ab. Schon wieder krochen die unzähligen Wenns in seinen Verstand. Was, wenn er es nicht schaffen würde, Emma zu beschützen? Wenn …

»In unserer Zeit ist es erstaunlich leicht geworden, Menschen gegen andere aufzuwiegeln«, hörte er die überlegte, besonnene Stimme. »Mit ihren Zetteln haben die Täter es geschafft, viel Hass aufzuwirbeln. Hier ist sie nicht mehr sicher.« Er zögerte. »Haben Sie eine Möglichkeit, irgendwo anders ganz neu anzufangen?«

Überall, hätte er am liebsten ausgerufen. Solange Emma an seiner Seite war.

»Meine Schwester und mein Schwager haben sich in Düsseldorf niedergelassen. Aber auf die andere Seite des Rheins zu gelangen, ist aktuell nicht ohne weiteres möglich.«

»Das kommt darauf an.«

Carl hob die Augenbrauen. »Worauf?«

»Ich bin befugt, Menschen zu Personae non gratae zu erklären. Das zieht eine sofortige Ausweisung aus dem von Frankreich besetzten Gebiet nach sich. Leider ohne jegliche Möglichkeit, etwas außer einem kleinen Handgepäck mitzunehmen.«

»Das bedeutet …«

»Das bedeutet: Es wird keinen Weg zurück geben. Aber Emma wäre vor diesem Achim und seinen Leuten in Sicherheit.«

Konnte er das Emma zumuten? Schon wieder jeglichen Halt zu verlieren? Ganz neu anzufangen …

»Und ihre Eltern?«

Ihm entging nicht, wie der Mann leicht die Mundwinkel verzog. Offensichtlich hatte er schon seine eigenen Erfahrungen mit diesen Menschen machen müssen. Und seine Mimik sprach Bände. »Ich werde ein Auge auf sie haben. Mehr kann ich wirklich nicht tun.«

»Das ist mehr als alles, worauf wir hoffen konnten. Danke. Wirklich.« Es überraschte ihn selbst, wie ehrlich die Worte klangen. Sie schienen aus seiner tiefsten Seele zu kommen, einem Ort, den er verloren geglaubt hatte. Dieser Mann hätte sich in seiner Position um überhaupt nichts kümmern müssen. Weder um das Zimmer, in dem Carl und seine Mutter nach dem Überfall provisorisch untergekommen waren. Noch um Emmas medizinische Versorgung. Noch um … den Ring.

Er sah auf die eng verschlungenen Messingzweige.

Vielleicht war es mehr als nur ein Ring.

Vielleicht war es ein Zeichen.

Dass alles gut sein würde, sobald er ihn Emma wieder an den Finger stecken konnte.

Die Tür öffnete sich abermals, und Wilhelmine schlüpfte heraus. Carl musste sich zügeln, um sie nicht mit Fragen zu bedrängen, die sich in seinem Kopf tummelten. Wie ging es Emma? Was hatte sie gesagt? War sie bereit, ihn zu sehen?

Beruhigend hob Wilhelmine die Hand, noch bevor er auch nur einen Ton herausbringen konnte. »Es ist alles gut so weit. Aber sie ist noch sehr schwach und braucht viel Ruhe. Du … du musst Geduld haben. Verstehst du?«

Unwillkürlich taumelte er zurück, als hätte seine Mutter ihn von der Tür weggestoßen, durch die zu stürmen alles in ihm strebte. »Ja. Ja, natürlich.« Hinter sich spürte er die Kante des Stuhls, auf dem er vorhin gesessen hatte. Er ließ sich erschöpft darauffallen.

Wilhelmine musterte ihn aufmerksam. »Am besten, wir kommen später wieder. Wenn sie sich erholt hat.«

Er schüttelte den Kopf. »Ich werde bleiben.«

»Wie lange?« Ihre Stimme füllte sich mit unendlicher Sorge. »Emma ist wirklich sehr mitgenommen gerade. Es kann eine ganze Weile dauern, bis sie die Kraft hat, mit dir zu sprechen. Sie hat kaum mit mir geredet.«

»Ich warte so lange, wie es nötig ist.«

Er merkte selbst, dass es wie bei einem trotzigen Kind klang. Seine Mutter wollte etwas erwidern, als der Franzose an sie herantrat. »Ich denke, es ist nicht verkehrt, wenn jemand hierbleibt, falls Emma etwas braucht«, redete er sanft auf sie ein. »Ich begleite Sie nach Hause.«

Wilhelmine seufzte, doch ihr aufkeimender Widerspruch bröselte, als der Mann nachsetzte: »Es ist Zeit, dass man sich auch um Sie kümmert.« Charmant bot er ihr seinen Arm. »Sie erlauben?«

»In Ordnung.« Vorsichtig legte sie eine Hand in seine Armbeuge.

Carl entging nicht, wie wackelig sie auf den Beinen war. Mitunter entwich ihr ein Stöhnen, wenn sie eine falsche Bewegung machte, aber Fragen nach ihrer Gesundheit erlaubte sie nicht. »Es sind nur ein paar Prellungen und Blutergüsse«, wiegelte sie ab, als die Ärzte ihr Ruhe verordnen wollten.

Immerhin schien sie in guten Händen zu sein. Behutsam führte der Offizier sie den Flur entlang.

Bald verhallten ihre Schritte, und Carl blieb allein zurück. Regungslos starrte er auf die Tür, die ihn von Emma trennte.

Ein paarmal kam eine Krankenschwester vorbei. Später sah ein Arzt nach Emma. Unwillkürlich lauschte Carl angestrengt, um mitzubekommen, was gesagt wurde, verstand allerdings kein Wort. Nicht einmal Emmas Stimme konnte er vernehmen. Als der Arzt das Zimmer verließ, erklärte er knapp, die Patientin wäre auf dem Weg der Besserung. Mehr wollte er nicht preisgeben. Wieder erschien eine Krankenschwester – inzwischen hatte Carl das Gefühl, das Gespür für die Zeit vollkommen verloren zu haben. Im Gefangenenlager und auf der Flucht hatte er gelernt, mit wenig Schlaf auszukommen und den Hunger kaum zu spüren. Er würde Tage hier ausharren können, immer wieder kurz einnicken und hochschrecken, während es draußen hell oder dunkel wurde.

Als er das nächste Mal aufblickte, bemerkte er, dass die Tür einen Spalt offen stand. Er legte eine Hand auf die Klinke. Einen Moment lang verharrte er so auf der Stelle. Dann spähte er hinein. Im gleichen Augenblick schimpfte er über sich selbst – wenn Emma Zeit und Ruhe brauchte, bevor sie ihn sehen konnte, dann musste er es ihr zugestehen. Andererseits … Er wollte einfach nur wissen … Er wollte …

Er biss sich auf die Lippe, so sehr, dass es weh tat. Vielleicht traten ihm deswegen die Tränen in die Augen. Im Halbdunkel des Raums konnte er Emmas Silhouette nur erahnen, die kaum wahrnehmbare Regung, als sie das Gesicht zu ihm wandte. Das Zimmer war winzig. Nur das Bett und ein Tischchen passten hinein.

Sie sollte nur ein Zeichen geben, dann würde er wieder verschwinden, dachte er. Biss sich noch stärker auf die Lippe. Nein, sie brauchte kein Zeichen zu geben – er musste sie allein lassen. Und warten. Doch als er zurücktreten und die Tür wieder schließen wollte, deutete sie mit einem sanften Kopfnicken neben sich.

Seine Beine fühlten sich ganz weich an, als er ins Zimmer trat. Jede Bewegung kam ihm steif und linkisch vor. Vor ihr blieb er stehen, ohne auch nur ein Wort herausbringen zu können.

»Hallo.«

Carl sah, wie sich ihre Lippen bewegten, und musste die Silben eher erraten, als dass er sie verstehen konnte. Ihre Stimme war noch nicht vollständig da. Vielleicht würde sie nie wieder so sein wie früher. Vorsicht und Befremden schwangen darin. Und die Distanz zwischen ihnen schien größer zu sein als eben noch mit der Tür, die sie trennte.

Sein Blick fuhr über ihre Hände und Arme, die auf der dünnen Decke lagen. Ihre Haut wirkte noch fahler als das Laken.

»Ich … ich bin wieder da«, stieß er mühsam hervor. Vier Worte, in denen so viel Schmerz lag und die ihm jetzt absolut bedeutungslos erschienen. »Ich bin zurück. Wie ich es versprochen habe.«

»Warum …«

Er ging neben ihrem Bett auf die Knie. Es gab keinen Stuhl, aber er wollte nicht von oben auf sie herabsehen. »Weil es Myriaden von Gründen gab, zu dir zurückzukehren. Weißt du noch?« Seine Stimme drohte zu kippen. Wusste sie es wirklich noch, schlummerte irgendwo in ihr die Erinnerung daran, wie … wie besonders all das war, was sie hatten? Oder gab es nichts mehr außer diesem Befremden zwischen ihnen und ein paar Silben, die miteinander auszutauschen sie schafften?

»Warum … so lange …? Ich dachte … ich werde dich nie wiedersehen.«

»Es gab Momente«, er senkte den Kopf, um sogleich wieder aufzublicken. Sonst, fürchtete er, könnte er den Faden verlieren, den Ehemann Carl, der so sehr zu Emma sprechen wollte – nein, sprechen musste! –, verblassen lassen. »Es gab ganz furchtbare Momente, da dachte ich auch, ich werde dich nie wiedersehen. Doch egal, wie dunkel alles ringsherum erscheint – manchmal reichen ein paar Funken, um die Seele zu erhellen. Um mit etwas Zuversicht nach vorn zu blicken. Die Gedanken an dich waren stets diese Funken, Emma. Du hast mich durch dunkle Zeiten geführt. Du hast mich zu dir zurückgeführt. Und ich kann nur hoffen, dass es noch nicht zu spät ist.«

War es zu spät, und die Funken waren erloschen? Bange

forschte er in ihren Augen, um zu erkennen, ob da noch etwas war, was sie miteinander verband.

Sie wartet auf mich. Sie wartet …

… nicht.

Er wusste nicht, woher die Gedanken kamen. Warum er sie zuließ. Ob das stimmte. Und wie dann sein gebrochenes Herz weiterschlagen sollte. Dann spürte er den Hauch einer Berührung an seinem Arm.

»Ich liebe dich.« Ihr Flüstern, so schwach und zaghaft, drang tief in sein Inneres und schien direkt seine Seele zu berühren. Als würde sie es behutsam in ihrer Hand halten. Und über jeden Schlag wachen. »Ich habe nie aufgehört, dich zu lieben«, wiederholte sie. Die Sekunden verstrichen. Und erst dann fiel ihm auf, dass er nichts darauf geantwortet hatte, völlig überwältigt von ihren Worten.

Hörbar schnappte er nach Luft.

Plötzlich wurde ihm bewusst, dass er noch immer den Ring in den Fingern hielt, den der Offizier ihm gegeben hatte. Zwei Messingzweige, innig miteinander verschlungen. Er hob die Hand und öffnete die Faust, die sich wie von selbst um das Kleinod geschlossen hatte.

Überrascht riss Emma die Augen auf, als sie den Ring auf seiner Handfläche erblickte.

Carl beugte sich zu ihr. Verdammt, wie viel er ihr sagen wollte! Emma und Carl. Carl und Emma. So einfach und doch so schwer, all das auszudrücken. Aber brauchte es viele Worte dafür? Oder etwas Neues, was er nicht schon einmal gesagt hatte?

»Lieben und ehren in guten und in schlechten Tagen. Das haben wir uns einst versprochen. Doch dich zu lieben und zu ehren ist nichts, was ich versprechen muss. Weil etwas anderes mir einfach nicht möglich ist.«

»Du …«, begann sie, genau wie damals, so dass er schmunzeln musste.

»Weißt du noch, was ich auf unserer Hochzeit zu dir gesagt habe?«

Sie nickte, und ein zaghaftes Lächeln erschien auf ihren Lippen.

Doch er sprach trotzdem weiter: »Dass ich dein Zuhause sein werde, wo du immer willkommen bist, egal, wo wir sind. Aber du bist auch mein Zuhause, Emma. Egal, was wir erlebt oder verloren haben. Wo du bist, kann ich immer neu anfangen.«

»Du willst neu anfangen?«

»Ich wünsche mir, dass die Familie wieder zusammen ist. Dass wir alle glücklich sind. Es ist Zeit, wieder Träume zu haben. Findest du nicht auch?«

Wieder nickte sie, ganz langsam. Vorsichtig. Als traute sie sich nicht, etwas zuzulassen, was ihr vielleicht wieder entrissen werden konnte. »Aber Louise ist weg.«

»Louise ist in Düsseldorf. Und wenn wir wollen, können wir hin.«

Zweifelnd hob sie eine Augenbraue. »Wie soll das gehen?«

»Es gibt einen Weg. Wenn wir alles zurücklassen und nie wieder herkommen.«

»Und meine Eltern? Was wird aus ihnen?« Ein Schatten legte sich über ihre Züge. Carl konnte beinahe selbst spüren, welch widerstreitende Gefühle in ihr kämpften. Wie sehr ihr das Zerwürfnis mit ihrer Mutter zusetzte. Und wie viele Sorgen sie sich um ihren Vater machte.

»Dieser französische Offizier, dessen Namen ich mir leider noch nicht merken konnte …«

»Azzeddine Ben Ajarrar.«

»Azze…«, verlegen verschluckte er den Rest.

»Azzeddine Ben Ajarrar«, wiederholte sie mit Nachdruck. Obwohl das Sprechen ihr schwerfiel, schien es ihr wichtig zu sein.

Also bemühte er sich um die richtige Aussprache: »Azzeddine Ben Ajarrar hat mir zugesichert, ein Auge auf sie zu werfen.«

»Mein Vater braucht Pflege.«

»Sobald es möglich ist, werden wir versuchen, sie zu unterstützen. Das verspreche ich dir. Wir lassen sie nicht im Stich.« Er erstickte die Frage in sich, ob Käthe Bergmann das überhaupt verdiente. »In Düsseldorf wärst du in Sicherheit. Weit weg von … von diesen Leuten, die dich überfallen haben.« Er merkte, wie sie zusammenzuckte. Wie Panik in ihre Augen stieg. Rasch nahm er ihre Hand. Sie beide würden Zeit brauchen, um zu heilen. Äußerlich wie innerlich. Aber vielleicht würde es leichter sein, wenn sie es zusammen angingen. »Keine Angst. Wenn du gehen willst, gehe ich mit dir. Wenn du bleibst, bleibe ich auch. Wie auch immer deine Entscheidung ausfällt – du musst es mir nur sagen. Willst du von hier weg oder …«

»Ja«, unterbrach sie ihn und streckte ihm ihre blasse, dünne Hand entgegen. »Ja, ich will.«

Ohne es wirklich zu realisieren, schob er ihr den Ring auf den Finger, während ihre Worte in ihm nachhallten und die Zukunft willkommen hießen.

TEIL ZWEI

Düsseldorf, 1920

EMMA

EMMA ZOG DEN BOLLERWAGEN hinter sich her. Leise klirrten die Senfgläschen, die auf dem holprigen Bürgersteig aneinanderstießen. Ein Geräusch, das bezeugen sollte, dass sie in ihrem neuen Leben angekommen war. Der Wind blies ihr ins Gesicht, als wolle er sie am Vorankommen hindern. Den Blick fest nach vorn gerichtet, stapfte sie die Straße entlang, als könnte sie vor sich selbst weglaufen. Die umstehenden Gebäude verstärkten das beklemmende Gefühl, das sie nicht loswurde. Auch nach anderthalb Jahren kam ihr Düsseldorf grau, beängstigend groß und abweisend vor. Die Fenster sahen aus wie gähnende Münder, die sie zu verschlingen drohten. Die Fassaden wirkten seelenlos. Wie Mauern, die man um sie herum errichtet hatte und denen sie nicht mehr entkommen konnte.

Die nächste links, zwei Straßen weiter nach rechts. Immer wieder musste sie auf ihren Zettel schauen. Obwohl sie den Weg längst kennen sollte. Vor allem, da Nora Hermanns' Feinkostladen der einzige Ort in ganz Düsseldorf war, an dem sie sich wohlfühlte. Er befand sich in einem grauen Gebäude und hatte kleine Schaufenster, in denen es wenig Platz zum Dekorieren gab. Trotzdem hatte es die Inhaberin geschafft, einen Blickfang daraus zu machen. Die Auslagen waren mit dunklem Walnussholz vertäfelt. Ein paar kleinere Fruchtkisten bildeten mehrere Etagen, in denen ein erlesener Wein thronte oder besonders exquisite Ölsorten die Gourmets herbeilockten. Holzwolle und zerschnittene Leinensäcke dienten als Unterlage und präsentierten Köstlichkeiten aus fernen Ländern, gemischt mit der besten Ware aus der Region. Nur ein schmales Schild zierte den Laden, im schnellen Vorbeigehen hätte man ihn leicht übersehen können. Doch das Geschäft war längst ein wahrer Geheimtipp, den man in wohlhabenden Kreisen gern weitergab.

Das Glöckchen kündigte Emmas Eintreten an. Aber Nora Hermanns brauchte kein Glöckchen. Sie stand bereits neben der Tür und reichte eine Tasse mit heißem Malzkaffee herüber, noch bevor Emma die Schwelle übertreten konnte. Obwohl der kleine Laden buchstäblich platzte von feinsten Kaffee- und Teesorten, zelebrierte die Inhaberin auch eine Tasse einfachen Malzkaffee, was ihr etwas Bodenständiges und Nahes verlieh.

»Och, kick ens aan! Emma Seidel«, grüßte die Frau. Sie trug ein dunkelblaues Leinenkleid mit einer weißen Schürze. Ein schmaler weißer Kragen und die Manschetten an den Ärmeln sorgten wie die Schürze für Frische. Ihr lockiges haselnussbraunes Haar band sie stets zu einem losen Knoten zusammen, der einen unübersehbaren Akzent zu ihrer sonstigen akkuraten Erscheinung setzte.

»Wie immer am ersten Dienstag im Monat, Frau Hermanns.« Emma schmunzelte. Sie hielt ihre Tasse mit beiden Händen und genoss die Wärme, die in ihre Finger strömte. Noras Malzkaffee war so heiß, dass man sich die Zunge verbrannte, wenn man einen unbedachten Schluck nahm. Zum Aroma des Dampfes mischten sich die unterschiedlichsten Düfte der auf den Auslagen und in den Regalen angebotenen Leckereien. Deftige Räucherwaren, ausgewählte Käsesorten, feinste Soßen und die seltensten Gewürze fanden hier Platz und vermittelten eine behagliche, anregende Atmosphäre.

Nora deutete zu einem kleinen Tisch – ebenfalls aus Walnussholz wie die restliche Einrichtung –, an dem zwei gemütliche Rattansessel standen. Es knirschte, als Emma sich darauf niederließ. In einer Tonschale, schnörkellos, aber elegant, reichte Nora Kekse zum Malzkaffee. »Ingwer und Schokolade. Verraten Sie mir doch bitte, was Sie darüber denken. Ich bin mir noch nicht sicher. Jode Honger!« Sie pflegte die Konversationen mit Emma auf Hochdeutsch zu führen, in das sie immer wieder die Düsseldorfer Mundart hineinstreute, damit sich Emma schneller eingewöhnte, wie sie betonte. Das machte sie so liebevoll – wie gerade eben, als sie ihr einen guten Appetit gewünscht hatte –, dass Emma ihre Bemühungen nicht aufdringlich, sondern unglaublich süß fand.

Ohne sich ein zweites Mal bitten zu lassen, nahm Emma einen Keks und ließ einen Bissen auf der Zunge zergehen. Das satte, dunkle Aroma wurde noch intensiver, während sie kaute. Die Ingwernote fühlte sich etwas zu dominant an, während die dunkle Schokolade eher im Hintergrund blieb und der Süße einen bitteren Touch gab. Aber es schmeckte vorzüglich!

»Nicht schlecht. Vielleicht noch ein wenig Orangenschale dazugeben?«, schlug Emma vor und betrachtete nachdenklich ein kandiertes Ingwerstück, das dem Schoko-Überzug des Kekses als kleines i-Tüpfelchen diente. »Und den kandierten Ingwer auch in den Teig geben? Für mehr Biss-Erlebnis?« Von Carl hatte sie gelernt, dass unterschiedliche Strukturen beim Senf – von ganz fein bis grob körnig – im Mund für abwechslungsreiche Erlebnisse und somit für mehr Wahrnehmung sorgen konnten.

»Wunderbar!« Nora klatschte begeistert. Sie war eine kleine, kernige Frau mit großen Händen, die unproportioniert zu ihren zierlichen Armen wirkten. »Ich wusste: Die Seidels haben Geschmack.«

»Oh, mein Ehemann hätte Ihnen sicherlich eine viel treffendere Stellungnahme zur Geschmackskomposition gegeben.« Emma spürte, wie sie rot wurde. »Ich bin …«

»Sie sind nur jemand, der sein Licht ständig unter den Scheffel stellt.« Nora stand energisch auf. Manchmal hatte Emma das Gefühl, dass diese Frau einfach nicht stillsitzen konnte. Voller Tatkraft wirbelte sie im Laden umher, egal, ob sie Kunden bediente, Staub von den Regalen wischte oder umdekorierte. »Jetzt zeigen Sie mir mal, was Sie heute für mich haben! Ich vergehe vor Neugier.«

Neugier? Nervös nippte Emma an ihrem Malzkaffee, um etwas Zeit zu gewinnen und ihre Gedanken zu sortieren. Hatte sie etwas verwechselt?

»Genau das, was bestellt wurde«, murmelte sie schließlich. »Zwanzig Gläschen feiner Tafelsenf mittelscharf.«

»Keine Überraschungen?« Nora Hermanns wackelte mit ihren Augenbrauen, als würden diese ein akrobatisches Kunstwerk vollführen. Unglaublich, welche Mimik ihr Gesicht beherrschte. Den Schauspielerinnen auf der großen Leinwand stünde Nora in nichts nach.

»Überraschungen?« Emma erhob sich langsam. An irgendwelche Überraschungen konnte sie sich bei der Bestellung nicht erinnern. Hatte die Ladenbesitzerin etwas anderes mit Carl abgesprochen? Vorsichtshalber griff sie zu ihren Notizen und überprüfte den Lieferschein. *»Zwanzig Gläschen feiner Tafelsenf mittelscharf«*, las sie vor, während sie durch die Unterlagen blätterte, um sich ganz sicher zu sein, nichts übersehen zu haben. »Wie vereinbart. Wenn Sie eine andere Lieferung erwartet haben, dann hat es wohl einen Fehler gegeben.«

»Nein, nein. Erwartet habe ich genau das.« Nora zwinkerte ihr zu. »Aber für die eine oder andere Überraschung bin ich immer zu haben.«

Emma blinzelte irritiert. »Wie meinen Sie das?«

In ihrem federnden Gang trat Nora an den Bollerwagen und nahm eines der Gläschen heraus. Fasziniert drehte sie es im Licht, als würde sie ein Juwel betrachten. »Wunderschön, nicht wahr? Diese Farbe, die feine Struktur. Der Geschmack ist absolut exquisit. Ein sehr guter Senf, keine Frage. Genießt sehr viel Akzeptanz bei meinen Kunden.« Anerkennend blickte Nora zu Emma herüber und wackelte abermals mit den Augenbrauen. »Und die sind wahrlich verwöhnt in Düsseldorf mit seinem traditionsreichen Mostrich. Nur glaube ich, dass es langsam Zeit ist für einen neuen, spannenden Stern am hiesigen Senfhimmel. Ich will neue Wege, neue Ideen, einen neuen Geschmack, der mich buchstäblich vom Hocker reißt!«

»Neue Wege können wir uns nicht leisten. Tradition ist das, was die Menschen haben wollen.«

»Secher dat!« Nora lachte. Wenn sie lachte, dann tat sie es voller Inbrunst, kehlig und geräuschvoll. Sie schien keinen Gedanken daran zu verschwenden, ob diese Laute, die sie von sich gab, salonfähig waren und zu einer Dame gehörten. Mit weit aufgerissenem Mund und Tränen in den Augen gackerte sie los. Ihr Lachen war direkt und durchdringend, und dafür mochte Emma die Ladenbesitzerin gleich noch mehr. Auch wenn Noras ungestüme Reaktion gerade mehr als irritierend war.

»Ich weiß, wovon ich rede!«, hielt Emma leidenschaftlich dagegen. »Wissen Sie, wie viel Skepsis und Ablehnung uns entgegenschlug, als mein Mann seinen Betrieb ins Handelsregister von Düsseldorf hat eintragen lassen? *Ein neuer Senf? Du leewer Jott*«, ahmte sie die gehässige Stimme nach. »*Düsseldorf hat mehr als genug Senf!* Aber mit der Tradition ließ sich der eine oder andere überzeugen. Auch Sie, Frau Hermanns, ja, auch Sie! Nachdem ich Ihnen erzählt habe, dass mein Mann sein Handwerk hier, in dieser Stadt, gelernt hat, waren Sie bereit, dieser Paste eine Chance zu geben.« Sie verstummte. War es zu viel Übermut gewesen? Nicht ihre Zunge – ihre Seele hatte gesprochen und die ganze Verbitterung, Zweifel und Überreste zerstörter Lebensfreude in die kleine Rede gelegt. Die grausame Wahrheit, die ihre blanken Worte offenbarten, erschreckte sie selbst. Denn sie glaubte nicht an Carls Erfolg in Düsseldorf, sie glaubte nicht an seine Kreationen, an denen er im Probierraum tüftelte, und nicht an seine Maschinen, deren Entwicklung er vorantrieb und in die er jeden Groschen investierte, den er erübrigen konnte. Dabei neigte sich der großzügige Kredit, den Hagen von Rothhausen Carl gewährt hatte, langsam dem Ende zu. Wie lange reichte es noch? Würde der Betrieb irgendwann schwarze Zahlen schreiben?

Die grausame Wahrheit lautete: Sie glaubte an gar nichts mehr.

Und die wenigen Bestellungen, die sie mit dem Bollerwagen auslieferte, gaben ihr recht, nicht allzu optimistisch zu sein.

Mit einem ernsten Gesicht prostete Nora ihr mit dem Senfgläschen zu. »Ein Hoch auf Ihre Leidenschaft, meine Liebe!«

»Ich habe keine Leidenschaft.« Die Worte erschreckten sie selbst. Es fühlte sich an, als hätte sie ein Stück von sich selbst verloren.

»Oh doch. Gerade eben haben Sie das Feuer gezeigt, auf das ich die ganze Zeit gewartet habe. Ich bin mir sicher: Schon bald wird ganz Düsseldorf Ihren Namen kennen. Aber bis es so weit ist«, sanft strich Nora ihr über die Schulter, »trinken Sie doch Ihren Malzkaffee, solange er heiß ist. Und naschen Sie ein paar Kekse. Ich räume derweil Ihren Senf ein.« Schwungvoll wandte sich die Ladenbesitzerin zu den Regalen, um die Senfgläschen als Blickfang zu platzieren. Eine kleine Geste, die dennoch mehr ausdrückte als alle Worte, die gewechselt worden waren.

Emma ließ sich auf den Korbstuhl sinken. Sie wollte es nicht zugeben, aber diese kleine Auseinandersetzung hatte etwas in ihr aufgewühlt. Etwas, was sie gern weiter verschlossen gehalten hätte, um vor sich selbst sicher zu sein. Funken zündeten das Feuer, und Feuer loderte hoch und verbrannte alles zu Asche. Diese legte sich auf ihre Seele, kroch in ihren Hals, bis sie ihre eigene Stimme nicht mehr erkannte, und sogar wenn sie an den Keksen kaute, glaubte sie plötzlich, nichts als Asche zu schmecken. Es gab Momente, da fühlte sie sich wie gelähmt davon, als wäre sie metertief darunter begraben.

Erst als sich Nora zu ihr an den Tisch setzte, um die Lieferung zu bezahlen, tauchte Emma wieder auf, schüttelte die schalen Empfindungen ab. Sie lächelte angestrengt, während sie das Geld quittierte, das direkt aus der Kasse kam. Ihr fiel schon länger auf, dass die Ladenbesitzerin versuchte, das Geld stets im Umlauf zu halten. In der letzten Zeit schienen die Scheine buchstäblich zu schmelzen, während Rohstoffe immer teurer wurden. Wo sollte diese Inflation nur hinführen? Hoffentlich machte die junge Regierung der Republik bald etwas dagegen.

»So, dat wör et för hütt!«, erklärte Nora gut gelaunt, und Emma musste feststellen, dass der letzte Schluck Malzkaffee tatsächlich ausgetrunken war. Schade, dass die Zeit mit dieser quirligen Frau wie ihm Flug verging. Rasch packte die Ladenbesitzerin die Schoko-Ingwer-Kekse in eine Papiertüte und drückte sie Emma in die Hand. »Für deinen Gatten. Falls er zum Geschmack auch mal seinen Senf abgeben mag.« Sie prustete los und hörte erst damit auf, als Emma und sie draußen auf dem Bürgersteig standen. »Grüßen Sie ihn von mir. Wir sehen uns dann nächsten Monat.«

»Selbstverständlich.« Emma winkte energisch. Jedes Mal, wenn sie im kleinen Feinkostladen gewesen war, nahm sie ein Stück von Noras Enthusiasmus mit. Man konnte danach einfach keine schlechte Laune haben.

Festen Schrittes ging sie die Straßen entlang, während die Räder des Bollerwagens hinter ihr klapperten. Nach etwa vierzig Minuten stand sie vor dem Grundstück, auf dem Carls neue Fabrik thronte. Jedes Mal bescherte es Emma Gänsehaut, das Gebäude wahrhaftig vor sich zu sehen, und je länger sie die Fassade anstarrte, desto mehr kam es ihr vor, als würde der Bau anklagend zurückstarren. Ihre Schuld wog Tonnen. Viel mehr, als sie mit sich herumtragen konnte.

Neue Düsseldorfer Senfindustrie Carl Seidel, verkündeten gusseiserne Buchstaben feierlich weit oben unter dem trapezförmigen Dach. Er hatte es geschafft und seine Träume erneut zum Leben erweckt. Buchstäblich aus dem Nichts. Schon in den ersten Tagen, als sie in Düsseldorf angekommen waren, hatte er das Grundstück entdeckt. Der heruntergekommene Bau darauf bestand aus Vorder- und Hinterhaus, einer Laderampe und einem geräumigen Hinterhof. Früher hatte das Gebäude eine Ziegelei beherbergt, einen Teil der Räumlichkeiten hatte eine Wäscherei gepachtet. Es stand leer, als Carl es erworben hatte.

»Wir fangen neu an. Wir fangen alles neu an!«, hatte er ausgerufen und mit einer weiten Geste auf das Grundstück wie auf sein Königreich gezeigt. Wenn es um Senf ging, war der alte Carl im Handumdrehen da: voller Elan, mit freudigen Grübchen auf den Wangen und Funken in den grünen Augen, die seine Leidenschaft wieder entfachten. Emma dagegen verwandelte sich jedes Mal in eine Salzsäule, wenn sie die Inschrift auf der Fassade las.

Metz. Die Senffabrik. Primadonna, die kaputte Siebmaschine. Der Grenzübertritt nach Frankreich, um die Ersatzteile zu beschaffen.

Diese Fabrik wird dich umbringen, brannten Ehrhard Seidels Worte ihr auf den Lippen. Doch sie schaffte es nicht, auch nur einen einzigen Ton hervorzubringen. Carl redete weder über Metz noch über Frankreich. Nicht einmal den Tod seines Vaters erwähnte er.

Keine Vorwürfe ihr gegenüber.

Nichts.

Und wenn Emma ihn nach Émile fragte, meinte er nur, dass sie sich trennen mussten und er nur hoffen könne, dass dem alten Mann nichts zugestoßen war.

Sie tauchte erst wieder aus den Gedanken auf, als sie merkte, wie sie ziellos im Schloss des Schuppens herumstocherte, wo der Bollerwagen abgestellt werden sollte. Manchmal glaubte sie, sich im Alltag vollkommen zu verlieren. Wie in einem Wald, bis es egal war, in welche Richtung man ging.

Emma nahm den Seiteneingang. Unwillkürlich schlang sie die Arme um sich, als sie die kahlen Wände um sich spürte, von denen der Putz abbröckelte, und im dämmrigen Licht die Stufen erblickte, die zu den Produktionsräumen führten. Sie sah sich mehrmals um, dass auch niemand im Schatten auf sie lauerte. Dass kein Achim sie in die Ecke drängen und sich an sie pressen würde. Und obwohl sie wusste, dass sie nichts zu befürchten hatte, lief sie wie von Sinnen die schmale Treppe hoch und holte erst Luft, als der Gang hinter ihr lag. Tief atmete sie den Senfduft ein, der ihre Sinne belebte und in ihrem Innern zu prickeln begann.

Doch kaum hatte Emma einen Fuß über die Schwelle gesetzt, spürte sie, dass etwas Ungutes in der Luft lag und wie ein Gespenst durch die Räumlichkeiten spukte. Sofort sprang die Anspannung auf sie über, die abzuschütteln sie nicht schaffte.

»Carl?«, flüsterte sie verschreckt, so leise, dass er es auch dann nicht gehört hätte, wenn er direkt neben ihr gestanden hätte.

Sie musste nicht lange suchen.

Erleichtert stellte sie fest, dass er noch da war.

Natürlich. Was hätte ihm auch zustoßen sollen? Am liebsten hätte sie über sich selbst gelacht, doch das Lachen blieb ihr jedes Mal in der Kehle stecken. Zu groß war ihre Furcht, zurückzukommen und festzustellen, dass er …

Und nie, niemals dachte sie den Gedanken bis zum Ende.

Die Beklemmung blieb, während sie ihn beobachtete. Carl hatte sich sein bestes Jackett übergezogen, das er immer im Büro aufbewahrte und zu besonderen Anlässen hervorholte. Umso aufmerksamer betrachtete Emma den Mann neben ihm – ein neuer Kunde? Er war einen Kopf kleiner und mindestens dreißig Jahre älter als Carl. Dichtes silbergraues Haar hatte er nach der Kaiser-Wilhelm-Art pomadisiert und zurückgekämmt. Die blasse Haut strahlte dabei etwas Vornehmes, Adliges aus. Dazu passte der maßgeschneiderte Anzug perfekt. Obwohl Carl direkt neben ihm stand, auf die Maschinen im Produktionssaal zeigte und etwas erklärte, wirkte es beinahe so, als ob die Fabrik nicht ihm, sondern dem Unbekannten gehörte. Süffisant lächelnd inspizierte er die Umgebung, und als Carl zu neuen Ausführungen ansetzte, unterbrach der Mann ihn mit einem wohlwollenden Nicken.

»Gut. Sehr gut. Da hast du ganze Arbeit geleistet, mein Junge.«

Carl lächelte kühl. Emma war froh, abseits zu stehen und ihn zu beobachten, diese neuen Seiten an ihm zu erforschen. In ihrem Beisein bemühte sich Carl, der Alte zu sein. Zärtlich, geduldig, einfühlsam. Doch anderen gegenüber zeigte er durchaus eine ungewohnte Härte und Kompromisslosigkeit. Und war eine Entscheidung erst einmal gefallen, haderte er nicht lange mit sich, sondern tat alles, um sein Ziel zu erreichen.

Er hatte dieses Grundstück gesehen, für geeignet empfunden und es gekauft. Er hatte seine Pläne in die Hände bekommen – und die erste Maschine in Auftrag gegeben. Er hatte die notwendigen Räumlichkeiten renoviert und mit der Senfherstellung begonnen. Noch bevor Emma es geschafft hatte, mit Louise auch nur eine Tasse Tee zu trinken oder Gusti zu kraulen.

»Diese Fabrik steckt sicherlich noch in den Kinderschuhen, aber …«

»Die Kinderschuhe merkt man deutlich«, unterbrach der Unbekannte ihn abermals. »Ich meine … diese Maschinen! Was soll das werden? Das habe ich wirklich noch nie gesehen.« Der Mann wiegte den Kopf, und sein Blick glitt abermals durch die Halle. Am späten Nachmittag arbeitete niemand mehr, anders als in Metz lohnte es sich nicht, viel Senf zu produzieren. Kein Wunder bei den wenigen Kunden, die sie an einer Hand abzählen konnten. Abgesehen von ihr und Carl gab es nur drei weitere Mitarbeiter, die ihre Aufgaben zwar voller Elan erledigten, den Senf und die erwähnten Maschinen allerdings eher skeptisch betrachteten. Vor allem die geheime Konstruktion in den hinteren Räumen, bei der Carl mit Vakuum experimentierte und des Öfteren Senfgläser zum Bersten brachte.

»Richtig. Die Maschinen hat noch nie jemand gesehen. Denn ich habe sie selbst entworfen.«

Emma fragte sich, ob sie diesen neuen Glanz in Carls Augen bewundern oder beunruhigend finden sollte. Diese Zielstrebigkeit, die unaufhaltsam schien.

»Wie auch immer.« Der Mann schien nicht viel Geduld zu haben, wenn andere redeten. »Ich habe dir diesen Besuch um unserer alten Freundschaft willen abgestattet, da wusste ich noch nicht, was ich hier vorfinden werde. Aber wenn ich mir das alles anschaue, kommt mir meine Visite einer Rettung gleich vor.« Er machte eine bedeutende Pause. »Meinst du wirklich, es war eine gute Idee, hierherzukommen? Nach allem, was passiert ist?« Väterlich tätschelte er Carls Brust. »Diese Stadt ist nicht gut für dein Herz, mein Lieber, das weißt du doch. Düsseldorf bekommt ihm nicht gut.«

Carl nahm die Hand des Mannes von sich weg. »Ich versichere Ihnen, mein Herz verträgt mehr, als Sie glauben.«

Der Mann zog den Arm zurück, blinzelte irritiert, dann dehnte er seine Lippen zu einem Lächeln. »Ach, warum denn so förmlich? Waren wir nicht längst per Du?«

»Waren wir. Aber es ist lange her.« Carls Stimme wurde noch eine Spur kühler. Etwas schwang darin, was der Gast nicht wahrzunehmen schien – Emma aber umso mehr. Noch nie hatte sie ihn so erlebt. Als würde er auf etwas lauern. Auf die geringsten Anzeichen von Gefahr, um zuerst zuzuschlagen.

Emma wusste selbst nicht, was sie tat, als sie rasch die Entfernung überbrückte, um an die Seite ihres Mannes zu treten. »Oh, ich wusste gar nicht, dass wir Besuch erwarten«, sagte sie beschwingt und übertrieben fröhlich.

Carls Haltung entspannte sich sofort.

»Emma!«, rief er erleichtert aus, und sie hätte schwören können, dass sie sich diesen anderen, unerbittlichen Carl nur eingebildet hatte. »Wie wundervoll, dass du zurück bist. Darf ich dir meinen alten Lehrherrn vorstellen? Richard Weber. Herr Weber, das ist meine Frau Emma Seidel.«

Emma hielt inne. Das war also Richard Weber, von dem sie schon das eine oder andere gehört hatte. Nie direkt, da Carl kaum über ihn und die Zeit in Düsseldorf gesprochen hatte. Zumal die Gedanken an Carls Zusammenbruch Emma unweigerlich Unbehagen bescherten.

Der Mann grüßte, wobei das knappe Nicken und die flüchtige Berührung ihrer Hand, die sie ihm hingestreckt hatte, kaum als ein Gruß durchgehen konnten. Vermutlich hatte er schon in der nächsten Sekunde ihren Namen vergessen.

»Hast du mich gerade etwa alt genannt, mein Junge?« Richard Weber lachte auf – ein samtiger Ton, der dennoch künstlich und hohl wirkte.

»Natürlich nicht. Gereift wie ein guter Senf?«

»Das ist schon besser.« Herr Weber klopfte Carl versöhnlich auf die Schulter, zog jedoch unter dessen eindringlichem Blick den Arm erneut zurück. »Nun, ich bin ein beschäftigter Mann, deshalb mache ich es kurz: Ich bin bereit, dir dein Unternehmen abzukaufen. Du kennst mich. Ich ziehe dich nicht über den Tisch. Du wirst einen Gewinn machen und gut aus dieser verqueren Lage herauskommen, in die du da geraten bist.«

»In die ich da geraten bin?« Carl neigte den Kopf zur Seite. Nur aus dem Augenwinkel bemerkte Emma die leichte Bewegung seines Kiefers, als er die Zähne aufeinanderpresste.

Herr Weber hörte auf zu lachen. »Wie sonst nennst du deine Schnapsidee, ausgerechnet in Düsseldorf, einer der ältesten Senfmetropolen, deine kleine Fabrik zu errichten? Seien wir mal ehrlich, du hast kaum Kunden. Das geht nicht gut aus, und du weißt es.« Er schürzte die Lippen und ließ seinen Blick abermals über die Maschinen schweifen, als würde er jedem Gegenstand in diesen Räumlichkeiten ein Preisschild aufdrücken. Dann nannte er die Summe, ließ sich die Zahl mit den vielen Nullen auf der Zunge zergehen. Wie bei einer herrlichen Senfverkostung. »Na, was sagst du, mein Junge? Ist es nicht ein großzügiges Angebot?«

Unwillkürlich krallte Emma ihre Finger in Carls Arm. Es war viel Geld, sehr viel Geld. Hatte der Mann recht? War es ein Rettungsring, den Weber ihnen zuwarf? Sie wusste nicht, was sie denken sollte.

Behutsam legte Carl eine Hand auf ihre Finger, strich mit dem Daumen über die Narben auf ihrer Haut, berührte vorsichtig den Messingring. »Ihre Angebote sind seit jeher sehr großzügig, Herr Weber.«

Der Mann zwinkerte ihm zu. »Du *kannst* es nicht ablehnen.«

Carl wandte sein Gesicht von Weber ab. Emma spürte, wie sein Blick sie traf, schaute auf und hatte das Gefühl, sie würde in einen See blicken, in dem noch nie dagewesene Tiefen lagen. »Emma, wie es aussieht, will Richard …«

»Ich will, was ich schon immer gewollt habe.« Der Mann schnaufte. »Das Beste für dich. Also lass uns nicht länger um den heißen Brei herumreden. Das hier«, abfällig deutete er herum, »ist dein Ruin. Aber ich weiß, wie sehr du die Senfherstellung liebst. Deshalb biete ich dir deine alte Stelle an. Du arbeitest für mich und gehst deiner Leidenschaft nach. Es wird alles so sein wie früher.«

»Wie früher? Als Ihr Schwiegersohn in spe? Dafür ist es etwas zu spät.«

Weber lachte trocken. »Ich weiß deinen Humor zu schätzen. Aber bitte nicht bei dieser ernsten Angelegenheit.«

»Natürlich nicht.« Wieder spürte Emma Carls Blick auf sich ruhen. »Was denkst du, Emma? Wird das alles mein Ruin sein?«

Diese Fabrik wird dich umbringen, kam ihr wieder in den Sinn. Metz. Der Grenzübertritt nach Frankreich. Sie hatte ihn fast verloren … Ihr wurde schwindelig. Was sollte sie nur sagen? Sollte sie überhaupt etwas sagen? Stand es ihr zu, ihn in solchen Angelegenheiten zu beraten, nachdem sie seine Fabrik in Lothringen verloren hatte? Sie öffnete den Mund, doch Weber unterbrach sie mit einem ungeduldigen Wink.

»Jetzt lass uns doch in deinem Büro die Einzelheiten besprechen.« Erst dann nahm er Emma in Augenschein. »Meine Teuerste, seien Sie so lieb und besorgen Sie uns doch einen ordentlichen Cognac, um die Sache zu begießen. Eine gute Zigarre werden Sie vermutlich nicht haben?«

»Es wird nichts zum Begießen geben«, erwiderte Carl.

»Ich glaube, ich verstehe nicht ganz«, murmelte Weber und fuhr mit seinen wulstigen Fingern über das Revers seines Anzuges, dann über sein Kinn. »Dieses einmalige Angebot werde ich nicht wiederholen.«

»Nicht nötig. Ich weiß, worauf Sie aus sind.«

»Ach ja?«

»Die Maschinen.« Carl deutete zur Halle. »Die haben Sie noch nie gesehen. Die gibt es in Deutschland nicht. Hat es sich schon herumgesprochen? Dass ich meine eigenen Maschinen herstellen lasse? Dass ich damit die Produktion des Senfes auf eine neue Ebene bringen will? Dass ich mit der Technik experimentiere, um den Geschmack und den Duft der ätherischen Öle noch besser zu konservieren?«

»Bilde dir nichts darauf ein«, konterte Weber. »Deine Maschinen braucht kein Mensch. Außerdem sind die meisten noch gar nicht fertiggestellt, habe ich gehört. Und ob deine Technik wirklich funktioniert, steht auf einem anderen Blatt. Sieh dich nur um! Es dauert nicht lange, bis du am Boden bist. Und dann werde ich dir ganz bestimmt nicht wieder aufhelfen.«

»Ich weiß. Dass ich irgendwann am Boden bin, haben Sie mir schon einmal prophezeit.«

»Und recht behalten! Willst du noch eine Prophezeiung

hören?« Weber verengte die Augen. »Schlägst du mein Angebot aus, wirst du es bereuen.«

»Ich lasse es darauf ankommen. Und jetzt beenden wir lieber diese Unterhaltung.«

Richard Webers Gesicht färbte sich rot. »Du sagst mir, wann ich ein Gespräch zu beenden habe?«

»Sie haben selbst erwähnt, dass Sie ein vielbeschäftigter Mann sind. Ich möchte Ihre Zeit nicht unnötig beanspruchen.«

»Das wird dir noch leidtun. Das verspreche ich dir.«

»Auf Wiedersehen.« Carls Stimme klang metallisch. »Nach meiner Führung durch die Fabrik vorhin müssten Sie den Ausgang selbst finden, nicht wahr?«

Emma lief es kalt den Rücken hinunter. Nicht nur wegen Webers offener Drohung. Sondern auch wegen Carls Erwiderung, die seinem Gegenüber einer Ohrfeige gleich vorkommen musste. War es klug, Weber so zu provozieren?

Der Mann fuhr herum und stapfte davon.

Richard Weber. Das war Richard Weber, den Carl gerade aus der Fabrik geschmissen hatte. Und es fühlte sich an wie eine Kriegserklärung.

Carl drückte sie fester an sich und gab ihr einen Kuss auf den Scheitel, als wüsste er genau, was in ihr vorging. »Es wird alles gut. Mach dir keine Sorgen.«

»Wie soll ich mir keine Sorgen machen?« Ihre Stimme bebte verräterisch. Ihr Magen zog sich zusammen. »Dieser Mann hat deutlich gemacht, dass er keine Konkurrenz dulden wird. Er wird nicht aufhören, bis er dich und die Fabrik vernichtet hat!«

»Deshalb müssen wir ihm zuvorkommen. Es ist Zeit für innovative Ideen. Es ist Zeit, Düsseldorf zu erobern. Jetzt bist du am Zug. Zeig dieser Stadt, was in dir steckt.«

»Ich?«, keuchte sie. »Was soll ich denn machen? Nein. Ich … ich kann nicht! Warum denn ausgerechnet ich?«

»Weil Weber mich kennt. Er war mein Lehrmeister! Was auch immer ich mir ausdenke, um gegen ihn vorzugehen – er wird zu einem Gegenschlag ausholen, noch bevor ich den ersten Schritt getan habe. Aber dich kennt er nicht. Dass von dir eine Gefahr ausgehen könnte, würde ihm nicht einmal im Traum einfallen.«

»Weil ich eine Frau bin?«

»Die er unterschätzen wird. Wer, wenn nicht du, kann ihn aufhalten?« Er hob seinen kaputten Arm. Seine steifen Finger fühlten sich kalt an, als er ihr über die Wange strich, ihr Kinn berührte und ihr Gesicht etwas höher hob. »Diese Fabrik braucht dich. *Ich* brauche dich.«

Sie schluckte.

Hast du etwa vergessen, dass ich deine Fabrik verloren habe, sobald du weg warst? Weder du noch diese Fabrik brauchen mich! Am liebsten hätte sie es ihm ins Gesicht geschrien.

Warum redete er nicht darüber? Warum tat er so, als wäre nichts geschehen?

Doch sie schwieg.

Denn etwas davon laut auszusprechen, traute sie sich nicht.

Frankreich, 1920

ANTOINE

SEIN BLICK GLITT die weiße Fassade hoch, streifte die großen Fenster mit üppig bepflanzten Blumenkästen und kunstvollen Stuckverzierungen. Die grelle Mittagssonne glänzte in den blankpolierten Scheiben. Irgendwo spielten Kinder – ihre lauten, hohen Stimmen schallten fröhlich durch die Gegend. Alles ringsherum strahlte einen so tiefen Frieden aus, dass man sich etwas anderes kaum vorstellen konnte. Das Leben war schön und wunderbar, und eigentlich könnte er sich umdrehen und weggehen, in Gewissheit, dass seine Mutter es hier gut hatte. Besser als bei ihm.

Er kämpfte mit diesem feigen Wunsch – und gewann. Bevor die Zweifel ihn wieder übermannen konnten, betrat er das Treppenhaus. Vor einer weißen Holztür mit Verzierungen im Jugendstil blieb er stehen und klingelte, bevor er es sich anders überlegen konnte. Sonst würde er eine weitere Stunde vor dieser Schwelle verharren wie draußen vor dem Haus.

Eine Frau mittleren Alters öffnete – vermutlich eine Haushälterin. Sie hatte große braune Augen, umrandet von dichten Wimpern, und eine dominante Nase, die ihren Zügen einen besonderen Schwung verlieh. Der Antoine von früher hätte sie bestimmt als ansehnlich bezeichnet und ihr womöglich unverfroren geraten, die Haare nicht so straff zu einem Knoten zu binden, um ihrem Gesicht mehr zu schmeicheln.

Als ginge es den anderen Menschen nur darum, ihm zu gefallen.

»Guten Tag«, grüßte er auf Französisch, um die Gedanken zurückzudrängen und sich darauf zu konzentrieren, warum er hier war. »Ich möchte gern zu Cécile Dupont.«

Die Haushälterin regte sich nicht. Ihr Ausdruck erinnerte an eine Sphinx, die Antoine in Louises Kunstbüchern gesehen hatte. Niemand kam an einer solchen Wächterin vorbei.

»Und Sie sind …?«

»Antoine Dupont. Ihr Sohn. Würden Sie meine Mutter bitte fragen, ob sie mich empfängt?«

Mit einer knappen Geste bedeutete sie ihm, einzutreten und zu warten. Kurz darauf verschwand sie hinter einer der Türen, die vom langen Flur des Appartements nach links und rechts wegführten.

Antoine schaute zur hohen Decke auf, die mit kunstvollem Stuck verziert worden war, betrachtete das gebohnerte Parkett und die royalblaue Stofftapete, auf der goldene Fäden Rankenmuster bildeten. Die italienischen Vasen und venezianischen Masken zeugten von Wohlstand. Genau das, was seine Mutter so liebte. Bis zuletzt hatte Cécile versucht, die ausländischen Kunstwerke im Weingut zu bewahren, um allen zu zeigen, dass die Familie Dupont sich noch Reisen in ferne Länder leisten konnte.

»Madame Dupont ist bereit, Sie zu empfangen. Bitte folgen Sie mir.«

Er hörte nur noch den Klang seiner eigenen Schritte auf dem teuren Parkett. Schnelle Schritte. Beinahe lief er, wie damals, als er heulend durch die langen Flure des Weinguts gerannt war, nach seiner Mutter gerufen und nichts außer dem Geräusch gehört hatte, das seine Schuhsohlen auf dem Boden verursachten.

»Antoine Dupont, Madame«, meldete ihn die Haushälterin. Dann machte sie eine einladende Geste in den Salon.

Einen Moment musste er sich sammeln, dann trat er auf unsicheren Beinen über die Schwelle.

Seine Mutter saß auf einem hellblauen Sofa. Wobei sie weniger saß, sondern halb dalag, als würde es sie zu viel Kraft kosten, sich aufzurichten. Das Gesicht – genauso blass und durchscheinend wie früher. Teilnahmslos strich der Blick ihrer glasigen Augen über ihn hinweg.

»Guten Tag, Mutter.« Die Worte fühlten sich eingerostet an und kamen ihm nur schwer über die Lippen. Befremdlich, dieses Gefühl, sie Mutter zu nennen und damit bloß eine Frau zu meinen, die ihn geboren hatte.

Mit dem Kinn deutete sie zu einem Tisch, auf dem eine filigrane Kristallkaraffe und Gläser standen. »Der Cognac steht da drüben. Bedien dich.«

»Ich trinke nicht mehr, und das weißt du genau.«

»Ach, die Phase ist noch nicht vorbei?«

Sie sah aus wie eine Nymphe – zart und schön und absolut unerreichbar für ihn. Eine ätherische Gestalt, die ihn durch eine Zeit seines Lebens begleitet hatte. Er fragte sich, ob er die Kühle, die sie ihm entgegenbrachte, verdient hatte. Ob er sie einfach hätte mehr lieben müssen, damit seine Kindheit und Jugend anders verlaufen wären.

»Es ist keine Phase. Ich habe aufgehört.«

»Ich vergaß.« Sie lachte auf, während ihre Augen genauso glasig blieben wie zuvor. »Jetzt mimst du einen Heiligen. Ist es sehr schwer, jeden Morgen in den Spiegel zu blicken und den Heiligenschein zu richten?«

Er schluckte. »Jeden Morgen in den Spiegel zu blicken, ist manchmal sehr schwer, ja.«

Cécile erhob sich langsam. Leichtfüßig glitt sie an ihm vorbei. Er roch ihr Parfüm, zu dem sich eine süßlich-bittere Note mischte, die er nicht einordnen konnte, in ihm aber ein Gefühl des Unwohlseins verursachte. Am Beistelltisch schenkte sie sich großzügig ein und winkte demonstrativ mit dem Glas. »Wenn du keinen Cognac willst – was willst du dann?«

»Mich entschuldigen.«

»So viele Überraschungen auf einmal. Heute muss wohl mein Glückstag sein.« Sie trank nicht, sondern schwenkte das Glas vor seinem Gesicht hin und her.

In seiner selbst auferlegten Alkoholabstinenz gab es gute und schlechte Tage. An guten Tagen schaffte er es mit Leichtigkeit, die ihm angebotenen Spirituosen zu ignorieren und Sprüche zu überhören wie »Warum trinkst du nicht? Ach, nimm doch einen Schluck. Lass uns anstoßen, was ist schon dabei?«.

An schlechten Tagen fiel es ihm schwer, auch nur den Geruch zu ertragen. Dann sehnte sich alles in ihm danach, sich zu stärken, sich Mut für das Kommende anzutrinken oder alles zu vergessen.

Heute war ein schlechter Tag. Verführerisch zupfte der Cognacduft an seinen Sinnen, lockte ihn zu sich, versprach ihm Erleichterung.

»Ich muss mich entschuldigen, dass ich dich gegen deinen Willen hierhergeschickt habe«, presste er hervor, jedes Wort wie ein Kampf, um den Faden nicht zu verlieren. »Du musst dich verraten fühlen. Verraten von deinem eigenen Sohn. Dabei wollte ich nur, dass du in Sicherheit bist, und in Metz wärst du es nicht gewesen …«

Sie schnaubte. »Nenn es doch beim Namen! Du hast dich meiner entledigt. Wie man die Kleidung loswird, die ausgedient hat – oder nicht mehr gefällt.«

»Es tut mir leid, dass du es so empfunden hast. Das ist nie meine Absicht gewesen.« Er fühlte sich schrecklich zittrig. Mit bebenden Fingern fuhr er sich über die Stirn, um eine

Haarsträhne beiseitezuwischen. Der Cognacduft benebelte seinen Kopf. »Dürfte … dürfte ich ein Fenster öffnen? Bitte?«

»Ich friere leicht.«

Er zuckte zusammen, als hätte sie ihn geohrfeigt.

Dabei hatte sie nie die Hand gegen ihn erhoben. Niemals.

Sie stand einfach nur da und sah zu, wie er litt.

Heute genauso wie damals.

»Bist du fertig?«, drang ihre Stimme in das Durcheinander seiner Gedanken.

»Nein. Nein, ich bin noch nicht fertig. Es ist mir wichtig, mit Menschen zu sprechen, die ich verletzt habe. Ihnen meine Fehler einzugestehen. Auch wenn es mir unmöglich ist, alles wiedergutzumachen, möchte ich zumindest versuchen …«

»Du willst mit Menschen sprechen, die du verletzt hast?« Genüsslich nippte sie am Glas. »Ich bin neugierig, wie du das bei deinem Vater anzustellen gedenkst.«

Er schloss die Augen.

Ein Schuss. Ein Herz, das aufgehört hatte zu schlagen. Warum nicht deins? Warum lebst du noch, nach allem, was du getan hast?

Gut so.

Er *musste* darüber reden. Deshalb lebte er noch, deshalb stand er hier.

»Vater war …«

»Vater war ein großartiger Mann, dem du immer und immer wieder weh getan hast!«, zischte sie, und der blanke Hass schlug ihm entgegen. »Na los, entschuldige dich. Sag doch, wie leid es dir tut! Erzähle mir, wie gut du mit dir ins Reine gekommen bist, als du ihn erschossen hast!«

Seine Finger zitterten noch mehr. Er spürte den kalten Lauf der Waffe an seinem Kopf. Vaters Stimme: *Ich werde dir noch die Manieren beibringen, mein Sohn. Es ist nie zu spät, Gehorsam zu lernen.*

Er erinnerte sich, wie schwer sich der Körper seines Vaters angefühlt hatte, der über ihm zusammengesackt war. Wie warm und klebrig das fremde Blut war, das ihm über das Gesicht gelaufen war. Er erinnerte sich an jede Unebenheit, an jede Kontur der Waffe, die er umklammert hielt. Aber nicht an den Ausdruck seiner Mutter, die im Türrahmen gestanden und zugesehen hatte …

Nur mit Mühe öffnete er die Lider. Die Silhouette seiner Mutter wirkte verschwommen. Wie damals.

»Es gibt keine Worte, keine Rechtfertigungen dafür. Ich habe etwas Unverzeihliches getan.«

»Du hast ihn kaltblütig erschossen! Du hast ihm in die Augen gesehen und abgedrückt!« Mit einem großen Schluck trank sie das Glas leer, stellte es ab. »Vatermörder.«

Dann schenkte sie sich noch einmal ein. Randvoll.

Er merkte, wie sein Blick an der bernsteinfarbenen Flüssigkeit klebte. »Warum hast du der Polizei damals nicht die Wahrheit gesagt? Das frage ich mich immer wieder. Warum hast du geschwiegen?«

»Sieh dich nur an! Wie erbärmlich du bist.« Verbittert schüttelte sie den Kopf. »Dein Vater hat es gesehen. Er hat alles getan, um aus dir doch noch etwas Anständiges zu machen! Einen respektablen Mann, vor dem alle Achtung haben.« Sie hob ihr Gesicht zu ihm. Tränen standen ihr in den Augen. Tränen, die nicht fließen wollten und vielleicht auch nicht mehr konnten. »Du willst wissen, warum ich geschwiegen habe? Weil ich noch die Hoffnung hatte, dass du zur Vernunft kommst. Dass du in seine Fußstapfen trittst. Stattdessen stehst du jetzt vor mir und bettelst um Entschuldigung. Was ist nur aus dir geworden?«

Kurz hielt er inne. Was war denn aus ihm geworden? Bei all den Fehlern, die er gemacht, bei allem Schaden, den er angerichtet, bei den Schmerzen, körperlichen und seelischen, die er anderen zugefügt hatte – hatte seine Existenz einen Sinn? Gab es in seinem Leben etwas, was auch nur ansatzweise diese zweite Chance rechtfertigte, die er vom Schicksal bekommen hatte?

Ja. Tief in seinem Innern hatte er das schon immer gewusst.

»Ein Vater. Das ist aus mir geworden. Und dafür bin ich unendlich dankbar.«

»Ein Vater!« Ihre Gesichtszüge entgleisten ihr vollkommen. Sie versuchte nicht einmal, den Hohn zu kaschieren, der aus jeder ihrer Silben triefte. »Wenn es das Einzige ist, was du zustande bringst – Glückwunsch. Weiber zu schwängern, war schon immer deine Kernkompetenz. Na los! Erzähl mir davon, wie du aus deinem Sohn eine genauso erbärmliche Memme zu machen gedenkst, wie du selbst eine bist. Oder … nein, warte.« Sie lachte auf. »Was ist mit dem Balg von diesem dummen Dienstmädchen … wie hieß sie noch …«

»Florence. Und du hast kein Recht, so über sie zu reden.« Er hörte sich selbst kaum. In seinem Kopf rauschte es, als wäre er betrunken. Allem und jedem überlegen, im Recht, sich alles zu nehmen, was er wollte. Niemand sagte *nein* zu Antoine Dupont. *Nein, nein, nein.* Ihre aufgerissenen Augen, ihr zerwühltes Haar, ihre Kleidung, die er ihr vom Leib riss … Alles in ihr hatte ihn angeschrien: *Nein, nein, nein.* Und doch hatte er weitergemacht, ohne ihren stummen Protest zu beachten.

Sein Magen zog sich zusammen, als hätte eine glühende Zange ihn gepackt. Bittere Galle stieg seine Kehle hoch. Wie immer, wenn er daran dachte, was er getan hatte. Und dass es nichts auf der Welt gab, um dieses Unrecht auch nur ansatzweise gutzumachen.

»Wie niedlich. Du kennst noch ihren Namen? Was sagt eigentlich deine Ehefrau dazu? Weiß sie davon?«

»Ja.« Er schluckte hart. Doch der bittere Belag blieb an seiner Zunge haften. »Louise weiß davon.«

Sie hatte ihm zugehört. Ohne ihm Vorwürfe zu machen oder etwas schönzureden. Um schließlich seine Tat beim Namen zu nennen: *Du hast sie vergewaltigt.*

Er wusste noch, wie er Louise angefleht hatte, ihm zu helfen. Weil die Schuld ihn innerlich zerriss. Weil er es nicht mehr ertrug, diese Last mit sich herumzuschleppen. Was soll ich nur tun? Wie soll ich das je wiedergutmachen?

Das kannst du nicht, hatte sie gesagt.

Wie soll ich dann damit leben? Noch immer kam diese Frage in ihm hoch. Wie sollte er damit leben? Warum lebte er überhaupt noch, ja, ausgerechnet er? Warum hatte die Kugel aus der Pistole seines Vaters nicht ihn getroffen? Warum war er nicht im Schützengraben gefallen? Warum war er nicht an der Lungenentzündung im Lazarett verreckt? Louises Worte waren es, die ihn aus der Dunkelheit retteten. Wie ein Licht, das ihm den Weg zeigte.

Es gibt Taten, die nicht wiedergutzumachen sind. Die nicht verziehen werden können. Aber dein Handeln im Jetzt kann ein anderes sein. Und genau das ist es, was dich definiert. Was einen besseren Menschen aus dir macht.

Er hob den Blick. Die Silhouette seiner Mutter wirkte verschwommen. Als würde sie sich im Dunst des Alkohols auflösen. »Ich habe dich schon einmal gefragt: Wenn du etwas über Florence weißt, wenn du auch nur eine Vermutung hast, wo sie sein könnte – bitte hilf mir.«

»Ich weiß nichts.« Ihre hohe, gefühlskalte Stimme fuhr wie ein Messerstich durch seine Brust. »Warum sollten mich die privaten Angelegenheiten des Personals interessieren? Dein

Vater würde sich im Grab umdrehen, wenn er dich jetzt sehen könnte! Wie du dastehst und deiner kleinen Hure nachtrauerst!«

»Nenne sie nicht so!« Wütend trat er auf sie zu. »Keine Frau auf dieser Welt verdient es, so genannt zu werden!«

»Sonst was?«, schrie sie ihm plötzlich ins Gesicht. »Erschießt du mich wie deinen Vater?« Krampfhaft umklammerte ihre schmale, grazile Hand das Cognacglas. »Du hast recht, ich hätte der Polizei damals die Wahrheit sagen sollen! Dass du deinen Vater vor meinen eigenen Augen erschossen hast. Aber damals glaubte ich, du würdest zur Vernunft kommen, das Gut übernehmen, Verantwortung tragen und uns zurück in die glanzvollen Zeiten führen, die diese Familie einst hatte! Wie naiv ich war, wie schrecklich naiv! Du bist hier, um über deine Fehler zu reden? Ich sag dir was: Du hast keine Fehler gemacht, du *bist* einer. Du kannst nicht anders, als andere Menschen zu zerstören! Damit hast du schon bei deiner Geburt angefangen. Sechsunddreißig Stunden, ein nicht enden wollender Albtraum! Du willst dich bei mir entschuldigen? Dann fang damit an, dass ich deinetwegen deinem Vater keine Kinder mehr schenken konnte! Keinen Sohn, den er verdient hatte!«

Es tat ihm leid. Es tat ihm leid, sie so gebrochen und verbittert zu sehen.

»Musstest du sehr unter Vater leiden?« Diese Frage zu stellen, kostete ihn am meisten Kraft. Früher war er oft so wütend auf sie gewesen: wegen ihres Schweigens, ihres Nichtstuns, weil sie zugesehen hatte. Aber wie es ihr dabei ging, wenn sein Vater ihn vor ihren Augen verprügelte – das hatte er nie gefragt. Auch nicht, ob dieser Mann seinen Zorn gegen sie richtete, weil sein missratener Sohn nicht das war, was er sich gewünscht hatte. »Hat mein Vater dir etwas angetan? Hast du …«

»Ich habe ihn geliebt! Ich habe deinen Vater so sehr geliebt!« Ihre Stimme kippte. Erschöpft stützte sie sich mit einer Hand an der Tischkante ab. »Und du hast ihn mir genommen. Und jetzt stehst du da und willst … was genau? Dass ich dir verzeihe? Das kann ich nicht! Und das will ich auch nicht! Wenn du Vergebung willst, such sie woanders.«

»*Maman* …« So gern hätte er sie umarmt. Ihr den Trost gegeben, den er nie gefunden hatte.

»Du bist nicht mein Sohn!« Wütend fuhr sie zu ihm herum. »Das bist du schon lange nicht mehr! Geh mir aus den Augen. Lass mich in Ruhe, lass mich bloß in Ruhe!«

»Du musst mir nichts vergeben. Das zu erwarten, steht mir nicht zu. Ich möchte nur, dass du weißt: Wenn du etwas brauchst, bin ich für dich da. Ich …«

»Verschwinde!«, rief sie lauthals und am ganzen Körper zitternd. Das Gesicht – zu einer undefinierbaren Fratze verzerrt. »Verschwinde endlich, hab ich gesagt!«

Dann schleuderte sie das Cognacglas nach ihm.

Instinktiv duckte er sich und hörte, wie es an der Wand zerschellte und die Scherben zu Boden klirrten.

Antoine wandte sich ab. Träge floss der Alkohol an der teuren Stofftapete hinunter. Der Fleck breitete sich aus, und der schwere, beißende Geruch füllte endgültig den Raum.

Er musste hier weg.

Düsseldorf, 1920

EMMA

DIESE FABRIK BRAUCHT DICH.

Carl erwartete ein Wunder von ihr. Ein verdammtes Wunder!

Ganz still lag sie auf der Seite und starrte in die Dunkelheit. Wie jede Nacht, in der sich ihre Gedanken im Kreis drehten und sie keinen Schlaf fand. Manchmal war es so schlimm, dass ihr sogar das Atmen schwerfiel. Als würde ein Troll auf ihrer Brust sitzen – eine schwere, undefinierbare Gestalt nicht von dieser Welt, gegen die Emma nichts ausrichten konnte. Unter seinem Gewicht schaffte sie es nicht, sich zu rühren. Sie konnte nur ausharren, bis der Morgen kam und der anbrechende Tag mit seiner Routine ihr wieder Sicherheit gab.

Hoffentlich dauerte es nicht mehr lange, bis sie aufstehen konnte. Manchmal verschmolz die Zeit zu einer undefinierbaren Masse. Emma fühlte sich ohne jeglichen Halt darin. Sie ließ sich einfach treiben. Ohne zu hinterfragen, wohin.

Hinter sich nahm sie eine Bewegung wahr und hielt inne. Alles in ihr spannte sich an. Sie wollte nicht, dass Carl aufwachte, sich Sorgen um sie machte oder sie fragte, wie es ihr ging. Sie sollte ihm den Rücken freihalten und keine Bürde sein.

Schlief er? Hoffentlich schlief er!

Bange lauschte sie seinem Atem. Spürte erneut, wie er sich bewegte. Sein Blick … ja, jetzt spürte sie deutlich seinen Blick im Rücken, der den Troll auf ihrer Brust noch eine Tonne schwerer machte.

»Hey, du.« Seine sanfte Stimme bescherte ihr Gänsehaut.

Wie gern würde sie sich zu ihm umdrehen, ihn umarmen und in seinen Augen versinken. Wie gern würde sie ihm zeigen, dass alles wie früher war und nichts, absolut nichts, zwischen ihnen stand. Immerhin hatte es reichlich Zeit gegeben, um mit der Vergangenheit fertigzuwerden.

Doch … sie konnte nicht. Sie konnte überhaupt nichts, als ganz still dazuliegen und zu hoffen, dass er sich wieder umdrehte und einschlief.

»Hey, du.« Er gab einfach nicht auf! »Ich weiß, dass du nicht schläfst.«

Jetzt konnte sie nicht länger so tun als ob. Ganz langsam drehte sie sich um. In der Dunkelheit war nicht mehr als seine Silhouette zu erahnen. Sie musste nur eine Hand ausstrecken, um ihn zu berühren und sich zu vergewissern, dass er da war. Bei ihr. Die Tatsache, dass sie es sich nicht bloß einbildete, war das größte Geschenk überhaupt.

Warum also lag sie wie erstarrt da und hatte so eine große Angst vor dem, was kommen könnte?

Er stützte seinen Kopf auf eine Hand. Tief grub sich sein Ellbogen in das Kissen. »Woran denkst du gerade?«

Seine Stimme umfing sie wie eine Umarmung, in die sie sich mit all ihren Sinnen einkuschelte. Eine Einladung, sich ihm anzuvertrauen, sich Sorgen und Ängste von der Seele zu reden. Er würde zuhören. Und alles tun, um ihr zu helfen. Er war Carl, ihr Carl!

»An Richard Weber.«

Auch in der Dunkelheit konnte sie mit ihrem ganzen Wesen fühlen, wie er schmunzelte. »Ein anderer Mann raubt dir nachts den Schlaf? Ich weiß gar nicht, was ich davon halten soll.«

»Wir haben ihm überhaupt nichts entgegenzusetzen.« Sie hörte sich selbst kaum. Aber solange sie über Richard Weber sprach, brauchte sie … brauchte sie über sich und Carl nicht nachzudenken.

»Du bist die klügste Frau, die ich kenne. Dir wird schon irgendwas einfallen.« Er schwieg kurz. »Was beschäftigt dich wirklich?«

»Nichts«, bewegten sich ihre Lippen tonlos.

Jetzt spürte sie nicht nur seinen Blick, der auf ihr ruhte. Nicht nur sein Lächeln, mit dem er ihr Mut zusprechen wollte. Oder die Umarmung seiner tiefen, weichen Stimme, die sie in Sicherheit wog.

Sie spürte seine kühlen Finger, die ihr über die Wange strichen, ihr Ohrläppchen berührten und ihren Hals entlangtasteten. Ihr Körper spannte sich noch mehr an. Hoffentlich merkte er es nicht.

Sie schloss die Augen. Jetzt fuhren seine Finger über ihre Schulter, gelangten zum Ausschnitt und strichen ihr Nachthemd ein Stück zur Seite.

Er war Carl, ihr Carl, wiederholte sie unentwegt. Der ihr gesagt hatte, dass sie niemals Angst haben musste. Nicht vor ihm und niemals vor dem, was er machte, wenn sie allein waren.

Doch sie hatte Angst. Dass er nicht mehr warten wollte. Dass er es satthatte, so viel Geduld zu haben und nichts dafür zu bekommen.

Irgendwann mussten sie es tun. Vielleicht heute. Vielleicht schon jetzt.

Sie kniff die Augen zusammen. So sehr, dass ihre Lider weh taten und sie nichts anderes wahrnahm als weiße Kreise, die hypnotisch vor ihr herumschwebten.

Erst nach einer ganzen Weile wurde ihr klar, dass er sie

nicht mehr berührte. Trotzdem wagte sie es nicht, sich zu rühren. Verharrte, die Augen noch immer geschlossen. Bis sie hörte, wie das Bett unter ihm knarzte, als er aufstand. Stoffrascheln. Er zog sich an. Dann erklangen seine Schritte, die Dielen quietschten zaghaft. Er verließ die Schlafkammer.

Noch eine ganze Weile lag sie einsam da.

Doch er kam nicht zurück.

Vorsichtig streckte sie eine Hand aus. Seine Betthälfte speicherte noch immer seine Wärme. Sie rückte näher, grub ihr Gesicht in sein Kissen, atmete seinen Duft ein. Es roch so sehr nach ihm. Nach Wiesen und Kräutern, nach dem scharfen Senfduft, der ihn überallhin begleitete.

Sie vermisste ihn. Sie sehnte sich so sehr nach ihm! Und trotzdem konnte sie ihm nicht das geben, was er wollte.

Mühevoll quälte sie sich aus dem Bett. Es fiel ihr schwer, einen Fuß vor den anderen zu setzen, der Troll saß nicht mehr auf ihrer Brust, sondern hockte auf ihren Schultern. Sollte sie sich nicht lieber wieder unter der Decke verkriechen?

Aus dem schmalen Flur, der die Räumlichkeiten unter dem Dach der Fabrik miteinander verband, hörte sie, wie Carl in der Küche hantierte. Oder eben im Raum, der ihnen als solche diente – mit einem kleinen Tisch, zwei Hockern und ein paar Schränken. Irgendwo hatte Antoine einen kleinen Herd aufgetrieben und in einer Ecke aufgestellt. Das Ofenrohr führte direkt aus dem Fenster nach draußen. Das Ding reichte aus, um einfache Mahlzeiten zu bereiten und sich an kalten Tagen aufzuwärmen.

Mehr Bequemlichkeit konnten sie sich einfach nicht leisten.

Emma wusste, welche Dielen quietschten. Sie konnte sich bewegen, ohne auch nur das geringste Geräusch zu verursachen. Durch einen Spalt beobachtete sie, wie Carl den Wasserkessel vom Ofen nahm und Tee aufgoss. Eine Petroleumlampe erhellte seine schmale Statur.

Emma bewunderte, wie leicht und flink seine Bewegungen wirkten. Und das, obwohl er nur einen Arm benutzte, weil der andere nicht immer so wollte wie er. Dennoch sprühte alles in ihm vor Energie. Sogar zu dieser so unsäglich frühen Stunde, in der nicht einmal die Sonne bereit war, sich zu zeigen.

Sie lächelte. Ihm zuzusehen, war eine Wonne. Diese Momente waren es, die ihr Gemüt heller machten. Am liebsten würde sie nichts anderes tun, als ihn anzuschauen.

Er stellte zwei Emaillebecher auf den Tisch. »Honig ist alle. Aber wenn du magst, kann ich Zucker aus dem Lager holen.«

Also hatte er gewusst, dass sie dastand. Vorsichtig stieg sie über die Schwelle. Auf unsicheren Beinen kam sie an den Tisch. Der Boden war so kalt, dass ihre Füße froren. Sie ließ sich auf den Hocker nieder und schloss ihre Hände um den Becher.

Sie schwiegen einander an. Er saß ihr direkt gegenüber, das Gesicht dem nachtdunklen Fenster zugewandt.

»Ich liebe dich«, sagte sie, den Blick tief im Tee versenkt. Ihm in die Augen zu schauen, traute sie sich nicht. »Ich werde nie aufhören, dich zu lieben.«

»Ich weiß.«

Wieder diese Stille, die sich bis ins Unendliche dehnte und sie beide weiter voneinander wegbrachte. Wie konnte es nur sein – einander so nah zu sein und gleichzeitig so fern?

Sie hielt den Becher noch fester. Sie sollte etwas sagen! Denn wenn sie weiter schwieg, würden sie sich irgendwann gar nichts mehr zu sagen haben.

»Carl?« Sie musste sich zwingen, den Kopf zu heben und ihm ins Gesicht zu schauen. Sie las keinen Gram in seinen Zügen, keinen Verdruss über ihre Unfähigkeit, den ehelichen Pflichten nachzukommen. »Carl, ich liebe dich wirklich. Das musst du mir glauben! Es ist nur …« Emma verstummte. Sie wusste selbst nicht, was es war. Als wehrte sich ihr Körper dagegen, angefasst zu werden. Weil da immer noch die Berührungen von Achim waren. Oder der Strick um ihren Hals, der ihr die Luft abschnürte und ihre Kehle zudrückte.

Dabei war genug Zeit vergangen, um darüber hinwegzukommen.

Oder?

Ich müsste längst die Alte sein, bewegten sich ihre Lippen wie im Wahn. Damit alles endlich sein konnte wie früher …

»Es wird nie wieder so sein wie früher«, hörte sie ihn sagen. »Vielleicht sollten wir es uns endlich eingestehen.«

Es klang so endgültig.

Ihr Herz brach.

Sie dachte, es würde weh tun und ihre Seele in Stücke reißen. Stattdessen war da nur der Troll, der seine Pranken um sie legte und zudrückte. Immer mehr zudrückte. Dass ihr die Luft wegblieb.

»Emma …« Carl schob seine Tasse beiseite und legte seine beiden Hände um die ihren. Eine Berührung, die ihr Halt gab. Und den Troll dazu brachte, loszulassen. »Wie soll denn alles wie früher sein, wenn wir beide nicht mehr wie früher sind? Uns ist so viel zugestoßen. Wir können nicht so tun, als wäre nichts geschehen. Ich wünschte, ich könnte der alte Carl für dich sein. Aber …« Er rang um Worte. »Das schaffe ich einfach nicht.« Er senkte den Kopf, und ein paar Haarsträhnen fielen ihm in die Stirn. »Und manchmal hasse ich mich dafür.«

Etwas packte ihr Herz und drückte zu. Das Gefühl, nicht gut genug zu sein. Sie kannte es auch, diesen Hass auf sich selbst, die tiefste Verbitterung, die in einem saß. Und die Resignation, nichts dagegen tun zu können. »Ich hasse mich auch. Weil ich nicht die Ehefrau bin, die du verdienst.«

»Aber du bist die Ehefrau, die ich will! Und keine andere. Ich liebe dich. Und du liebst mich auch. Aber manchmal reicht es nicht aus, einfach irgendwo neu anzufangen. Manchmal ist das nicht genug, damit alles gut ist.«

»Was …« Ihre Stimme versagte. Was soll ich denn tun, damit es genug ist, wollte sie herausschreien. Doch ihre Kehle war ganz eng. Als wäre der Strick wieder da, der ihr die Stimme abschnürte.

»Es ist nicht genug«, wiederholte er. Vorsichtig strich sein Daumen über den Messingring an ihrem Finger. »Und doch so unglaublich viel! Damit wir uns wieder verlieben, in die Menschen, die wir jetzt sind.«

»Das … das verstehe ich nicht. Wenn wir uns lieben – wie sollen wir uns ineinander verlieben?«

Er schwieg. So lange, dass Emma glaubte, er würde nichts mehr sagen. »Ich möchte, dass wir lernen, einander anzuschauen, als wäre es zum ersten Mal. Um Stück für Stück das Neue zu entdecken. Ich möchte, dass wir lernen, uns zu berühren. Und erkennen, was uns guttut. Ich möchte, dass wir lernen, einander zuzuhören. Auch dann, wenn wir nichts sagen. Und … und was möchtest du?«

Jetzt wusste sie, warum er geschwiegen hatte. Auch sie fand nicht sofort das Richtige, um auszudrücken, was sie wollte, wonach sie sich sehnte und wovor … sie eine solche Angst hatte.

»Herausfinden, wer du bist. Wie du bist. Was du fühlst. Oder was du denkst.« … *Endlich verstehen, was in mir selbst kaputt ist.* Schon wieder war der Troll da und packte zu. Rasch sprach sie weiter. »Früher … da habe ich dich verstanden wie mich selbst. Ich kannte jede deiner Sommersprossen, ich wusste, was die Grübchen auf deinen Wangen machen und wie ich die Funken in deinen Augen zum Tanzen bringe. Und jetzt habe ich Angst, dass ich dich gar nicht mehr kenne. Ich möchte … ich möchte dich kennenlernen.«

»Und das wirst du.« Er beugte sich leicht zu ihr. »Das verspreche ich dir.«

Einen winzigen Augenblick lang erschienen auf seinen Wangen die Grübchen. Anders als früher. Aber immerhin die Grübchen. Zumindest hatte er nicht verlernt zu lächeln. Also lächelte sie auch, heimlich in sich hinein.

Alles wird gut, versicherte sie stumm. Manchmal reichten ein paar Funken, um die Seele wieder zu erhellen. Manchmal musste man einfach nur Hoffnung im Herzen tragen.

Mit dieser Hoffnung brachte sie die Morgenroutine hinter sich und kümmerte sich um ihre Aufgaben am Vormittag. Wenn es um die Fabrik ging, hielt sie sich lieber im Hintergrund. Immer wieder kam diese schwer greifbare Angst über sie, etwas falsch zu machen und dem Betrieb zu schaden. Denn wohin ihr Engagement sie in der Vergangenheit geführt hatte, wusste sie zu gut. Umso überraschter war sie, als einer der Mitarbeiter ihr mitteilte, Nora Hermanns wolle sie sprechen.

Die Feinkostladenbesitzerin wartete am Eingang auf sie. Neugierig blickte sie umher – die Düfte der Fabrik schienen sie regelrecht zu verführen. Ihr Gesicht sah beinahe entrückt aus. Doch als Emma näher trat, wurden ihre Züge ernst. Sofort spürte Emma, dass etwas in der Luft lag, was wenig mit dem herrlichen Senfgeruch zu tun hatte.

»Frau Hermanns. Das ist aber eine Überraschung. War mit der letzten Lieferung etwas nicht in Ordnung?«

»Doch, doch. Aber …« Bedauern stieg in ihren Augen auf. »Ich fürchte, ich kann keine weiteren Lieferungen mehr annehmen.«

»Das verstehe ich nicht.«

»Richard Weber war heute Morgen bei mir. Persönlich. Und hat mir nahegelegt, keinen Senf mehr von Ihnen zu beziehen.«

Emma fühlte sich, als hätte man ihr den Boden unter den Füßen weggerissen. »Wie bitte?«

Nora seufzte. Dass sie bis jetzt kein Wort Düsseldorfer Platt verwendet hatte, mit dem sie die Gespräche stets auflockerte, zeigte, wie ernst die Situation war. »Nach seinem Besuch bin ich sofort zu Ihnen aufgebrochen, um Sie zu warnen. Richard Weber hat Ihre Fabrik ins Visier genommen. Ich weiß nicht, was er im Schilde führt. Aber dieser Mann schreckt leider vor nichts zurück. Er nutzt die Schwachpunkte der Menschen aus. Mein Schwachpunkt ist mein Sohn. Er ist …« Sie stockte.

Emma wartete, doch Nora schien mit sich zu ringen, ob sie weitersprechen sollte oder nicht.

»Vielleicht gehen wir lieber ins Büro meines Mannes? Ich kann gern schauen, ob ich es schaffe, Ihnen eine Tasse Malzkaffee zu organisieren. Dann können Sie mir alles in Ruhe erzählen.«

»Nein, nein. Ich kann nicht lange bleiben. Aber ich möchte, dass Sie wissen, was vorgefallen ist und warum ich keine andere Wahl habe. Mein Sohn ist bei Weber in der Lehre. Und leider hat der Mann mehr als deutlich gemacht, dass er nicht zögern würde, Leopolds Leben zu ruinieren, wenn ich mich nicht füge. Und damit meine ich nicht nur die berufliche Zukunft. Das … das kann ich nicht zulassen.«

»Ich verstehe.« Ärger grummelte in Emmas Bauch. Würde Richard Weber wirklich so weit gehen? Hatte er vor, alle Kunden unter Druck zu setzen, damit sie Carls Senf nicht mehr bestellten? Wenn das stimmte, sah es düster aus für den Betrieb.

Nora räusperte sich. »Vielleicht kann ich im Augenblick

nicht Ihren Senf verkaufen. Aber es heißt nicht, dass ich Sie nicht mehr unterstützen möchte. Ich mag nur einen kleinen Laden haben, aber meine Augen und Ohren sind überall. Sollte ich etwas erfahren, was Ihnen helfen könnte, sich gegen diesen Mann zu behaupten, werde ich es Sie wissen lassen. Passen Sie auf sich auf. Und seien Sie vorsichtig.«

»Ich werde auf der Hut sein. Danke, dass Sie persönlich hierhergekommen sind, um es mir zu sagen.«

»Aber natürlich. Wir Geschäftsfrauen müssen doch zusammenhalten, um in dieser Welt zu bestehen. Ich wünschte, ich könnte mehr für Sie tun.«

Mit einem mulmigen Gefühl begleitete Emma die Feinkostladenbesitzerin nach draußen. Ihre Gedanken ratterten wie eine kaputte Maschine. Passierte das wirklich? Wie lange würde es dauern, bis ihnen alle Kunde abhandenkamen? Und wie sollte die Fabrik überleben, wenn es keine Händler gab, die bereit waren, Carls Senf zu kaufen?

Nachdem Nora gegangen war, eilte Emma in Carls Büro. Er merkte sofort, dass etwas nicht stimmte, und so brauchte sie nicht viele Worte, um ihm von dem Vorfall zu erzählen.

Eine tiefe Falte grub sich zwischen seine Brauen. »Richard Weber fackelt nicht lange. Aber dass sein erster Schlag so schnell kommt, habe ich nicht erwartet.« Ruckartig stand er auf. Die Fäuste geballt, ging er unruhig hin und her. »Er wird nicht aufhören, bis er uns vernichtet hat. Ich bin mir sicher, sein Einfluss reicht so weit, dass wir bald niemanden mehr finden, der unseren Senf abnehmen wird.«

»Er kann nicht die ganze Stadt unter Druck setzen. Ich werde andere Vertriebsmöglichkeiten suchen.«

»Nein. Lass das meine Sorge sein. Gut, dass Nora Hermanns uns gleich gewarnt hat – ich werde mit den anderen Kunden reden. Vielleicht lässt sich etwas machen. Du hast anderes zu tun.« Er trat noch etwas näher und nahm behutsam ihre Hände in die seinen. »Emma, ich meinte das ernst, was ich vor einer Woche gesagt habe. Du bist die Einzige, die ihn aufhalten kann.« Er drückte fest ihre Finger. »Also versprich mir, dass du ihn fertigmachen wirst!«

Wie sollte sie das nur versprechen? Was konnte sie denn tun?

»Versprich es mir!«, verlangte er, und sie schaffte es nicht, dagegenzuhalten.

»In Ordnung.« Sie erwiderte den Druck. »Ich lasse mir etwas einfallen.«

***

Klappernd bog die Straßenbahn ab, ruckelte und schüttelte sich wie ein lebendiges Wesen und kam schließlich zum Stehen. Emma stieg aus. Wann auch immer sie Flingern besuchte, hatte sie das Gefühl, eine ganz besondere Dynamik läge in der Luft. Dieses Viertel stand niemals still.

Emma ging die Ackerstraße entlang. Neugierig glitt ihr Blick über Häuser, die sie säumten. Manche schlicht und ernst, manche regelrecht verspielt mit arabesken Stuckverzierungen, kleinen Dachtürmchen und schwungvollen Gauben. In den Erdgeschossen lagen Cafés und heimelige Lädchen, die zu einem Besuch einluden.

Sie ließ sich Zeit, durch die Straßen zu spazieren und die Energie zu tanken, die dieser Ort ihr spendete. Deshalb dauerte es eine Weile, bis sie vor dem Haus stand, in dem Louise lebte. Sie war noch nicht in den Hinterhof getaucht, da stolzierte ihr Gusti entgegen. Die Buchhandlungskatze lief nie allzu weit weg, meistens erkundete das Tier nur die Gegend rund um den Block. Mit seiner Größe, dem langen schwarzen

Fell und dem eindringlichen Blick der leuchtenden Augen bot der Stubentiger einen mehr als imposanten Anblick. Und war gleichzeitig das liebste Wesen, das Emma je kennengelernt hatte.

Auch jetzt tapste Gusti ihr freudig entgegen und schmiegte sich sogleich an Emmas Rock, rieb ihren flauschigen Kopf an ihren Beinen. Schmunzelnd hockte sich Emma hin und kraulte Gustis Hals, grub die Finger tief in das dichte, weiche Fell. Die Katze schnurrte und kniff die Augen genüsslich zusammen. Ein Ausdruck, der Emma mit Wehmut füllte. Genauso eine Schnute hatte das Tier gemacht, wenn Émile es in die Arme genommen, sich mit ihm auf die Bank vor seiner Buchhandlung gesetzt und sein Gesicht der Sonne entgegengestreckt hatte.

»Wo ist er bloß, Gusti?«, flüsterte sie.

Wenn sie nur Carl fragen könnte! Aber er redete nicht über Frankreich. »Bestimmt geht es Émile gut«, war alles, was er darauf antwortete. Dann schien er sich zurückzuziehen wie hinter eine Mauer, die Emma nicht zu durchbrechen vermochte. Aber vielleicht änderte es sich, wenn sie wieder einen Zugang zueinander fanden. Wenn sie sich einander öffneten.

Gustis Schnurren tröstete sie ungemein. Am liebsten hätte sie den ganzen Tag mit der Katze verbracht und nichts anderes getan, als das Tier zu kraulen. Oder es heimlich unter das Dach der Senffabrik zu entführen, um seine heilende Gegenwart für sich zu haben. Aber etwas sagte ihr, dass der Stubentiger es ihr ziemlich übelnehmen würde. Sie brauchte keine Katzenflüsterin zu sein, um zu sehen, dass Gusti Frederick adoptiert und es sich zur Aufgabe gemacht hatte, auf den Jungen aufzupassen. Schon die Tatsache, dass das Tier draußen herumstreifte, deutete darauf hin, dass das Kind wohl woanders unterwegs war. Sonst würde die Katze sich an seine Seite schmiegen, während er auf dem Fußboden lag und malte, die Füße in die Luft gestreckt.

Emma blieb noch ein bisschen bei Gusti, die sich geduldig mit Zuneigung überhäufen ließ. Dann richtete sie sich auf, ordnete ihr einfaches, mehrfach geflicktes Leinenkleid – wenn man Louise besuchte, musste man damit rechnen, auch mal in eine Gips- oder Farbenschlacht zu geraten – und betrat den winzigen Hinterhof. Einen Großteil der Fläche beanspruchte ein ausgeweidetes Automobil. Egal, zu welcher Jahres- oder Uhrzeit Emma Louise besuchte, Antoine steckte bis zu den Schultern im Motorraum und schraubte.

Emma grüßte. Seit sie nach Düsseldorf gekommen war, hatte sich zwischen ihnen nach und nach ein entspanntes Verhältnis entwickelt. Manchmal fragte sie sich, ob sie ihm verzieh, was zwischen ihnen vorgefallen war. Oder einfach nicht mehr darüber nachdenken wollte. Ob es wichtig war, einen klaren Schlussstrich zu ziehen. Oder ob sie es sich offenhalten sollte, noch einmal darüber zu reden, wenn sie ein Bedürfnis danach verspürte. Letztendlich hatte sie beschlossen, einfach das zu tun, womit sie sich wohlfühlte. Ohne alles bis ins kleinste Detail zu zerkauen. Sie konnte zwanglos mit ihm plaudern, scherzen und ihn necken. Doch wenn sie ihre Begegnungen reflektierte, merkte sie, dass es recht oberflächlich blieb und nie die Tiefe der Gespräche erreichte, die sie mit Louise oder Wilhelmine führen konnte.

So auch jetzt.

»Seit wann bist du aus Frankreich zurück?«, fragte sie, und ihr fiel auf, dass sie nicht einmal wusste, weswegen er diese Reise unternommen hatte.

»Eine Weile schon.«

»Und … wie war es?«

»Purer Sonnenschein.«

Sie betrachtete ihn stirnrunzelnd. »Das sieht man.«

Auch wenn sie die Ironie in seiner Antwort spürte, kam es ihr gleichzeitig nicht abwegig vor. Seit Antoine seine ganze Zeit im Hof beim Schrauben an Automobilen verbrachte, hatte sein Teint eine Bräune bekommen, auf der die Schmierflecken kaum noch auffielen. Auch sonst hatte sich sein Aussehen verändert. Zwar strahlten seine Augen noch immer so intensiv blau wie früher, doch der Abgrund, in den man zu stürzen drohte, sobald man hineinsah, war aus seinem Blick gewichen. Ein feines Faltennetz hatte sich auf seiner Haut gebildet, sein rabenschwarzes Haar durchzogen silberne Fäden – vermutlich ein Andenken an das Kriegsgrauen, das er erlebt hatte. Wobei diese Tatsache ihm weniger zu schaffen machte als seine Kurzatmigkeit, wenn er lange Strecken zu Fuß zurücklegen musste. Trotz allem hatte er keine Maske mehr aufgesetzt, hinter der er sich vor der Welt versteckte. Sein Ausdruck war gezeichnet von einem tiefen Frieden, der nicht nur aus der Mimik, sondern aus seinem ganzen Wesen sprach.

Er hatte zu sich selbst gefunden.

Was Emma etwas neidisch stimmte, weil sie das von sich nicht gerade behaupten konnte.

»Und?« In seinen Mundwinkeln zuckte ein neckisches Lächeln. »Bist du fertig mit dem Betrachten meiner überirdischen Schönheit, oder soll ich dir meine Schokoladenseite zeigen?«

Abwehrend hob sie die Arme. »Bin bedient. Außerdem solltest du schnellstmöglich zu deiner Liebsten zurückkehren.« Sie deutete auf die Karosserie. »Nicht dass sie noch eifersüchtig wird. Willst du uns einander nicht vorstellen?«

»Sehr gerne. Emma – Effi Biest. Effi Biest – Emma.«

Sie musste sich ein Lachen verkneifen. Antoines Namensgebungen für seine Projekte waren schon immer eine wahre Freude. Vor allem, da er innerlich auflebte, sobald er von seinen Visionen für die Automobile erzählte. Oft mochte Emma ihn gar nicht unterbrechen, wenn er ins Schwärmen kam. Aber um mit ihm über Automobile zu plaudern, war sie heute nicht hergekommen.

»Ist Louise da? Weißt du, ob sie Zeit hat?«

»Probier es zuerst auf dem Dach. Sie ist in einer Findungsphase und verbringt dort viel Zeit.«

Emma zögerte. Louises Findungsphasen konnten Skizzen für neue Ideen bedeuten, das Zerschlagen der eigenen Gipskunstwerke oder auch … Sie spürte, wie sie rot wurde. Das Bild, wie Louise nackt auf dem Dachboden saß und ihren Körper erkundete, hatte sich für alle Ewigkeiten in ihr Hirn eingebrannt.

Antoine hob seine geschwungenen Brauen und sah ihr eindringlich in die Augen. »Keine Angst, es ist nicht die Orchidee«, raunte er ihr vertraulich zu.

Die Hitze schlug ihr endgültig ins Gesicht. Dass Louise und Antoine sich alles erzählten, war eine Entwicklung, die sie verdauen musste. Vor allem die Tatsache, dass ihre Schwägerin nicht nur darüber berichtet hatte, wie sie ihre eigene Scham in einer Rubinlippen-Cattleya verewigt, sondern das damalige Kunstwerk nachgebaut und damit den ersten Stein für ihre Reihe *Die Gaben der Natur* gelegt hatte. Seitdem konnte Emma keine Birnen mehr ansehen, ohne dabei an Louises Brüste zu denken.

»Gut zu wissen«, murmelte Emma, um ihre Verlegenheit zu überspielen. Gleichzeitig fragte sie sich, aus welchem Grund sie so ein verkrampftes Verhältnis zum menschlichen Körper hatte. Warum sich ihre eigene Haut ganz fremd anfühlte, als gehörte nichts davon ihr. Und ob darin ein Teil des Problems lag, dass es ihr so schwerfiel, sich Carl zu öffnen.

Also auf dem Dach, ermahnte sie sich, um nicht in Grübeleien zu verfallen, mit denen sie gerade definitiv nicht allzu souverän umgehen konnte. Sie verabschiedete sich und machte sich auf den Weg.

Natürlich konnten sich Louise und Antoine keine große, teure Wohnung leisten. Ihr Zuhause lag im obersten Stockwerk des Hinterhauses, in dem sie sich auf wenig Platz eingerichtet hatten und noch mehr zusammengerückt waren, als Wilhelmine aus Speyer nachgekommen war. Eine Abstellkammer bildete Louises Atelier, wobei sie permanent das schlechte Licht und die Enge beklagte. Weswegen sie jedes Mal auf das flache Dach flüchtete, wenn die Witterung es erlaubte. Dort widmete sie sich ihren Entwürfen oder suchte nach Inspiration.

Emma war immer mulmig zumute, wenn sie die wackelige Treppe hochstieg und sich durch eine Luke nach oben zwängen musste. Unvorstellbar, wie Louise hier ein und aus ging. Auch wenn der Wind, der freie Himmel und der Blick über die Stadt einiges wettmachten.

Louise saß auf der Dachkante und ließ die nackten Füße hinunterbaumeln, um den Augenblick mit allen Sinnen zu genießen, wie ihre Schwägerin auf Emmas Bedenken stets antwortete. »Diese Stadt atmet Kunst!«, schwärmte Louise oft und zeigte mit einer ausschweifenden Geste herum. In der Ferne ragte der Turm der Liebfrauenkirche empor. »Spürst du dieses Prickeln, diese Leidenschaft, die in der Luft bebt?«

Emma spürte rein gar nichts. Außer Schwindel, wenn sie näher kam und ihren Blick zufällig nach unten richtete.

Heute war Louise ganz und gar in Skizzen vertieft. Auf leisen Sohlen trat Emma näher und blickte der jungen Frau über die Schulter. Mit schwungvollen Linien brachte sie Konturen auf das Papier, die so erstaunlich lebendig wirkten, als würde die Zeichnung zum Leben erwachen.

Nicht zum ersten Mal beneidete Emma ihre Schwägerin, die in solchen Momenten frei und absolut glücklich wirkte, völlig in ihrer Kunst aufgehend. Ein schlichtes Stirnband hinderte die kurzgeschnittenen Locken daran, ihr ins Gesicht zu fallen. Während der letzten Tage in Metz und der Flucht hatte die junge Frau furchtbar abgenommen, jetzt schien sie sich wieder wohl in ihrem Körper zu fühlen, mit all seinen natürlichen Wölbungen, die sich unter ihrem Kleid abzeichneten. Statt ausgefallener Garderobe trug sie ein einfach geschnittenes Hemdblusenkleid, das mit seinem dunklen Bordeauxrot ihren Teint zum Strahlen brachte. Und auch wenn die modernen Schnitte weibliche Rundungen eher negieren wollten, trotzte Louise den Modeschöpfern, indem sie ihren Busen und ihre ausladenden Hüften mit anliegenden Stoffen und verspielten Borten betonte. Sie machte nicht nur Kunstwerke – sie war eins, das sich keinen Geboten beugte.

Seit Emma Louise in Düsseldorf wiedergetroffen hatte, fühlte sie sich manchmal eingeschüchtert vom Freiheitsdrang ihrer Schwägerin, die ganz genau zu wissen schien, was sie wollte und was nicht.

»Störe ich?«, flüsterte Emma, um die junge Frau nicht zu erschrecken. Ihre Schwägerin am Rand des Daches vorzufinden, bescherte Emma jedes Mal Unbehagen. In Louise schien dieselbe Sorglosigkeit zu stecken, die Carl bei seiner Rückkehr mitgebracht hatte. Als könnte ihnen beiden nichts mehr etwas anhaben. Nicht einmal ein Sturz vom Dach.

»Aber nein.« Einladend klopfte Louise mit einer Hand neben sich. »Was willst du denn? Setz dich zu mir.«

»Danke. Aber ich glaube, ich würde lieber stehen. Mit genügend Abstand zu …« Emma schluckte den Rest hinunter. Fehlte ihr der Mut, um Louises Einladung anzunehmen? Die Unbeschwertheit? Sie hatte das Gefühl, dass alle um sie herum weitergezogen waren, während sie allein dageblieben war, um zuzusehen, wie andere ihr Leben weiterlebten. »Weber war bei uns. Richard Weber«, sagte sie, um sich von den trüben Gedanken abzulenken. Denn sie spürte bereits, wie der Troll gefährlich nah an sie heranrückte, um sie in seine Pranken zu schließen.

Louise atmete zischend ein und drehte sich um. Ihre von der frischen Luft geröteten Wangen hoben sich deutlich von der weißen Haut ab. Die Augen hatte sie mit Kajal betont, einen Lippenstift in der Farbe von Schattenmorellen aufgetragen. »Ach du meine Güte. Was wollte er?«

Es überraschte Emma nicht, dass Louise ihn kannte. Wenn irgendwann früher die Rede auf Carls Zeit in Düsseldorf gekommen war, echauffierten sich die Seidels gern darüber, was Richard Weber Carls Herz angetan hatte.

»Die Fabrik kaufen.«

»Carl hat sicherlich nein gesagt.« Louise zog die Beine heran, drehte sich und stand auf. Ihre Bewegungen wirkten fließend und kontrolliert. Als würde sie einen sinnlichen Tanz vorführen.

»Ja, und darüber war Weber nicht sonderlich erfreut. Er zwingt Abnehmer, nicht mehr bei uns einzukaufen. Die Lage ist ernst.«

»Dann schlagt ihr zurück! Emma, ihr müsst ihn in seine Schranken weisen! Ihm klarmachen, dass er weder über Carl noch über eure Fabrik jemals bestimmen wird.«

Emma senkte den Blick. »Genau das erwartet Carl von mir. Dass ich Weber zeige, dass er nicht alles bekommen kann, was er will. Ich weiß nur nicht, wie … ich …«

… habe keine Leidenschaft mehr. Hatte sie das nicht auch Nora schon gesagt? Sie fühlte sich leer. So erschreckend leer!

»Du hast eine Idee, stimmt's? Etwas völlig Verrücktes!« Louises Augen glänzten voller Begeisterung.

»Vermutlich ist es wirklich Zeit für etwas Verrücktes.« Wieder dachte sie an Nora. »Für neue Wege, neue Ideen, neuen Geschmack. Nur …«

Nur ging alles kaputt, sobald sie begann, an ihre Ideen zu glauben oder etwas davon in die Tat umzusetzen. Sie hatte Carls Fabrik in Metz verloren. Und als sie versucht hatte, in Speyer die Lage zum Besseren zu wenden … Unwillkürlich schlang sie die Arme um ihre Schultern und fühlte sich dennoch absolut schutzlos.

»Genial!« Louise wirbelte herum. »Ich sehe es schon vor mir!« Tief atmete sie ein und ließ ihren Blick über die Dächer der Stadt schweifen.

Emma blinzelte irritiert. »Was genau?«

»Euren neuen Senf, der in Düsseldorf einschlägt wie eine Bombe!«

Emma schauderte. Noch fester klammerten sich ihre Hände an die Schultern, beinahe bis zum Krampf in den Armen. »Ich glaube nicht, dass die Menschen so kurz nach dem Krieg etwas von Bomben hören wollen.«

»Du hast recht. Das war unsensibel von mir.« Louise stemmte die Hände in die Hüften, während sie noch immer zum Horizont sah. »Aber ich bin mir sicher, mit einer richtigen Strategie wird euer neuer Senf das Gesprächsthema Nummer eins in der Stadt.«

»Es gibt keinen neuen Senf.« Emma schüttelte den Kopf. Worüber redeten sie überhaupt? So langsam wusste sie gar nicht mehr, warum sie hierhergekommen war.

Louise drehte sich um. »Hatte Carl in Metz denn nicht den

extra scharfen Senf kreiert als eine Brücke zwischen Düsseldorf und Dijon?«

»Aber wir sind nicht in Metz! Hier wollen die Menschen die Tradition, das Altbekannte!«

»Die Menschen wissen doch gar nicht, was sie wollen oder nicht. Du musst es ihnen zeigen! Pass auf: ein prägnanter Name, ein Spruch, der in den Köpfen bleibt, eine Verpackung, die dazu einlädt, sie in die Hand zu nehmen, und schon … Ich hab's!« Louise quiekte auf. Sie drehte das Blatt mit ihren Skizzen um, kniete sich hin und begann zu zeichnen. Flink glitt ihr Bleistift über das Papier, ließ in der Mitte ein offenes Senfgläschen entstehen. Die elegant geschwungenen Buchstaben formten sich zu einem Slogan. Ein Wappen verlieh dem Entwurf den Eindruck, als würde die edle Würze aus jedem Haushalt ein Adelshaus machen, wenn dieses Gläschen auf dem Tisch thronte.

»*Rhein-Senf*«, las Emma nachdenklich, während sie Louise über die Schulter sah. »*Extra scharf, extra fein – und der reinste Genuss.*« Sie runzelte die Stirn. »Wie kommst du auf den Rhein?«

»Er verleiht den Menschen Heimatgefühl. Du hast doch selbst gesagt: Man will in Düsseldorf Tradition, Beständigkeit. Was ist beständiger als der Rhein? Insgeheim sehnen wir uns alle nach etwas Neuem und Aufregendem, und genau das soll euer Senf vermitteln. Etwas Besonderes, was diese Stadt und die Menschen hier miteinander verbindet! Emma! Carl wollte doch schon immer etwas erschaffen, was anders ist. Einen eigenen Weg einschlagen. Und genau das sollte er tun. Ganz egal, ob er in Metz ist oder sich nach Düsseldorf verirrt hat. Es gibt keine Grenzen. Es darf keine geben!«

Emma lachte. Louises positive Energie wirkte ansteckend. Schon jetzt kribbelte es Emma in den Fingern, anzupacken, die möglichen Kunden auf den neuen Senf aufmerksam zu machen, die Werbekampagne zu entwickeln. »Du bist ja Feuer und Flamme! Wenn ich nur daran denke, dass du seine Fabrik in Metz unbedingt verhindern wolltest, erkennt man dich heute kaum wieder!«

Der Stift fiel Louise aus der Hand und kullerte über das Blatt. Die junge Frau sank in sich zusammen, als hätten Emmas Worte ihr einen Schlag in die Magengrube versetzt. Das Lächeln erlosch. »Früher habe ich vieles getan, worauf ich nicht stolz bin.«

Diese plötzliche Veränderung bescherte Emma ein schlechtes Gewissen. Sie hockte sich hin. Zum Glück waren sie weit genug vom Dachrand entfernt. Dennoch war ihr mulmig zumute. »Entschuldige. Das gehört der Vergangenheit an. Du bist nicht mehr die Frau von damals, und das hätte ich nicht erwähnen sollen.«

»Die Frau von damals ist noch da, Emma. Und sie raunt mir permanent zu, dass ich das Glück nicht verdient habe, das mich umgibt.«

Der Schmerz in diesen Worten traf Emma so unvorbereitet, dass sie innehielt. Zu gern hätte sie Louise aufgemuntert, doch sie wusste nicht, womit. Egal, was ihr einfiel – es hörte sich nach oberflächlichen Floskeln an. Und doch hatte sie das Bedürfnis, ihr beizustehen, ihr zu zeigen, dass sie nicht allein damit fertigwerden musste. Was auch immer sie gerade plagte.

»Willst du darüber reden?«

»Ich sollte es. Ich muss.« Jedes Wort kam nur einzeln über ihre Lippen, mit langen Pausen dazwischen. Wie schwer es ihrer Schwägerin fiel, konnte Emma beinahe körperlich spüren. »Gerade mit dir. Aber ich bin einfach nicht stark genug. Ich bin nicht wie Antoine.«

»Natürlich bist du nicht wie Antoine! Antoine hat Dinge getan …«

»Du hast keine Ahnung, was *ich* getan habe, Emma!« Tränen schossen ihr in die Augen. Mit einer hölzernen Handbewegung versuchte sie, diese wegzuwischen, und verschmierte den Kajal. »Und während er die Kraft gefunden hat, seine Vergangenheit zu bewältigen, offen damit umzugehen und seine Fehler einzugestehen … sitze ich hier und … und …« Sie rieb noch mehr und zog schwarze, feuchte Spuren über die Wangen.

Emma biss sich auf die Lippe. Sie überlegte, was sie tun sollte. Ob Louise eine Umarmung gebrauchen könnte oder doch lieber Abstand. Ob ihre Gegenwart ausreichte oder sie mehr Zuspruch geben sollte.

»Ich bin für dich da, Louise. Egal, worum es geht«, versprach sie inbrünstig. Louise hatte sie schon so oft unterstützt! Ob mit einer Tat oder einem lieben Wort. Zu gern wollte Emma sich erkenntlich zeigen. »Du musst nichts sagen, aber wenn du möchtest, kannst du es tun – ich höre dir zu. Du bist ein guter Mensch. Du hast so viel durchgemacht und hast es trotzdem geschafft, nach vorn zu blicken und aus allen Schicksalsschlägen so viel stärker hervorzugehen.« Emma verstummte kurz. Was man von ihr selbst nicht behaupten konnte – denn sie fühlte sich schwach. Ganz schwach.

»Ich und ein guter Mensch?« Louise lächelte verbittert. Irgendetwas ging in ihrer Schwägerin vor. Und was auch immer es war, sie beide würden stark sein müssen, um dem zu begegnen. »Ich habe dich in einen Kanal gestoßen! Hast du das vergessen? Gerade du solltest mich nicht für einen guten Menschen halten.«

Emma merkte, wie sich ihre Hände verkrampften. Einen Moment lang spürte sie es wieder: das dunkle, kalte Wasser, das sich über ihrem Kopf schloss. Die tonnenschweren Kleider, die ihren Körper wie ein todbringendes Fischernetz umwickelten und nach unten zogen. Sie schob die Erinnerungen beiseite und bemühte sich um einen halbwegs klaren Kopf. »Es ist nicht wichtig, was für ein Mensch du warst. Sondern was für ein Mensch du jetzt bist.«

Erneut wischte Louise sich über die Lider, doch die Tränen schossen ihr sogleich wieder in die Augen. »*Dein Handeln im Jetzt ist das, was dich definiert.* Das habe ich einst zu Antoine gesagt. Schon irgendwie komisch, oder? Dass ausgerechnet ich Antoine solche Postkartenweisheiten vermittle. Die sich nicht einmal reimen.«

»Ich denke, du vermittelst ihm sehr viel mehr als irgendwelche Weisheiten. Er kann sich glücklich schätzen, eine Freundin wie dich zu haben. Das können nicht viele Menschen von sich behaupten, vor allem, wenn ihre Ehe …« Emma suchte nach den passenden Worten.

»… am Arsch ist?«

Louises Direktheit, die nicht an gesellschaftliche Normen für das Bild einer braven Frau angepasst war, überraschte Emma immer wieder. Sie nahm kein Blatt vor den Mund. Da war keine Spur mehr von dem Mädchen, das verträumt dreingeblickt hatte, wenn Antoine auftauchte, oder schüchtern errötet war, wenn er ein Wort an sie richtete. »Nun. Ob das die treffende Bezeichnung ist, vermag ich nicht zu urteilen.«

»Oh, mehr als treffend! Diesem Abschnitt meines Lebens habe ich sogar ein Kunstwerk gewidmet.« Ihr Trübsinn war wie weggeblasen. »Willst du es sehen?«

»Ähm. Hängt wohl sehr davon ab, wessen … ähm … Ach, vergessen wir das lieber.«

»Ja. Vergessen wir es.« Der muntere Moment verflog. Louise senkte den Kopf, hob eine Hand und schaute auf den Ring, den sie trug. Für den Rest der Welt waren sie noch immer verheiratet. »Vielleicht verstehen wir uns deshalb so gut, weil wir beide so unglaublich kaputt sind. Weißt du, dass ich ihn in diese Ehe gezwungen habe?«

»Du warst schwanger. Und da er an diesem Umstand nicht ganz unbeteiligt gewesen ist …«

»Ich habe ihn bestochen.« Schneidend fuhr ihr Blick Emma direkt ins Herz. »Ja, ich war so verzweifelt, dass ich ihm angeboten habe, meine Eltern dazu zu bringen, ihm das Fuhrgeschäft zu überlassen!«

»Er hätte ablehnen können.«

»Und dann habe ich ihm gedroht, ihn als den Mörder seines Vaters zu entlarven! Was für eine prächtige Grundlage für eine glückliche Ehe, nicht wahr? Kannst du dir das vorstellen?«

Das konnte Emma nicht. Und gleichzeitig doch. Eine schwangere, unverheiratete Frau hatte wenig Perspektiven. Auch wenn Emma sich sicher war, dass Louises Eltern sich niemals von ihrer Tochter abgewandt hätten.

»Das Wichtigste ist doch, dass ihr es irgendwie geschafft habt, die Vergangenheit aus dem Weg zu räumen. Obwohl ihr kein Paar mehr seid, kümmert ihr euch beide um Frederick und zieht einen wundervollen Jungen heran. Und du hast trotzdem dein Glück gefunden!« Sie deutete auf den Plakatentwurf. »Schau nur, wie kreativ du bist.«

»›Feuer und Flamme‹, hast du gesagt.«

»Und das stimmt!«

»Für das Feuer und die Flamme war ich verantwortlich«, sagte Louise so leise, dass Emma sie kaum hörte. Louises Blick schweifte in die Ferne, über alle Dächer hinweg. Als müsse sie dort etwas erspähen, was ihr Kraft gab, um weiterzusprechen. »Der Brand in der Fabrik. Das war ich. Ich habe fast meinen Bruder umgebracht.«

»Du?«, entfuhr es Emma. Plötzlich fühlte sie sich wie im freien Fall. Als hätte sie das Gleichgewicht verloren und würde vom Dach stürzen, nicht wissend, wo oben und unten war. Bis sie auf dem Boden der Tatsachen aufschlug. »Aber Antoine …«

»Antoine ist … eben Antoine. Aber ein Brandstifter ist er nicht.« Unaufhörlich liefen Tränen über Louises Gesicht, doch sie machte sich nicht mehr die Mühe, das Nass von den Wangen zu wischen.

»W-warte, das verstehe ich nicht«, stammelte Emma. Obwohl sie es bestens verstand. Hatte sie früher Louise nicht selbst im Verdacht gehabt? Aber jetzt – nein, es war ungeheuerlich, es sich auch nur vorzustellen! Sie betete insgeheim, es möge nur ein schlechter Scherz sein. Dass das Bild der Frau, die sie inzwischen so mochte, in der sie – wie Antoine – eine Freundin gefunden hatte, bestehen blieb. »Du … nein, das kann nicht sein. Du …«

»Ich. Ja, ich.« Louises Stimme klang mechanisch, scheppernd. Wie eine leiernde Platte auf einem kaputten Grammophon. »An diesem Abend bin ich noch einmal zurück in die Fabrik gegangen. Weil ich fest davon überzeugt war, dass die Hälfte des Schmucks, den meine Mutter meinem Bruder gegeben hatte, mir zustand. Wie konnte Carl nicht einsehen, dass er mir Unrecht tat? Da sah ich ihn dort … im Büro … und etwas in mir ist einfach explodiert.« Louise war immer lauter geworden. Schwer atmend rang sie um Fassung, dann griff sie nach dem Stift, der ihr aus der Hand geglitten war. »Ich packte dieses Regal. Ich wollte doch nur meinen Emotionen freien Lauf lassen!« Mit aller Wucht schleuderte sie den Stift vom Dach. Dann ebbte der Ausbruch ab, und sie sank in sich zusammen. »Manchmal brauche ich es. Einen Ableiter, sonst ertrage ich meine eigenen Gefühle nicht.« Sie holte tief

Atem. »Dann kippte das Regal direkt auf Carl.« Sie schluchzte, beugte sich vornüber und vergrub ihr Gesicht in den Händen. »Ich habe Panik gekriegt. Einfach nur Panik. Die Lampe war kaputtgegangen, daran erinnere ich mich noch. Der Stuhl fing Feuer. Aber statt die Flammen zu ersticken, habe ich mir die Schmuckschatulle geschnappt und bin rausgerannt! Ich bin einfach weggelaufen!«

»Und Antoine? Er war doch auch da.« Emmas Gedanken überschlugen sich. Es musste Antoine gewesen sein! Er hat es doch gestanden! Wie von Sinnen rieb sie über ihre vernarbte Haut, knetete die Hände, mit denen sie Carl damals aus den Flammen gezogen hatte, und versuchte, das Erlebte immer wieder durchzugehen. Doch die Erinnerungen waren verschwommen. So viel Zeit war vergangen! Zeit, in der sie geglaubt hatte, alles zu kennen.

Louises Gesicht wirkte rot und angeschwollen, als sie gequält aufblickte. »Antoine wollte rein und Carl holen, aber dann warst du schon gekommen und bist in die Fabrik gelaufen ... Den Rest kennst du wohl. Antoine hat nichts mit dem Brand zu tun. Antoine ...«

Hinter ihnen raschelte es. Erschrocken fuhr Emma herum und sah ... Antoine. Wie lange stand er da schon? Wie viel hatte er mitbekommen?

Auch Louise wandte sich um, dann erhob sie sich langsam. »Du ...«

Sie zitterte. Ob vom kalten Wind oder vom Übermaß ihrer Gefühle, vermochte Emma nicht zu sagen.

Er trat zu Louise und nahm sie schweigend in den Arm. »Eigentlich bin ich nur hier, um zu sagen, dass Wilhelmine und Frederick wieder da sind. Es gibt Kekse. Und Tee.«

Auch Emma stand auf. Anklagend sah sie ihn an. »Louise hat mir vom Brand erzählt.«

»Ja, das habe ich mitbekommen.«

»Und mehr hast du nicht zu sagen?« Sie wollte ihn nicht so anfahren. Aber das Durcheinander in ihr machte sie einfach wahnsinnig. *»Also sage ich Dir, was Du wissen musst, um endlich eine Gewissheit zu haben und Deinen Frieden zu finden«*, zitierte sie die Zeilen seines Briefes, die sich in ihr Gedächtnis eingebrannt hatten. »Warum hast du geschrieben, dass du für das Feuer in der Fabrik verantwortlich bist? Warum hast du mich angelogen? Was … was hast du dir nur dabei gedacht?«

Noch immer hielt er die Arme um Louise gelegt, beinahe schützend. Und doch machte es den Eindruck, als bräuchte auch er Schutz. Vor den Erinnerungen, vor sich selbst, vor den Abgründen, die sich jeden Moment erneut auftun konnten. »Ich habe gedacht … Ehrlich gesagt weiß ich nicht mehr ganz so genau, was ich mir dabei gedacht habe. Ich bin nicht ganz bei Sinnen gewesen. Ich glaube … ich glaube, ich war davon überzeugt, das Richtige zu machen. Die ganze Angelegenheit ein für alle Mal aus der Welt zu räumen, wenn ich sowieso sterben muss. Ich wollte, dass du deinen Frieden findest.«

»Mit einer Lüge?« Verzweifelt suchte sie Louises Blick. »Du hast den Brief doch auch gelesen! Du hättest mir schon damals die Wahrheit sagen können!«

Louise nickte schuldbewusst. »Hätte ich. Aber Carl war nicht da. Und zwischen uns … Ich hatte das Gefühl, dass es zwischen uns endlich etwas besser läuft … Ich habe es einfach nicht geschafft. Ich konnte nicht klar denken.«

»Und hast mir Vorwürfe gemacht, dass ich dir nichts von dem Brief erzählt habe.«

Vorsichtig befreite Louise sich aus Antoines Umarmung. »Ich musste mir selbst darüber klarwerden, was das alles bedeutete. Wie ich damit umgehen sollte. Und ich … ich habe mich für den falschen Weg entschieden. Es tut mir leid.«

Mit zitternden Fingern rieb sich Emma über die Hände. Unaufhörlich tastete sie über die Narben. Das war einfach zu viel. Die Wahrheit, die Lüge … und ihre Gedanken daran, das nichts zwischen Louise und ihr sich ändern durfte. Jetzt, da sie sich gefunden hatten, einander vertrauten und so oft füreinander da waren. *Es ist nicht wichtig, was für ein Mensch du warst. Sondern was für ein Mensch du jetzt bist.* Sie musste immer wieder daran denken. Es war so leicht, es zu sagen. Und so unendlich schwer, es zu fühlen.

»Weiß Carl davon?«

Louise schüttelte den Kopf. Zögerte. »Wirst du es ihm sagen?«

»Ich finde, du solltest es tun.«

Louise schluckte. »Weißt du, wie oft ich mir dieses Gespräch schon vorgestellt habe? ›Übrigens, Bruderherz. Ich habe es fast geschafft, dich umzubringen und deine Träume zu zerstören.‹«

Emma blickte auf. Es kostete sie Überwindung, doch dann trat sie näher und nahm Louises Hände in ihre. »Vielleicht nicht unbedingt so. Aber rede mit ihm, bitte. Ich glaube, wir alle sollten eine Möglichkeit bekommen, damit abzuschließen. *Richtig* abzuschließen.«

»Und … und was wird jetzt aus uns?«

»Ich weiß es nicht. Ich muss darüber nachdenken. Das alles wirklich begreifen. Ich bin zu durcheinander gerade.«

Louise verzog den Mund. »Ich nehme an, du willst nicht zum Tee bleiben und ein paar Kekse mit uns essen?«

»Heute nicht.« Sie wandte sich zum Gehen.

»Emma?«

Emma blickte zurück.

»Nimmst du das Plakat trotzdem mit?« Louise hob ihre Zeichnung vom Boden auf.

Rhein-Senf. Extra scharf, extra fein – und der reinste Genuss.

Emma lächelte. Trotz allem, was sie gerade erfahren hatte, kehrte das Prickeln zurück, sobald sie einen Blick auf den Entwurf geworfen hatte. Eine neue Energie durchströmte sie, die sie schon lange nicht mehr verspürt hatte. Egal, wie schwer es gerade war – Louises Idee bewegte etwas in ihr, sprach ihr Mut zu, öffnete ihre Sinne für mehr Wagnis.

»Ja. Das Plakat nehme ich unbedingt mit!« Dankbar nahm sie die Zeichnung entgegen. »Danke dir. Wirklich. Es ist absolut großartig. Genau das, was wir gebraucht haben!«

***

Sie mochte es, zurückzukehren und Carls Präsenz in der Fabrik zu spüren. Zu wissen, dass er entweder im Büro war oder mit seinen Maschinen experimentierte. Es war eine grenzenlose Erleichterung, die über sie hinwegbrandete, wenn sie über die Schwelle trat und ihn irgendwo vorfand. Ohne es bewusst wahrzunehmen, wie sehr sie ihn vermisst oder wie viele Sorgen sie sich gemacht hatte. Gleichzeitig schalt sie sich dafür, denn es gab überhaupt keinen Grund, sich Sorgen zu machen.

Und hoffte, man würde es ihr nicht anmerken.

»Der Fabrikherr ist im Probierraum«, informierte einer der Mitarbeiter sie, kaum dass Emma in die heiligen Hallen eingetaucht war. Anscheinend merkte man ihr die Sorge doch an und sagte ihr Bescheid, bevor sie vergebens durch die Gänge streifte, um Carl zu sehen.

Sie bedankte sich, tat beschäftigt und steuerte das Büro an. Um am Ende ihren Weg doch noch zu ändern.

Der Probierraum lag ein wenig abseits, so dass man sich

nicht ungewollt hierher verirren konnte. Im Grunde betrat außer Carl niemand diesen Gang. Hinter der unscheinbaren Metalltür prüfte er regelmäßig die Qualität der Produktion. Manchmal zog er sich sogar mitten in der Nacht zurück, um seine geliebte Paste in Augenschein zu nehmen oder an neuen Rezepten zu tüfteln. Hier wollte er nicht gestört werden. Dieses Refugium war allein ihm vorbehalten.

Emma wusste, es hatte keinen Sinn, hier zu verweilen. Diese Tür konnte stundenlang verschlossen bleiben.

Vernünftiger wäre es, wenn sie tatsächlich im Büro auf ihn wartete, bis er bereit war, in den Alltag zurückzukehren. Doch ihre innere Unruhe erschwerte die Vorstellung, brav auf einem Stuhl auszuharren, bis er sich wieder imstande fühlte, die Welt an sich heranzulassen.

Das Papier raschelte, als Emma Louises Zeichnung auseinander- und gleich wieder zusammenfaltete. Carl musste von der Idee erfahren, und Emma überlegte, wie sie ihm die Idee für den Rhein-Senf präsentieren könnte. Gleichzeitig fragte sie sich, ob sie mit Carl darüber sprechen konnte, ohne an Louises Geständnis zu denken. Es stand ihr nicht zu, ihm davon zu erzählen, noch mehr: Es fühlte sich an, als würde sie ihre Schwägerin verraten, sollte sie damit vorpreschen. Oder musste sie ihm die Wahrheit über den Brand sagen? Würde er es ihr übelnehmen, wenn sie ihm das Gespräch mit Louise verheimlichte?

Egal, was ihr in den Sinn kam – nichts davon fühlte sich richtig an.

Verdammt, warum waren Familien nur so kompliziert?

Eine Klinke klackte leise und bescherte Emma Gewissensbisse. Hatte sie laut geflucht? Oder zu laut vor der Tür getrampelt? Ihn zu stören – wobei auch immer –, war nicht ihre Absicht gewesen.

»Entschuldige, ich wollte deine Arbeit nicht unterbrechen«, stammelte sie, als Carl zu ihr in den Gang trat.

»Du hast nichts unterbrochen.«

»Wunderbar. Dann können wir ins Büro gehen und reden. Natürlich nur, wenn du Zeit hast.« Wie schnell doch ihre Souveränität verpuffte! Jetzt kreisten ihre Gedanken nur noch um Louise und den Brand, und sie plapperte, um sich mit aller Gewalt davon abzubringen. Während sie auf dem Flur hin und her tigerte, hatte er sich gegen die Wand gelehnt und beobachtete sie. Aufmerksamer als sonst? Ahnte er, was sie so sehr beschäftigte?

»Vielleicht habe ich einen Weg gefunden, was wir gegen Weber unternehmen könnten«, fuhr sie fort, um die Stille zu füllen. Als könnte er sonst ihre Gedanken hören. »Wobei ich ihn nicht allein gefunden habe. Eigentlich war es deine Schwester. Die Lorbeeren gebühren definitiv ihr!«

Sie sah, wie seine Mundwinkel zuckten. Seit er wieder da war, lächelte er kaum einmal wirklich. Nicht bis zu seinem Grübchenlächeln, das er früher so gern gezeigt hatte. »Vielleicht atmest du zuerst einfach durch? Hast du überhaupt schon geatmet, seit ich herausgekommen bin?«

»Ich … ich weiß es nicht.«

»Dachte ich mir schon.«

Jetzt blickten sie einander stumm an. Wenigstens fiel Emma auf, dass sie es tatsächlich schaffte zu atmen. Sie war so durcheinander! Und das durfte sie auf keinen Fall zeigen. Am besten ganz von vorn anfangen. Immerhin hatte sie so etwas wie eine Rede vorbereitet. Eine Präsentation, die ihn überzeugen würde. Und bei der sie auf keinen Fall an den Brand denken sollte. Nur blöd, dass ihre vernarbte Haut an den Händen sie umso eindringlicher daran erinnerte.

Sie öffnete den Mund, doch plötzlich löste sich Carl von

der Wand und nahm ihre Hand. Eine Berührung, die ihr wie ein elektrisierendes Prickeln unter die Haut fuhr und die Schmerzen der Narben vertrieb. Emma merkte, wie sein Daumen ihren Messingring berührte. »Komm«, sagte er ganz einfach und öffnete die Tür.

»Nein, nein.« Eilig zog Emma ihre Hand aus seinem Griff. Auf keinen Fall durfte sie diesen Raum betreten! Hier war sein Rückzugsort. Ein Herzensplatz, der nur ihm gehörte.

Er wandte sich zu ihr um. »Das ist schon in Ordnung.«

»Ist es nicht. In diesem Raum kannst du ganz für dich sein. Es ist dein Refugium. Ich sollte keinen Zutritt dazu haben.«

Seine Augen wurden dunkler, zumindest kam es ihr so vor. Früher hatte sie darin ständig die heiteren Funken gesehen, die sein Lächeln begleiteten. Jetzt hatte sie das Gefühl, in den Tiefen zu versinken, die sie ganz zärtlich empfingen.

»Ich bin hier ganz für mich, das stimmt. Und vielleicht ist es völlig sinnfrei, was ich gerade von mir gebe, aber ich möchte wirklich, dass du Zutritt bekommst. Zu diesem Raum und zu mir. Und vielleicht ein wenig zu dir selbst, denn du scheinst es gerade gut gebrauchen zu können.« Er streckte seinen Arm aus. Seinen kaputten Arm, den zu bewegen ihm manchmal so schwerfiel. »Nur heute. Nur jetzt. Komm mit mir, damit wirst du mir wirklich nichts nehmen, aber ich kann dir vielleicht etwas geben.«

Zaghaft legte sie ihre Finger auf seine Handfläche. Seine Haut fühlte sich kühl an. Rau. Noch immer glaubte sie, die Schwielen, Abschürfungen und Risse zu erkennen, die er aus seiner Gefangenschaft mitgebracht hatte. Das meiste sah man nicht mehr. Aber wenn man etwas nicht sah, bedeutete es nicht, dass es aufgehört hatte zu existieren.

»Komm«, bat er noch einmal.

Und sie folgte ihm über die Schwelle.

Es war hell. So hell, dass sie kurz die Augen zusammenkniff. Statt auf eine Wand schaute sie geradewegs durch Glas. Es war nicht bloß ein Fenster, sondern eine wandgroße Fensterfläche, die einen freien Blick nach draußen erlaubte. Emma konnte nicht anders, als verblüfft hinzustarren. Ging das überhaupt? Eine Glasfront von der Decke bis zum Boden? Offensichtlich.

»Keine Wände, keine Zäune, kein Stacheldraht«, holte seine Stimme sie ein. »Manchmal fühle ich mich eingeschlossen, eingeengt. Dann komme ich hierher und kann wieder atmen. Ich schaue einfach raus und weiß, dass ich gehen kann, wann und wohin ich möchte.«

Langsam drehte sie den Kopf und schaute zu ihm auf. »Wo möchtest du denn hingehen?«

»Ohne dich – nirgendwohin. Du brauchst dir keine Sorgen zu machen, dass ich plötzlich nicht mehr da bin. Dass ich nicht zurückkomme. Das wird niemals passieren, glaub mir.«

Seine Worte berührten sie. Also hatte er es gemerkt, dass sie unbewusst nach ihm suchte, sobald sie die Fabrik betrat.

»Ich bin da, Emma«, flüsterte er ihr zu. Er war ihr so nah, dass sie die Wärme seines Körpers spürte. Sie konnte seinen Duft riechen, der den ganzen Raum zu füllen schien. Seinen Atem auf ihrer Haut fühlen. Und nichts davon machte ihr Angst. »Bist du auch da? Bei mir?«

»Ja.«

»Denn manchmal habe ich das Gefühl, dass ich dich berühre – und doch bist du nicht wirklich bei mir.«

»Ich …« Was sollte sie nur sagen? Dass sie manchmal nicht einmal bei sich selbst war? Dass sie sich in ihrem eigenen Körper fremd fühlte, unwohl? Dass Berührungen sie daran erinnerten, wie machtlos sie ihnen ausgeliefert sein konnte? Es fiel ihr schwer zu sprechen. Als wäre der Strick wieder da, um ihre Kehle einzudrücken. »Ich glaube, du hattest recht. Du hattest so recht! Wir müssen lernen, uns zu berühren. Ich muss lernen, mich berühren zu lassen. Und erkennen, was guttut. Denn manchmal kann auch ich nicht atmen. Und fühle mich eingeengt und eingeschlossen. In mir selbst.«

Er hob seine Hand und fuhr durch die Haarsträhnen, die sich aus ihrer Frisur gelöst hatten. »Ist diese Berührung in Ordnung?«

»Ja.«

Seine Finger strichen über die Kante ihres Ohrs, um das Haar zurückzustecken. »Und diese?«

»Ja«, hauchte sie.

Er senkte die Hände. Sie spürte seine kühlen Finger auf der Innenseite ihrer Arme. »Und was ist damit? Kannst du noch atmen, wenn ich das tue?«

Ein Schauer fuhr ihr Rückgrat entlang.

»Ich … weiß nicht.« Ihre Kehle fühlte sich eng an. Aber nicht von einem Strick, der sie würgte. Sondern von einem Verlangen, das einen weiteren Schauer über ihren Körper jagte und ihre Haut prickeln ließ.

Etwas raschelte zu Boden. Louises Plakat. Erschrocken schaute Emma auf das Papier, das ihr aus den Fingern geglitten war.

»Ich höre auf, wenn du willst«, raunte er ihr zu. Seine Stimme klang dunkler als sonst. Ein wenig rau und gleichzeitig samtig.

Sie blickte auf. Was wollte sie wirklich? Ihn küssen? Es zumindest versuchen?

Er beugte sich zu ihr. Als würde er das Gleiche denken und sie nichts zu sagen brauchen.

Ganz leicht stellte sie sich auf die Zehenspitzen und streifte seine Lippen mit ihren.

Es war kein Kuss.

Nur eine weitere Berührung.

Hatte er mehr erwartet? Bange forschte sie in seinem Gesicht.

Er lächelte ihr zu. »Es war ein sehr schöner Anfang.«

»Dann zeig mir, wie ich einen Anfang bei dir finde«, bat sie ihn.

»Wenn ich das nur selbst wüsste.« Verlegen strich er sich durchs Haar, und Emma erstarrte innerlich, als seine Finger die blasse Narbe an seinem Kopf entblößten. Eine Narbe, die ihm das umgekippte Regal am Abend des Brandes zugefügt hatte. Er bemerkte ihre Reaktion und tastete mit den Fingerspitzen darüber. »Das ist schon lange kein Anfang mehr. Was Narben angeht – ich habe schlimmere. Über diese bin ich längst hinweg.«

Wirklich? Auch wenn er erfuhr, dass er das Mal Louise zu verdanken hatte? Seiner Schwester? Unwillkürlich taumelte Emma zurück. Sollte sie es ihm sagen? Oder lieber schweigen? Das Plakat raschelte unter ihren Füßen und bescherte ihr noch mehr Unbehagen.

»Was ist denn los?«, fragte er besorgt.

»Nichts. Es ist alles gut.«

Er hob die Augenbrauen. »Wollten wir uns nicht besser kennenlernen? Dazu gehört, dass wir ehrlich zueinander sind.«

»Es ist … wirklich nichts.«

Nachdenklich strich er sich über die Narbe, immer wieder fuhren seine schlanken Finger darüber. »Dieses Nichts … hat es etwas mit Louise zu tun?«

»Wie kommst du darauf?«, hauchte sie und wäre am liebsten aus dem Raum geflohen.

»Du warst heute bei ihr. Du wirkst vollkommen aufgelöst

und starrst meine Narbe an.« Er hielt inne. Plötzlich fühlte sich sein Blick so eindringlich ein, dass Emma glaubte, er würde bis auf den Grund ihrer Seele stoßen. Falten gruben sich in seine Stirn. »Sie hat es dir gesagt, oder?«

»Was?« Jetzt verstand sie gar nichts mehr. Wie kam er darauf? Wenn Louise doch behauptet hatte, mit ihm nicht über den Brand gesprochen zu haben?

»Also doch«, fuhr er fort und zog ein paar Strähnen über die Narbe, damit sein Haar die Stelle verdeckte.

»Woher weißt du es? Nein, warte.« Emma blinzelte irritiert. »Was glaubst du denn, was Louise mir gesagt hat?«

Er schwieg einen Moment lang. »Dass sie den Brand ausgelöst hat.«

Schwer legten sich seine Worte über ihr Gemüt. »Unmöglich. Du kannst es unmöglich wissen!«

Er hob die Augenbrauen. »Ich war ja dabei. Schon vergessen?«

»Aber du kannst dich an nichts erinnern!« Verzweifelt rieb sie sich über die Stirn, um ihre holprigen Gedanken irgendwie zu ordnen. »Zumindest hast du es damals gesagt.«

»Es stimmte auch. Damals. Aber irgendwann kamen die Erinnerungen zurück. Zuerst nur undeutlich. Nach und nach konnte ich den Abend halbwegs rekonstruieren, bis schließlich alles da war.«

»Und du hast nichts gesagt?«, entfuhr es ihr. Sofort biss sie sich auf die Lippe. Das war die falsche Frage. Eine ganz und gar schrecklich falsche Frage. »Wie geht es dir damit? Wie fühlst du dich?«

Er wandte den Blick zur Fensterfront, und erst jetzt verstand Emma, was es für ihn bedeutete, wieder atmen zu können. Seine Züge entspannten sich. Die Haltung lockerte sich. Und er schaffte es, tief Luft zu holen. »Anfangs war es sehr schwer. Als würden die Albträume zurückkehren. Nur dieses Mal viel konkreter und damit erschreckender. Doch irgendwann konnte ich meinen Frieden damit machen. Was passiert ist, ist passiert. Es ist ja nicht so, dass Louise mich umbringen wollte. Manchmal wird sie von ihren Gefühlen einfach übermannt.« An seinem Profil sah sie, wie er versuchte zu lächeln. »Aber auch das ist besser geworden. Jetzt ist sie ruhiger, zufriedener mit der Welt und sich selbst.«

»Ja, das ist sie.«

»Was hat sie dir noch gesagt?« Erst jetzt wandte er seinen Blick von der Fensterfront ab.

»Vor allem, dass es ihr leidtut.«

Er nickte.

»Meinst du …« Emma zögerte. Im Gespräch mit Louise war sie so überzeugt gewesen, dass es das einzig Richtige war, mit Carl darüber zu reden. Aber jetzt war sie sich nicht mehr sicher, ob es klug war, alte Wunden aufzureißen, wo es doch so viele neue gab. Was, wenn er nicht bereit dafür war? Und es vielleicht niemals sein würde? »Meinst du, du schaffst es, mit ihr darüber zu sprechen?«

»Ich könnte es versuchen.«

»Du musst es nicht. Denn es geht hier nicht um sie und ihre Schuldgefühle, auch um niemanden sonst, sondern nur um dich. Und deine Entscheidung, wie du damit am besten umgehst.«

»Wenigstens kann ich jetzt mit dir darüber reden.«

»Immer! Du hättest es mir jederzeit erzählen können!«

»Ich wusste nicht, was ich damit anrichten würde. Ich wollte die Familie nicht noch mehr entzweien, wo es doch so schwer war, halbwegs zusammenzufinden.«

»Ich verstehe. Zumindest jetzt kann diese Familie nichts mehr entzweien, davon bin ich fest überzeugt. Dafür haben wir zu vieles erlebt und es zusammen überstanden.« Nur eine Postkartenweisheit, wie Louise es nannte? Emma spürte, dass mehr darinsteckte. Eine Wahrheit, die sie erst aussprechen musste, um sie zu erkennen. Louises Geständnis würde nichts daran ändern, dass sie ihre Schwägerin mochte und nach Rat fragte. Ob bei der Senf-Inspiration oder Fachfragen zur Beschaffung einer Rubinlippen-Cattleya.

»Dann sollte ich vielleicht tatsächlich mit Louise reden.« Er bückte sich und hob ihren Entwurf auf. »Zumindest scheint sie sich sehr um eine Wiedergutmachung zu bemühen.«

»Sie ist unglaublich inspirierend und voller Tatendrang. Sicher nicht bloß ihrer Schuldgefühle wegen. Sie möchte wirklich helfen. Wir brauchen etwas Neues, um den Markt zu erobern – und gegen Webers Intrigen zu bestehen. Haben wir uns mit einem Produkt erst einmal etabliert, wird er uns nichts anhaben können. Und dafür müssen wir uns von den anderen abheben!«

»Mit einem Rhein-Senf. *Extra scharf, extra fein – und der reinste Genuss*«, las er.

»Meinst du, dir würde eine passende Kreation dazu einfallen? Louise kann eine perfekte Werbekampagne entwickeln, und ich bin davon überzeugt, dass ich es schaffe, Kunden zu gewinnen. Aber im Endeffekt kommt es nur auf dich an.«

Er wandte seinen Blick nicht vom Plakat ab, doch sie merkte zu ihrer Erleichterung, wie sich sein Gesichtsausdruck erhellte. »Es würde mir nicht nur etwas dazu einfallen. Ich glaube … ich glaube, ich habe sogar schon etwas, was praktisch genau dafür erschaffen wurde!«

»Tatsächlich?« Skeptisch hob sie eine Augenbraue.

»Es ist nicht so, dass ich in diesem Zimmer nur dastehe und aus dem Fenster starre.« Er zwinkerte ihr zu.

»Nicht?«, neckte sie.

Spätestens jetzt war er nicht mehr zu halten. »Wenn die Worte nicht überzeugen, müssen die Sinne es bestätigen!«

Er wirkte wie verwandelt. Als hätte er, ohne es zu merken, eine innere Starre abgeschüttelt und würde nicht nur frei atmen, sondern seine Begeisterung auch leben. Die unweigerlich auf Emma übersprang, während sie ihm zusah, wie er Utensilien hervorholte. Vor allem aber ein unscheinbares Gläschen aus einem Schrank an der Seitenwand, wo er anscheinend einige seiner Schöpfungen aufbewahrte. *Probe 5.23.1,* stand auf einem kleinen Etikett, das an einer Flachskordel seitlich baumelte.

»Sag mir, was du denkst!«, rief er voller Leidenschaft, während er einen winzigen Klecks Paste auf einen Löffel schöpfte und ihn Emma reichte. »Nein, noch besser: Sag mir, was du *fühlst*!« Seine Augen strahlten. Sein ganzes Wesen.

Die Aufregung prickelte in Emmas Sinnen, noch bevor sie sich die Paste, die er ihr vorsichtig zwischen die Lippen schob, auf der Zunge zergehen ließ. Der typische Senfgeruch kribbelte in ihrer Nase, vermischt mit einer leichten Süße und Säure. Die Schärfe breitete sich augenblicklich in ihrem Mund aus und forderte die Geschmacksnerven heraus, während die extra feine Konsistenz der Zunge schmeichelte. Bewusst zögerte Emma es heraus, den Klecks hinunterzuschlucken. Zu sehr hatte sie diese Momente vermisst, Carls Schöpfungen zu verkosten, mit ihm darüber zu reden und die Würze zu genießen, die sie daran erinnerte, dass das Leben nicht fade schmecken musste.

»Was ich fühle?« Emma öffnete die Lider. Dabei war ihr gar nicht bewusst gewesen, die Augen geschlossen zu haben. »Pure Freude.«

Sein Gesicht erstrahlte. Heitere Funken stoben durch seine Augen. Und Emma tauchte in die Wärme seines Grübchenlächelns ein. Was sie fühlte? Nach Hause zu kommen. Und gleichzeitig Abenteuerlust, Lust darauf, mehr zu erforschen, mehr wahrzunehmen, mehr zu erleben.

Carl lachte. Es war ein helles und gelöstes Lachen. »Und du bist dir ganz sicher, dass du nicht ein bisschen voreingenommen bist?«

»Auf keinen Fall!« Wieder stellte sie sich auf die Zehenspitzen und drückte ihre Lippen an die seinen. Dieses Mal etwas fester. Und um einiges länger.

»Ist es immer noch der Anfang?«, fragte er mit einer belegten Stimme, als sie von ihm losgelassen hatte.

»Der nächste Schritt. Das ist definitiv der nächste Schritt.« Sie schob ihre Finger zwischen seine. »Aber die Einzelheiten sollten wir vielleicht woanders besprechen.«

Kurz darauf verließen sie den Raum. Mit einer leichten Wehmut vernahm Emma, wie sich die Tür zu Carls Refugium schloss. *Nur heute. Nur jetzt*, hatte er gesagt. Dabei hätte sie ewig dort verweilen können. Immer wieder dorthin kommen. Aber darauf zu bestehen, dazu hatte sie kein Recht. Vielleicht sollte sie sich ihr eigenes Refugium schaffen, in dem sie sich selbst erkundete, ihrer Seele etwas Ruhe gönnte und ihren Leidenschaften nachging.

»Verzeihung.« Der Mitarbeiter, der Emma vorhin zum Probierraum geschickt hatte, trat ihnen entgegen, kaum dass Carl und sie die Produktionshallen betraten. »Aber da ist ein Besuch für Sie, Frau Seidel.«

»Für mich?« So langsam mussten sie einen Empfang einrichten.

»Der gnädige Herr weigert sich, reinzukommen. Er wartet draußen.«

Weber? Hoffentlich nicht Weber!

Auch Carl wirkte irritiert. »Soll ich mitkommen?«

»Verzeihung«, meldete sich der Mitarbeiter wieder. »Aber der Herr hat ausdrücklich nur nach Frau Seidel verlangt.«

Spätestens jetzt wurde Emma mulmig zumute. Doch sie straffte die Schultern und beschloss, sich nichts anmerken zu lassen.

»Ich kläre das«, sagte sie entschieden und ging nach draußen.

Zuerst sah sie niemanden. Verwirrt ließ sie den Blick umherschweifen. Bis sie etwas abseits tatsächlich eine Gestalt entdeckte.

»Guten Tag«, begann sie geschäftlich. »Wie kann ich Ihnen … Émile!«, rief sie völlig aufgelöst aus, als sie ihn endlich erkannte. »Émile, bist du es wirklich?«

Wie von Sinnen stürmte sie auf ihn zu und schloss seine schmale Gestalt fest in die Arme. Noch immer duftete er nach antiquarischen Büchern. Ob er irgendwo einen neuen Laden aufgemacht hatte? Einen Neuanfang würde sie ihm so sehr wünschen, so wie Carl seinen Neuanfang hatte.

»Ja, isch bin's«, drang seine entzückende weiche Aussprache an ihr Ohr, was Emma Tränen in die Augen trieb. Sie drückte ihre Wange an die seine, fühlte seine schlaffe, faltige Haut. Sein spinnwebfeines Haar kitzelte ihre Nase.

»Du hast mich gefunden! Du bist wieder da! Ach, Émile!«, stammelte sie und musste sich zusammenreißen, um nicht endgültig loszuheulen. Denn die ersten Tränen liefen ihr schon über die Wangen. »Wie geht es dir? Wo warst du? Was ist passiert?« Die Fragen sprudelten nur so aus ihr heraus. »Nachdem ich Carl zurückbekommen habe, habe ich mich nicht getraut zu glauben, noch einmal so viel Glück zu haben und dich wiederzusehen!«

Seine Haltung versteifte sich. »Das kann isch mir gut vorstellen.«

Etwas Metallisches schwang in seiner Stimme mit. Das kannte sie gar nicht von ihm. Doch damit wollte sie die Freude des Wiedersehens nicht trüben.

»Komm mit. Wir wohnen direkt in der Fabrik, unter dem Dach. Aber das dürfte dir bekannt vorkommen, oder?« Sie zögerte, während sie sich immer noch an ihn klammerte. Ob es klug war, die Verhältnisse in Metz zu erwähnen? Die Kriegszeit hatte Émile einiges genommen. Seine Buchhandlung, seine Würde – und überall war er den Anfeindungen ausgesetzt gewesen, sobald er sich auch nur auf der Straße traute. Vermutlich schaukelte das bloße Wiedersehen mit ihr so einiges in ihm hoch. »Lass uns reingehen«, schlug sie rasch vor, um es zu überspielen. »Es ist nicht besonders heimelig, aber eine Tasse Kamillentee kann ich anbieten. Gusti wirst du hier zwar nicht vorfinden, doch es geht ihr gut! Sie wohnt bei Louise und hat einen Narren an Frederick gefressen.«

Mit schwerfälligen Bewegungen befreite er sich aus ihrer Umarmung. »Nein, nein – das mit dem Reinkommen ist keine so gute Idee. Isch denke, isch gehe jetzt lieber.«

»Was? Nein, auf keinen Fall!«, rief sie entsetzt aus. »Du bist doch gerade erst hergekommen!«

»Isch bleibe länger in der Stadt, *ma chère*, keine Sorge. Am besten, du besuchst misch die Tage im 'otel, wo isch abgestiegen bin. Vielleischt Samstagnachmittag? Dann reden wir ganz in Ruhe. Auch über Gusti. In Ordnung?«

»Ja, natürlich. Sag doch wenigstens, ob es dir gut geht!«

»Alles ganz wunderbar. Isch wollte nur sehen, ob du wirklisch 'ier bist. Es war nischt einfach, disch zu finden. Wir sprechen uns dann am Samstag. Isch freue misch wirklisch sehr.« Er wandte sich ab.

»Warte, in welchem Hotel wohnst du denn?«

»Isch lasse dir eine Nachrischt zukommen.«

Bevor sie antworten konnte, ging er davon. Völlig verwirrt sah sie ihm nach, bis er am Straßenende abbog. Was hatte das denn zu bedeuten? Sie hatte sich die Begegnung doch nicht eingebildet? Ganz sicher war sie sich nicht.

***

Ungeduldig wartete Emma auf Émiles Nachricht. Hoffentlich hörte sie bald von ihm. Wie sonst sollte sie es sich verzeihen, dass sie ihn einfach so hatte gehen lassen? Immer wieder rekapitulierte sie das kurze Treffen mit ihm in Gedanken, und je länger sie sich damit beschäftigte, desto eindringlicher wurde das Bauchgefühl, dass etwas nicht stimmte.

Warum war er so reserviert gewesen? Weshalb wollte er nicht hereinkommen?

Einer guten Tasse Kamillentee war er doch noch nie abgeneigt gewesen.

Sie mahnte sich zur Geduld. Allein die Tatsache, dass er sie nach ihrer Odyssee in Düsseldorf gefunden hatte, glich einem Wunder. Doch die Zweifel blieben, die Unsicherheit trieb sie in den Wahnsinn. Und sie musste sich zügeln, um nicht stündlich zu fragen, ob ein Brief oder eine Karte für sie abgegeben worden war.

»Meinst du, er meldet sich?«, hatte sie Carl bange gefragt. Sie war zu ihm ins Büro gestürzt, als auch am Freitagmorgen noch nichts gekommen war.

Er hob nicht einmal den Blick vom Bilanzbuch, das vor ihm lag.

»Bestimmt. Immerhin reden wir über Émile. Er würde niemals einfach so verschwinden. Er nicht.« Er schnaubte bitter, und seine Stimme wurde ganz leise. »Was man nicht von allen hier behaupten kann.«

Emma spürte, wie eine diffuse Unruhe sie befiel. Einer fetten Spinne gleich machte sich das Gefühl in ihrer Seele breit. »Wie meinst du das?«

Er sah sie nicht an, und Emma kam es vor, als würde er sich Stück für Stück vor ihr zurückziehen. Als würde die Distanz zwischen ihnen immer größer, immer spürbarer. Obwohl sie sich im gleichen Raum befanden.

»Ach, nichts. Du wirst bestimmt bald von ihm hören.«

Zumindest in diesem Punkt hatte er recht behalten. Eine Stunde später erschien ein Laufbursche in einer dunkelblauen Pagenuniform, perfekt sitzender Bügelfaltenhose und einem Jäckchen, das mit drei Reihen goldener Knöpfe verziert war. »Eine Nachricht für Emma Seidel«, verkündete er feierlich und händigte einen Brief aus, auf dem ein verschnörkeltes Hotellogo und Émiles schwungvolle, aber kaum lesbare Schrift prangten.

Mit bebenden Händen machte Emma den Umschlag auf, hoffte auf ein paar Zeilen, die ihre Sorgen vertreiben würden. Doch auf dem Kärtchen standen bloß das Datum, die Uhrzeit und die Anschrift. Sie verscheuchte die Unsicherheit, die sich schon wieder in ihr ausbreitete. Das Einzige, was zählte, war doch, dass sie ihn morgen sehen würde! Den Mann, der ihr wie ein Vater war. Den sie so schrecklich vermisst hatte!

Umso schwerer fiel es ihr, bis zum Treffen auszuharren. Die Stunden flossen nur träge dahin. Emma lenkte sich mit Arbeit ab. Sie studierte die Werbekampagnen der Konkurrenz, legte Listen mit den potenziellen Kunden an und stellte Angebote zusammen, mit denen sie Großhändler zu überzeugen gedachte, damit die neue Sorte eine breite Kundschaft erreichen konnte. Carl hatte vor, neben den exklusiven Lieferungen für ausgewählte Partner den Senf auch in Großgebinden von fünf bis hundert Kilogramm für eine flächendeckende

Verbreitung anzubieten. Qualität für jedermann. Zu einem fairen Preis.

Am Samstag wählte Emma das hübscheste Kleid aus, das sie besaß. Es war aus einem einfachen cremefarbenen Baumwollstoff gefertigt. Ein runder, mit Stickereien besetzter Halsausschnitt legte ein Stück ihres Dekolletés frei. Der Saum reichte ihr bis zur Wadenmitte – kürzere Röcke zu tragen, wie Louise, traute sich Emma noch nicht, obwohl sie ihre Schwägerin des Öfteren für ihren Mut beneidete.

Zum Schluss setzte Emma ihren Glockenhut auf, den sie sich tief ins Gesicht zog. Was aktuell die Mode diktierte, kam ihr nur gelegen – sie fühlte sich geborgen vor fremden Blicken. Noch einmal drehte sie sich vor dem Spiegel, dann lief sie nach unten. Sie wollte die Fabrik gerade verlassen, als sie in einem der Gänge Carl entdeckte. Mit vor der Brust verschränkten Armen schien er sie zu beobachten. Sein Gesicht lag im Schatten. Und es kam Emma vor, als läge es nicht bloß daran, dass es im Flur dämmrig war.

»Ich habe ihn so lange nicht gesehen. Da werden wir uns sicher viel zu erzählen haben. Aber … aber ich versuche trotzdem, so schnell wie möglich zurück zu sein«, versprach sie eilig. Ohne dass es dafür einen Grund gab.

»Nicht nötig.« Seine Stimme klang mild und doch seltsam reserviert. Als koste es ihn Überwindung, sie gehen zu lassen. »Hab eine schöne Zeit mit Émile.«

»Ist alles in Ordnung?«

»Selbstverständlich.«

»Gut. Dann ist es gut.« Unsicher wandte sich Emma zum Gehen. Sie konnte die Last förmlich spüren, die ihn niederdrückte. Die sie ihm zu gern abgenommen hätte. Wenn sie nur wüsste, wie. Aber worum es auch ging – es eignete sich nicht für ein Gespräch zwischen Tür und Angel.

»Emma?«

Ruckartig fuhr sie herum. »Ja?«

Einen Moment lang schwieg er. »Ich liebe dich. Und ich würde dich niemals im Stich lassen. Versprichst du mir, daran zu denken? Ganz egal, was du heute hören wirst? Versprichst du es mir?«

Sie runzelte die Stirn. »Ja. Aber … aber was meinst du damit? Was werde ich denn heute hören?«

Er antwortete nicht, hob nur die Hand zum Abschied und trat in die Produktionshalle.

Zaudernd machte sie sich auf den Weg. Zuerst Émiles merkwürdiger Abgang und jetzt das? Was hatte es zu bedeuten?

Hoffentlich würde sie es bald erfahren.

Die Adresse, die Émile ihr hatte zukommen lassen, lag in der Nähe des Bahnhofs. Wieder einmal wurde ihr bewusst, wie ungern sie das Stadtzentrum besuchte. Ob sie mit Düsseldorf je warmwerden würde? Schon nach wenigen Minuten hätte sie am liebsten kehrtgemacht. Die imposanten Gebäude, die um sie herum aufragten, schüchterten Emma ein. Herausgeputzte Menschen flanierten durch die Straßen, als täten sie dies nur, um der Welt ihre teuren Kleider zu präsentieren. Sogar die Kinder in ihren modischen, sauberen Kleidchen, denen kein Staubkorn nahe kommen durfte, trugen ihre Näschen entschieden zu hoch, während sie an der Hand ihrer Eltern oder ihrer Gouvernante herumstolzierten. Vielleicht tat Emma ihnen unrecht, doch sie konnte das Gefühl nicht abschütteln, als würde jeder einzelne Passant sich zur Aufgabe machen, den schönen Schein zu wahren und vor allem den Zugezogenen zu zeigen, dass man einiges auf sich hielt.

Egal, wohin man auch blickte, die Straßen waren von Luxusgeschäften gesäumt: prächtige Zigarrenläden, vornehme

Cafés, eine Patisserie hier, eine feine Drogerie da. Emma brauchte nicht in die Schaufenster zu linsen, um zu wissen, dass sie sich nichts davon leisten konnte. Diese glänzende Welt war anderen vorbehalten, und Emma fragte sich insgeheim, ob sie sich in Düsseldorf je wohlfühlen würde, wenn das Herz der Stadt bei ihr so einen Widerwillen auslöste.

War es in Metz anders gewesen? Hatten die Römerstraße und das prächtige *Mortrier* einen anderen Eindruck hinterlassen, weil sie selbst eine andere gewesen war?

Sie bog in die Graf-Adolf-Straße ein und schlenderte an einem Baukomplex vorbei, in dem früher das *Arabische Café* betrieben worden war. Seinen einprägsamen Anblick kannte sie bereits von unzähligen Postkarten, die man gern mit Grüßen aus Düsseldorf verschickte. Die bunt glasierten Steine, die imposante Kuppel und das Minarett vermittelten ein fernöstliches Flair. Unwillkürlich blieb Emma stehen und fragte sich, was Azzeddine davon halten würde. Würde er Wehmut verspüren bei dem Gedanken daran, wie ein fremder Architekt ein Stück seiner Heimat geklaut und zur Belustigung wohlhabender Europäer nach Düsseldorf versetzt hatte? Oder sähe er darin nichts als eine märchenhafte Kulisse, die einen oberflächlichen orientalischen Zauber vermitteln sollte?

Nur schwer gelang es Emma, den Blick wieder abzuwenden.

An der Ecke Graf-Adolf- und Bismarckstraße thronte das *Bristol*-Hotel. Kurz hatte sie Angst, Émile hätte sie tatsächlich hierher eingeladen. Das imposante Gebäude mit zwei gigantischen Figuren, welche die Eckpfeiler über die oberen Stockwerke hinweg zierten, schüchterte ein wie ein Palast, zu dem keinem Normalsterblichen Zutritt gewährt wurde. Beruhigt stellte sie fest, dass sie daran vorbeigehen und in die Bismarckstraße einbiegen musste.

Zu ihrer Verwunderung sah Émiles Hotel allerdings nicht weniger mondän aus. Ein Portier öffnete ihr galant die Tür, als sie sich zaghaft dem Eingang näherte. Scheu klackerten ihre Schuhe über den blitzblank polierten Marmorboden. Pagen in schmucken Livreen – die gleichen wie bei dem Laufburschen vom Morgen – huschten geschäftig hin und her. Unsicher blickte Emma herum. Am liebsten wäre sie mit den Wänden verschmolzen, um keine befremdlichen Blicke zu ernten, aber damit hätte sie in ihrer Aufmachung vermutlich nur einen fürchterlichen Schandfleck in der Einrichtung abgegeben. Sie überlegte schon, ob sie sich trauen sollte, jemanden von der Rezeption anzusprechen, als sie Émile in einem der ledernen Sessel erspähte. Sie seufzte erleichtert. Er entdeckte sie ebenfalls, faltete hastig seine Zeitung zusammen, sprang auf und eilte ihr entgegen.

»*Ma chère!* Was für eine Freude.« Er sah gut aus. Wirklich gut. Und gleichzeitig fremd in seinem feinen Anzug, glattgekämmten Haaren und mit einer dunkelroten Krawatte, die in den unzähligen Lichtern der Kronleuchter seiden schimmerte. Mit seinem glattrasierten Gesicht wirkte er jünger, dynamischer. Das pure Leben sprudelte aus ihm hervor. »Was ist denn los? So schüschtern kenne isch disch gar nischt. Isch bin es!« Er umarmte sie herzlich.

Dennoch fühlte sich Emma schrecklich steif, als sie seine Umarmung erwiderte, während sie sich immer noch heimlich umsah. »Hier wohnst du also?«

Er ließ sie los und nickte mehrfach. »Wunderschöne Zimmer. Wie isch bereits sagte: Isch beabsischtige, länger zu bleiben. Da möschte man den alten Knochen doch ein wenig Komfort gönnen.«

Aber fühlte er sich wirklich wohl hier? Inmitten dieser Herrschaften, die sich für etwas Besseres zu halten schienen und das Personal nicht einmal eines Blickes würdigten? Alles glänzte und funkelte. Protzig und kalt.

»Wollen wir?«, unterbrach Émile ihre Gedanken mit seiner Unbeschwertheit und bot ihr galant seinen Arm. »Isch 'abe für uns einen Tisch reserviert.«

Er führte sie zum Restaurant, schwärmte begeistert von der zuvorkommenden Bedienung, köstlichen Gerichten und dem herrlichen Ausblick, den man aus den Fenstern genießen konnte. Nur schwer konnte Emma den alten Buchhändler mit diesen Räumlichkeiten in Einklang bringen, sah sie ihn doch vor ihrem inneren Auge in einem alten Ohrensessel zwischen Bücherregalen sitzen und Gusti aus einem Märchen auf Französisch vorlesen.

Tische mit schneeweißen Decken und kunstvoll gefalteten Servietten reihten sich im großen Saal aneinander. Stühle mit elegant gebogenen Lehnen lockten die Gäste herbei, die viel edles Holz unter ihren Pobacken zu schätzen wussten. Üppige Palmen sorgten mit ihrem Grün für einen Hauch Exotik.

Ein Kellner führte sie zu einem Tisch am Fenster, so dass Emma einen Blick auf die Straße werfen konnte, sollte der Prunk ringsherum ihr zu sehr zu Kopf steigen.

Ein Blick auf die Karte offenbarte, dass es keinen Kamillentee gab. Dafür Champagner und erlesene Weine, unaussprechliche Kaffeesorten und exquisite Teevariationen. Mit unsicheren Handbewegungen breitete sie die Serviette auf dem Schoß aus. Sie fühlte sich fehl am Platz und schrecklich ungeschickt.

»Du musst unbedingt die Trüffeltorte probieren, *ma chère*! Dann wirst du nie wieder etwas anderes haben wollen!«

Sie nickte zurückhaltend, obwohl sie ein Stück Brot mit Senf deutlich bevorzugen würde. Eben etwas Bekanntes, Vertrautes. Schon wieder fiel ihr auf, wie betont häufig er sie *ma chère* nannte, was er früher nicht getan hatte.

Émile bestellte einen schwarzen Kaffee und die besagte Torte. Emma entschied sich für eine Tasse Earl Grey. Verstohlen beobachtete sie Émile, der sich auf seinem Stuhl zurücklehnte und bedächtig an seinem Kaffee nippte. Je länger sie ihm gegenübersaß, desto unwohler fühlte sie sich. Alles wirkte so schrecklich gestellt. Als wäre sie eine Statistin in einem Theaterstück, der das Privileg eingeräumt wurde, etwas von der noblen Luft einer großen Bühne zu schnuppern. Und auch Émile wirkte vor dieser Kulisse bloß wie ein vergessenes Requisit aus einer ganz anderen Vorstellung.

Verlegen knetete sie unter dem Tisch ihre Finger, ohne zu wissen, wann sie das Gespräch beginnen sollte, damit Émile endlich aufhörte, die Konditorkünste des Hauses zu loben. »Ich habe nicht mehr geglaubt, dich je wiederzusehen …«

»Ach.« Abrupt beendete er die Huldigung der erlesenen Zutaten der Torte. Der Blick hinter den runden Gläsern seiner Brille wurde leer. »Woran könnte das bloß liegen«, zischte er. Doch sogleich setzte er wieder sein Lächeln auf, und Emma glaubte, er würde erneut über die Vorzüge der Trüffeltorte reden.

»Daran, dass wir aus Metz fliehen mussten? Es ist ein Wunder, dass du uns gefunden hast. Wie hast du es nur geschafft?«

Bedauernd schüttelte er den Kopf. »Was ist nur aus dieser Welt geworden? Nischts ist mehr an seinem Platz. Weder du noch isch. Alles ist durscheinandergeraten.«

»Wir werden einen neuen Platz finden, ganz bestimmt«, versicherte sie. »Zumindest für uns.«

Wieder verzogen sich seine Lippen zu einem flüchtigen Lächeln. Früher war dabei auf seinem Gesicht ein vertrautes Faltennetz erschienen, jetzt bröckelte sein Ausdruck förmlich.

»'agen von Roth'ausen war mir letztendlisch mit einem Tipp be'ilflisch, es bei deinem Onkel in Speyer zu versuchen. Dort 'abe ich allerdings nur deine Tante angetroffen, die misch zu deinen Eltern verwiesen 'at.«

»Hast du sie gesehen? Geht es ihnen gut?« In ihrer Brust zog sich alles zusammen. Wie oft hatte sie ihrer Mutter geschrieben, ohne auch nur eine Zeile zurückzubekommen? Kam Käthe zurecht? Gab es noch Anfeindungen, nachdem Emma die Stadt verlassen hatte? Und wie stand es um ihren Vater?

Noch immer trug Emma eine leise Hoffnung in sich, dass ihre Eltern nicht komplett aus ihrem Leben verschwinden würden. Denn manchmal war diese Hoffnung wichtiger als alle Enttäuschungen, die sie schon erlebt hatte.

Émile tauchte eine Hand in sein Jackett ein und holte ein Bündel Briefe hervor.

Ihre Briefe, das sah Emma sofort. Kein Umschlag war geöffnet worden.

Natürlich wusste sie sofort, was das bedeutete. Stille. Schweigen. Das war es, womit ihre Eltern sich am besten fühlten. Vielleicht musste sie es einfach akzeptieren. Doch irgendetwas verwelkte bei diesem Anblick in ihrer Seele unwiderruflich.

»Es tut mir leid, *ma chère.*« Er schob die Briefe zu ihr herüber. Gelb und fleckig sahen die Umschläge auf der schneeweißen Tischdecke aus.

Langsam hob sie den Blick. »Wenigstens bist du da. Du … du gehst doch nicht wieder weg, oder? Was ist passiert? Ich weiß, dass Carl angeschossen und von den Franzosen geschnappt worden ist. Aber du? Was ist dir widerfahren?«

Sie dachte daran, wie wenig Carl über Frankreich erzählt hatte. Nur dass Émile und er sich hätten trennen müssen und dass er nicht wisse, was dem alten Mann danach zugestoßen sei. Vieles hatte sie sich selbst zusammengereimt: Sicherlich waren sie während des Tumults bei Henris Befreiung getrennt worden. War Émile ebenfalls geschnappt worden?

Seine Augen verengten sich. »Er 'at es dir nischt erzählt?«

»N-nein.«

Er beugte sich vor und sah ihr eindringlich ins Gesicht. »Dann frag ihn doch.«

Ein kalter Schauer lief ihr über den Rücken. In ihrem Magen kribbelte es, aber nicht mehr vor Freude, Émile zu sehen. »Habe ich. Aber er redet nicht darüber.«

»Dann bringe ihn dazu.«

Ich liebe dich, hörte sie ununterbrochen Carls Stimme in ihrem Kopf. *Und ich würde dich niemals im Stich lassen.*

»Émile, wenn du etwas weißt – dann sag es mir! Bitte!«

»Es dir zu sagen, ist nischt meine Aufgabe, Emma. Isch will, dass du es aus seinem Mund 'örst. *Mir* wirst du niemals glauben.«

Versprichst du mir, daran zu denken? Versprichst du es mir?

Sie schluckte. »Natürlich werde ich dir glauben!«

»Wie, Emma, wie?« Seine Stimme überschlug sich. Er ballte eine Faust. »Wenn isch es selbst niemals geglaubt 'ätte? Dabei 'ätte isch es besser wissen müssen! Schließlisch kenne isch ihn seit der Zeit, in der er die Schulbank gedrückt 'at. Dennoch bin isch unvorbereitet gewesen. Denn offensischlisch ist er zu viel mehr fähig, als anderen tote Frösche ins Gesischt zu schmeißen!«

Emma wurde übel. »Émile, bitte …«, stammelte sie und wusste selbst nicht, worum sie ihn bat. Dass er weiterredete? Oder aufhörte?

»Bring ihn zum Reden, Emma! Tu das! Nur so wirst du erkennen, was für ein Mensch er wirklisch ist. Und dass du ihm niemals trauen darfst.«

»Das kannst du doch nicht von mir verlangen!«

Er beugte sich noch weiter über den Tisch und legte eine Hand auf ihre. »Du kannst das. Isch weiß, wie stark du bist. 'ab keine Angst. Denn isch bin 'ier, um disch zu beschützen. 'örst du? Isch werde disch vor ihm beschützen!«

Er drückte ihre Finger. So schmerzhaft, dass sein Griff ihr Tränen in die Augen trieb.

***

Sie würde Carl nichts über Émiles Andeutungen sagen, entschied sie auf dem Heimweg. Zumal sie nicht einmal wusste, wo sie ansetzen sollte, auch wenn sie das Thema ansprechen wollen würde. Etwas Schlimmes war vorgefallen. Was tiefe Spuren bei den beiden Männern hinterlassen hatte. Und solange sie nichts Konkretes in der Hand hielt, fand sie es besser, alles ruhen zu lassen. Auf keinen Fall würde sie Carl zu irgendetwas zwingen. Oder bei Émile weiter nachbohren. Um den Bruch nicht zu verstärken, der sich zwischen den beiden abzeichnete.

Der Entschluss erleichterte sie, auch wenn er keinen wirklichen Frieden bringen konnte. Wie sollte sie zwischen den beiden Männern, die ihr am meisten bedeuteten, nur vermitteln? Sie brauchte Zeit. Und ganz viel Fingerspitzengefühl.

»Es war sehr schön, Émile zu sehen«, sagte sie ausweichend, als sie zurück in die Fabrik kam, wählte bedacht jedes Wort. »Unglaublich, dass er meine Spur bis nach Düsseldorf verfolgt hat.«

Carl hörte mit undurchdringlicher Miene zu. Sein blasses Gesicht, auf dem sich die Sommersprossen fast wie die einzigen Farbsprenkel abzeichneten, hätte aus Louises Gipskunstversuchen stammen können.

»Geht es ihm gut?«, wollte er schließlich wissen. Seine Stimme klang belegt. Eine tiefe Sorge lag darin. Sorge um Émile.

Doch wie sollte sie die Frage beantworten? Émile hatte einen maßgeschneiderten Anzug aus einem teuren Wolltuch getragen. Er residierte in einem noblen Hotel. Er hatte seine Leidenschaft für Trüffeltorten entdeckt. Wie könnte man behaupten, es ginge ihm nicht gut? Doch sein Gefühlsausbruch, sein Drang, sie vor Carl zu beschützen, die Intensität, mit der er sich auf das Gespräch gestürzt hatte … Wie konnte sie behaupten, dass es ihm gut ging?

»Du musst dir keine Sorgen um ihn machen. Das Wiedersehen hat ihn emotional sehr aufgewühlt. Er braucht Zeit.«

»Verstehe.« Damit beendete er das Gespräch und ging.

Und obwohl Emma Émiles Ausbruch nicht erwähnt und Carl nichts gefragt hatte, spürte sie, wie sich etwas verändert hatte. Unscheinbar drängte sich das Ungesagte zwischen sie beide. Wie der erste Herbstfrost, der nur nachts kam, während am Tag die Sonne vom blauen Himmel strahlte und den welkenden Blättern eine Lüge von Wärme erzählte.

In den nächsten Nächten lag Emma auf ihrer Betthälfte, den Rücken zu Carl gedreht, und lauschte seinen Atemzügen. Sie wusste, dass er nicht schlief. Genauso wie er wusste, dass sie kein Auge zubekam.

Der Troll war wieder da, noch größer und schwerer als zuvor. Und dieses Mal schien er nicht nur Emma erdrücken, sondern auch Carl unter seinem Gewicht des Schweigens begraben zu wollen. Manchmal half es, wenn sie sich einfach nicht bewegte und die Augen geschlossen hielt. Dann dämmerte sie irgendwann weg, bis der neue Tag anbrach und Carl sich in die Entwicklung des Rhein-Senfes stürzte. Emma dagegen suchte nach potenziellen Großhändlern und hoffte, dass der Plan mit der Präsentation der neuen Sorte aufging. Zumindest dabei schienen sie noch immer ein gutes Team zu sein, das an einem Strang zog. Denn langsam wurde das Geld knapp. Weber hatte es geschafft, noch mehr Kunden einzuschüchtern, und sie liefen davon wie Ratten vom sinkenden Schiff. Ein Glück, dass Hagen von Rothhausen sich bereit erklärt hatte, mehr Geld zur Verfügung zu stellen, damit die Fabrik die schwere Zeit überstand.

Jetzt musste sie nur wegdämmern, dachte Emma, und bis zum Morgengrauen durchhalten. Dann würde sie sich mit der Arbeit ablenken können.

Doch der Schlaf wollte nicht kommen.

Dann spürte sie eine Bewegung. Das Bett knarzte. Regungslos lag sie da und hörte, wie Carl aufstand. Dumpf erklangen seine Schritte auf dem Boden und verhallten kurz darauf im Flur.

Emma wartete, doch er kam nicht zurück. Noch eine ganze Weile harrte sie unter der Decke aus, dann erhob sie sich ebenfalls. Auf nackten Füßen schlich sie heraus. Wenn er in der Küche war, könnten sie sich … vielleicht aussprechen. Sie dachte an die Vertrautheit zwischen ihnen das letzte Mal. An die Nähe, die sie dabei gespürt hatte. An all das, was sie beide verband – bei einer heißen Tasse Tee. Sie müssten doch bloß miteinander reden! Sich öffnen. Damit alles wieder gut war oder zumindest besser.

Doch die Küche lag im Dunkeln. Es war kalt. Und die Leere darin – besonders eindringlich. Nichts deutete darauf hin, dass Carl hier gewesen war.

Emma ging hinunter, ließ das Büro und die Produktionshallen ungesehen hinter sich, um in den Gang einzubiegen, wo der Probierraum lag. Sein Refugium.

Sie wollte nur wissen, ob alles in Ordnung war, mehr

brauchte sie nicht. Allerdings hatte sie keine Ahnung, woran sie das festmachen sollte.

Die Tür war nicht ganz zu, das merkte Emma sofort. Aus dem Raum drangen Geräusche. Sie klangen beinahe erstickt. Alarmglöckchen schrillten in ihr auf. Sein Herz! Hatte er einen Anfall? Sie wollte in den Raum stürzen, doch dann hörte sie ein Schluchzen.

Carl weinte.

Sie erstarrte. Nie hätte Emma gedacht, dass ihre Seele in der Lage war, so mitzuleiden. Nie hatte sich die Hilflosigkeit beklemmender angefühlt. Völlig verloren stand sie da.

Es war sein Rückzugsort. Sie hatte keinen Zutritt. Und doch kam es ihr falsch vor, nichts zu unternehmen. Ihn allein zu lassen. Womit auch immer.

Nur heute. Nur jetzt war nicht dieses Heute und nicht dieses Jetzt.

Sollte sie es dennoch tun? Sie müssten nur miteinander reden – aber was, wenn Carl es nicht konnte? Nicht heute. Nicht jetzt. Nicht irgendwann. So wie sie manchmal nicht in der Lage war, sich zu öffnen, weil das, was sie empfand, zu viel für Worte war.

Sie stieß die angehaltene Luft aus, frustriert über ihre eigene Untätigkeit, die sie vollkommen lähmte.

Die Geräusche verstummten. Hatte er etwas gehört? Wusste er, dass sie draußen stand? Dass alles in ihr sie dazu drängte, ihm zu helfen? Wenn er sie bloß ließ! Wenn er sich ihr nur … anvertrauen würde …

Schritte.

Dann zog er die angelehnte Tür fest zu.

***

Aufgeregt stürmte Louise ins Büro.

»Emma, Emma, ich habe eine geniale Idee! Nein, eine Eingebung! Ach was, es ist eine wahre Offenbarung, die all eure Probleme lösen wird!«

Erschrocken fuhr Emma hoch. Beinahe hätte sie dabei einen Stapel Unterlagen vom Tisch gefegt und brauchte einen Moment, um sich zurechtzufinden. Klar, dass Louise ohne jegliche Ankündigung mitten in den Raum reinplatzte. Der Mitarbeiter, der sie melden sollte, hechelte bestimmt meterweit hinterher, ohne jede Chance, auch nur ansatzweise Schritt halten zu können. Wenn Louise Tatendrang verspürte, war sie wie ein abgefeuerter Pfeil, der mit voller Wucht eine Zielscheibe traf. Niemand mit gesundem Menschenverstand würde sich dazwischenstellen.

»Jetzt hol doch erst mal tief Luft. Was ist denn los?« Emma zeigte auf den Besucherstuhl, der einsam in einer Ecke stand, da im Moment kaum jemand die Fabrik besuchte, der sich darauf niederlassen könnte.

Niemand plumpste so dramatisch und elegant auf einen Stuhl wie ihre Schwägerin, so viel stand fest. »Alfred Leonhard Tietz!«, stieß Louise hervor, als würde sie Kugelsalven abfeuern.

»Wer soll das sein?«

»Na, die Lösung eurer Kundenprobleme!« Triumphierend breitete Louise die Arme aus. Es fehlte nur noch das dramatische Klimpern eines Pianisten, dann wäre die Szene bei all der Gestik und Mimik stummfilmtauglich gewesen.

»Ähm.« Emma schob die Papiere beiseite, an denen sie gerade gearbeitet hatte. »Wie wäre es damit, wenn du ganz von vorn beginnst? Soll ich dir eine Tasse Tee bringen lassen?« Beruhigungstee, fügte sie nicht ohne Schmunzeln in Gedanken hinzu.

»Ich bin doch nicht zu einem Teekränzchen hier!«, empörte sich ihre Schwägerin.

»Das merke ich langsam auch. Also, was gibt's?«

Emma lehnte sich etwas zurück, gespannt auf die bevorstehende Konversation. Louise war immer für eine Überraschung gut. Und es war schön, zu erleben, dass sich das Verhältnis zwischen ihnen wieder stabilisiert hatte. Seit Carl mit seiner Schwester über den Brand geredet hatte, schien der Vorfall aus der Welt geräumt zu sein. In der ersten Zeit danach war es für Emma ein merkwürdiges Gefühl gewesen, Louise zu begegnen. Vorsichtig hatten sie sich aneinander herangetastet, ausgelotet, wie nah sie einander kommen konnten. Doch nach und nach entspannte sich die Lage zwischen ihnen. Emma glaubte, dass ihre Freundschaft sogar ein Stückchen tiefer wurde. Sie redeten häufiger und viel gelöster miteinander. Als gäbe es keine Barrieren mehr, keine Schranken, die sie zurückhielten. Umso energischer wirkte Louise bei der Entwicklung des Rhein-Senfes mit: Voller Elan zeichnete sie Plakate, erfand Werbesprüche und tauchte mit immer ausgefalleneren Ideen auf, um das neue Produkt auf dem Markt zu etablieren.

»Ich hoffe, du hast heute Nachmittag nichts vor«, plapperte Louise auch schon los, kaum dass sie durchgeatmet hatte. Aber anscheinend hatte sie es in der Pause geschafft, ihre Gedanken zu ordnen. »Denn wir müssen unbedingt – hörst du – unbedingt dem Kaufpalast einen Besuch abstatten. Dort wird nämlich eine neue Kunstausstellung eröffnet, bei der Uzarski persönlich anwesend sein wird. Das habe ich aus einer sehr zuverlässigen Quelle gehört. Über ihn kommst du an Alfred Leonhard Tietz heran.« Sie klatschte in die Hände. »Also los, zeig mir deine Garderobe, denn wir putzen dich so richtig heraus, damit du einen bleibenden Eindruck hinterlassen kannst!«

»Warte, warte.« Emma hob abwehrend die Hände, denn sie hatte das Gefühl, Louise würde sie gleich hinter dem Tisch hervorzerren, um mit ihr die Kleider zu inspizieren. »Ich fürchte, ich verstehe immer noch nicht ganz, was wir vorhaben, und vor allem, warum.«

Louise verdrehte die Augen. »Du kannst doch nicht so schwer von Begriff sein! Also noch einmal: Der berühmt-berüchtigte Kaufpalast an der Kö gehört dem Konzern *Leonhard Tietz AG*, der seit sechs Jahren von Alfred Leonhard Tietz geführt wird. Dieser Mann ist mächtig genug, um darauf zu pfeifen, was einem Richard Weber schmeckt oder eben nicht. Wenn du es schaffst, ihn vom Rhein-Senf zu überzeugen, dann hast du einen Großhändler, der euren Senf in seinen Warenhäusern anbieten kann, und das nicht nur in Düsseldorf. Nur ist Herr Tietz ein vielbeschäftigter Mann. Einen Termin bei ihm zu bekommen, dürfte schwer sein. Da kommt Adolf Uzarski ins Spiel. Während des Krieges hatte Tietz ihn als Leiter seiner Werbeabteilung eingestellt. Die beiden haben einen richtig guten Draht zueinander, wurde mir gesagt, und 1917 gab es im Warenhaus eine große Ausstellung *Kunst im Kriege*, organisiert von Adolf Uzarski und gefördert vom Mäzen und Künstlerfreund Tietz. Und heute gibt es noch eine kleine Ausstellung im Kunstsalon des Kaufpalasts, bei der Uzarski anwesend sein wird. Also, folgender Plan: Wir gehen hin, genießen die Kunst, lernen Uzarski kennen – ja, ich gebe zu, der Plan ist nicht ganz uneigennützig, denn der Mann ist auch der Gründer der Künstlervereinigung *Das junge Rheinland*, zu der ich wirklich, wirklich gerne Zutritt hätte. Außerdem munkelt man, dass Uzarski die nächste riesige Ausstellung plant, die in zwei Jahren stattfinden soll, und vielleicht – ja, wirklich nur vielleicht – könnte meine Kunst …« Sie brach ab und räusperte sich. »Egal. Wo war ich eigentlich?«

Emma grinste. »Wir gehen zur Kunstausstellung und lernen Uzarski kennen. Bis dahin bin ich noch mitgekommen.«

»Genau!« Louise schnippte mit den Fingern. »Und dieser legt für dich und den Rhein-Senf ein gutes Wörtchen bei seinem Freund Tietz ein, nachdem ich ihm die Entwürfe meiner Werbeplakate gezeigt habe und du ihm von der einzigartigen Paste vorgeschwärmt hast.«

»Puh.« Emma rieb sich über die Stirn. Das war ein wenig viel. Der Plan hörte sich zu verrückt an, als dass er …

»Es wird funktionieren, Emma! Vertraue mir!«

»Von wem hast du denn deine Informationen über Uzarski und Tietz und den Rest?«

Louise lächelte verschmitzt. »Ein Vögelchen hat es mir zugezwitschert.«

Emma hob eine Braue. »Welches denn? Ich meine: Richard Weber ist bestimmt auf der Hut und beobachtet jeden unserer Schritte. Nicht dass er etwas eingefädelt hat, damit wir mit dieser tollen Idee auf die Nase fallen. Was, wenn wir unser Lager mit dem Rhein-Senf füllen, weil wir auf die Verträge mit Tietz hoffen – denn den Senf müssen wir vorproduzieren, damit er bei der Auslieferung gereift ist –, und dann alles platzt und wir darauf sitzenbleiben? Das wäre ein Ruin für die Fabrik. Das überstehen wir nicht.«

»Keine Sorge, die Informationen sind echt. Sagen wir es so: Ich bin nicht nur eine Künstlerin, sondern … habe auch ein paar Musenqualitäten und verkehre sehr gern in der Szene … Schon gut, schon gut. Ich habe da jemanden kennengelernt, mit dem ich etwas Zeit verbringe. Und ich bin mir ziemlich sicher, dass Richard Weber nichts damit zu tun hat.«

»Wirklich? Oh, Louise! Das ist ja toll. Ist das was Ernstes?«

Louise verdrehte die Augen. »Um Himmels willen, nein! Wie gesagt, nur ein netter Zeitvertreib, der sich zufälligerweise als eine interessante Informationsquelle herausgestellt hat … Was ist? Emma! Dem Bild einer artigen Hausfrau entspreche ich schon lange nicht mehr, und mein Muttersein hat ja nicht gleich meine Bedürfnisse als Frau stillgelegt. Jetzt guck nicht so!«

Tu ich nicht, wollte Emma protestieren, biss sich aber auf die Lippe. Tat sie vielleicht doch. Obwohl sie sich wirklich Mühe gab, nicht *so* zu gucken und sich für Louise zu freuen, die anscheinend ein erfülltes Leben führte. Auch wenn ihre Freizügigkeit etwas befremdlich auf Emma wirkte. Aber darüber zu urteilen, stand ihr nicht zu. Vor allem, da Louise gerade mehr als zufrieden mit sich und den Umständen wirkte.

»Nun gut.« Emma räusperte sich, um den Verlegenheitskloß in ihrem Hals loszuwerden. »Aber du passt auf dich auf, ja?«

»Natürlich. *Mutter*«, stichelte ihre Schwägerin.

»Und … ähm …« Wieder musste Emma sich auf die Lippe beißen. Das geht dich nichts an! Überhaupt nichts, pochte es in ihrem Kopf.

Louise ließ ein langgezogenes Stöhnen entweichen. »Los. Frag schon. Du willst bestimmt wissen, was Antoine davon hält?«

»Nein, nein, schon gut. Du bist weder mir noch irgendjemand anderem eine Rechenschaft schuldig. Auch nicht Antoine.«

»Ganz genau. Er weiß, dass ich meine körperliche Lust regelmäßig befriedige. Aber es ist nicht so, dass wir abends vor einer großen Schüssel Schokoladenpudding sitzen und ich ihm in allen Einzelheiten erzähle, was meine Rubinlippen-Cattleya so alles erlebt hat.«

Hitze schoss Emma ins Gesicht. »Verstehe. Ja. Das klingt … einleuchtend.«

Louise stützte sich auf die Lehnen des Besucherstuhls und zwinkerte ihr verschwörerisch zu. »Dir dagegen würde ich gern das eine oder andere erzählen. Halte schon mal den Schokoladenpudding bereit. Aber nicht heute!« Mahnend hob sie einen Zeigefinger in die Luft. »Denn heute gehen wir zu einer Kunstausstellung.«

»Gott sei Dank.« Emma seufzte erleichtert auf. So spannend sie Louises Freiheitsdrang auch fand, für die Einzelheiten fühlte sie sich trotzdem noch nicht bereit. Was sie gleichzeitig ärgerte – war ihre Welt wirklich so eng, dass sie nicht in der Lage war, sich vorzustellen, wie eine Frau frei ihre Bedürfnisse auslebte? Spätestens jetzt kam sie sich rückständig vor. Antiquiert. »Das klingt tatsächlich nach einem guten Plan«, rief sie deswegen aus, um nicht weiter über ihre verstaubten Ansichten nachzudenken. »Meinst du …« Sie zögerte. »Meinst du, das wäre auch etwas für Émile?«

Sie hatte nichts mehr von ihm gehört. Auf ihre Nachricht, wie es ihm ginge und ob sie sich demnächst wiedersehen sollten, war keine Antwort gekommen. Sicherlich lag es an ihr. Wie bei Carl war sie einfach zu ratlos, wie sie sich verhalten oder was sie sagen sollte. Vielleicht würde ihm ein neues Treffen in einer neutralen Umgebung guttun. Kunst betrachten – ohne Gedanken an das, was auch immer in Frankreich geschehen war.

Louise quiekte auf und schlug sich die Hände vor den Mund. »Émile ist da? Unser Émile?« Sie gluckste, als hätte sie sich an ihrer eigenen Begeisterung verschluckt. »Bitte sag mir, dass es kein Scherz ist! Gusti wird aus dem Häuschen sein!«

»Ja, er ist da.« Wieder spürte Emma ein aufsteigendes Unbehagen. Sie hatte ihm Louises Adresse gegeben. Dass Émile nicht einmal Gusti besucht hatte, sah ihm überhaupt nicht ähnlich. »Er war nicht bei euch?«

»N-nein.« Louise blinzelte verwirrt. »Zumindest nicht dass ich wüsste. Ich habe überhaupt nicht damit gerechnet, je wieder von ihm zu hören, nachdem er beim Grenzübertritt nach Frankreich verschollen ist.«

Emma horchte auf. »Hat Carl dir das erzählt? Weißt du mehr darüber?«

Vielleicht hatte er sich seiner Schwester anvertraut? Das wünschte sie ihm so sehr! Dass er mit jemandem reden konnte. Auch wenn nicht sie dieser Mensch war.

»Nicht wirklich. Sie wurden getrennt, glaube ich. Also dachte ich … Stimmt etwas nicht?«

»Ich habe keine Ahnung!«, stieß Emma frustriert aus. »Genau das ist das Problem. Ich weiß rein gar nichts.«

Louises Gesicht wurde ernst. Wenn sie wollte, war sie eine wundervolle Zuhörerin. Und auch wenn man von ihr keinen Rat wie bei Wilhelmine erwarten konnte, sorgte sie durchaus für Impulse, die einen irgendwie weiterbrachten. Ihre Gabe lag darin, in anderen Erkenntnisse hervorzukitzeln, die sie selbst noch nicht wahrgenommen hatten.

»Was auch immer da vorgefallen ist – es braucht Zeit. Vielleicht müssen die beiden es zuerst unter sich klären? Währenddessen können wir wenig tun. Außer Carl seinen Raum zu geben und Émile heute zur Ausstellung mitzuschleppen. Wusstest du, dass der Kaufpalast eine Bibliothek hat? Wenn das nichts für Émile ist, dann weiß ich auch nicht. Bücher sind sein Leben. Ich glaube, durch seine Adern fließt kein Blut, sondern Tinte.«

»Dann werde ich mein Bestes tun, um ihn zum Mitkommen zu überreden«, murmelte Emma. War das die Lösung? Ihre Gedanken drehten sich darum, was Louise vorher gesagt hatte. Sollten Carl und Émile miteinander reden?

Nachdem Louise gegangen war, widmete sich Emma ihren

Papieren. Die Arbeit half ihr, die Situation zu reflektieren. Und zu überlegen, wie sie den Männern eine Gelegenheit bieten könnte, sich auszusprechen, ohne dass ihr Eingreifen zu einem Zwang für die beiden wurde. Sie kannte die Machtlosigkeit, das Gefühl, nicht aus der eigenen Haut herauszukönnen. Eingesperrt zu sein im eigenen Körper. Vielleicht ging es den beiden ähnlich. Nur dass der Panzer, der Carl und Émile einschloss, nicht der Körper war, sondern die Emotionen. In der Vergangenheit eingemauert.

Bevor sie zu Émile ging, suchte sie Carl auf, um ihn in Louises Plan einzuweihen. Er prüfte im Lagerraum den Bestand und inspizierte die Behälter, in denen der neue Rhein-Senf reifte.

»Klingt gut«, meinte er, als Emma den Bericht beendet hatte. Er klemmte die Papiere unter dem Arm ein und ging zu einem Regal. Kaum ein paar Sekunden später kam er zurück. Seine Augen glänzten verschwörerisch. Er griff nach Emmas Hand, dann legte er vorsichtig ein Senfgläschen hinein. »Hier, falls du diesen Uzarski noch ein bisschen mehr überzeugen musst.«

Emma keuchte vor Überraschung. »Die erste Charge? Ist es wirklich vollbracht?«

»Ja. Es ist vollbracht«, raunte er ihr zu. Sein Gesicht war ihrem so nah, dass sie ihm nur wenige Zentimeter entgegenkommen musste, um ihre Stirn gegen die seine zu lehnen, die Augen zu schließen und einen Moment lang so zu verharren. Noch immer spürte sie seine Hand, die ihre Finger berührte. »Die Behälter sind etwas zu spät gekommen. Deshalb konnte der Senf erst heute umgefüllt werden. Aber das Warten hat sich gelohnt. Schau, da, das Wappen, das Louise entworfen hat, ist direkt ins Glas geprägt. Und das Etikett ist ein wahrer Augenschmaus, der von außen darauf einstimmt, was drin ist.«

Ihre Fingerkuppen fühlten sich elektrisiert an, als sie über das Wappen tastete.

»Deine Schwester ist genial! Das ist ja noch besser als auf den Entwürfen.«

Er lächelte. »Ich weiß.«

Sie grinste zurück. Konnte damit kaum aufhören. Dieser Augenblick mit ihm – in diesem halbdunklen, kühlen Lagerraum – sie wünschte, der Moment würde niemals vorübergehen. Dass sie ewig dastehen könnten, in der Glückseligkeit des anderen versunken. Wenn es um den Senf, um diesen Betrieb ging, waren sie ein Herz und eine Seele. Carl und Emma. Emma und Carl.

Und nichts dazwischen.

Doch der Moment war vorbei.

»Vielleicht kommt Émile mit in den Kaufpalast. Du hast doch nichts dagegen, oder?« Natürlich musste sie es ihm nicht erzählen. Doch es zu verschweigen, fühlte sich falsch an. Als würde sie damit Émile verleugnen und Carl hinters Licht führen.

Emma bemerkte sofort, wie er erstarrte. Wie sich jeder Muskel an seinem Körper anspannte. »Selbstverständlich nicht«, antwortete er kühl. »Oder glaubst du wirklich, dass ich mich zwischen dich und Émile stellen würde? Dass ich von dir verlangen könnte, zwischen mir und ihm zu wählen? Denkst du so von mir? Als ließe ich zu, dass du den Mann verlierst, der wie ein Vater für dich ist! Emma!«

Sicherlich kam das schärfer heraus, als er beabsichtigt hatte. Behutsam strich sie ihm über den Handrücken. »Ich liebe dich.« Sie sah ihm tief in die Augen. Mehr konnte sie nicht sagen, um ihm begreiflich zu machen, wie viel er ihr bedeutete. Und dass sie nie, niemals schlecht über ihn denken würde.

»Ich liebe dich auch«, erwiderten seine Lippen. Doch sein Blick starrte durch sie hindurch, als wäre er in Gedanken woanders. Unerreichbar weit weg von ihr. Gefangen. Im Krieg. In Frankreich. In seiner eigenen Angst, alles zu verlieren. Dann wandte er sich ab und verließ den Lagerraum, als wäre er wieder auf der Flucht.

Mit gemischten Gefühlen ging Emma zurück. Einerseits wollte sie nicht weg, sollte er sie brauchen, mit ihr reden wollen. Andererseits kam es ihr vor, als gebe es gerade keinen Platz für sie an seiner Seite. Als wäre er zu sehr mit sich selbst beschäftigt, um ihre Gegenwart zu ertragen. Manchmal war die Liebe nicht genug. Und manchmal – einfach zu viel.

Viel zu viel.

Vor allem für ein Herz, das mehr ertragen musste, als es sollte.

Die Gedanken an ihn – und Émile – beschäftigten sie den ganzen Weg lang, so dass sie kaum bewusst wahrgenommen hatte, wie sie an der Hotelrezeption angekommen war. Mit Mühe versuchte sie, den glänzenden Pomp der Eingangshalle von sich abprallen zu lassen. Ganz egal, wie schief die Blicke waren, welche die Anwesenden ihr zuwarfen. Auch ohne sie wusste Emma, dass sie nicht hierhergehörte. Ein Mitarbeiter zögerte sichtlich, bevor er ihrer Bitte nachkam, Monsieur Perrin über ihren Besuch zu informieren. Zum Warten schickte er sie nicht zu den ledernen Sesseln, sondern wies auf einen Platz etwas abseits, wo Pagen mit Gepäckstücken hantierten.

Es dauerte lange, bis Émile nach unten kam. Fast glaubte sie, die Nachricht hätte ihn wie die handschriftliche davor nicht erreicht.

»*Ma chère!*«, begrüßte er sie freudig. Bussi hier, Bussi da. Dem oberflächlichen Begrüßungsenthusiasmus der anderen Gäste hatte er sich wohl perfekt angepasst. »Mit dir ’abe isch nischt gereschnet. ’ast du Lust, mit mir eine Tasse Kaffee zu trinken? Die ’iesige Trüffeltorte …«

»… ist ein Genuss, ich weiß«, unterbrach sie ihn schmunzelnd. »Aber eigentlich wollte ich dich fragen, ob du Lust hättest, einen kleinen Ausflug mit mir zu unternehmen. Ich habe gehört, im *Warenhaus Tietz* wird heute eine kleine Kunstausstellung eröffnet. Ich würde sie gern besuchen. Leistest du mir dabei Gesellschaft? Natürlich nur, wenn es dir passt.«

Ein Schatten legte sich über sein Gesicht. Alarmiert huschte sein Blick zum Ausgang, als kämpfte er mit der Vorstellung, da draußen auf Menschen treffen zu müssen.

»Bist du dir sischer, dass isch disch nischt von den Vorzügen der Trüffeltorte überzeugen kann?«

Sie legte eine Hand auf seinen Arm. »Vielleicht kann ich dich von den Vorzügen einer Bibliothek überzeugen, die der Kaufpalast beherbergt? Wer, wenn nicht du, sollte mich zu meiner nächsten Lektüre beraten?«

»Wird dein Ehemann disch dabei begleiten?«, fragte er misstrauisch.

»Nein.« Sie überlegte. War es ein guter Moment, um das Thema anzusprechen? Es zumindest zu versuchen? »Vielleicht solltest du mit ihm reden, um alles, was zwischen euch vorgefallen ist, zu klären?«

»Da gibt es nischts zu klären!«, fiel er ihr scharf ins Wort.

Er rang sichtlich mit sich. Sein Blick wirkte fahrig, während er immer wieder seine Brille abnahm, um die Gläser mit einem Taschentuch zu putzen. »Nun gut. Isch muss misch umziehen, dann bin isch wieder da.«

Er führte sie persönlich zu einem der ledernen Sessel, dann eilte er davon. Dabei kam es Emma vor, als hätte der Prunk des Hotels ihn einfach verschluckt. Ihren Émile vollkommen ausgelöscht.

Nach einer halben Stunde kam er zurück – und offensichtlich hatte er sich nicht nur umgezogen. Er schien sich auch einen ganz neuen Gesichtsausdruck zugelegt zu haben. Einen, der sicherlich ausgezeichnet zur Kö-Atmosphäre passte. Nicht ohne eine gewisse Melancholie, etwas von oben herab, aber dennoch geneigt, sich zu zeigen. »Dann wollen wir mal.« Großzügig bot er ihr seinen Arm.

Er passte sich an, merkte Emma. Als würde er jedes Mal in eine andere Émile-Rolle schlüpfen und sich selbst neu erfinden. Für alle Situationen, die man ihm zumutete.

Sie gingen zu Fuß, denn es war nicht weit. Die Stadt zeigte sich von ihrer schönsten Seite. Ein wundervolles Wetter, das anscheinend zu Übermut anstiftete, denn mitten auf dem Bürgersteig schlugen ein paar Jungen Rad. Die Passanten strömten an ihnen vorbei, einige bewunderten die Vorstellung, bevor die Schaufenster der Luxusboutiquen ihre Aufmerksamkeit wieder auf sich lenkten. Émiles Blick glitt immer wieder zu der Spiegelung seiner Silhouette im polierten Glas.

»Gut siehst du aus«, neckte Emma ihn. Er sah wirklich gut aus, zumindest vermittelte der maßgeschneiderte Anzug den Eindruck, dass es seinem Träger auch gut ging. Äußerlich und innerlich herausgeputzt, um sich der Schickeria der Königsallee zu präsentieren. »Hast du wieder eine Buchhandlung eröffnet? Oder unterrichtest du?«

»Weder noch.«

Sie schluckte seine schroffe Antwort nieder. Offensichtlich war er zu Geld gekommen, sonst hätte er sich weder das Hotel noch den Anzug leisten können. Aber wenn er nicht darüber sprechen wollte, würde sie ihn nicht dazu drängen. Doch auch nicht das Thema wechseln. Vielleicht schaffte sie es, das eine oder andere zu erfahren.

»Hast du die ganze Zeit in Frankreich verbracht? Warum

hast du nicht geschrieben? Zumindest, solange ich noch in Metz war? Ich hätte Himmel und Hölle in Bewegung gesetzt, um dich zu mir zurückzuholen, hätte ich gewusst, wo du bist und was passiert ist.«

»Isch bin klargekommen.«

»Das sieht man.« Neckisch zwickte sie ihn in die Seite.

Er blieb stehen. »Wenn du wüsstest, was dafür nötig war!«

Sie schaute ihn ernst an. Wie bei Carl manchmal waren seine Augen blicklos.

»Wenn du möchtest, kannst du es mir erzählen.«

»Da gibt es nischt viel zu erzählen. Es war schwer zu akzeptieren, dass isch auf misch allein gestellt bin. Wollte es nischt glauben. ’abe gewartet. Im selben Zimmer tagelang ausge’arrt, bis das Geld zu Ende war. Dann ’abe isch versucht, Privatunterrischt zu geben. Nahm jede Arbeit an. Manschmal ging es ums blanke Überleben. Isch … isch wusste, dass isch es nischt schaffen würde. Isch war verzweifelt.«

Stumm strich sie ihm über den Arm. Ich bin da, wollte sie sagen. Und hatte Angst, ihn zu unterbrechen. Denn dann würde er nichts mehr sagen, das wusste sie.

»Letztendlisch ’abe isch Kontakt zu meiner Familie aufgenommen.«

Emma keuchte. Sie konnte nicht anders. »Zu der, die dich verstoßen hat?«

Er bewegte die Schultern, als wären ihm allein die Gedanken an seine Verwandtschaft und das, was vorgefallen war, unangenehm. Als schämte er sich. Zu gern hätte sie ihm versichert, dass es überhaupt keinen Grund gab, sich auch nur ansatzweise schlecht zu fühlen. Er war ein großartiger Mann, so wie er war. Doch die Realität machte Menschen wie Émile leider oft genug klar, dass andere immer und jederzeit genügend Gründe finden konnten, um ihnen das Leben schwerzumachen. Und nur weil die meisten es nicht akzeptieren konnten, dass die Liebe zu einem anderen Mann genauso wertvoll sein konnte wie die Liebe zu einer Frau.

»Wie isch erfahren musste«, fuhr er langsam fort, »'at der Krieg meine Verwandtschaft stark reduziert. Es gab nur noch ein paar entfernte Ange'örige und eine Großcousine, bei der isch dann also aufgetaucht bin. Eine 'ochbetagte Dame – isch schwöre, isch 'abe schon Mumien gesehen, die frischer aussahen als sie.«

»Dafür kann sie doch nichts. Alt müssen wir alle werden«, wandte Emma versöhnlich ein. Zu gern drängte die Gesellschaft alte Menschen und vor allem Frauen an den Rand. Und zog mit größtem Vergnügen über sie her.

Émile knirschte mit den Zähnen. »Du 'ast rescht. Aber wir müssen dabei nischt zu einer Schlange mutieren, der man zwar die Giftzähne gezogen 'at, die aber trotzdem noch weiß, wie sie einem eins auswischen kann.« Schmerz zuckte über sein Gesicht. Beinahe körperlicher Schmerz. »Natürlisch wusste sie vom *Skandal*, weswegen meine Verwandtschaft mit mir gebrochen 'at. Und isch sage dir, Emma. Sie 'atte ihre wahre Freude daran, misch zu quälen.«

Emma schluckte. »Das hast du nicht verdient. Das hat niemand verdient.«

»Was soll's. Isch 'abe sie überlebt. Sie war nischt nur steinalt, sondern auch steinreisch. Und isch – ihr näschster Verwandter. Meine Familie war schon immer sehr wohl'abend gewesen. Isch 'ätte schon längst erben sollen, nur wollte isch das Geld nie. Bis isch es also brauchte. Und dafür bloß misch selbst und alles, was misch ausmacht, verraten musste.« Er ging weiter. So schnell, dass Emma Mühe hatte, mit ihm Schritt zu halten. Sie sah schon das riesige Kaufhaus am Ende der Königsallee aufragen, als sie es schaffte, sich wieder bei Émile unterzuhaken und ihn davon abzuhalten, weiterzurennen.

»Ich bin froh, dass du mich gefunden hast. Dass du wieder da bist. Letztes Mal hast du gesagt, dass nichts mehr an seinem Platz ist.« Sie schaffte es, dass er wieder stehen blieb, und umarmte ihn. »Es tut mir leid, was du erlebt hast, Émile. Es tut mir so leid, was man dir angetan hat. Aber jetzt bist du bei mir. Genau dort, wo du hingehörst. Bei deiner Familie.«

Er schob sie von sich und sah sie eindringlich an. »Und was ist mit Carl?«

»Er wird sich niemals zwischen dich und mich stellen.«

Fest krallten sich seine Finger in ihre Schulter. So fest, dass es weh tat. »'ast du ihn gefragt? 'ast du erfahren, was *er* mir angetan 'at?«

Kurz glaubte Emma, er würde sie durchschütteln. Dann ließ er die Arme sinken. Kraftlos baumelten sie herunter. »Also nischt.«

»Émile!«, ertönte Louises überschwängliche Stimme, und noch bevor sich Emma versah, fiel dem alten Mann ein funkelndes Energiebündel um den Hals, das ihn beinahe von den Beinen riss.

Für alle Fälle machte Emma ein paar Schritte beiseite. Ihre Schwägerin sah selbst wie ein Kunstwerk aus: Sie trug ein lilafarbenes Flapper-Kleid mit silberner Stickerei und unzähligen Glasstiften, die in der Sonne glitzerten. Ihr kurzes Haar hatte sie geglättet und mit einem schillernden Haarschmuck verschönert, einer Blüte aus Glasperlen und Strasssteinen. Die Schminke betonte ihre Augen und Lippen, weswegen die Haut porzellanhaft wirkte und die puppenhaften Züge noch mehr hervorhob. Emma fragte sich, wie man nur so unschuldig und gleichzeitig verrucht aussehen und doch unverkennbar Louise bleiben konnte.

»Dann nichts wie rein!«, verkündete die Schwägerin und zog Émile mit sich, direkt auf den Eingang zu.

Emma musste sich kurz sammeln. Der monumentale Bau des Warenhauses schüchterte sie ein. Er kam ihr sogar bedrohlich vor, obwohl sie sich bei diesem Gedanken am liebsten selbst belächelt hätte. Es war nur ein Gebäude! Es würde sie schon nicht verschlucken und mit seinen steinernen Zähnen zermalmen.

Zur Sicherheit ließ sie ihren Blick über den Sandstein hochwandern, bis zum kupfernen Mansardendach und Gauben, die Emma wie kleine Wachtürmchen erschienen. Die hohe Fensterfassade verlieh dem Gebäude eine durchaus schlanke Linie, so dass es die Umgebung zwar dominierte, aber nicht erdrückte. Louise und Émile waren bereits im Eingang verschwunden, also gab Emma sich einen Ruck und eilte hinterher. Sonst würde sie die beiden vermutlich nie wiederfinden. Louise wartete hinter der Tür im niedrigen Vestibül, während Émile weitergegangen war.

»Dann schauen wir mal, was dieser Ort uns bieten kann«, meinte die Schwägerin und folgte ihm mit hocherhobenem Kopf. Wie ein kleines Mädchen, das Angst hatte, ihre Eltern aus den Augen zu verlieren, huschte Emma hinterher und fand sich urplötzlich in einem riesigen Saal wieder – nein, diese Bezeichnung wurde dem Raum kaum gerecht. Das musste wohl der berühmte zentrale Lichthof sein.

Völlig überrumpelt von dieser Weite, von den hohen Wänden und königlich anmutenden Treppen, blinzelte sie umher, völlig überwältigt vom Anblick, der sich ihr darbot. Erst jetzt begriff sie, warum man dieses Warenhaus einen Kaufpalast nannte. Der Lichthof war von geschossübergreifenden Marmorpfeilern umgeben. Wenn Emma den Kopf in den Nacken legte, blickte sie zum gläsernen Dach auf, durch das natürliches

Licht hereinfiel. Dennoch strahlten ringsherum majestätische Kronleuchter und unzählige kunstvoll eingefasste Lampen. Geschwungene Treppen mit filigranen Geländern, Galerien und Emporen, Brüstungen aus Mahagoni und bronzefarbene Akzente raubten ihr den Atem, und sie musste aufpassen, diese Pracht nicht mit geöffnetem Mund zu begaffen.

Gläserne Vitrinen präsentierten exquisite Ware: Seide, modische Hüte, teure Parfüms und edlen Schmuck … Ihr schwirrte der Kopf. Ob der Rhein-Senf damit konkurrieren konnte?

»Jetzt komm schon!«

Dankbar ließ sich Emma von Louise in einen Aufzug dirigieren. Während Emma kaum zu atmen wagte, schien sich Louise wohlzufühlen. Man könnte meinen, sie erledigte hier täglich ihre Einkäufe. Selbstbewusst und sicher fand ihre Schwägerin den Weg durch die Galerien und Gänge. Mit glänzenden Augen trat die junge Frau schließlich in den Kunstsalon, der die Ausstellung beherbergte. Unzählige Menschen drängten sich im Raum, um die Stücke zu bewundern: moderne Gemälde und Plastiken. Expressionismus – so viel hatte Emma aus Louises Ausführungen mitbekommen. Sie bemühte sich, Gefallen daran zu finden. Die Bilder mit den Augen ihrer Schwägerin zu betrachten. In den wilden Strichen und Farbklecksen einen tieferen Sinn zu entdecken, doch es gelang ihr nicht.

»Lass es auf dich wirken!«, schwärmte Louise unentwegt. »Ein wahrer Künstler offenbart dir die Wahrheit, die nur du sehen kannst. Moderne Kunst ist ehrlich, nackt, ursprünglich, aus den Tiefen der Menschenseele kommend. Sie muss brutal sein, um etwas in uns zu bewirken und zu verändern.«

»Aha«, sagte Emma und fühlte sich alles andere als ehrlich. »Kannst du irgendwo diesen Uzarski entdecken?«

Und wo war Émile abgeblieben? Egal, wohin sie blickte, sie konnte ihn nirgends entdecken. Und Louise plötzlich auch nicht mehr.

Na wunderbar. Wie sollte sie diesen Uzarski finden, wenn sie nicht einmal wusste, wie er aussah?

Sie schlenderte herum. Schließlich beschloss sie, vor einem Bild, das nur aus roten und schwarzen Wirbeln zu bestehen schien, haltzumachen und zu warten, bis Louise wieder auftauchte. Um nicht zu sehr mit ihrer Ahnungslosigkeit aufzufallen, legte sie den Kopf etwas schief und betrachtete das Gemälde. Hoffentlich machte sie den richtigen Blick dazu, damit man ihr ansah, wie sehr sie sich bemühte, die Kunst auf sich wirken zu lassen.

Sie wusste nicht, wie lange sie dastand, bis ihre Halsmuskeln langsam einen Krampf bekamen, während das Bild noch immer bloß aus Rot und Schwarz bestand, ohne dass sie mental auch nur in die Nähe einer Erleuchtung rückte. *Kämpfende Formen*, lautete die Beschriftung. Sehr tiefsinnig, dachte Emma.

»Faszinierend«, raunte eine tiefe Stimme hinter ihr.

Emma fuhr herum und prallte fast gegen eine kräftige Männerbrust. Vor ihr stand ein großer, schlanker Typ um die vierzig, der sie verschmitzt anlächelte.

»Darf ich mich vorstellen? Clemens Faßbender.«

»Ich bin …«

Er legte seine schlanke Hand auf ihren Ellbogen. »Ich weiß, wer Sie sind, Frau Seidel.«

»… nicht an Ihrem Namen interessiert«, sagte sie und nahm seine Hand von ihrem Arm weg. Die fremde Berührung jagte Gänsehaut über ihren Körper. Obwohl der Kunstsalon voller Menschen war, hatte sie das Gefühl, allein im dunklen Treppenhaus zu sein, wo sich Achims Körper an sie drängte.

Während in ihrem Kopf die Frage pochte: Woher kannte er sie? Waren sie einander begegnet? Sie konnte sich überhaupt nicht erinnern.

»Woran sind Sie dann interessiert?«, raunte er ihr mit einer samtigen Stimme zu.

»An der Kunst.« Emma wandte sich von ihm ab. Bloß nicht einschüchtern lassen! Was auch immer passierte – sie durfte ihm nicht erlauben, sie in eine Ecke zu drängen.

»Lassen Sie mich raten. Sie sehen schwarz.« Etwas Zweideutiges, Bedrohliches lag in seiner Feststellung. Während seine Finger langsam ihr Rückgrat hinunterfuhren, ganz bis zum Ansatz ihres Pos.

»Und gleich sehe ich rot.«

Sie drehte sich zu ihm. Bloß keine ruckartigen Bewegungen! Damit er nicht glaubte, seine Beute zappeln zu sehen.

Doch er war näher gekommen. Und nun schmiegte sich ihre Brust beinahe gegen die seine. Anscheinend hatte sie sich doch in eine Ecke drängen lassen. Auch wenn diese Ecke nur in ihrer Einbildung existierte.

»Rot steht für Leidenschaft.« Er zupfte an einer ihrer Haarlocken.

Mit einer kontrollierten, langsamen Bewegung nahm sie seine Hand erneut weg. »Und für eine rote Linie, die Sie gerade erneut überschritten haben.«

Emma wollte sich an ihm vorbeidrängen, doch er packte sie an der Taille und ließ sie nicht weg. »Ich weiß nicht nur Ihren Namen, sondern ahne auch, was Sie vorhaben. Lassen Sie es sich gesagt sein: Ihr Senf kommt nicht einmal in die Nähe meines Kaufhauses.«

Sie hob eine Augenbraue. »Haben Sie nicht gesagt, Ihr Name sei Clemens Faßbender und nicht Alfred Leonhard Tietz?«

Schon wieder musste sie seine Hand packen und von sich wegdrücken, doch dieses Mal gelang es ihr nicht. Er war stärker. Schweiß trat ihr aus allen Poren. Überall waren Menschen. Sie müsste sich doch sicher fühlen! Tat es aber nicht. Die Menschen sahen zu. Und es war ihnen egal, dass ein fremder Mann sie gerade begrapschte.

Beinahe leidenschaftlich presste er sie an sich. »Mag sein. Aber ich gehöre zur Leitung dieser Zweigstelle in Düsseldorf und habe durchaus ein Wörtchen mitzureden. Richard Weber hat mich vor Ihnen gewarnt. Sie haben keine Chance.«

Da war sie wieder. Ihre Machtlosigkeit. Der eigene Körper, der ihr wie ein Gefängnis vorkam.

Nein, nie wieder wollte sie sich hilflos fühlen. Fremden Berührungen so schutzlos ausgeliefert.

Ruhig bleiben, befahl sie sich. Ihre Angst, die Panik, die sie zu übermannen drohte, durfte sie ihm auf keinen Fall zeigen. Das würde ihn nur ermutigen, mehr Körperkontakt zu suchen, um ein hysterisches Weib zur Besinnung zu bringen.

Sie straffte die Schultern und drückte ihren Rücken gerade. »Zur Kenntnis genommen.« Ihr Blick glitt über seine Schulter hinweg. Nur wenige Schritte entfernt stand eine großgewachsene blonde Frau und betrachtete nachdenklich das rot-schwarze Bild, die Hände vor dem Bauch gefaltet. Mach sie auf dich aufmerksam, pochte es in Emmas Schläfen. Hol dir Hilfe! Kämpfe!

»Es ist eine Warnung, Frau Seidel. Wir genießen jetzt zusammen ein bisschen die Kunst, und dann werde ich Sie nie wieder in meinem Kaufhaus sehen. Verstanden?« Sein Griff wurde fester, fordernder.

Emma sah zur jungen Blonden herüber. Gleichzeitig trat sie Clemens Faßbender auf den Fuß, so dass er vor Überraschung seinen Griff lockerte, wand sich aus seinem Arm und schob sich näher an die Frau heran. »Ich fasse es nicht, was für eine Überraschung, Sie hier zu sehen!«, rief sie so laut, dass nicht nur die Unbekannte, sondern auch weitere Umstehende aufmerksam wurden. »Emma. Emma Seidel. Sie erinnern sich nicht mehr an mich?«

Die Frau riss nur minimal die Augen auf, schaute irritiert um sich, anscheinend, um sich zu vergewissern, dass Emma wirklich sie meinte. »Ich fürchte nein«, erwiderte sie mit einer leisen, melodischen Stimme und tat wohl ihr Bestes, um sich die Verunsicherung nicht anmerken zu lassen. Was ihr sehr gut gelang. Auf ihrem glatten Gesicht zeigte sich kaum Regung, als wäre sie kein lebendiges Wesen, sondern nur ein Porträt.

»Sind Sie nicht Hannah Schmidt?«, nannte Emma den erstbesten Namen, der ihr einfiel. Geschickt machte sie noch ein paar Schritte beiseite. Jetzt befand sich die Frau, die wie ein Mannequin dastand und wohl keine Ahnung hatte, wie sie aus der unangenehmen Situation rauskommen sollte, zwischen ihr und Clemens Faßbender.

»Minna Gerke«, lautete ihre Antwort.

»Das tut mir wirklich sehr leid«, versicherte Emma. »Ich muss Sie verwechselt haben. Bitte entschuldigen Sie.«

»Kann passieren bei so vielen Menschen. Interessieren Sie sich für Kunst?«

»Oh ja. Ganz besonders hat mich das Bild … *Drei Pferde* beeindruckt.« Die einzige Schöpfung in diesem Raum, die sie sich merken konnte. Und das nur, weil darauf unverkennbar drei Pferde zu sehen waren und eins von ihnen dem Betrachter ungeniert seinen Hintern zeigte.

»Wie aufregend. Sie scheinen eine Liebhaberin von Franz Marc zu sein.« Mit einer kaum wahrnehmbaren Kopfbewegung deutete die junge Frau auf die *Kämpfenden Formen*. »Ich bin auch fasziniert von seiner Ausdruckskraft und der Reinheit, die seine Bilder versprühen. Finden Sie nicht auch?«

»Definitiv. Äh … sehr ehrlich, nackt und ursprünglich. Beinahe brutal.« Ein Glück, dass Louise ihr genügend Stichworte gegeben hatte, die der jungen Dame zu imponieren schienen.

»Ehrlich und nackt.« Sie schloss für einen Moment die Augen. »Sie haben recht. So habe ich seine Kunst noch nie betrachtet, aber seine kräftigen, klaren Pinselstriche tragen definitiv die Handschrift der nackten Ehrlichkeit.«

Emma schielte umher und konnte sich ein erleichtertes Seufzen nicht verkneifen. Clemens Faßbender war weg. Dankbar blickte sie zur Blonden. »Ich möchte mich noch einmal entschuldigen, Sie am Anfang so überrumpelt zu haben. Ich habe Sie gar nicht verwechselt, in Wirklichkeit … in Wirklichkeit kannten wir uns gar nicht. Der Mann …« Obwohl Clemens Faßbender nicht mehr da war, lief es ihr dennoch kalt den Rücken herunter. Und gleichzeitig spürte sie eine tiefe Genugtuung, sich erfolgreich gegen ihn gewehrt, ihm keine Chance gelassen zu haben, sie gegen ihren Willen weiter anzufassen. Sie hatte ihren Körper zurück. Sie bestimmte darüber. Und niemand sonst. Sie hob das Kinn etwas höher. »Der Mann, der neben mir gestanden hat, war der Meinung, mich belästigen zu können. Ich musste mir irgendwie helfen.«

Die Augen der Frau weiteten sich. »Grundgütiger. Das tut mir so furchtbar leid! Geht es Ihnen gut?«

»Ja. Jetzt geht es mir gut.«

Minna Gerke senkte die Stimme. Nur ganz leicht bewegte sie ihren Kopf zu Emma. »Passen Sie auf sich auf. Es war richtig von Ihnen, mich angesprochen zu haben. Ich wünschte … ich wünschte, dass jede Frau Hilfe bekommen würde, wenn sie diese braucht.«

Emma nickte. Sie wünschte sich sogar, keine Frau würde

je in eine solche Situation geraten. Aber leider gab es noch zu viele Männer, die in einem eine hilflose Beute sahen, über die sie bestimmen konnten. Zu gern hätte sie länger mit Minna Gerke geplaudert. Aber sie musste alles daransetzen, Uzarski zu finden. Denn ohne Alfred Leonhard Tietz war Düsseldorf ein verlorener Posten. Der Einfluss von Richard Weber reichte zu weit, als dass Carl und sie etwas dagegen unternehmen konnten, bevor ihnen das Geld ausging.

»Bitte entschuldigen Sie mich«, wandte sich Emma an die junge Frau. »Ich fürchte, ich muss jetzt gehen. Es war schön, Sie kennenzulernen. Und noch einmal: Vielen Dank für Ihre Hilfe.«

»Keine Ursache. Es war sehr erfrischend, mit Ihnen über Franz Marc zu plaudern.«

»Was die Kunst angeht, müssen Sie unbedingt meine Schwägerin kennenlernen. Niemand diskutiert leidenschaftlicher darüber als sie.« Emma lächelte, nickte zum Abschied und drängte sich zwischen den herumstehenden Kunstliebhabern hindurch. In der Mitte des Saals war es freier, so dass sie endlich durchatmen konnte. Erst jetzt merkte sie, wie zittrig sie noch immer von der Begegnung mit Clemens Faßbender war. Und doch verspürte sie so etwas wie einen Triumph, gegen ihn etwas getan zu haben, statt sich seelisch zusammenzukauern und auf das Schlimmste zu warten. Ihr Körper gehörte ihr. Und nur sie bestimmte darüber, wer ihn wann anfassen durfte. Sie war nicht machtlos. Sie würde nie wieder machtlos sein.

Wie durch eine glückliche Fügung entdeckte sie Louise, die interessiert eine Plastik betrachtete. Schnurstracks ging sie auf ihre Schwägerin zu. »Hast du denn schon irgendwo Uzarski entdecken können? Wir sind hier, um unseren Plan zu verwirklichen. Nicht, um Kunst zu bewundern.«

»Nein, ich habe ihn noch nicht gesehen. Was hast du denn die ganze Zeit gemacht?«

Emma schluckte. Über ihre Begegnung mit Faßbender wollte sie lieber nicht reden. Deshalb deutete sie zu den *Kämpfenden Formen*, vor denen immer noch Minna Gerke stand. »Mich über die nackte Ehrlichkeit von Pinselstrichen unterhalten.«

»Franz Marc!«, rief Louise begeistert aus. »Ein Jammer, dass der Krieg uns einen der bedeutendsten Künstler der Moderne genommen hat.«

»Ja. Traurig.« Von den vielen Menschen, bunten Farben und dem Stimmengewirr drehte sich ihr langsam der Kopf. »Dann bewundere du deinen Franz Marc, und ich frage mal nach Uzarski herum. Und suche Émile. Er sollte nicht allein sein.«

Einige Zeit später entdeckte sie wenigstens den alten Mann.

»Selbstverständlisch muss der Sinn für die Kunst gefördert werden«, hörte sie seine unverwechselbare Stimme. »Am besten von Kindesbeinen an! Die Sinne verkrümmen sisch, wenn man sie nischt benutzt!«

»Man muss Kunst nicht studiert haben, um sich ihr zu verschreiben!«, hielt jemand zornig dagegen. »Sie offenbart sich allen. Egal, ob man etwas davon versteht oder nicht. Die Kunst *wirkt*. Das ist ihre Aufgabe!«

Emma schlängelte sich durch die Menge, um näher zu kommen, während das Gespräch mit jeder Sekunde hitziger wurde. Die Menschen drängten sich, versperrten ihr die Sicht. Offensichtlich glaubten sie, einer dramatischen Theateraufführung beizuwohnen, so interessiert verfolgten sie den Streit.

»Und doch wäre diese Welt vielleischt ein Stückschen besser, wenn Künstler mehr Verantwortung zeigen würden. Vor allem vor der jungen Generation.« Émile. So streitlustig hatte sie ihn noch nie erlebt. Was Kamillenteeentzug mit einem anstellen konnte, dachte sie belustigt.

»Wir zeigen Verantwortung! Und wie wir Verantwortung zeigen!«, empörte sich sein Gegenüber. Endlich konnte Emma einen freien Blick auf die Szenerie werfen, die leider alles andere als lustig wirkte. Vor Émile stand ein buckeliger Mann, der dem ehemaligen Buchhändler kaum bis zur Brust reichte, und fuchtelte wütend mit seinen korallenartigen Händen vor dessen Gesicht herum, als würde er Émile die Augen auskratzen wollen.

»Na, gerade Sie sollten vielleischt das Wort Verantwortung etwas vorsischtiger in den Mund nehmen!«, echauffierte sich Émile.

»Wie soll ich das denn verstehen?«, zischte sein Kontrahent.

»Sagen Sie es mir! Das möschte isch zu gern von einem ’ören, der den Krieg als ein großes Abenteuer für die Jugend illustriert ’at!«

»Wer hat denn so enthusiastisch ›Der Krieg, der Krieg, wir ziehen in den Krieg‹ gerufen?« Der kleine, schief wirkende Körper bebte. Feurig blitzten die Augen hinter den runden Brillengläsern. »Die Jugend hat dieses Abenteuer gewollt!«

»Die Kunst gibt nischt das, was die Menschen wollen, sondern das, was sie brauchen, Sie Tölpel!«

Endlich hatte sich Emma aus der Menge der Schaulustigen freigekämpft. Fest packte sie Émile am Arm, bevor die Konversation noch handgreiflich wurde.

»Bitte entschuldigen Sie die Störung«, entschlossen hakte sich Emma bei Émile unter. »Aber ich muss Monsieur Perrin kurz entführen.«

Der breite Kopf mit den kurzen dunklen Haaren ruckte zu

ihr herum. »Bleiben Sie mir nur weg mit dem! So eine Frechheit muss ich mir nicht bieten lassen!«

»Die Wahr'eit!«, rief Émile über die Schulter zurück, während Emma ihn davonzog. »Keine Fresch'eit, nur die Wahr'eit!«

Endlich kamen sie weit genug weg, so dass Émile sich etwas beruhigen konnte. Behutsam drückte Emma ihn an sich und wartete, bis seine Schimpftiraden verstummten. »Was ist da nur passiert? Wer war der Mann? Ich hatte schon Angst, ihr würdet gleich aufeinander losgehen.«

»Wer das war? Nur ein Narr, der doch tatsäschlisch der Meinung war, das Buch *Der Weltkrieg* für die Jugendlischen wie eine Werbebroschüre für ein glorreisches Abenteuer illustrieren zu müssen. Dieser Mann, Emma, dieser Mann ist schuld, dass Abertausende junge Menschen gestorben sind!«

»Ich glaube nicht, dass es gerechtfertigt ist, einen Illustrator für den Tod der Abertausenden jungen Männer verantwortlich zu machen. Die Wahl des Projektes war sicherlich ziemlich unglücklich …«

»Unglücklisch?«, empörte sich Émile. »An Adolf Uzarski ist vieles unglücklisch, aber dieses Buch 'at nischts mit unglücklisch zu tun. Dieses Buch ist eine Schande! Eine einzige Schande ist das!«

»Adolf Uzarski? Das war *er*?« Eine Erwiderung, dass eine sachliche Diskussion über die Verantwortung der Kunst bestimmt ergiebiger gewesen wäre als wilde Beschimpfungen, erstarb auf ihren Lippen, als ihr klarwurde, was das bedeutete. Adolf Uzarski. Großartig. Etwas sagte ihr, dass es wenig Sinn hatte, zu versuchen, ihn jetzt von den Vorzügen des Rhein-Senfes zu überzeugen.

Émile schimpfte schon wieder. Die bloße Wiederholung des Namens reichte wohl aus, um die Tirade über die Unverantwortlichkeit des Künstlers fortzusetzen.

»Gehen wir nach Hause«, murmelte Emma resigniert. Irgendetwas Sinnvolles konnte sie auf dieser Kunstausstellung sowieso nicht mehr ausrichten.

Sie fand Louise vor den *Kämpfenden Formen*, in eine anregende Unterhaltung mit Minna Gerke vertieft. Emma wartete, bis das Gespräch endete und ihre Schwägerin zu ihr kam.

»Und?«, fragte diese. »Hast du Uzarski getroffen?«

»Kann man wohl so sagen.«

»Das klingt nicht gerade begeistert.«

»Erzähl ich dir später. Aber ich fürchte, der Besuch dieser Kunstausstellung war im Großen und Ganzen umsonst.«

»Mitnichten!«, widersprach Louise vehement. »Rate mal, wen ich gerade kennengelernt habe: Minna Gerke! Sie ist nicht nur eine sehr interessante Frau, sondern auch eine Kunstmäzenin. Und weißt du was? Sie war so begeistert von dem, was ich ihr über meine Gipskunst erzählt habe, dass sie ein Abbild ihrer selbst bei mir bestellen möchte! Emma! Kannst du dir das vorstellen?«

Einen Moment musste Emma ihre Gedanken sammeln. Eine Kunstmäzenin? Und Louise sollte diese Frau in Gips verewigen? Eine Auftragsarbeit! Louises allererste Auftragsarbeit!

»Das ist großartig! Herzlichen Glückwunsch!« Fest umarmte sie ihre Schwägerin. »Ich freue mich so sehr für dich!«

Wenigstens für eine von ihnen war der Ausflug in den Kaufpalast kein Reinfall gewesen.

***

Emma nippte an ihrem Tee, den Wilhelmine ihr gereicht hatte. In deren kleinem Appartement fühlte sie sich immer wie in einem sicheren Hafen, der stets auf sie wartete. Geborgenheit war nicht nur ein Wort, das sie mit diesen Wänden verband. Sondern ein tiefes Empfinden, das ihre Seele umarmte, sobald sie über die Schwelle trat.

Die sehr übersichtlichen Räumlichkeiten schienen die Spuren aller zu tragen, die hier eng miteinander lebten. Die Fensterbretter waren über und über mit Blumentöpfen bestückt, in denen die unterschiedlichsten Pflanzen gediehen. Sicherlich kannte Wilhelmine jedes Blatt beim Vornamen. Die Wände trugen bunte Handabdrücke von Louise und Frederick. Emma brauchte nicht viel, um sich den Spaß vorzustellen, den die beiden bei der Entstehung dieses Kunstwerkes sicherlich gehabt hatten. Sie hatte den Eindruck, das Lachen der zwei hatte sich tief ins Mauerwerk eingewoben. Im Flur roch es häufig nach Motoröl. Dort reinigte Antoine zu gern irgendwelche Teile, über die man stolperte, wenn man nicht aufpasste.

»Hast du denn schon versucht, Tietz direkt zu kontaktieren?«, fragte Wilhelmine und riss Emma aus der Behaglichkeit, in die sie jedes Mal beim Anblick der Wände um sich herum versank.

»Natürlich. Mehrfach. Keine Antwort. Ich kann mir vorstellen, wie viele ähnliche Anfragen er täglich bekommt. Wir brauchen jemanden, der ein gutes Wort für uns einlegt. Und die beste Möglichkeit stellte dieser Uzarski dar.«

»Ich nehme an, mit ihm nach dem Vorfall ganz in Ruhe zu reden, hat nicht geklappt?«

Emma nahm noch einen Schluck. »Er scheint sehr aufbrausend und ein wenig nachtragend zu sein. Ich möchte lieber nicht wiedergeben, was ich mir anhören musste, als ich ihn einige Tage nach dem Streit mit Émile darauf angesprochen habe. Dieser Weg ist verbaut. Ich gehöre zu Émile, und somit will Uzarski nichts mit mir zu tun haben.«

»Wenn ein Weg verbaut ist, geh drumherum. Was weißt du

noch über ihn? Jeder Mensch hat einen Schwachpunkt, der seine Mauer bröckeln lässt.«

»Er ist verheiratet. Wegen seiner verkrümmten Wirbelsäule wurde er nicht eingezogen. Und er soll an einem neuen Buch arbeiten, das Düsseldorf aus der Sicht eines Hundes beleuchtet.«

Wilhelmine verzog das Gesicht und beugte sich zu Gusti, die sich auf ihrem Schoß ausstreckte. »Hast du das gehört? Aus der Sicht eines Hundes! Als hätten Hunde irgendetwas Interessantes zu erzählen! Der Mann hat offensichtlich keine Ahnung.«

Gusti kommentierte diese Bemerkung nicht, sondern drehte sich ein wenig, damit Wilhelmine sie besser kraulen konnte.

»Und Louise hat erzählt, dass er wohl eine große Ausstellung plant, die in zwei Jahren eröffnet werden soll. Aber ich bezweifle, dass ich ihn mit meiner Kunstbegeisterung überzeugen kann.«

»Warum schickst du nicht Louise zu ihm, um die Wogen zu glätten?«

Emma verschluckte sich beinahe am Tee. »Wenn Louises explosive Art auf seinen aufbrausenden Charakter trifft, werden wir von diesem Inferno am nächsten Tag in den *Düsseldorfer Nachrichten* lesen. Wogen zu glätten, ist nicht gerade Louises Kernkompetenz.«

Im Flur ertönten energische Schritte. »Ich glaube, ich habe etwas von meinen Kernkompetenzen gehört? Worum geht es?«

Louise kam herein und führte den Hauch ihres Jasminparfüms und den Geruch nach nassem Gips mit sich. Eine Kombination, die durchaus als sinnlich wahrgenommen werden konnte.

»Emma möchte dich fragen, ob du es dir vorstellen könntest, einen Vorstoß zu wagen, Adolf Uzarski doch noch auf unsere Seite zu ziehen.« Wilhelmine schmunzelte über den Rand ihrer Teetasse hinweg.

Louise kam zum Tisch und nahm sich einen Keks von der Etagere. Da in diesem Haushalt niemand eine besondere Begabung fürs Backen hatte, war es stets eine gewisse Mutprobe, die Erzeugnisse zu probieren. Kühn schob sich Louise den Keks in den Mund. »Natürlich! Das wäre eine großartige Gelegenheit, in den Dunstkreis von *Das junge Rheinland* hineinzuschnuppern! Vielleicht sollte ich der Galerie von Johanna Ey langsam einen Besuch abstatten.«

»Dann ist es beschlossen«, ergab sich Emma dem Mehrheitsdruck. Wobei die Lage mit Uzarski kaum noch signifikant verschlechtert werden konnte. »Trotzdem brauchen wir einen zusätzlichen Plan, sollte Louise scheitern.« Sie verstummte abrupt. Erst jetzt fiel ihr auf, dass hinter Louise Minna Gerke hereingekommen war. Offensichtlich hatten die beiden Frauen gerade eine weitere Sitzung für die Auftragsarbeit, in die Louise sich begeistert gestürzt hatte.

Wie schon bei der Kunstausstellung im Kaufpalast gab sich die Kunstmäzenin zurückhaltend und reserviert. Je länger Emma sie beobachtete, desto mehr entstand der Eindruck, man hätte Andersens Schneekönigin mit Mona Lisa verschmolzen. Ihr goldblondes Haar war aufwendig geflochten und hochgesteckt und mit silbernem Perlenschmuck verziert. Die weiße Haut wirkte durchscheinend, die feinen Härchen auf den Armen waren so zart wie der erste Schnee, der die Erde im Winter überzog. Sie stand kerzengerade im Türrahmen, eine etwas steife, aber königliche Haltung. Sie trug ein seidenes Kleid in Blassrosa, das ihr in asymmetrischen Bahnen bis zu den Waden reichte und mit seinen silbernen Stickereien einen wahren Blickfang bildete.

»Möchten Sie sich mit uns eine Tasse Tee genehmigen?«, fragte Emma, als ihr auffiel, dass sie die junge Frau zu offensichtlich studierte.

»Nein, danke.« Wenn man nicht genau hinsah, hätte man ihr Lächeln durchaus übersehen können. »Ich bedauere es sehr, aber ich muss gehen. Die Galerie von Johanna Ey ist allerdings ohne Zweifel einen Besuch wert. Die Kunst, die dort ausgestellt wird, kann durchaus verstörend sein und wird in akademischen Kreisen sehr kontrovers diskutiert. Aber sie dringt ein, stößt bis auf den Abgrund der eigenen Seele vor, wühlt auf. Macht wütend und betroffen zugleich. Finde ich.«

Emma überlegte, was das für eine Kunst sein sollte, die diese Frau aufzuwühlen vermochte. Sie hätte schwören können, dass man neben Minna Gerke eine Bombe zünden, eine Marschkapelle spielen lassen und das Ganze mit einem Feuerwerk krönen könnte – sie würde mit keinem Muskel zucken.

»Dann sollte ich der Galerie gleich am Wochenende einen Besuch abstatten«, meinte Louise und nahm sich einen weiteren Keks. Zuversichtlich zwinkerte sie Emma zu. »Uzarski soll dort ein häufiger Gast sein.«

»Erzählen Sie mir doch später, was Sie von den Ausstellungsstücken dort halten. Auf Wiedersehen. Ich freue mich schon sehr auf unsere nächste Sitzung.« Minna Gerke deutete eine Kopfbewegung zum Abschied an und verließ geräuschlos das Appartement.

»Du könntest Frederick mitnehmen«, schlug Wilhelmine vor. »Der Junge wäre begeistert!«

»Mh«, machte Louise und trat ans Fenster. Eine Weile verharrte sie davor, den Blick intensiv in den Hof gerichtet. Dann winkte sie energisch Emma zu. »Komm her, schnell! Das wird gleich sehr interessant!«

Emma runzelte verwirrt die Stirn, während Wilhelmine

die Finger in Gustis Fell vergrub und eindrucksvoll die Augen verdrehte. »Seit einer Weile brauchen wir keinen Kinematographen, um eine Stummfilmvorführung zu genießen. In der heutigen Folge dieser Fortsetzungsgeschichte tippe ich auf *Werden sie sich endlich ansprechen?*.«

Etwas konfus gesellte sich Emma zu ihrer Schwägerin.

Im Hof werkelte Antoine an Effi Biest, indem er mit seinem halben Oberkörper in den Motorraum hineingekrochen war.

Emma grinste. »Man könnte meinen, du hast schon oft genug gesehen, wie Antoine diesen Wagen zum Laufen zu bringen versucht.«

»Warte ab. Da wird gleich etwas ganz anderes laufen!« Louise deutete zu der Seite des Innenhofes, wo Minna Gerke aufgetaucht war. »Wetten, sie starrt gerade Antoines Hintern an? Von dieser Ecke aus hat man nämlich den besten Blick darauf.«

Emma keuchte. »Louise!« Wobei Minna Gerke tatsächlich ganz regungslos dastand, man konnte allerdings nur spekulieren, worauf sie dabei so intensiv schaute. Vielleicht war es tatsächlich Antoines Hintern. Oder sie war vollkommen fasziniert vom linken Kotflügel der Effi Biest.

»Was denn?«, meinte Louise mit einem unschuldigen Wimpernaufschlag. »Er hat wirklich einen bemerkenswerten Hintern.«

»Meine Damen«, mischte sich Wilhelmine streng ein. »Ich möchte doch sehr bitten, auf das Niveau zu achten.«

Louise grinste nur. »Jetzt sag nicht, dass dir noch nie aufgefallen ist, wie hübsch seine Kehrseite ist.«

Wilhelmine rollte erneut mit den Augen.

»Wobei wir ihn natürlich auf keinen Fall nur darauf reduzieren sollten«, fuhr Louise fort. »Wenn man erlebt, wie er Gute-Nacht-Geschichten vorliest, will man nie wieder etwas anderes hören!«

»Und das stört dich nicht?« Emma stutzte. »Dass diese Minna Gerke den Hintern deines Ehemanns betrachtet? Während du mich in einen Kanal gestoßen hast, weil ich zufälligerweise die gleiche Luft wie Antoine geatmet habe?« Der Vorwurf war nicht ernst gemeint, was ihre Schwägerin sofort bemerkte.

»Oh, ein bisschen mehr als Luft war da schon«, neckte sie.

»Nicht von meiner Seite!« Es war schön, darüber reden zu können, ohne dass der Vorfall zwischen ihnen stand. Hätte sie damals vorhersehen können, dass sie irgendwann mit Louise darüber scherzen würde? Ausgeschlossen!

Louise winkte ab. »Das Einzige, was mich stört, ist die Tatsache, dass die beiden wie Erde und Mond umeinanderkreisen.« Sie warf einen kecken Blick über die Schulter zu ihrer Mutter. »Man könnte meinen, wir schauen uns ständig die Wiederholungen der früheren Vorführungen an. Stimmt's, Mama?«

»Geht sie schon wieder? Und er starrt ihr hinterher?« Wilhelmine seufzte dramatisch, als würde sie das Spiel mitspielen, und lehnte sich zurück, um der schnurrenden Gusti etwas mehr Platz und Bequemlichkeit auf ihrem Schoß zu bieten.

»Ich finde, sie passen zueinander. Antoine könnte ein bisschen Liebe gut gebrauchen. Und sie … Ich glaube, sie ist auch sehr einsam gerade. Letztes Mal hat Minna mir erzählt, sie hätte ihren Mann im Krieg verloren. So jung und schon eine Witwe! Was mich angeht, würde ich es den beiden jedenfalls gönnen.«

Kleinlaut musste Emma sich eingestehen, dass sie sich anscheinend noch nicht daran gewöhnt hatte, wie locker Louise damit umging, dass eine andere Frau einen Blick auf ihren Ehemann geworfen hatte. Auch wenn das Einzige, was diese Ehe noch definierte, bedeutungslose Ringe waren – und Frederick, um den sich die beiden liebevoll kümmerten.

»Wenn er nur seinen Kopf aus dem Motorraum ziehen

würde! Meinst du, wir sollten ihn rufen? Ja, wir rufen ihn jetzt«, beschloss Louise und machte sich energisch am Fenster zu schaffen.

»Nein!« Emma spürte sofort, wie ihr Hitze in die Wangen schoss.

»Warum denn nicht? Sonst kreisen sie bis ans Ende aller Zeiten umeinander herum. Was Frauen angeht, hat Antoine so einige … Fehler begangen. Und jetzt geht er lieber drei Schritte zurück als einen vorwärts.«

An seine Fehler konnte sie sich zu gut erinnern. Zum Beispiel, wie er sie gegen das Regal gedrückt hatte, um ihr seine Liebe und Leidenschaft zu gestehen. Emma schob den Gedanken beiseite.

»Wir rufen nicht, weil das Rufen nicht notwendig ist.« Sie presste ihren Zeigefinger an die Fensterscheibe. Effi Biest verlor gerade ihre Bestandteile: Irgendetwas kullerte unter ihr hervor. Minna löste sich aus ihrer Regungslosigkeit, machte ein paar Schritte auf das Automobil zu und hob das Teil auf.

Antoine richtete sich auf. Emma musste zugeben, dass er offensichtlich nichts von seiner Wirkung auf Frauen eingebüßt hatte. Auch wenn er seine Attraktivität nicht mehr wie eine ultimative Waffe gegen jedes weibliche Wesen in seiner Reichweite einsetzte. Aber als er den Kopf neigte, sich durch das Haar fuhr und lächelte, hatte Emma das Gefühl, der gesamte Raum zwischen ihm und Minna wäre mit einem elektrisierenden Prickeln erfüllt.

Er zeigte auf das Teil, das Minna in ihren behandschuhten Händen herumdrehte. Sie reichte es ihm und strich sich eine Haarsträhne zurück. Antoine sagte etwas und deutete auf eine Stelle an ihrer Stirn, ohne sie dabei zu berühren. Minna wischte darüber, offensichtlich hatte sich etwas vom Schmutz des Teils auf ihre Haut übertragen. Wieder sagte er etwas.

»Oh. Interessant«, kommentierte Louise.

»Was denn?«

»Sie lacht! Sie lacht wirklich. Ich hätte schwören können, Minna Gerke wäre überhaupt nicht in der Lage, ihre Gefühle zu zeigen.«

Emma senkte den Blick und zog Louise vom Fenster weg. »Lassen wir das lieber.« Die beiden weiter zu beobachten, fühlte sich … schrecklich intim an. Etwas, wozu weder sie noch Louise das Recht hatten.

»Aber es wird doch gerade erst interessant!«, protestierte Louise.

»Und es geht uns überhaupt nichts an.« Emma räusperte sich und konnte dennoch ihre Verlegenheit nicht gänzlich loswerden. Tief in ihrem Innern wünschte sie Antoine Glück. »Erzähl mir doch ein wenig mehr über *Das junge Rheinland* und diese Galerie. Johanna Ey, nicht wahr?«

Lieber würde sie sich Louises Kunstbegeisterung hilflos ausliefern, als Minna und Antoine heimlich zu beobachten. Was auch immer sich da zwischen den beiden anbahnte. Oder auch nicht.

Düsseldorf, 1920

ANTOINE

Er fragte sich, ob es wirklich klug gewesen war, mitzukommen. Was erwartete er überhaupt von diesem Ausflug? Außer dass er ein nachdenkliches Gesicht machen würde, um nicht zu offenbaren, wie wenig er von der Kunst im Allgemeinen und der *modernen* im Besonderen verstand. Den ganzen Weg über schwärmte Louise von den Künstlern, die sie in der Galerie von Johanna Ey anzutreffen hoffte. Hoffnungsvoll umklammerte sie die Mappe mit ihren Skizzen. Ihre Augen leuchteten. Bestimmt malte sie sich bereits aus, wie sie der berühmten Kunsthändlerin von ihren Projekten erzählte. Ihre Gefühle standen ihr ins Gesicht geschrieben. Ach was, sie war stets voller Emotionen, die sich in ihr sammelten und gärten wie in einer Dampfmaschine, und wenn ihre Seele den Druck nicht aushielt, kanalisierte sich alles in ihrer Kunst.

Zwischen ihnen ging Frederick in einer kurzen Hose, Strümpfen und einem Jäckchen mit einem großen weißen Kragen. Von ihnen dreien passte er wohl am besten in die noble Stadtmitte. Ein artiges Kind mit einem ernsten Gesicht. Manchmal machte sich Antoine Sorgen um diese ganz und gar nicht kindliche Ernsthaftigkeit. Ob der Krieg und die Flucht seiner kleinen Seele mehr zugesetzt hatten, als sie ertragen konnte? Wie ging es ihm damit, dass seine Eltern irgendwie zusammen waren und doch getrennt?

Seit er aus dem Krieg zurückgekommen war, hatte er gehofft, wieder die Nähe zu seinem Jungen zu verspüren, welche sie früher miteinander verbunden hatte. Seinen Sohn ins Bett zu bringen, ihm vorzulesen, war das Schönste, was Antoine sich vorstellen konnte. Doch manche Fäden waren nicht mehr zu knüpfen, wenn sie erst einmal gerissen waren. Frederick begegnete ihm stets mit größtem Respekt und Höflichkeit, aber auch mit Vorsicht, und zeigte sonst mehr Zuneigung Gusti gegenüber als seinem Vater.

Trotzdem wollte Antoine es nicht aufgeben. Vielleicht schaffte er es, einen Draht zu seinem Sohn zu finden? Vielleicht musste er sich etwas mehr Mühe geben und sich mit der Welt der Kunst beschäftigen, in die Frederick oft stundenlang eintauchte.

»Ich bin so gespannt!«, rief Louise voller Begeisterung aus, als sie in den Hindenburgwall einbogen. »Vielleicht habe ich wirklich eine Chance, vielleicht können meine Skizzen Frau Ey überzeugen!«

»Sie wird begeistert sein von deinen Arbeiten. Da bin ich mir sicher.« Er mochte wirklich, was Louise erschuf. Die Natur, die Früchte und die Blumen, die so menschliche Züge trugen und einem vermittelten, dass man sich selbst nehmen sollte, wie man war.

»Was auch immer passiert, es wird unglaublich bereichernd sein.« Sie beschleunigte ihre Schritte.

Fredericks kleine Hand schloss sich fester um Antoines Finger. Die Aufregung der kleinen Kinderseele sprang auch auf ihn über, vor allem, da Frederick seine Emotionen ihm gegenüber eher selten zeigte. Dafür sprudelte der Enthusiasmus umso mehr aus Louise. Hoffentlich vergaß sie bei all der Begeisterung nicht die eigentliche Aufgabe, die sie für Emma erledigen sollte. Immer wieder glitt ihr Blick umher, saugte die Umgebung buchstäblich auf. Der Hindenburgwall lag gar nicht so weit vom Protz der Kö und der Rheinpromenade entfernt, wirkte aber insgesamt weniger eitel, wie es Antoine vorkam. Das Grün der Bäume verlieh der Umgebung Frische, während die Fassaden eher schlicht waren und von klassischer Eleganz zeugten.

»Da ist es!« Wenn Louise ihre Aufregung kaum noch im Zaum halten konnte, schraubte sich ihre Stimme immer höher. Mit einer ruckartigen Geste zeigte sie zu einer Menschentraube, die sich vor einem eher unscheinbaren Haus versammelt hatte. Fast wäre die Mappe mit ihren Skizzen in den Dreck gefallen.

»Sieht aus, als wäre einiges los«, murmelte Antoine, und seine Lust, hineinzugehen, sank auf den Gefrierpunkt. Viel lieber wäre er mit Frederick in den nahegelegenen Hofgarten gegangen, um die Kraft der Natur zu tanken. Frische Luft und Bewegung würden dem blassen Jungen sicherlich guttun. Genauso konnte er sich einen Spaziergang an der Rheinpromenade vorstellen, wo er vielleicht den Schiffsverkehr beobachten könnte. Aber eine Galerie?

Er schüttelte den Gedanken ab. Seine Aufgabe als Vater sah er darin, sein Kind auf dem Weg ins Erwachsenenleben bestmöglich zu unterstützen. Statt seinen Willen zu brechen und es nach seinen Vorstellungen zu formen, gewaltsam, wenn nötig.

Antoine spürte, wie sich ihm buchstäblich die Nackenhaare aufstellten. Wie so oft fürchtete er, dem Vaterdasein nicht gerecht werden zu können. Und irgendwann dem Frust zu erlauben, ein Monster aus ihm zu machen, wie sein alter Herr eins gewesen war.

»Oh, die Kunst, die Frau Ey ausstellt, stößt nicht immer auf Begeisterung. Die *Düsseldorfer Nachrichten* haben schon öfter davon geschrieben, dass es einen solchen Tumult gegeben hat, dass die Polizei anrücken musste! Die Kunst zeigt, wie gespalten die Gesellschaft ist.«

»Dass schon die Polizei anrücken musste, hast du bis jetzt mit keinem Ton erwähnt.« Antoine umklammerte Fredericks Hand fester. Ob er Louise lieber allein hinschicken und mit seinem Jungen doch in den Hofgarten gehen sollte?

»Wo ist nur deine draufgängerische Art geblieben? Sie wird manchmal schmerzlich vermisst, das musst du wissen.« Louise hob einen Zeigefinger. »*Die Kunst dringt ein, stößt bis auf den Abgrund der eigenen Seele vor, wühlt auf.* Hat Minna Gerke gesagt.«

Der Klang dieses Namens machte ihn schwindelig. »Minna Gerke hat gesagt, sie vermisst meine draufgängerische Art?«

Louise schickte ihm einen kecken Blick, dann zog sie einen Schmollmund und sah ihn bedauernd an. »Minna Gerke hat gesagt, dass die Kunst aufwühlt. Wenn nötig so sehr, dass die Polizei kommen muss. Aber deutlich wurde vor allem, dass du zwar leidenschaftlich an einem Automobil schraubst, aber leider nicht so draufgängerisch bist, sie hineinzuverfrachten und mit ihr in den Sonnenuntergang zu rauschen.«

Antoine hob die Augenbrauen. »Dass sie eine Entführung gutheißen würde, wage ich sehr zu bezweifeln.«

»Du musst sie doch nicht gleich entführen. Schon gar nicht gegen ihren Willen. Aber der erste Schritt wäre langsam echt angebracht.«

»Davor sollte ich mir klar darüber werden, ob ich für diesen Schritt bereit bin. Und ob ich es rechtfertigen kann, all die Lasten, die ich mit mir herumtrage, jemandem aufzubürden.«

Louise warf ihm einen schrägen Blick von der Seite zu. »Ich kann es gerade echt nicht glauben, dass ich dieses Gespräch ausgerechnet mit dir führe. Du musst sie doch nicht gleich heiraten. Lade sie ins *Café Palais* ein, geh mit ihr in die Lichtburg, bummele mit ihr durch den Kunstpalast. Wie sonst willst du denn herausfinden, wozu du bereit bist oder nicht?«

Zum Glück musste er nicht antworten, denn sie hatten die aufgeregte Menschentraube erreicht, die sich vor den Schaufenstern der Galerie versammelt hatte. Das Stimmengewirr tobte wie eine aufbrausende See. Ungehindert schlug dem, was hinter den großen Scheiben zu sehen war, Empörung entgegen. Schlichte Buchstaben auf der Fassade kündigten an: *Neue Kunst. Frau Ey.* Eine Brünette mit einem Kinderwagen trommelte wütend gegen die Glasscheibe und rief Beleidigungen.

Rasch hob Antoine seinen Sohn auf die Arme, zögerte. Doch Louise drängte sich zwischen den Umstehenden zum Eingang durch. Schon war sie nicht mehr zu sehen. Einzelne Rufe zerrissen die Luft: »Nicht schon wieder!« und »Ausräuchern!«

Antoine drückte Frederick fest an die Brust und bahnte sich einen Weg durch die Meute. Unwillkürlich fiel sein Blick ins Schaufenster. Er wollte einfach die tobende Menge ausblenden, irgendwo einen Ruhepol finden, auf den er sich konzentrieren konnte.

Das Gemälde nahm den ganzen Platz ein. Die Farben vermischten sich zu einem einzigen Entsetzen. Antoine konnte nicht anders, als hinzusehen, obwohl das Grauen in ihm hochstieg und die Klauen in seine Brust, in seine Lunge schlug, dass er kaum noch Luft bekam. Der halbnackte Mann auf dem Bild streckte klauenartige Hände gen Himmel. Todesqualen schrien aus seinen verzerrten Zügen, begleitet von der leisen Hoffnung, die Ohnmacht möge ihn finden. Aus seinem Bauch quollen Blut und Gedärme. Je länger er hinsah, desto mehr kam es Antoine vor, als würden aus den verkrampften Extremitäten, der Haltung des Verwundeten die menschlichen Züge weichen. Bis Antoine nur noch einen sterbenden Frosch darin erkennen konnte. Einen riesigen, von einem Kutschenrad überfahrenen Frosch, während die Rufe der Menge in seinem Kopf mit dem Dröhnen der Schlachtfelder verschmolzen.

Schweiß trat ihm auf die Stirn. Die Panik war nicht mehr bloß ein Gefühl. Sie presste ihm die ganze Luft aus der Lunge, drückte seine Rippen zusammen, bis sie zu bersten schienen, bis nichts mehr da war, bis er nur noch aus dem Grauen bestand, das der überfahrene Frosch ihm vermittelte.

Kleine Hände schlossen sich um seinen Nacken. »Vater!« Die dünne Stimme kam von ganz weit weg, drang dennoch mit Wucht in seinen Verstand und ließ ihn den Blick vom schrecklichen Bild abwenden, den Frosch aus seinen Gedanken drängen.

Er presste seine Wange an Fredericks Gesicht. »Danke.« Mehr schaffte er einfach nicht herauszubringen. Aber jetzt gelang es ihm wenigstens, sich auf die Umgebung zu konzentrieren. Aus der Galerie war ein Mann herausgetreten – er hatte sich wie ein Wächter vor den Eingang gestellt. Wirres rotes Haar. Die weißen Hemdsärmel hatte er hochgekrempelt. Wild gestikulierend beschimpfte er die Menge.

Louise war nirgends zu sehen. Vermutlich war sie längst drin.

Zusammen mit Frederick schob er sich voran. »Wir wollen uns nur die Kunst ansehen«, murmelte er, als er bei dem Rothaarigen angelangt war. Obwohl er sich nicht mehr so sicher war, ob er das wollte – und ob Frederick es sollte. Was würde sie drinnen erwarten, wenn bereits die Schaufenster so viel Leid präsentierten? Als der rothaarige Mann sich abwandte, um eine Frau anzuschreien, die ihm Beleidigungen ins Gesicht warf, schlüpfte Antoine durch die Tür.

Die wütenden Stimmen von der Straße waren noch immer zu hören, aber hier drin ließ seine Anspannung ein Stück nach. Vorsichtig stellte er Frederick auf den Boden. Die Luft roch nach Zigarettendunst, Kaffee, Ölfarbe und Terpentin. Er hätte seinem Sohn gern etwas gesagt, ihn wenigstens gefragt, wie es ihm ging. Doch er brachte keinen Ton heraus. Mit bebenden Fingern steckte er sich eine Zigarette in den Mund, ohne sie anzuzünden, und ließ seinen Blick zögernd umherwandern. Jeden Moment bereit, etwas Schreckliches zu sehen.

Bilder und Zeichnungen hingen überall, an jedem freien Platz, sogar über der Tür. Zuerst kam es ihm wild vor, ohne jegliches System. Dann musste er sich eingestehen, dass die Kunst den Platz bekam, den sie verdiente, um im besten Licht präsentiert zu werden. Manche Bilder brauchten natürliches Licht, das durch die Fensterscheiben hereinfiel. Die anderen betrachtete man lieber im Lampenschein. Zum Glück ging es bei den meisten Werken nicht um Tod und Verwundete, die auf den Schlachtfeldern starben. Landschaften oder Porträts beruhigten das Gemüt, versprachen Frieden und trugen dennoch Unruhe in sich. Als lauerte etwas hinter den schwungvollen Linien und kräftigen Strichführungen.

Ehrfürchtig ging Frederick herum. Offensichtlich war sein Sohn genau dort, wo er sein wollte. Mit ernstem Gesicht betrachtete der Junge die Bilder, die ihn umgaben. Schien alles in sich aufzusaugen wie ein Schwamm: die Linienführung, die Pinseltupfer, das Zusammenspiel der Farben. Etwas anderes schien er nicht zu brauchen.

Ein wenig verloren streifte Antoine durch die Galerie, bis er abseits stehen blieb. Während er auf eine Radierung starrte, versuchte er, zu sich zurückzufinden. Die Zigarette zwischen seinen Lippen wanderte von einem Mundwinkel zum anderen. Immerhin zitterten seine Hände nicht mehr so sehr.

Er wusste nicht, wie lange er auf die Linien gestarrt hatte, die eine sparsame, klare und irgendwie sehr ursprüngliche Landschaft schufen. Kein Strich zu viel. Silhouetten, die sich den Blicken beinahe entziehen wollten und im Nebel verschwanden. Diffus und schwer greifbar. Genau so, wie er sich tief in seinem Innern fühlte.

»Dada ist Wille zur Erkenntnis. Ist der gerade Weg. Unsere Zeit ist furchtbar, mörderisch, also auch ihre Kunst, also auch ihr Gelächter«, erklang Minna Gerkes Stimme neben ihm.

Aus dem Augenwinkel nahm Antoine eine Bewegung wahr. Also hatte er sich ihre Gegenwart nicht eingebildet.

Fahrig zog er die Zigarette aus seinem Mund, dann steckte er den Stängel wieder ein – seine Hände wussten anscheinend nicht, wohin. Genauso wie sein Geist, der keinen vernünftigen Gedanken zutage förderte, um ihr zu antworten.

»Brauchen Sie Feuer?«

»Ich rauche nicht.« Der schwere, viel zu süße Duft von Rosen umgab ihn. Ein Parfüm, das kein bisschen zu ihrer schlanken Figur passte. Es schien sie zu erdrücken, wie in einem Gefängnis einzuschließen.

Sie wandte sich ihm zu. Manchmal glaubte Antoine, der kühle Blick ihrer blaugrauen Augen wäre wie eine Mauer, die die Welt auf Abstand hielt. Aber jetzt kam es ihm vor, als würde die Mauer ihn mit einschließen. Als gäbe es nur noch sie beide.

»Haben Sie die Menschen da draußen gesehen?«, fuhr Minna fort. »Diese neue Kunst hat eine unglaubliche Sprengkraft!«

Deutlich weniger als das, was er empfand, wenn er sie betrachtete. Mit keinem Wort hatte sie seinen Zigarettenspleen kommentiert. Oder auch nur beachtet.

»Das Zitat vorhin war von Otto Pankok.« Kaum wahrnehmbar deutete sie zur Radierung. »Was empfinden Sie, wenn Sie seine Werke betrachten?«

Die Reduziertheit ihrer Mimik, ihrer Gestik war erfrischend und wohltuend. Ihre ganze Gestalt kam einem Ruhepol gleich, nach dem er eben noch so verzweifelt gesucht hatte. Er hätte ewig hier stehen bleiben und sie betrachten können. Nur sie.

Aber langsam musste er ihr antworten. Etwas Kluges sagen. Inständig hoffte er, ihm würde etwas von Louises Ausführungen einfallen – den ganzen Weg über hatte sie von der Galerie geschwärmt. Doch offensichtlich hatte er ihr nicht zugehört.

»Ich fürchte, ich verstehe nicht das Geringste von Kunst.« Seine Lippen bewegten sich wie von selbst.

»Man muss die Kunst nicht verstehen. Manchmal reicht es, wenn man sie einfach nur sieht.«

Er konnte spüren, wie ihr kühler, distanzierter Blick ihn streifte. Ihn berührte. Als hätte sie eine Hand ausgestreckt und etwas in seiner Seele angefasst, von dem er schon ganz vergessen hatte, dass es da war. Und wie es hieß. Das, was er dabei gerade empfand.

»Ich glaube«, fuhr sie fort, »dass Sie sehr genau hinsehen. Dass Sie mehr wahrnehmen als das, was der äußere Schein Sie glauben macht. Was denken Sie also, wenn Sie diese Radierung Pankoks betrachten?«

»Dass Angst ein sehr vielfältiges Gefühl ist. Angst, von einem Bombensplitter zerfetzt zu werden. Ein Gemälde zu betrachten und plötzlich nicht mehr zu wissen, dass man in Sicherheit ist. Frösche. Frösche können einem auch jede Menge Angst machen.« Er lächelte bitter. »Oder das hier«, er zeigte auf die Radierung, dann ließ er die Arme hängen. »Angst, dass diese Ruhe, dieser Frieden, nur ein Trug ist. Dass man das alles nicht verdient hat. Und es einem jederzeit wieder genommen werden kann.« Er schüttelte den Kopf. Merkwürdigerweise verspürte er keine Angst, dass er sich lächerlich machte, weil er gerade völlig unsinniges Zeug von sich gab.

Nachdenklich betrachtete Minna die Radierung.

Dann spürte Antoine eine hauchzarte Berührung. Ihr Handrücken, der zufällig den seinen streifte. Ein Hauch Nähe. Vielleicht nur eine Einbildung.

»Ich habe auch Angst«, sagte sie ganz leise. »Von ihr endgültig gelähmt zu werden. Nichts mehr fühlen, nichts mehr spüren. Deshalb mag ich Kunst, die weh tut, die mir zeigt, dass ich noch ich bin. Noch immer lebendig. Noch immer da.«

»Manchmal muss man an die einfachsten Dinge erinnert werden.«

Sie drehte den Kopf zu ihm. »Und manchmal muss man einfach daran glauben, dass eine friedliche Landschaft nur eine friedliche Landschaft ist. Ein Ort, an dem die Seele zur Ruhe kommt.«

Im Licht der Galerie wirkte ihre blasse Haut mondscheinsilbern. Ihr Handrücken berührte wieder den seinen. Oder immer noch? Er wusste es nicht.

Die Eingangstür schepperte. Der Rothaarige polterte herein, schimpfte über die Kunstbanausen, die sich vor der Galerie versammelt hatten, und stapfte vorbei zu irgendwelchen Räumlichkeiten weiter hinten. Als seine Schritte verklungen waren, merkte Antoine, dass Minna ihn nicht mehr berührte. Sie hatte die Hände vor dem Bauch gefaltet. Wie erstarrt stand sie da. Beinahe gelähmt. Es kam ihm vor, als wäre sie plötzlich weit weg, für alle vollkommen unerreichbar.

»Ich glaube, Sie haben recht«, sagte er sanft, um sie nicht zu verschrecken, und etwas in seiner Stimme holte sie wohl zurück. Noch immer verharrte sie ganz regungslos. Aber ihr Blick wirkte nicht mehr so verloren. »Es gibt Orte, an denen die Seele zur Ruhe kommt. Man muss sie nur finden, die friedliche Landschaft, wo die Angst keine Macht mehr über uns hat.«

Sie blinzelte, als hätte er sie gewaltsam aus einem Traum gerissen. »Bitte … bitte entschuldigen Sie mich. Ich sollte jetzt gehen.«

Aus einem ersten Impuls heraus wollte er sie aufhalten.

Aber machte nichts. Er verlor keinen Ton.

Ganz langsam wandte sie sich ab. Dann ging sie. Hohl klang das Klappern ihrer Absätze auf dem Boden. Die Tür ging. Dann wurde er sich wieder des wütenden Mobs draußen bewusst, während die Stille der Galerie auf ihn niederdrückte.

Er fragte sich nicht, ob er etwas Falsches getan oder gesagt hatte. Sie wollte gehen, so einfach war das. Und er sollte lieber nach seinem Sohn schauen und nach Louise. Die Galerie war recht übersichtlich, aber hier entdeckte er keine Spur von den beiden. Aus den hinteren Räumlichkeiten ertönten Stimmen. Kurz überlegte Antoine, ob er dorthin durfte oder ob die weiteren Zimmer privat waren. Jetzt glaubte er, Louise zu hören. Außerdem musste er unbedingt Frederick finden. Es beunruhigte ihn, wie leicht er seinen Sohn aus den Augen verloren hatte. Was war er nur für ein Vater?

Entschlossen ging er nach hinten. Louises Stimme wurde eindringlicher, er folgte ihr genauso wie dem Kaffeegeruch, der umso intensiver wirkte. Auch hier hingen Bilder, standen Staffeleien.

Jetzt hörte er deutlich Louises Worte: »Aber es sind nicht bloß Blumen!«

»Willst du mir wirklich erklären, was ich sehe? Ich habe Augen im Kopf und glücklicherweise auch eine Brille auf der Nase«, erwiderte eine weitere weibliche Stimme. »Das ist keine Kunst, Liebchen. Wenn ich Blumen betrachten will, spaziere ich durch den Hofgarten. Im Frühling gibt es genug davon, die brauche ich nicht in meiner Galerie.«

»In Ordnung, gut. Ich habe auch etwas anderes«, stammelte Louise. »Keine Blumen. Definitiv keine Blumen.«

Noch ein paar Schritte, dann stand Antoine in der Küche. Louise hatte ihre Mappe aufgeschlagen und blätterte hektisch in ihren Zeichnungen. Während eine kleine, beleibte Frau Kaffee kochte. Sie trug eine gepunktete Bluse und einen gerade fallenden Rock. Ihr dunkles, welliges Haar hatte sie zu einem losen Knoten gebunden. Auf den ersten Blick sah sie nicht gerade wie eine einflussreiche Galeristin aus. Eher wie ein Mütterchen, das auf die Rückkehr seiner Kinder wartete, kochte, die Socken stopfte und die Bodendielen schrubbte. Ganz so, wie die Gesellschaft Frauen wie sie wohl gern sehen würde. Jenseits der fünfzig, jeglicher Bedeutung beraubt. Doch der Eindruck trog. Nichts an dieser Frau war bedeutungslos. Eine unglaubliche Präsenz ging von ihr aus. Ein ungebrochener Wille sprach aus jeder Falte ihres Gesichts.

»Spar dir die Mühe.« Gebieterisch hob sie eine Hand und brachte Louises verzweifeltes Herumwühlen zum Versiegen »Ich habe genug gesehen.«

»Aber …«

»Du bist ein hübsches Mädchen. Ich weiß genau, was du willst. Ein bisschen vom Ruhm anderer abhaben. Meinen Jungs den Kopf verdrehen. Damit sie nur noch Augen für dich haben. Das werde ich hier nicht dulden. Also pack deine Sachen zusammen und geh.«

Louises Blick funkelte. »Ich bin kein *Mädchen.* Ich bin eine Frau. Mutter. Und Künstlerin! Vor allem bin ich Künstlerin.«

Mit festem Griff packte Johanna Ey die Kaffeekanne. »Glaub ja nicht, mir ist nicht zu Ohren gekommen, wer du wirklich bist und was du so alles tust. Von alldem kommst du als *Aktmodell* noch am ehesten der Kunst nahe. Und solchen verbiete ich den Zutritt zu meiner Gesellschaft. Das ist schon immer so gewesen, und das wird sich auch nicht ändern.«

Antoine trat beiseite, um sie durchzulassen. Sein Blick flog zu Louise. Als wäre es ein Signal, sprang sie auf, am ganzen Leib zitternd. Dann knurrte sie wie ein getroffenes Tier und fegte ihre Mappe vom Tisch. Die Blätter wirbelten durch die Luft, dann stürmte sie davon.

»Louise …«, begann er.

»Was? Du hast sie gehört. Meine Blümchen sind nicht genug! *Ich* bin nicht genug!«

»Es ist nur eine Meinung, die nichts über deine Kunst aussagt. Und noch weniger über dich.«

»Es ist *die* Meinung, Antoine! Die einzig wahre Stimme der jungen Düsseldorfer Kunstszene. Zu der ich offensichtlich niemals Zugang finden werde.« Sie stieß ihn beiseite, so dass er gegen den Türrahmen taumelte, und brauste davon.

Rasch sammelte Antoine ihre Zeichnungen ein und schnürte die Mappe zusammen. Kurz überlegte er, ihr hinterherzulaufen, um ihr beizustehen, sobald sich ihre Wut gelegt hatte. Aber er musste seinen Sohn finden. Also klemmte er sich die Mappe unter den Arm und trat in den Flur. Wo konnte Frederick nur sein?

Auch hier, in den hinteren Räumen, waren überall Kunstwerke. Sie hingen an den Wänden, standen auf den Staffeleien. Einige Zeichnungen lagen direkt auf dem Boden, säuberlich aufeinandergestapelt.

Aus einem Raum drangen Stimmen, und als Antoine einen Blick hineinwarf, sah er eine Gruppe Männer, die es sich gemütlich gemacht hatten. Johanna Ey schenkte ihnen gerade den frisch aufgebrühten Kaffee ein. Der Rothaarige von vorhin grinste sie verschmitzt an, als sie ihm eine Tasse reichte. »So ist es gut, Eychen, du weißt immer, was wir brauchen.«

Obwohl von kleiner Statur, ragte die Galeristin zwischen den Männern auf wie ihr eigenes Kunstwerk, das es zu bewundern galt. So, wie sie dastand, war sie ihr Zentrum, ihre Mitte. Mit Wohlwollen quittierte sie deren Aufmerksamkeit und füllte die Tassen mit heißer Flüssigkeit, die ihren belebenden Duft verströmte und den Geruch nach Farbe und Zigaretten in den Hintergrund drängte.

Antoine wollte schon weiter, da entdeckte er doch tatsächlich Frederick, der etwas abseits ins Gespräch mit einem Mann vertieft war. Unendliche Erleichterung brandete über ihn hinweg. Gleichzeitig drückte das schlechte Gewissen ihn nieder. Wie konnte er nur sein Kind allein lassen? Und warum lauschte es so aufmerksam den Ausführungen eines Fremden, hing ihm mit einem entzückten Gesichtsausdruck an den Lippen, um kein Wort zu verpassen?

Hatte Frederick ihm je auch nur halb so entzückt zugehört?

Entschlossen marschierte Antoine an Johanna Ey und den anderen vorbei, direkt auf den Mann zu, der auf einer Chaiselongue lümmelte. Seine Haltung wirkte schief, der große Kopf mit den kurzen Haaren schien direkt auf den Schultern zu sitzen. Intensiv fuchtelte er mit seinen großen, behaarten Händen und sprach … über Don Quijote. Plötzlich erinnerte er an einen Onkel, der seinen Lieblingsneffen mit Geschichten unterhielt.

»Es tut mir leid, dass ich unterbrechen muss«, mischte sich Antoine mit fester Stimme ein. »Aber mein Sohn und ich sollten langsam gehen.«

Die Enttäuschung, die über die Züge des Jungen hinwegspülte, bescherte Antoine einen schmerzhaften Stich.

»Jetzt schon?«, flüsterte Frederick ungläubig und blickte flehentlich auf. »Ich möchte mehr über diese Kinderbücher hören.«

»Zu Hause können wir gern weiter über Kinderbücher reden.«

»Aber nicht so!« Der Ausruf kam Antoine einer Ohrfeige gleich.

Antoine fragte sich, was er machen sollte. Seinen Sohn am Arm packen, um ihn von hier wegzuschleifen? Sein alter Herr hätte es getan. Nachdem er ihm für die Widerrede eine Ohrfeige verpasst hätte, ohne sich darum zu kümmern, wer dabei zusah. Aber so wie sein alter Herr wollte er nie werden.

Er hockte sich zu Frederick hin, um mit ihm halbwegs auf Augenhöhe zu sein. »Was auch immer das für Kinderbücher sind, wie wäre es, wenn wir sie uns kaufen und später zusammen anschauen?«

Langsam erhob sich der Mann von der Chaiselongue. »Ich fürchte, die gibt es nicht zu kaufen. Die sind nur in meinem Kopf: Bilderbücher, deren Illustrationen die Kunst und ihre Richtungen den Kindern näherbringen könnten.« Nachdenklich rieb er sich über das glattrasierte Gesicht. »Etwas Neues, Unkonventionelles. Können Sie es sich vorstellen?«

»Ich kann es!«, platzte Frederick heraus, bevor Antoine auch nur Luft holen konnte.

Der Mann schmunzelte. »Einen pfiffigen Jungen haben Sie da. Was er schon weiß, wie er die Kunst begreift – erstaunlich!«

Antoine schmunzelte verlegen. »Da kann ich Ihnen nur beipflichten.«

»Wie gezielt er Fragen stellen kann«, schwärmte der Mann weiter, während er hingebungsvoll mit seinen großen Händen gestikulierte. »Was für Impulse er einem gibt – ich bin beeindruckt. Noch vor zehn Minuten war es nicht einmal eine vage Idee, die ich da mit mir herumgetragen habe. Und nun: Bilderbücher! Ich sehe sie buchstäblich vor mir.« Er lächelte

Frederick zu. »Danke, Kleiner. Aus dir wird bestimmt ein großartiger Künstler!«

»Ich wäre vollkommen zufrieden, wenn aus ihm einfach nur ein großartiger Mensch wird«, murmelte Antoine. Er sah zu seinem Jungen. »Du musst nur deinem Weg folgen. So weit und wohin dein Herz dich führt.«

Doch Frederick schien ihm nicht zuzuhören, er war vom Lob des fremden Mannes vollkommen fasziniert. Diese unbändige Freude zu sehen, versöhnte Antoine dennoch mit der Situation. Vielleicht konnte er seinem Sohn nicht alles geben, was er brauchte. Aber zumindest ihn dabei unterstützen, das zu finden, wonach seine kleine Seele strebte.

Der Mann beugte sich zu Frederick, was seine Körperhaltung noch schiefer machte. »Unsere Unterhaltung hat mich wirklich auf eine hervorragende Idee gebracht. Ich glaube, ich schulde dir einen Gefallen.« Er zwinkerte.

»Ich glaube …« Frederick senkte die Stimme. Jetzt sprach er ganz leise, flüsterte beinahe. »Meine Eltern brauchen den Gefallen mehr. Ich habe sie darüber sprechen hören. Etwas mit einem Warenhaus. Deshalb sind wir heute hierhergekommen.«

»Tatsächlich?« Der Mann richtete sich auf. Der Blick hinter seinen runden Brillengläsern wirkte mit einem Mal schneidend. »Das nenne ich ja mal einen ausgeklügelten Plan!«

Antoine stand auf und nahm Frederick an die Hand. Was auch immer hier vor sich ging, damit sollte jetzt Schluss sein. »Ich denke, wir gehen jetzt lieber.«

Der Mann schnaubte. »Ich habe einen Gefallen versprochen. Man kann mir wirklich vieles nachsagen, aber was ich verspreche, halte ich auch!« Energisch streckte er eine Hand aus. »Adolf Uzarski ist mein Name. Nun sagen Sie schon. Was kann ich für Sie tun?«

Düsseldorf, 1920

EMMA

DAS LAKEN VOR DEM FENSTER sperrte das Tageslicht aus, so dass sich im Zimmer eine behagliche Atmosphäre ausbreitete. Der Spiegel stand angelehnt an der Wand. In seiner matten Oberfläche konnte Emma nur ihre Konturen erahnen, eine undeutliche Silhouette, die ihr beim ersten Blick fremd vorkam. Wann hatte sie sich zuletzt betrachtet? Ganz bewusst ihre Kurven wahrgenommen, sich ohne Scham angeschaut? Wusste sie überhaupt noch, wie sie aussah? Wer sie war? Alles an ihr hatte sich verändert.

Eigentlich wollte sie sich bloß für den großen Tag umziehen, ihr einfaches Baumwollkleid ablegen und stattdessen in die teure Robe aus Seidensatin schlüpfen. Stattdessen stand sie im Unterkleid vor dem Spiegel und fuhr mit den Fingerspitzen scheu die Linien ihres Körpers nach. Es war seltsam, sich selbst zu berühren. Wie eine Erblindete tastete sie über ihre Haut und versuchte, sich mit allen Sinnen wahrzunehmen, ihren Körper Stück für Stück kennenzulernen. Wieder mutig zu werden.

Sie strich über ihre Brüste und über ihren Bauch. Ihre Handflächen glitten die Taille entlang zu ihren Hüften und ihrem Po. Nach den Entbehrungen der Flucht und den schweren Zeiten in Speyer hatte sich ihr Körper verändert. Noch immer zeichneten sich viel zu deutlich die Rippen unter ihrer Haut ab. Die Brüste waren schlaffer geworden. Sie hatte zu wenig auf sich geachtet. Sich selbst zu sehr vernachlässigt. Ohne es wirklich zu merken.

Stumm versprach sie ihrem Spiegelbild, sich selbst und ihren Körper mehr wertzuschätzen. Denn er gehörte ihr, nur ihr. Das Gefühl, darin machtlos eingeschlossen zu sein, war verschwunden. Nur noch selten spürte sie Unbehagen, wenn jemand sie zu intensiv anschaute oder in einer Menschenmenge berührte. Manchmal flackerte die Angst wieder auf. Doch Emma schaffte es, ihr nicht nachzugeben und die Zügel in der Hand zu behalten. Was für ein kostbares Gut es war, über sich selbst zu bestimmen! Sich noch einmal in eine dunkle Ecke drängen zu lassen und die Kontrolle zu verlieren, würde sie nie mehr zulassen.

Nie mehr.

Im Flur quietschten die Dielen. Emma wusste, dass es Carl war, noch bevor sie ihn im Spiegel auftauchen sah. Seine Schritte erkannte sie überall.

Kurz verharrte er auf der Schwelle. Emma konnte seinen Blick nicht erkennen, seine Verunsicherung aber wie ihre eigene spüren. »Entschuldige. Ich wollte …« Er verstummte, ohne den Satz zu Ende zu bringen.

Diese Befangenheit zwischen ihnen musste ein Ende haben. Sie wollte ihm wieder nahe sein, seine Berührungen fühlen, seine Küsse genießen. Sie wollte es so sehr!

Ohne ihren Blick von seinem Spiegelbild zu lösen, griff sie zur Kommode. »Du wolltest fragen, ob ich weiß, wo deine Krawatte ist, die du dir herausgelegt hast?« Sie schmunzelte, ließ den Stoff zwischen ihren Fingern baumeln und drehte sich langsam zu ihm.

Im matten Spiegel hatte er wie eine geisterhafte Erscheinung gewirkt. Jetzt verschlug ihr sein Anblick den Atem. Er sah so gut aus in seinem blütenweißen Hemd, das in dieser sonst recht tristen Umgebung zu leuchten schien. Die dunkle Hose bildete einen deutlichen Kontrast dazu und betonte seine schmalen Hüften. Sie spürte ein Ziehen in der Brust, das sie dazu drängte, zu ihm zu gehen und seinen Körper vom Stoff zu befreien.

»Interessant«, sagte er leise, während sein Blick die baumelnde Krawatte hinaufwanderte, bis zu ihren Fingerspitzen, um dann ihre nackten Arme entlangzustreifen. Sie spürte es so intensiv, als würde er sie anfassen. Genauso wie sein Begehren, das in seinen Augen aufflackerte.

»Ich habe die Krawatte genommen.«

»Damit ich auf der Suche nach ihr zu dir komme?«, fragte er, und seine Stimme klang belegt.

»Damit du auf der Suche nach ihr zu mir kommst, ja.«

Er löste sich vom Türrahmen und machte ein paar Schritte in den Raum. Unter dem Stoff seines Hemdes konnte sie die Bewegungen seiner Muskeln verfolgen. Früher hätte sie den Blick rasch abgewendet, um ihrer Erregung nicht zu erlauben, ihren Körper in Beschlag zu nehmen. Jetzt sah sie umso eindringlicher zu, wie er sich auf sie zubewegte.

Wenige Zentimeter vor ihr blieb er stehen, fasste das Ende der Krawatte an und wickelte es einmal um seine Finger. »Jetzt bin ich da. Kann ich sie bitte zurückhaben?«

Sie wickelte den Stoff ebenfalls um ihre Finger, so weit, bis sich ihre Hände berührten, und zog Carl dichter an sich. »Das kommt ganz darauf an, was du damit jetzt vorhast.«

Er gab nach und beugte sich leicht zu ihr. »Ich glaube, ich bin mir gerade nicht sicher.«

Sie legte eine Hand auf seinen kaputten Arm. »Dann finden wir es heraus.«

Über sein Gesicht huschte Zweifel. »Bist du denn …«

»So weit?« Sie führte seinen Arm um ihre Taille. »Ich habe keine Ahnung. Aber ich fühle mich anders. Sicherer. Freier.« Emma hob den Blick. »Und was ist mit dir?«

»Ich glaube, ich fühle mich auch anders.« Er lächelte flüchtig. Noch immer lag tiefe Unsicherheit auf seinen Zügen.

»Anders ist gut.« Mit einem Zeigefinger fuhr sie über seine Wange, wo sich ein Grübchen zeigte. Er lächelte wieder. Dieses Mal tiefer, ehrlicher und eine Spur gelöster. Als würde er sich selbst zugestehen, glücklich zu sein und die Sorgen loszulassen.

Sie strich ihm über den Hals und legte ihre Hand um seinen Nacken. Dann zog sie ihn heran, dass ihre Lippen sich nahezu berührten. »Du hast den Erfolg verdient«, flüsterte sie ihm zu und spürte, wie sich sein Körper ihr entgegendrängte. »Genieße ihn. Du hast es geschafft.«

Carl schwieg, während er ihr in die Augen schaute und sein Blick tief in ihre Seele sank. »Wir«, erwiderte er, und sie spürte seinen Atem, der warm ihre Haut streifte. »Wir haben es geschafft.«

Seine Worte ließen ihr Inneres kribbeln. Wir haben es geschafft, wiederholte sie stumm. Manchmal fiel es ihr schwer, es zu realisieren. Und etwas sagte ihr, dass es Carl genauso empfand.

Ab heute würde der Rhein-Senf in Dutzenden Filialen der *Leonhard Tietz AG* angeboten werden. Schon in zwei Stunden würde die große Präsentation des Produkts im Kaufpalast erfolgen, und weder Weber noch Clemens Faßbender hatten dagegen auch nur das Geringste ausrichten können. Carl tüftelte bereits an Plänen, wie er die Produktionsräume erweitern könnte. Seine Maschinen arbeiteten auf Hochtouren. Und nächste Woche sollten zehn weitere Mitarbeiter anfangen, um den Bestellungen nachzukommen.

Allein das reichte, um den Fortbestand der Fabrik abzusichern. Dazu öffnete die erfolgreiche Partnerschaft mit Tietz weitere Türen. Schon jetzt liefen vielversprechende Verhandlungen mit anderen Großhändlern, einige davon standen kurz vor einem Abschluss.

Das Blatt hatte sich gewendet: vom drohenden Ruin zur glanzvollen Zukunft. Und das in so kurzer Zeit.

»Wir haben es geschafft«, wiederholte sie, und ihr Herz schlug noch heftiger. »Stell dir vor, was wir noch alles schaffen können! Zusammen.«

Carl grinste. »Mir endlich die Krawatte umzubinden?«

Sie ließ ihn nicht weiterreden und verschloss seinen Mund mit einem Kuss. Mit einem langen, sehnsüchtigen Kuss, der nach so viel mehr verlangte! Kurz glaubte sie, den Boden unter den Füßen zu verlieren. Ihr Kopf fühlte sich ganz leicht an, ihr Körper – beinahe schwerelos.

Erst nach einer kleinen Ewigkeit löste Emma ihre Lippen von den seinen, die genauso wild nach ihr gesucht hatten wie sie nach ihm. Durch das zugehängte Fenster sahen seine Augen dunkel aus, als würden die Pupillen die gesamte Iris ausfüllen. Emma wickelte das Ende der Krawatte von seiner Hand ab und ließ sie auf den Boden fallen. Hoffentlich würden diesem Kleidungsstück noch weitere folgen. Zaghaft begann sie, sein Hemd aufzuknöpfen.

Doch er umschloss ihre Finger mit einem zärtlichen Griff und nahm ihre Hand weg.

Ihr Inneres erstarrte zu Eis. Bange sah sie ihm ins Gesicht. Sie war bereit, ja. Aber war er es auch?

Sein Blick wirkte ernst. Viel zu ernst, als dass ihre Lust sie noch weiter beflügeln könnte. Ihr Herz flatterte in ihrer Brust wie ein verschreckter Vogel, den man in einen Käfig gesperrt hatte.

»Anders ist gut«, wiederholte sie, um ihm Mut zuzusprechen. »Anders bedeutet einen Anfang.«

Doch am Mut lag es wohl nicht.

Carl drückte ihre Hände, dann ließ er sie los. »Weißt du noch, wie du mir gesagt hast, du möchtest herausfinden, wer ich bin?« Er machte eine Pause, in der sie nichts mehr hörte außer ihrem eigenen Herzschlag, der in ihrer Brust dröhnte. »Ich glaube, es ist an der Zeit, dass du erfährst, was für ein Mensch aus mir geworden ist. Wer da wirklich aus Frankreich zu dir zurückgekehrt ist.«

Kurz fragte sich Emma, ob sie das überhaupt wissen wollte.

Aber es war ihm wichtig. Das spürte sie.

»Emma und Carl. Carl und Emma.« Sie angelte nach seinen Händen, schob ihre Finger zwischen seine und drückte leicht. »Wir beide und nichts dazwischen. Du kannst mir alles sagen. Wenn du es willst, wenn du bereit dafür bist. Ich bin für dich da.«

»Ich weiß nicht, ob ich es will und ob ich je dafür bereit sein werde. Aber ich ertrage es nicht länger, diese ständige Angst, dich zu verlieren, solltest du es erfahren. Deshalb ist es besser, wenn ich es dir sage. Was damals passiert ist, zwischen mir und Émile.«

Sie standen einander so nahe, dass sie die Wärme seines Körpers spürte. Und doch hatte sie das Gefühl, er würde ihr entgleiten. Umso mehr klammerte sie sich an seine Finger, als könnte sie damit sicherstellen, ihn nicht zu verlieren. »Egal, wie schlimm es ist. Ich liebe dich. Ich habe dir versprochen, dass sich daran nichts ändert, egal, was ich hören werde.«

Er schwieg kurz. »Ich hatte kein Recht, dir irgendwelche Versprechen abzunehmen. Vergiss sie. Es gibt Momente, in denen ich mich selbst nicht wiedererkenne. Da kann ich nicht einmal klar denken. Oder auch nur normal atmen.«

Sie dachte an sein Refugium, an die Nacht, in der er geweint und die Tür zugezogen hatte. Es war richtig, ihm die

Zeit zu lassen, die er brauchte, um damit klarzukommen. Was auch immer ihn belastete. Sie hatte versucht, keine Spekulationen anzustellen. Keine Partei zu ergreifen. Obwohl das am schwierigsten war – zu warten, ohne dem Menschen, den sie liebte, helfen zu können.

»Krieg verändert Menschen, Emma«, fuhr er fort. »Manchmal muss er einen nur streifen, um alles unwiderruflich zu zerstören. Wir wussten, wie gefährlich diese Reise nach Frankreich sein würde. Wir haben geglaubt, dass wir das Risiko kannten. Wir hatten keine Ahnung. *Ich* hatte keine Ahnung. Sonst hätte ich niemals zugestimmt, dass Émile sich so einer Gefahr aussetzt. Egal, wie wichtig die Beschaffung dieser Ersatzteile schien.«

»Ich glaube nicht, dass er Wert auf deine Zustimmung gelegt hätte. Émile ist eben Émile. Er hätte alles auf sich genommen, um zu helfen.«

Er lächelte traurig. »Ich weiß. Vielleicht … vielleicht verstehst du dann doch, warum ich das getan habe, was ich eben … getan habe. Aber zuerst musst du wissen, was davor passiert ist. Bei dem Grenzübertritt wurde ich von zwei Soldaten erwischt. Émile hätte fliehen können, ihn hat die Patrouille nicht gesehen. Doch er blieb, um mir zu helfen. Er musste … er musste die beiden Männer erschießen.«

Emma hielt den Atem an. Unwillkürlich flackerten Bilder in ihrem Kopf auf, eine schreckliche Szenerie, die ihr Verstand ihr ausmalte. Kaum vorzustellen, wie es für Carl war, sich daran zu erinnern. Noch ungeheuerlicher, welche Spuren das bei Émile hinterlassen haben musste. Émile. Der liebe Émile, der doch keiner Fliege etwas zuleide tun konnte! Plötzlich wurde ihr klar, woher seine Stimmungsschwankungen kamen, warum er nicht einmal Gusti sehen wollte, die ihn unweigerlich an den Menschen erinnern würde, der er früher war. Und weshalb in ihm so eine Wut gärte. Vor allem auf sich selbst, vermutete Emma bei sich.

»Émile hat mir das Leben gerettet«, hörte sie Carls Stimme, die leise und verloren im Zimmer erklang.

Es war noch nicht vorbei. Also musste sie sich wappnen. Für alles, was kommen sollte. »Ohne zu zögern, hat er alles getan, damit mir nichts passierte. Und da wurde es mir bewusst: Ja, er würde alles, absolut alles auf sich nehmen, um zu helfen. Ohne auch nur einen Gedanken an sich selbst zu verschwenden. Er würde sterben, damit ich weiterlebe.«

»Ich verstehe. Ich glaube, ich beginne jetzt wirklich zu verstehen.«

»Weißt du, wie wir nach Hause hätten kommen sollen? Hat Henri dir davon erzählt?«

Henri ... Ihr Gemüt wurde ganz schwer, als sie daran dachte, wie er damals vor ihr gestanden hatte. Ein lautes Geräusch, ein unbedachtes Wort reichten aus, um Panikanfälle bei ihm zu verursachen. Und dennoch war er zu ihr gekommen, um die Ersatzteile zu bringen und ihr die Nachricht zu übermitteln, dass Carl nicht zurückkommen würde. Womöglich nie wieder.

Emma brauchte einen Moment, um ihre Sprache wiederzufinden. »Henri hat etwas von einem Kohlenwaggon erzählt.« Sie rieb sich über die Arme. Nur in das Unterkleid gehüllt, hatte sie Gänsehaut, die die kühle Luft und die Gedanken an die Vergangenheit ihr bescherten. »Ich weiß nicht. Ich glaube, ich habe ihm nicht wirklich gut zugehört.«

»Ja, wir sollten in einem Kohlenwaggon in die Schweiz gelangen. Eingequetscht in einer Kiste, in der es kaum Platz für zwei Menschen gab, geschweige denn für drei. Nicht zu vergessen die Befreiungsaktion selbst, bei der viel schieflaufen konnte.« Vorsichtig legte er seine Hände auf ihre Schultern. »Und bei der auch viel schiefgelaufen ist.«

Sie war dankbar für die Wärme, die er ihr durch die Berührung spendete.

»Das wollte ich Émile nicht zumuten.« Er senkte die Stimme. »Also habe ich eine Entscheidung getroffen. Ich habe ihn ihm Gasthof zurückgelassen. Weil ich wusste, er würde mir helfen wollen. Und dabei würde er nicht zögern, sich selbst in Gefahr zu bringen.« Er wandte sein Gesicht ab. »Beim Grenzübertritt hat er auf mich aufgepasst. Ich wusste, jetzt lag es an mir, auf *ihn* aufzupassen und sicherzustellen, dass ihm nichts zustößt.«

»Ich verstehe.« Sanft legte sie ihre Hand an seine Wange und drehte sein Gesicht zu sich. »Ich verstehe das, wirklich.«

Er schloss die Augen. »Émile hat jedes Recht, mir zu misstrauen. Ich habe sein Vertrauen gebrochen. Ich habe ihn zurückgelassen. Und das Schlimmste ist: Ich würde es wieder tun. Weil ich keine andere Möglichkeit weiß, wie ich ihn anders hätte beschützen können.«

Sie legte ihre zweite Hand auf seine andere Wange. »Danke.«

Seine Lider flatterten, als er sie überrascht ansah.

»Danke«, wiederholte sie. »Dass du ihn beschützt hast. So gut, wie du es konntest.«

»Er hasst mich dafür, Emma. Und ich weiß nicht, ob das jemals anders sein wird. Was soll ich nur tun?«

Zart gab sie ihm einen Kuss auf die Lippen. »Er braucht Zeit, um zu heilen. Wir werden auf ihn achtgeben und alles tun, um ihm dabei zu helfen. Ich glaube nicht, dass es dabei allein um dich geht. Es geht darum, dass er Menschen getötet hat.« Sie dachte daran, was Émile ihr über seine Großcousine erzählt hatte. Hatte er sich verleugnen müssen, um zur eigenen Familie zurückkehren zu können? Einen vollkommen anderen Émile spielen, um mit der Situation auch nur halbwegs fertigzuwerden? Vielleicht erklärte das seine teuren Anzüge, die Begeisterung für Trüffeltorten und das Residieren im vornehmen Hotel. Er spielte weiterhin eine Rolle, um sich zu schützen. »Ich kann mir nicht vorstellen, was das mit einem macht. Wir müssen für ihn da sein. Auch dann, wenn er uns von sich stößt.«

»Und … und was ist mit uns? Wie wird es mit uns weitergehen?«

Emma küsste ihn wieder, küsste ihn mit all ihren Sinnen, mit all ihrer Leidenschaft. »Es wird alles gut mit uns. Es wird wunderbar weitergehen.«

Er schlang die Arme um ihre Taille, zog sie an sich heran, so fest, dass sie das Gefühl hatte, mit ihm zu verschmelzen. Sie spürte nur seinen Körper, der sich an sie schmiegte, und seine Lippen, die immer fordernder ihre Küsse erwiderten.

Emma und Carl. Carl und Emma.

Nichts dazwischen.

***

Immerhin saß die Krawatte perfekt. Genauso wie der Rest der Kleidung, was einem Wunder glich, wenn Emma daran dachte, was sie damit angestellt hatten. Schmunzelnd beobachtete sie, wie Carl den Fahrer der Kraftdroschke bezahlte. Sie lauschte seiner Stimme, saugte jedes Wort in sich auf. Obwohl er gar nicht viel sagte. Irgendetwas hatte sich zwischen ihnen verändert, so dass jeder Augenblick bedeutsamer wurde. Die Nähe, die sie vorhin zu ihm gespürt hatte, war immer noch da, als würden sie sich weiterhin aneinanderschmiegen. Sie waren eins. Jetzt, in diesem Moment, noch mehr als sonst. Seite an Seite würden sie ihren großen Erfolg genießen, auf den weitere folgen würden.

Emmas Blick glitt die Fassade des Warenhauses hoch, dann streifte er die Umgebung. Die Menschen, die an ihr vorbeieilten. Nichts daran schüchterte sie ein. Sie war genau dort, wo sie sein sollte. Mit Carl.

»Wollen wir?« Er trat an ihre Seite und bot ihr seinen Arm. Mit Vergnügen hakte sie sich unter. Der Wind wehte ihr seinen Duft entgegen. Dankbar saugte sie ihn ein, was erneut ein Kribbeln in ihrer Körpermitte auslöste, und ließ sich durch die Türen des Kaufpalasts führen.

Der Lichthof begrüßte sie diesmal wie ein alter Vertrauter. Der ganze Prunk und Glanz kamen Emma vor wie nette Accessoires, die keine weitere Beachtung verdienten. Sie genoss es, hier zu sein, die Menschen um sich herum zu beobachten, die funkelnden Vitrinen zu begutachten und die Plakate zu bewundern, die hier und da die heutige Präsentation des Rhein-Senfes ankündigten. Konnte es wirklich so perfekt sein? Sollte sie nicht eher Angst haben, aus einem schönen Traum aufzuwachen?

Doch in ihr gab es keinen Platz mehr für die Angst. Für all das, was Emma gerade umgab, hatten Carl und sie hart gearbeitet. Dieser Erfolg war kein glücklicher Zufall. Kein Wink des Schicksals. Letztendlich konnte der Rhein-Senf Alfred Leonhard Tietz überzeugen. Das war das Einzige, was zählte.

Mit hocherhobenem Kopf schritt Emma an Carls Seite zu den Aufzügen. In ihr kribbelte freudige Erwartung. Nichts konnte den Moment trüben. Sie schloss die Augen. Spürte mit ihrem ganzen Wesen, wie die Kabine nach oben glitt. Hoch hinaus. Dann hielt der Aufzug an.

»Bereit?«, flüsterte Carl ihr zu, kurz bevor die Türen auseinandergingen.

»Schon lange.«

Sie schlug die Lider auf. Schon von weitem sah sie die Menschen, die sich vor dem Salon versammelt hatten, in dem die Vorführung stattfinden sollte. Überall, wohin das Auge reichte, kündigten Louises Plakate die Verköstigung des Rhein-Senfes an. Man schaffte es gar nicht, daran vorbeizukommen und nichts zu bemerken. Louise hatte wirklich ganze Arbeit geleistet. Beeindruckend, wie vielseitig ihr Talent war. Nicht nur das Aussehen der Gläschen und der Etiketten hatte sie maßgeblich mitgestaltet, sondern die Werbeanzeigen entworfen, welche die Veranstaltung angekündigt hatten.

Stimmengewirr erfüllte die Luft bis zu den hohen Decken. Die allgemeine Aufregung, das erwartungsvolle Prickeln sprangen endgültig auf Emma über.

»Glückwunsch!«, ertönte eine fröhliche Stimme in der Nähe.

Emma blickte umher. Nicht sofort entdeckte sie Nora Hermanns, die sich durch die Menge näher heranzwängte. Auch heute trug sie ein dunkelblaues Kleid. Die Schürze hatte sie allerdings abgenommen und die Hochsteckfrisur mit ein paar Bändern aufgehübscht. Verschwörerisch zwinkerte sie Emma zu. »Na? Wat hodder denn hütt Leckeres op de Kaht?«

Emma konnte nur noch grinsen. Wie schön, dass die Ungezwungenheit zwischen ihnen zurückgekehrt war. Der Schatten von Richard Weber verdunkelte wohl nicht mehr ihre Beziehung. »Ich kann Ihnen von ganzem Herzen den neuen, aufregenden Stern unter dem hiesigen Senfhimmel empfehlen: den Rhein-Senf«, verkündete Emma voller Überschwang und hörte Carl lachen. »Was denn, zu dick aufgetragen?« Spielerisch zwickte sie ihn in die Seite.

Nora Hermanns deutete mit einer weit ausschweifenden Geste auf die Werbeplakate. »*Extra scharf, extra fein – und der reinste Genuss*«, zitierte sie den Slogan, der bereits in aller

Munde war. »Ich bin etwas enttäuscht, nicht als Erste von Ihrer Überraschung erfahren zu haben.«

Kokett zuckte Emma die Schultern. »Sie wollten ja keine Ware mehr von uns beziehen.«

»Aber jetzt!«, verkündete die Feinkostladenbesitzerin feierlich. Dann wurde ihr Gesicht ernst. »Wobei ich natürlich verstehen kann, wenn Sie nach allem, was vorgefallen ist, kein Interesse haben, einen so kleinen Laden zu beliefern.«

Fragend schaute Emma zu Carl. Wie gut, dass sie sich ohne Worte verstanden, die Antwort las sie sofort in seinen Augen. Irgendwo zwischen all den Funken, die darin leuchteten.

»Aber selbstverständlich haben wir noch Interesse.« Sie beugte sich vertraulich zu Nora und senkte leicht die Stimme. »Macht Richard Weber Ihnen und Ihrem Sohn keine Probleme mehr?«

Nora Hermanns blickte rasch umher. Aber von Richard Weber war nichts zu sehen. Natürlich nicht – er würde sich kaum dazu herablassen, der Konkurrenz zum Erfolg zu gratulieren. »Nach Ihrem Vertrag mit Tietz hat er wohl eingesehen, dass es keinen großen Unterschied mehr macht, ob ich ein paar Gläschen bei Ihnen beziehe oder nicht. Auch andere Händler sind nicht mehr bereit, ihm bedingungslos zu gehorchen. Sie haben gewonnen. Sie haben ihn tatsächlich in seine Schranken gewiesen!« Sie zögerte, und Emma spürte sogleich ein kleines Zwicken im Herzen. Dass man einen Richard Weber nicht so leicht schachmatt setzte, war ihr klar. Noch mehr, als Nora die Stimme senkte und flüsterte: »Seien Sie weiterhin vorsichtig. Richard Weber ist kein Mann, der eine Niederlage einfach so einsteckt. Er ist zu allem fähig. Wirklich zu allem.«

Emma spürte, wie ihr Mund ganz trocken wurde. Ja, Weber war nicht zu unterschätzen. Und der nächste Schlag würde kommen. Ganz bestimmt. Nur nicht heute. Hoffentlich nicht heute.

»Danke für die Warnung«, erwiderte Carl an ihrer Seite. »Wir passen auf.«

»Selbstverständlich. Viel Erfolg weiterhin!« Nora nickte und ging wieder.

Von überallher hörte Emma weitere Glückwünsche, während Carl und sie durch den Salon schritten, in dem die Veranstaltung gleich beginnen sollte. Die strahlenden Gesichter ringsherum machten sie leicht schwindelig. Die aufgeregten Stimmen summten in ihrem Kopf wie ein Schwarm Bienen.

»Ihr seid zu spät!« Unmittelbar vor ihr tauchte Louise auf. Ihre Augen funkelten. »Ihr seid viel zu spät. Ich habe schon befürchtet, ihr würdet gar nicht kommen.«

Carl lächelte ihr beruhigend zu. »Wir sind genau richtig, Schwesterherz.«

»Von wegen! Ihr hättet schon vor einer halben Stunde hier sein sollen, um alles vorzubereiten. Stattdessen …«

»Stattdessen hast du dich um alles gekümmert, wie ich sehe. Ich war mir sicher, dass du alles im Griff haben wirst.« Carl deutete nach vorn, wo ein Tisch aufgebaut worden war. Schwerer roter Samtstoff bedeckte die Oberfläche. Weißer Chiffon sorgte für einen hellen Akzent. Und in der Mitte ragte ein kunstvoll aufgetürmter Bau aus Gläschen auf, der dem Kolosseum ähnelte. Die Dekoration war edel und elegant, lockte jedoch gleichzeitig mit einem Hauch Vertrautheit. Die Farben der Tücher, mit denen der Tisch und der Hintergrund geschmückt worden waren, hatte Louise dem Düsseldorfer Wappen entlehnt. Während die Gläschen im elektrischen Licht der unzähligen Lampen wie Wellen des Rheins an einem sonnigen Tag funkelten. Tradition und Moderne, vereint in einem einzigartigen Geschmack.

»Ich glaube, es ist Zeit, nach vorn zu gehen«, flüsterte Carl ihr zu. Emmas Blick glitt noch einmal umher. Bis alles in ihr erstarrte, als sie etwas abseits des Tisches Clemens Faßbender entdeckte.

»Einen Moment«, murmelte sie tonlos und mühte sich, ihre Übelkeit niederzuringen. »Geh schon mal. Ich komme gleich nach.«

Er fragte nicht, sondern ließ sie los und trat nach vorn, wo er mit Faßbender ein paar Worte wechselte. In Emmas Schläfen pochte es. Was machte dieser schreckliche Mensch hier? Andererseits ... Er gehörte zur Leitung der Zweigstelle in Düsseldorf. Sicherlich zählte es zu seinen Aufgaben, die eine oder andere Veranstaltung zu besuchen. Sie durfte sich auf keinen Fall von seiner Anwesenheit verunsichern lassen!

Sie war stark.

Stärker, als dieser Mann sich vorstellen konnte!

»Alles in Ordnung?«, holte Louises Stimme sie ein.

Emma nickte. »Natürlich. Sind die anderen auch schon da?«

»Meine Mutter ist mit Frederick bummeln gegangen. Sie sind bestimmt bald zurück, außer sie bleiben in der Abteilung für Künstlerbedarf stecken. Dann sehen wir meinen Sohn heute Abend vermutlich nicht wieder. Und Antoine ...« Sie schaute sich um. »Keine Ahnung, wo er ist. Ich glaube, er hat gehofft, dass Minna kommen würde.«

Emma schmunzelte. »Der Mond und die Erde?«

Louise seufzte. »Er hat sich wohl leise Hoffnungen gemacht. Aber diese Frau ist wie das ewige Eis – man erfriert, ehe man sich zum heißen Kern durchgekämpft hat.« Sie schwieg kurz. »Wenn du mich fragst: Ich habe das Gefühl, dass sie ziemlich einsam ist. Und unendlich traurig.«

»Ihr Mann ist im Krieg gefallen.«

»Vielleicht ist sein Tod gar nicht das Schlimmste, was sie nach der Ehe zu verarbeiten hat«, murmelte Louise.

»Wie meinst du das?«

Ihre Schwägerin verzog das Gesicht. »Das, was sie mir über ihn während unserer Sitzungen erzählt hat, klang nicht so, als wäre sie glücklich mit ihm gewesen«, sagte sie leise. »Er hat wohl viele Affären gehabt. Ließ sie es sogar wissen. Und gab ihr jedes Mal die Schuld dafür, dass sie ihn in die Arme fremder Frauen getrieben habe. Kannst du es dir vorstellen? Er hat sie regelrecht eingesperrt. Sie durfte nie weggehen, hatte keine Freundinnen. Während ihr werter Gatte sich woanders vergnügt hat.« Louise biss die Zähne zusammen. »Die Ehe ist manchmal ein ziemlich bescheidenes Konzept für uns Frauen. Ich wünschte, wir würden mehr darüber reden. Uns wehren. Die Möglichkeit haben, über uns selbst zu bestimmen.«

Behutsam berührte Emma Louises Arm. »Immerhin hatte sie die Möglichkeit, mit dir darüber zu reden. Gerade mit dir. Die ihr zeigen kann, dass man frei sein kann.«

»Ja. Immerhin. Ich glaube, darüber hat sie noch nie mit jemandem gesprochen. Es nie realisiert, wie klein und farblos dieser Mann ihre Welt gemacht hat. Eigentlich hätte ihr Relief längst fertig sein sollen. Aber ich glaube, sie braucht jemanden, der ihr zuhört. Also dauert es noch ein bisschen.«

»Ein Glück, dass es dich gibt.«

Louise runzelte die Stirn und sah skeptisch auf. »Jetzt übertreibst du aber.«

»Keineswegs.« Emma schloss ihre Freundin in die Arme. »Du bist ein Geschenk.«

Louise stöhnte. »Und du wirst da vorn gebraucht. Also Schluss mit der Gefühlsduselei – geh schon!«

»Gleich.« Sie drückte ihre Schwägerin noch ein bisschen fester an sich, dann ließ sie los.

Ja, Carl brauchte sie. Emma straffte die Schultern. Mit einem herausfordernden Blick sah sie Clemens Faßbender an, der sie zu beobachten schien. Von diesem Mann würde sie sich den Tag nicht vermiesen lassen. Ihm nicht erlauben, ihre Welt klein und farblos zu machen.

Selbstbewusst ging sie nach vorn.

»Frau Seidel«, raunte der Mann ihr zu, sobald sie in seine Hörweite gelangt war. »Was für eine Freude, Sie wiederzusehen.« Seine Augen blitzten kalt auf. Plötzlich griff er nach ihrem Handgelenk. »Ihre Anwesenheit verschönert mir definitiv den Abend.«

Ihr Herz schlug ihr bis zum Hals. Trotzdem schaffte sie es, ruhig zu bleiben. Mit einer präzisen, schnellen Bewegung riss sie ihr Handgelenk aus seinem Griff. »Meine Anwesenheit ist nicht dafür da, Ihnen etwas zu verschönern. Und wenn Sie mich noch einmal anfassen, wird es Konsequenzen haben.«

Kurz wirkte er überrascht. Dann kniff er die Lider zusammen. »Welche denn, meine Teuerste?«

Über seine Schulter hinweg schaute sie zu Carl. Doch er war gerade damit beschäftigt, die letzten Anweisungen zu geben. Mit der Situation musste sie wohl oder übel allein fertigwerden.

Sie sah ihm fest ins Gesicht. »Wissen Sie, wie mein Mann und ich an diesen Senf-Auftrag gekommen sind?«

Er lächelte verschmitzt. »*Das* ist mir in der Tat ein Rätsel. Erleuchten Sie mich doch.«

Also wusste er nichts über Uzarski. Emma lächelte nicht weniger verschmitzt zurück. »Es hat sich herausgestellt, dass Margarete Tietz und ich uns über den Vaterländischen Frauenverein kennen. Sie hat bei ihrem Mann ein gutes Wort für uns eingelegt. Sicherlich ist Ihnen bekannt, wie sehr sie sich für Menschen in Not einsetzt. Sie wäre nicht erfreut zu erfahren, dass Sie Ihre Position ausnutzen, um Frauen zu bedrängen. Genießen Sie den Abend, Herr Faßbender, und behalten Sie Ihre Hände in Zukunft am besten bei sich.« Keine feine Art, einen anderen Menschen anzulügen. Aber vielleicht ließ er sie jetzt in Ruhe.

Seine Nasenflügel bebten. »Genießen Sie den Abend ebenfalls, Frau Seidel«, zischte er. »Solange Sie können.«

Er wandte sich ab und ging davon.

Erleichterung durchströmte sie. Vermischt mit der Abscheu, die die Begegnung mit ihm hinterlassen hatte. Und einer alarmierenden Unruhe. Was hatte er damit gemeint, sie sollte den Abend genießen, solange sie konnte? Doch darüber nachzudenken, blieb ihr keine Zeit.

Carl trat vor. »Das ist dein großer Moment«, flüsterte er Emma zu.

»Ich habe gar nicht so viel gemacht. Du hast die neue Sorte entworfen, Louise hat …«

Er sah zu ihr. Im Licht der Lampen schienen seine Augen zu funkeln. »Du hast die Verträge aufgesetzt, mit Tietz verhandelt, den Weg geebnet. Schon vergessen?« Dann sah er auf und bat die Anwesenden um Aufmerksamkeit.

Die Präsentation begann. Mit aller Macht schob Emma die Gedanken an Faßbender beiseite. Er durfte weder über ihren Körper noch über ihr Gemüt Macht haben. Heute wollte sie strahlen, den Erfolg mit allen Sinnen auskosten und das Glück genießen, an Carls Seite den neuen Senf vorzustellen.

Selbstsicher führte sie durch die Veranstaltung. Inzwischen hatte sie im Publikum nicht nur Louises und Noras begeisterte Gesichter entdeckt, sondern auch Wilhelmine, die ihr aufmunternd zulächelte. Etwas abseits stand Antoine, leider ohne Begleitung. Die Erde und der Mond, dachte Emma traurig. Vielleicht war es ihr Schicksal, einander niemals näherzukommen. Sie versuchte, sich wieder auf die Präsentation zu konzentrieren und das Zwicken in ihrem Herzen zu ignorieren. Sie hätte Antoine so sehr gewünscht, jemanden zu finden, der ihn glücklich machte.

Die Menge lauschte gebannt. Mit Begeisterung betrachtete Emma die Versammelten, die völlig gebannt dem Vortrag über die Vorzüge des Rhein-Senfes lauschten. Kaum hatte Carl die letzten Worte ausgesprochen, brandete Applaus wie eine Sturmflut über sie hinweg. Aufgeregte Stimmen erfüllten die Luft. Kaum jemand konnte es noch erwarten, das neue Produkt zu probieren.

Was für ein überwältigendes Gefühl! Emma wagte kaum, es zu glauben. Hatten sie es wirklich geschafft? Endlich in Düsseldorf Fuß gefasst? Ihren Platz gefunden?

Immer wieder glitt ihr Blick umher, ein wenig berauscht von all den Eindrücken. Plötzlich stockte Emma. Minna! Mit ihr hatte sie gar nicht mehr gerechnet. Doch die Freude währte nicht lange – Emma merkte sofort, dass zwischen der jungen Frau und Antoine etwas sehr Unangenehmes vorging. Ihr eisblaues Kleid betonte umso mehr den kühlen Teint und die frostigen Gesichtszüge. Ihre Haltung verriet nicht viel, während sie mit gesenktem Blick zu Antoine sprach. Sein Ausdruck dagegen sagte alles: Noch nie hatte Emma diesen Mann so verletzt gesehen. Minna ragte neben ihm wie eine Schneekönigin auf, die ihm einen Eissplitter nach dem nächsten in die Brust jagte.

Sollte sie hin? Irgendetwas tun? Sie hatte das Gefühl, Antoine brauchte den ganzen Beistand, den er bekommen konnte.

Carl trat heran. Angestrengt sah er ebenfalls in Antoines Richtung.

»Minna?«

Emma hörte, wie in seiner Stimme Alarmglöckchen klingelten.

»Warum ist sie hier?«, fuhr er ungläubig fort.

»Wie es aussieht, um Antoine entsetzlich weh zu tun.« Emma biss sich auf die Lippe. Die Szene wie eine stumme Zeugin zu beobachten, ohne etwas machen zu können, behagte ihr nicht. Immer wieder musste sie sich daran erinnern, dass Antoine ein erwachsener Mann war, der das sicherlich verkraften würde.

»Irgendetwas geht da vor.« Carl schnaubte. »Wusste ich's doch, dass Weber es nicht auf sich sitzen lässt!«

Weber? Emma blinzelte irritiert. Die Lichter, diese Menge an fremden Gesichtern, das aufgeregte Stimmengewirr machten sie schwindelig. Was hatte Richard Weber denn mit Antoines Herzensangelegenheiten zu tun?

»Warte hier.« Bevor Emma einen klaren Gedanken fassen konnte, löste sich Carl von ihr und bahnte sich den Weg zu Antoine. Der Salon war voll mit Menschen, die ihm gratulieren oder ihn in ein Gespräch verwickeln wollten, doch er beachtete die Leute kaum. Wie ein Eisbrecher pflügte er sich den Weg durch die Menge – sein Blick auf Minna und seinen Freund gerichtet.

Nein, warten würde sie auf keinen Fall. Emma beeilte sich, ihm hinterherzukommen, schlängelte sich zwischen den Umherstehenden durch, lächelte flüchtig den Gästen zu, die sie ansprachen, und tauschte ein paar nichtige Floskeln aus, bis sie endlich wieder bei Carl stand. Was auch immer er zu Minna gesagt hatte – sie wirkte völlig bestürzt. So viel Gefühl in ihrem Gesicht zu sehen, war ungewohnt. Sogar ein wenig befremdlich, denn diese Frau hatte sich stets unter Kontrolle.

»Ich habe das nicht gewollt«, fiel Minna Carl ins Wort, bevor er weiterreden konnte. Ihre Eisfassade bröckelte endgültig. Emma glaubte sogar, Tränen in ihren Augen zu sehen. Tränen, die unglaublich viel Leid zu ertränken versuchten. Sie warf einen verzweifelten Blick auf Antoine, der kaum noch zu wissen schien, was um ihn herum passierte. »Ich kann das erklären.«

Doch dazu kam sie nicht mehr.

Ein theatralisches Klatschen ertönte, und neben Minna tauchte Richard Weber auf. »Da muss man wohl gratulieren. Diese Veranstaltung ist ein voller Erfolg. Alle Achtung, wer hätte das gedacht!« Weber verzog den Mund zu einem schiefen Grinsen. »Ich jedenfalls nicht.«

Was geht hier vor? Was geht hier nur vor?, drängte sich die Frage in Emmas Kopf, ließ kaum noch Platz für einen anderen Gedanken.

Weber packte Minnas Arm, und die junge Frau erstarrte. All ihre Gefühle froren auf ihrem Gesicht ein: Reue, Entsetzen, Leid und tiefste Furcht vor dem Mann neben ihr.

»Wie schön, dass Sie die Bekanntschaft meiner bezaubernden Tochter gemacht haben. Schade nur, dass sie wohl vergessen hat, wo ihr Platz ist«, zischte er. »Was ihre Aufgabe ist.« Grob drehte er sie zu sich. »Wie sonst soll ich mir erklären, dass ich alles Mögliche erfahren habe, aber nicht die Tatsache, dass Carl Seidel einen Vertrag mit Tietz aushandelt? Unglaublich, dass mich Clemens Faßbender über diese Entwicklung informieren musste – als es zu spät war, um etwas dagegen zu unternehmen!« Fest krallten sich Webers Finger in ihre Haut.

»Ich … Vater …«

»Erspare mir jetzt deine Rechtfertigungen. Das klären wir zu Hause.« Seine Augen verengten sich zu Schlitzen.

Antoine löste sich als Erster aus der Starre. Entschlossen trat er auf Weber zu und packte ihn an der Schulter. »Loslassen.« Von außen wirkte die Geste beinahe freundschaftlich.

Doch in seinen Augen taten sich Abgründe auf, die sogar Emma erschreckten.

»Antoine«, mahnte Carl.

»Sofort. Loslassen«, wiederholte Antoine, ohne Carl zu beachten. »Jetzt.«

Unverrückbar wie ein Fels stand Weber da. Obwohl der gesamte Raum hell erleuchtet war, schien sein Gesicht in einen dunklen Schatten gehüllt zu sein. Dann öffnete er ganz langsam die Hand. »Bitte sehr.«

Auch Antoine nahm seine Hand weg, ohne den Mann aus den Augen zu lassen.

»Beenden wir diese Farce.« Weber schnaubte. »Mag sein, dass es sich gerade wie ein Sieg anfühlt. Aber es ist keiner. Ich habe genug in der Hand, um diese sonderbare Familie zu ruinieren.« Er ließ seinen Blick umherschweifen. »Was wird wohl passieren, wenn man erfährt, was für ein freizügiges Leben Louise Dupont führt? Oder welche Leichen ihr werter Gatte im Keller hat? Vielleicht aber möchte Wilhelmine Seidel ihre Brieffreundschaft mit einem gewissen *Azzeddine Ben Ajarrar* erklären?« Er spuckte jede einzelne Silbe aus, während seine Hand in die Innentasche des Jacketts tauchte. Er zückte einen Umschlag, um ihn Carl vor die Füße zu werfen. »Und wenn wir schon bei den Franzosen sind«, wie ein Dolch stieß sein Blick in Emma, »denen waren Sie auch nicht ganz abgeneigt, nicht wahr, Gnädigste?« Weber nickte, sichtbar zufrieden mit der Wirkung, die seine Worte hervorriefen. »Genießen Sie die Feierlichkeiten. Es braucht nicht viel, um diese Familie zu ruinieren. Denn niemand legt sich mit Richard Weber an.«

Er drehte sich um, packte seine Tochter und zerrte sie hinter sich durch die Menge.

Düsseldorf, 1920

CARL

Es war schön, neben Emma aufzuwachen und diese Vertrautheit zu spüren, die sich in seiner Seele dabei ausbreitete. Emma und Carl. Carl und Emma. Nichts dazwischen. Diese Nähe zu ihr ließ ihn friedlich einschlafen und nach dem Aufwachen erholt und voller Tatendrang in den Tag starten. Nicht nur körperlich waren sie einander nahe. Sondern auch in ihren Herzen und Gedanken.

Sein Inneres fühlte sich leicht an, während er sie betrachtete. Und es war gleichzeitig erfüllt von seiner unendlichen Liebe zu ihr. Wie viel Glück musste im Spiel gewesen sein, dass sie sich getroffen hatten? Auf dieser weiten Welt, in der die meisten Menschen einander verloren?

Lächelnd sah er zu, wie ihre Lider flatterten, während sie aufwachte, betrachtete die zerzausten Haarsträhnen, die unter dem Nachthäubchen hervorlugten. Als sie den Kopf zu ihm drehte, hätte er am liebsten den Kissenabdruck auf ihrer Wange glatt geküsst.

»Ich liebe dich«, flüsterte Carl, sobald sie die Augen endgültig aufgeschlagen hatte. Er hätte sie ewig so betrachten können, um jeden Moment mit ihr in sein Gedächtnis zu bannen. Erfüllt von Dankbarkeit, bei ihr zu sein.

»Ich liebe dich auch«, raunte sie ihm zu, die Stimme noch schlaftrunken. Doch ihr Geist war wach genug, um ihn zu necken: »Ist es denn auch *genug*? Oder will sich der gnädige Herr heute wieder neu verlieben?«

Er küsste sie auf die Nase. »Der gnädige Herr verliebt sich jeden Morgen aufs Neue in Sie. Darüber brauchen Sie sich keine Sorgen zu machen, Frau Seidel.«

Sie schmunzelte. In ihren Augen stieg Wärme auf, welche mit Mühelosigkeit die Kühle des längst angebrochenen Herbstes vertrieb. »Worüber muss ich mir dann Sorgen machen?«

»Über rein gar nichts.« Er küsste sie wieder, dieses Mal auf den Mund.

Am liebsten würde er sich in diesem Kuss verlieren, ihre Lippen mit allen Sinnen wahrnehmen, aber sie schob ihn behutsam zurück. Eine tiefe Falte grub sich zwischen ihre Augenbrauen. »Wegen Richard Weber müssen wir uns allerdings durchaus Sorgen machen. Auch wenn wir noch nichts von ihm gehört haben, bin ich mir sicher: Er macht keine leeren Drohungen. Ein paar Andeutungen reichen aus, um unseren Ruf zu ruinieren. Und das können wir uns nicht erlauben.«

Am liebsten hätte er die Sorgenfalte glatt gestrichen, Emma wieder geküsst und das Gespräch über Weber vergessen.

Doch das konnte er nicht.

Dieser Mann war wie eine wandelnde Erinnerung an seine eigene Schwäche. Ein Mahnmal für sein Versagen.

Er schürte Ängste in ihm, die Carl nicht einmal bewusst waren. Inzwischen konnte er es nicht bestreiten. Allein Webers Anblick reichte, damit er die Enge in der Brust spürte. Damit sein Herz zu rasen begann, während die stechenden Schmerzen es zu zerreißen drohten.

Jedes Mal, wenn er an Richard Weber dachte, sah er sich, auf dem Boden liegend. Zu seinen Füßen, wie der Mann es ihm prophezeit hatte.

Er musste etwas dagegen tun. Und er hatte es einfach getan. Jetzt plagte ihn allerdings das schlechte Gewissen, weil er allein gehandelt hatte, ohne Emma etwas von seinem Plan zu sagen. Zeit, mit der Wahrheit herauszurücken. »Ich habe dafür gesorgt, dass er nichts gegen uns unternehmen wird.«

Ruckartig richtete sich Emma auf. Die Sorgenfalte wurde noch tiefer, während ihre Augen beunruhigt funkelten. »Wie meinst du das? Was hast du gemacht?«

Auch er setzte sich auf. »Keine Sorge, ich habe ihn weder in einen Kanal gestoßen noch ein Regal auf ihn gekippt noch seine Fabrik in Brand gesetzt.«

»Das ist nicht witzig, Carl.«

Er seufzte und konnte nur hoffen, dass sie verstehen würde, warum er hatte allein handeln müssen. »Entschuldige. Du hast recht. Nichts, was Weber betrifft, ist in irgendeiner Weise witzig. Aber du brauchst dir wirklich keine Sorgen zu machen. Er wird weder dir noch jemand anderem aus meiner Familie etwas antun.«

Sie zog die Decke höher. »Wie? Und … und warum hast du mir nichts davon gesagt?«

Der Vorwurf tat weh. Weil er berechtigt war.

Carl fuhr sich durchs Haar. Es fiel ihm schwer, es auszusprechen. Sich so deutlich vor Augen zu führen, wie lange er sich davor versteckt hatte. »Ich wusste, du würdest mir helfen wollen. Aber ich musste das allein tun. Es war an der Zeit, mich ihm zu stellen.«

»Du hast dich ihm doch schon gestellt.« Verwirrt sah sie ihn an. Immerhin lag keine Zurückweisung in ihrem Ausdruck. »Du hast ihm die Stirn geboten, in dem Moment, als er hier aufgetaucht ist, um die Fabrik zu kaufen.«

»Um dann *dich* anzuflehen, die Sache zu regeln.« Er hob die Augenbrauen. »Das fühlt sich nicht gerade an wie Stirn bieten.«

»Ich dachte, du hast das getan, um mir mein Selbstvertrauen zurückzugeben.«

»Und meins endgültig zu begraben.« Er rieb sich über das Gesicht. Warum fielen ihm solche Gespräche so unglaublich schwer? Vor allem, da ihm alles so klar erschienen war, als er die Entscheidung getroffen hatte. »Bei der Präsentation ist mir klargeworden, wie sehr dieser Mann mir zusetzt. Als er vor mir aufgetaucht ist und meiner Familie gedroht hat, habe ich den Schwanz eingezogen und den Mund gehalten. Ich habe nichts gesagt, Emma! Vor allem aber habe ich nichts getan, um ihn in seine Schranken zu weisen. Ich ließ ihn einfach gewähren, bis er fertig war und zufrieden davonstolzieren konnte. Damit musste Schluss sein. Wie sonst hätte ich mir noch in die Augen blicken können?«

Kurz breitete sich Stille zwischen ihnen aus. Manchmal begriff er Emmas Furcht vorm Schweigen, vor dem Nichtssagen. Man konnte einander darin unglaublich schnell verlieren.

»Ich verstehe.« Sie beugte sich zu ihm und legte vorsichtig eine Hand auf seine Brust. »Mir war nicht klar, wie tief die Spuren sind, die eure Vergangenheit bei dir hinterlassen hat.«

Er berührte ihre Finger, strich über den Messingring mit den eng verschlungenen Zweigen. Emma und Carl. Carl und Emma. »Das ist mir sehr lange selbst nicht klar gewesen. Aber Weber wusste es, da bin ich mir sicher. Er war davon überzeugt, mich kleinzukriegen. Also musste ich ihm – und vor allem mir selbst – beweisen, dass ich mir das nicht länger bieten lassen werde.« Er hob den Blick und sah ihr in die Augen. »Verstehst du es? Verstehst du wirklich, warum ich dir nichts sagen konnte? Warum ich das allein durchziehen musste?«

Sie nickte. »Willst du mir sagen, was du gemacht hast?« Dann hob sie eine Augenbraue. »Oder muss es dein Geheimnis bleiben?«

»Ich habe erfahren, dass er expandieren will. Angeblich laufen gerade Gespräche mit ausländischen Partnern. In dieser Phase kann er sich keine Fehler erlauben, also habe ich mir überlegt, womit ich ihn unter Druck setzen könnte.«

»Woher hast du deine Informationen?«

»Von Minna. Ich habe mich mit ihr getroffen, weil ich wissen wollte, ob es ihr gut geht.«

Sie lächelte. »Soso. Du triffst dich heimlich mit anderen Frauen.« Doch schon im nächsten Augenblick wurde sie wieder ernst. »Und … geht es ihr gut?«

Dabei schien sie die Antwort bereits zu kennen, die er ihr gab. »Nein. Ich glaube nicht, dass es ihr gut geht. Ihr Vater kennt Mittel und Wege, einem deutlich zu zeigen, welche Fehler man gemacht hat und wie man dafür büßen muss.«

Emma schluckte hörbar. »Woher weißt du, dass du dich auf ihre Informationen verlassen kannst? Wenn ihr Vater wieder seine Finger im Spiel hat, sie manipuliert, sie womöglich zwingt …«

»Sie ist kein schlechter Mensch, Emma«, protestierte er. »Sie hat nur nicht die Kraft gefunden, sich von ihrem Vater zu lösen. Der erste Schritt ist immer am schwierigsten, doch diesen ersten Schritt muss sie ganz allein tun. Da können wir ihr nicht helfen.«

»Ich weiß.«

Er dachte an ihre Eltern. Sicherlich kein Vergleich. Jede Beziehung, die einen kaputtmachte, tat es auf eine ganz eigene Weise. Aber vielleicht verstand sie Minna. Sie wusste immerhin, wie schwer es war, die Fesseln zu erkennen, die den eigenen Willen lahmlegten.

»Jedenfalls ist jetzt eine ganze Woche vergangen«, fuhr er fort, »und Weber hat nichts gemacht, um irgendwelche Gerüchte über dich oder die anderen zu streuen. Er würde es nie offen zugeben, aber ich glaube, er hat eingelenkt.«

»Und womit hast du ihn unter Druck gesetzt?«

»Viele Möglichkeiten hatte ich nicht, das stimmt. Aber erinnerst du dich an Burgstein? An den Bauern, der seinen fahnenflüchtigen Bruder versteckt hat? Den ich unbedingt als Saatlieferanten für meine Fabrik in Metz gewinnen wollte?«

»Natürlich.«

»Früher war er nur ein kleiner Lieferant, der die Weber'sche Fabrik mit der Senfsaat versorgt hat. Aber der Krieg hat vieles verändert. Unzählige Höfe wurden zerstört, viele Bauern sind in den Schlachten gefallen, die Familien konnten den Betrieb nicht halten. Die Arbeitskräfte fehlten. Aber Burgstein hatte Glück. Ihm ist es nicht nur gelungen, den Hof weiter zu bewirtschaften. Er hat sogar Land dazugekauft und seine Erträge vervielfacht. Inzwischen kommt der Löwenanteil der Saat für den Weber'schen Mostrich von ihm.«

Emma nickte. »Und wenn Burgstein nicht liefert, kommt Weber ins Straucheln. Gerade während der Verhandlungen mit den möglichen Partnern wäre ein Engpass eine Katastrophe.« Wieder zeigte sich eine Sorgenfalte auf ihrer Stirn. »Meinst du, Burgstein würde mitspielen? Immerhin geht es um seine Zuverlässigkeit als Lieferant. Schon damals war er nicht gerade begeistert von deinem Versuch, ihn abzuwerben. Jetzt müsste er aktiv gegen seinen Kunden vorgehen.«

»Er braucht die Lieferungen nicht einzustellen. Weber muss nur glauben, dass dies passieren könnte. Diesen Eindruck zu erwecken, habe ich wohl geschafft. Er wird uns in Ruhe lassen, da bin ich mir sicher. Genauso wie bei meiner Überzeugung, dass Düsseldorf groß genug für uns beide ist.«

»Ich habe einen schlauen Mann geheiratet, der sich nicht unterkriegen lässt.«

Er zwickte sie spielerisch in die Seite. »Sie hatten Zweifel, Frau Seidel?« Trotz der albernen Stimmung, die ihn überkam, merkte er, wie ihm ein Stein vom Herzen fiel. Mit einem

Mal atmete es sich um einiges leichter. Er hatte selbst nicht gemerkt, wie sehr es ihn belastet hatte, Emma nicht schon im Vorfeld von seinem Plan erzählt zu haben. »Danke. Danke, dass du verstehst, wie wichtig es mir war, es allein zu machen.«

Sie küsste ihn. »Wenn dir etwas wichtig ist, werde ich das immer verstehen. Ich bin froh, dass Weber kein Problem mehr darstellt.«

»Und weil es gerade so gut läuft: Ich glaube, es ist an der Zeit, dass ich mich noch einer ganz anderen Sache stelle. Meinst du, Émile ist so weit, mit mir zu reden? Mir wenigstens zuzuhören?«

Traurigkeit füllte ihre Augen, die seine Brust zusammenzog. »Ich weiß es nicht. Du kannst es bloß versuchen. Letztes Mal habe ich ihm erzählt, dass wir über Frankreich gesprochen haben. Er hat es nicht gut aufgenommen. Ich glaube, er hat sich ein anderes Ergebnis gewünscht.«

»Dass du mich verlässt?«

»Er ist zutiefst traumatisiert, Carl. Er braucht Hilfe, und ich hoffe so sehr, dass er das bald einsieht. Sonst weiß ich nicht, was passieren wird, wenn seine Fassade irgendwann einbricht und er ganz allein zurückbleibt mit dem, was ihn so quält.«

Carl zog sie an sich heran. »Er wird nicht allein zurückbleiben. Was auch immer passiert – auf seine Familie kann er immer zählen. *Wir* sind seine Familie. Und das wird immer so bleiben.«

Carl beschloss, sofort nach dem Frühstück in das Hotel zu fahren. Auch wenn er sich nicht viel von diesem Besuch erhoffte, wollte er es zumindest versuchen.

Den ganzen Weg über versuchte er, sich die richtigen Worte zurechtzulegen. Doch als er vor dem Hotel stand, wusste er nicht, wo er ansetzen sollte. Wie entschuldigte man sich für etwas Unverzeihliches? Das er unglaublich bereute und trotzdem für die einzig richtige Entscheidung hielt? Das ihn die ganze Zeit so gequält hatte – und ihn gleichzeitig erleichtert hatte, wenn er daran dachte, was in der Brikettfabrik passiert war?

Sobald er das Vestibül des Hotels betrat, begriff er, was Emma meinte, wenn sie von einer Rolle sprach, in die Émile geschlüpft zu sein schien. Nichts hier passte auch nur im Entferntesten zu dem Mann, den er kannte. Merkwürdig, dass ihre Beziehung zueinander stets von Höhen und Tiefen geprägt gewesen war und Émile ihn doch nie aufgegeben hatte. Wer wusste schon, was für ein Mann er ohne seinen alten Lehrer geworden wäre.

An der Rezeption bat man ihn zu warten. Carl bezweifelte, dass Émile hinunterkommen würde. Unter den falschen Voraussetzungen wollte er den alten Mann allerdings nicht zum Gespräch locken. Deshalb beschloss Carl, eine Notiz zu hinterlassen, sollte Émile sich weigern, ihn zu sehen. Und in ein paar Tagen wiederkommen. Aufgeben würde er auf keinen Fall.

Nachdenklich betrachtete er den Verkehr aus den Fenstern des Vestibüls. Noch lockte der Herbst unzählige Menschen mit goldenen Tagen nach draußen. Der Bürgersteig war voll von Passanten, die durch das Stadtzentrum bummelten. Die gut frequentierte Fahrbahn machte deutlich, dass Düsseldorf nicht umsonst zu den wichtigsten Metropolen Deutschlands zählte.

»Dass du es tatsächlich wagst, mir unter die Augen zu kommen!« Die viel zu vertraute Stimme ließ Carl herumfahren.

Emma hatte recht.

In diesem feinen Herrn, der einen maßgeschneiderten Dreiteiler aus teurem Wolltuch trug und seinen Anblick mit einer funkelnden Taschenuhrkette aufwerten wollte, konnte er Émile kaum wiedererkennen.

»Danke, dass du bereit bist, mit mir zu sprechen. Wollen wir ...«, rasch schaute er umher. »Wollen wir uns hinsetzen? Nach einer ruhigen Ecke suchen? Emma hat gesagt, dass du inzwischen die Vorzüge von Trüffeltorte entdeckt hast ...«

Émile kniff die Augen zusammen. »Ziehe Emma da nischt mit rein!«

»In Ordnung. Kein Wort über Emma. Hier geht es nur um uns beide, nicht wahr? Setzen wir uns, bitte.«

»Isch muss misch nischt setzen! Denn du wirst gleisch gehen. Wir 'aben uns nischts zu sagen.«

»Ich habe etwas zu sagen!«, protestierte Carl. »Ich möchte wenigstens versuchen, dir meine Entscheidung von damals zu erklären.«

»Eine Entscheidung, die isch 'ätte treffen sollen! Nischt du!« Émile wurde laut. Andere Hotelgäste drehten sich nach ihnen um. Doch das war Carl egal. Wenn Émile es so wollte, wenn er inmitten dieses illustren Publikums streiten wollte, dann würden sie die Konfrontation direkt hier austragen.

»Wie deine Entscheidung ausfallen würde, konnte ich mir zu gut ausmalen. Du hättest nicht einmal darüber nachgedacht, was in dieser Situation das Beste für dich gewesen wäre!«

Trotz des protzigen Anzuges wirkte Émile schmächtig. Als würde ein Luftzug ausreichen, um ihn umzuwerfen. Doch er dachte nicht einmal daran, nachzugeben. »Des'alb 'ast du mir nischt einmal eine Wahl gelassen? Sondern misch wie ein ungewolltes Kind ausgesetzt?«

»Eine Wahl, dich töten zu lassen?«

»Das weißt du doch gar nischt!« Mit geballten Händen und zitternd vor Wut stand er vor Carl.

»Das weiß ich sehr wohl!«, rief Carl ihm entgegen. Auch er konnte sich nicht mehr zurückhalten. »*Mich* haben sie fast getötet. Ich hätte es mir niemals verzeihen können, wäre dir etwas zugestoßen!«

»Aber misch zu verraten, konntest du dir verzeihen?«

»Meine Herren?« Ein Hotelangestellter trat an sie heran. Ein strammer Bursche, groß und breitschultrig. Alles an ihm wirkte perfekt. Bis zum letzten goldenen Knopf an seiner Uniform. »Ich möchte Sie sehr bitten, Ihre Konversation woanders fortzusetzen. Sie verstören unsere Gäste.«

»Was mir zugestoßen ist, davon 'ast du keine Ahnung!«, schrie Émile, ohne auf den Mann zu achten. »Ich weiß nicht, womit du Emmas Urteilsvermögen so vernebelt 'ast, aber isch weiß, wer du bist! Misch kannst du nischt täuschen!«

»Meine Herren!«, wiederholte der Mitarbeiter mit Nachdruck. Carl entging nicht, wie er sich nach Unterstützung umsah. Offensichtlich befürchtete er Handgreiflichkeiten.

»In Ordnung. Ich gehe jetzt. Aber ich möchte, dass du weißt, Émile: Du bist bei uns immer willkommen. Emma sorgt sich um dich. Komm zu uns, wenn du etwas brauchst.«

»Von dir brauche isch rein gar nischts! Isch wünschte … isch wünschte, du würdest gar nischt existieren! Das ist der einzige Grund, warum isch nach unten gekommen bin. Zeig disch 'ier nie wieder!« Auf dem Absatz machte Émile kehrt und stapfte davon. Flink wich er den Gepäckwagen, anderen Gästen und herumeilenden Pagen aus, um im Aufzug zu verschwinden. Wie betäubt starrte Carl ihm hinterher. Ein hohles Gefühl breitete sich in seinem Magen aus. Gepaart mit einem Bestreben, Émile hinterherzueilen. Oder doch zu bleiben?

»Mein Herr.« Der Hotelangestellte deutete nachdrücklich zum Ausgang. »Ich möchte Sie bitten zu gehen.«

»Ja. Ich denke auch, dass es besser ist, wenn ich gehe.«

Natürlich hatte er gewusst, dass es schwer sein würde, zu Émile durchzudringen. Doch die Realität erschreckte ihn. Vor allem seine eigene Hilflosigkeit, nichts machen zu können und mit jedem Wort, das er von sich gab, die Situation zu verschlimmern. Lag es an ihm? Hätte er sich mehr zusammenreißen müssen? Es konnte nicht alles heute geklärt werden. Er hatte Zeit. Er hatte noch sehr viel Zeit, zu Émile durchzudringen.

Um die eigenen Gedanken wenigstens halbwegs zu ordnen, bummelte er eine Weile durch die Stadt. Die Luft war kühl und rein. Die Herbstsonne sorgte für ein paar zusätzliche Strahlen in seinem Herzen. Er hatte Düsseldorf schon immer gemocht. Die Rheinpromenade, die Kö, die Vororte. Die Natur, in der er es immer schaffte, seine Sinne mit Inspiration zu beleben. Düsseldorf hatte alles, was seine Seele sich wünschte. Wenn er den pulsierenden Trubel um sich herum spürte, hatte er das Gefühl, ewig leben zu können. Diese Stadt wirkte zeitlos auf ihn. Stets im Schritt mit der Moderne. Erfüllt von Möglichkeiten, nach denen er nur zu greifen brauchte.

Bis zum Nachmittag spazierte er durch die Straßen, ließ die Gerüche und die Geräusche auf sich wirken. Das pure Leben füllte ihn aus, klang in ihm auch dann noch nach, als er das Stadtzentrum hinter sich ließ und den Rückweg einschlug.

Schon von weitem sah er das glänzende Automobil, das vor dem Fabrikgelände parkte. Elegant und kühl glänzte die polierte Karosserie in der Sonne. Keine Anfertigung vom Fließband. Entweder hatte Antoine eine Spritztour in einem der Wagen unternommen, die er auf Vordermann brachte. Oder es gab einen wichtigen Besuch. Insgeheim tippte er auf einen der Großhändler, mit denen Emma in letzter Zeit so oft verhandelte. Seit dem Tietz-Erfolg hatte sie alle Hände voll zu tun, und er konnte nur hoffen, dass sie sich genug Zeit nahm, um auch auf sich zu achten. Gleichzeitig freute es ihn, dass es keine Spur mehr gab von der anfänglichen Bedrücktheit, die sie nach Düsseldorf mitgebracht hatte. Endlich blühte sie auf, fand ihren alten Tatendrang wieder, strebte nach Größerem, als gäbe es keine Grenzen. Zusammen mit ihr fühlte er sich beflügelt und frei.

Doch das Hochgefühl erstarb, als aus dem glänzenden Wagen ausgerechnet Richard Weber ausstieg. »Carl, mein Junge.« Er breitete seine Arme aus, als wäre nichts gewesen. Zwei Freunde, die sich zufällig wiedersehen. »Schön, dich hier zu treffen.«

»Es ist meine Fabrik. Die Wahrscheinlichkeit ist groß, mich hier zu treffen. Welchem Umstand verdanke ich dieses zweifelhafte Vergnügen?«

»Carl, bitte. Wozu der Groll? Ich bin mit guten Absichten hier.«

»Es wäre mir lieber, wenn wir zu einem Sie übergehen, Herr Weber.«

Sein rechtes Augenlid zuckte unmerklich. Kurz wurde es still. »Nun, dann ganz förmlich. *Herr Seidel*«, er machte eine dramatische Pause, »wenn Sie Zeit hätten, würde ich gern mit Ihnen unter vier Augen sprechen.«

»Machen Sie bitte einen Termin.« Er überlegte, ob er einfach weitergehen sollte. Andererseits behagte es ihm nicht, noch mehr Öl ins Feuer zu gießen. Vor allem, da es keine Notwendigkeit dazu gab.

Ähnliches schien auch Richard Weber zu spüren. Denn er schluckte den Unmut hinunter. Sicherlich war er es nicht gewohnt, einen Termin für eine Unterredung zu brauchen. »Ich verstehe, dass Sie gerade nicht gut auf mich zu sprechen sind. Ich habe Fehler gemacht, große Fehler. Um das wiedergutzumachen, habe ich ein einmaliges Angebot für Sie.«

»Diese Fabrik steht nicht zum Verkauf. Sparen Sie uns also beiden die Zeit, nehmen Sie Ihr Angebot mit und gehen Sie.« Am liebsten wäre er viel ausführlicher darauf eingegangen, was sein alter Lehrmeister mit dem Angebot noch anstellen könnte. Aber das behielt er für sich.

»Es geht nicht um den Kauf Ihres Betriebs.« Weber seufzte theatralisch. »Nun gut. Mein Verhalten in der letzten Zeit tut mir wirklich sehr leid. Das war mehr als unangebracht von mir. Ich bin hier, weil ich hoffe, dass wir einen Weg finden, unsere Differenzen beizulegen. Ich habe Nachforschungen über Ihre Verbindung zu Burgstein angestellt.« Er verzog den Mund. »Ich kann es mir aktuell nicht leisten, ihn als Lieferanten zu verlieren.«

»Sie kennen meine Position. Drohen Sie nie wieder mir oder meiner Familie. Dann gibt es auch keine Differenzen zwischen uns.«

»Es ist kein Gespräch, um es hier auf der Straße zu führen. Vielleicht können wir es in Ihrem Büro fortsetzen?«

»Ich bezweifle, dass wir einander so viel zu sagen haben.«

»Vielleicht doch. Ich habe erkannt, dass wir keine Konkurrenten sein müssen. Geben Sie mir bitte eine Chance, Sie von einer Partnerschaft zu überzeugen. Sie würde uns beiden zugutekommen.«

Carl seufzte. Natürlich könnte er Weber abweisen, hier und jetzt. Tief in seinem Innern bezweifelte er, dass dieser Mann ihm etwas anbieten konnte, was ihn interessierte. Aber einen weiteren Streit vom Zaun zu brechen, wäre nicht klug. Er brauchte keine Feinde in Düsseldorf. Sicherlich fiel es Weber schon schwer genug, die Fehler einzugestehen. Ihn unnötig zu brüskieren, war nicht sinnvoll.

»Bitte folgen Sie mir.«

Zusammen betraten sie die Fabrik. Wie so oft blieb Carl

dabei stehen, um den vertrauten Geräuschen zu lauschen und den Geruch nach frisch angerührtem Senf in sich einzusaugen. Wie oft hatte er in der Gefangenschaft geglaubt, nichts mehr fühlen zu können? Taub zu sein wie sein malträtierter Arm? Umso intensiver und kostbarer kamen ihm die Momente vor, wenn er jetzt das Gegenteil feststellte.

Die Produktion lief auf Hochtouren, die Belegschaft arbeitete in zwei Schichten, um der Nachfrage zu entsprechen. Hoffentlich hatte Emma bereits gute Angebote für die Fabrikerweiterung erhalten – sie brauchten definitiv mehr Platz. Vielleicht war es gut, Weber hereinzulassen, damit er selbst sah, dass seine Bemühungen nichtig waren.

Richard Weber ließ sich Zeit. Dieses Mal betrachtete er die Maschinen mit deutlich mehr Interesse als bei seinem ersten Besuch. Wobei Carl sich sicher war, dass auch dies nur zum Repertoire seiner theatralischen Darbietungen zählte. Dieses Mal, um seine Wertschätzung vorzutäuschen. Ganz sicher hatte Weber schon zuletzt die Vorteile der Maschinen und der Fabrik erkannt und entsprechend gewürdigt. Deshalb hatte er den Betrieb unbedingt haben wollen.

Aus dem Büro trat Emma. Nur für den Bruchteil einer Sekunde flammte Abscheu in ihren Augen auf. Carl wollte ihr gerade die Umstände für Webers Anwesenheit in der Fabrik erklären, da legte sich ein professioneller Ausdruck auf ihr Gesicht, dem nicht das Geringste anzumerken war. »Herr Weber. Was für eine Überraschung.«

Weber machte eine schwer zu deutende Geste in die Tiefen des Gebäudes. »Teuerste, bringen Sie uns doch bitte einen Kaffee. Oder gern einen Tee. Danke sehr.«

Carl fuhr herum. Er musste sich wirklich zusammenreißen, um seinen alten Lehrherrn nicht mit den Ausdrücken zu bedenken, die ihm auf der Zunge brannten. Warnend schüttelte

Emma den Kopf – sie kannte ihn wirklich gut. Also bemühte er sich um Professionalität, wie Emma sie hatte. »Haben Sie nicht gesagt, Sie möchten gern die Differenzen beilegen, Herr Weber? Wie wäre es damit, wenn Sie anfangen, meine Frau wie meine gleichberechtigte Geschäftspartnerin zu behandeln und ihr den Respekt zu zollen, den sie verdient? Es ist nicht ihre Aufgabe, Sie zu bedienen.«

Er merkte, wie Weber mit den Zähnen knirschte. Dann wandte sich der Mann kurz an Emma. »Verzeihung.« Sogleich hatte Carl seine ungeteilte Aufmerksamkeit wieder. »Aber ich habe um ein Gespräch unter vier Augen gebeten. Das habe ich sehr deutlich gemacht.«

»Bei allen wichtigen Gesprächen ist meine Frau selbstverständlich dabei.«

Weber verengte die Augen. Er wollte etwas erwidern, als Emma das Wort ergriff: »Schon gut. Ich lasse Ihnen gern einen Kaffee bringen, Herr Weber. Es ist doch in unser aller Interesse, die Wogen zu glätten und die Konflikte beizulegen.« Einladend öffnete sie Weber die Tür zum Büro. »Bitte sehr.«

Zufrieden stolzierte Weber herein.

Carl entging nicht, wie Emma die Augen verdrehte. Manchmal verstanden sie sich stumm.

Rasch hauchte er Emma einen Kuss auf die Wange. »Danke. Das dauert nicht lange.«

»Ich bin da, wenn du mich brauchst.«

»Um ihn umzubringen, wenn er mich aus der Fassung bringt? Schaffe ich ganz allein.« Er zwinkerte ihr zu und ging hinein.

Düsseldorf, 1920

ANTOINE

Er trat auf das Dach und blickte zu Louise, die an der Kante saß. Sie hatte sich mit einer Hand abgestützt und ihren Körper zur Seite geneigt, was ihre Pose sinnlich und lasziv wirken ließ. Bestimmt war sie sich dessen bewusst, aber sie machte es nicht, um anderen zu gefallen. Hier oben gab es niemanden, der sie sehen könnte. Sie tat es für sich. Ihre Kleider, die Frisur, die Schminke – sie war wie ein Kunstwerk, das sie für sich selbst erschuf. Sie war so sehr sie selbst, dass Antoine sich fragte, warum er früher nie gemerkt hatte, wie einzigartig diese Frau war.

Ob es zwischen ihnen als Paar anders gelaufen wäre, hätten sie sich später kennengelernt? Jetzt zum Beispiel, wo sie beide so viel sicherer, unabhängiger und um einiges ausgeglichener geworden waren? Andererseits … Hätte er überhaupt eine Chance bekommen, sie auf diesem Dach kennenzulernen, wenn er die Seidels nicht seit seiner Kindheit gekannt hätte? Vermutlich nicht, weil es ihn nicht mehr geben würde.

»Hey«, sagte er, um nicht endgültig sentimental zu werden. »Es gibt Kekse.«

Sie drehte den Kopf zur Seite, ohne ihn direkt anzusehen. Es sah aus, als würde sie dem Wind lauschen, der über den Dächern der Stadt wehte. »Wer hat sie gemacht?«

»Frederick und ich haben sie gebacken.«

Louise verzog das Gesicht. »Ist die Lage mit Weber so ernst, dass wir neuerdings Munition brauchen?«

»Ernsthaft? Du hast sie nicht einmal probiert.«

Sie zuckte die Schultern. »Zu frisch sind die Erinnerungen an die letzten. Als der Teller mir aus der Hand gerutscht ist, hatte ich Angst, Gusti mit deinen Keksen gesteinigt zu haben.«

»Gut, dann streiche ich das Backen von der Liste der Tätigkeiten, die ich mit meinem Sohn unternehmen könnte.« Es klang angesäuerter, als er beabsichtigt hatte. Noch immer versuchte er, etwas zu finden, was er mit seinem Sohn unternehmen konnte, um mehr Zeit mit ihm zu verbringen. Bis jetzt ohne großen Erfolg.

»Schmoll nicht«, neckte sie ihn.

Ein wenig beneidete er Louise dafür, dass sie so viel Zeit mit Frederick in ihrem Atelier verbrachte und wie sehr die Augen seines Jungen dabei leuchteten. Es war nicht so, dass Frederick ihm aus dem Weg ging. Wenn Antoine etwas vorschlug, machte er brav mit. Doch reichte brav nicht aus. Antoine wollte ihn glücklich sehen. Denn irgendwann würde Frederick endgültig aus dem Alter herauswachsen, in dem ihm das Vorlesen gefiel. Was bliebe dann übrig, um Zeit miteinander zu verbringen?

»Du bist ein guter Vater.«

Er bemerkte, dass Louise ihn intensiv beobachtete.

»Mach dir keine Sorgen.« Sie klopfte mit einer Hand auf den Platz neben sich.

»Mache ich nicht.« Er setzte sich zu ihr und ließ die Beine von der Dachkante baumeln. Wenn er nach unten blickte, musste er unwillkürlich daran denken, wie fern er gerade jeglichen Abgründen war und wie gut sich das anfühlte. Natürlich gab es immer noch Momente, in denen er aufpassen musste, dass seine Gefühlswelt nicht ins Schwanken geriet. Aber diese Momente hatten keine Macht mehr über ihn und waren seltener geworden.

»Etwas sagt mir, dass du nicht zu mir auf das Dach gekommen bist, um über Kekse oder deine Vatereigenschaften zu reden.« Sie schüttelte den Kopf, und ihr kurzes Haar wirbelte um ihr Gesicht. »Ist es der Mond?«

»Was?« Manchmal kam er bei ihren Gedankensprüngen einfach nicht mit.

»Minna.« Louise verdrehte die Augen. »Seit der Präsentation im Kaufhaus stehst du ziemlich neben dir. Willst du darüber sprechen?«

»Nein.«

»Mh«, machte sie.

»Was heißt hier ›Mh‹?« Er schnaubte. »Sie will mich nicht mehr sehen. Sie hat sich nur auf uns eingelassen, weil sie für ihren Vater spionieren musste. Zu dir kommt sie auch nicht mehr, um das Relief fertigstellen zu lassen, das sie in Auftrag gegeben hat. Was gibt es da noch zu bereden?«

Sie tätschelte seinen Arm. »Hat sie das tatsächlich gesagt, dass sie dich nicht mehr sehen will?«

»Sie hat gesagt: *Es ist besser, wenn wir uns nicht mehr sehen. Es ist vorbei. Tut mir leid.*« Die Worte taten so verdammt weh. Vor allem, wenn er sie laut aussprach und dabei ihre Stimme im Kopf hörte. Melodisch, kühl und mit einer derart erschreckenden Tiefe, dass er das Gefühl hatte, durch eine Eisschicht in einen See eingebrochen zu sein. Warum fühlte er das alles noch? Er hatte entschieden, dass »es« nie existiert und deshalb keinerlei Bedeutung für ihn hatte. Es durfte nicht weh tun.

»Von ›nicht sehen wollen‹ war also keine Rede«, stellte Louise fest, statt das Thema endlich fallenzulassen. Hatte er ihr nicht deutlich gemacht, dass er nicht darüber sprechen wollte?

»Was für einen Unterschied macht das?«, fuhr er sie an. »›*Es ist vorbei*‹ war der entscheidende Satz!«

»Und was hast du darauf gesagt?«

»Nichts.«

»Mh«, machte sie wieder.

»Was heißt hier schon wieder ›Mh‹?« Er biss sich auf die Zunge. Das führte doch zu nichts! Wie ironisch, dass ausgerechnet ihn dumme Herzensangelegenheiten so sehr beschäftigten. Bräuchte man dafür nicht wenigstens ein Herz? Er hatte keins. Sonst hätte er nicht all die Dinge in seinem Leben getan, die er bereute. Sein Herz hätte ihn davon abgehalten. Es war lange vor Minna in Stücke zerschlagen worden. Ungefähr da, als sein Vater zum ersten Mal die Hand an ihn gelegt und seine Mutter ihm dabei zugeschaut hatte.

»Carl war zuletzt bei ihr. Es geht ihr nicht gut.«

Obwohl er kein Herz hatte, brach es gerade noch einmal. Schmerzhaft schnitten die Splitter in seine Seele. »Warum sagst du das? Was genau erwartest du jetzt von mir?«

»Ich? Von dir?« Sie lachte. »Dass es in diesem Gespräch nicht um uns geht, ist dir aber aufgefallen, oder?«

»In Ordnung.« Tief atmete er durch. Manchmal brauchte man eine Engelsgeduld, um sich mit Louise zu unterhalten. »Was sollte ich deiner Meinung nach tun?«

»Was du tun sollst, kann ich dir nicht sagen.« Sie sah ihn schräg von der Seite an. »Aber weiß sie überhaupt, was du empfindest? Wie du dich fühlst? Was dir die Begegnungen mit ihr bedeutet haben?«

»Nicht einmal ich selbst weiß, was ich empfinde!« Mit einer Hand fuhr er sich durchs Haar. »Es ist eben kompliziert.«

»Verstehe.« Sie tätschelte seine Schulter, drehte sich elegant vom Rand weg und stand auf. »Dann solltest du dir vielleicht darüber klarwerden. Und ich gehe derweil deine Kekse probieren.«

»Viel Glück«, brummte er.

»Das werde ich brauchen«, flötete sie. Dann verklangen ihre Schritte.

Er lehnte sich zurück. Dann legte er sich ganz auf das Dach und rieb sich mit beiden Händen das Gesicht. Der Wind spielte mit seinen Haaren, wehte ihm frisch entgegen. Hier oben atmete es sich leichter, kein Wunder, dass es Louises Lieblingsplatz war. Dieser Ort gaukelte einem vor, Durchblick zu haben. Die Dinge aus einer anderen Perspektive zu sehen.

Nun. Was empfand er also?

Ernsthaft, sie kannten sich doch gar nicht! Worauf hatte er überhaupt gehofft? Louise war fast sein ganzes Leben lang an seiner Seite gewesen, mal mehr, mal weniger – und es hatte dennoch nicht funktioniert. Vielleicht war er zu keiner Beziehung fähig. Wie sonst sollte er seine frühere Obsession für Emma erklären? Damals hatte er es *Liebe* genannt. Heute wusste er, dass es keine Liebe gewesen war, sondern ein Selbstbetrug, mit dem er die Leere in sich hatte ausfüllen wollen.

Was empfand er also für Minna? Wie fasste man das in Worte? Waren seine Gefühle überhaupt echt, oder bildete er sich nur etwas ein, was gar nicht da war? Was hatten ihm die wenigen Begegnungen mit ihr bedeutet?

Licht. Nicht wie die strahlende Sonne, die einen blendete, wenn man das Gesicht zu ihr wandte. Sondern einen sanften Mondschein, bei dem man sich auch in der tiefsten Nacht zurechtfand.

Dabei war sein Leben gar keine undurchdringliche Nacht, durch die er blindlings stolperte.

Er hatte Frederick. Er hatte die Automobile, an denen er leidenschaftlich schraubte. Die Aufträge häuften sich, und so konnte er inzwischen nicht nur zuverlässig ihrer aller Leben finanzieren. Nächsten Monat wollte er Räumlichkeiten zwei

Blocks weiter mieten, um dort eine Werkstatt einzurichten. Es lief gerade so gut! Es war perfekt. Er brauchte keine Minna, um glücklich zu sein.

Aber sie fehlte ihm, weil sie sein perfektes Leben bereicherte. Sie gab ihm die Sicherheit, die er brauchte. Sie war der Frieden, nach dem er sich sehnte. Bei ihr kam seine Seele zur Ruhe.

Und jetzt war es vorbei.

Verdammt, was zum Teufel sollte er jetzt tun?

Es ist kompliziert. Wenn er irgendwann tot war, könnte dieser Satz eine Inschrift auf seinem Grabstein werden.

Tief atmete er ein, zumindest, soweit seine angeschlagene Lunge es ihm erlaubte. Viel schlauer war er durch das Nachdenken nicht geworden. Die Herbstsonne auf dem Dach brachte ihn jedenfalls nicht weiter, und das Gespräch mit Louise hatte ihn mehr aufgewühlt, als gut für ihn war. Frustriert verließ er das Dach.

»Sind noch Kekse da?«, rief er, sobald er das Appartement betreten hatte. Der Geruch nach Gebäck schwebte durch die Räume und vermittelte ein behagliches Gefühl. Früher hätte sich Antoine nie vorstellen können, ein Zimmer zu betreten und sich sofort wohlzufühlen. Überhaupt irgendwo länger bleiben zu können. In dieser kleinen Wohnung in Düsseldorf hätte er ewig verweilen können.

Ein Blick ins Wohnzimmer reichte, um sein Gemüt sofort zu erhellen. Frederick lag auf dem Boden und malte etwas. Als Antoine über die Schwelle trat, hob der Junge den Kopf und lächelte leicht. Frederick war kein Freund großer Emotionen. Deshalb war dieses Lächeln das Kostbarste, was der Tag Antoine schenken konnte.

Louise saß auf dem Sofa, die Beine an sich herangezogen, und zeichnete etwas in ihrem Block. Neben ihrer Kunst hatte sie eine Vorliebe für Reklameanzeigen und Etikettengestaltung entwickelt. Nach dem Uzarski-Vorbild wollte sie demnächst Werbedesign studieren, um später Geld zu verdienen und auf eigenen Beinen zu stehen. Ohne dabei ihre Kunst aus den Augen zu verlieren.

Gusti streckte sich neben Frederick aus. Ein Keks lag auf dem Boden. Den das Tier wohl nicht als etwas Essbares definierte, sondern als ein Spielzeug, das es mit den Vorderpfoten anzustupsen galt.

Wilhelmine saß am Tisch und schrieb an einem Brief. Drei Papierbögen waren bereits beschrieben worden. Ein beschrifteter Umschlag lag neben ihr, *Speyer* und *Ajarrar* waren sogar von Antoines Platz aus lesbar.

»Nun muss ich es wohl nicht mehr verheimlichen«, meinte Wilhelmine, nachdem sie seinen Blick bemerkt haben musste.

»Du hättest es auch vorher nicht verheimlichen müssen. Du kannst schreiben, wem du möchtest.«

»Ach, ich weiß doch, wie es aussieht.« Sie richtete sich auf. »Briefe schreiben – und das als Witwe. An einen Mann, der mein Sohn sein könnte. Was mache ich mir auch vor?« Sie legte den Stift beiseite. Vielleicht brauchte sie nur eine Bestätigung – die Zweifel, die Weber mit seinem abfälligen Ton gesät hatte, hatten sich offenbar festgesetzt. »Worüber können wir uns schon schreiben? Wir sind so verschieden. Das führt nur zu Schwierigkeiten.«

»Worüber schreibt ihr euch denn?«, fragte Louise vom Sofa aus, ohne den Blick von ihren Entwürfen zu heben.

»Ich glaube, das geht uns nichts an«, wandte Antoine ein.

»Über dies und das. Manchmal nur über das Wetter. Ab und zu erzählt er mir von Marokko. Ich glaube, er vermisst seine Heimat. So wie ich Metz vermisse. Eigentlich wollte ich mich nur bei ihm bedanken, dass er uns ermöglicht hat, zu euch nach Düsseldorf nachzureisen. Aber dann hat er geantwortet und … ich weiß auch nicht.«

»Dann hast du deine Antwort. Ihr schreibt euch, weil ihr einander etwas zu sagen habt.«

»Wusstet ihr, dass Weißstörche aus Deutschland ohne Halt nach Marokko fliegen und dass kranke Vögel früher in Marrakesch sogar gesund gepflegt wurden? Oder dass Azzeddine eine Kohl- von einer Tannenmeise am Gesang unterscheiden kann?«

»Nein«, antwortete Louise, während sie weiterzeichnete. »Diese Informationen sind mir tatsächlich vollkommen neu.«

Sie hatte es ohne jegliche Ironie gesagt. Trotzdem schien Wilhelmine zu zögern, ob sie weitersprechen sollte. Gleichzeitig drängte sie offenbar etwas dazu, unruhig sortierte sie die beschriebenen Blätter.

Antoine kam näher und lehnte sich an die Wand neben ihr. »Seine Briefe scheinen dir viel zu bedeuten.«

»Er … er hat mich gebeten, etwas auszuprobieren.«

»Störche zu füttern, damit sie besser bis Marokko durchhalten?« Sein unbeholfener Witz tat ihm sogleich leid. Als Wilhelmine den Blick hob, standen Tränen in ihren Augen. Antoine überlegte, wann er diese Frau das letzte Mal hatte weinen sehen. Er konnte sich nicht erinnern.

»Ich habe ihm von Ehrhard erzählt. Wie wir fliehen mussten, ohne ihn beerdigt zu haben. Wir können nicht einmal sein Grab besuchen. Es ging alles so schnell. Manchmal glaube ich, dass er vielleicht gar nicht tot ist. Dass wir ihn einfach im Stich gelassen haben.«

Er hockte sich vor Wilhelmine hin. Aus dem Augenwinkel bemerkte er, wie Louise erstarrte. Darüber geredet hatte sie nie. Es fiel ihr sogar schwer, darüber etwas zu hören. »Wir haben ihn nicht im Stich gelassen.«

»Azzeddine hat mir gesagt, dass es nie zu spät ist, sich richtig zu verabschieden. Dass die Trauer wichtig ist, um sich ihrer bewusst zu werden und sie loszulassen.«

»Er hat recht.«

»In seiner Heimat gibt es eine Tradition, für die Verstorbenen zu singen. Ist es nicht ein wundervoller Gedanke? Einen geliebten Menschen mit einem gemeinsamen Gesang zu verabschieden, ihn mit den Strophen eines Liedes aus dieser Welt ziehen zu lassen? Ich stelle es mir jedenfalls sehr schön vor.«

Er legte eine Hand auf die ihre. Die Vorstellung klang überaus tröstlich. Es hatte keine Trauerfeier gegeben. Nichts, womit sie ihren Gefühlen gemeinsam hatten Ausdruck verleihen können. »Willst du denn für Ehrhard singen?«

»Ich weiß nicht.« Die Tränen liefen ihr unaufhörlich übers Gesicht und zeichneten nasse Bahnen auf die Wangen. »Ich kann das nicht wirklich gut.«

»Hat es ihn je gestört?«

Sie lächelte. »Natürlich nicht. Ich weiß nur nicht … Es ist so schwer …«

»Anzufangen? Sich der Trauer zu stellen?«

Sie senkte den Blick. »Zu begreifen, dass Ehrhard uns für immer genommen wurde. Er kommt nicht nach Düsseldorf nach, so wie wir nachgekommen sind. Er ist nicht mehr da. Ich weiß es – und trotzdem hofft etwas in mir weiter, dass es nicht wahr ist. Dass er verletzt in diesem Zimmer liegt, aber noch gesund werden kann. Dass ich nur ein wenig länger warten muss, bis er vor mir steht und ich ihn wiedersehen kann. Verstehst du?«

»Ja.«

»*Am Brunnen vor dem Tore, da steht ein Lindenbaum*«, begann Frederick plötzlich mit seiner hohen, leisen Stimme die erste Strophe zu singen, ohne von seinem Bild aufzuschauen. Die Töne vibrierten in seiner Kehle, strebten gen Decke, füllten den gesamten Raum aus. »*Ich musst auch heute wandern, vorbei in tiefer Nacht*«, stimmte Louise bei der zweiten Strophe mit ein. Ihre Stimme klang so durchdringend, dass Antoine glaubte, von der Melodie vollkommen eingenommen worden zu sein. »*Da hab ich noch im Dunkeln die Augen zugemacht.*« Ein Stein lag ihm im Magen, die Brust schmerzte, doch er ließ den Schmerz zu. Es war gut, zu fühlen. Die Trauer nicht länger einzusperren. Sondern alle Empfindungen mit den Menschen zu teilen, die einem nahestanden.

»*Und seine Zweige rauschten, als riefen sie mir zu: Komm her zu mir, Geselle, hier findst du deine Ruh!*«, stimmte er mit ein und fühlte sich überwältigt von Emotionen. Von der Verbundenheit, die sie durchdrang und alle in diesem Raum einte. Fest hielt er Wilhelmines Hand. Er war nie besonders gläubig gewesen. Aber gerade jetzt hatte er das Gefühl, ein Teil von etwas Größerem zu sein.

Tränen verschleierten seine Sicht. Er konnte nichts mehr sehen – nur spüren, wie Frederick zu ihm trat. Wie dessen kleine, warme Finger sich in seine Hand schoben.

»*Nun bin ich manche Stunde entfernt von jenem Ort*«, sang Wilhelmine weiter mit einer schwachen, etwas schiefen Stimme. »*Und immer hör ich's rauschen: du fändest Ruhe dort.*«

Kaum war der letzte Ton verklungen, trommelte es gegen die Eingangstür. Das Geräusch zerriss den inneren Nachhall. Ohne es zu wollen, lösten sie die Hände voneinander, berührten sich nicht mehr. Die Verbundenheit brach. Es pochte noch heftiger. Was war da nur los?

»Bleib bei deiner Oma«, flüsterte Antoine seinem Sohn zu und ging in den Flur.

»Wer ist da?«, rief er und erhielt keine Antwort. Nur weiteres Trommeln. Es klopfte so heftig, dass das Holz gleich nachgeben würde. »Ist gut! Ich mache gleich auf.«

Er öffnete die Tür einen Spaltbreit und erstarrte, als er in Minnas verweintes Gesicht blickte. Unwillkürlich taumelte er zurück, ohne auch nur einen vernünftigen Gedanken fassen zu können. »Was ist passiert?«

Sie stolperte in die Wohnung. »Mein Vater … er … er …« Sie zitterte so stark, dass Antoine glaubte, sie würde gleich zusammenbrechen. »Ich glaube, er will Carl Seidel etwas antun!«

Düsseldorf, 1920

EMMA

Aus dem Fenster beobachtete Emma, wie Webers schicker Wagen davonfuhr. Einem wundersamen Insekt gleich, kroch das Automobil die Straße entlang. Die Karosserie blitzte in den Sonnenstrahlen das letzte Mal auf und verschwand in der Kurve. Das Fahrzeug nicht mehr zu sehen, hatte etwas Befreiendes an sich. Erst jetzt fiel ihr auf, was für große Sorgen sie sich gemacht hatte. Ohne wirklich sagen zu können, was genau sie so sehr beunruhigte. Vielleicht lag es an Noras Warnungen: *Richard Weber ist kein Mann, der eine Niederlage einfach so einsteckt. Er ist zu allem fähig.* Es war schwer, diesen Mann als das zu betrachten, was er war: ein Mensch aus Fleisch und Blut und nicht der Teufel persönlich.

Sie wusste, dass Carl sich seinem ehemaligen Lehrherrn allein hatte stellen müssen. Dass es ihm wichtig war, dieses Kapitel abzuschließen und sich selbst zu beweisen, dass Richard Weber keine Macht über ihn hatte. Trotzdem wäre sie gern dabei gewesen. Nur zur Sicherheit.

Aber offensichtlich waren ihre Sorgen nichtig gewesen. Grüblerisch und in sich gekehrt hatte Weber gewirkt, als er in seinen Wagen gestiegen und davongefahren war. Was auch immer Carl ihm gesagt hatte, die Fehde schien endlich beigelegt worden zu sein.

Emma wartete ein wenig, um Carl die Möglichkeit zu geben, nach dem Gespräch zur Ruhe zu kommen und seine

Gedanken zu sortieren. Auch wenn er sich stets zuversichtlich gab, konnte sie sich gut ausmalen, wie sehr ihn die Angelegenheit beschäftigte.

Schließlich ging sie nach unten. Viel länger ohne Neuigkeiten auszuhalten, schaffte sie einfach nicht.

Am Büro angekommen, klopfte sie an. Noch bevor sie die Hand gesenkt hatte, riss Carl die Tür auf, packte Emma an der Taille und zog sie mit sich ins Zimmer. »Du brauchst doch nicht zu klopfen! Dieser Raum steht dir immer offen.«

Sie schmunzelte. Es war schön, ihn so gelöst zu sehen. Als wäre ihm jegliche Last von den Schultern gefallen. »Hat alles gut geklappt?«

»Aber natürlich!« Er drückte ihr einen festen Kuss auf die Lippen. »Zweifeln Sie denn etwa an meinen Verhandlungsqualitäten, Frau Seidel?«

»Niemals!« Emma lachte, als er sie herumwirbelte, fest in die Arme schloss und zusammen mit ihr zum Tisch taumelte. Sie stieß mit ihrer Kehrseite gegen die Kante, und die Kaffeetassen klirrten leise. Wieder küsste Carl sie. Ihren Mund, ihre Wangen, ihren Hals. Konnte offenbar einfach nicht genug davon bekommen.

»Ein wenig mehr Zurückhaltung, Herr Seidel«, tadelte sie ihn scherzhaft. »Die Tür steht noch offen.«

»Sollen doch alle sehen, wie verrückt ich nach meiner Frau bin!«

Sie kicherte und drehte ihr Gesicht weg, um sich seinen Lippen zu entziehen. »Erzähl mir lieber, wie es gelaufen ist. Ich will alle Einzelheiten wissen!«

Carl stöhnte und legte den Kopf in den Nacken. »Du willst mich quälen! Na gut.« Ein dünner Schweißfilm bedeckte seine Haut, als er sein Haar beiseitewischte.

War es so heiß im Raum? Zu dieser Jahreszeit? Andererseits fühlten sich auch ihre Wangen ganz heiß an. Vermutlich war es die Aufregung.

»Ich glaube, Weber braucht mich mehr als gedacht.« Er lockerte seine Krawatte. »Meine Verbindungen nach Lothringen sind für seine Expansionspläne nicht zu unterschätzen. Der Name *Erste Lothringische Senffabrik C. Seidel* ist dort noch immer ein Begriff, und die Kontakte, die ich noch habe, kann er gut gebrauchen, um seine möglichen Geschäftspartner zu beeindrucken. Dafür stellt er uns seine Vertriebswege zur Verfügung, wodurch wir unseren Wirkungskreis enorm erweitern können.«

»Das klingt ja phantastisch!« Sie hatte sich alles Mögliche vorgestellt, was dieses Gespräch hervorbringen würde. Auf so eine Entwicklung wäre sie allerdings nicht einmal in ihren kühnsten Träumen gekommen.

»Du sagst es«, hauchte Carl ihr nicht weniger begeistert entgegen. Seine Augen glänzten fiebrig. »Das Blatt hat sich gewendet. Nichts kann uns noch aufhalten. Ich liebe dich. Ich liebe dich so sehr!« Mit einem Schwung zog er sie wieder an sich heran, küsste sie stürmisch und ungestüm.

Sie grub ihre Hände in sein Haar, bot ihm ihren Hals dar und genoss seine Lippen, die jeden Zentimeter ihrer Haut zu verkosten schienen. »Die Tür! Die Tür ist immer noch offen!« Sie keuchte und wusste, sie würde ihn verfluchen, sollte er aufhören. Die Erregung prickelte durch ihre Adern und rauschte in ihrem Kopf.

»Was schert mich diese verfluchte Tür?«

»Der Kaffee bekommt dir nicht gut. Soll ich dir etwas Kamillentee zur Beruhigung bringen?«

»Bloß nicht. Ich sterbe, wenn du gehst. Bleib bei mir.«

»Für immer und ewig!« Grundgütiger, wie sehr mochte sie diese wilde Leidenschaft! Wie sehr sehnte sie sich danach, mehr von dieser Seite an ihm zu entdecken. Am liebsten würde sie alle Hemmungen fallenlassen und sich ihrer Lust hingeben. Sie lachte. Diese verfluchte Tür!

Ihre Hand glitt an seiner Brust entlang, und ihr Lachen erstarb augenblicklich. Wie unglaublich schnell pochte sein Herz!

Zweihundert Schläge pro Minute? Noch mehr? War das überhaupt möglich?

Sie packte Carl an den Schultern und schob ihn von sich. »Geht es dir gut?«

Er schwankte einen halben Schritt zurück. »Es ging mir noch nie besser!«

Doch Emma achtete nicht auf seine Worte. Fest sah sie ihm in die Augen. Seine Pupillen waren geweitet. Der Atem ging schnell, viel zu schnell. Trotzdem wirkten seine Lippen blass.

»Emma. Was ist?« Zärtlich fuhr er mit einer Hand über ihre Wange.

Sie ergriff seine Finger. Die Haut um seine Nägel wirkte gräulich. Die Erkenntnis traf sie wie ein Schlag. Er bekam keine Luft! Dazu sein Herzrasen. Warum merkte er nichts? Die Anzeichen hatte Wilhelmine ihr so oft eingebläut, sie kannte jedes Wort auch im Schlaf: »Es kann jederzeit passieren, Emma. Vielleicht erst in ganz vielen Jahren. Vielleicht schon morgen. Oder in der nächsten Sekunde. Du musst vorbereitet sein. Er wird Hilfe brauchen – und dann kommt es auf jede Minute an.«

Also doch. Es passierte jetzt. Und sie musste handeln.

Emma stürzte zur Tür, lief zu den Produktionsräumen, so schnell sie konnte. »Holt einen Arzt!«, schrie sie die Mitarbeiter an. »Irgendjemand muss einen Arzt holen! Sofort!«

Dann rannte sie zurück. Carl stand noch immer da, wie sie ihn zurückgelassen hatte. Vollkommen desorientiert schweifte sein Blick umher. Dass es ihm nicht gut ging, war kaum noch zu übersehen.

»Emma?« Mehr schien er nicht herausbringen zu können. Ihr Name klang stockend und verwaschen aus seinem Mund. Sein Atem ging ganz flach.

In wenigen Schritten war Emma bei ihm. »Du musst dich hinlegen. Vorsichtig. Ich helfe dir.«

Plötzlich sackte er in sich zusammen. Sein Gewicht brachte sie zum Taumeln. Seinen Körper fest umschlungen, fiel sie mit ihm zu Boden. Ein heftiger Schmerz durchfuhr ihre Hüfte, doch sie achtete nicht darauf. Sie drehte Carl auf die Seite, zerrte ihm die Krawatte vom Hals, riss die Knöpfe seines Hemdes auf.

»Alles wird gut«, flüsterte sie ihm zu. »Ich bin bei dir. Halte durch.«

Keuchend rang er nach Luft, doch er bekam einfach nicht genug. Seine Hände zitterten. Immer mehr, bis sein ganzer Körper heftig zu zucken begann. Ein Krampfanfall? Davon hatte Wilhelmine nie etwas gesagt. Was sollte sie jetzt tun? Verzweiflung ergriff sie. Nur mit Mühe rang sie die Panik nieder. Carl brauchte sie, und er brauchte sie bei klarem Verstand.

Aus dem Augenwinkel sah sie, wie sich einige Mitarbeiter in der Tür versammelt hatten. Eine schwere, stumme Betroffenheit hatte sich über die Menschentraube gelegt.

»Ich brauche etwas Weiches zum Polstern. Schnell!« Sie wunderte sich selbst, wie deutlich und bestimmt ihre Anweisungen klangen, während sich in ihrem Kopf alles drehte. Die Angst um Carl legte sich kalt und dunkel über ihr Gemüt, lähmte ihre Gedanken. Er erstickte direkt vor ihren Augen! Sie wünschte sich, sie könnte ihm ihren Atem geben. Ein Stück von ihrem eigenen Leben.

Jemand zog sein Hemd aus, und sie spürte, wie ihr ein Knäuel in die Hände gedrückt wurde. Weiterer Stoff wurde gereicht. Emma polsterte seinen Kopf, damit er sich nicht verletzte, während seine Muskeln unkontrolliert zuckten. Wie viel Zeit war vergangen? Wann kam endlich der Arzt?

»Du wirst das schaffen. Keine Angst. Du schaffst das.«

Dann verlor er das Bewusstsein.

Emma suchte nach dem Puls – aber da war nichts. Egal, wie verzweifelt sie danach tastete.

»Alles wird gut«, flüsterte sie und strich ihm durchs Haar. Denn Wilhelmine hatte mit ihr auch den Fall geübt, sollte sein Herz aufhören zu schlagen und er nicht weiter atmen können. Diese Frau wusste alles über die modernen Wiederbelebungsmaßnahmen. Es war noch nicht vorbei.

Emma schob das Knäuel aus fremden Hemden unter seine Schultern, damit er erhöht lag, positionierte sich an seinem Kopf und zog seine Arme zu sich, so dass sie sich über die Schultern streckten. Dann presste Emma sie mit all ihrer Kraft und ihrem Gewicht auf seinen Brustkorb.

»Wir stehen das zusammen durch. Alles wird gut, hörst du?«

Noch einmal. Und noch einmal. Er musste wissen, dass sie da war. Dass er nicht sterben würde.

Auch wenn er nicht mehr atmete.

***

Der Sarg glitt langsam in den Boden. Kiefernholz massiv, ungebeizt und absolut schnörkellos. Carl sollte sich darin wohlfühlen, hatte Wilhelmine bei der Auswahl gesagt. Aber was genau sollte das heißen? Nicht einmal Emma selbst glaubte, noch etwas fühlen zu können. Dabei schlug ihr Herz weiterhin, während seins für immer verstummt war. Immerhin hatte Louise darauf verzichtet, ihre Wut und Hilflosigkeit in Verzierungen zum Ausdruck zu bringen. Beim Abschied hatte seine Schwester bloß einen feuchten Gipsabdruck ihrer Hand auf die Holzoberfläche gedrückt, der jetzt weiß leuchtete, während Schatten den Sarg umfing. Da Carl sicherlich keine Fremden bei seiner Beerdigung gewollt hätte, war niemand da, der dieses Zeichen der Geschwisterliebe merkwürdig gefunden hätte. Abgesehen von seiner Familie wohnten der Beisetzung nur die von Rothhausens bei, die vor drei Tagen aus Metz angereist waren. »Ganz egal, was du brauchst, du kannst jederzeit auf uns zählen«, hatte Hagen ihr versichert, sobald sie sich gesehen hatten. Aber was sollte Emma auch schon brauchen, was diese Menschen ihr hätten geben können?

Für Émile hatte sie eine Nachricht an der Rezeption hinterlassen, da er nicht einmal für sie sein Zimmer verlassen wollte. Normalerweise hätte sie sich Sorgen um ihn gemacht. Doch dafür war sie innerlich zu ausgelaugt durch die vielen Vorbereitungen und Entscheidungen, die sie treffen musste. Mechanisch steuerte sie durch den Alltag, als wäre die Zeit ein Fließband, das sie weiterbeförderte. Émile war nicht erschienen. Kein Gruß hatte sie erreicht, keine Anteilnahme oder Beileidsbekundung.

»Er hat so friedlich ausgesehen«, hörte Emma Gertrud von Rothhausen irgendwo hinter sich sagen und zuckte zusammen. Manchmal vergaß sie, dass es um sie herum Menschen gab, die durchaus noch lebten. »Als würde er nur schlafen. So jung war er, so voller Leben.«

Noch nie hatte Emma etwas Furchtbareres gehört. Unzählige Male war sie neben Carl aufgewacht und hatte ihn dabei angeschaut, während er noch schlief. So wie in seinem offenen Sarg, der in der Kapelle mitten in einem Meer aus Blumen stand, hatte er dabei nie ausgesehen.

Er war tot. Wie alles andere um ihn herum auch. Die unzähligen Schnittblumen in den vielen Kränzen. Kiefernholz massiv, ungebeizt und schnörkellos. Sogar in sich drin spürte Emma kein Leben mehr.

Sie versuchte, nicht hinzuhören. Genauso wie die fadenscheinigen Floskeln an ihr vorübergezogen waren, die der Pfarrer abgesondert hatte: Es war so schnell gegangen. Er musste nicht leiden. Und jetzt ist er an einem besseren Ort.

Sie war bei ihm gewesen, und nichts war schnell gegangen. Er hatte gelitten. Sie hatte es in seinen Augen sehen können. Die letzten Momente seines bewussten Lebens waren von Angst erfüllt, keine Luft zu bekommen. Und der Ort, an dem er jetzt war, stellte ein tiefes Loch dar, das nach feuchter, frisch ausgehobener Erde roch.

Genauso ein Loch klaffte auch in ihrem Innern, in dem alle Emotionen verschwanden. Sie fühlte sich taub. Absolut unfähig, irgendetwas zu empfinden. Weder für den Trost noch für die Trauer zugänglich. Ihr Herz war still. Ihre Seele schwieg.

Als würde sie die Regungen ihres Körpers nur beobachten, trat sie ans Grab, auf dessen Grund jetzt der Sarg stand. Ihre Körpermitte fühlte sich an wie in ein enges Korsett eingeschnürt. Kein Platz auch für einen einzigen Atemzug, nicht einmal für einen Herzschlag.

Aus dem Augenwinkel nahm sie eine Bewegung wahr. Wilhelmine. Ihre Schwiegermutter nahm ihre Hand und legte ein paar Senfkörner darauf. »Er hatte sie fast immer um sich. Wir sollten sie ihm dalassen. Sonst würde er sie vermissen.«

Krampfhaft schlossen sich Emmas Finger um die Kügelchen. »Jetzt braucht er sie nicht mehr. Er braucht gar nichts mehr. Er ist nicht mehr da, um irgendetwas zu vermissen.« Sie wünschte, sie könnte weinen wie Louise, ihren Gefühlen freien Lauf lassen. Oder mit einem Ausdruck voller Trauer in sich ruhen wie Antoine, dessen Gegenwart den anderen Halt zu geben schien.

Stattdessen stand sie da, innerlich wie zugeschnürt, und hätte am liebsten alle von sich gestoßen.

Doch Wilhelmine blieb bei ihr. Emma sehnte sich nach dieser Nähe und hatte gleichzeitig Angst davor. Was, wenn die gemeinsame Trauer die Ketten sprengen würde, die ihren Brustkorb umschlangen? Wenn dann etwas Hässliches aus ihr nach außen dringen würde und Menschen, die sie liebte, verletzte? Gleichzeitig fragte sie sich, woher Wilhelmine überhaupt diese Kraft nahm, jedem um sie herum Trost zu spenden. Obwohl Emma sehen konnte, wie sehr diese Frau selbst litt, die heute ihren Sohn begraben musste.

»Wir wussten alle, dass es irgendwann passieren könnte. All die Jahre, die wir zusammen mit ihm verbracht haben, waren geschenkte Zeit und nicht selbstverständlich.«

»Ja, es hätte irgendwann passieren können«, flüsterte Emma wie in Trance. »Das hast du immer wieder gesagt. Er war unser Glück auf Raten. Aber der Grund, warum Carl jetzt da unten liegt, ist nicht sein Herz, das alles gegeben hat und nicht mehr geben konnte.« Das Korsett wurde immer enger. Als würde sie die letzten Atemzüge machen, stieß sie hervor: »Sondern dass Richard Weber ihm Kokain in den Kaffee gemischt hat.«

Diese Ungeheuerlichkeit auszusprechen, nützte rein gar nichts. Die Worte hatten keine Bedeutung mehr. Ihnen fehlte jegliche Kraft. Sie alle wussten Bescheid und konnten dennoch nichts tun, um diesen Mann zur Rechenschaft zu ziehen. Tatenlos mussten sie zusehen, wie Richard Weber mit einem Mord davonkam. Um Minna zu schützen, hatte niemand davon erzählt, dass sie gehört haben wollte, ihr Vater hätte sich über die Wirkung von Kokain bei Herzkranken informiert. Heimlich versuchte die junge Frau noch immer, Hinweise darauf zu finden, dass er die Tat geplant haben musste. Sie gab alles, ohne auch nur das Geringste zu finden. Die Polizei hatte nicht einmal ernsthaft Ermittlungen aufgenommen. Vermutlich hatte Richard Weber auch da genug Fürsprecher, die er unter Druck setzen konnte.

Diese Machtlosigkeit fühlte sich an wie eine Ohnmacht. Und eine Ohnmacht war tausendmal besser als der Schmerz und die Verzweiflung.

Erst jetzt bemerkte Emma, dass Wilhelmine sie festhielt. Sonst wäre sie vermutlich längst zu Boden gesunken. Ihre Beine waren zu schwach, um sie weiter durch das Leben zu tragen. Was sollte sie nur machen?

Plötzlich griff eine kleine Hand nach ihren Fingern. Überrascht sah sie Frederick, der neben ihr stand. »Willst du mit uns für Onkel Carl singen?«

Emma öffnete den Mund. Doch alles in ihr war so starr, dass kein Laut über ihre Lippen kam. Singen? Bevor sie den Gedanken zu Ende führen konnte, stimmte er an: *»Über allen Gipfeln ist Ruh …«*

Sie schloss die Augen.

»In allen Wipfeln
Spürest du
Kaum einen Hauch;
Die Vögelein schweigen im Walde
Warte nur, balde
Ruhest du auch.«

Vergebens kämpfte Emma mit dem Schmerz, der sie zu übermannen drohte.

»Es ist gut«, hörte sie Wilhelmine, und Emma spürte die Wärme, die in ihrer Stimme schwang. Zusammen mit der unendlichen Traurigkeit, die den angestauten Gefühlen den Weg ebnete. »Lass es ruhig zu. Das kann sehr guttun, endlich weinen zu können.«

Sie konnte nicht mehr. Sie schaffte es einfach nicht, den Kummer länger in sich einzuschließen. Ganz ohne ihr Zutun erschütterte das Schluchzen ihren ganzen Körper, und die Tränen brachen durch.

Sie wusste nicht, wie lange ihre Tränen schon flossen und ob sie je versiegen würden. Die anderen waren bei ihr geblieben, hielten sich an den Händen und spendeten einander Kraft.

Es tat wirklich gut, weinen zu können. Aber jetzt brauchte sie Zeit für sich. Um wenigstens auf die Beine zu kommen, nachdem sie vollkommen in sich zusammengesunken war und nun auf der Erde kauerte.

»Lasst ihr mich ein wenig mit ihm allein?«

Mehr musste sie nicht sagen. Nach und nach zogen die anderen davon. Emma lauschte in sich hinein. Diese schreckliche Leere, die Carls Tod in ihr hinterlassen hatte, war noch da. Aber das Atmen fiel ihr ein bisschen leichter. Und morgen würde es womöglich noch ein kleines Stückchen besser sein.

Ein Tag nach dem anderen. Sie würde lernen, ohne ihn zu leben. Und ihn dennoch niemals vergessen.

Mit Mühe kam sie auf die Beine. Ihre Seele flatterte. Ihre Brust fühlte sich wund an.

»Du bist fort. Ich spüre es mit meinem ganzen Wesen. Keine Ahnung, ob du mich hören kannst. Ob du noch fühlst, wie sehr ich dich liebe. Ob du weißt, wie schrecklich ich dich vermisse. Einmal hast du gesagt, dass ein paar Funken reichen, um die Seele zu erhellen. Du bist nicht mehr da, aber die Gedanken an dich werden diese Funken sein. Dein Herz wird immer bei mir bleiben.«

Sie streckte ihren Arm aus, öffnete die Faust und ließ die Senfkörner ins Grab rieseln. Die Körnchen glitten ihr zwischen den Fingern hindurch und sprangen leise klackernd auf dem Sargdeckel herum, wo Louises Handabdruck prangte.

Dann wandte sie sich langsam vom Grab ab. Erst jetzt bemerkte sie eine Gestalt, die abseits stand und sich in der Landschaft beinahe auflöste. Sie wirkte so vertraut und doch so fern. Sie musste sich zwingen, einen Fuß vor den anderen zu setzen. »Émile.«

Er trug keinen maßgeschneiderten Anzug. Obwohl mit dem Herbst längst die Kälte eingezogen war, hatte er nur ein weißes Hemd an und eine Tweedhose. Seine braunen Schuhe versanken im Matsch, der sich beim nächtlichen Regen abseits der Gehwege gebildet hatte. Die Hände im Rücken zusammengenommen, lehnte er an einem Baum.

»Émile!«, rief sie noch einmal. Ihre Stimme klang kratzig, wund vom vielen Weinen und ganz ungewohnt in ihren Ohren. »Ich habe nicht gedacht, dass du noch kommst.«

Er kippte leicht und lehnte sich mit einer Schulter an einen Baum. »Isch 'abe es auch nischt verdient, 'ier zu sein.«

»Das ist Quatsch, und das weißt du.«

»Es war leischt, ihm die Schuld für alles zu geben. Jeden Morgen mit der Wut auf ihn aufzustehen. In den Spiegel zu sehen und zu sagen, dass sie misch nur deswegen auffrisst, weil er … weil er …« Er schaffte es nicht, den Satz zu beenden.

Verzweifelt suchte Emma nach Worten, die trösteten. Aber sie war nicht Wilhelmine. Sie hatte keine Ahnung, was sie sagen sollte.

»In der letzten Zeit schaffe isch es jedenfalls nischt mehr, in den Spiegel zu schauen. Weil er mir zeigt, was für ein Mensch aus mir geworden ist. Und dieser Mensch will isch nischt sein.«

»Aber jetzt bist du hier. Zusammen stehen wir das durch. Ich bin mir sicher, Carl hätte sich gefreut, dich hier zu sehen. Zu wissen, dass du es ihm verzeihen kannst.«

Er schüttelte den Kopf, ohne sie anzusehen. »Isch weiß nischt, ob isch es ihm verzeihen kann. Als er letztes Mal bei mir war, wollte isch nischt darüber reden. Und jetzt kann isch es nischt mehr. Es fühlt sisch an, als 'ätte er misch wieder im Stich gelassen. Isch bin so wütend, Emma! Isch will ihn nur 'assen. Aber wenn isch in den Spiegel sehe, 'asse isch misch selbst. Die Wut frisst misch immer noch auf. Bis isch an manschen Tagen vollkommen leer bin. Immer 'äufiger werden diese Tage zu Wochen. Dann kann isch nischt aufstehen, nischt denken, nischt einmal wirklisch existieren. Es ist wie ein dunkler Schlund, der misch zermalmt.«

»Émile …«

»Isch 'abe keine Ahnung, was mit mir los ist. Isch weiß nur, dass es mir schlescht geht. Sehr schlescht. Und das schon sehr, sehr lange.« Er hob eine Hand.

Emma keuchte und taumelte zurück, als sie darin eine Pistole sah.

»Mit dieser Waffe 'abe isch zwei junge Männer erschossen. Gestern 'abe isch darüber nachgedacht, dass es keinen Unterschied mehr macht, ob isch damit auch einen dritten erschieße. Misch.«

Ihr Herz raste. Zweihundert Schläge pro Minute? Mehr? Es kam ihr vor, als würde sie all das erleben, was Carl in seinen letzten Minuten erlebt hatte. Atemlosigkeit. Das Ohnmachtsgefühl. Die zitternden Hände.

»Émile, bitte.« Sie durfte keinen Fehler machen. Nicht der Hilflosigkeit nachgeben. »Tu es nicht.«

Er hob den Blick. Seine Augen wirkten leer. »Der Schlund zermalmt misch. Isch schaffe das nischt allein. Isch brauche 'ilfe, Emma.« Er schwankte auf sie zu, drückte ihr die Pistole in die Hände. »Bitte 'ilf mir.«

»Natürlich. Ich bin da. Du kannst auf mich zählen. Auf uns alle.«

Émile ließ die Waffe los. Als hätte er keinen Halt mehr, sackte er zu Boden, beugte sich vor und vergrub sein Gesicht in den Händen. »Weißt du, was isch mir nischt verzeihen kann? Carl musste sterben, damit isch erkenne, wie schlimm es um misch steht. Dass isch so nischt weitermachen kann. Dass diese Wut, die da anrollt, dieser Schlund, in dem isch gefangen bin, nischts mit ihm zu tun 'at. Isch weiß nischt mehr, wer isch bin. Wo isch 'ingeöre.«

»Zu mir.« Sie hockte sich zu ihm. »Du gehörst zu mir und zu unserer Familie. Wir werden alles tun, damit es dir besser geht. Das verspreche ich dir.«

***

Manchmal brauchte Émile Menschen um sich. Manchmal konnte er nicht einmal Gustis Anwesenheit ertragen. Da war ihm schon ihr Schnurren zu viel, mit dem die Katze so sehr seine zerschundene Seele heilen wollte. Ein stetes Auf und Ab mit guten und schlechten Phasen begleitete ihn. Am meisten verunsicherte es Emma, dass man ihm die schlechten Phasen oft nicht anmerkte. Er konnte hinausgehen, scherzen und seine Rolle perfekt spielen. Emma tat alles, um ihm eine stabile Umgebung zu schaffen. Am Ende des Herbstes zog er in eine kleine Wohnung ein, die neben dem Appartement von Wilhelmine, Antoine, Louise, Frederick und Gusti frei geworden war. So hatte er immer jemanden in der Nähe. Wenn es ihm nicht gut ging und er es nicht einmal in Worte fassen konnte, hatten sie verabredet, dass er ein *Cendrillon*-Buch rauslegte. So wusste jeder, dass die glänzende Kutsche wieder zum Kürbis geworden war und er Geduld und Unterstützung brauchte.

Die Arbeit in der Fabrik lief weiter. Es dauerte einige Zeit, bis Emma die Kraft fand, das Büro zu betreten, in dem Carl gestorben war. Oder durch die Produktionshallen zu gehen, ohne unbewusst nach ihm zu suchen. Diese Wände beherbergten so viel von ihm, dass sie es oft kaum schaffte, den Tag bei klarem Verstand zu überstehen. Die Düfte, die Geräusche, sogar die Gesichter der Mitarbeiter erinnerten sie an ihn. Es gab Momente, da glaubte sie wirklich, seine Stimme zu hören. Dann drehte sie sich um – und starrte ins Leere.

Doch die Geschäfte mussten weitergehen. Die Fabrik brauchte sie.

Nach und nach entwickelte sie eine Routine, um mit dem Alltag besser klarzukommen. Im Büro hatte sie die Möbel umgestellt und die Unterlagen neu sortiert. Die Wände ließ sie senfgelb und farngrün streichen. Die Farben beruhigten ihr Gemüt und spendeten ihr Kraft, weiterzumachen. So fiel es ihr leichter, sich an den Tisch zu setzen und in der Arbeit zu versinken. Es gab viel zu tun.

An der Tür klopfte es.

»Herein.« Sie hob den Blick und musste unwillkürlich nach Luft schnappen. Es war der Mann, der ihr sein Hemd gereicht hatte, damit sie Carls Kopf polstern konnte. Die Bilder der schrecklichen Szene flackerten durch ihr Hirn und machten sie schwindelig. Es waren diese kleinen Momente, die sie ganz unvorbereitet aus der auferlegten Routine rissen und ihr deutlich machten, wie verwundbar sie war. Innerlich schnürte sie das Korsett enger, das ihre Emotionen wegsperrte. Auch wenn sie dann kaum noch atmen konnte – sie brauchte Zeit, um wieder zu sich zu finden.

Diese Zeit hatte sie jetzt nicht. Der Mann wollte gerade etwas sagen, als er beiseitegeschoben wurde.

»Ich brauche nicht angekündigt zu werden«, ertönte eine Stimme, die Emma eine widerliche Gänsehaut bescherte. »Frau Seidel hat gewiss Zeit, mich zu empfangen.«

Richard Weber. In ihrem Büro! Sie hatte so lange gebraucht, um halbwegs Sicherheit in ihrem Alltag zu finden. Nun merkte sie, wie zerbrechlich der Halt war, den sie zu haben glaubte. Unwillkürlich ballte sie die Hände. Ihr aufsteigender Zorn kroch wie Lava durch ihre Seele.

Er kam näher. Während sie keinen Blick von ihm abwandte. Ihre Gedanken drehten sich unaufhörlich um Émiles Pistole, die in ihrer Tischschublade lag. Was sie nicht einmal erschreckte.

»Was wollen Sie hier?« Sie hatte gar nicht bemerkt, wie sie aufgestanden war. Jetzt zitterten ihre Beine. Doch die Blöße, vor ihm auf den Stuhl zurückzusinken, wollte sie sich nicht geben.

Er schlenderte noch ein Stück in den Raum. Neugierig wanderte sein Blick umher, prüfte die neu angeordneten Regale, blieb am Tresor hängen, schwenkte zurück zu Emma. »Wie ich sehe, haben Sie es sich gemütlich gemacht. Was ein Frauenhändchen nur alles schaffen kann!«

Emma biss die Zähne zusammen. »Was wollen Sie?«, wiederholte sie und erkannte ihre eigene Stimme kaum. Es war nicht mehr als ein Zischen. Sie musste ihre Finger in die Tischkante krallen, um nichts Unbedachtes zu tun.

»Ich bin hier, um Ihnen mein tiefstes Beileid auszudrücken«, verkündete Weber.

Überrascht entdeckte sie Minna, die hinter ihrem Vater geräuschlos das Büro betreten hatte. Kaum merklich schüttelte die junge Frau den Kopf und legte doch so viel in diese kleine Regung: Nein, sie war nicht freiwillig hier. Nein, sie hatte noch nichts gefunden, was sie gegen ihn verwenden könnten.

»Vermutlich denken Sie, ich kann mir kaum ausmalen, wie das ist, einen geliebten Menschen zu verlieren«, fuhr Weber selbstgefällig fort. Emma erschrak, wie nah er ihr gekommen war, während sie seine Tochter betrachtet hatte. »Aber das, was Sie gerade durchmachen, ist mir nicht fremd.« Ungefragt griff er nach ihrer Hand. Es fühlte sich an, als wäre eine fette Kröte auf ihrer Haut gelandet. »Meine wundervolle Gattin ist viel zu früh von dieser Welt gegangen. Heute weiß ich gar nicht mehr, wie ich die damalige Zeit überstanden habe.«

Voller Abscheu zog Emma ihre Hand aus seinem Griff. »Sie wagen es wirklich, hierherzukommen und mir vom Verlust Ihrer Gattin zu erzählen? Ausgerechnet Sie?«

Sein Mund verzog sich zu einem aufgesetzten Lächeln, während er sich lässig mit einer Hand am Tisch abstützte. »Frau Seidel, ich verstehe gut, dass die Trauer die Sinne trüben kann. Ich bin nicht Ihr Feind. Es gibt keinen Grund, so feindselig zu reagieren.«

Der Zorn stieg immer höher, brannte in ihrer Kehle, betäubte die Sinne. Es kostete sie ihre ganze Selbstbeherrschung, sich unter Kontrolle zu halten, statt ihm ihre Faust ins Gesicht zu rammen. »Nun. Nachdem Sie Ihre Anteilnahme geäußert haben, können Sie ja gehen. Ich habe zu tun.«

»Aber natürlich haben Sie viel zu tun! Sicherlich wissen Sie gar nicht, wo Ihnen der Kopf steht.«

»Da irren Sie sich. Mein Kopf ist bei der Arbeit, die Sie gerade stören.«

Kurz schaute sie wieder zu Minna. Was wollte ihr Vater hier? Doch die junge Frau sah absolut ahnungslos aus. Gleichzeitig versetzte ihr Anblick Emma einen Stich. Alles an ihr wirkte erloschen. Ihre Haltung, die kühle Schönheit – nichts als eine schlaffe Hülle. Sie hielt ihre Gefühle nicht bloß unter Verschluss. Sie schien ihrer vollkommen beraubt worden zu sein. Wie ein Schatten ihrer selbst verharrte sie in der Tür, die Hände vor dem Bauch zusammengelegt.

»Verstehe. Verstehe.« Weber schnalzte mit der Zunge. Ein Geräusch, das Emma Ekel verursachte. »Doch es ist eine sehr anspruchsvolle Aufgabe, so ein Unternehmen zu führen, die gewisse Fertigkeiten erfordert.«

»Hat Ihre Tochter es noch nicht geschafft, Sie umfassend über meine Fertigkeiten zu informieren?« Sie sah, wie Minna zusammenzuckte, und es tat ihr furchtbar leid, sich ihr gegenüber so kaltherzig zu geben. Aber sie musste die Feindseligkeit vortäuschen. Weber durfte nicht erfahren, dass Minna noch immer versuchte, weitere Beweise gegen ihren Vater zu finden. »Ich habe ein Wirtschaftsstudium abgeschlossen und jahrelang an Carls Seite in der Fabrik mitgewirkt, um Praxiserfahrungen zu sammeln. Machen Sie sich also keine Sorgen. Das Unternehmen ist in guten Händen.«

»Oh, ich habe mich sehr gut informiert, Teuerste. Ich weiß über Ihre *Praxiserfahrungen* bestens Bescheid. Helfen Sie mir auf die Sprünge: Was ist mit der letzten Fabrik passiert, als Carl Seidel nicht in der Lage war, sich selbst darum zu kümmern?«

Sie knirschte mit den Zähnen. »Es reicht. Ich weiß nicht, wohin dieses Gespräch führen soll …«

»Was wird aus diesem Betrieb wohl in vier, fünf Monaten werden, Frau Seidel?«, fuhr er unbarmherzig fort. »Wird er in einem Jahr noch existieren? Wollen Sie wirklich, dass Ihre *Praxiserfahrungen* auch dieses Unternehmen zugrunde richten?«

Ihr Mund fühlte sich ganz trocken an. Mit Mühe kämpfte

sie gegen den Kloß in ihrem Hals, doch Weber ließ sie nicht einmal zu Wort kommen. »Ihr Mann wird nicht zurückkommen, um wieder einen Neustart zu wagen. Er schenkt Ihnen keine neue Fabrik mehr. Reden Sie sich ruhig weiter ein, dass die Ereignisse in Metz nicht Ihre Schuld waren. Dass es an den Franzosen lag, am Krieg – was auch immer. Es findet sich schon jemand, den eine Frau verantwortlich machen kann, nicht wahr? Die schwere wirtschaftliche Lage, die Separatisten, vielleicht die nächste Überschwemmung – es gibt viele Gründe, warum Sie diese Fabrik erneut verlieren werden.«

Sie schnaubte, stützte sich am Tisch ab und beugte sich zu ihm vor. »Es ist Ihr gutes Recht, meine Fähigkeiten anzuzweifeln. Was mit diesem Betrieb in der Zukunft wird, sehen wir dann.«

Er lächelte. Jetzt war nichts mehr von seiner Überheblichkeit zu sehen. Seine Züge wurden weich, nahezu väterlich. Er senkte die Stimme. »Ich bin nicht Ihr Feind, Frau Seidel, auch wenn Sie ihn gern in mir sehen würden. Ich habe ein einmaliges Angebot für Sie.«

»Genug! Gehen Sie, oder ich rufe jemanden, der Sie zum Gehen zwingt.«

Doch er winkte ab, als wäre sie eine lästige Fliege, die um ihn herumschwirrte. »Ich kaufe Ihnen gern diese Fabrik ab, und das für eine sehr beachtliche Summe. Dieses Geld wird reichen, damit sich Ihre gesamte Familie eine gute Existenzgrundlage in Düsseldorf aufbauen kann. Außerdem werde ich Ihnen einen monatlichen Unterhalt zahlen, damit Sie sich keine Sorgen machen müssen, bis Sie erneut heiraten, um versorgt zu sein.«

»Raus hier.«

»Außerdem werde ich schriftlich zusichern, dass der Rhein-Senf weiterhin in diesen Räumlichkeiten hergestellt wird. Und …«, er machte eine bedeutsame Pause, »… dass der Name Carl Seidel für diesen Zweig des Unternehmens bestehen bleibt. Zusätzlich werde ich garantieren, dass kein Mitarbeiter seine Anstellung verliert. Sicherlich brauchen Sie Bedenkzeit …«

Mit schnellen Schritten ging sie um ihn herum und steuerte die Tür an. Minna wich ihr aus. Ihre Lippen bewegten sich stumm, doch was sie sagte, konnte Emma nicht verstehen. Im Gang rief sie nach einem Mitarbeiter. »Begleiten Sie Herrn Weber und seine Tochter bitte nach draußen«, wies sie ihn an. »Die beiden werden jetzt gehen.«

»Sie machen einen Fehler«, ertönte Webers Stimme direkt hinter ihr. Dieser Mann war wie ein Raubtier. Unbemerkt schlich er sich heran, um die Klauen in den Nacken seines Opfers zu schlagen. Dabei brauchte er nicht einmal jemanden zu berühren. Ein gefährlicher Unterton seines Baritons reichte aus, um das Gefühl der Ausweglosigkeit zu vermitteln. »Warten Sie. Hat Ihr Mann nicht einen ähnlichen Fehler gemacht? Wohin das führt, hat man ja gesehen.«

Sie fuhr herum. Er stand so nah vor ihr, dass sie seine Überheblichkeit riechen konnte. Es war der Geruch nach teuren Zigarren und einem Hauch von Schweiß, den er wie ein Parfüm zu tragen schien, um seine Männlichkeit zu betonen.

»Drohen Sie mir etwa?« Ihre Stimme kippte.

»Selbstverständlich nicht. Dass Frauen immer so emotional werden müssen!« Er verdrehte spöttisch die Augen. »Kommen Sie zur Vernunft, meine Liebe, dann reden wir wieder.« Er machte seiner Tochter ein Zeichen zum Gehen, wandte sich ab und schlenderte durch den Flur, als würden ihm die Räumlichkeiten bereits gehören. »Schau dir dieses Trauerspiel nur an, Minnchen«, redete er, ohne die junge Frau auch nur anzusehen. Vollkommen überzeugt davon, dass sie ihm auf

Schritt und Tritt folgte. »Eine Witwe ohne jegliche Perspektive, ohne Zukunft. Das passiert, wenn man sich gegen mich stellt.«

Doch Minna folgte ihm nicht. Eine kleine Rebellion, die nur Emma bemerkte. Auch wenn das Gesicht der jungen Frau eine Spur bleicher wurde.

Ahnte er etwas?, pochte es unentwegt in Emmas Kopf. Plante er bereits seinen nächsten Zug, um sie alle endgültig zum Schweigen zu bringen?

Fast hatte er das Ende des Gangs erreicht.

Minna griff kurz nach Emmas Armen. »Halte ihn auf! Bitte versprich mir, dass du ihn aufhältst! Denn er wird nicht aufhören, bis er uns alle zerstört hat. Es gibt keine Grenzen mehr, die er noch überschreiten könnte.« Es klang so eindringlich, dass es Emma kalt den Rücken herunterlief. Ehe sie reagieren konnte, war Minna ihrem Vater längst hinterhergeeilt.

Emma atmete geräuschvoll aus. Ihr Körper schien Tonnen zu wiegen, jeder Gedanke, jedes Gefühl drückte sie nieder. Innerlich spürte sie schon den Troll, der sich hinter ihr aufbaute, um sie zu packen und jeden Funken Hoffnung aus ihr herauszupressen.

Nein, Schluss mit der Hilflosigkeit.

Weg mit der Zurückhaltung.

Sie musste diese Fabrik erhalten und ihre Familie beschützen – koste es, was es wolle.

***

Nachdenklich nippte Nora an ihrem Malzkaffee. »Dir ist schon klar, dass du gegen einen der mächtigsten Männer der Stadt vorgehen willst?«

Im Verlauf des Gesprächs waren sie zu einem vertraulichen Du übergegangen. An der Tür des Feinkostladens baumelte das Schild *Geschlossen*. Der eine oder andere spähte dennoch durchs Schaufenster herein, drückte die Nase am Glas platt. Weihnachten stand vor der Tür – und die Düsseldorfer waren unterwegs, um die eine oder andere Kleinigkeit für das Fest zu besorgen. Emma rechnete es Nora hoch an, dass sie in dieser stressigen und lukrativen Zeit ihren Laden schloss, um sie zu empfangen.

»Er ist nur so mächtig, wie wir es ihm zugestehen.« Auch Emma nahm einen Schluck aus ihrer Tasse. »Jetzt haben wir eine einmalige Gelegenheit.«

»Wieso bist du dir sicher?«

»Ich habe …« – sie überlegte kurz, wie viel sie Nora verraten durfte, ohne Minna und die anderen in Gefahr zu bringen. »Ich habe einen Vertrauten in seinen engsten Kreisen und weiß über seine Pläne und die finanzielle Lage Bescheid. Wir müssen jetzt zuschlagen.«

»Es steht zu viel auf dem Spiel.«

»Ist das nicht immer so, wenn man gegen Männer wie Weber vorgeht? Der Einsatz ist hoch. Aber wir haben einen Plan, der aufgehen wird. Am Ende wirst du nie wieder nach seiner Pfeife tanzen müssen. Dein Sohn hätte nichts mehr zu befürchten. Nora, wir dürfen unser Leben nicht länger vom Wohlwollen dieses Mannes abhängig machen. Er ist mit einem Mord davongekommen. Wie weit würde er beim nächsten Mal gehen? Wen nimmt er dann ins Visier?«

Nora rieb sich die Nasenwurzel. »Und wenn er dahinterkommt, was wir vorhaben?«

»Wenn alle an einem Strang ziehen, hat er keine Chance. Aber um ihn zu Fall zu bringen, brauche ich deine Hilfe. Beziehungsweise die deines Sohnes.«

Natürlich war es riskant, sich Nora anzuvertrauen. Doch bevor sie hierhergekommen war, hatte Emma Nachforschungen angestellt. Weber hatte Noras Sohn des Öfteren unter Druck gesetzt, ihn an seine physischen und psychischen Grenzen getrieben. Emma gab ihr die Möglichkeit, mit Webers Fall die Situation signifikant zu verbessern und sich für das Wohl ihres Kindes einzusetzen.

Genau diese Gedanken schien die Feinkostladenbesitzerin ebenfalls zu haben. Sorgen und Mutterliebe spiegelten sich deutlich in ihrem Gesichtsausdruck wider. Bedächtig stellte Nora ihre Tasse beiseite. »Gut. Ich bin dabei. Wie willst du vorgehen?«

Ein Stein fiel Emma vom Herzen. Sie war sich ziemlich sicher, dass Nora sie nicht an Weber verraten würde. Aber ob diese Frau aktiv mitmachte, stand auf einem anderen Blatt.

»Ich weiß, dass Weber expandieren will. Aktuell sucht er nach neuen Vertriebswegen und führt Gespräche mit möglichen Partnern, die ihm helfen sollen, seine Geschäfte im Ausland zu betreiben. Kein Wunder. Deutschlands instabile wirtschaftliche Lage macht nicht nur ihm Sorgen. Sein Blick ist aktuell weit über Düsseldorfs Grenzen hinaus gerichtet. Seine Fabrik läuft gut, da muss er sich keine Sorgen machen. Und genau an diesem Punkt ist er aktuell am meisten angreifbar. Ich will ihn bei den Engpassfaktoren treffen. Das sind Mitarbeiter, Kunden, seine finanziellen Mittel, Einkauf, Verkauf, Distribution, Werbung und einiges mehr. Dazu kommt, dass sein Erfolg vor allem auf seinem guten Ruf fußt. Um ihn an allen Schwachstellen gleichermaßen zu treffen, reichen unsere Kapazitäten nicht aus. Deshalb werden wir uns auf einige ausgewählte Punkte konzentrieren – da aber ziehen wir alle Register.«

Entschlossen nickte Nora. »Und welche Schwachstellen gedenkst du konkret ins Visier zu nehmen?«

Draußen klopfte es an die Fensterscheibe. Ein ungeduldiger

Kunde, der offensichtlich nicht verstehen konnte, warum der Laden mitten am Tag geschlossen blieb. Schwungvoll stand Nora auf und kam zum Fenster. »Heute haben wir zu«, flötete sie.

Der Mann auf der Straße gestikulierte wild. Dumpf drangen seine Worte hinein.

»Aus persönlichen Gründen«, erwiderte die Ladenbesitzerin freundlich. »Sie können Ihre Bestellung gern morgen abholen.«

Der Mann stapfte davon. Leichtfüßig kam Nora zurück und setzte sich wieder auf ihren Platz. »Entschuldige. Wo waren wir?«

Emma musste schmunzeln. Der Ernst des Themas kollidierte deutlich mit der behaglichen Atmosphäre des Ladens, der warmen Beleuchtung und dem festlichen Schmuck. Niemand, der einen Blick in den Laden warf, würde vermuten, dass an diesem friedlichen Ort zwei Frauen gerade einen Plan ausheckten, wie sie den mächtigsten Mann der Stadt zu Fall bringen würden. Die Vorstellung beschwingte Emma.

»Durch einen guten Kontakt zu einem Bauern, der ihn mit der Senfsaat versorgt, kann ich für Lieferschwierigkeiten sorgen. Das Wohl der Fabrikbelegschaft war Weber schon immer egal. Dein Sohn muss nur die richtigen Knöpfe drücken, um Unmut auszulösen – es wird im Betrieb brodeln! Dazu noch weiß ich von … meinem Vertrauten, dass Weber den Erfolg des Rhein-Senfes in den Schatten stellen will, indem er große Anzeigen für seine Produkte schalten möchte. Groß, aber altbacken. Das werden wir mit unseren Anzeigen kontern – meine Schwägerin ist bereits mit einigen innovativen Ideen dran. Und um den guten Ruf wird sich Wilhelmine kümmern.« Emma schenkte sich einen neuen Schluck Malzkaffee ein. Dann hob sie ihre Tasse in die Luft. »Mag sein, dass die Herren der Schöpfung die Nasen rümpfen, wenn sie von Teekränzchen hören. Aber welche Macht hinter so einem Teekränzchen stecken kann, davon haben sie keine Ahnung. Stell dir das alles angesichts der großen finanziellen Investitionen vor, die Weber tätigen muss, um Partner für seine Expansionspläne zu gewinnen.«

»Wenn das zusammenkommt, wird es eng für ihn.«

Emma spürte, wie der Zorn erneut in ihr aufstieg, sobald sie an Webers selbstgefälliges Gesicht dachte. An seine Überzeugung, mit der er vor ihr aufgetreten war, Carls Fabrik doch noch in die Finger zu bekommen. »Ich sorge dafür, dass er sich nie wieder davon erholt.«

In einem Zug trank sie die Tasse leer und stellte sie ab.

Nora schmunzelte und schob ihr einen Teller mit Plätzchen hin. »Einen Keks dazu? Teekränzchen an die Macht! Ich bin dabei.«

Auf dem Rückweg ging Emma ihren Plan durch. Der Abend legte sich über die Stadt. Die Straßenlaternen verliehen der Umgebung ein magisches Flair, für den Rest des Zaubers sorgten winzige Schneeflocken, die vom dunklen Himmel herabfielen und sich sofort auf dem Boden auflösten.

Der Kampf hatte begonnen. Sobald der erste Stein ins Rollen kam, würde er eine Lawine auslösen, die nicht mehr aufzuhalten war. Egal, was passierte – es würde sie mit sich reißen und nicht mehr loslassen, bis es vorbei war. Emma gegen Weber. Einen von ihnen beiden würden die Steine unweigerlich unter sich begraben. Sie blickte zu ihrer Spiegelung in den Schaufenstern, an denen sie vorbeilief. »Keine Sorge. Ich werde es nicht sein.«

Kaum hatte sie ihre Fabrik betreten, da löste sich eine Gestalt von der Wand und trat auf sie zu. Unwillkürlich machte Emma einige Schritte zurück, bis sie wieder auf der Straße stand. Weber, schoss ihr durch den Kopf. Doch sie konnte nirgends seinen Wagen entdecken, nach dem sie immer und überall Ausschau hielt, wenn sie unterwegs war. Außerdem passte die Statur nicht.

Trotzdem kein Grund zur Unachtsamkeit. In der Stadt trieben sich genug zwielichtige Gestalten herum, die einer einsamen Frau gefährlich werden konnten. Emma hatte längst gelernt, vorsichtig zu sein. Vor allem, da es sich bei der Gestalt, die auf sie zuging, eindeutig um einen Mann handelte. Doch als dieser in den Lichtkegel der Straßenlaterne tauchte, stolperte Emmas Herz, um im nächsten Moment vor Freude regelrecht zu hüpfen.

»Henri!«, schrie sie so laut, dass man sie sicherlich auch noch zwei Straßen weiter hören konnte.

Vor ihr stand Henri Wolff! Konnte es wirklich wahr sein? So viel Zeit war vergangen. Ohne jeden Gruß, ohne jegliches Lebenszeichen. Sie wusste nur, dass er zur seelischen Erholung in einen Kurort gefahren war – danach hatte sich seine Spur verloren. Und jetzt stand er vor ihr?

»Du bist da. Du bist tatsächlich da«, stammelte sie, ohne in der Lage zu sein, ihre Gedanken und Gefühle zu ordnen.

»Ich hätte schon viel früher hier sein sollen«, sagte er kaum hörbar und breitete entschuldigend die Arme aus.

»Henri!«, rief sie erneut, stürmte auf ihn zu und drückte ihn fest an sich. Wann hatte sie sich zuletzt so sehr gefreut? Sie hatte ganz vergessen, wie es sich anfühlte!

»Mein herzliches Beileid«, flüsterte er, und sie wusste, dass es aus tiefster Seele kam. Eigentlich brauchte sie nicht einmal diese Worte. Wenn man sich so gut kannte, war es, als würden die Seelen miteinander verschmelzen. Egal, wie viel Zeit vergangen war –, sie fühlte seine Aufrichtigkeit, seine Trauer und die Schuldgefühle, die er überhaupt nicht haben sollte.

»Danke«, antwortete sie genauso schlicht.

Danke für deine Anteilnahme. Danke, dass wir uns wiedergefunden haben. Danke, dass es dich gibt. Dass es dich immer noch gibt.

Wie fragil doch dieses Konzept »Leben« war.

Zu gut erinnerte sie sich an ihre letzte Begegnung. An diesen Moment, als er im Salon der Seidel'schen Villa aufgetaucht war, ihr die Ersatzteile für die kaputte Siebmaschine überreicht und verkündet hatte, dass Carl bei dem Versuch, ihn aus der französischen Gefangenschaft zu befreien, vermutlich tödlich verletzt worden war.

»Ich hätte mich früher melden sollen«, sagte er, als das Schweigen zwischen ihnen zu tief und zu lang wurde. »Aber ich konnte es einfach nicht. Manchmal ist es erschreckend, wie wenig man plötzlich kann, wenn … nun ja, wenn man nicht mehr man selbst ist.«

Zu gut wusste sie, wovon er sprach. Bei ihr war es der Troll gewesen. Émile fürchtete sich vor dem Schlund, der ihn zu zermalmen drohte. Und Carl war in sein Refugium geflüchtet, wenn das Gefühl, gefangen zu sein, unerträglich wurde.

»Ich habe nie wirklich die Hoffnung aufgegeben, dass wir uns irgendwann wiedersehen.« Sie deutete zur Fabrik. »Wollen wir reingehen? Zu einer Tasse Kamillentee sagst du bestimmt nicht nein.«

»Wie könnte ich.«

Gut. Sie war erleichtert, dass er zustimmte. Sie gingen hinein. Emma wollte ihn nach oben zu den bewohnten Räumlichkeiten führen, doch er machte halt in den Produktionshallen, blickte neugierig umher.

»Eine Führung gefällig?«, fragte sie scherzhaft. Doch er nickte ernst.

Etwas zwickte in ihr Herz. Es kam ihr vor, als würde sie

Carls Präsenz spüren. Wie sehr fehlte ihr seine Leidenschaft, mit der er über den Senf redete. Nun lag es an ihr, seiner Begeisterung Stimme zu verleihen. »Das hier war früher eine Ziegelei, aber sie hat die schweren Kriegsjahre nicht überstanden. Carl hat das Grundstück und das Gebäude sofort erworben, auch wenn sich beide nicht gerade in einem guten Zustand befanden. Ich glaube, schon damals konnte er all das darin sehen.« Sie machte eine umherschweifende Geste, deutete auf die Maschinen, auf die Arbeiter, die konzentriert ihre Aufgaben erledigten, aber sie nicht ohne Neugier betrachteten. »Inzwischen beträgt die Fabrikationsfläche hundertsechsundzwanzig Quadratmeter. Die Maschinen wurden speziell für uns hergestellt – nach Carls Plänen. In Deutschland sind sie eine absolute Neuheit!« Hinter der Richard Weber immer noch her ist, fügte sie stumm hinzu. Allein deswegen durfte dieser Mann nicht gewinnen.

»Ich bin beeindruckt.«

»Carl wollte schon immer neue Wege beschreiten. Der Rhein-Senf überzeugte vor allem Feinschmecker, die nicht vor der Schärfe zurückschrecken und den prickelnden Genuss würdigen können. Es ist heller Senf, fein gemahlen – hergestellt nach der berühmten Dijon-Art.« Tief atmete sie die Luft der Fabrik ein. Der Duft war überall. Und überall darin war Carl. Unwillkürlich kamen ihr die Tränen. Sie blinzelte, zwang sich, weiterzusprechen. »Carl war ein Visionär. Er steckte voller Ideen. Nichts war für ihn unmöglich!«

Bis er aus dem Leben gerissen wurde, stieg der Gedanke in ihr auf.

Nein, sie sollte nicht weinen.

Doch ihre Nase kribbelte verräterisch, und sie fragte sich, wie lange sie das überstehen konnte, ohne vor der versammelten Belegschaft loszuflennen. Dabei hatte sie erst jetzt begonnen, so etwas wie einen Draht zu den Mitarbeitern herzustellen, und fühlte sich wie auf Probe. Auch wenn jeder von ihnen sie seit dem ersten Tag als alleinige Geschäftsführerin akzeptiert hatte. Es war einfach zu schwer. Und diese kleine Fabrikführung verlangte ihr offensichtlich mehr ab, als sie geglaubt hatte.

Behutsam legte Henri eine Hand auf ihren Arm. »Ich glaube, es ist Zeit für eine Tasse Kamillentee«, flüsterte er.

Sie nickte, dankbar für seine Feinfühligkeit, und dirigierte ihn nach oben, wo immer noch die provisorische Küche lag. Inzwischen hatte Emma durchaus die finanziellen Mittel, um mehr daraus zu machen. Oder sich eine Wohnung außerhalb der Fabrik zu suchen. Doch allein der Gedanke daran brach ihr das Herz. Anders als im Büro wollte sie hier alles unverändert lassen, um sich an die gemeinsame Zeit zu erinnern. Denn hier konnte sie weinen, so viel sie wollte.

Mit geübten Bewegungen feuerte sie den kleinen Ofen an. »Was den Tee angeht: In dieser Angelegenheit hatte Carl wesentlich mehr Talent als ich. Aber ich versuche mein Bestes.«

»Er hatte sehr viele Talente.« Henri schluckte hörbar. »Zum Beispiel, ein guter Freund zu sein.«

»Darin bist du aber auch nicht unbegabt.« Sie deutete zum Hocker, den früher Carl benutzt hatte und auf dem seitdem niemand gesessen hatte. Doch Henri blieb stehen, als spürte er, wie schwer es Emma fiel, sich vorzustellen, jemand anderen darauf Platz nehmen zu sehen. »Es tut mir leid, dass ich so spät hierhergekommen bin. Zu spät. Dass ich … dass ich ihm nicht mehr sagen kann, wie viel es mir bedeutet hat, ihn kennengelernt zu haben.«

Das Holz im Ofen brannte und knisterte. Die Flammen verströmten Wärme. Doch diese Wärme schaffte es nicht,

Emmas Herz zu erreichen. Seit der Beerdigung hatte sie nicht wirklich über Carl gesprochen, fiel ihr auf. Schon gar nicht in der Vergangenheitsform. Es war noch immer so furchtbar schwer! Würde es sich je anders anfühlen? Normaler? Alltäglicher? Einerseits war der Schmerz manchmal unerträglich. Andererseits fand sie die Vorstellung furchtbar, sich irgendwann daran zu gewöhnen, ohne ihn zu sein.

Emma räusperte sich, um die Fassung zurückzuerlangen. »Ich bin mir sicher, er wusste das.«

Betroffen senkte Henri den Kopf. Ein paar Haarsträhnen fielen ihm in die Stirn. »Ich hätte ihm noch so viel zu sagen. Kann man es sich je verzeihen, das nicht getan zu haben, als man noch eine Möglichkeit dazu hatte? Ich wünschte mir, ich wäre schon früher da gewesen. Aber … ich konnte nicht. Ich war zu sehr mit mir selbst beschäftigt. Es tut mir leid, Emma. Ich kann das nicht so gut in Worte kleiden, aber es tut mir wirklich sehr leid.«

»Hauptsache, du bist da. Und wenn du das Bedürfnis hast, mit ihm zu reden, können wir sein Grab besuchen. Antoine redet dort sehr oft mit ihm. Ich … ich nicht so. Aber vielleicht hilft es dir.«

»Ja. Vielleicht.«

»Wie hast du mich gefunden?«, fragte sie, um das Thema zu wechseln, weil die drückende Stimmung immer schwerer zu ertragen war.

»Ich habe immer noch Kontakte zu Menschen, die ein Händchen dafür haben, andere Menschen aufzuspüren.« So wie er dabei die Schultern bewegte, merkte Emma, dass es ihm unangenehm war, darüber zu sprechen. Bestimmt meinte er den Nachrichtendienst, für den er früher tätig gewesen war. Und der ihn im Stich gelassen hatte, als er in Gefangenschaft geraten war. Emma seufzte.

»Geht es dir gut? Also … wirklich gut? Ich habe mir Sorgen gemacht.«

Er trommelte unruhig auf die Tischkante. »Meistens.«

Bilder von ihrem letzten Treffen tauchten wieder in ihrem Kopf auf. Er hatte völlig aufgelöst gewirkt. Wie in die Ecke getrieben von den Ängsten, die ihn in den Klauen gehalten hatten. Ohne jeglichen Ausweg. Im Vergleich zu damals sah er gut aus. Aber dass es täuschen konnte, wusste sie von Émile. Es gab unzählige Facetten von gut, und einige setzten einem unglaublich schwer zu.

»Es ist nicht immer leicht, damit umzugehen«, fuhr er fort. »Manchmal spüre ich, wenn die nächste Panikattacke anrollt. Wie eine Lawine, der man nichts entgegensetzen kann. Aber immerhin weiß ich, wie ich unter der Schneedecke wieder hervorkomme, wenn sie abgeklungen ist.«

»Wie hast du es gelernt, wieder an die Oberfläche zu kommen?« Sie zögerte. »Ich hoffe, es ist in Ordnung, dass ich frage.«

Émile ging ihr nicht mehr aus dem Kopf. Konnte er das auch lernen? Natürlich war sein Leiden nicht mit dem von Henri zu vergleichen. Aber vielleicht gab es auch für ihn Hilfe, die er brauchte, um mit seinem Trauma fertigzuwerden?

»In einem Sanatorium«, antwortete Henri. Er schien jedes Wort zu überlegen. Frei darüber zu sprechen, fiel ihm sichtlich schwer. »Ich habe wirklich so einige Anstalten hinter mir. In den meisten geht man nicht sonderlich zimperlich mit Nervenkranken um.« Er umklammerte die Tischkante etwas fester. »Bis ich in einer privaten Heilanstalt in Kreuzlingen gelandet bin. Sehr nobel – für den Adel und die sonstige Crème de la Crème. Aber der Name von Baer hat einige Türen geöffnet, und ich hatte das Glück, auf Ärzte zu treffen, die wirklich daran interessiert waren, mein Leiden zu erforschen und mir zu helfen.«

Benjamin von Baer. Sein Schwiegervater. Sie blickte auf seine Hand, wo ein schmaler goldener Reif glänzte. »Du bist also immer noch verheiratet. Kommst du damit zurecht?«

Sie wusste noch, wie er ihr erzählt hatte, diese Ehe wäre Schutz und Bürde zugleich. Es belastete ihn sehr, nicht frei sein zu können. Seine wahren Gefühle zu verleugnen. »Meine … Ehefrau … und ich haben ein Arrangement.«

»Ich verstehe. Du musst nichts erklären. Mir ist nur wichtig, dass es dir gut geht. Ich bin wirklich froh, dass man dir in diesem Sanatorium helfen konnte.«

»Ich will nicht lügen, es war nicht einfach. Ich mache mir auch keine Illusionen darüber, vermutlich werden mich Panikattacken den Rest meines Lebens begleiten. Und es ist wirklich schön am Bodensee. Ich fahre immer noch sehr oft in die Schweiz, besonders wenn mir alles zu viel wird. Man könnte sagen, ich habe dort meinen zweiten Wohnsitz.«

Das hörte sich großartig an. Ob Émile sich da genauso wohlfühlen würde? Ob man ihm dort helfen konnte?

Henri seufzte. »Es fühlt sich an, als hätte ich Carl im Stich gelassen.«

Oh nein. Noch mehr Belastung brauchte dieser tapfere Mann wirklich nicht.

»Hast du nicht«, antwortete sie resolut. »Du bist wirklich der Letzte, der sich irgendwelche Vorwürfe machen sollte.«

Eher musste sie sich Vorwürfe machen, Carl mit Richard Weber allein gelassen zu haben. Oder dass sie den beiden unbedingt einen Kaffee bringen musste.

Aber weder sie und noch weniger Henri waren schuld an Carls Tod.

Sondern Richard Weber ganz allein.

Henri nickte. »Wenn du Hilfe brauchst, egal, wobei, wenn ich dir nur irgendwie beistehen kann – sag es mir.«

Ihre Gedanken ratterten. Ihr Plan. Richard Weber. Vielleicht war es ein Wink des Schicksals, dass Henri ausgerechnet jetzt aufgetaucht war und ihr seine Hilfe anbot? »Ehrlich gesagt wüsste ich schon jetzt etwas. Ich will den Mann vernichten, der Carl auf dem Gewissen hat.«

Ernst sah er sie an. »Alles, was du brauchst, Emma. Alles.«

Mit einem Mal wurde ihr bewusst, wie weit sie zu gehen bereit war, um ihre Familie und Carls Andenken vor Richard Weber zu beschützen. Wenn sie gegen ihn bestehen wollte, durfte sie weder Schwäche noch Gnade zeigen.

Der Gedanke, was dafür erforderlich war, erschreckte sie zutiefst. Aber sie durfte auf keinen Fall zulassen, dass dieser Mann triumphierte!

Emma lächelte, doch nichts Freudiges fühlte sie in diesem Lächeln. Sie war bereit. Mit Henris Unterstützung würde Weber keine Chance mehr haben. Denn ihr standen Menschen zur Seite, auf deren Loyalität sie absolut zählen konnte.

Düsseldorf, 1921

ANTOINE

Langsam kehrte der Alltag ein. Eine schreckliche Vorstellung, dass alles in geregelten Bahnen lief, während ein geliebter Mensch nicht mehr da war. Doch Antoine begrüßte den Alltag. Der Alltag half ihm, Halt zu finden und sich selbst nicht aus den Augen zu verlieren. Seit Carls Tod fiel es ihm unglaublich schwer, nicht zum Alkohol zu greifen. Verdammt, sein Freund war gestorben! Da könnte man sich doch ein Gläschen genehmigen. In der ersten Zeit kreisten seine Gedanken nur darum.

Würde sie immer in ihm bleiben, diese fremde Kraft, die auf jede Gelegenheit wartete, um ihn zum Trinken zu verführen? Es gab Zeiten, da drängte es ihn nahezu unentrinnbar, sich einen Schluck zu genehmigen, um Erleichterung zu finden. Wenn er glaubte, die Kontrolle zu verlieren, hielt er sich jedem Ort fern, an dem es Alkohol gab. Zum Glück konnte er jederzeit auf Wilhelmines und Louises Unterstützung zählen. Nicht einmal zum Weihnachtsfest, das sie im kleinen Kreis mit Emma und Émile verbracht hatten, gab es Glühwein oder Eierpunsch auf dem Tisch. Stattdessen hatte Antoine zur Ablenkung versucht, wieder Plätzchen zu backen, Gusti hatte sie dieses Mal nicht als ein ausgefallenes Spielzeug interpretiert.

Auch das neue Jahr begrüßten sie mit einer Tasse Kräutertee, dessen getrocknete Bestandteile sie im Herbst eigenhändig von Wilhelmines Blumenkästen gepflückt hatten. Es war ein stiller und bedrückender Abend, am schlimmsten der

Moment, als Mitternacht kam und die Menschen auf die Straßen strömten, um einander Glück zu wünschen. Als es überall laut knallte, Lieder gegrölt wurden und die ausgelassene Fröhlichkeit die Stadt flutete.

Das neue Jahr war angebrochen. Das erste Jahr ohne Carl.

Willkommen, 1921.

Der Januar brachte Schnee, und unter dieser weißen, weichen Decke schienen alle Gefühle Ruhe gefunden zu haben. Die Trauer wurde leiser. Der Schmerz gedämpfter. Das Leben ging weiter. Ein Tag folgte auf den nächsten. Antoine konnte nur hoffen, dass er stark genug war, damit Schritt zu halten und nicht auf Abwege zu geraten.

Die Gedanken drehten sich heute besonders schnell. Er schloss die Tür seiner Werkstatt auf und trat ein. Auch wenn es vom Appartement bis hierher nur ein paar Minuten Gehweg waren, ließ Wilhelmine ihn nie ohne einen Schal losziehen – ihre ganze Mutterliebe und Fürsorge schien sie auf ihn zu übertragen. Sie befürchtete, er könnte sich bei der Kälte eine Influenza oder eine Lungenentzündung einfangen. »Du musst auf dich aufpassen! Schon einmal hat es dich fast dahingerafft, noch einmal wird deine Lunge das nicht aushalten!«

Die Werkstatt begrüßte ihn mit vertrauter Stille. Obwohl er die Räumlichkeiten erst seit wenigen Wochen gemietet hatte, fühlte er sich längst wohl hier. Er mochte den Geruch nach Motoröl, Schmierfett und Reifen, freute sich auf den Moment, die Kisten vollständig ausgepackt und die restlichen Regale aufgestellt zu haben. Die ersten Aufträge warteten bereits. In der Mitte des Raums thronte ein *Ford Modell T*, der einem gewissen Peter Kröger gehörte. Der Mann setzte alles daran, aufzufallen. So war ihm das populäre Ford-Modell zu fade, zu wenig individuell, zu gewöhnlich. Um dies zu ändern, scheute er keine Kosten. Was Antoine nur gelegen kam und seine

Fähigkeiten herausforderte. Bis jetzt hatte er Automobile repariert, noch nie umgestaltet. Vielleicht war es auch eine Art Kunst. Denn was daraus werden sollte, sah er bereits vor Augen. Da die Sitzbezüge noch immer nach dem zitruslastigen Parfüm des Besitzers stanken, bekam der Wagen den Namen Zitronenhain verpasst. Woraus dann ein liebevolles Heini wurde.

Die Eingangstür quietschte, die er anscheinend nicht ganz hinter sich zugezogen hatte. Er sollte die Angeln ölen, fügte Antoine seiner Liste einen weiteren Punkt hinzu, der erledigt werden sollte. Jetzt freute er sich erst einmal auf die Arbeit.

»Vater?«, ertönte plötzlich Fredericks helle Stimme.

Antoine fuhr herum. Zaghaft machte sein Sohn ein paar Schritte über den Betonboden. Der Blick huschte schüchtern umher, während der Junge seine Zeichenmappe und Stifte an sich presste. Ohne die Utensilien ging er kaum aus dem Haus. Während andere Kinder vergnügt im Park herumtollten, bannte er leidenschaftlich seine Umgebung auf das Papier.

Mit wenigen Schritten war Antoine bei seinem Sohn. »Hey, ist etwas passiert?«

Den Jungen in der Werkstatt zu sehen, glich einem verspäteten Weihnachtswunder. Weder Motoren noch Werkzeuge hatten je seine Beachtung finden können. Antoines Welt lag so fern von den Interessen seines Sohnes, dass es dafür nur eine Erklärung gab: Frederick hatte sich verirrt oder es war etwas geschehen, weswegen er geschickt wurde, um seinen Vater zu holen.

Als Antwort auf die Frage schüttelte der Junge den Kopf. Noch immer sah er sich aufmerksam um. In seinem Gesicht spiegelten sich Neugier und Verwunderung gleichermaßen.

»Was ist dann los?« Antoine hockte sich hin, um mit Frederick auf Augenhöhe zu sein.

»Darf ich …« Unsicher trat das Kind von einem Bein auf das andere. »Darf ich ein bisschen hierbleiben? Bei dir? Ich störe auch nicht. Versprochen.«

»Natürlich. Du störst nie.« Lächelnd verwuschelte Antoine Fredericks dunkle Haare. Die meisten Menschen sagten, sein Sohn wäre ihm wie aus dem Gesicht geschnitten, und bewunderten »das gleiche Antlitz«. Sie irrten sich. In Frederick steckte eine unglaubliche Leichtigkeit, mit der er durch die Welt ging. Seine blauen Augen betrachteten sie voller Entdeckerdrang. Und die Leidenschaft, die in ihm brannte, erfüllte sein ganzes Wesen mit einem Licht, das Antoine in seinen eigenen Kindheitsjahren niemals gehabt hatte. Genauso wenig wie die Leichtigkeit.

Bei diesen Gedanken wurde sein Herz schwer und beschwingt zugleich. Um der Gefühlsduselei nicht gänzlich zu verfallen, sah er sich um. In einer Ecke entdeckte er eine Kiste, in der er sein Werkzeug hierhertransportiert hatte. Voll mit Utensilien, die er noch nicht geschafft hatte einzusortieren. Ungeniert kippte Antoine den Inhalt auf den Boden aus, drehte die Kiste um und klopfte darauf. »Hier. Wenn du magst, kannst du dich hinsetzen.«

Dankbar nahm der Junge Platz, rutschte ein wenig hin und her, um eine bequeme Position zu finden. Antoine fragte sich, ob er noch etwas sagen sollte. Es fiel ihm schwer, das Gespräch nicht abbrechen zu lassen, weil er meistens wenig zu sagen hatte zu all den Dingen, für die Frederick sich so begeisterte.

»Hat deine Mutter dich hierhergeschickt?« Er hatte Louise gebeten, nichts über seine Versuche zu verraten, nach einer Tätigkeit zu suchen, bei der er mit seinem Sohn mehr gemeinsame Zeit verbringen konnte. Wenn sie in Fredericks Anwesenheit etwas fallengelassen hatte, dann sicherlich nicht mit böser Absicht. Vermutlich wollte sie nur helfen. Aber jetzt hatte Antoine ein schlechtes Gewissen, weil der Junge sich offensichtlich verpflichtet fühlte, bei ihm zu sein.

Die Antwort kam nicht sofort, weil Frederick sich noch immer neugierig umschaute. »Nein, das habe ich mir selbst überlegt.«

»Ah.« Jetzt wusste Antoine endgültig nicht mehr, was er sagen oder tun sollte. Außer sich insgeheim zu freuen.

»Vater?«

»Ja?«

»Darf ich dich malen?«

»Ähm.« Das war sicherlich nicht die Antwort, die Frederick erwartete. Nicht einmal eine, die Antoine geben wollte. Er war einfach zu perplex, um etwas Vernünftiges von sich zu geben. Deshalb schob er schnell hinterher: »Ja. Natürlich.« Dabei blieb er wie festgefroren stehen.

»Du kannst alles machen, was du sonst auch machst«, versicherte der Junge, beugte sich über das Papier und begann, mit schnellen, sicheren Strichen zu zeichnen.

Einige Augenblicke lang beobachtete Antoine seinen Sohn, der in seine Arbeit vollkommen versunken zu sein schien. Hatten sie beide also doch noch etwas gefunden, um Zeit zusammen zu verbringen? Abwarten. Aber es fühlte sich gut an.

Sie verbrachten fast einen halben Tag zusammen in der Werkstatt, während Frederick malte und Antoine an Heini herumwerkelte. Wieder quietschte die Tür. Sicherlich Wilhelmine oder Louise, die auf der Suche nach dem Jungen waren. Doch die Schritte, die auf dem Boden erklangen, passten zu keiner der beiden Frauen.

»Minna!« Er brauchte einen Moment, um seine Gefühle bei ihrem Anblick halbwegs unter Kontrolle zu bringen. Er freute sich, sie zu sehen. Gleichzeitig wusste er, welchem Risiko sie sich aussetzte, wenn sie hierherkam. Die Gedanken daran, was passieren würde, sollte ihr Vater das entdecken, trieben ihm den Schweiß auf die Stirn. Wie lange konnte das gut gehen? Wann würde Richard Weber merken, dass seine Tochter Emma Zugang zu seinen finanziellen Unterlagen verschafft hatte? Oder dass sie ihm gezielt Lügen über die Seidels zutrug, um ihn auf die falsche Fährte zu locken? Was passierte, sollte er sie dabei ertappen, wie sie seine Sachen durchsuchte in vager Hoffnung, noch immer Beweise für den Mord an Carl zu finden? Er musste sich zusammenreißen, um den ganzen Wahnsinn nicht einfach zu verbieten. Ein Machtwort sprechen, damit sie sich nicht weiter in Gefahr brachte. Aber das stand ihm nicht zu. Minna war eine erwachsene Frau, die eine Entscheidung getroffen hatte.

»Guten Abend, Herr Dupont«, antwortete sie in ihrer üblichen kühlen Manier, die er so sehr liebte. Diese Distanz, mit der sie den Menschen begegnete, vermittelte ein erstaunliches Gefühl von Ruhe und Verlässlichkeit. Wenn seine innere Welt aus den Fugen geriet, brachte Minnas unaufgeregte Stimme sie wieder ins Gleichgewicht. »Ich wollte nicht stören.«

Frederick sprang von seiner Kiste. »Du störst nicht«, antwortete der Junge beschwingt, während Antoine noch immer darum kämpfte, die Sprache wiederzufinden. Diese Frau machte ihn so unglaublich still. Und es war erstaunlich, wie sehr er diese Stille genoss. Sie war tatsächlich sein Mondlicht – wenn nachts die Welt verstummte, fühlte sich alles andere umso intensiver an.

»Ich wollte sowieso gerade gehen«, fügte Fredcrick hinzu, sammelte rasch seine Zeichnungen und huschte an ihr vorbei zum Ausgang.

Schuldbewusst sah Minna dem Jungen hinterher. Die Tür quietschte, dann war er verschwunden. »Tut mir leid. Es war wirklich nicht meine Absicht, ihn mit meiner Anwesenheit davonzujagen.«

»Nein, nein, alles in Ordnung. Wenn er sagt, er wollte sowieso gehen, dann stimmt das auch.« In ihrer Gegenwart fiel es ihm schwer, die richtigen Worte zu finden. »Es ist schön, Sie zu sehen, Frau Gerke.«

Ganz leicht verzog sie ihr Gesicht. Eine Regung, die anderen vermutlich entgangen wäre. Umso mehr schaute Antoine hin, wenn er mit ihr zusammen war – um nichts zu verpassen. Um alles wahrzunehmen, was sie ihm vermittelte.

»Habe ich etwas Falsches gesagt?«

»Gerke ist der Name, den ich bei meiner Eheschließung annehmen musste. Er hat sich nie wie mein eigener angefühlt. »Minna.« Sie reichte ihm eine Hand. »Ich würde mich freuen, wenn Sie mich Minna nennen würden.«

»Antoine.« Er drückte ihre Finger.

»Und vielleicht sollten wir uns duzen.« Sie schaute zu ihm auf. In ihrem Blick flammte Entschlossenheit auf, so dass Antoine wieder daran denken musste, wie außergewöhnlich diese Frau war.

»Ja. Das … sollten wir.«

Er kannte keinen anderen Menschen, der so viele Facetten in sich vereinte, von denen man die meisten erst nach und nach entdeckte. Sie war niemand, in die man sich Hals über Kopf verliebte. Sie war eine, die man liebte. Vielleicht für immer.

Sie zog ihre Hand zurück. Es war ihm gar nicht aufgefallen, dass er sie noch immer in der seinen hielt.

»Ihre Frau hat mir gesagt, wo ich … dich finde.«

Unwillkürlich blickte Antoine auf den Finger, wo sein Ehering glänzte. »Ihre Frau« – zum ersten Mal klang das furchtbar falsch in seinen Ohren. Verheiratet war er nur auf dem Papier, die Einzelheiten seines Zusammenlebens mit Louise waren längst geklärt. Bis jetzt hatte es ihn nie gestört, wenn andere in ihnen beiden ein Ehepaar sahen. Aber es aus Minnas Mund zu hören, bescherte ihm das Gefühl des Unwohlseins.

»Ja, ich verbringe aktuell sehr viel Zeit in der Werkstatt«, beeilte er sich zu erklären, um sein Unbehagen bei dem Gedanken daran, verheiratet zu sein, wieder loszuwerden. »Ich muss mich hier noch einrichten. Ähm. Kann ich dir etwas anbieten?« Er schaute umher, aber abgesehen von der Kiste, auf der Frederick gesessen hatte, sah die Auswahl an dem, was er Minna anbieten könnte, eher mau aus.

»Ich habe schlechte Nachrichten«, sagte sie geradeheraus, und sein Herz setzte einen Schlag aus. »Ich glaube … ich glaube, er weiß alles.«

»Wer?«, entfuhr es ihm, obwohl er bereits wusste, wie die Antwort lautete.

»Mein Vater.«

Er wunderte sich, wie ruhig sie blieb. Während alles in ihm zu kochen begann. Aufgebracht machte er ein paar Schritte durch die Werkstatt und stolperte beinahe über die Sitzkiste. Er trat sie beiseite. Dann fuhr er herum. »Was genau weiß er denn?«

»Alles. Er weiß von Emmas Plan.« Sie kam einen Schritt auf ihn zu. Der Geruch ihres blumigen Parfüms legte sich schwer über seine Sinne. »Ich glaube, er ist ihr auf die Schliche gekommen.«

»Minna …« Es kam ihm vor, als müsste er sich durch den Duft erst einmal zu ihr durchkämpfen. In ihrem cremefarbenen Ausgehmantel sah sie fast wie ein Geist aus. Unerreichbar für ihn.

»Warum denkst du, dass er von dem Plan weiß? Woher … wie …« Ihm fehlten die Worte. Schon wieder fehlten ihm die Worte. Der Gedanke wollte einfach nicht in seinen Kopf. Zu viel stand auf dem Spiel. Nicht nur Emmas Fabrik, sondern die Sicherheit der ganzen Familie. Von Minnas Sicherheit ganz zu schweigen.

»Leopold Hermanns. Das ist doch dieser junge Mann, der für die Unruhen in der Fabrik sorgen sollte, nicht wahr? Mein Vater hat ihn heute entlassen. Hermanns hat keine Chance mehr, den Stein ins Rollen zu bringen. Dabei hat sich mein Vater sehr lange über die mangelnde Loyalität des Mannes ausgelassen und gesagt, er würde schon dafür sorgen, dass er in ganz Düsseldorf keine neue Anstellung finden würde. Genauso wie er alle Hebel in Bewegung setzen will, dass Nora Hermanns ihren Laden verliert.«

Verdammt! Er wünschte sich, er könnte dabei so beherrscht bleiben wie Minna. Rational, überlegt, vollkommen ausgeglichen.

»Das mit Leopold Hermanns ist ein herber Rückschlag.« Mit beiden Händen fuhr er sich durch das Haar. »Aber das bedeutet nicht, dass Richard Weber alles weiß.«

»Und wie erklärst du dir das?« Sie holte aus der Tasche ein gefaltetes Blatt Papier und reichte es ihm.

Zögerlich nahm er es entgegen. Was auch immer draufstand, sein Bauchgefühl versprach nichts Gutes. Da war dieses Ziehen in ihm, ein Drang, nach Ausflüchten zu suchen oder zum Alkohol zu greifen, um das zu verdauen, was gleich auf ihn zukommen würde. Mit knappen, behutsamen Bewegungen faltete er das Blatt auf.

»Louises Werbeanzeige!«, keuchte er.

»Nein. Es ist seine.«

Ungläubig schaute er genauer hin. Minna hatte recht. Wie auch immer Weber Louises Entwürfe in die Finger bekommen hatte – nun prangten ihre Ideen und Werbesprüche von der Reklame für seine Produkte.

»Seine Anzeigenkampagne wird morgen plangemäß veröffentlicht. Aber nicht im altbackenen Gewand, das wir erwartet haben, sondern *damit*.«

»Wie ist das nur möglich?«, stammelte er bestürzt.

»Ich war es nicht. Ich schwöre, ich habe nichts verraten.«

Er erschrak, dass sie denken könnte, er hätte sie im Verdacht. »Nein, so meinte ich das nicht. Keine Sekunde lang zweifele ich an deiner Loyalität!«

Sie senkte den Blick. »Mein Vater hat überall seine Leute. Ich habe befürchtet, dass es passiert. Noch mehr beunruhigt mich die Tatsache, dass ich seinen Entwurf für die Anzeige überhaupt zu Gesicht bekommen habe. Er hat die Skizze auf dem Esstisch liegen gelassen, damit ich sie sehe. Also weiß er vermutlich, dass ich auf eurer Seite stehe. Das bedeutet: Der ganze Plan ist in Gefahr!«

Da war er wieder, der Abgrund. Zu nah, zu tief.

Was sollte er tun? Wieso hatte er nicht schon früher etwas unternommen? Emma, Louise, Wilhelmine, Minna – sie alle hatten den Plan aktiv vorangetrieben, während er nur zugesehen hatte. »Weber hat zwar sehr viel mit seinen Expansionsplänen zu tun«, hatte Emma gesagt, »aber er ist klug und wird uns sicherlich nicht aus den Augen lassen. Seinen Blick richtet er dann ganz besonders auf dich. Weil du der letzte Mann bist, der dieser Familie geblieben ist. Weber hat nie gelernt, etwas von Frauen zu befürchten. Aber dich wird er ins Visier nehmen und jeden deiner Schritte verfolgen.«

»Was ist dann meine Aufgabe bei deinem Plan?«, hatte er wissen wollen und eine lapidare Antwort bekommen: »Finster dreinblicken und ab und zu verzweifelt sein.«

Wie gut, dass zumindest das Finsterdreinblicken zu seinen Naturtalenten gehörte. Wobei er mit dem Verzweifeltsein gerade auch einschlägige Erfahrungen machte.

»Emma muss davon so schnell wie möglich erfahren«, hörte er sich sagen, während seine Gedanken um etwas ganz anderes kreisten. *Der ganze Plan ist in Gefahr!* Es ging ihm nicht mehr aus dem Kopf. Noch mehr: Minna war in Gefahr. »Auf keinen Fall darfst du zu ihm zurück!«, stieß er verzweifelt hervor. Die Vorstellung, was dieser Mann ihr antun könnte, um sie zu bestrafen, ertrug er einfach nicht. Jede Zelle seines Körpers schmerzte, wenn er daran dachte.

»Wo soll ich denn hin? Ich habe nichts.«

»Du kannst hierbleiben. Bei mir. Bei uns.«

»Nein.«

»Nein?«, hauchte er bestürzt, und sein Herz brach schon wieder. Wie bei der Präsentation, als sie ihn genauso traurig angesehen und gesagt hatte: *Es ist vorbei.* Drei Worte. Nun reichte ein einziges, um alles einstürzen zu lassen.

»Ich will, dass mein Vater die Macht über die anderen Menschen verliert. Ich will, dass niemand mehr in Angst vor ihm leben muss. Es wird sich nichts ändern, wenn ich weglaufe und mich vor ihm verstecke. Seine Macht über mich mindert das nicht, und meine Angst vor ihm wird umso größer sein. Das ist kein Leben. Zumindest kein wirklich anderes als das, was ich jetzt führe.«

Er seufzte resigniert. Wie sehr er das verstehen konnte! Als wären es seine eigenen Worte, Wünsche und Sehnsüchte, die aus ihr sprachen. Zu gut wusste er, wie es war, der Macht eines anderen unterworfen zu sein. Auch wenn er jederzeit zu den Seidels flüchten konnte und sich dort immer willkommen fühlte, hatte er nie das Gefühl gehabt, Herr seines Lebens zu sein.

»Noch ist ja nichts verloren. Wir brauchen einfach einen neuen Plan. Bis dahin komme ich schon zurecht«, versprach sie.

Erst jetzt hatte er bemerkt, wie nahe sie beieinanderstanden. So nah, dass er nicht nur ihr Parfüm riechen, sondern auch den warmen Duft ihres Körpers wahrnehmen konnte.

»Ich weiß nur nicht, ob ich damit zurechtkomme«, antwortete er mit belegter Stimme. »Ich ertrage den Gedanken nicht, dass du ihm ausgeliefert bist.«

»Hab Vertrauen. Es wird alles gut.«

Plötzlich spürte er, wie sich ihre kühlen Hände um seine Wangen legten, wie sie ihn zu sich heranzog und ihre Lippen auf die seinen legte.

Die Welt blieb stehen.

Um sich im nächsten Augenblick umso schneller zu drehen. So schnell, dass ihm schwindelig wurde und er den Boden unter seinen Füßen kaum spürte. Er hatte keine Ahnung, wann ihm bewusst wurde, dass er sie ebenfalls umarmte, ihren Kuss leidenschaftlich erwiderte. Er spürte das kühle Prickeln auf seiner Haut, das Kribbeln in seiner Seele. Früher hatte er sein Verlangen wie einen Schluck von einem guten Whiskey empfunden, der brennend durch ihn floss und ihn nach und nach berauschte, bis er alles nur noch gedämpft wahrnahm. Jetzt überraschte es ihn, wie frisch und intensiv das Gefühl wirklich war. Als hätte etwas das Eis gesprengt, das sie beide bei ihren Begegnungen umgab, und in winzige Kristalle zerstäubt. Wie Schneegestöber wirbelte es um ihn herum und schien seine Sinne zu beleben. Die Trägheit seines Daseins zu vertreiben.

Dann ließ Minna von ihm ab. Ihre Augen glänzten, die Wangen waren leicht gerötet, und die eine oder andere Haarsträhne hatte sich aus der aufwendigen Flechtfrisur gelöst. Ansonsten sah sie genauso beherrscht und kühl aus wie immer. Nichts deutete auf den Schneesturm hin, der gerade über sie beide hinweggeweht war.

»Ich sollte zurück. Bevor mein Vater merkt, dass ich weg bin.«

»Ich wünschte, du würdest bleiben.«

»Irgendwann ... werde ich auch bleiben.« Sie wandte sich ab. Hoch erhobener Kopf, gestraffte Schultern – ihre ganze Haltung sagte ihm nur eins: Hab Vertrauen.

Es wird alles gut.

Die Tür quietschte. Minna war weg.

Eine Zeitlang verharrte er auf der Stelle, unfähig, sich zu bewegen. Dann gab er sich einen Ruck. Er verließ die Werkstatt, sperrte sorgfältig die Tür ab und ging zum Appartement. Im Flur begegnete ihm Wilhelmine. »Gut, dass du da bist. Das Abendbrot ist fertig.«

Er nickte, dabei wusste er gar nicht, ob er gerade in der Lage war, auch nur einen Bissen zu verdrücken. Sein Bauch kribbelte immer noch vom Gefühl, das ihn beim Kuss mit Minna vollkommen eingenommen hatte. »Ist Louise da? Oder auf dem Dach?« Wobei es für das Dach vermutlich etwas zu kühl war.

Wilhelmine deutete zu einem der Zimmer und ging weiter in die Küche.

Louise hockte vor einem kleinen Tisch und werkelte an irgendwelchen technischen Skizzen. Sie anzusehen, schlug ihm aufs Gemüt. Wie kurz vor dem Moment, wenn man die allerletzte Seite umblättert, das Buch zuschlägt und es zurück ins Regal stellt.

»Ich kann mich nicht konzentrieren, wenn du mir Löcher in den Rücken starrst«, murmelte sie leicht gereizt. Die Zeichnungen schienen ihr all ihre Konzentration abzuverlangen.

Er trat näher, zog den Ring von seinem Finger ab und legte ihn zu ihr auf den Tisch.

Ihre Hand, gerade noch so eifrig bei der Arbeit, verharrte.

»Du willst die Scheidung?«, fragte Louise mit brüchiger Stimme. Auch wenn zwischen ihnen alles geklärt war, fühlte sich dieser Schritt für ihn sehr endgültig an. Wie das Ende einer gemeinsamen Geschichte. Ihrer Ehegeschichte. Denn die Freundschaft, die sie beide miteinander verband, war zum Glück nicht an ein glänzendes Stück Metall gebunden.

»Ja. Ich will die Scheidung«, sagte er, obwohl Louise keine Antwort zu brauchen schien. Aber er musste es laut aussprechen, um die Endgültigkeit zu realisieren und es wahr werden zu lassen.

Sie drehte ihren Kopf zu ihm, schmunzelte und schob sich das kurze Haar hinters Ohr. »Wie ernst wird es denn jetzt zwischen der Erde und dem Mond?« Er hörte zum Glück wieder ihren neckischen Unterton heraus, den er so gut kannte.

»Ich weiß nicht, wie ernst es wird. Das müssen wir wohl herausfinden. Aber ich möchte es richtig machen. Dieses Mal möchte ich alles richtig machen.«

Düsseldorf, 1921

EMMA

Regungslos blickte Emma aus dem Fenster. Je länger sie hinausstarrte, desto mehr kam es ihr vor, als würde ihr Leben auseinanderbröckeln. Wie eine Mauer, die nach außen hin stark und schön wirkte, doch bei einem starken Gegenwind in sich zusammenbrechen würde.

8. März 1921.

Der Tag, an dem die französische Armee Düsseldorf besetzte. Die Anzeichen dafür waren schon vorher da gewesen. Es hieß, Deutschland käme den Forderungen nicht nach, die im Versailler Vertrag festgehalten worden waren. Nun machten die Alliierten ernst. Fremdländische Uniformen, wohin das Auge reichte. Panzer und Militärfahrzeuge auf den Straßen. Die Bevölkerung verängstigt. Alles wieder da – beinahe wie damals in Metz. Emma hatte das Gefühl, eine eiskalte Klaue würde ihr Herz packen, um es ihr aus der Brust zu reißen. Es kostete sie all ihre Kraft, die Selbstbeherrschung nicht zu verlieren. Jeden Moment glaubte sie, im Flur draußen den militärischen Schritt von Soldaten zu hören, schwere Stiefel, die durch die Gänge trampelten. Zuckte innerlich zusammen, sobald sie ein unbekanntes Geräusch vernahm.

Wie konnte sie all dem standhalten? Sich gegen das Schicksal wehren? Die Angst schnürte ihr die Kehle zu. Dabei musste sie stark sein. Ausgerechnet jetzt musste sie stark sein!

Nur schwer riss sie den Blick vom Fenster, um den Mann anzuschauen, der auf dem Besucherstuhl vor ihrem Tisch saß. Lässig zurückgelehnt, die Beine übereinandergeschlagen, thronte Richard Weber vor ihr.

»Ich bin nicht Ihr Feind, Frau Seidel«, hüllte seine ruhige, wohlwollende Stimme sie ein. »Das bin ich nie gewesen.«

Sein feiner Anzug aus teurem Wolltuch saß tadellos. Eine weinrote Seidenkrawatte bildete einen Blickfang, ohne protzig zu wirken. Er hatte sich sichtlich Mühe mit seinem Erscheinungsbild gegeben, um ihr durch die Blume zu zeigen, wie hoch er über ihr stand. Seine Züge hatten etwas Kaiserliches an sich. Bestimmt sah er sich längst als der alleinige Herrscher von Düsseldorf, Franzosen hin oder her. Was in Emmas Leben einem Sturm gleichkam, war für ihn bloß ein lauer Windhauch, der nicht weiter beachtet werden musste. Franzosen kamen und gingen – Richard Weber würde für immer bleiben. Nichts konnte ihn aus dieser Stadt vertreiben. Davon zeugte seine ganze Haltung.

»Frau Seidel«, setzte er erneut an. Unwillkürlich rieb sich Emma die Schulter. Sie verabscheute es, wie höhnisch ihr Name aus seinem Mund klang. »Sie wissen bestimmt, warum ich hier bin?«

»Ich kann es mir denken, ja.« Ihre Stimme klang ganz rau. Als würde ein Strick ihre Kehle immer mehr zuschnüren. Unwillkürlich rieb sie sich über den Hals.

Ein Lächeln kräuselte seine Lippen. Er genoss ihr Unwohlsein sichtlich. »Reden wir doch ohne Umschweife, Frau Seidel. Ich kann Ihre Enttäuschung verstehen. Aber was haben Sie erwartet?« Zufrieden strich er sich über das Revers seines Anzuges, als wollte er sich selbst loben. »Ich wäre nicht Richard Weber, wenn ich mich so leicht hinters Licht führen ließe. Sie würden sich wundern, wie viele Konkurrenten mich schon zu stürzen versucht haben. Diese Männer sind alle gescheitert.«

Sie merkte, wie sie weiter über ihren Hals rieb, und zwang sich, die Hand zu senken. »Ich bin kein Mann.«

»Das sehe ich. Weswegen es durchaus amüsant war, Ihre Versuche zu beobachten, Gnädigste. Aber nun ist Zeit für klare Worte. Haben Sie wirklich geglaubt, ich wüsste nicht, was da direkt vor meiner Nase läuft? Dachten Sie, ich würde nichts merken?« Tadelnd schnalzte er mit der Zunge, wie ein liebender Vater, der sein Kind rügte.

Emma schluckte. »Ich wusste, dass Sie mit Ihren Expansionsplänen sehr beschäftigt sind.«

»Aber in dieser Stadt habe ich meine Augen und Ohren überall. Glauben Sie mir, nichts, was in Düsseldorf passiert, kann mir entgehen.« Er schüttelte den Kopf. Ja, er hatte wirklich etwas Väterliches an sich. Zumindest in solchen Momenten, wenn er zufrieden schmunzelte, als würde er an eine alte Anekdote aus seinem Leben denken. »Es war ein Leichtes, Ihre lächerlichen Versuche zu vereiteln, mit denen Sie gegen mich vorgehen wollten.« Er machte eine wegwerfende Bewegung mit einer Hand. »Zugegeben, Sie hatten recht. Meine ursprüngliche Werbeanzeige war altbacken und öde. Vielen Dank für Ihren Hinweis, wie ich die Kampagne aufpeppen könnte!«

Draußen polterte ein Fahrzeug. Emma zuckte zusammen und schaute verschreckt zum Fenster. Soldaten? Würden sie kommen und ihr alles nehmen? Schon jetzt waren einige Betriebe stillgelegt worden. Die Franzosen kannten keine Gnade, hieß es. In der Bevölkerung brodelte der Widerstand.

»Und Ihre Schwiegermutter!« Weber lachte. »Dachten Sie wirklich, Sie könnten meinen Ruf mit ein wenig Tratsch und Klatsch ruinieren? Ein Narr, der sich vor dummem Weibergeschwätz fürchtet. Auf diese Idee kann wahrlich nur eine Frau kommen!«

Sie schwieg. Knirschte mit den Zähnen und schwieg.

Was blieb ihr auch anderes übrig?

»Ganz zu schweigen von Ihrer Idee, Unruhen in meiner Fabrik anstiften zu wollen!« Sein väterliches Gesicht veränderte sich, als würde ein Gewitter aufziehen. Sein Ton wurde drohend. Egal, wie sehr er es zu verbergen versuchte – dieser Schachzug hatte ihn getroffen, ihm Angst gemacht. Auch wenn er es nicht gestehen wollte. »Armer Leopold Hermanns. So ein vielversprechender junger Mann, so ambitioniert und herzensgut. Und jetzt? Keine Ausbildung, keine Arbeit. Seine Mutter kann ihr Geschäft kaum halten. Es dauert nicht lange, bis beide auf der Straße sitzen. Ein viel zu gnädiges Schicksal für Menschen, die mich hintergehen.«

»Lassen Sie die beiden in Ruhe«, flüsterte Emma tonlos. »Ich bin diejenige, gegen die sich Ihr Zorn richten sollte.«

»Aber, aber. Mein Zorn reicht für alle. Mit Leopold Hermanns und seiner Mutter fange ich an, dann kommt Ihr treuer Bauer an die Reihe. Und Ihre Schwiegermutter! Was wird mir das für eine Freude sein, sie in Verruf zu bringen. Eine Affäre mit einem französischen Soldaten …«

»Es ist keine Affäre!«, rief Emma empört aus. Nur schwer konnte sie sich zurückhalten, um nichts Unbedachtes zu tun.

Weber zuckte nur mit den Schultern. »Wen interessiert es, was es ist? Gerade bei den aktuellen Entwicklungen«, er deutete mit dem Kopf zum Fenster, »kommt so etwas sehr gut an.«

Hilflos schloss Emma die Augen. Hilflos gegen die Bilder, die plötzlich ihren Kopf fluteten. Achim, seine Männer. Wilhelmine – reglos am Boden. Und der Strick, der die Luftzufuhr abschnürte.

»Hören Sie auf.« Emma keuchte. Ihre Kehle fühlte sich wund an. Die Stimme – kaum hörbar. »Bitte, hören Sie auf.«

Weber nickte bedächtig. »Ich weiß, wie verzweifelt Sie sind. Und bin geneigt, Gnade walten zu lassen. Es liegt in Ihrer Hand, das Unglück dieser Menschen abzuwenden.«

Sie schluckte. »Was muss ich tun?«

»Verkaufen Sie die Fabrik. Natürlich werde ich Ihnen unter diesen Umständen nicht mehr das Angebot machen, das Sie letztes Jahr von mir bekommen haben. Aber ich bin bereit, Ihnen immer noch eine beachtliche Summe für die Firma zu zahlen.«

Emma schwieg. Sie konnte nicht anders, als ihn stumm anzustarren. Diesen Mann, der in ihrem Büro saß und keine Zweifel daran hegte, dass ihm das alles schon sehr bald gehörte. Jetzt stand er auf, legte die Hände auf dem Rücken zusammen und trat zu ihr ans Fenster. Unter seinem eindringlichen Blick erschauerte sie. Zu gut konnte sie sich vorstellen, was er vor sich sah: eine verängstigte, verzweifelte Frau, die nicht mehr aus noch ein wusste.

»Frau Seidel.« Sein Ton wurde weicher. »Ich kann sehr gut nachvollziehen, wie sehr Ihr Verlust Sie durcheinandergebracht hat.«

Durcheinander? Carls Tod sollte sie *durcheinandergebracht* haben? Sie presste die Zähne so stark zusammen, dass der Kiefer ihr weh tat, musste die Hände fest vor der Brust zusammennehmen. Sonst würde sie diesen Mann erwürgen. Nein, wozu erwürgen, wenn sie in der Schublade Émiles Pistole hatte?

Wäre es nicht gerecht?

Ein Leben für ein Leben.

Sie schob den Gedanken beiseite. Nein, so war sie nicht!

»Der Tod Ihres Gatten tut mir wirklich sehr leid.«

Sie begann zu zittern. *Sie haben meinen Mann umgebracht!* Am liebsten hätte sie es ihm ins Gesicht geschrien.

»Ich bin nach wie vor bereit, Ihnen ein Jahr lang eine Summe für Ihren Unterhalt zu zahlen, damit Sie Ihre Trauer überwinden können und zur Ruhe und Vernunft kommen.«

Sie kniff die Augen zusammen. Wie großzügig. Ließ sein Gewissen ihn schlecht schlafen? Nach dem, was er getan hatte?

»Sehen Sie es ein«, fuhr er fort. »Sie sind am Ende, meine Liebe.«

Emma blinzelte, um klarer zu sehen. Sie brauchte einen kühlen Kopf. Noch war es nicht vorbei. »Ich bin nicht am Ende. Ich habe einen lukrativen Vertrag mit Tietz. Weitere folgen.«

»Ich bitte Sie, Frau Seidel!« Er tippte an die Fensterscheibe. »Sehen Sie nicht, was gerade um Sie herum passiert? Ich kann den Unruhen standhalten. Was ist mit Ihnen? Wie lange dauert es, bis die Franzosen bei Ihnen anklopfen oder jemand anders versucht, sich die Fabrik unter den Nagel zu reißen? Sie sind Freiwild für jeden, der es darauf anlegen will. So ein großzügiges Angebot wie ich werden Ihnen andere sicherlich nicht unterbreiten.«

Tief atmete sie durch. »Wir wollten ohne Umschweife reden. Sie wollen die Maschinen. Carls Pläne. *Die* Neuerung in der Senfherstellung, über die in Düsseldorf geredet wird. Ich bin mir sicher, das Angebot, das mir ein anderer machen wird, könnte durchaus großzügig ausfallen.«

Sie merkte, wie seine Lider zuckten. »Spielen Sie keine Spielchen mit mir. Wohin das führt, haben wir gesehen. Ich finde immer Wege, das zu bekommen, was ich will. Was wollen Sie also?«

Sie schloss kurz die Augen. Ruhe bewahren! Nur Ruhe bewahren. »Ich will, dass Sie Leopold Hermanns wieder einstellen.«

»Gnädigste, wer mich einmal verraten hat …«

»Sie bekommen heute noch die Fabrik, wenn Sie mir zusichern, dass den Menschen, die mir geholfen haben, nichts geschieht«, fuhr sie unbeirrt fort. »Sie stellen Leopold Hermanns ein. Es muss ja nicht wieder in Ihrer Fabrik sein, sondern hier, in der Zweigstelle, in der Sie den erfolgreichen Rhein-Senf weiter produzieren wollen. So wahren Sie Ihr Gesicht. Außerdem werden Sie nicht versuchen, Wilhelmine zu schaden. Weder ihr noch Louise darf etwas geschehen. Lassen Sie meine Familie in Ruhe!«

»So viel Pathos!« Weber seufzte theatralisch. »Aber ich denke, damit kann ich leben. Dann kommen wir doch gleich zu …«

Sie hob eine Hand. »Ich bin noch nicht fertig. Keine Unterhaltszahlungen in Raten, ich will die gesamte Summe auf einmal. Spätestens eine Woche nach dem Unterzeichnen des Vertrags.«

»Ach du meine Güte.« Sie sah, wie sein Gesicht zu Stein wurde. »Was wollen Sie denn mit so viel Geld auf einmal?«

Lassen Sie das nur meine Sorge sein, dachte sie bitter. Aber er wollte eine Antwort. »Antoines Werkstatt braucht Unterstützung. Es ist nicht leicht, so etwas auf die Beine zu stellen. Schon gar nicht in solch unruhigen Zeiten.«

Weber bleckte die Zähne. »Ach, Antoine Dupont! Wie konnte ich ihn vergessen! In Ordnung, er soll sich keine Sorgen um seine Werkstatt machen. Vorausgesetzt, er lässt die Finger von meiner Tochter. Er darf sie weder sehen noch sonst Kontakt mit ihr aufnehmen.«

Emma spürte, wie alles in ihr erstarrte. »Ihre Tochter ist eine erwachsene Frau …«

»… die schon nächsten Monat wieder heiraten wird.«

»Was?« Erschrocken schnappte Emma nach Luft. Sie hatte

so lange nichts von Minna gehört! Und jetzt … jetzt … Was sollte sie nur tun?

»Es ist bereits alles arrangiert. Eine sehr lukrative Verbindung, die mir mehr als gelegen kommt. Und da kann ich niemanden gebrauchen, der meiner Tochter Flausen in den Kopf setzt, während sie sich darauf vorbereitet, Frau Faßbender zu werden.«

Emma wurde ganz übel. Mühsam schluckte sie die Galle hinunter, die ihre Kehle emporkroch. »Was sind Sie für ein …«

»… ein guter Vater, der alles macht, damit sein Kind gut versorgt wird. Minna weiß, wo ihr Platz ist.« Seine Stimme wurde scharf. »Antoine wird sich von Minna fernhalten! Haben Sie mich verstanden?«

»Sie überschätzen meinen Einfluss auf Antoine Dupont.«

»Denken Sie daran, was ich gegen Wilhelmine Seidel in der Hand habe. Wenn er meiner Tochter auch nur zuzwinkert, ist unsere Vereinbarung nichtig! Und ich spiele jede Karte aus, die ich habe.«

Achim. Seine Leute. Der Strick. Alles begann, sich zu drehen. Auch wenn sie es hasste, ihre Schwäche vor Weber zu zeigen, musste sie sich kurz an der Wand abstützen.

»Verstehe.« Ihre Brust zog sich zusammen. Keine Luft. Sie bekam keine Luft.

Richard Weber beugte sich zu ihr. Sie roch den Zigarrendunst. Vermischt mit dem Cognac, den er sich wohl vor dem Treffen mit ihr als Zeichen seines baldigen Sieges genehmigt hatte. »Ich hoffe, es ist alles geklärt, Frau Seidel?«

»Ja«, flüsterte sie ganz schwach. »Es ist alles geklärt. Bringen Sie mir den Vertrag, und ich unterschreibe.«

»Wunderbar. Den bekommen Sie noch heute. Es war mir ein Vergnügen, mit Ihnen Geschäfte zu machen. Ein sehr großes Vergnügen!« Schwungvoll drehte er sich um und marschierte aus ihrem Büro.

Emma wartete, bis seine Schritte verklungen waren. Auf unsicheren Beinen ging sie zu ihrem Stuhl und ließ sich darauffallen.

Noch immer hing sein Geruch im Raum, und sie ekelte sich furchtbar davor.

Es war vorbei.

Vorbei, sagte sie sich immer wieder. Vorbei!

Immerhin war er endlich gegangen.

Nur kreisten ihre Gedanken dennoch um die Pistole in der Schublade. Ganz egal, wie sehr sie dagegen kämpfte. So lange hatte sie nicht an diese Waffe gedacht, doch Webers Auftauchen reichte, damit alles in ihr durcheinandergeriet. Es erschreckte sie selbst, diese Vorstellung, wie viel einfacher, wie viel gerechter es doch wäre, ein Leben für ein anderes Leben zu nehmen. War sie dazu fähig? Manchmal reichte es, die Waffe in die Hand zu nehmen, um zu wissen, dass sie anders war. Dass sie niemals abdrücken könnte. Weil es Grenzen gab, die niemals überschritten werden durften.

Aber galt es nach Webers heutigem Besuch immer noch?

Sie musste es wissen.

Ob sie noch immer sie selbst war.

Wie mechanisch beugte Emma sich hinunter. Mit einem schabenden Geräusch ging die Lade auf. Doch Émiles Pistole war nicht da.

***

Emma betrat die Werkstatt und machte die Tür hinter sich zu. Die Angeln quietschten nicht mehr, darum hatte sich Antoine gekümmert. Und um einiges mehr. Die Regale standen an den Wänden wie ein Bataillon braver Soldaten, das Werkzeug war nach Funktion sortiert und griffbereit auf der Werkbank aneinandergereiht. Es herrschte eine rigorose Ordnung. Seit Minna nicht mehr kam, hatte er offensichtlich viel Zeit gehabt, um eine zerbrechliche Wirklichkeit zu erschaffen, die ihm Halt gab. Eine kleine Welt, die er unter Kontrolle hatte und wo alles an seinem Platz war.

Ein neuer Wagen wartete bereits auf seine Zuwendung. Dass die Geschäfte schlecht liefen, war dreist gelogen. In Wirklichkeit brauchte Antoine keine finanzielle Unterstützung. Er hatte sogar vor, Louises Kunststudium zu finanzieren, sobald er festen Tritt mit der neuen Werkstatt gefasst hatte. Es lief so gut für ihn! Was nicht bedeutete, dass es ihm dabei auch gut ging.

Vermutlich ging es ihm gar nicht gut. Der gesamte so perfekt organisierte Raum schien eine düstere Stimmung zu konservieren.

Nach ein paar weiteren Schritten entdeckte sie Antoine an der Rückwand. Seine Gestalt verschmolz mit dem Schatten, der ihn umgab. *Düster* war kein Begriff mehr, der all dem noch gerecht werden konnte. Gut, dass sie hier war. Hoffentlich war es noch nicht zu spät.

Sicherlich hatte er ihre Anwesenheit längst bemerkt. In der Stille der Werkstatt hörte man jeden Atemzug. Und doch sagte er nichts. Sondern sortierte in einer Ecke Schmierlappen nach Größe und faltete sie zusammen, wie man in einem noblen Hotel Servietten dekorierte. Eine Beschäftigung, die offensichtlich seine ganze Konzentration erforderte.

»Antoine? Ich weiß, dass du Émiles Pistole genommen hast.« Ihre Worte klangen leer. Sie spürte es selbst. Es war zu viel passiert, und Emma konnte nur hoffen, dass sie ihn noch erreichen und an seine Vernunft appellieren konnte. »Wie lange hast du die Waffe schon? Vermutlich seit Minna gesagt hat, dass ihr Vater von unserem Plan weiß. Du warst danach bei mir, um mich darüber zu informieren. Am Ende haben wir über Émile gesprochen und ob er sich in der Schweiz wohlfühlt.« Sie seufzte. Das Gespräch war ihr präsent. Sie hätte die Pistole nicht erwähnen dürfen. Es war ihr herausgerutscht, weil die Vorstellung davon, wie sehr Émile gelitten hatte, sie noch immer erschreckte. »Du hast die Gelegenheit genutzt. Als eine Art … Absicherung? Falls etwas schiefläuft und du Minna beschützen musst? Habe ich recht mit meiner Vermutung?«

Er fuhr herum. Seine Augen funkelten. Sonst regte sich nichts in seinem Gesicht, und Emma war froh, nicht den alten, unberechenbaren Antoine vor sich zu haben, der nur seinen inneren Trieben folgte.

Beruhigend hob sie die Arme. »Ich bin hier, damit du nichts Unüberlegtes tust.«

Er kniff die Augen zusammen und warf die Lappen in einem Knäuel weit in eine Ecke. »Warum? Das wäre doch nicht neu für mich, oder?«

Gut, dass ich hier bin, fuhr es ihr durch den Kopf. Womöglich hatte sie ihm mehr zugemutet, als er ertragen konnte. »Früher vielleicht. Aber so bist du nicht mehr!«

»Ach ja?«

»Du hast ein Kind, das dich braucht. Eine Familie, die dich liebt. Menschen, denen du so viel bedeutest! Willst du das alles aufs Spiel setzen? Der Antoine von früher hatte nicht viel zu verlieren. Du schon. Und ich werde nicht zulassen, dass du das Leben zerstörst, das du dir so mühsam aufgebaut hast.«

»Aber wie Richard Weber seine Tochter in eine Ehe zwingt, kannst du zulassen? Minna hat alles gegeben, um dir zu helfen. Alles! Und wir lassen sie im Stich?«

»Die Hochzeit musste schon einmal verschoben werden.«

»Weil Minna krank geworden ist! Das wird nicht ein zweites Mal passieren. Etwas sagt mir, Weber würde sie auch dann zum Altar schleppen, wenn sie auf dem Sterbebett liegen würde!«

»Wir lassen sie nicht im Stich!«, rief sie aus und hoffte von ganzem Herzen, dass ihre Worte ihn noch erreichten.

»Dann sag mir einfach, was ich tun soll! Denn *finster dreinzublicken*, habe ich inzwischen perfektioniert.«

Du kannst nichts tun. Absolut gar nichts.

Aber das konnte sie ihm unmöglich sagen. »Bitte, gib mir Zeit. Das ist alles, was ich brauche.«

»Zeit ist das, was wir nicht haben! Die Hochzeit ist in zwei Wochen.« Er schnaubte. »Ich kann dir gern sagen, was wir alles nicht haben: einen Plan, mit dem wir gegen Weber noch vorgehen könnten. Außerdem fehlen uns jegliche Mittel. Du hast Carls Fabrik an ihn überschreiben müssen, um uns zu schützen! Das sagt wohl alles.« Verbittert wandte er seinen Blick ab.

Der unausgesprochene Vorwurf, dass sie versagt hatte, stand greifbar zwischen ihnen. Sicherlich meinte er das nicht so. Aber es traf sie trotzdem.

Er glaubte nicht mehr an sie. Er glaubte an rein gar nichts. Was sollte sie ihm sagen? Dass sie niemals aufgeben würde? Dass, solange sie ihren letzten Atemzug noch nicht getan hatte, sie immer einen Plan verfolgen würde, um Weber zu vernichten? Es reichte ihm nicht mehr. Denn das Einzige, was er noch sah, war Minna, die in zwei Wochen zu Frau Faßbender werden musste.

»Antoine?«

Er rührte sich nicht.

»Bitte sieh mich an.«

Ganz langsam richtete er seinen Blick auf sie.

»Hab Vertrauen. Es wird alles gut.«

In seinem Gesicht zuckte es. Seine Hände zitterten, als er eine Zigarette herausholte und sich den Stängel unangezündet zwischen die Lippen steckte. »Minna hat genau das Gleiche gesagt, als wir uns das letzte Mal gesehen haben.«

»Sie würde das auch jetzt noch sagen.«

»Aber es ist nicht alles gut! Minna ist in der Gewalt eines Mannes, der sie wie einen seelenlosen Gegenstand an den Meistbietenden verschachert hat, um vom Arrangement zu profitieren!«

Sie konnte nicht anders, als plötzlich das selbstgefällige Gesicht Webers vor sich zu sehen. *Sie würden sich wundern, wie viele Konkurrenten mich schon zu stürzen versucht haben.* Seine väterliche Stimme kroch ihr buchstäblich unter die Haut. *Diese Männer sind alle gescheitert.*

Alle.

Eindringlich nahm sie den Zigarrengeruch wahr, als stünde dieser widerliche Mann direkt vor ihr. Als stünde er da und … grinste. Vollkommen davon überzeugt, unantastbar zu sein.

»Antoine?« Ihre Stimme klang fremd und rau. »Du weißt, ich habe dich noch nie um etwas so sehr gebeten. Gib mir die Waffe.«

»Und dann?« Er nahm die Zigarette wieder zwischen die Finger.

»Gib sie mir, verflucht nochmal!«, rief sie und wusste gar nicht, auf wen sie gerade so zornig war. Auf Weber, der in ihrer Vorstellung noch immer hämisch grinste? Oder auf Antoine, zu dem durchzudringen sie einfach nicht schaffte.

Hab Vertrauen. Die Worte bebten in ihrer Brust. Erschütterten ihr ganzes Wesen. *Es wird alles gut.*

Ich brauche nur Zeit!

Ohne den Blick von ihr abzuwenden, schnippte Antoine

demonstrativ die Zigarette weg. Dann drehte er sich langsam zu einem der Regale. Seine Bewegungen wirkten ruhig und kontrolliert, während er einen Werkzeugkasten aufschloss und die Pistole herausholte. »Wenn Minna diesen Faßbender heiraten muss, dann werde ich keine Waffe brauchen, Emma. Ich werde Weber mit meinen eigenen Händen erwürgen. Und den frischgebackenen Ehemann gleich mit.« Er legte die Waffe in ihre Hände. »Zwei Wochen. Was auch immer du tun willst, du hast nur noch zwei Wochen Zeit.«

***

Hab Vertrauen. Es wird alles gut.

Worte, die leicht gesagt waren. Doch wenn Emma sich umschaute und nichts als Verzweiflung um sich herum wahrnahm, fiel es schwer, daran zu glauben. Noch schwerer fiel es ihr, zu warten und nichts tun zu können. Denn es lag nicht mehr in ihrer Hand.

Gedankenverloren streichelte sie Gusti auf ihrem Schoß, die mit ihrem Schnurren Trost zu spenden versuchte. Nachdem Weber sich Carls Fabrik unter den Nagel gerissen hatte, hatte er verfügt, Emma vom Gelände *seiner* Fabrik zu verweisen. Sie konnte nur ein paar persönliche Gegenstände mitnehmen und die Pläne für Carls Maschinen aus dem Tresor holen. Damit Weber nichts merkte, hatte sie Louise gebeten, fehlerhafte Kopien anzufertigen. Wenigstens ein kleiner Triumph für ihre Seele.

Seitdem musste sie im Appartement von Wilhelmine und Louise Unterschlupf suchen, dasitzen und Gusti kraulen – etwas anderes blieb ihr nicht übrig.

Doch die Zeit drängte immer mehr. Minnas Hochzeit stand in wenigen Tagen an. Konnte sie es verhindern? Irgendetwas tun, um der Frau zu helfen, die so viel für sie getan hatte? Auch wenn Minna sie gebeten hatte, nichts zu unternehmen. Webers Rachefeldzug für jegliches Eingreifen wäre unkalkulierbar gewesen.

Was, wenn sie versagte? Wenn der Preis für ihren Versuch, Weber zu stürzen, Minnas Unglück war?

Es klopfte an der Eingangstür.

Emma zuckte zusammen. Das Geräusch durchfuhr sie wie ein Stromschlag. Auch wenn es meistens nur irgendeine Nachbarin war, die sich etwas borgen oder mit Wilhelmine ein Schwätzchen halten wollte. Trotzdem merkte sie, wie ihre Finger in Gustis Fell verharrten. Angestrengt lauschte sie, während ihre Schwiegermutter am Schloss werkelte. Die Tür öffnete sich. Fiel wieder zu.

Nichts zu hören.

Emma senkte die Lider.

Nur noch wenige Tage … Konnte sie es weiter riskieren und nichts tun? Auch wenn es aktuell keinerlei Optionen mehr gab außer Émiles Pistole? Bei dem Gedanken daran gefror ihr Inneres. Nein, so war sie nicht. Diese Grenze durfte niemals überschritten werden.

»Na, was ist das für ein trübes Gesicht?«, hörte sie Henris Stimme.

Emma fuhr hoch. Gusti plumpste auf den Boden und schoss verschreckt unter einen Schrank. Vorwurfsvoll glühend, glänzten ihre Augen im dunklen Spalt.

»Henri.« Sie wusste nicht, ob sie es wirklich glauben durfte.

Er schritt auf sie zu und schloss sie in die Arme. »Die Überraschung ist wohl gelungen. Habe Wilhelmine zu verstehen gegeben, keinen Ton zu sagen. Wollte zu gern dein Gesicht sehen.«

Scherzhaft schubste sie ihn weg. »Mir ist wohl entgangen,

wie gemein du sein kannst. Hat …«, sie schaffte es kaum, die Worte auszusprechen, »… hat es geklappt? Ist alles gut gegangen?«

»Selbstverständlich! Émile geht es gut in Kreuzlingen. Man wird ihm dort helfen, davon bin ich überzeugt.« Er legte die Hände auf ihre Schultern und sah ihr tief in die Augen. »Manches verschwindet nie, Emma, aber man kann lernen, damit zu leben. Ich bin froh, dass ich darüber offen gesprochen habe. Dass ich ihm mit meinem Beispiel ein wenig Hoffnung gegeben habe.«

»Das freut mich zu hören.«

Henri grinste. »Aber diese Nachricht ist natürlich nicht alles, was ich dir aus der Schweiz mitgebracht habe.«

Sie hob eine Augenbraue. Kurz darauf spürte sie einen runden, metallischen Gegenstand in ihrer Hand. »Eine Taschenuhr? Du hast mir eine Taschenuhr mitgebracht?« Er wollte sie doch auf den Arm nehmen!

»Damit du dir die genaue Uhrzeit merken kannst, wenn du den mächtigsten Mann von Düsseldorf vernichtest.«

Plötzlich wurde alles ganz ruhig in ihr. Das Herz hüpfte nicht mehr. Sondern schlug ruhig und regelmäßig. »Es ist also vollbracht?«

»Lief wie am Schnürchen.« Er holte eine Mappe hervor. »Bekomme ich eine Tasse Kamillentee dafür?«

»Alles, was du willst.« Sie umarmte ihn. »Danke.«

Während Henri in der Küche seinen Tee genoss, zog sich Emma an. Behutsam steckte sie die Taschenuhr ein und nahm die Mappe. Eher pro forma prüfte sie die Unterlagen, denn auf Henri war Verlass. Er hatte die Anweisungen haargenau befolgt. Die Dokumente waren wasserdicht. Alle Unterschriften genau dort, wo sie hingehörten. Sie hätte es nicht besser machen können.

Um 13.47 Uhr verließ sie das Appartement.

Sie musste eine Weile durch die Straßen laufen, bis sie eine Kraftdroschke anhalten konnte. Genüsslich nannte sie die Adresse von Webers Fabrik und lehnte sich auf der Rückbank zurück. Fühlte sich so Triumph an? Sie müsste mehr als zufrieden mit sich sein. Stattdessen breitete sich ein dumpfes Gefühl der Trauer in ihrer Brust aus.

Emma beugte sich vor. »Entschuldigen Sie«, sprach sie den Fahrer an. »Aber könnten Sie mich zuerst doch woanders hinbringen?«

Er sah sie etwas irritiert an, als sie ihm ihr neues Ziel nannte. Doch der Entschluss fühlte sich richtig an.

Am Friedhof angekommen, gab sie dem Mann Geld, damit er wartete. Leise knirschte der Kies unter ihren Sohlen. Die Stille der Gräber vermittelte ihr jedes Mal das Gefühl der Unendlichkeit des Seins. Fest glaubte sie daran, dass es nicht das Ende war. Nicht das Ende sein konnte. Gleichzeitig war da der Schmerz, den diejenigen hinterließen, die gegangen waren. Dieser Schmerz erfüllte nicht nur ihre Brust bis zum Bersten, sondern auch diese friedliche Ruhe, die sie umgab.

Dann blieb sie stehen.

Sie sprach nie mit ihm, wenn sie hier war. Sondern verharrte stumm vor seinem Grab und fühlte.

Ja, sie war hier, um zu fühlen.

Den Verlust. Den Kummer. Die Gewissheit, dass nichts auf der Welt ihn ihr zurückgeben konnte. Und die Hoffnung, dass sie ihm irgendwann all das sagen würde, was sie an seinem Grab nicht über die Lippen brachte.

Für einen wundervollen Ehemann,
Sohn, Bruder, Onkel und Freund.
Dein Herz wird immer bei uns bleiben.

Sie wandte sich ab. Was auch immer heute passieren würde – es hätte nicht passieren müssen. Nichts davon.

Der Fahrer wartete noch. Ohne weitere Zwischenstopps brachte er sie zu Webers Fabrik.

Als Emma ausstieg und den Fahrer bezahlte, spürte sie immer noch die Schwermut. Wie sinnlos das alles war! Wie viel glücklicher sie gewesen wäre, wenn sie mit Carl in seiner Fabrik an den neuen Sorten hätte tüfteln können, ohne auch nur einen Gedanken an irgendwelche Machtspielchen zu verschwenden.

Ja, sie wäre glücklich gewesen.

Aber das war sie nicht.

Und seit Carls Tod war Düsseldorf einfach nicht groß genug für ihre Wut und Webers Größenwahn.

Mit undurchdringlicher Miene tauchte sie in das Fabrikgebäude ein.

Jetzt war sie nicht bloß Emma Seidel. Sondern eine Frau, die genau das bekam, was sie wollte. Der man nicht nein sagte.

Festen Schrittes durchquerte sie die Hallen. Der Arbeitstag war im vollen Gange. Irgendjemand rief ihr zu, sie dürfte hier nicht sein. Und wie sie es durfte!

Ein eifriger Angestellter eilte ihr hinterher und erkundigte sich permanent, was denn ihr Begehr wäre und womit er ihr helfen könnte. Sie bedankte sich höflich für seine Aufmerksamkeit und verkündete in seine irritierte Miene, dass sie den Weg kennen würde. Sobald der arme Mann merkte, dass sie Webers Büro ansteuerte, bekam er rote Flecken im Gesicht.

»Haben Sie einen Termin? Gnädige Frau. Bitte. Warten Sie doch!«

»Ich habe lange genug gewartet.«

Die schmale Treppe zum verglasten Büro beschwerte sich unter ihren Schritten mit Knirschen und Scheppern. Laut schlugen ihre Absätze auf die Stufen ein. So laut, dass Richard Weber, der hinter seinem Tisch saß, verwundert den Kopf hob und mit zusammengezogenen Augenbrauen durch die Scheibe blickte.

Emma klopfte nicht einmal an. Sie trat ein und schloss die Tür hinter sich. »Guten Tag, Herr Weber. Nein, nein. Bleiben Sie ruhig sitzen. Ich hoffe, Sie haben es bequem.«

»Frau Seidel.« Er presste seine Lippen zusammen, als wäre ihr Name etwas Schändliches, das auszusprechen ihn Überwindung kostete. »Was für eine Überraschung. Mit Ihnen habe ich gar nicht gerechnet.«

»Das kann ich mir denken.« Entschlossen ging sie zu seinem Tisch. Eine Spur von Genugtuung regte sich in ihrer Brust, als sie merkte, wie er ein Stück zurückwich.

»Und womit verdanke ich diesen unerwarteten Besuch in meiner Fabrik?«

»Ich glaube, Sie sind ein großer Freund von Gesprächen ohne Umschweife. Dann lassen Sie es uns gleich klarstellen: Es ist meine Fabrik.«

Seine Gesichtszüge entgleisten. In Sekundenschnelle wechselte seine Mimik. Offensichtlich wusste er nicht, ob er zuerst lachen oder gleich nach jemandem rufen sollte, der sie in eine Anstalt einweisen würde. Er entschied sich fürs Lachen. Tief, warm und väterlich klang es in ihren Ohren. »Frau Seidel, ich fürchte, ich verstehe nicht ganz …«

»Ja, das sehe ich.« Sie stützte sich auf die Tischkante und schaute ihm in die Augen. »Wissen Sie, warum ich hier bin? Weil Sie meinen Mann umgebracht haben.« Er schnappte nach Luft, doch sie unterbrach ihn sofort: »Sollten Sie Ihre Unschuld beteuern wollen: Ersparen Sie es mir. Wir beide wissen, was wirklich vorgefallen ist. Auch wenn ich nichts beweisen kann. Aber darum geht es nicht. Ich möchte nur, dass

Ihnen klarwird, warum das alles passiert ist. Unsere beiden Fabriken hätten in Düsseldorf friedlich nebeneinander existieren können. Doch Sie haben beschlossen, ein Menschenleben auszulöschen, und mir wurde klar, dass ich Sie aufhalten muss.«

Unruhe flackerte in seinem Blick auf. Doch dann setzte er seine selbstgefällige Miene wieder auf. »So weit waren wir schon. Ich habe Sie durchschaut. Ihre kleinen Intrigen können mir nichts anhaben. In dieser Stadt bin ich unantastbar, das müssen Sie doch langsam begreifen.«

»Deshalb habe ich Sie nicht in dieser Stadt angegriffen. Sagt Ihnen der Name Hagen von Rothhausen noch etwas?«

Seine Augen wurden schmal. Ja, so langsam begann es wohl, in ihm zu arbeiten.

»Was frage ich nur? Ihr Gedächtnis funktioniert einwandfrei. Bei einer guten Zigarre und einem vortrefflichen Glas Cognac haben Sie mit ihm über die Erzberger'sche Finanzreform diskutiert. Es brauchte nicht viel, damit Sie auf Hochtouren kamen, denn diese Steuerbemessungsgrundlage, die seit März letzten Jahres gilt, war Ihnen von Anfang an ein Dorn im Auge, nicht wahr? Da brauchte Hagen von Rothhausen kaum etwas zu tun, um Sie auf die richtige Spur zu lenken. Ein paar Schlüsselworte fielen. Kapitalflucht. Die Schweiz. Der eine oder andere Name, und schon eröffnete sich die Möglichkeit, Ihr Vermögen durch ein paar einfache Tricks zu vergrößern.« Emma merkte, wie eine Ader an seiner Schläfe zu pulsieren begann. »Ihr Interesse war sofort geweckt. Unter der Hand, völlig inoffiziell, versteht sich, hat Hagen von Rothhausen Ihnen ein paar Leute genannt, die Ihnen bei der Sache behilflich sein könnten. Denn das Geld in die Schweiz zu verschieben, geht nun einmal nur über Scheinfirmen.« Sie machte eine Pause, forschte in seinem Gesicht, das plötzlich alle Konturen verlor und teigig wirkte. »Sie sagen ja gar nichts dazu. Warum denn so schweigsam?«

»Was wollen Sie?« Weber schnaubte verächtlich. »Mir illegale Geschäfte anhängen? Das können Sie genauso wenig beweisen wie meine Beteiligung am Tod Ihres Mannes.«

»Sie verstehen es immer noch nicht, Herr Weber. Ich habe nicht vor, irgendetwas zu beweisen.«

Er verengte die Augen. »Was wollen Sie dann?«

»Im Moment: Ihnen nur eine Geschichte erzählen. Vielleicht sogar ein paar Seiten, die Sie nicht kennen, obwohl es um Sie und Ihr Geld geht. In der Schweiz war Ihnen ein junger Mann behilflich. Henri Wolff. Nein, nicht direkt er, sondern jede Menge Leute, die er kannte und die ihm noch den einen oder anderen Gefallen aus früheren Zeiten schuldig waren. Ein Konto hier, ein Konto da. Und plötzlich war Ihr ganzes Geld weg.« Sie lächelte. »Ich sehe schon, diese Geschichte mögen Sie nicht. Nachdem Ihnen das finanzielle Sicherheitsnetz weggebrochen ist, mussten Sie weiterhin Löhne bezahlen, die Produktion finanzieren und so tun, als wäre nichts passiert – denn was hätte das nur mit Ihrem fabelhaften Ruf angestellt? Ein Kredit musste her. Aber niemand wollte Ihnen einen Kredit geben. Ich wette, das verstehen Sie bis heute nicht. Darf ich Sie aufklären?«

Weber rührte sich nicht. Wie versteinert sah er sie an.

»Der Name Hagen von Rothhausen hat nicht nur in Lothringen einen großen Einfluss. Auch hier hört man gern auf den angesehenen Bankier. Vor allem, wenn er dringend davon abrät, jemandem einen Kredit zu gewähren.«

»Woher …« Er biss sich auf die Lippe.

»Reden Sie ruhig weiter. Woher ich Hagen von Rothhausen kenne? Warum ich so gut Bescheid weiß? Als Sie die Familie Seidel ausspionieren ließen, hätten Sie tiefer graben müssen.

Hagen von Rothhausen war wie ein Onkel für Carl. Sie standen sich sehr nahe.«

»Verstehe.« Seine Stimme knirschte wie nasser Sand. »Sie haben dem Bankier den Floh ins Ohr gesetzt, ich wäre für den Tod Ihres Mannes verantwortlich. Von Rothhausen wollte Rache. Und so hat er sich den Plan ausgedacht, mich in den Ruin zu treiben.«

»Nein, diesen Plan hat er sich nicht ausgedacht, aber keine Sorge, das klärt sich gleich. Denn nachdem Sie keinen Kredit bekommen konnten, waren Sie verzweifelt. Ein Glück, dass da ein gewisser Benjamin von Baer aufgetaucht ist, der bereit war, Ihnen finanziell unter die Arme zu greifen. Nicht umsonst, versteht sich. Sondern gegen Unternehmensanteile. Aber das reichte nicht. Weil Sie in genau diesem Augenblick erfahren haben, dass ich bereit wäre, die Fabrik meines Mannes zu verkaufen. Das konnten Sie sich auf keinen Fall entgehen lassen. Denn: Was Richard Weber will, das bekommt er auch! Was würden die anderen nur denken, wenn sie merken, dass Sie diese Gelegenheit nicht ergreifen? Womöglich würde jemand noch von Ihren finanziellen Schwierigkeiten erfahren … Also brauchten Sie mehr Geld. Das Sie glücklicherweise von Émile Perrin bekommen haben, natürlich ebenfalls für Unternehmensanteile. Und so weiter und so fort. Sie waren sich sicher, Sie würden das Problem schon lösen, sobald Sie sich finanziell erholt haben.« Emma richtete sich auf, holte die Mappe hervor und legte sie ganz langsam vor ihm auf den Tisch. »Was denken Sie, wo all die Anteile gelandet sind?«

»Wie. Kann. Das. Sein?« Jedes Wort wie ein Geschoss.

»Das *Wie* habe ich Ihnen gerade erklärt.« Sie tippte auf die Mappe. »Wollen Sie die Papiere prüfen, oder glauben Sie mir aufs Wort, dass es vorbei ist? Mein Plan hat funktioniert.«

»Unmöglich.« Seine Nasenflügel flatterten. »Das waren *Sie*?«

»Von Anfang an. Spätestens, als Henri bei mir aufgetaucht ist, wusste ich, dass nichts mehr schiefgehen kann. Am Anfang wollte ich das tatsächlich über Strohmänner erledigen lassen. Aber es ist besser, wenn man so eine delikate Angelegenheit Menschen anvertraut, auf die man sich hundertprozentig verlassen kann.«

»Und Leopold Hermanns, die Werbeanzeige, dieser Tratsch, den Ihre Schwiegermutter zu verbreiten versucht hat …« Er musste sich sammeln, das sah Emma deutlich. »Nur eine Ablenkung?«

»Endlich durchschauen Sie es wirklich, Herr Weber. Natürlich. Es war mir eine Freude, mit welchem Elan Sie sich auf die vermeintlichen Intrigen gestürzt haben. Wie haben Sie es ausgedrückt? *Auf diese Idee kann wahrlich nur eine Frau kommen!* Sie waren so stolz auf sich, mir auf die Schliche gekommen zu sein. Bei allem anderen hätten Sie nie vermutet, ich könnte dahinterstecken. Immerhin hatten Sie es mit Männern zu tun. Nun. Jetzt wissen Sie, wozu Frauen wirklich fähig sind. Über die Vergangenheit haben wir ausführlich genug gesprochen, lassen Sie uns über Ihre Zukunft reden. Noch immer gehört Carls Unternehmen Ihnen, zwei Vertriebsfirmen und einige Zweigproduktionsstätten, wenn ich mich nicht irre. Außerdem die Tochterfirma in Frankreich – in diese Expansion haben Sie ja ordentlich Mühe hineingesteckt. Ein paar finanzielle Spritzen – und es läuft an, davon bin ich überzeugt.«

Mit beiden Ellbogen stützte er sich auf der Tischplatte ab, um über seine Stirn zu reiben, als hätte er Migräne. »Verstehe. Sie wollen die Firma Ihres Mannes zurück im Tausch für meinen Kernbetrieb.«

Sie lehnte sich an den Tisch. Jetzt war sie so nah, dass sie nicht nur den Geruch nach teuren Zigarren wahrnahm, sondern auch seinen Angstschweiß. »Machen Sie sich nicht lächerlich. Das, was ich habe, ist viel mehr wert als das, was Sie mir gerade anbieten.«

»Es ist die Fabrik Ihres Mannes! Sie trägt noch immer seinen Namen. Ich könnte das Gebäude dem Erdboden gleichmachen.«

»Und was genau glauben Sie dadurch zu gewinnen? Das Andenken an meinen Mann, sein Vermächtnis können Sie niemals auslöschen, dafür sorge ich schon. Deshalb bekommen Sie jetzt ein einmaliges Angebot von mir, Ihr Gesicht zu wahren. Ziehen Sie sich zurück. Gehen Sie meinetwegen nach Frankreich, um Ihre Tochterfirma weiter aufzubauen. Hauptsache: weit genug weg von Düsseldorf. Dann wird niemand erfahren, dass eine Frau Ihnen alles genommen hat.« Sie machte kurz eine Pause. »Ach so. Minna wird selbstverständlich niemanden heiraten müssen, den sie nicht will. Ich gebe zu, dieser Zug von Ihnen, mit dem Sie versucht haben, durch Faßbenders finanzielle Zuwendungen doch noch etwas zu retten, hat mir wirklich Sorgen gemacht. Ich bewundere Ihre Tochter. Mit welch kühnem Selbstvertrauen sie alles gemeistert hat.«

»Ich habe immer noch etwas gegen Ihre Schwiegermutter in der Hand«, zischte er. »Haben Sie das vergessen, Frau Seidel? Wenn Sie meinen Ruf ruinieren, werde ich Wilhelmine Seidel gesellschaftlich in Stücke reißen!«

»Versuchen Sie es. Wenn sich das ganze Düsseldorf erst einmal das Maul über Ihren Sturz zerreißt, wird niemand auf irgendeine mögliche Affäre von Wilhelmine Seidel achten. Wenn überhaupt: Es wird höchstens als die letzte verzweifelte Aktion eines gefallenen Mannes wahrgenommen, von sich abzulenken. Wenn Ihnen Ihre Würde und Ihr Ruf teuer sind: Nehmen Sie mein Angebot an. Ziehen Sie sich zurück.«

Er schluckte. Sie konnte sehen, wie sein Adamsapfel langsam hoch- und hinunterglitt. »Webers Düsseldorfer Mostrich ist alles, was mich ausmacht. Diese Stadt ist … ist … mein Zuhause. Meine Vergangenheit ist tief mit diesem Ort verwurzelt!«

Emma öffnete die Taschenuhr. »Es ist jetzt 15.03 Uhr.« Die genaue Uhrzeit, die anzeigte, wann sie den mächtigsten Mann Düsseldorfs vernichtet hatte. »Ich erwarte Ihre Antwort in einer Stunde. Danach erfahren alle Zeitungen, dass Richard Weber am Boden ist.«

Er ließ sich gegen die Lehne seines Stuhls fallen. Wie alt er aussah! Wie unglaublich gebrochen. Sie wünschte, sie könnte wenigstens etwas wie Mitgefühl für ihn empfinden. Doch sie empfand rein gar nichts. Weder Triumph. Noch die Erleichterung, das alles endlich hinter sich gebracht zu haben.

Sie wandte sich ab und ging zur Tür.

»I-ich … ich wollte Carls Tod nicht«, ertönte es stotternd hinter ihr.

Sie blickte zurück und sah in Webers aschfahles Gesicht. Er war auf dem Stuhl in sich zusammengesunken. Die Augen starrten ins Leere, als wäre das Leben aus ihnen gewichen.

Wut stieg in ihr auf. Blanke Wut. Gepaart mit Übelkeit.

»Was wollten Sie dann, als Sie ihm Kokain in den Kaffee gemischt haben? Dass er Spaß hat? Ein bisschen Euphorie verspürt?«

Weber öffnete den Mund. Mehrfach musste er ansetzen, um etwas halbwegs Verständliches herauszubekommen.

»Ich wollte, dass er zusammenbricht.« Seine Stimme bebte. »Wie damals in meinem Haus. Eine Herzattacke, die eine lange Erholungszeit erfordert hätte. Während derer er einsehen würde, dass diese Stadt, dieses Senfgeschäft einfach nichts für ihn sind.« Wie ein Ertrinkender rang er nach Luft. »Ich wünschte, ich könnte es ungeschehen machen. Ich wünschte … ich wünschte, jemand hätte mich aufgehalten.«

Sie wartete. Doch da kam nichts mehr.

15.07 Uhr. Es war vorbei.

Emma drückte die Türklinke und trat heraus.

Sie hatte die Treppe gerade hinter sich gelassen, da hörte sie einen Schuss.

Und ringsherum brach Tumult aus.

EPILOG

Düsseldorf, 1921

EMMA

SCHON WIEDER SAH EMMA ZU, wie ein Sarg darauf vorbereitet wurde, in die Erde herabgelassen zu werden. Gefertigt aus nussbrauner Eiche und glatt poliert, strahlte er Luxus und Eleganz aus. Die goldglänzenden Griffe beeindruckten mit dekorativer Gestaltung in Blatt- und Rankenform. Richard Weber verabschiedete sich von dieser Welt mit dem letzten Prunk, den er zur Schau stellen konnte. Seine Bestattung hatte er noch zu Lebzeiten bis ins kleinste Detail durchgeplant.

Unzählige Menschen waren zu Webers Beerdigung gekommen. Die schwarz gekleideten Gestalten fluteten die Gegend, wohin das Auge reichte. Wobei die meisten nur deshalb da waren, um über den unrühmlichen Abgang von Richard Weber zu lästern. So kam es Emma jedenfalls vor. Das Tuscheln darüber, was vorgefallen war, fing vor der Kapelle an und setzte sich auf Webers letztem Weg zur Grabstätte fort. Von den vielen Einzelheiten, die mit größtem Genuss weitergegeben wurden, drehte sich Emma der Magen um.

Wie sollte es erst Minna damit gehen? Das wagte sie sich kaum vorzustellen. Gut, dass die Seidels eine kleine, sichere Insel um Minna gebildet hatten, so dass der Tratsch und die Gehässigkeiten sie nicht erreichten.

Der Sarg glitt in die Erde.

Die Reden folgten, mit denen Richard Weber verabschiedet wurde.

Dumpf trommelte die Erde auf den Sargdeckel, die mit einer kleinen Schaufel in die Grube geworfen wurde.

Emma kam es vor, als hätten weder Worte noch Gesten irgendeinen Sinn. Wie konnte es nur so weit kommen?

Die Stille. Der Schuss. Der Tumult.

Schon rasten ihre Gedanken. Sie hatte Gerechtigkeit für Carl gewollt. Auge um Auge, Zahn um Zahn. Wer sich zu den Löwen wagt, muss wie ein Löwe zubeißen können – wenn sie nicht in der Lage gewesen wäre, bis zum Äußersten zu gehen, hätte sie gar nicht gegen Weber anzutreten brauchen. Doch wie Gerechtigkeit fühlte es sich nicht an. Weber hatte ein weiteres Leben ausgelöscht. Dieses Mal sein eigenes. Minna weinte schon seit Tagen, und wenn Emma in ihr aufgequollenes, kummervolles Gesicht blickte, fragte sie sich: War es das wert? Hätte sie es verhindern können?

Sie hätte doch ahnen müssen, dass Weber niemals mit einem Ruhestand fern von Düsseldorf einverstanden gewesen wäre. Sie hatte ihm alles genommen, was ihm lieb und teuer war. Sein Geld und seine Firma. Sein Leben war wohl in dem Moment beendet, als sie sein Büro betreten hatte.

Ja, das hätte sie wissen müssen.

Schwer lastete die Schuld auf ihren Schultern.

»Es fühlt sich an, als hätte ich abgedrückt«, murmelte Minna plötzlich. Ihre Stimme klang wie zerquetscht unter den Tränen, die sie nicht mehr vergießen konnte. Obwohl er sie so schrecklich behandelt hatte, war er immer noch ihr Vater gewesen. Bei dem sie nie die Hoffnung aufgegeben hatte, die Beziehung zu ihm zu richten, wenn sie erst einmal genug Abstand zueinander hatten.

Ihre Finger und Handgelenke ähnelten Streichhölzern, ein unvorsichtiger Druck könnte sie brechen wie trockene Äste. Scharf stachen ihre Schultern hervor, was nicht einmal die

Kleidung zu verbergen vermochte. Unter der Last der Trauer schaffte sie es nicht einmal, ihre sonst so stolze und gerade Haltung zu bewahren. »Es ist, als hätte ich ihn umgebracht«, flüsterte sie.

»Es fühlt sich ganz anders an, wenn man wirklich abdrückt«, erwiderte Antoine. Seine Worte klangen tief und rau. Ein wenig kratzig, als hätte auch er Schwierigkeiten, seine Gefühle im Zaum zu halten. Was diese Beerdigung bei ihm gerade aufwirbelte, konnte sich Emma kaum ausmalen.

Der Kloß in ihrem Hals wurde noch dicker. Minna brauchte sich kein schlechtes Gewissen zu machen. Diese Frau wollte nur selbständig werden, auf ihren eigenen Füßen stehen und ihre eigenen Entscheidungen treffen. Dass eine davon ihren Vater das Leben gekostet hatte, war nichts, womit sie sich herumplagen musste.

»Ich habe ihn dazu getrieben«, sagte Emma mit fester Stimme. »Wenn wirklich einer daran schuld ist, dann wohl ich.«

Minna schluckte krampfhaft und drückte ein Taschentuch an ihre von den Tränen verquollenen Augen. »Aber ich wusste, was die Niederlage mit ihm anstellen würde.« Ganz langsam drehte sie den Kopf und sah Emma mit schmerzverzerrtem Gesicht an. Der Kummer hatte sich in jedes kleinste Fältchen, in jede Pore eingegraben. »Weißt du noch, was du als Letztes gesagt hast, nachdem du uns offenbart hast, dass du gegen meinen Vater vorgehen willst?«

Emma senkte den Blick. »*Wenn ich fertig bin, wird vom mächtigen Richard Weber nichts mehr übrig bleiben. Wenn jemand Einwände hat, sollte er jetzt etwas sagen.*«

»Und ich habe nichts gesagt. Ich wollte, dass er verliert. Dass er wenigstens ein Mal im Leben nicht seinen Willen kriegt. Was macht das für eine Tochter aus mir?«

»Keine Ahnung«, murmelte Emma. »In Tochterfragen habe ich ordentlich versagt.«

Antoine schnaufte. »Die Kinder-Eltern-Kompetenz lässt bei uns dreien wohl einiges zu wünschen übrig. Was sagt das über uns aus?«

Abrupt drehte sich Wilhelmine zu ihnen um. Ihre Stimme fuhr schneidend durch das drückende Schweigen, das sich auszubreiten begann. »Die Kinder-Eltern-Kompetenz ist keine Einbahnstraße. Über die Eltern sagt das nicht weniger aus.« Dann fielen ihr ein paar entrüstete Blicke von Umstehenden auf. Sie senkte die Stimme. »Niemand hat ihm die Pistole an den Kopf gesetzt«, fuhr Wilhelmine fest fort. »Niemand hat abgedrückt außer ihm selbst. Das war seine Entscheidung: mit einem Rückschlag zu leben oder ein Leben zu nehmen. Er hat sich wieder für Letzteres entschieden. Weil er nicht in der Lage war, aufzugeben, weil er das letzte Wort haben wollte.«

Ich wünschte, ich könnte es ungeschehen machen. Webers Worte verschmolzen mit Emmas eigenen Gedanken. Hätte sie anders gehandelt, wenn sie gewusst hätte, welches Ende ihr Plan nehmen würde? Die Antwort darauf kannte sie nicht.

»Jetzt ruht er neben meiner Mutter«, flüsterte Minna versöhnlich. »Nun sind sie wenigstens vereint. Hoffentlich passt sie besser auf ihn auf als ich.«

»Du hast dir nichts vorzuwerfen!«, betonte Wilhelmine. »Es ist schwer. Du trauerst. Egal, was für ein Vater er gewesen ist – du hast ihn geliebt. Aber du bist zu keinem Zeitpunkt für ihn verantwortlich gewesen.«

Minna nickte schwach. Ihr Blick ruhte auf dem großen Familiengrab mit einem Monument aus unterschiedlichen Granit- und Marmorsorten, das wie ein Obelisk emporragte und alle anderen Grabsteine in den Schatten stellte. *Ruhestätte*

Weber stand in geschwungenen Lettern darauf, und zwei Engel hoben Lorbeerkränze der Inschrift entgegen.

»Er hat ihren Tod nie wirklich überwunden«, fuhr Minna leise fort. »Ich glaube, irgendwie sehnte er sich danach, endlich bei ihr sein zu können. Er hat immer gern über seine Beerdigung gesprochen. Über den Sarg, der genauso gestaltet sein würde wie ihrer. Über die Musik, die gespielt werden sollte, weil sie sie gern gehört hat.« Sie hob den Blick, und die Tränen flossen wieder über ihre Wangen. »Ich kann mich noch gut daran erinnern, wie nahe wir einander standen, als ich noch klein war. Nichts konnte uns trennen. Nicht einmal seine Geschäftstermine. Oft bin ich meinem Kindermädchen entwischt, um unter seinen Arbeitstisch zu krabbeln und dort zu hocken, während er Gespräche mit seinen Geschäftspartnern führte. Ich kann gar nicht zählen, wie oft er mich in die Fabrik mitgenommen hat – trotz der Schelte meiner Mutter, die sagte, es wäre kein Platz für eine junge Dame. Wie viele Ausflüge wir zu dritt gemacht haben, egal, wie beschäftigt er war und was für wichtige Abschlüsse auf der Tagesordnung standen.« Sie schluchzte. »Und dann war meine Mutter nicht mehr da. Ich musste von einem Tag auf den anderen erwachsen werden. Das sagte er oft. Dass ich erwachsen werden muss. Für kindlichen Unsinn hätte er keine Zeit. Jetzt trauere ich um einen Vater, den ich schon lange verloren habe. Für den anscheinend nichts mehr existierte außer seinem Geschäft. Nicht einmal ich.«

Emma entging nicht, wie Antoine Minnas Hand suchte und leicht drückte. Wie sanft sie seinen Druck erwiderte. Eine kaum wahrnehmbare Geste, die den Moment mit so viel Liebe füllte, dass Emma das Herz ganz schwer wurde. Und gleichzeitig doch so leicht, weil etwas Hoffnungsvolles darin lag, was die Zukunft eine Spur heller und wärmer zeichnete.

»Nun hat er hoffentlich seinen Frieden gefunden«, sagte Minna. Ihre Stimme war so leise geworden wie der Windhauch, der immer wieder über den Friedhof fuhr und in den Blättern raschelte. »Und ist dort, wo er schon immer sein wollte: bei ihr.«

Während die Beerdigungszeremonie sich dem Ende zuneigte, betrachtete Emma nach wie vor Minnas und Antoines ineinandergeschlungene Finger. Die zarten Berührungen, die sie einander schenkten, auch wenn es nur eine Andeutung war, wenn ein Daumen über den Handrücken des anderen fuhr.

Ja, es lag definitiv etwas Hoffnungsvolles in der Luft. Trotz allem Kummer, der auf ihnen allen lastete.

Als die Beerdigung vorbei war und die Anwesenden langsam in Richtung Ausgang zogen, blieb Emma zurück. Carls Grab lag hinter der nächsten Wegbiegung. Nur ein paar Schritte, dann sah sie schon das Kreuz – noch war es zu früh, um einen richtigen Grabstein zu setzen. Die Zeilen, die auf dem Kreuz prangten und später auch seinen Grabstein zieren würden, waren längst in ihr Inneres eingraviert.

Für einen wundervollen Ehemann,
Sohn, Bruder, Onkel und Freund.
Dein Herz wird immer bei uns bleiben.

Sie sah hin, sie konnte einfach nicht ihren Blick abwenden. So viel Gefühl spürte sie nur hier. Bei ihm.

Es raschelte. Emma musste sich nicht umdrehen, um Louise zu erkennen. Ihre Schwägerin hatte einen leichten Schritt, der dennoch fest war – und überall Spuren hinterließ, wo auch immer diese junge Frau ging.

»Du sollst jetzt nicht allein sein«, flüsterte die junge Frau ihr zu. Sie blieben ganz dicht nebeneinander stehen. Wie früher roch Louise nach Jasmin – doch es schien das Einzige zu sein, was von damals geblieben war. Ihr schwarzes Kleid umschmeichelte mit asymmetrischen Stoffbahnen ihre Figur, ohne ihre Hüften oder ihren Bauch zu kaschieren oder irgendwie sonst jemand anderen aus ihr zu machen. Sie war so sehr sie in diesem Kleid, mit dem kecken Hut und den kurzen blonden Haaren, die hervorlugten, dass Emma sie insgeheim bewunderte. Auch für die Ungezwungenheit, mit der Louise sich bei ihr unterhakte. »Emma? Wir sind für dich da. Das darfst du niemals vergessen, hörst du?«

»Aber das weiß ich doch«, versicherte Emma so sanft, wie sie konnte.

»Tust du nicht. Beziehungsweise: nicht immer. Sonst hättest du uns in deinen Plan eingeweiht, statt uns nur einen Bruchteil davon zu verraten.«

Emma senkte den Kopf. Niemand, wirklich niemand außer ihr hatte ihr Vorhaben bis ins letzte Detail gekannt.

Louises Stimme wurde ganz dünn. »Dachtest du, jemand von uns würde es Weber verraten?«

»Nein! O mein Gott, keine Sekunde habe ich das gedacht!«

»Warum hast du dann nichts gesagt?«

Sie so aufgelöst zu sehen, brach Emma das Herz. Genau wie all die Momente davor, als sie zusehen musste, wie niedergeschlagen alle um sie herum waren. Trotz ihrer Zusicherungen, dass alles gut werden würde. Wie gern hätte sie ihnen all die Sorgen erspart!

»Genau deshalb«, wisperte sie. »Eure Verzweiflung war ein Teil des Plans.«

»Warum?«, rief Louise verständnislos aus.

»Weber durfte nichts ahnen. Er war ein kluger Mann, und hätte er auch nur den leisesten Verdacht geschöpft, wäre er mir auf die Schliche gekommen. Und was ist verdächtiger als eine Familie, die in so einer Situation nicht verzweifelt ist? Es musste echt sein, damit er sich in Sicherheit wiegt. Ich hoffe, ihr könnt mir verzeihen. Denn ich würde euch mein Leben anvertrauen.«

Erkenntnis stieg in Louises Augen auf. »Das ist …« Sie keuchte. »Ich würde *genial* sagen. Aber ehrlich gesagt machst du mir ein bisschen Angst. Gleichzeitig bin ich so verblüfft, dass ich nicht umhinkomme, dich zu bewundern!«

»Niemand braucht Angst vor mir zu haben«, murmelte Emma und spürte, wie ihr die Tränen kamen. »Außer diese Person versucht, einem von euch etwas anzutun. Dann ist Angst durchaus angebracht, weil ich absolut alles tun würde, um euch zu beschützen.«

»Emma?«

»Hm?«

Plötzlich drückte Louise sie an sich. »Wir lieben dich, Emma. Egal, was passiert – daran wird sich niemals etwas ändern.«

Dankbar erwiderte Emma die Umarmung. »Ich liebe euch auch. Nichts ist wichtiger als die Familie.«

So blieben sie eine Weile stehen. Eng umschlungen. Und voller Zuversicht.

Nachwort und der historische Hintergrund

Auch im dritten Band der *Senfblütensaga* habe ich mich bei der Entwicklung des Plots von der Geschichte der Firma *Löwensenf* inspirieren lassen. Nach ihrer Vertreibung aus Metz kamen Otto und Frieda Frenzel nach Düsseldorf. 1919 kauften sie ein Grundstück in der Himmelgeister Straße und gründeten das Unternehmen *Neue Düsseldorfer Senfindustrie Otto Frenzel.* Das Besondere: Im Handgepäck hatten sie Konstruktionspläne für Siebmaschinen, die man in Deutschland noch nie zuvor gesehen hatte. Am Anfang noch belächelt, schaffte es das Ehepaar schnell, Fuß in der Senfmetropole zu fassen. Hier entstand auch die bekannte Marke *Löwensenf* und erfreute sich rasch einer großen Beliebtheit. Zu seinem Namen kam das Produkt durch den Löwen im Wappen Düsseldorfs. 1936 verstarb Otto Frenzel sehr überraschend an einem Schlaganfall – seine Witwe führte die Firma allein weiter. In der *Bilker Sternwarte* erinnert sich Jochen Heidsieck 2016 an Frieda Frenzel: »Meine Großtante beeindruckte mich besonders dadurch, dass auch schwerste Schicksalsschläge sie nicht von ihrer Lebensbahn abbringen konnten.« Das ist eine Aussage, die ich mir für Emma als Leitsatz aufgeschrieben habe.

Nach dem Ende des Ersten Weltkriegs brodelte es im Land weiter. Bis zuletzt hielt sich das Propagandamärchen vom baldigen Sieg. Als Deutschland den Krieg verlor, war es für viele in der Bevölkerung ein Schock. Der Unmut äußerte sich in den Anfeindungen gegen Kriegsveteranen, ganz besonders wurden dabei jüdische Mitbürger angegangen. Die »Dolchstoßlegende« war geboren, denn der Sieg wäre ohne den Verrat durch »vaterlandslose Sozialdemokraten« und »jüdische Geschäftemacher« angeblich zum Greifen nahe gewesen, wie im Lebendigen Museum Online erzählt wird.

Die Besetzung der deutschen Gebiete durch die feindliche Armee – und ganz besonders der Einsatz französischer Kolonialtruppen – legte einen Grundstein für unzählige rassistische Kampagnen. Mit der »schwarzen Schmach« sollte die Bevölkerung zum Widerstand aufgewiegelt werden. Die Anfeindungen richteten sich nicht nur gegen die Soldaten, sondern auch gegen die Menschen, die mit ihnen etwas zu tun hatten. Einigen warf man einen Mangel an Nationalstolz vor, und sie wurden auf den hetzerischen Flugblättern mit Namen und Adressen öffentlich angeprangert.

In diesem Roman habe ich bewusst keine N-Wörter verwendet. Bei meinen Recherchen ist mir aufgefallen, dass sehr viele rassistische Flugblätter der damaligen Zeit ohne diese Wörter auskommen. Generell habe ich versucht, bei diesem schwierigen Thema auf die reine Reproduktion von Rassismus zu verzichten und stattdessen die Szenen durch die Figuren zu reflektieren und aufzuarbeiten. An dieser Stelle möchte ich Sherin Nagib für ihr Sensitivity Reading danken, die mir geholfen hat, die Figur Azzeddine Ben Ajarrar zu entwickeln. Mit viel Fingerspitzengefühl hat sie die schwierigen Szenen auseinandergenommen. Ich habe bei der Arbeit mit ihr unglaublich viel gelernt.

Historische Persönlichkeiten

In *Hoffnung im Herzen* kommen einige historische Persönlichkeiten vor.

Johanna Ey (4. 3. 1864–27. 8. 1947) war eine bekannte Galeristin und Kunstförderin. Sie stammte aus sehr einfachen Verhältnissen und kämpfte sich trotz aller Widrigkeiten nach ganz oben. In einer Kaffeestube hatte sie den Studenten der nahen Kunstakademie ausgeschenkt; wer nicht sofort zahlen konnte, ließ anschreiben oder zeigte sich mit Bildern erkenntlich. So entstand ihr Kunsthandel. Nach dem Ersten Weltkrieg eröffnete sie ihre Galerie *Neue Kunst. Frau Ey*. Sie ist bis heute die meistgemalte Frau Deutschlands und scharte unzählige Künstler um sich. Im biographischen Roman *Großes Ey – Die Lebensgeschichte der Johanna Ey* beschreibt Ute Bales das Leben dieser Frau, ohne die viele Künstler vermutlich nicht überlebt hätten. »Johanna Eys Herz schlug für die Leidenden und Unterdrückten, von den ›reinen Formen‹ verstand sie nicht viel«, schreibt Anna Klapheck 1977 in kunstaspekte.art über sie. Doch viele wissenschaftliche Arbeiten beschäftigen sich heutzutage auch mit der »Entmystifizierung« von Johanna Ey, wie *Johanna Ey und die Avantgarde der Düsseldorfer Kunstszene* von Sandra Labs aus dem Jahr 2011: »Eine weitere Besonderheit des Geschäftes war, dass Johanna Ey es sich gönnte, Außenstehende und Frauen nicht willkommen zu heißen. Den Aktmodellen der Kunstakademie verbot sie den Zugang zur Gesellschaft mit ›ihren Jungs‹ ganz.«

Adolf Uzarski (14. 4. 1885–14. 7. 1970) war ein bekannter Schriftsteller und Künstler. Nach dem Ersten Weltkrieg gründete er mit Arthur Kaufmann und Herbert Eulenberg die Vereinigung *Das junge Rheinland*, die eng mit Johanna Ey kooperierte. Nach einem Zerwürfnis mit der Kunsthändlerin – nach einigen Überlieferungen soll sie Uzarskis Kunst als »Zeug« bezeichnet haben – verließ er 1923 die Vereinigung. Zusammen mit Alfred Leonhard Tietz organisierte Adolf Uzarski viele große Kunstausstellungen in Düsseldorf, darunter die *I. Internationale Kunstausstellung Düsseldorf* 1922. 1924 erschienen die ersten als unkonventionell betrachteten Bilderbücher Uzarskis im Mainzer Verlag Josef Scholz. Ob ausgerechnet Frederick ihn auf die Idee gebracht hat, ist dagegen nicht überliefert ;).

Alfred Leonhard Tietz (8.6.1883–4.8.1941) war ein deutsch-jüdischer Kaufmann. Nach dem Tod seines Vaters übernahm er 1914 im Alter von 31 Jahren den Kaufhauskonzern Leonhard Tietz AG. Im Jahr 1929 zählten zu seinem Imperium 43 Filialen mit 15000 Beschäftigten. Seine Frau Margarete Caecilie engagierte sich für viele gemeinnützige Organisationen und setzte sich sehr für sozial benachteiligte Menschen ein, insbesondere für Kinder. Nach der Machtergreifung der Nationalsozialisten musste die Familie alles aufgeben und ins Ausland flüchten.

Danksagung

Die Arbeit an diesem Roman erfolgte unter schwierigen Bedingungen. Am 8. 1. 2022 ist mein Vater an einer Coronainfektion verstorben. Ihm habe ich meine Liebe zum Lesen und Schreiben zu verdanken.

Ganz besonders möchte ich meiner Familie und meinen Freund*innen danken, die mich in dieser schweren Zeit unterstützt haben.

Vielen Dank an das Team des S. Fischer Verlags, das auf die Schwierigkeiten beim Entstehen des Manuskripts so flexibel reagiert hat, und an meine Außenlektorin Ulla Mothes, die unter großem Zeitdruck arbeiten musste, um dieses Buch zu redigieren.

Als Nächstes möchte ich meiner Agentin Eva Semitzidou danken, die immer für mich da ist und mich bei allen Schwierigkeiten unglaublich unterstützt hat.

Ohne die großartige Unterstützung meines Mannes wäre es nicht möglich gewesen, die Deadlines zu halten.

Ohne Sensitivity Reading geht es bei sensiblen und schwierigen Themen nicht. Ich danke Sherin Nagib (www.sherinnagib.de) für ihren großartigen Einsatz, der mir an vielen Stellen die Augen geöffnet hat.

Vielen Dank an meine großartige Testleserin Monja, die mir mit ihren wertvollen Hinweisen sehr geholfen hat.

Inken B. Weiss danke ich für ihre Unterstützung bei den Übersetzungen in die französische Sprache.

Mein Dank geht auch an meine Schriftstellerkollegin Juli Löwe, die mir geholfen hat, Emmas Plan zu entwickeln.

Lily S. Morgan (@lilys.wortwelt auf Instagram) könnte ich bereits seit dem ersten Band als meine »Krisenmanagerin« bezeichnen. Es ist gut, jemanden zu haben, der immer ein offenes Ohr für dich hat!

Bei Fragen zu einem guten Senf ist die Senfmanufaktur *Senf Pauli* immer die richtige Adresse. Von der Gründerin Eva Osterholz habe ich sehr viel über Senf gelernt.

Nun möchte ich noch einen großen Dank an meine Leser* innen aussprechen. Ich hoffe sehr, euch mit dem großen Finale im dritten Band eine Freude gemacht zu haben!

Leseprobe aus

SUSANNE POPP

Der Weg der Teehändlerin

Die Ronnefeldt-Saga

Das Wasser kommt

Frankfurt, 14. Februar 1853

»Das Eis bricht. Die Fischer sagen, heute Abend noch bricht das Eis«, rief Friedrich. Die Ladenglocke bimmelte laut, als er die Tür aufriss und sie so heftig hinter sich ins Schloss fallen ließ, dass die Schaufenster klirrten. Friederike, die im Laden hinter der Theke stand und gerade dabei war, die Tageseinnahmen ins Kassenbuch zu übertragen, ließ die Feder sinken.

»Bist du sicher?«, fragte sie ihren Sohn ungläubig. »Vor kurzem sind die Leute doch noch Schlittschuh gelaufen.«

»Ja, aber das sei leichtsinnig gewesen, sagen jetzt alle. Und dass es heute Nachmittag zwölf Grad warm war.«

Das stimmte natürlich, heute war es wirklich außergewöhnlich warm gewesen für einen Tag Mitte Februar. Das regnerische und dabei sehr milde Wetter war auf eine wochenlang andauernde Kälteperiode gefolgt. Der Main war so dick zugefroren wie schon lange nicht mehr – und ein Aufbrechen des Eises konnte durchaus, das wussten die Frankfurter aus leidvoller Erfahrung, Hochwasser mit sich bringen.

Sollte es in diesem Jahr wirklich wieder so weit sein? Friederike hatte es nicht wahrhaben wollen. Sie hatte jeden Gedanken daran weit von sich geschoben, dass ihre Lager im Saalhof unten am Main und im Haus Limpurg am Römer in Gefahr sein könnten, doch nun konnte sie es nicht länger ignorieren. Sie verstaute das Kassenbuch unter der Theke, war aber immer noch ein bisschen zögerlich, und das nicht nur aus Furcht vor dem, was ihnen möglicherweise bevorstand. Es war erst halb fünf, eigentlich zu früh, um den Laden zu schließen.

Ihr Prokurist Herr Besthorn kam gedankenversunken aus dem Kontor nach vorne in den Laden. Er war ziemlich schwerhörig und hatte noch gar nicht bemerkt, dass draußen etwas vor sich ging.

»Fritz sagt, der Main geht auf«, wandte Friederike sich dem Prokuristen zu, wobei sie die Worte betont deutlich aussprach, aber dennoch keine Reaktion bekam.

»Der Main, Herr Besthorn. Die Fischer sagen, heute geht er auf«, rief nun auch Friedrich.

Jetzt hatte Besthorn verstanden, doch er winkte ab. »Ach was, die Fischer reden viel, wenn der Tag lang ist. Die wollen sich nur wichtigmachen.«

»Das glaub ich nicht. Die haben alle große Angst um ihre Boote.«

»Vielleicht sind ja die Boote in Gefahr. Aber uns macht das wenig. Wozu hat man wohl die Ufer höhergelegt? Der Stadtbaumeister hat mir erst vor ein paar Tagen versichert, dass ein Hochwasser sehr unwahrscheinlich ist. Mit dem Abreißen des Fahrtors und dem Aufbau der neuen Befestigungen hat man mindestens fünf Fuß an Höhe gewonnen. Das sollte doch wohl ausreichend sein.«

Aber Friedrich ließ sich davon nicht beeindrucken. »Komm mit, Mama, und schau es dir selbst an«, wandte er sich nun wieder an seine Mutter. »Dieses Knacken und Knirschen und Gurgeln ist gruselig. So was hab ich noch nie gehört.«

Bestürzt betrachtete Friederike ihren vierzehnjährigen Sohn, der mit geröteten Wangen vor ihr stand. Er musste vom Main bis hierherauf gerannt sein, er war noch immer außer Atem. Entschlossen zog sie sich die Schürze aus.

»Du hast recht, Friedrich, ich werde es mir selbst ansehen. Herr Besthorn, behalten Sie bitte den Laden im Blick? Und falls wir unser Lager im Saalhof wirklich ausräumen müssen, darf ich doch gewiss auf Sie zählen?«

»Selbstverständlich«, erwiderte Besthorn. Der Prokurist war jetzt Mitte sechzig und hatte sein schlohweißes Haar auf dem Oberkopf zu einer Art Hahnenkamm frisiert, der sich nun zusammen mit seiner gesamten Figur aufzurichten schien. »Aber ich glaube wirklich nicht, dass das nötig sein wird, Frau Ronnefeldt. Immerhin hat die Aufschüttung und Verbreiterung des Mainufers das Stadtsäckel um Tausende erleichtert. Tausende! Die werden ja wohl nicht umsonst gewesen sein.«

»Das Eis ist in diesem Jahr wirklich außergewöhnlich dick«, erinnerte Friederike ihn. Sie hatte ihren Mantel geholt, schlüpfte hinein und band in aller Eile ihre Schute fest. Friedrich stand in der geöffneten Ladentür. Er sah sich ungeduldig nach ihr um.

Draußen auf der Neuen Kräme war inzwischen eine regelrechte Völkerwanderung in Gange. Trotz des schon wieder einsetzenden Regens strebten zahlreiche Menschen zum Main hinunter, und mindestens ebenso viele eilten in die entgegengesetzte Richtung. Ans Einkaufen dachte offenbar ohnehin niemand mehr.

Friederike fand diese hektische Betriebsamkeit höchst beunruhigend. Und ausgerechnet heute waren ihre zwei Kontorsgehilfen in Darmstadt. Sie hatte ja gleich kein gutes Gefühl dabei gehabt, beide auf einmal fahren zu lassen. Herr Besthorn mit seinen Hüftbeschwerden war nämlich nicht mehr gut zu Fuß. Aber vielleicht konnte er sich ja trotzdem nützlich machen.

»Wollen Sie nicht doch lieber gleich mitkommen, Herr

Besthorn? Ich mache mir schon große Sorgen um unser Teegewölbe«, sagte sie.

Besthorn kratzte sich am Kopf. »Also gut, Frau Ronnefeldt. Ich werde nur zuvor meinen angefangenen Brief noch zu Ende bringen. Aber Sie werden sowieso sehen, dass ich recht habe. So arg kommt es nicht.«

»Und du, Friedrich, geh gleich hinauf und gib deinen Geschwistern Bescheid. Elise und Minchen wollten Carlchen beim Packen helfen, und vielleicht ist Wilhelm ja sogar auch da. Sie sollen alle so rasch als möglich hinunter zum Main kommen. Wir treffen uns am Ufer vor dem Saalhof.«

Eine Viertelstunde später war die Familie am Mainufer versammelt. Friederike war erleichtert, auch Wilhelm zu sehen. Ihr zweitältester Sohn, der im Januar achtzehn Jahre alt geworden war, hatte die Angewohnheit, gelegentlich für Stunden zu verschwinden, ohne zu verraten, wohin. Schon oft hatte Friederike sich gefragt, ob sie ihm wohl zu viele Freiheiten zugestanden hatte. Oder ob sie womöglich Carlchen hätte bremsen müssen, der mit seinem Bruder selten einer Meinung war und seinen Kopf durchzusetzen verstand, so dass der eher gutmütige und weit weniger ehrgeizige Wilhelm sich mehr und mehr von der Familie und aus dem Geschäft zurückgezogen hatte. Er ging aus, wie es ihm gefiel, und hatte Bekanntschaften und Freunde, die sie noch nie gesehen hatte.

Doch mit der vielen Freizeit war es nun ohnehin für Wilhelm vorbei. Sie würde auf den jüngeren der beiden Brüder angewiesen sein, jetzt wo Carlchen – oder besser Carl, da er sich neuerdings strengstens verbat, mit der verniedlichenden Form angesprochen zu werden – nach Hamburg ging. Wilhelm würde als dritter Gehilfe im Kontor seinen Platz einnehmen müssen.

Die sechs Ronnefeldts standen nebeneinander auf dem belebten Kai und blickten auf den vereisten Main hinaus. Die untergehende Sonne war hinter trübem Dunst und Regenschleiern verborgen, so dass nicht das kleinste Glitzern oder Funkeln der Eiskristalle den bedrohlichen Eindruck abmildern konnte. Gleich dem Rücken eines schlafenden Drachen bedeckte das Eis schwer und grau den gesamten Fluss und zeigte an manchen Stellen in Ufernähe wulstige Verwerfungen.

Das war bis vor ein paar Tagen noch anders gewesen. Spaziergänge auf der weiten ebenen Eisfläche, mit Schlittschuhen oder ohne, waren zu einem beliebten Freizeitvergnügen avanciert. Die Frankfurter genossen den ungewohnten Blick, den sie von der Mitte des Flusses aus auf die Stadt hatten, auf den Dom mit seiner kappenförmigen Turmspitze und der Laterne obenauf, auf die großen Mietshäuser und die prächtigen Bürgervillen, die das Frankfurter Ufer säumten, oder auf das stattliche Gebäude des Deutschordenshauses auf der Sachsenhäuser Seite. Findige Gastwirte hatten sogar Buden auf dem Eis aufgestellt, wo sie Punsch und heißen Saft verkauften, und nicht nur Familien hatten sich dafür begeistert, sondern auch Vereine und Lesekränzchen aus der Umgebung hatten ihre Ausflüge zu dem Naturschauspiel gemacht. Doch das alles würde nun bald ein Ende haben – und der Preis, der dafür zu zahlen wäre, würde womöglich hoch ausfallen.

Dutzende Schaulustige hatten sich inzwischen auf dem Kai vor dem Saalhof versammelt, und ganz wie Friedrich gesagt hatte, hörte man vom Fluss her ein Knarzen. Gelegentlich ertönten auch hellere Geräusche, deren Echo sich geisterhaft über die Eisfläche hinweg ausbreitete, als würde man ein Dutzend Sägen singen lassen. Friederike hatte den Impuls, fortzulaufen, nur weg vom Fluss. Doch sie war wie erstarrt und hatte keine Kraft mehr in den Beinen. Sie warf einen Blick auf Carlchens ernste Miene. In manchen Momenten sah ihr Ältester seinem Vater so unglaublich ähnlich. Sein Profil, seine Haltung, selbst die Art, wie ihm das Haar in die Stirn fiel, alles erinnerte sie an Tobias.

Elise, die zwischen ihren Brüdern stand, war sehr blass. Vielleicht dachte ja auch sie an jene unglückliche Nacht. Zwölf Jahre alt war ihre Älteste gewesen, und auch wenn sie noch nicht selbst mit angepackt, sondern die Stunden bei ihren Großeltern verbracht hatte, so hatte sie doch die ganze Aufregung mitbekommen. Vor allem hatte sie die schwere Krankheit ihres Vaters bewusst miterlebt, die auf dem Fuße der Ereignisse gefolgt war. Ihr tapferes kleines Mädchen. Elise war ihr in allem eine Stütze gewesen. Und nun war sie eine junge Frau und lebte längst nicht mehr bei ihr, sondern im Haus ihrer Großeltern in der Schnurgasse. Friederike überkam nicht zum ersten Mal das traurige Gefühl, ihre Tochter gar nicht mehr richtig zu kennen.

Friederikes Blick wanderte weiter zu Friedrich. Er hatte immer noch erhitzte Wangen und schien das Geschehen eher zu genießen. Genau wie Minchen blickte er mit leuchtenden Augen aufs Eis. Friederike schluckte beklommen. Ihre beiden Jüngsten waren doch noch richtige Kinder. Nun sehnte sie sich so sehr nach Tobias, dass es schmerzte.

Wieder wandte sie ihre Aufmerksamkeit der bedrohlichen Szenerie zu, die vor ihr lag, das graue Band des zugefrorenen Mains. Acht Jahre waren seit dem Hochwasser von 1845 vergangen, aber obwohl sie die Details zeitweise recht erfolgreich verdrängt hatte, erinnerte sie sich nun wieder lebhaft daran. Sie klammerte sich an die Unterschiede: Damals war es Ende März gewesen und nicht schon Mitte Februar, versuchte sie sich zu beruhigen. Der Winter hatte also wesentlich länger gedauert, über zwölf Wochen hinweg hatte es Minusgrade gegeben. Außerdem – und das war womöglich das Wichtigste – war das *vor* dem Umbau und der Erhöhung des Kais gewesen. Herr Besthorn vertrat immerhin die Auffassung, dass damit alle Gefahr gebannt war.

Männer, dachte Friederike. Männer gaben sich immer so selbstbewusst. Dabei wusste sie leider nur zu genau, wie oft sie sich irrten. Dieser Gedanke und die Regentropfen, die ihr nun heftiger ins Gesicht sprühten, holten sie in die Wirklichkeit zurück. Es regnete schon seit Tagen, genau wie 1845, und damals wie heute war es sehr plötzlich warm geworden.

Friederike hatte für einen Moment die Augen geschlossen und zwang sich nun, sie wieder zu öffnen. Der Anblick war unverändert – obwohl, war da nicht ein Riss im Eis? Und dort noch einer. Plötzlich glaubte sie, überall Spalte und Risse zu sehen, die vorher nicht da gewesen waren. Jetzt hörte sie auch das Gurgeln und Rauschen von Wasser und dann wieder diesen singenden Ton, sehr fremdartig und darum so bedrohlich. Und dann, mit einem Male, ertönte ein besonders lautes, langgezogenes Knirschen.

Das war eindeutig. Es ergab einfach keinen Sinn, die Gefahr zu leugnen. Die Menschen, die wie sie abwartend am Kai gestanden hatten, schienen das ebenso zu sehen. Bewegung kam in die Menge. Stimmen erhoben sich, die Leute riefen einander etwas zu, aber Friederike war zu sehr mit sich beschäftigt, als dass sie die Worte verstanden hätte. Wieder sah sie zu Carlchen, und ihr Blick blieb am spärlichen Bartwuchs über seiner Oberlippe hängen. So ähnlich er seinem Vater auch sah – er war doch noch schrecklich jung.

»Was meinst du dazu, Carl? Was sollen wir machen?«, fragte sie und hoffte, dass er das Zaghafte in ihrer Stimme nicht hörte. Sie war sich bewusst, dass sie jetzt stark sein musste.

Ihren Kindern zuliebe. Dem Geschäft zuliebe. Und Tobias zuliebe.

Ihr Sohn zuckte die Achseln. Sie sah Unsicherheit in seinem Blick, doch dann schien er sich zu besinnen und sagte mit fester Stimme: »Ich bin für Ausräumen. Aber wir brauchen mehr Leute. Ein paar Männer, die uns helfen. Vielleicht weiß ja Onkel Nicolaus Rat.«

Er hatte recht, dachte Friederike. Sie brauchten Hilfe. Sie musste etwas tun. Es war ihre Aufgabe. Ihre Verantwortung. Friederike öffnete den Mund, um etwas zu sagen, brachte jedoch keinen Ton heraus.

Carl hatte gar nicht bemerkt, dass ihr die Worte fehlten. Er war schon mit der weiteren Planung beschäftigt. »Das Beste wird sein, wenn Minchen und Elise rasch zum Onkel in die Werkstatt laufen und ihn fragen, ob er uns beistehen und von seinen Leuten jemanden entbehren kann.«

»Onkel Nicolaus' Werkstatt ist bei einem Hochwasser auch gefährdet. Die Fahrgasse liegt kaum höher als der Saalhof«, wandte Elise ein. »Aber wir sollten auf jeden Fall zu ihm gehen, und sei es nur, um ihn zu warnen.«

»Ich? Warum muss ich gehen? Ich will auch sehen, wie das Eis aufgeht«, protestierte Minchen.

»Keiner von uns wird sehen, wie das Eis aufgeht, weil wir damit beschäftigt sein werden, das Teegewölbe auszuräumen«, sagte Carl.

Mein Gott, dachte Friederike, die sich darauf konzentrierte, ruhig zu atmen, und doch nicht verhindern konnte, dass ihr Herz immer schneller schlug. Die Erinnerungen überwältigten sie. Sie hatte Angst. Nicht um ihr eigenes Wohl war ihr bang, aber was, wenn einem ihrer Kinder dasselbe Schicksal widerfuhr wie damals Tobias und sie es nicht beschützen konnte? Plötzlich wurde ihr schwindlig. Blut rauschte in ihren Ohren.

»Gute Idee, Carlchen, aber Minchen soll allein zur Werkstatt laufen. Ich komme mit euch mit und helfe tragen«, hörte sie Elise wie aus weiter Ferne sagen.

»Was denn, willst du etwa Kisten schleppen wie ein Arbeiter?«, maulte Minchen.

»Nicht nur ich. Du auch, wenn du erst wieder zurück bist«, entgegnete Elise ungeduldig. »Nun mach schon, Minchen, wir haben nicht mehr viel Zeit.«

Friederike hörte die Stimmen ihrer Kinder nur noch gedämpft. Sie hielt sich an dem metallenen Geländer fest, das an dieser Stelle den Kai säumte, und ihre Benommenheit hinderte sie daran, ihre jüngere Tochter aufzuhalten. Am liebsten wollte sie alle ihre Kinder einfach nur in Sicherheit wissen, irgendwo im Warmen und Trockenen, doch daran war natürlich nicht zu denken. Sie würden jede helfende Hand brauchen, da hatte Carlchen schon recht. Minchen setzte sich in Bewegung und war kurz darauf zwischen den Menschen, die den Kai bevölkerten, verschwunden. Wieder knirschte das Eis. Ein Ächzen und Stöhnen wie von einem großen sterbenden Tier. Friederike erholte sich ein wenig, das Schwindelgefühl verging. Sie sah über die Brüstung nach unten. Das Wasser musste gestiegen sein. An manchen Stellen wölbte sich das Eis sogar über die Mauer. War das eben auch schon so gewesen? Womöglich wurde der Fluss von der kalten Masse noch gerade so zurückgehalten.

»Kommst du, Mutter?«, fragte Carl ungeduldig. Friederike löste sich vom beklemmenden Anblick des vereisten Flusses und ging hinter ihren Kindern her, erleichtert darüber, dass ihre Beine ihr wieder gehorchten. Der Regen war stärker geworden, doch sie nahm die Nässe kaum wahr. Vor dem Eingangsportal des Saalhofs standen zwei Fuhrwerke. Andere Kaufleute hatten offenbar bereits damit begonnen, ihre Waren aus den Gewölbekellern nach oben zu tragen. Besthorn allerdings war noch nicht eingetroffen.

Sie eilten durch die Halle und die Treppen hinab. Das Lager der Firma J. T. Ronnefeldt befand sich am Ende eines etwa dreißig Fuß langen Ganges, aber die meisten der Laternen, die sonst an den Wänden zur Verwendung bereithingen, fehlten. Ein einziges Licht konnten sie finden. Friedrich nahm es, zündete es an und beleuchtete die Tür. Friederikes Hände zitterten, und sie brauchte mehrere Anläufe, um den Schlüssel ins Schloss zu stecken und herumzudrehen. Sie bemerkte eine Bewegung hinter sich. Carl stand direkt hinter ihnen und atmete ungeduldig aus, doch da hatte sie es geschafft.

Ein warmer Duft nach Tee und Tabak schlug ihnen entgegen. Das Lager, das Tobias einst das »Teegewölbe« getauft hatte, war etwa einhundertfünfzig auf einhundertfünfzig Fuß groß. Friedrich ging hinein und leuchtete umher, so dass man sehen konnte, dass es bis unter die Decke mit Ballen und Kisten gefüllt war. Hier wurden hauptsächlich Tee, Tabak und Kaffee aufbewahrt, aber auch Porzellan, Keramik und Lackarbeiten waren in den Kisten zu finden. »Und wohin bringen wir die ganzen Sachen? Wir haben doch nicht einmal einen Wagen«, sagte Friedrich.

Alle Blicke wandten sich Friederike zu. Ihr Jüngster hatte natürlich recht, wieso hatte sie daran nur nicht gedacht? Es war jetzt auf die Schnelle auch unmöglich, einen Wagen zu besorgen, abgesehen davon würde ein einzelner ohnehin nicht ausreichen. Dann kam ihr glücklicherweise ein Gedanke. »Wie wäre es, wenn wir die Sachen im großen Saal im ersten Stock unterstellen?«

»So machen wir es. So hoch wird das Wasser sicher nicht steigen«, sagte Carl, der dabei war, einige Talglichter zu entzünden, die er in einem Korb in der Ecke gefunden hatte.

»Und wenn wir hier fertig sind, müssen wir ins Haus Limpurg. Das Lager dort ist auch nicht sicher.«

Friederike nickte, doch sie sagte nichts und versuchte, möglichst keine Regung zu zeigen, um ihre Kinder nicht noch mehr zu verunsichern. Sie fürchtete sich davor, auch noch in jenen Keller hinabsteigen zu müssen. So sehr sie sich bemühte, Haltung zu bewahren, spürte sie, dass die Lähmung von eben schon wieder drohte von ihr Besitz zu ergreifen. Am liebsten wäre sie sofort geflohen.

»Waren, die den Umsatz für ein ganzes Jahr sichern sollen, könnten zerstört werden«, fuhr Carl fort, das drohende Unglück in den düstersten Farben zu malen. »Selbst wenn Minchen noch jemanden mitbringen kann, wird das kaum reichen. Der Weg bis hinauf in den Saal ist weit. Wilhelm, warum schaffst du uns nicht ein paar von deinen Freunden her, die sonst immer deine kostbare Zeit beanspruchen?«

Es war ein unpassender Moment für einen solch bissigen Seitenhieb. Normalerweise waren Bemerkungen dieser Art ein sicherer Anlass für Streit zwischen den Brüdern, aber zum Glück ließ Wilhelm sich nicht provozieren. Er stemmte die Hände in die Seiten und schüttelte den Kopf. »Das habe ich auch schon überlegt, aber die wohnen ja alle in Bornheim oder in Sachsenhausen.« Dann erhellte sich sein Gesicht. Offenbar war ihm doch noch jemand eingefallen. Er schickte sich an, hinauszueilen.

»Was ist, wo willst du hin, Wilhelm?«, rief Friederike ihm hinterher. Er drehte sich noch einmal zu ihr um.

»Du hast Carlchen doch gehört«, sagte er, doch dann bemerkte er ihr entsetztes Gesicht, kam zurück, umfasste ihre Schultern und gab ihr einen Kuss auf die Wange: »Keine Sorge, Mama, gemeinsam schaffen wir das. Ich bin bald wieder da.«

Besorgt sah Friederike ihm nach. Jetzt waren ihr nur noch Carlchen, Friedrich und Elise geblieben, aber es half nichts, sie mussten sich an die Arbeit machen. Sie ging hinauf, den Portier zu suchen, und stellte fest, dass die Türen zum Saal bereits weit offen standen. Andere Kaufleute hatten augenscheinlich denselben Einfall gehabt wie sie, aber der Platz sollte reichen, um alles unterzustellen. Zum Glück erschien kurz darauf doch noch Herr Besthorn, und auch Wilhelm hielt sein Versprechen. Schon bald stieß er mit drei Helfern wieder zu ihnen. Zwei von ihnen waren junge Männer in Arbeitskluft, der dritte, auch er noch jung, kaum älter als Carl, hatte gelocktes dunkles Haar und steckte in einem schwarzen, für seine schmale Figur etwas zu weiten Anzug. Er war eine auffällige Erscheinung, und Friederike kannte ihn vom Sehen, denn er war der Sohn eines Kaufmanns. Doch sie hatte keine Ahnung gehabt, dass Wilhelm mit ihm befreundet war.

»Das ist Herr Sonnemann, Mama. Er wird uns helfen«, rief Wilhelm ihr entgegen, als sie sich auf der Treppe begegneten.

»Frau Ronnefeldt«, sagte der junge Mann mit einer kleinen Verbeugung.

»Sehr erfreut, Herr Sonnemann. Es ist sehr großzügig, dass Sie uns Ihre Arbeitskraft zur Verfügung stellen wollen«, brachte Friederike heraus.

»Es ist mir eine Ehre. Ich bin froh, dass ich endlich die Gelegenheit bekomme, Ihrem Sohn zu danken und meine Schuld abzutragen.«

Seine Schuld? Friederike hatte keine Ahnung, welche Schuld das sein sollte. Wilhelm hatte Sonnemann nie erwähnt. »Das sind Konrad und Max«, stellte Sonnemann nun auch seine Begleiter vor. Der größere der beiden, ein intelligent aussehender Mann mit offenem Gesicht, grüßte höflich, während er schon dabei war, seine Jacke auszuziehen, um sich besser bewegen zu können. Der andere drehte seine Mütze verlegen in den Händen und nickte knapp.

Wilhelm schob sichtlich zufrieden die Ärmel hoch und griff sich eine Kiste, die auf dem Boden stand – und zehn Minuten später stieß auch Minchen wieder zu ihnen. Allerdings hatte sie nur einen einzigen Mann mitgebracht. Wie von Elise befürchtet, musste Nicolaus sein eigenes Inventar in Sicherheit bringen.

Draußen wurde es mittlerweile dunkel. Friedrich, der noch einmal hinunter zum Mainufer gelaufen war, überbrachte die Nachricht, dass die Kälte trotz der einbrechenden Nacht nicht anzog – und dass man inzwischen allgemein mit einem Eisbruch noch vor Mitternacht rechnete.

In den nächsten zwei Stunden kam die Helferschar kaum zum Verschnaufen. Selbst Minchen ließ sich vom allgemeinen Eifer anstecken. Friederikes Töchter steckten die oberen Röcke an der Taille fest und liefen mit den Männern die Treppenstufen hinauf und hinunter. Es ging zu wie in einem Ameisenbau. Besthorn konnte nicht so gut Treppen steigen und blieb im Keller, und sie selbst übernahm die Aufgabe, im großen Saal für Ordnung zu sorgen, wo der Portier ihnen eine bestimmte Fläche zugewiesen hatte. Alle arbeiteten hoch konzentriert. Vor allem jedoch erwies sich der Mann, der ihnen als Konrad vorgestellt worden war, als große Hilfe. Er machte nach einer Weile den Vorschlag, eine Kette zu bilden und die Kisten und Gegenstände vom einen zum anderen weiterzureichen, wobei Elise und Minchen zu zweit arbeiten sollten, da sie weniger schwer heben konnten. Dies erwies sich als sehr effektiv, weil sie sich nun weniger gegenseitig behinderten.

Friederike, die aus den Fenstern im ersten Stock immer wieder einen Blick hinaus in die Dunkelheit warf, wo sich in einiger Entfernung die unheimliche Eisfläche abzeichnete, hätte erleichtert sein müssen, dass alles so gut und zügig lief, doch dafür war sie viel zu verstört. Sie hatte gehofft, dass die Arbeit sie ablenken würde, aber statt an Mut zu gewinnen, wurde sie immer verzagter. Die Erinnerung an Tobias' Ende ließ sie einfach nicht los. Er war schon länger nicht ganz gesund gewesen, doch er hatte sich mit seiner Krankheit arrangiert. Gewiss hätte er noch viele gute Jahre haben können. Letztlich war es jene Hochwassernacht gewesen, die ihm zum Verhängnis geworden war. Am folgenden Tag war er krank geworden, und sein Überlebenskampf war schrecklich gewesen. Das zähe pfeifende Geräusch, das seine Lungen machten, wenn er nach Luft rang, und die Furcht in seinem Blick verfolgten Friederike seitdem in ihren Albträumen. Drei Wochen nach dem Hochwasser war Tobias an einer schweren Lungenentzündung gestorben. Die Erinnerungen strömten nun ungehindert auf sie ein. Friederike hatte Angst. Einzig die Erkenntnis, dass sie sich in diesem Augenblick keine Schwäche erlauben durfte, hielt sie aufrecht.

Endlich war es geschafft. Das Teegewölbe war ausgeräumt. Carlchen trieb zur Eile an. Als sie am Mainufer vorüberkamen, sahen sie, dass Teile des Kais bereits überflutet waren. An immer mehr Stellen quoll dunkles Wasser an die Oberfläche.

Im Haus Limpurg am Römer war die Lage wesentlich schwieriger als im Saalhof. Nicht nur die schmaleren Treppen waren ein Problem, sie hatten auch Mühe, in den oberen Stockwerken überhaupt Platz für ihre Waren zu finden, da andere Kaufleute schon alles belegt hatten. Trotzdem begannen die jüngeren Leute sofort damit, Ballen und Kisten hinaufzuschaffen. Carl, Wilhelm und Friedrich und sogar ihre Töchter, die die schwere Arbeit doch so wenig gewöhnt waren, wirkten energiegeladen, als treibe die Gefahr sie zur

Höchstform an. Friederike selbst hingegen hatte das Gefühl, sich kaum mehr auf den Beinen halten zu können.

Doch als sie mit dem Räumen kaum begonnen hatten, waren von draußen Rufe und Geschrei zu hören:

»Das Eis bricht! Das Eiiiis briiiicht!«

Ein paar Sekunden verharrten sie alle wie gebannt, als habe eine übergeordnete Macht ihnen befohlen, still zu stehen. Friederike blickte vom Treppenabsatz im ersten Stock in die matt von einer einzelnen Laterne beleuchtete Eingangshalle hinunter. Draußen vor der geöffneten Tür rannten in beide Richtungen Menschen vorbei, und die Hektik unterstrich die gespenstische Ruhe, die in dem Gebäude eingekehrt war. Etwa zweihundert Schritt waren sie hier vom Main entfernt, und trotzdem hörte man das Bersten des Eises. Friederike glaubte sogar, die Vibration unter ihren Füßen zu spüren. Sobald das Eis an den ersten Stellen gebrochen war und die Schollen in Bewegung gerieten, setzte sich eine Kettenreaktion in Gang, und nichts hielt mehr die Wucht des fließenden Wassers zurück. Die treibenden Eisschollen würden auf die Uferanlagen prallen, Brücken und Schiffen rammen und verheerende Schäden reißen. Für die Stadt und ihre Bewohner bedeutete jedoch das flutende Wasser die größte Gefahr. So wie damals. So wie 1845.

Friederikes schlimmste Albträume waren wahr geworden. Immerhin gelang es ihr, sich im Angesicht der Gefahr endlich aus ihrer Erstarrung zu lösen. Sie wusste, es würde höchstens fünf oder zehn Minuten dauern, bis das Wasser sie erreicht hatte. Alles war wieder wie in jener Nacht. Wie sehr hatte sie Tobias angefleht, sich in Sicherheit zu bringen. »Lass es bleiben, das ist es nicht wert. Komm mit mir, Tobias«, hatte sie gebettelt.

Aber er hatte sich geweigert und sie fortgeschickt. »Geh zu deinen Eltern und warte dort mit den Kindern auf mich. Ich komme zu euch, sobald ich hier fertig bin. Mach dir keine Sorgen um mich. Alles wird gut.«

Widerstrebend hatte Friederike sich gefügt, und als er zwei Stunden später bei ihnen aufgetaucht war, völlig durchnässt und durchfroren, war er immer noch der Überzeugung gewesen, richtig gehandelt zu haben. Die Bewegung habe ihn warm gehalten, hatte er behauptet, und sich mit klappernden Zähnen aus den eiskalten Kleidungsstücken helfen lassen. Immer wieder unterbrochen von heftigen Hustenanfällen, hatte er ihr erzählt, wie er ein ums andere Mal in die schmutzigen Fluten gestiegen war, um weitere Kisten zu retten. Zwei Drittel des Lagers, hatte er stolz berichtet, seien nun im Trockenen. Später war ihr klargeworden, dass diese Verbissenheit sein Todesurteil besiegelt hatte. Noch in der derselben Nacht hatte er Fieber bekommen. Auf gar keinen Fall würde Friederike zulassen, dass sich das alles noch einmal wiederholte. Sie würde kein zweites Mal einen geliebten Menschen auf diese Weise verlieren.

Entschlossen schob Friederike ihre Erinnerungen beiseite und lief, so schnell sie konnte, die Treppe hinunter. »Halt! Hört auf. Lasst alles stehen und liegen. Wir müssen von hier fort«, rief sie ins Halbdunkel des Kellers hinein.

»Kommt gar nicht in Frage, Mama«, gab Carl zur Antwort. »Wir machen weiter, solange es geht.«

»Nein. Es ist zu gefährlich«, beharrte Friederike. »Das Wasser kommt. Und ich lasse nicht zu, dass irgendwem etwas passiert.«

»Dann nimm die Mädchen mit und geh. Wilhelm, Fritz und ich bleiben und machen weiter.«

»Nein, Carl. Ich verbiete es. Es ist zu gefährlich.«

»Nur keine Sorge, Mama. Das Wasser ist doch noch gar nicht hier.«

»Aber sobald es da ist, wird es zu spät sein.«

»Mama hat recht, Carlchen«, mischte sich nun auch Elise ein. »Hast du denn ganz vergessen, wie es mit Papa gewesen ist?«

Friederike warf Elise einen dankbaren Blick zu, froh über die Unterstützung. Carl schüttelte jedoch immer noch unwillig den Kopf.

»Ich verbiete dir, hierzubleiben, Carl«, sagte Friederike, der Verzweiflung nahe.

Carl griff stur nach der nächsten Kiste – aber da hörten sie von oben eine Männerstimme rufen: »Noch jemand unten? Wir schließen die Tür. Wir dichten jetzt alles ab.«

»Da hörst du es.« Friederike atmete erleichtert auf. Das musste ihren Sohn doch zur Vernunft bringen. In dem Moment kamen auch ihre übrigen Helfer herbei.

»Es hat keinen Sinn mehr, wir müssen abbrechen«, sagte Herr Besthorn. Er atmete schwer. Der Abend hatte ihm das Äußerste abverlangt.

»Also gut.« Carlchen gab nach, war aber sichtlich verärgert. Unsanft setzte er die Kiste wieder ab, die er in den Händen hielt.

Als sie nach oben kamen und vor die Tür traten, wären sie beinahe von den Menschen umgerissen worden, die an ihnen vorbei in Richtung Liebfrauenberg rannten. »Das Wasser kooommmt«, rief jemand. »Das Wasser koooommmt«, echoten andere.

Und sämtliche Kirchenglocken der Stadt begannen zu läuten.

Aus:
Susanne Popp
DER WEG DER TEEHÄNDLERIN
Die Ronnefeldt-Saga

Hedderichstr. 114, D-60596 Frankfurt am Main
ISBN 978-3-596-70604-4